KB265144

빠리 시가. 「레 미제라블」 후반부 무대.

① "나뽈레옹 3세의 왕비 으제니와 나인들", 윈테르하르타 그림. ② 28살 때의 위고. 두베리야 그림. ③ 77살 때의 위고.

①나뽈레옹 1세가 태어난 코르시카 섬 저녁나절. ②위고가 의원으로 정치에 참여했던 상원 앞 뜰.

[1]손자 조르쥬와 손녀 잔느를 안고 있는 노년의 위고. [2][3]시집 「할아버지 노릇하는 법」의 삽화.

①그리시 거리에 있는 위고의 살롱을 그린 것. ②로르가 그린 생일축하 행렬.

①동방박사로 분장한 빅또르 위고. A. 질 그림. ②위고의 80세 생일축하 행렬. 라파에리 그림. ③ 위고의 장례식 때 개선문 주위에서 밤샘하는 사람들, 로르 그림.

①위고의 장례식 광경. 베로 그림. ②위고의 장례식 광경. 동양인 유학생이 그린 것. ③6월 1일 정오부터 저녁 6시까지 개선문에서 팡떼옹까지 엄청난 장례행렬이 계속되었다.

① 「레 미제라블」의 삽화. 가브로슈는 총격 앞에서도 노래를 불렀다. ② 빅또르 위고 상. 로댕 작. ③ 빠리 팡떼옹에 안치된 위고의 관. ④ 「레 미제라블」의 삽화. 장 발장은 꼬제뜨와 마리우스가 지켜보는 앞에서 숨을 거둔다. ⑤ 「레 미제라블」의 무대. 빠리 뤽상부르 공원.

VICTOR HUGO
LES
MISÉRABLES

송면(宋勉)
강원도 고성군 통천면 장전에서 출생
메이지대학 문학부 불문과 졸업
와세다대학원 문학연구과 박사과정 졸업
와세다대학 문학박사 학위 취득
고려대학교·이화여자대학교·연세대학교 교수
한국불어불문학회 회장
논문:〈Bouvard et Pécuchet의 기원〉(1968) 등 다수
저서:《프랑스 문학사》《플로베르—그 문학사상과 소설미학》
《플로베르의 형이상학》《프랑스 사실주의문학론》
《소설미학》《프랑수아 비용—그 생애와 시 세계》
역서:《비용 시전집 유언집》《위고 레미제라블》

1956

레 미제라블 6 사랑 죽음 영혼
빅또르 위고 지음/송면 옮김
1판 1쇄 발행/1973년 10월 1일
2판 1쇄 발행/2002년 8월 8일
2판 10쇄 발행/2011년 1월 10일
발행인 고정일/발행처 동서문화사
창업 1956. 12. 12. 등록 16-345(윤)
서울강남구신사동 540-22 ☎ 546-0331~6 (FAX) 545-0331
www.epascal.co.kr
총6권 각권 8,000원
잘못 만들어진 책은 바꾸어 드립니다.

*

사업자등록번호 211-87-75330
ISBN 978-89-497-0079-3 04860
ISBN 978-89-497-0073-1 (총6권)

Victor Hugo
LES MISÉRABLES

레 미제라블 6

사랑 죽음 영혼

빅또르 위고/송면 옮김

레 미제라블 6/사랑 죽음 영혼
차례

주요인물

장 발장 가난과 굶주림 때문에 한 조각의 빵을 훔치다가 붙잡혀 뚤롱의 감옥으로 가게 된다. 탈옥을 거듭한 끝에 19년간의 형기를 마치고 석방되는 1815년이 이야기의 시작이다. 그뒤 그는 몽트뢰이유 쉬르 메르의 시장 마들렌느 씨가 된다. 그러나 운명은 그를 또다시 암흑의 세계로 들게 한다. 뒤에 르블랑, 윌띠므 포슐르방이라고 이름을 바꾼다. 그의 파란만장한 생애를 둘러싸고 펼쳐지는 이 이야기는 그의 죽음으로 끝난다.

샤를르 프랑스와 비앵브뉘 미리엘 디뉴의 주교(主敎). 덕망있는 인물로 도형수 장 발장에게 큰 정신적 영향을 준다.

바띠스띤느 미리엘 주교의 누이동생. 노처녀.

마글르와르 미리엘 주교와 그 누이동생을 보살피는 늙은 하녀.

쁘띠 제르베 굴뚝 청소를 하며 떠도는 사브와의 소년.

루이 18세 정통 왕조파 국왕. 프랑스 대혁명으로 처형된 루이 16세의 아우. 1814년 나뽈레옹 실각 후 왕위에 오른다. 1815년 나뽈레옹의 백일 천하 뒤에 중임. 1824년 사망. 아우 샤를르 10세가 그 뒤를 이음(1830년까지). 왕정 복고 시기의 국왕.

팡띤느 몽트뢰이유 쉬르 메르 출신의 고아. 빠리에서 재봉사 노릇을 함. 남자에게 버림받고 고향에서 여공 노릇을 하다가 끝내는 매춘부가 되어 마들렌느 씨의 진료소에서 폐병으로 죽는 불행한 여인. 꼬제뜨의 어머니.

펠릭스 똘로미에스 팡띤느를 유혹했다가 버린 빠리의 불량한 대학생.

꼬제뜨 팡띤느와 똘로미에스 사이에 태어난 사생아. 고아가 되어 시골에 맡겨져 '종달새'라고 불리며 학대받는다. 장 발장에게 구원되어 빠리로 나와 그의 딸이 된다. 라느와르라고도 불리며, 뒤에 행복한 결혼을 한다.

떼나르디에 부부 몽페르메이유의 여관 주인. 둘 다 냉혹하고 욕심이 많다. 남자는 워털루 참전 중사라고 하지만 꺼림칙한 과거가 있다. 꼬제뜨를 맡아 부려먹으며 학대한다. 가족은 뒤에 빠리로 나와 비천한 생활을 하게 된다.

자베르 장 발장을 철저히 추적하는 청렴 결백하고 냉혹한 경위.

포슐르방 몽트뢰이유 쉬르 메르에서 마차에 치었을 때 마들렌느(장 발장) 씨에게 구출된다. 뒤에 수도원의 정원사가 되어 장 발장을 헌신적으로 돕는다.

샹마띠외 장 발장으로 오인되어 처형당할 뻔한 노인.

쌩쁠리스 수녀 나사로회 수녀로, 마들렌느 씨의 진료소에서 일하는 자선 간호원. 병든 팡띤느를 헌신적으로 간호하며 그의 임종을 보살피는 성스러운 동정녀. 마들렌느 씨(장 발장)를 사베르의 손에서 벗어나게 하기 위해 평생 처음이자 마지막인 거짓말을 한다.

나뽈레옹 보나빠르뜨 워털루 전투에 대한 지은이의 회상에 등장한다.

이노쌍뜨 수도원장 늘 성체조배를 하는 르 쁘띠 삑 뿨스 수도원 원장.

마리우스 뽕메르씨 나뽈레옹으로부터 남작 작위를 받은 군인과 빠리의 부르주아 딸 사이에 태어난 젊은이. 꼬제뜨의 연인이 되어, 바리케이드에서 장 발장에게 목숨을 구원받는다.

조르즈 뽕메르씨 마리우스의 아버지, 용맹 과감한 육군 대령. 나뽈레옹에게 헌신하였으며 워털루 전장에서 떼나르디에에게 구출받는 것처럼 된다. 왕정 복고 뒤 가족들과 떨어져 고독하게 살다가 죽는다.

뤼끄 에스프리 질노르망 마리우스의 외할아버지. 여자를 좋아하는 사교인으로 통했던 부르주아 노인. 완고한 왕당파.

에뽀닌느 떼나르디에 부부의 맏딸. 남몰래 마리우스를 사랑하여 그의 목숨을 구하려다가 바리케이드에서 희생되어 죽는다.

가브로슈 떼나르디에 부부의 아들. 가족들의 사랑을 받지 못한 끝에 빠리의 부랑자 무리에 섞여든다.

루이 필립 왕 오를레앙 왕조파 국왕. 1830년 7월 혁명으로 프랑스 국민의 왕이 된다(1845년의 2월 혁명까지). 7월 왕정기(王政期)의 국왕.

마뵈프 쌩 쒈삐스 성당의 교구 재산 관리 위원으로 식물 연구가. 마리우스에게 호의를 갖고 있는 노인. 뒤에 바리케이드에서 죽는다.

떼오뒬르 질노르망 씨 조카의 아들. 맏딸인 질노르망 양에게 귀염을 받는 육군 중위.

앙졸라, 꽁브페르, 프루뻬르, 꾸르페락, 푀이, 바오렐, 레글르(보쒸에), 졸리, 그랑떼르 정치 비밀 결사 ‘ABC의 벗’회의 회원. 정열적인 공화주의 혁명가들. 앙졸라는 그들의 우두머리격. 마리우스를 가입시켜 1832년 6월 5일의 반란을 일으키고 샹브르리 거리의 바리케이드에서 농성하여 국민군에 저항하다가 전멸한다.

제4편 의무를 저버린 자베르

자베르는 여유 있는 걸음으로 옴므 아르메 거리를 떠났다

그는 생전 처음으로 고개를 숙이고 또 생전 처음으로 뒷짐을 지고 걸어갔다. 이날까지 자베르는 나뽈레옹의 두 가지 자세 가운데 과단성을 나타내는, 다시 말해 팔짱을 낀 자세만을 취했었다. 뒷짐을 진 망설임을 나타내는 자세는 여태까지 한 번도 없었다. 바야흐로 그에게 어떤 변화가 일어난 것이다. 몸 전체가 완만하고 침울한 기색을 보이면서 고뇌의 빛을 띠고 있었다.

그는 쥐죽은 듯 조용한 거리를 찾아 들어갔다. 그래도 일정한 방향을 더듬고 있었다. 세느 강으로 가는 가장 가까운 지름길을 택하여 오르므 강가로 나와 그 강가를 따라서 그레브를 지나 샤뜰레 광장 초소에서 조금 떨어진, 노트르담 다리 모퉁이에서 걸음을 멈추었다. 세느 강은 거기서 한편으로는 노트르담 다리와 뽕또 샹즈 다리로, 다른 한편으로는 메지스리 강가와 플뢰르 강가에 끼어서 급류가 그 복판을 가로지르고 있는 네모진 호수 모양으로 되어 있었다.

세느 강은 뱃사공들이 두려워하는 곳이었다. 여기의 급류는 다리
의 물방아——지금은 허물어 버렸지만 그 무렵엔 아직 있었다. —
—의 말뚝 때문에 좁혀져서 물살이 거세어졌기 때문에 그곳만큼 위
험한 곳은 없었다. 두 다리가 가까이 걸려 있어 위험은 더욱 컸다.
물살은 두 다리 밑에서는 세차게 솟구치고 있다.

강물은 교각에 무시무시하게 넓은 주름을 둘둘 말고 있다. 강물이
이 교각에 계속 모이고 쌓인다. 이 세찬 물살은 흘러 움직이는 굵은
밧줄로 교각들을 잡아 뽑아낼 것처럼 드센 힘을 드러내고 있다.

자베르는 난간에 두 팔꿈치를 짚고 턱을 두 손으로 받치고 무의식
적으로 짙은 콧수염을 손가락 끝으로 만지작거리면서 깊은 생각에
잠겼다.

어떤 새로운 일이, 어떤 혁명이, 어떤 비극적인 결말이 마음 밑바
닥에 일어난 것이다. 깊이 반성해야 할 일이 거기에 있었다. 자베르
는 지금 무섭게 고민하고 있었다. 몇 시간 전부터 자베르는 단순한
인간으로 있을 수 없게 된 것이다. 그의 마음은 흐트러져 있었다.
그토록 완고하면서도 맑았던 두뇌는 지금 투명함을 잃고 있었다. 그
수정과 같은 투명함 속에는 지금 한조각 구름이 끼어 있었다. 자베
르는 의무가 두 가지로 갈라지는 것을 마음 밑바닥에 느끼고, 그 사
실에 대해 자신을 속일 수 없었다. 세느 강가에서 뜻밖에 장 발장을
만났을 때, 그의 마음속에는 놓쳤던 먹잇감을 다시 만난 늑대와 같
은, 가까스로 주인을 찾아낸 개와 같은 그 무엇이 있었다.

그는 자기 앞에 놓인 두 갈래의 길을, 어느 쪽도 똑같이 곧기는
했지만 분명히 두 갈래의 길을 보았다. 그 사실은, 태어나서 지금까
지 단 하나의 직선밖에 몰랐던 자베르에게는 무서운 일이었다. 더욱
이 심하게 마음을 괴롭히는 것은, 그 두 갈래의 길이 서로 반대 방
향이라는 것이었다. 두 갈래의 직선은 서로 멀리하고 있었다. 어느
것이 참다운 길인지? 그의 위치는 형용하기 어려운 것이었다.

범죄자에게 목숨을 구제받고 그 부채를 인정하고 그 보답으로 본의 아니게 죄인과 똑같은 처지가 되어 은혜를 은혜로 보답하는 것, 자기에게 "가라"고 한 자에 대해 이쪽에서도 "자유의 몸이 되라"고 대답하는 것, 개인적인 동기에서 공적인 임무를 희생하고, 더욱이 그 개인적 동기 속에 동시에 무언가 공적인 것, 아마도 좀더 높은 것을 느끼고, 자신의 양심을 배반하지 않기 위해 사회를 배신하는 그러한 부조리가 모두 현실이 되어서 그에게 덮쳐왔다. 그는 어찌할 바를 몰랐다.

장 발장은 자베르를 용서했다. 그 사실에 자베르는 몹시 당황했고, 또한 그 자신이 장 발장을 용서한 것에 스스로 망연자실했다.

자신은 어떠한 위치에 있는가? 그는 자신을 찾으려고 애썼으나 이젠 찾을 수가 없었다.

이제부터 어떻게 해야 할 것인가? 장 발장을 넘겨줄 것인가? 그것은 나쁜 일이었다. 그러면 장 발장을 자유롭게 놓아 둘 것인가? 그것도 나쁜 일이었다. 첫번째 경우는 관리가 유형수 이하로 떨어지는 것이고, 두 번째 경우는 유형수가 법률보다 높이 올라가서 법률을 밟는 결과였다. 어느 쪽도 자베르에게는 불명예였다. 어느 쪽으로 마음을 정해도 그곳엔 추락이 있었다. 숙명에는 불가능 위에 수직으로 솟은 절벽이 있고, 그곳에서 보면 저쪽의 인생은 이미 하나의 심연에 지나지 않는다. 자베르는 그러한 절벽 끝에 와 있는 것이다.

그를 괴롭히는 고뇌의 하나는 생각하지 않으면 안 되게 된 일이었다. 서로 모순되는 감정의 격렬함이 그에게 생각하기를 강요하고 있었다. 생각하는 것, 그것은 그의 습관에는 없었던 일로 그를 몹시 괴롭혔다. 생각한다는 것에는 반드시 얼마간 내심의 배반이 포함되어 있기에, 그는 자신의 마음에, 그러한 반란을 가지고 있다는 것에 화가 났다.

자기 직무의 좁은 범위 밖에 있는 어떠한 문제이든 생각한다는 것
은 그에게 언제나 필요없고, 지루한 일이었다. 그러나 지금, 지난
하루를 생각하면 괴로웠다. 그래도 역시 이만큼의 동요 뒤에 자신의
마음에 눈을 돌리고 자신을 냉정하게 들여다보지 않을 수 없었다.

지금 막 자신이 행한 일을 생각하고 몸서리쳤다. 자베르는 경찰의
모든 규칙을 위반하고, 사회와 사법의 모든 조직을 배반하고, 모든
법전을 어기고 스스로 판단하여 범죄자를 놓아 주었다. 그것이 그
개인에게는 정당한 일이었다. 그러나 그는 공적인 일을 사적인 일로
바꾸어 놓은 것이다. 그것을 어떻게 설명할 것인가? 스스로 저지
른, 명분이 서지 않는 그 행위에 정면으로 맞설 때마다 그는 머리
끝에서 발끝까지 떨었다. 어떻게 결심해야 한단 말인가? 남은 수단
은 한 가지뿐이었다. 급히 옴므 아르메 거리로 돌아가서 장 발장을
투옥시키는 것, 그것이야말로 명백히 해야만 할 일이었다. 그러나
그는 할 수 없었다.

무엇인가가 그쪽으로 가는 길을 막고 있었다. 무엇이? 대체 무엇
이? 법정과 집행 명령과 경찰과 권력 외에 세상에 또 무엇이 있단
말인가? 자베르는 어찌할 바를 몰랐다.

신성한 징역수! 단죄할 수 없는 죄수! 자베르에게는 그것이 바
로 현실이었다.

벌을 주기 위한 자베르와 벌을 받기 위한 장 발장, 둘 다 법 안에
있으면서 법을 초월하기에 이른 것이다. 무서운 일이 아니겠는가!

도대체 어찌된 일인가! 이처럼 이상한 일이 생기다니, 그리고 아
무도 벌을 받지 않는 일이 있을 수 있을까? 장 발장이 사회 조직
전체보다 강력하여, 자유의 몸이 되고, 자베르는 여전히 정부의 빵
을 먹고 사는 그런 일이 있을 수 있을까?

그의 몽상은 점점 무서워져 갔다.

그런 몽상을 하는 동안에도 그는 뒤 깔베르 거리로 운반된 폭도에

대해 조금은 자신을 책망해야 했다. 그러나 그는 그 일은 염두에도
두지 않았다. 작은 과오는 커다란 과오 속에 묻혀져 버렸다. 게다가
그 폭도는 분명히 죽어 있었다. 법률상의 추적은 죽은 사람에게까지
적용되지는 않는다.

　장 발장, 오직 그만이 그의 정신을 압박하는 무거운 짐이었다.

　장 발장이 그를 난처하게 했다. 그의 평생 의지였던 모든 원칙이
그 사나이 앞에서 무너진 것이다. 자베르에 대한 장 발장의 관용은
그를 압도하고 말았다. 그밖의 여러 가지 사실을 상기해 보니 예전
에는 허위라든가 어리석은 짓이라고 여겼던 여러 가지 사실들이 지
금은 현실이 되어 역력히 되살아났다. 마들렌느 씨가 장 발장 뒤에
나타나 두 사람의 모습이 겹쳐져서 지금은 존경해야 할 한 사람의
모습이 되었다. 자베르는 무언가 무서운 것이, 죄인에 대한 찬탄의
마음이 영혼 가운데 스며드는 것을 느꼈다. 징역수에 대한 존경, 이
런 일이 있을 수 있을까?

　그는 무섭고 소름이 끼쳐 몸을 가눌 수 없었다. 아무리 발버둥쳐
도 양심을 심판하는 마당에서 그 악한의 숭고함을 자백하지 않을 수
없었다. 그것은 실로 견딜 수 없는 일이었다. 자선을 베푸는 악인,
동정심 많고, 다정하며, 남 돕기를 좋아하고, 마음이 관대하며, 악
에 대해서는 선으로 보답하고, 증오에 대해서는 용서로 보답하고,
복수보다는 연민을 느끼고, 적을 멸망케 하기보다 차라리 스스로 멸
망하는 길을 선택하고, 자신을 때린 자를 구하고, 높은 덕 위에서
무릎을 꿇고, 인간보다 천사에 가까운 징역수! 그러한 괴물이 세상
에 있다는 것을 자베르는 결국 인정할 수밖에 없었다. 그것은 그대
로 끝날 일이 아니었다.

　좀 더 강조한다면 저 괴물에게, 저 비천한 천사에게, 저 혐오스러
운 영웅에게, 그를 놀라게 하는 동시에 격노케 한 저 사나이에게,
아무 저항 없이 굴복한 것은 아니었다. 마차 속에서 장 발장과 마주

앉아 있는 동안, 법률인 호랑이가 그의 마음속에서 몇 번이나 으르렁대고 있었다. 장 발장에게 덤벼들어 물어뜯고, 다시 말해 그를 붙잡고 그를 체포하고 싶은 충동을 느꼈다. 사실, 그처럼 간단한 일이 또 있겠는가?

파출소 앞을 지날 때, "규칙을 어긴 죄인이 여기 있소!" 하고 외치고, 헌병을 불러서 "이 사나이를 인계하네" 하고 말한 뒤, 죄인을 그곳에 남겨두고 뒷일은 상관 않고 가버렸어야 했다. 장 발장은 영원히 법률의 포로가 되어 법률이 요구하는 대로 처리될 것이다. 이처럼 정당한 일이 어디 있겠는가? 자베르는 그런 것을 혼자 생각해 보았다. 과감하게 행동하여 직접 장 발장을 체포하려고 했다.

그런데 그때도, 그리고 지금도, 그것이 되지 않았다. 자신의 손을 경련을 일으키듯 장 발장의 목덜미를 향해 쳐들었지만 그때마다 저항할 수 없는 무게로 눌리듯 힘없이 내려 버렸다. 마음 밑바닥에서 하나의 목소리, 야릇한 목소리가 외치는 것이 들려왔다! "좋다, 네 생명의 은인을 넘겨주어라. 그것이 끝나면 뽕스 필라뜨^(그리스도를 십자가에 매단 유대의 총독)의 대야를 가져와서 네 손을 씻으면 된다."

다음 순간 그의 생각은 자기 자신에게 돌아와 위대해진 장 발장 옆에 추락한 자신의 모습을 보였다. 한 징역수가 자기의 은인이었던 것이다.

하지만 어째서 그는 자신을 살려두는 것을 그 남자에게 허락했던 것일까? 장 발장은 그 바리케이드 안에서 자베르를 죽일 권리를 갖고 있었다. 그는 그 권리를 행사했어야 했다. 그는 다른 폭도들을 불러 장 발장을 방해하고 억지로라도 총살당하는 편이 훨씬 나았을 것이다.

그의 가장 큰 고뇌는 확신이 사라져 버린 것이었다. 송두리째 없어진 듯한 느낌이었다. 법전도 이제는 나무토막이 되어 손에 남아 있을 뿐이었다. 그는 까닭을 알 수 없는 걱정과 씨름하지 않을 수 없었다. 여태까지 그의 둘도 없는 척도가 되어 왔던 법률 위에 편히 자리잡았던 사고방식과는 전혀 동떨어진 어떤 감정적인 계시가 그의 마음속에서 일어났다. 예전의 충실하고 공명정대한 생활 태도를 계속하는 데에 이미 만족할 수 없게 되었다. 뜻밖에 일련의 사태가 돌발하여 그를 굴복시켰다. 하나의 새로운 세계가 그의 영혼에 나타났다. 즉, 기꺼이 받고 다시 돌려 준 친절, 헌신, 자비, 관용, 연민에서 나온 준엄의 훼손, 개인성의 승인, 단호하게 사람을 벌하는 일도 죄를 짓게 할 수도 없다는 것, 법의 눈에도 눈물이 있을 수 있다는 것, 인간에게 의존하는 정의와는 반대방향을 택하는 일종의 신에 의존하는 정의. 그는 여태껏 알지 못했던 도덕의 태양이 암흑 속에서 무섭게 뜨는 아침을 보았다. 그 아침은 그를 겁나게 했다. 그는 아찔한 현기증을 느꼈다. 독수리의 눈을 가질 것을 강요당한 부엉이였다.

그는 마음속으로 말했다. 이것도 진실이며, 세상에는 예외가 있다. 그 방면의 권위도 동요할 때가 있다. 규칙도 어떤 사실 앞에서는 막힐 때가 있다. 모든 것이 법조문 안에 기록되어 있는 것은 아닐 것이다. 의외의 일에는 따르는 수밖에 없다. 징역수의 덕이 관리의 덕을 반성하게 하는 수도 있다. 괴물이 신성해질 수도 있다. 인생에는 이러한 복병도 있다. 그는 자신이 그러한 기습을 피하지 못한 것이라고 절망감과 함께 생각했다.

그는 선의가 실제로 존재한다는 것을 인정하지 않을 수 없었다. 그 죄수는 친절했다. 또한 그 자신도 예전엔 없었던 일이지만 얼마 전부터 친절한 행위를 해왔다. 그는 변한 것이다. 그는 자신이 비겁하다는 것을 인정했다. 그는 스스로 두려움을 느꼈다.

자베르에게 이상이란, 인간답게 되는 것도, 위대해지는 것도, 숭고해지는 것도 아니었다. 아무런 결점도 없는 사람이 되는 일이었다. 그런데 지금 그는 과오를 저지른 것이다.

어째서 이렇게 되었는지? 어째서 그런 일이 생겼는지? 그것은 자기 자신도 알 수 없다는 게 솔직한 심정이었다. 두 손으로 머리를 끌어안고 아무리 생각해도 도저히 설명할 수가 없었다.

장 발장을 법의 손에 넘겨 줄 것을 그는 분명히 생각했었다. 장 발장은 법률의 포로이며, 자베르는 법률의 노예였다. 장 발장을 붙잡고 있는 동안 그를 놓아 주어야겠다는 생각 같은 것은 한순간도 가져 본 적이 없었다. 어떤 의미에서는 자기도 모르는 사이에 그의 손이 벌어져서 장 발장을 놓아 버린 것이다.

수수께끼 같은 온갖 새로운 일들이 눈앞에 나타났다. 그는 이것저것 자문자답해 보았으나 자신의 대답에 두려움을 느꼈다. 그는 자신에게 물었다. "내가 박해라 할 만큼 집요하게 추적한 저 죄수, 저 절망에 빠진 남자는, 나를 짓밟고 복수할 수 있었다. 원한을 풀기 위해서도, 자신의 안전을 위해서도, 당연히 복수했어야 했을 텐데도 나를 살려 주고 나를 용서했다. 도대체 무엇 때문에? 사적인 의무일까? 아니다, 의무 이상의 무엇이다. 그리고 나도 그를 용서했다. 그것은 또 왜? 어째서였을까? 그것도 사적인 의무였을까? 아니다, 의무 이상의 무엇이다. 그렇다면 의무 이상의 것이 있단 말인가?" 여기서 그는 두려워졌다.

그의 저울은 어긋났다. 서울 접시의 한쪽은 심연 속으로 떨어지고, 다른 한쪽은 천상으로 올라갔다. 그리고 자베르는 높은 곳에 올라간 접시에도 낮은 곳에 떨어진 접시에도 두려움을 느꼈다. 그는 결코 볼떼르주의자라든가 철학자(특히 18세기 회의적인 철학자)라든가 불신자라고 불리는 인물은 전혀 아니었다. 오히려 확고한 가톨릭 교회를 본능적으로 존경하고 있었다. 그렇지만 다만 사회 전체의 엄숙한 단편이라고 생각하는 데 불과했다. 질서는 그의 교의였고 그것만 있으면 충분했다. 어른이 되어 지금의 직무를 맡은 이래 그는 경찰 속에 자신의 종교 거의 전부를 가져다 놓았다. 그리고 결코 비꼬는 게 아니라 매우 진지한 의미에서 전에 말했듯이, 남들이 사제 노릇을 하듯 탐정 노릇을 했다. 그에게는 지스께 씨라는 상관이 있었다. 오늘날까지 그는 다른 상관인 신에 대해서는 거의 생각해 보지 않았다.

신이라는 새로운 주인을 그는 뜻밖에도 느꼈고 그 때문에 마음이 산란해진 것이다.

그 뜻하지 않은 존재에 그는 당황했다. 아랫사람은 언제나 머리를 숙이고, 거역하거나 비난하거나 반박해서는 안 된다. 윗사람을 지나치게 못마땅하게 생각하는 아랫사람은 사표를 내는 수밖에 없다는 것을 모르지 않는 그도, 이 상관에 대해서는 어떻게 해야 할지 몰랐다. 첫째, 신에게 사표를 내려면 어떻게 하면 좋단 말인가?

어쨌든, 그의 생각이 언제나 되돌아오는 한 점, 그에게서 모든 것을 결정하고 있는 한 가지 사실은 그가 무서운 위법을 범했다는 것이었다. 그는 재범자가 포고를 위반한 것을 못 본 체했다. 한 죄수를 방면하여 법률에 속하는 한 남자를 법률한테 뺏아온 것이다. 그가 한 일은 바로 그것이었다. 이제는 자신도 자기를 알 수가 없었다. 과연 이것이 본래 자신인지 믿을 수가 없었다. 자기 행위의 이유조차도 포착하지 못하고 그저 헤맬 뿐이었다.

그는 그때까지 어두운 청렴의 모체인 그 맹목적인 신념에 의해서 살아 왔다. 지금 그 신념은 그를 버렸고, 또 청렴은 그에게서 사라졌다. 그가 믿어 왔던 모든 것은 사라졌다. 그가 원치 않는 진실이 가차없이 그를 괴롭혔다. 이제부터는 다른 사람이 되지 않으면 안 되었다. 갑자기 백내장 수술을 받은 양심의 통증에 그는 시달렸다. 보고 싶지 않은 것을 보았다. 자신이 텅 비어 버리고, 쓸모 없어지고, 과거의 생명에서 격리되어 파면당하고, 붕괴되었음을 그는 느꼈다. 공적인 권위는 그의 내부에서 죽었다. 이제는 존재 이유가 없었다. 뒤흔들리는 지위, 그것은 무서운 것이다!

화강암 같은 인간이 의혹을 알았다! 철두철미하게 법의 틀 속에서 만들어진 징벌의 모습이면서, 그 청동의 가슴 안에 심장과도 같은 부조리와 반항이 있다는 것을 문득 깨닫는다! 그날까지 악이라고 여겼던 것이 선이 되고, 그 선에 선으로 보답해야만 한다! 도둑을 지키는 개의 처지이면서 도둑의 손을 핥는다! 얼음이었던 몸이 녹아 간다! 못을 뽑는 장도리이어야 할 텐데 평범한 손이 된다! 손가락이 펴지는 것을 문득 느낀다! 붙잡은 사냥감을 놓는다. 무서운 일이다! 이미 나아갈 길을 잃고 후퇴하는 한 인간의 탄환!

왜 다음과 같은 일들을 자인하지 않으면 안 된단 말인가! 즉, 잘못이 없다고 생각하는 생활태도가 반드시 잘못이 없음은 아니라는 것, 교의에도 과오는 있을 수 있다는 것, 법전이 모든 것을 설명하는 건 아니라는 것, 사회는 완전하지 않다는 것, 공적인 권위도 흔들릴 때가 있다는 것, 굳건해야 할 것에 금이 가는 수도 있고, 재판관도 인간이고, 법률이 잘못되어 있거나, 법정도 잘못된 판결을 내릴 수 있다는 것, 하늘의 끝없이 넓은 유리에도 갈라질 틈이 있다는 것을!

자베르의 마음에 일어난 일, 그것은 직선적인 양심이 휘어지는 것이고, 영혼의 탈선이며, 저항할 수 없는 힘으로 똑바로 돌진하여 신에게 부딪쳐서 부서지는, 청렴의 붕괴였다. 분명히 그것은 이상한 일이었다. 질서의 화부(火夫)가, 권위의 기관차가, 눈이 민 칠마를 타고 궤도를 달리다가 광명의 일격을 받아 말에서 떨어지다니! 움직이지 않는 것, 똑바른 것, 정확한 것, 기하학적인 것, 수동적인 것, 완전한 것이 무너지다니! 기관차에도 ‘다마스커스로 가는 길’이 있다니! (어느 한순간 깨달음을 얻어 심기일전하는 것에 대한 비유)

신, 항상 인간의 내면에 있고, 참다운 양심으로 허위에 대항하는 신, 번쩍이는 빛을 지켜서 사라지지 못하게 하는, 한 줄기의 광선에 태양을 상기하라는 명령, 영혼에게 허위의 절대와 대립하고 있는 참다운 절대를 알라고 하는 훈령, 멸하는 일이 없는 인간성, 인간 불멸의 마음, 그 빛나는 현상, 우리 인간 내면의 가장 아름다운 불가사의, 그것을 자베르는 깨달은 것일까? 그것을 통찰한 것일까? 그것을 이해한 것일까? 결코 그렇지는 않았다. 그러나 이해할 수는 없으나 의심할 수도 없는 것의 압력 아래 자신의 두뇌가 조금씩 열려 가는 것을 느꼈다.

그는 그 기적에 의해서 변모했다기보다 그것의 희생물이 되었다. 그는 격분하면서 그 기적을 받았다. 그의 눈에는 그 기적 속에 사는 것이 매우 어렵다는 것만이 보였다. 이제부터 앞으로 영원토록 호흡이 곤란해질 것처럼 느껴졌다. 머리 위에 미지의 것을 인다는 것, 그것에 익숙하지 않았던 것이다.

여태까지 머리 위에 이고 왔던 것은 명백하고, 단순하고 깨끗한 표면처럼 보였다. 거기에는 미지도 없고 암흑도 없었다. 한정된 것, 정리된 것, 사슬에 매어져 있는 것, 간결한 것, 정확한 것, 범위가 정해진 것, 한정된 것, 폐쇄된 것뿐이었다. 모든 것은 예견되어 있었다. 공적인 권위는 평탄했다. 어떠한 추락도 없고, 그 앞에서는 어떤 동요도 없었다. 자베르는 다만 아래쪽에서만 미지인 것을 보아 왔을 뿐이었다. 규칙에 어긋난 것이나 뜻하지 않은 것이며 무질서의 난잡한 틈새며 언제 미끄러져 떨어질지 모르는 절벽은, 도적이며 악인이며 하찮은 사람들 속에, 즉 하층 지대에 있었다. 그런데 지금 자베르는 벌렁 드러누워 이상한 괴물, 곧 머리 위 심연을 보고 갑자기 당황했다. 이 무슨 일인가? 이것은 밑바닥에서부터 무너진 것이다! 완전히 균형을 잃은 것이다. 무엇을 믿어야 하나, 확신하던 것이 무너져 버렸으니.

어찌된 일인가! 사회를 감싸고 있던 갑옷 속 결함이 관대한 한 죄수에 의해 발견되어도 좋다는 말인가! 결백하고 정직한 법의 공복(公僕)이 한 남자를 석방하는 죄와 체포하는 죄, 이 두 죄 사이에 끼어 버릴 수 있단 말인가! 국가가 공무원에게 내리는 훈령 중에도 확실치 않은 것이 있단 말인가! 의무 중에도 한계가 있단 말인가? 이게 모조리 현실인가! 일찍이 형벌 아래 무릎을 꿇었던 악당이, 벌떡 일어서서 결국은 정당한 것이 되는 것도 진실이었던가? 이런 것을 믿을 수 있단 말인가? 그렇다면 모습을 바꾼 죄악 앞에 법률이 변명을 늘어놓으면서 물러서지 않으면 안 될 경우도 있다는 말인가?

그렇다, 바로 그대로였다! 자베르는 그것을 보고 그것을 만졌다! 단순히 그것을 부정할 수 없었던 게 아니라, 자신이 그 소용돌이 속에 들어가 있었던 것이다. 그것은 현실이었다. 현실이 이처럼 기형적인 모습이 될 수 있다는 건 참으로 저주할 일이었다.

사실이 본분을 지킨다면 사실은 법을 증명하는 일밖에 하지 않을 것이다. 사실이란 신이 만들어내는 것이니까. 그렇다면 지금 무정부주의까지 하늘에서 내려오려 한다는 말인가?

이렇게 해서 점점 더 깊어 가는 고뇌 속에, 망연자실한 환각 속에, 그의 감명을 가로막고 정정해 주는 것이 모두 사라지고, 사회도, 인류도, 우주도, 그의 눈에는 한낱 단순하고 보기 흉한 모습으로 보였다. 형법, 판결, 법규에 기인한 힘, 최고 재판소의 판례, 사법관, 정부, 혐의와 억압, 공무상의 사려(思慮), 법률의 확실성, 법규의 원칙, 정치적 및 개인적 안녕의 근거가 되는 모든 신조, 징의, 법전에 기인한 이론, 사회의 절대권, 공공 진리, 이 모두가 지금은 쓰레기가 되고, 잡동사니가 되고, 혼돈스러운 것이 되고 말았다. 질서의 감시인이며, 경찰의 엄정한 종복이며, 사회를 지키는 개였던 자베르! 그는 패배하여 쓰러졌다. 그리고 그 폐허에 한 남자가 녹색 모자를 머리에 쓰고, 후광을 이마에 받고 서 있었다. 이것이 그가 빠진 혼란이요, 그가 영혼 속에 가졌던 무서운 환영은 바로 그런 것이었다.

그것을 견뎌내는 방법은 없었다.

혹독한 상황이 있다면 바로 그것이 혹독한 상황이었다. 이 상황에서 빠져나가는 방법은 두 가지뿐이었다. 하나는, 결연하게 장 발장에게 가서 그 죄수를 감옥으로 돌려보내는 것, 또 하나는…….

자베르는 난간을 떠나서 이번에는 머리를 들고, 확고한 걸음걸이로 샤뜰레 광장 한구석 각등이 켜져 있는 파출소 쪽으로 걸어갔다.

거기까지 가서, 순경이 한 사람 있는 것을 유리창 너머로 보고 안으로 들어갔다. 파출소의 문을 여는 것만으로도 경찰관들은 상대가 동료인지 아닌지를 안다. 자베르는 자신의 이름을 밝히고, 신분증을 보여준 뒤 촛불이 켜져 있는 책상 앞에 앉았다. 책상 위에는 한 자루의 펜과 납으로 만든 잉크병과 종이가, 불시에 조서나 야간 순찰의 훈령을 쓰게 될 때를 위해 비치되어 있었다.

언제나 짚의자가 하나 놓여 있는 그 책상은 어느 경찰 초소에서나 보게 되는 규정된 비품이었다. 그리고 판에 박은 듯 톱밥이 들어 있는 회양목접시와 붉은 봉랍이 가득 담긴 종이 상자가 그 위에 놓여 있었다. 관청으로서는 최하급이라고 할 만했다. 국가의 문학은 거의 그 책상에서 시작된다.

자베르는 펜과 종이를 한 장 집어서 쓰기 시작했다.

공무에 관한 의견서

1 시경국장 각하께서 친히 보아 주시기 바람.

2 예심을 마치고 돌아온 미결수들은 신체검사를 받기 위해 돌바닥 위에 오래 세워진다. 그래서 감방으로 돌아가면 기침을 하는 미결수들이 많다. 따라서 의무실 경비가 늘게 된다.

3 미행은 거리를 두고 경관을 세워 릴레이 식으로 하는 것은 좋으나, 중대한 경우에는 적어도 두 경관은 서로의 모습을 볼 수 있는 위치를 유지해야 할 것이다. 이렇게 하면 어떠한 이유로 한

경관이 임무를 게을리하는 일이 있어도 다른 한 사람이 감시할
수가 있다.

4 마들로네뜨 감옥에는 대금을 지불하더라도 의자를 갖는 것을
죄수들에게 금하는 특별 규정이 있는데 그 이유를 이해할 수 없
다.

5 마들로네뜨에는 구내 식당의 창문에 창살이 두 개밖에 없다. 그
래서 식당의 여종업원이 죄수들에게 손목을 잡히는 일이 있다.

6 다른 죄수를 면회실로 불러내는 일을 하는 죄수, 이른바 호출인
에게 이름을 분명하게 불러 달라고 하기 위해 죄수들은 2수씩
돈을 주고 있다. 이것은 착취다.

7 직물 공장에서 노역하는 죄수는 실 한 가닥이 벗겨질 때마다 임
금에서 10수씩 깎는다. 그러나 그것 때문에 직물의 품질이 나
빠질 이유는 없으므로 이것은 청부업자의 폐단이다.

8 포르스 감옥을 찾는 사람들이 쌩뜨 마리 레집씨엔느 면회실에
가기 위해 꼬마들(수용된 부랑아들)의 안마당을 지나가지 않으면 안 된다는
건 유감스러운 일이다.

9 사법관의 형사 피고인에 대한 심문에 대해서, 헌병들이 시경 안
마당에서 매일 이야기하는 것은 분명한 사실이다. 신성해야 할
헌병이 예심 공판정에서 들은 것을 입 밖에 낸다는 것은 중대한
질서 문란이다.

10 앙리 부인은 건실한 여성으로 그의 구내 식당은 매우 정결하다.
그러나 한 여자가 비밀 감방 입구를 독차지하는 것은 좋지 않은
일이다. 그것은 대문명국의 부속 감방으로서 수치스러운 일이
다.

자베르는 천성적으로 타고난 침착하고 정확한 필적으로, 쉼표 하
나 빠뜨리지 않고 종이 위에 힘찬 펜 소리를 내면서 이와 같이 썼

다. 그리고 마지막 줄에 다음과 같은 서명을 했다.

일등 경위
자베르

샤뜰레 광장 파출소에서
1832년 6월 7일 오전 1시경

　자베르는 종이 위의 잉크를 말리고 편지처럼 접어서 봉한 뒤, 뒷면에 '제도에 관한 메모'라 쓰고, 그것을 책상 위에 놓고 파출소를 나왔다. 창살 달린 유리문이 등 뒤에서 닫혔다.
　그는 다시 샤뜰레 광장을 비스듬히 빠져서 강변 거리로 나오자, 기계처럼 정확하게 15분 전에 떠났던 그 자리로 되돌아왔다. 그는 난간에 팔꿈치를 짚고 아까 섰던 포석 위에 똑같은 자세로 섰다. 그 모습은 그곳을 전혀 떠나지 않았던 것처럼 보였다.
　한점의 틈도 없는 어둠이었다. 12시가 지난 무덤과 같은 시간이었다. 구름이 별들을 가리고 있었고, 하늘은 음침하게 흐려 있었다. 씨떼의 집에는 이미 희미한 불빛도 없었다. 지나가는 사람도 없었다. 눈에 보이는 것은, 거리나 강변이나 완전히 적막에 싸여 있었다. 노트르담의 지붕과 재판소의 탑이 밤의 모형처럼 보였다. 가로등 하나가 강가를 붉게 비추고 있었다. 많은 다리의 그림자가 안개 속에 겹쳐져서 야릇한 형태로 보였다. 비가 와서 강물이 불어 있었다.
　자베르가 팔꿈치를 괴고 서 있는 그 자리는 독자들도 기억하듯이 바로 세느 강 급류 위, 무한한 나선형처럼 풀렸다가는 다시 감기곤 하는 저 무서운 소용돌이 바로 위였다.
　자베르는 머리를 기울여 아래를 굽어 보았다. 캄캄했다. 아무것도 보이지 않았다. 이따금 아찔할 정도로 깊은 물속에서 희미한 빛이 한 줄기 어렴풋하게 넘실거렸다. 물에는 그러한 힘이 있어서 아무리

캄캄한 밤일지라도 어디서인지 빛을 내어 그것을 뱀처럼 보이게 한
다. 그 빛이 사라지고 나면 다시 모든 것은 암흑으로 되돌아간다.
그곳에는 광대무변한 것이 입을 벌리고 있는 것 같았다. 자기 밑에
있는 것, 그것은 물이 아니라 심연이었다. 강기슭의 가파른 안벽은
희미하게 안개에 녹아들어 갑자기 숨어 버리고 만다. 그것은 무궁한
것으로 가는 낭떠러지 같았다.

아무것도 보이지 않았다. 물의 적의를 품은 차가움과 젖은 돌의
역겨운 냄새가 느껴졌다. 거친 숨결이 그 깊은 물에서 올라왔다. 눈
에는 보이지 않지만 물이 불어난 것을 알 수 있는 강물의 흐름, 물
결의 비장한 속삭임, 아치 모양 다리 기둥의 음울한 거대함, 그 어
두운 허무의 공간으로 추락한다는 상상, 그러한 암흑 세계는 공포에
차 있었다.

자베르는 암흑의 입구를 바라보며 움직이지 않고 서 있었다. 마음
을 집중하여 가만히 눈길을 모으고 보이지 않는 것을 지켜보고 있었
다. 물은 소리를 내며 흘러갔다. 불현듯 모자를 벗어 강둑 언저리에
놓았다. 잠깐 뒤, 밤이 이슥한 이때에 멀리 지나가는 사람이 있었다
면 유령으로 보았을 키큰 사람의 검은 그림자가, 난간 위에 올라 세
느 강을 향해 몸을 굽히더니 다시 몸을 일으켰다가 어둠 속 강물로
똑바로 떨어졌다. 둔한 물소리가 났다. 물 속으로 사라진 그 검은
모습의 비밀은 어둠만이 알 뿐이었다.

불현듯 모자를 벗어 강둑 언저리에 놓았다.

검은 그림자가 어둠 속 강물로 떨어졌다.

<h1 style="text-align:center">제5편 손자와 할아버지</h1>

생철을 댄 나무가 다시 나타나다

전편에서 이야기한 사건이 있은 뒤 얼마쯤 지나 블라트뤼엘 씨의 마음을 몹시 동요하게 하는 일이 일어났다. 블라트뤼엘이란 이미 이 책의 어두운 장면에서 잠깐 모습을 보였던 저 몽페르메이유의 도로 수리공을 말한다.

블라트뤼엘은 독자도 아마 기억하겠지만 여러 가시 수상한 일을 하는 사나이였다. 돌 깨는 일을 하는 한편 대로에서 여행객들의 소지품을 가로채기도 했다. 인부와 도둑을 겸업하고 있는 그에게는 꿈이 하나 있었다. 몽페르메이유 숲 속에 보물이 묻혀 있다고 믿고 있었던 것이다. 그래서 언젠가는 어느 나무뿌리의 땅 속에서 돈을 찾아내리라고 맘먹고 있었다. 그리고 우선 당장에는 통행인의 주머니 속에 있는 돈을 가로채는 것으로 만족하고 있었다.

그런데 지금 그는 근신중이었다. 바로 얼마 전에 겨우 호랑이 아가리에서 벗어났기 때문이다. 아는 바와 같이 그는 종드레뜨의 움집에서 다른 불한당들과 함께 붙들렸다. 그러나 악덕한 짓도 때로는 쓸모 있는 때가 있는지 술에 잔뜩 취했던 덕분에 살아났다. 그가 범행 현장에 도둑으로 있었는지 아니면 피해자로 있었는지 끝내 밝혀지지 않았던 것이다. 매복했던 날 밤, 술에 취해 있었다는 확실한 증거로 해서 면소 판결이 내려져 석방되었다. 그는 다시 숲으로 도망쳐 왔다. 그리고 가니에서 라니로 가는 도로 공사로 돌아가 정부의 감시 아래 국가를 위한 도로 공사를 다시 시작했다. 그는 기운없는 안색에 심한 우울증에 빠져 하마터면 신세를 망칠 뻔한 도둑질에 대해서는 거의 열이 식어 있었다. 그러나 술에 대해서는 자신을 구해 주었다는 이유로 한층 더 빠져들게 되었다.

도로 수리공의 오막살이, 풀을 이은 지붕 밑으로 돌아온 지 얼마 되지 않아서 그가 몹시 동요했던 일은 다음과 같은 것이었다.

어느 날 아침, 아직 해뜨기 조금 전 블라트뤼엘은 여느 때와 마찬가지로 일하러, 또한 매복도 하러 나가다가, 나뭇가지 사이로 한 남자를 발견했다. 뒷모습밖에 보이지 않았지만 먼 발치에서 어스름 속에 본 그는 몸집이 낯익다고 생각했다. 블라트뤼엘은 술꾼이긴 했지만 정확하고 명석한 기억력을 가지고 있었다. 그것은 법의 질서와 조금이라도 대립하고 있는 자에게는 빼놓을 수 없는 호신용 무기였다.

"어디서 본 것 같은데 어디서였을까 ?"
블라트뤼엘은 자신에게 물었다.

그러나 마음속에 흐릿한 모습으로 남아 있는 누군가와 그 남자가 닮았다는 것 외에는 아무런 해답도 나오지 않았다. 그래서 블라트뤼엘은 분명히 누구라고 알아내지는 못하면서도 이것저것 생각을 맞추어 보며 추측했다. 저 자는 이 지방 사람은 아니야. 딴 고장에서 왔을거야. 그것도 틀림없이 걸어서 왔어. 승합마차는 이런 시간에는 한 대도 몽페르메이유를 지나가지 않거든. 저 사람은 밤새껏 걸어온

게 분명해. 그렇다면 어디서 왔을까? 배낭도 보따리도 들고 있지 않은 걸 보면 멀리서 온 것은 아니야. 틀림없이 빠리에서 왔을 걸. 그렇다면 왜 이 숲에 왔을까? 어째서 이런 시각에 왔을까? 무엇 하러 왔을까?

블라트뤼엘은 보물을 생각해 냈다. 그래서 기억을 더듬어 보니까, 지금부터 몇 년 전 역시 한 남자 때문에 지금과 같이 마음을 썼던 일을 어렴풋이 생각해 내고, 아무래도 그때 그 사람 같다는 생각이 들었다.

생각에 잠기면서 그는 잘 살피기 위해서 머리를 숙이고 있었다. 그것은 당연한 일이라고 할지라도 그다지 영리한 일은 아니었다. 그가 머리를 쳐들었을 때에는 이미 아무도 없었다. 남자는 숲과 어둠 속으로 사라졌다.

"제기랄" 하고 블라트뤼엘은 말했다. "다시 찾아내고야 말 테다. 어디 사는 어느 놈인지 알아내고야 말겠어. 이런 새벽부터 어정거리 는 놈에겐 곡절이 있을 게 뻔해. 그것을 알아내야지. 내 숲 속에 비 밀을 가지고 들어온 이상 내가 모르고 지낼 수는 없어."

그는 매우 날카롭고 뾰죽한 곡괭이를 들었다.

"자아" 하고 그는 중얼거렸다. "이걸로 땅도 인간도 파헤쳐 줄 테다."

그리고 실과 실을 이어가듯 남자가 지나갔으리라고 짐작되는 길 에서 될 수 있는 대로 벗어나지 않도록 나무 숲 사이를 걷기 시작했 다.

큰 걸음으로 백 보 가량 갔을 때, 밝아오는 아침해가 그를 도왔 다. 모래땅 여기저기 나 있는 발자국, 짓밟힌 풀, 갈라헤쳐진 관목, 잠에서 깨어날 때 기지개를 켜는 미녀의 팔처럼 부드럽게 천천히 우 거진 덤불 속에서 일어나고 있는 구부러진 어린 나뭇가지, 그러한 것들이 남자가 지나간 길을 그에게 가르쳐 주었다. 그는 그 길을 따

라갔으나 얼마 가지 않아 잃어버리고 말았다. 시간은 흘러갔다. 그
는 더욱 깊이 숲 속으로 들어가 나지막한 언덕에 이르렀다. 마침 저
쪽에서 한 사냥꾼이 기으리의 노래를 휘파람으로 불면서 먼 오솔길
을 가는 것을 보고, 그는 나무 위로 올라가 보아야겠다는 생각이 들
었다. 나이는 먹었어도 몸은 민첩했다. 마침 거기에 티티르에게도
블라트뤼엘에게도 적합한 너도밤나무 한 그루가 서 있었다. 블라트
뤼엘은 너도밤나무에 될 수 있는 대로 높이 올라갔다.

그것은 좋은 생각이었다. 숲이 우거진 적막한 저편을 둘러보다가
블라트뤼엘은 뜻밖에 남자의 모습을 발견했다.

그러나 발견했다고 생각한 순간, 남자는 또다시 사라져버렸다.

남자는 꽤 먼 곳의, 여러 그루의 높은 나무 숲으로 된 빈터로 미
끄러지듯이 들어갔다. 블라트뤼엘은 예전에 그곳의 절굿돌이 높이
쌓인 옆에 아연판이 나무껍질에 못질되어 죽어 가는 밤나무 한 그루
가 서 있는 것을 본 적이 있었기 때문에 그 빈터를 잘 알고 있었다.
그곳은 옛날에 블라뤼의 터라고 불리던 자리다. 돌무더기는 무엇에
쓰이는지 모르나 30년 전까지만 해도 거기에 남아 있었다. 아마 지
금도 남아 있을 것이다. 나무담장도 오래간다 하지만 돌을 쌓아놓은
것만 하랴. 그런데 그곳에는 일시적인 것으로도 충분한데 그렇게 오
래 지탱하도록 해야 할 이유가 있었을까 ?

블라트뤼엘은 기쁜 마음에 기운이 나서 나무에서 급히 내려왔다.
아니, 미끄러져 내려왔다. 함정을 찾았다. 이제는 짐승을 잡기만 하
면 되었다. 꿈에 본 그 기막힌 보물은 틀림없이 그곳에 있을 것이
다.

그 빈터까지 가는 것은 그리 쉬운 일이 아니었다. 사람이 평소에
지나다니는 오솔길은 심술궂게 꾸불꾸불해서 족히 15분은 걸렸다.
똑바로 가면 그 근처는 특히 덤불이 깊고 가시투성이여서 아무리 빨
리 가도 30분 남짓은 걸렸다. 이것을 몰랐던 게 블라트뤼엘의 오산

이었다. 그는 일직선으로 가는 편이 좋다고 믿었다. 일직선이라는
것은 동경할 만한 가치가 있는 환상이긴 해도, 사람들을 종종 실패
로 인도한다. 덤불이 아무리 깊더라도 블라트뤼엘은 그쪽이 최선의
길이라고 생각했다.

"늑대가 지나가는 리볼리 거리로 가자."

그는 말했다.

블라트뤼엘은 평소에는 비스듬한 길을 가는 버릇이 있었는데 이
번만은 똑바로 가는 길을 택한 것이 잘못이었다.

그는 뒤얽힌 덤불 속으로 단호하게 뛰어들어갔다. 그러나, 호랑가
시나무, 가시 돋친 풀, 당산사나무, 들장미, 엉겅퀴, 또는 성질 급
한 가시덤불과 싸워야 했다. 가는 도중 내내 긁히었다. 물이 괴어
있는 웅덩이는 뛰어넘어야 했다.

결국 그는 거의 40분이나 걸려서 땀에 푹 젖어서 온 몸이 긁힌
상처로 처참한 꼴이 되어 간신히 블라뤼의 빈터에 다다랐다.

빈터에는 아무도 없었다. 블라트뤼엘은 돌 무더기 옆으로 달려갔
다. 그것은 옛날 그대로였다. 움직여진 흔적도 없었다.

사나이는 숲 속으로 사라져 버렸다. 달아나 버린 것이다. 어디
로? 어느 방향으로? 어느 덤불 속으로? 전혀 추측할 수 없었다.

너구나 안타까운 것은 돌무너기 뒤, 아연판을 박아놓은 나무 앞에
방금 파헤쳐진 새로운 흙이 있고, 잊어버린 건지 내버린 건지 한 자
루의 곡괭이와 구덩이 하나가 있었다.

구덩이는 텅 비어 있었다.

"도둑놈!"

블라트뤼엘은 지평선을 향해 두 주먹을 휘두르면서 외쳤다.

내란에서 벗어난 마리우스는 집안 싸움에 대비하다

마리우스는 오랫동안 거의 죽은 것이나 다름없는 상태에 있었다. 몇

"도둑놈!"

주 동안 의식불명인 채 열이 계속되었고 또한 상처 자체보다는 머리에 상처를 입었을 때의 충격이 원인이 되어 뇌에 상당히 위험한 증세를 나타냈다.

그는 처음 몇 밤 동안 고열로 인하여 헛소리를 많이 하였고 죽어가는 사람의 안타까운 심정으로 꼬제뜨의 이름을 되풀이해 불렀다. 몇 군데 큰 상처 자리 또한 지극히 위험했다. 큰 상처의 고름은 항상 체내로 흡수되기 쉬운 것이어서, 그 결과 대기의 영향 여하에 따라 환자를 죽게 하는 수가 있다. 그래서 날씨가 변할 때마다, 대수롭지 않은 비나 바람에도 의사는 주의를 기울였다.

“특히 환자를 흥분하게 하지 않도록,” 하라고 의사는 거듭거듭 말했다. 거즈나 붕대를 반창고로 고정시키는 방법은 그 무렵 아직 없었으므로 치료는 매우 복잡하고 힘이 들었다. 니꼴레뜨는 홑이불을 하나 올을 풀어서 상처에 박아넣을 심지를 만들었다. 그녀의 말을 빌면 ‘천장만큼이나 큰 것’이었다. 염화 세척제와 초산을 썩은 부분 구석구석까지 스며들게 하는 것도 쉬운 일이 아니었다. 마리우스가 사경을 헤매는 동안, 질노르망 씨는 손자의 머리맡에 정신나간 사람처럼 붙어 앉아 있었지만 마리우스와 마찬가지로 거의 죽어 가는 상태였다.

매일, 때로 하루에 두 번, 문지기가 말하는 바에 의하면 머리가 하얀 차림새가 매우 훌륭한 신사가 환자의 용태를 물으러 와서는, 치료하는 데 쓰라고 하면서 큰 가제 꾸러미를 놓고 갔다.

간신히 9월 7일이 되어서야, 즉 죽게 된 마리우스가 조부의 집에 운반된 비참한 밤으로부터 꼭 4달 뒤에, 의사는 환자의 생명을 보증한다고 선언했다.

마침내 회복기가 왔다. 마리우스는 그래도 아직 2달 이상 쇄골이 으스러진 데서 오는 증세 때문에 긴 의자 위에 누워 있어야 했다. 어떤 경우에도 이렇듯 마지막 상처가 좀처럼 아물지 않아, 그것이

치료를 오래 끌고 환자를 몹시 지치게 만든다.

그러나 이 오랜 병과 회복기가 그를 쫓는 관헌의 추적에서 구해냈다. 프랑스에는 6달이 지나면 어떠한 분노도, 공적인 노여움도 존재하지 않는다. 게다가 지금의 사회상태로는 폭동은 누구나 저지를 수 있는 과실이므로 다소는 너그럽게 보아줄 필요가 있었던 것이다.

더욱이 부상자를 고발하도록 의사에게 명령한다는 지스께의 무모한 명령은 일반 여론을 아니, 여론뿐 아니라 누구보다 먼저 국왕을 격노케 하여 부상자들은 그 분노 때문에 더욱 숨겨지고 보호되었다. 그리고 전투현장에서 체포된 자들을 제외하고는 군법 회의는 아무도 찾아내려 하지 않았다.

그래서 마리우스도 그대로 있을 수 있었다.

질노르망 씨는 처음에는 온갖 불안을 겪었고, 다음에는 온갖 기쁨을 맛보았다. 그가 매일 밤을 환자 곁에서 지내는 것을 만류하는 것은 여간 힘든 일이 아니었다. 그는 마리우스의 침대 곁에 자신의 큰 팔걸이의자를 가져다 놓게 했다. 딸에게는 집에 있는 것 중에서 가장 좋은 것으로 가즈며 붕대를 만들게 했다. 질노르망 양은 나이든, 경험 많고 생각 깊은 여자였으므로 노인의 말대로 따르는 척하면서도 좋은 헝겊은 쓰지 않았다. 거즈를 만드는 데는 바띠스뜨 마직보다는 거친 그로쓰 면이 좋고, 새 헝겊보다도 낡은 헝겊이 더 좋다고 설명해도 질노르망 씨는 알아듣지 못했다.

치료를 할 때에는 질노르망 양은 자리를 떴지만 질노르망 씨는 언제나 환자 곁에 붙어 있었다. 썩은 살을 가위로 잘라낼 때 그는 "아야, 아야" 하고 신음했다. 질노르망 씨가 늙은 몸을 떨면서 환자에게 탕약 사발을 내미는 것을 볼 때만큼 눈물겨운 것은 없었다. 그는 의사에게 여러 질문을 했으나, 언제나 똑같은 질문만을 되풀이하고 있다는 것을 깨닫지 못하고 있었다.

마리우스는 이제 위험한 고비를 벗어났다고 의사가 말하던 날, 노인은 거의 이성을 잃을 정도였다. 그는 문지기에게 루이 금화 세 닢을 보너스로 주었다. 밤이 되자 자기 방으로 돌아가서 엄지손가락과 집게손가락으로 캐스터네츠를 울리면서 가보뜨 춤을 추며 이런 노래를 불렀다.

잔느가 태어난 푸제르는
양치는 처녀의 좋은 잠자리,
나는 좋더라 그 장난스러운
허리의 스커트.

아모르여, 너는 정말 태평스럽게
그녀의 품안에 파묻혀서
그녀의 눈속에 화살통을 감추네,
이 못된 녀석이여!

나는 노래하리 그녀에게 반해서,
다이아나보다도 사랑스런 잔느,
브르따뉴 태생의 저 팽팽한 젖가슴.

그러고 나서 그는 의자 위에 무릎을 꿇었다. 반쯤 열린 문 뒤에서 그를 염려하며 엿보고 있던 바스끄는 아마 기도를 드리는 거라고 생각했다.

그때까지 그는 신을 믿고 있지 않았다.

환자의 병세가 엷은 종이를 벗겨 가듯 좋아져 감에 따라 조부는 엉뚱한 짓을 점점 더 많이 했다. 기쁨이 넘치는 무의식적인 행동을 했다. 이유도 없이 계단을 오르락내리락했다. 이웃에 사는 한 아름다운 부인은 어느 날 아침 커다란 꽃다발을 받고 어리둥절했다. 보

가보뜨 춤을 추며 이런 노래를 불렀다.

낸 사람은 질노르망 씨였다. 부인의 남편이 그 일로 몹시 질투를 한다는 말도 있었다. 질노르망 씨는 니꼴레뜨를 무릎 위에 안아올리려 했다. 마리우스를 남작이라고 불렀고, "공화국 만세!" 하고 외치기도 했다.

그는 쉴새없이 의사에게 물었다. "이젠 위험하지 않겠죠?" 그는 할머니와 같은 눈길로 손자를 바라보았다. 마리우스가 식사하는 동안에도 잠시도 눈을 떼지 않았다. 질노르망 씨는 이제 자신을 잊고 자신의 일은 아무래도 상관 없었다. 지금은 마리우스가 이 집안의 주인이 되어 있었다. 기쁜 나머지 자신의 지위를 양보하고 손자에 대하여 그 자신이 손자가 되어 있었다.

그 환희 속에서 질노르망 씨는 세상에서도 가장 귀한 어린아이가 되어 있었다. 회복기의 환자를 피곤하게 하거나 귀찮게 하는 건 아닌가 싶어 마음을 써서 미소를 지을 때도 뒤로 돌아서서 웃었다. 만족스러웠고, 즐거웠고, 열중했고, 사랑스러웠고, 매우 젊어졌다. 백발도 얼굴에 띤 기쁨의 빛으로 부드러운 위엄을 띠고 있었다. 다정함이 얼굴의 주름살에 섞여들 때 그것은 참으로 숭배할 만한 것이 된다. 꽃피는 노년에는 뭔가 알 수 없는 여명의 빛이 있다.

한편 마리우스는 치료를 받고 간호를 받으면서 꼬제뜨라는 하나의 고정된 관념을 안고 있었다. 고열과 의식불명 상태가 사라진 뒤에는 다시는 그 이름을 입 밖에 내지 않고 전혀 생각도 하지 않는 것처럼 보였다. 그러나 그가 잠자코 있는 것은 그의 영혼이 바로 그곳에 가 있기 때문이었다.

그는 꼬제뜨가 어떻게 되었는지 전혀 몰랐다. 샹브르리 거리의 사건도 지금은 기억 속 한 조각 구름처럼 되어 있었다. 에뽀닌느, 가브로슈, 마뵈프, 떼나르디에 일가, 바리케이드의 연기 속에 처참하게 휩쓸려 들어간 모든 친구들, 그 모든 것이 거의 알아볼 수 없는 그림자가 되어 그의 머리속에 떠돌고 있었다. 그 유혈 사건 속에 포슐르방 씨의 이상한 등장은 폭풍 속 하나의 수수께끼처럼 느껴졌다.
자신이 살아 있는 데 대해서는 전혀 이해가 가지 않았다. 어떻게 누
구의 도움으로 살아났는지 알지 못했고 주위 사람들 아무도 몰랐다.
그가 대답할 수 있었던 말은 밤중에 한 대의 마차에 실려서 뒤 깔베
르 거리로 운반되어 온 일뿐이었다. 과거, 현재, 미래, 모든 것은
그에게 하나의 막연한 관념의 안개에 지나지 않았다. 그러나 그 안
개 속에 움직이지 않는 한 점이, 뚜렷하게 고정된 하나의 윤곽이,
화강암으로 만들어진 듯한 무언가가, 하나의 결의가, 하나의 의지가
있었다. 다시 말해 꼬제뜨와 다시 만나겠다는 것이었다. 그에게 있
어서 생명의 관념과 꼬제뜨의 관념은 같은 것이었다. 그는 마음속으
로 그 어느 한 가지만을 받아들이지는 않겠다고 결심했다. 누구든
자기에게 억지로 살 것을 강요하는 자에게는, 그것이 조부이든, 운
명이든, 지옥이든, 사라진 그의 에덴 동산을 되돌려 달라고 요구하
리라 굳게 결심하고 있었다.

　여러 장해가 있으리라는 건 스스로도 인정하고 있었다.

　여기서 한 가지 강조하고 싶은 것이 있다. 그것은 조부의 어떠한
염려나 애정도 그의 마음을 사로잡지 못하고 전혀 감동시키지 못했
다는 점이다. 첫째 그는 사태를 잘 모르고 있었다. 게다가 아직 열
에 들뜬 병상의 몽상 속에서 그는 조부의 다정한 태도를 자신을 교
묘하게 회유하려는 새로운 방법이라 여기고 믿지 않았다.

　그는 여전히 냉담했다. 조부는 그 가련하고 늙은 미소를 헛되이
뿌렸던 것이다. 마리우스의 생각은 이러했다. 자기 자신 잠자코 시
키는 대로 말없이 따라하는 동안에는 조부도 잘 대해 줄 것이다. 그
러나 일단 꼬제뜨에 관한 일이 문제되기만 하면 조부는 얼굴빛을 바
꾸어 진정한 모습이 가면을 벗고 나타날 것이다. 그때야말로 복잡한
일이 일어날 것이다. 가정 문제의 재연, 신분의 차이, 한꺼번에 쏟
아져 나올 온갖 조롱과 반대, 포슐르방이나 꾸빨르방, 재산, 가난,

궁핍, 불명예, 장래 또 거기에 대한 격렬한 반항과 종국적인 거부. 이렇게 생각한 마리우스는 미리 마음을 굳히고 있었다.

게다가 생명이 소생됨에 따라 옛날의 불만이 되살아나서 마음의 옛 상처가 다시 입을 벌렸다. 과거를 돌이켜보면 질노르망 씨와 마리우스 자신 사이에는 여전히 뽕메르씨 대령이 버티고 서 있었다. 그는 자기 아버지에 대해 그토록 무정하고 야박했던 사람한테서 진정한 호의 같은 것은 절대로 기대할 수 없다고 생각했다. 그리고 건강과 함께 조부에 대한 일종의 완고함도 되살아났다. 조부는 안타깝고 가슴이 아팠다.

질노르망 씨는 겉으로 드러내지는 않았지만, 마리우스가 집으로 실려오고 의식을 회복한 지금까지 단 한번도 자신을 아버지라 부른 적이 없음을 마음에 두고 있었다. 그렇다고 마리우스가 남들처럼 깍듯한 경칭으로 부른 것도 아니었지만 아버지나 경칭을 피하는 교묘한 말투를 사용했다. 위기는 확실히 다가오고 있었다.

이런 경우 흔히 하는 것처럼 마리우스는 시험삼아 전쟁을 벌이기 전에 조그만 트집을 부려보기도 했다. 탐색전인 셈이다. 어느 날 아침 질노르망 씨는 우연히 손에 들고 있던 신문을 보다가 국민의회를 화제에 올리며 당똥이나 쌩 쥐스뜨나 로베스삐에르에 대해 왕당파답게 빈정대었다. 그러자, "93년에 일한 사람들은 하나같이 큰 인물들이었습니다" 하고 마리우스가 엄숙한 어조로 말했다. 노인은 입을 다물어 버렸고 그날 하루 종일 아무 말도 하지 않았다.

마리우스는 옛날의 완고한 조부가 언제나 머릿속에 있었기 때문에 그 침묵을 깊이 뿌리 박힌 노여움이라고 생각하고 심한 논쟁이 벌어질 것을 예상하며 마음속으로 전투 준비를 서둘렀다.

만일 거절당하면 붕대를 찢어 버리고 쇄골을 빼고, 남아 있는 상처를 생생하게 드러내 놓고, 음식물을 모조리 밀어내리라 결심했다. 상처가 그의 무기였다. 꼬제뜨를 얻든가 아니면 죽든가였다.

그는 환자의 교활한 인내로 좋은 기회를 기다렸다. 그 기회는 왔다.

마리우스 공세에 나서다

어느 날, 질노르망 씨는 딸이 조그만 병과 찻잔을 벽장의 대리석판 위에 정리하고 있을 때, 마리우스에게 몸을 굽혀 되도록 다정한 어조로 말했다.

"마리우스야, 내가 너라면 이제는 생선보다 고기를 먹겠다. 넙치 튀김도 회복기에는 좋은 음식이지만 환자가 일어나게 되려면 좋은 커틀릿을 먹어야지."

마리우스는 거의 체력을 회복하고 있었으나 힘을 집중해서 자리 위에 일어나 불끈 쥔 두 주먹을 시트 위에 짚고, 조부의 얼굴을 똑바로 바라보며 무서운 태도로 말했다.

"그렇게 말씀하시니 한 마디 말씀드리고 싶은 일이 있습니다."

"무어냐?"

"결혼하고 싶습니다."

"예측한 대로구나."

조부가 말했다. 그리고 웃음을 터뜨렸다.

"네? 알고 계셨다구요."

"그렇고말고, 알고 있었다. 데려오너라, 네 착한 처녀를 말이다."

마리우스는 그 한 마디에 어안이 벙벙해 당황하며 몸을 떨었다.

질노르망 씨는 말을 이었다.

"그래, 네 귀여운 처녀를 데려오너라. 그 처녀는 매일, 노인을 대신 보내 네 용태를 물으러 온단다. 네가 다친 뒤로는 줄곧 울면서 거즈만 만들고 있다. 난 잘 알고 있지. 옴므 아르메 거리 7번지에 살지. 그렇지, 바로 알아맞혔지? 그래! 너는 그 처녀를 차지하고 싶단 말이구나, 좋다, 그렇게도 좋으면 데려오렴. 그녀가 너를

사로잡았으니까 말이다. 너는 쓸데없는 계략을 세우고 이렇게 생
각했겠지.

　'저 늙은이에게, 저 섭정 시대와 집정 정부시대를 지낸 미라에
게, 저 옛날의 멋쟁이에게, 저 제롱뜨가 된 도랑뜨에게, 분명하게
말해야겠다. 그도 옛날엔 경솔한 짓을 하기도 하고 정사도 하고
들뜬 여자의 꽁무니도 쫓아다니고, 꼬제뜨와 같은 여러 정부를 갖
고 있겠지. 멋을 부리고 활개를 치며 봄의 빵을 먹었단 말이다.
자기가 한 짓을 생각나게 해줘야지. 두고 보자. 이제부터 전쟁이
다.' 너는 풍뎅이의 뿔을 잡은 거야. 좋아, 내가 커틀릿을 먹으라
고 권하니까 실은 결혼을 하고 싶은데요, 하고 대답했어. 그게 바
로 이야기를 슬쩍 바꾸는 거지! 너는 좀 다퉈볼 작정이었지? 넌
내가 능구렁이라는 것을 몰랐어. 어떠냐, 약이 오르냐? 이 늙은
이를 바보 취급하려 들지만 그건 잘못된 생각이야. 내게 말다툼을
걸면 네가 손해야. 변호사 양반, 화가 나는 모양이지. 자아 자,
화낼 것 없어. 네가 원하는 대로 해주면 아무 불만 없겠지. 이 바
보야, 들어 보렴. 나는 다 알아 봤지. 이래봬도 나는 엉큼하니까.
　참 귀여운 처녀더구나. 영리해. 창기병 이야기도 거짓말이더라.
거즈를 무더기로 만들어 주었단다. 훌륭해. 너를 아주 사랑하고
있더구나. 만약 네가 죽었다면 죽은 사람이 세 사람이나 될 뻔했
어. 처녀의 관이 내 관 뒤에 따라올 뻔했으니까. 나도 네가 회복
되고부터는 아예 아가씨를 네 머리맡에 데려다 놓을까 생각했지
만 부상당한 미남자의 침대 곁에 젊은 처녀를 느닷없이 데려온다
는 건 소설에서나 있을 법한 이야기라서 그럴 수가 없었지. 그렇
게 했더라면 네 이모가 뭐라고 했겠니? 넌 발가벗고 있을 때가
많았으니까. 여자가 옆에 있을 수 있었겠나 어쩌겠나를 니꼴레뜨
에게 물어 보렴. 그앤 한시도 네 곁을 떠나지 않았으니까. 게다가
의사는 뭐라고 했는지 아니? 아름다운 아가씨가 열을 내리게 하

는 약은 아니라고 하더라.

　어쨌든 이 정도로 하자, 이야기는 끝났어. 이젠 됐다. 그 처녀를 맞도록 해라. 늙은이의 심술은 이제 그만 부리마. 알겠느냐? 난 네가 나를 사랑해 주지 않는 것을 알고 이렇게 생각했지. ‘이 놈이 나를 좋아하게 하려면 어떻게 하면 좋을까?’ 나는 또 생각했지. ‘그렇다. 내게는 꼬제뜨라는 비방이 있지. 그걸 주자. 그러면 조금은 나를 좋아해줄지도 모른다. 설사 좋아하진 않더라도 좋아하지 않는 이유를 말해 줄 거다.’ 그런데 너는 이 늙은이가 호통을 치고 호들갑을 떨며, 반대하고 저 여명과도 같은 아가씨에게 단장을 휘두를 거라고 생각했겠지. 그래서야 되겠느냐? 꼬제뜨도 좋고, 사랑도 좋다. 나는 그것으로 만족한다. 그러니 어서 결혼하여라. 행복해 주기 바란다. 내 귀여운 자식.”

그렇게 말하고 노인은 훌쩍거렸다.

노인은 마리우스의 머리를 끌어안고 두 팔로 늙은 가슴에 포옹했다. 둘 다 울기 시작했다. 운다는 것은 더없는 행복의 한 형상이다.

“아버지!”

마리우스는 외쳤다.

“아아! 그럼 나를 좋아해 주는 거냐?”

노인은 말했다.

그것은 무어라 말할 수 없는 순간이었다. 그들은 가슴이 벅차서 말도 할 수 없었다.

이윽고 노인이 중얼거렸다.

“자아! 이젠 됐다. 나를 아버지라고 불렀으니.”

마리우스는 조부의 팔에서 머리를 떼고 조용히 말했다.

“하지만 아버지, 이젠 저도 다 나았으니까 그녀를 만나도 괜찮을 것 같습니다.”

“그것도 안다, 내일 만나렴.”

“아버지 ! ”

“왜 ? ”

“어째서 오늘은 안 됩니까 ? ”

“그럼 오늘, 오늘로 하자꾸나. 네가 세 번 ‘아버지’라고 한 데 대한 사례다. 내가 주선해 주마. 네 곁에 데려오도록 하자. 이렇게 될 줄 알았어. 시구에도 그렇게 되어 있으니까. 앙드레 셰니에의 《병든 젊은이》라는 비가(悲歌)의 끝 구절이다. 93년의 악……(악당들이라고 하려다가) 아니, 큰 인물들에게 목을 베인 앙드레 셰니에의 말이다. ”

질노르망 씨는 마리우스의 눈썹이 살짝 찌푸려진 것을 본 듯했다. 그러나 사실 마리우스는 황홀 속에 잠겨 있어 1793년에 관한 일보다 꼬제뜨만 생각하느라고 노인의 말에 귀를 기울이고 있지 않았다. 그러나 조부는 적당치 못한 때에 앙드레 셰니에를 끌어댄 데 대해 스스로 놀라 얼른 변명을 늘어놓았다.

“목을 베었다고 하면 안 되겠구나. 사실 말이지, 혁명의 위인들은 분명히 악인이 아니었어. 사실 영웅이었지. 영웅이었지만, 앙드레 셰니에가 좀 거추장스럽다고 생각해서 그를 단두……. 결국 그 위인들은 열월(熱月) 7일에 공공의 안녕을 목적으로 앙드레 셰니에에게 부탁해서……. ”

질노르망 씨는 자신의 말이 목에 걸려서 그 뒤를 이을 수 없었다. 말을 마칠 수도 고칠 수도 없어서, 딸이 마리우스 뒤에서 베개를 고치고 있는 동안 격정에 휩싸어 어쩔 줄 몰라하며, 늙은 다리가 허락하는 한의 속도로 침실에서 뛰어나가 뒤로 문을 닫고, 시뻘개진 얼굴로 숨을 헐떡이며 숨이 막히고, 입에 거품을 물고 눈을 부릅뜨고 있다가, 마침 옆방에서 구두를 닦고 있던 정직한 바스끄와 딱 마주쳤다. 그는 바스끄의 멱살을 움켜쥐고 그 얼굴에 대고 미친 듯이 소리쳤다.

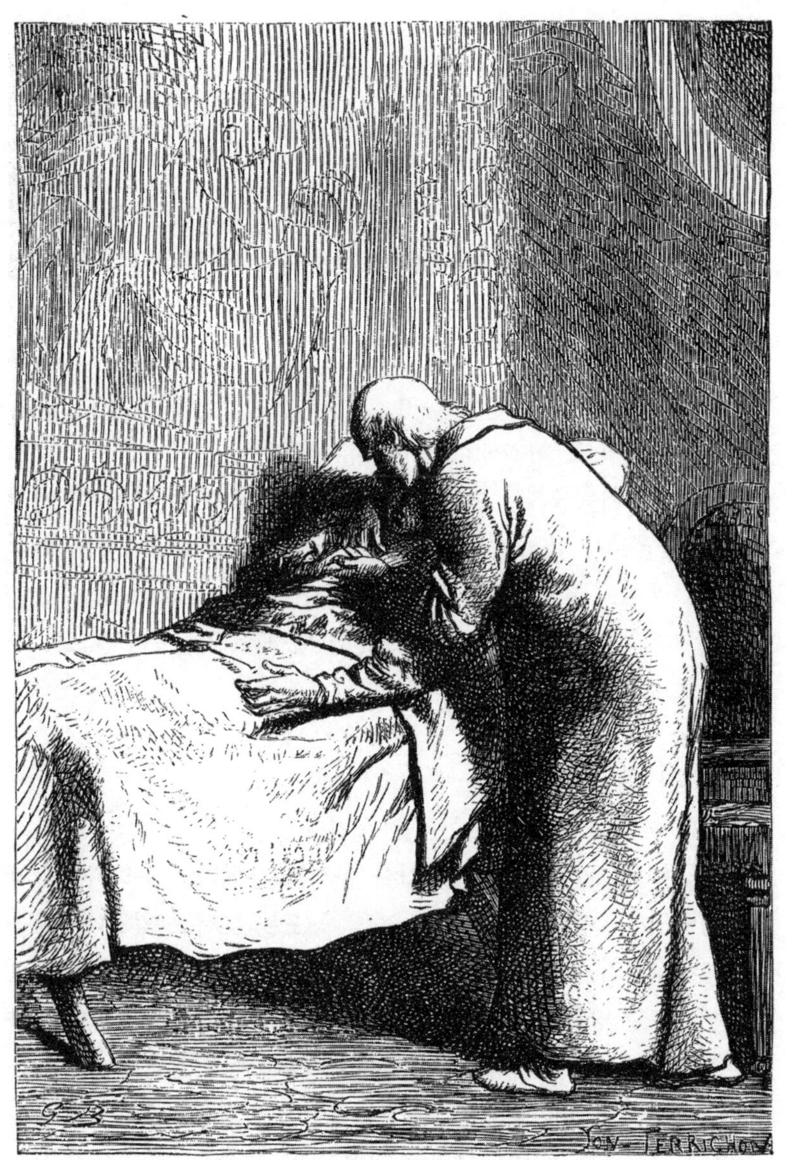

노인은 마리우스의 머리를 끌어안고…….

“에잇, 빌어먹을, 그 악당놈들이 죽었단 말이야!”
“누구를 말씀입니까?”
“앙드레 셰니에 말이야!”
“그렇습니다, 나리.”
바스끄는 놀라서 말했다.

포슐르방 씨가 겨드랑이에 무언가 끼고 들어온 것을 질노르망 양도 나쁘게 생각하지 않다

꼬제뜨와 마리우스는 다시 만났다. 그 재회가 어떠했는지 그것을 이야기하는 것을 그만두기로 하자. 묘사해서는 안 되는 것도 있다. 이를테면 태양이 그 한 가지 예이다.

꼬제뜨가 들어왔을 때, 마리우스의 방에는 바스끄며 니꼴레뜨까지 온 집안 사람들이 다 모여 있었다. 그녀는, 문 앞에 모습을 나타냈다. 마치 후광이 비치는 듯한 모습이었다. 마침 그때 조부는 코를 풀려 하고 있었다. 그는 갑자기 그 손을 멈추고 코를 손수건으로 누른 채, 그 위로 꼬제뜨를 보았다.

“훌륭한 처녀로군!”

그는 외쳤다.

그런 다음 그는 요란스럽게 코를 풀었다.

꼬제뜨는 정신없이 황홀하고 겁이 나서 하늘에라도 올라간 것 같은 심정이었다. 행복에 사로잡힌 만큼 공포를 느끼고 있었다. 떠듬거리고 새파래지는가 하면 새빨개져서 마리우스의 품안에 뛰어들고 싶었지만 그럴 용기가 나지 않았다. 거기에 있는 사람들 앞에서 사랑을 하는 자신이 부끄러웠다. 사람들은 행복한 연인들에 대해서는 무자비하다. 연인들이 단둘이 되기를 간절히 바라는 데도 그 자리에 버티고 있다. 그러나 둘은 타인을 전혀 필요로 하지 않는다.

꼬제뜨와 함께 뒤에서 한 백발 노인이 들어왔다. 노인은 장중한 얼굴이었으나 미소를 띠고 있었다. 그러나 그것은 희미한, 고통스러운 미소였다. 그 노인은 '포슐르방 씨', 장 발장이었다.

그는 문지기가 말했듯이 검은 양복에 흰 넥타이를 맨 '아주 훌륭한 차림'을 하고 있었다.

이 점잖은 부르주아, 마치 공증인 같은 이 사람이 저 6월 7일 밤, 누더기 차림으로 더럽고 추하고 사나운 모습으로 피와 진흙으로 뒤범벅이 된 얼굴로 기절한 마리우스를 안고 문 앞에 불쑥 나타났던, 그 무서운 시체 운반인이라고는 문지기도 생각지 못했다. 그러나 문지기인 만큼 직감력은 있었다. 포슐르방 씨가 꼬제뜨와 함께 왔을 때, 문지기는 아내의 귀에 대고 이렇게 소곤대지 않을 수 없었다.

"아무래도 전에 본 적이 있는 얼굴 같은데, 글쎄?"

포슐르방 씨는 마리우스의 방으로 들어오자 비켜서듯 문 옆에 서 있었다. 겨드랑이에는 8절판 책 같은 것을 종이에 싼 꾸러미를 끼고 있었다. 포장지는 녹색이 도는 빛깔로 곰팡이가 슨 듯했다.

"저분은 언제나 책을 끼고 계시나 봐?"

책을 좋아하지 않는 질노르망 양은 목소리를 낮춰 니꼴레뜨에게 물었다.

"그렇고말고" 하고 그 목소리를 들은 질노르망 씨가 역시 낮은 목소리로 대답했다. "저분은 학자다. 그렇지만 그게 어쨌다는 거냐? 내가 잘 아는 블라르 씨는 역시 늘 책을 갖고 거닐고 언제나 저렇게 헌 책을 한 권 가슴에 안고 다녔었지."

그리고 인사를 하면서 목소리를 높여 말했다.

"트랑슐르방 씨……."

질노르망 씨는 일부러 그렇게 부른 것은 아니었다. 남의 이름에 신경쓰지 않는 게 그에게는 하나의 귀족적인 버릇이었다.

"트랑슐르방 씨, 나는 내 손자 마리우스 뽕메르씨 남작을 위해, 댁의 따님에게 결혼을 청하는 것을 명예롭게 생각합니다."

트랑슐르방 씨는 가볍게 고개를 숙였다.

"이것으로 결정났다."

조부가 말했다.

그리고 마리우스와 꼬제뜨 쪽을 바라보며 두 팔을 벌려 축복하면서 외쳤다.

"서로 사랑하는 것을 허락한다."

이 연인들은 그 말을 두 번 되풀이하게 하지 않았다. 말하기가 무섭게 그들은 곧 즐겁게 이야기하기 시작했다. 마리우스는 안락의자 위에 팔꿈치를 짚고, 꼬제뜨는 곁에 서서 낮은 목소리로 이야기했다.

"아아! 기뻐요!" 하고 꼬제뜨는 소곤거렸다.

"이렇게 다시 만나다니 아, 마리우스! 당신은 전쟁에 나가 버렸죠! 왜 그랬어요? 무서웠어요. 넉 달 동안 전 죽을 것만 같았어요. 전쟁터엘 가시다니 어쩌면 그렇게 심술궂지요? 내가 당신에게 뭘 잘못했나요? 이번만은 용서해 드릴 테니 다시는 그러시면 안 돼요. 아까 우리에게 오라는 전갈이 왔을 때, 나는 또 죽는 게 아닌가 생각했는데 기쁜 일이었군요. 그땐 정말 슬펐어요! 옷을 갈아 입을 겨를도 없었어요. 꼴이 우습지요? 주름살투성이의 깃장식을 보고 댁의 어른들은 뭐라고 하실까요? 자아, 당신도 말씀해 주세요! 저에게만 이야기하게 하시는군요. 우리는 줄곧 옴므아르메 거리에 있었어요. 당신 어깨 상처가 무척 심했던 모양이에요. 손이 들어갈 정도의 상처였대요. 게다가 살을 가위로 잘라내셨다고요. 끔찍해요. 난 너무 울기만 해서 눈을 버렸어요. 왜 그렇게 괴로워했던지, 생각하면 우스워요. 할아버지는 무척 좋으신 분 같아요! 움직이지 마세요. 팔꿈치를 짚으시면 안 돼요. 조심하지 않으면 해로워요. 아아! 참 행복해요! 불행은 이제 다 가버렸으니까요! 난 참 바보예요. 할 이야기가 잔뜩 있었는데 하나

마리우스는 안락의자 위에 팔꿈치를 짚고 꼬제뜨는 곁에서 낮은 목소리로 이
야기했다.

도 생각나지 않아요. 지금도 나를 사랑하시나요? 우리는 옴므 아
므레 거리에 살고 있어요. 정원은 없어요. 난 언제나 거즈를 만들
고 있었죠. 보세요, 이것 보세요. 당신 탓이에요. 손가락에 못이
박였죠?”

“천사여!”

마리우스가 말했다.

천사라는 말만은 아무리 써도 낡지 않는 말이다. 그 밖의 모든 말
들은, 연인들이 함부로 남발한다면 견디지 못할 것이다.

그러고 나서 주위에 사람들이 있다는 걸 깨닫고 그들은 입을 다물
고 아무 말 없이 그저 다정하게 손을 잡고 있을 뿐이었다. 질노르망
씨는 방안에 있는 사람들을 향해 외쳤다.

“자아, 큰소리로 이야기해. 무대 뒤에 있는 사람들은 떠드는 거
야. 자아, 좀 더 떠들어 대라니까! 이 아이들 둘이 마음놓고 이
야기할 수 있게 말야.”

그리고 마리우스와 꼬제뜨에게 다가가 나직이 말했다.

“다정하게 이야기하렴. 사양할 것 없다.”

질노르망 이모는 퇴색한 가정에 느닷없이 뛰어든 그 빛을 멍청하
게 지켜보고 있었다. 그 놀라움은 조금도 가시가 돋혀 있지 않았다.
그것은 결코 두 마리의 산비둘기에 대해 부엉이의 지푸린 눈살처럼
질투하는 눈초리가 아니었다. 그것은 57살 죄 없는 늙은 여인의 어
리벙벙한 눈이었다. 사랑이라는 승리를 지켜보는 덧없는 생명이었
다.

“어때?” 하고 아버지는 그녀에게 말했다. “이런 일이 일어날 거
라고 벌써 말했었지.”

그는 잠시 입을 다물었다가 이윽고 다시 덧붙였다.

“남의 행복도 보아 두어라.”

그리고 나서 그는 꼬제뜨 쪽을 향했다.

“정말 예쁘다 ! 참으로 예뻐 ! 그뢰즈의 그림 같구나. 너는 이제부터 이 아가씨를 독차지하겠구나. 이녀석 ! 나하고 경쟁하지 않아도 되었으니 행복한 줄 알아라. 만약에 내가 15년만 더 젊었다면 칼에 걸고 너하고 경쟁을 벌였을 거다. 정말이야 ! 아가씨, 나는 아가씨한테 반했어. 당연한 일이야. 그것이 아가씨의 권리니까, 아아 ! 이제는 아름답고, 사랑스럽고, 즐겁고, 귀여운 결혼식을 할 수 있겠다 ! 여기 교구는 쌩 드니 뒤 쌩 싸크르망이지만 쌩 뽈에서 결혼할 수 있도록 특별 허가를 받아야겠다. 그 교회당이 좋아. 제주이트파가 세운 거거든. 그쪽이 더 아름답다. 비라그 추기경의 분수와 마주 서 있지. 제주이트 파 건축의 걸작은 나뭐르 시에 있어. 쌩 루라고 하지. 너희들 결혼하면 꼭 그곳에 가 보아라. 여행할 만한 가치가 있다. 아가씨, 나는 전적으로 아가씨 편이오. 처녀들이 결혼하는 건 좋은 일이야. 그러기 위해서 태어났으니까. 성 카타리나같이 언제나 그 머리를 빗은 여자를 보고 싶은 생각도 있지만 말야 (25살까지 미혼인 것을 ‘성 카타리나의 머리를 빗는다’라고 한다).

처녀로 있는 것도 좋지만 썰렁한 이야기야. 성서에도 씌어 있어. 많이 낳으라고 말야. 민중을 구하는 데는 잔다르끄가 필요하지만 민중을 만드는 데는 지고뉴 아주머니면 돼. 그러니까 모름지기 미인들은 결혼하지 않으면 안 돼. 정말 처녀로 있어서 어쩌겠다는 건지 나는 모르겠어. 그야 교회에 특별 예배소를 가지고 있으면서 성모회 사람들 이야기만 하는 사람이 있다는 건 알고 있어. 그러나 훌륭하고 성실하고 정직한 남편을 맞이하여 1년 뒤에는 포동포동한 금발 머리의 애기를 낳고, 그놈이 기운차게 젖을 빠는 동안 넓적다리는 살이 쪄서 잘록하게 주름이 잡히고, 먼동이 트는 양 웃으면서 장미꽃 같은 조그만 손 가득히 젖을 움켜쥐는 이러한 것이 밤 기도에 촛불을 들고 ‘투르리스 에부르네아’를 노래하는 것보다 훨씬 낫다. ”

조부는 90살의 발뒤꿈치로 빙글 한 바퀴 돌더니, 용수철이 튀듯
다시 지껄이기 시작했다.

　　알시쁘여, 그것이 진정인가 ? 흐르는 꿈을 막아 버리고
　　머지않아 네가 결혼한다니.

"그건 그렇고 ! "
"뭡니까, 아버지 ? "
"네게 친한 친구가 있느냐 ? "
"네, 꾸르페락입니다. "
"그 사람은 어찌되었냐 ? "
"죽었습니다. "
"그렇다면 좋아. "
그는 두 사람 옆에 앉아서, 꼬제뜨도 앉게 하여 그들의 네 손을
늙어서 주름잡힌 자기 손으로 잡았다.
"정말 이 훌륭한 아가씨는 걸작이야. 이 꼬제뜨는 말이다, 아직
어린 처녀인데도 벌써 어엿한 귀부인이구나. 남작부인으로는 아까
워. 선천적인 후작부인감이야. 눈썹도 아름답구나 ! 잘 들어, 너
희들은 진실하게 살고 있다는 것을 잘 명심해 두어라. 서로 사랑
하여라, 바보가 될 정도로 말이다. 사랑이란 인간의 어리석은 짓
이며 신의 지혜인 것이다. 깊이 사랑하여라. 다만 말이다. "
그는 갑자기 얼굴빛이 흐려지면서 덧붙였다.
"아, 한 가지 슬픈 일이 있다 ! 내 재산의 절반 이상은 종신 연금
으로 되어 있다. 내가 살아 있는 동안은 괜찮지만 내가 죽으면,
20년만 지나면 가엾게도 너희들은 무일푼이 되어버린다. 남작 부
인의 아름다운 흰 손도 살기 위해 거칠어지겠구나. "
그때 육중하고 조용한 음성이 들려 왔다.

“외프라지 포슐르방 양은 60만 프랑을 갖고 있습니다.”

그것은 장 발장의 목소리였다.

그는 그때까지 아무 말도 하지 않았기 때문에 아무도 그가 그곳에 있는 것조차 모르는 것 같았다. 그러나 그는 행복한 사람들 뒤에 가만히 서 있었다.

“그 외프라지 양이란 누구 말이오?”

조부는 깜짝 놀라서 물었다.

“저예요.”

꼬제뜨가 대답했다.

“60만 프랑!”

질노르망 씨는 말했다.

“아마 만 4,5천 프랑은 거기서 모자랄지도 모르겠습니다.”

장 발장은 말했다.

그러고 그는 테이블 위에 질노르망 이모가 책이라고 여겼던 꾸러미를 내려놓았다. 장 발장은 제 손으로 꾸러미를 풀었다. 그것은 한 다발의 지폐였다. 사람들은 그것을 펴서 계산해 보았다. 천 프랑짜리가 5백 장, 5백 프랑짜리가 168장이 있었다. 모두 58만 4천 프랑이었다.

“이것 정말 좋은 책이로군.”

질노르망 씨는 말했다.

“58만 4천 프랑!”

이모는 중얼거렸다.

“이제 모든 것이 다 갖추어졌군, 그렇지, 질노르망 양” 하고 조부는 말했다.

“마리우스 녀석, 재력가의 딸을 낚아채다니 재주도 좋구나! 이쯤 되면 너도 젊은애들의 사랑에 밤 놔라 대추 놔라 간섭 못 하겠지? 남학생이 60만 프랑짜리 여학생을 찾아냈으니, 미소년이 로

스차일드^(18세기 후반부터 19세기 유럽 금 융 시장을 석권한 유대계 집안)보다 더 활약한 셈이지."

"58만 4천 프랑!" 질노르망 양은 소리도 나오지 않아 입 속에서 웅얼거렸다. "58만 4천 프랑! 60만 프랑이나 다름없어."

마리우스와 꼬제뜨는 그 사이 줄곧 서로 바라보고 있었다. 그들은 그런 것에는 거의 관심도 없었다.

돈은 공증인보다 숲에 맡기는 것이 좋다

여기에 길게 설명할 것도 없이 독자는 아마도 이미 알았을 것이다. 장 발장은 샹마띠외 사건 이후 처음 며칠 동안 도망칠 수 있었던 덕분에 빠리에 와서, 몽트뢰이유 쉬르 메르에서 마들렌느 씨 이름으로 번 돈을 라피뜨 은행에서 적당한 때 찾아낼 수 있었다. 그리고 다시 체포될 것을 염려해서——실제로 곧 체포됐지만 몽페르메이유의 숲 속 블라뤼의 빈터라고 불리는 장소에 그 돈을 묻어 두었다. 금액은 63만 프랑으로 전부 은행 지폐였기 때문에 부피가 크지 않아서, 상자 하나에 다 들어갔다. 다만 상자를 습기로부터 보호하기 위해 다시 떡갈나무 상자에 밤나무 부스러기를 채워서 그 속에 넣어 두었다. 그 상자에는 또 하나의 보물인 신부의 촛대도 넣었다. 독자도 기억하다시피 그 촛대는 몽트뢰이유 쉬르 메르에서 도주할 때 가지고 갔던 것이다. 어느 날 저녁 블라트뤼엘이 발견했던 남자는 장 발장이었다. 그 뒤 장 발장은 돈이 필요할 때마다 블라뤼의 빈터를 찾아 왔다. 이미 말했듯 그가 종종 집을 비운 것은 그 때문이었다. 그는 덤불 속에 자기만 알고 있는 장소에 곡괭이를 숨겨 두었다. 마리우스가 회복되는 것을 알았을 때, 그 돈이 소용될 시기가 가까워진 것을 느낀 그는 그것을 가지러 갔다. 블라트뤼엘이 숲 속에서, 이번에는 저녁이 아니라 새벽에 발견했던 남자도 역시 장 발장이었다. 블라트뤼엘은 곡괭이만 차지했다.

실제로 남은 금액은 58만 4천 5백 프랑이었다. 장 발장은 그 중

자기를 위해서 5백 프랑을 떼놓았다. '그 뒤는 어떻게 되겠지' 하고 그는 생각했다.

이 남아 있는 돈과 라피뜨 은행에서 찾은 63만 프랑과의 차액이 1823년부터 1833년까지 10년 간의 지출인 셈이다. 수도원에 있었던 5년 동안은 5천 프랑밖에 들지 않았다.

장 발장은 두 개의 은촛대를 벽난로 위에 놓았다. 그 훌륭함에 뚜쌩은 감탄했다.

더욱이 장 발장은 자신이 자베르한테서 해방된 것을 알고 있었다. 그의 앞에서 사람들이 이야기하는 것을 듣고, '모니뙤르' 기관지에서 사실을 확인해 보았다. 그 기사에 의하면 자베르라는 한 경위가 뽕 또 샹즈 다리와 뽕 뇌프 다리 사이의 세탁선 밑에서 익사체로 발견되었다는 것이다. 그는 상관의 신임도 극히 두터웠던 나무랄데없는 사람으로, 그가 남기고 간 글을 보면 정신착란의 발작으로 자살한 것 같다는 것이었다.

'분명히,' 하고 장 발장은 생각했다. '나를 체포하고서도 놓아준 것을 보면 그때부터 좀 이상했는지도 모르지.'

두 노인은 저마다 나름대로 꼬제뜨의 행복을 위해 최선을 다하다

결혼 준비는 완전히 끝났다. 의사는 2월에는 결혼해도 좋다고 했다. 지금은 12월이었다. 완전한 행복의 즐거운 몇 주일이 흘러갔다.

조부도 그녀 못지 않게 행복했다. 그는 곧잘 한 시간 동안이나 꼬제뜨 앞에 앉아서 그녀를 바라보곤 했다.

"기막히게 예쁜 아가씨야!" 하고 그는 소리치는 것이었다. "게다가 다정하고 친절하기까지 하니! '사랑스런 아가씨 내 마음이여!'만으로는 부족해. 내가 이제껏 본 일이 없는 가장 아름다운 처녀야. 머지않아 제비꽃처럼 향기로운 부덕도 갖추게 될 거다. 정말 우아하기 이를 데 없군! 이런 부인과 함께라면 고상하게 살지 않을 수 없을거야. 안 그러냐? 마리우스, 너는 남작이고 부자다. 이젠 변호사 같은 건 그만두렴, 부탁이니."

꼬제뜨와 마리우스는 무덤에서 갑자기 낙원으로 옮겨 온 것 같았다. 너무 갑작스러운 변화여서 두 사람 모두 눈이 멀 지경까지는 아니었으나 눈앞이 어지러웠다.

"어찌된 일인지 알아?"

마리우스는 꼬제뜨에게 물었다.

"몰라요." 꼬제뜨는 대답했다. "다만 하느님께서 우리를 지켜봐 주시는 것 같아요."

장 발장은 모든 준비를 갖추고, 모든 장해를 제거하고, 모든 것을 타협 짓고 모든 것을 용이하게 했다. 그는 꼬제뜨 자신과 마찬가지로 열심히, 겉으로 보기에 기쁜 듯이 꼬제뜨의 행복을 서둘러 준비했다.

그는 시장을 지낸 일이 있는 만큼, 꼬제뜨의 신분이라는, 그만이 알고 있는 비밀의 미묘한 문제까지 해결할 수 있었다. 그녀의 신원을 노골적으로 말했다면 어떻게 되었을까? 틀어졌을지도 몰랐다. 그는 모든 장해에서 꼬제뜨를 구했다. 그녀를 위해 죽어 있던 가계 (家系)를 만들어 주었다. 이것은 어떤 이의도 있을 수 없는 안전한 방법이었다. 꼬제뜨는 죽어 없어진 한 집안의 하나밖에 남지 않은 후손이 되었다. 다시 말해 꼬제뜨는 그의 딸이 아니라 다른 또 하나의 포슐르방의 딸이 된 것이다. 포슐르방이라는 두 형제가 쁘띠 삑 쀠스 수도원에서 정원사로 지냈던 적이 있었다. 그 수도원에 가서 알아보았고, 그곳에서 존중할 만한 증명을 많이 얻을 수 있었다. 선량한 수녀들은 신원 문제 따위는 잘 알지도 못하고 관심도 없었으며, 하물며 거기에 부정한 일이 있다고는 생각지도 않았으므로, 어린 꼬제뜨가 두 포슐르방 가운데 어느 쪽의 딸인지 아무도 확실하게 알지 못했다. 그녀들은 원하는 대로 답변을 해주었고 더욱이 열심히

질노르망 씨는 꼬제뜨가 마음에 들었다.

이야기해 주었다. 신분 증명서는 곧 만들어졌다. 꼬제뜨는 법률상으로 외프라지 포슐르방이 되었다. 그녀는 부모 없는 고아로 신고되었고, 장 발장은 포슐르방이라는 이름으로 꼬제뜨의 후견인으로 지정되었으며, 질노르망 씨는 후견 감독인으로 지정되었다.

58만 4천 프랑에 대해서는, 이름을 밝히기를 원하지 않는 어떤 고인(故人)이 꼬제뜨에게 물려준 유산인 것으로 했다. 맨 처음 유산은 59만 4천 프랑이었으나 그중 1만 프랑은 수도원에 지불된 5천 프랑까지 포함해서 외프라지 양의 교육비로 사용되었다. 그 유산은 제삼자의 손에 맡겨져서 꼬제뜨가 성년이 되든가 또는 결혼할 때 돌려주기로 되어 있었다. 이런 일은 누가 보아도, 특히 50만 프랑 이상의 돈인 만큼, 지극히 당연했다. 물론 몇 가지 이상한 점도 있었지만 아무도 그것을 깨닫지 못했다. 이해 관계가 있는 사람 중 한 사람은 사랑에, 다른 사람들은 60만 프랑에 저마다 눈이 멀어져 있었다.

꼬제뜨는 자기가, 오랫동안 아버지라고 불렀던 그 노인의 딸이 아니라는 말을 들었다. 노인은 그저 친척에 지나지 않았다. 또 한 사람의 포슐르방이 그녀의 친아버지였다. 다른 경우였다면 이런 사실은 그녀를 비탄에 잠기게 했을 것이다. 그러나 말할 수 없이 행복한 상태에 있는 지금, 그것은 극히 조그마한 그림자, 일시적인 구름에 불과했다. 너무 기쁨에 젖어 그 구름도 얼마 가지 않아 개어 버렸다. 그녀에게는 마리우스라는 존재가 있었다. 청년이 오고, 노인은 자취를 감추었다. 그것이 인생이다.

게다가 꼬제뜨는 여러 해 동안, 주위에서 벌어지는 수수께끼 같은 일을 예사로 보아왔다. 이상한 유년기를 보낸 사람은 누구나 항상 어떤 종류의 체념을 하기 쉽다. 그래도 그녀는 장 발장을 '아버지'라고 부르기를 그만두지 않았다.

꼬제뜨는 기쁨에 넘쳐 마음이 들떠 있었지만, 질노르망 노인에게도 감격하고 있었다. 사실 노인은 그녀에게 줄곧 좋은 말과 선물을 쏟아부었다. 장 발장이 꼬제뜨를 위해 사회적인 정당한 지위와, 어엿한 신분을 만들어주고 있는 동안, 질노르망 씨는 결혼 선물에 매달려 있었다. 장려한 것만큼 그를 즐겁게 하는 일은 없었다. 그는 자기 조모로부터 전해 내려온 뱅슈 제(製) 레이스로 만든 드레스까지 꼬제뜨에게 주었다.

"이런 유행도 다시 살아날 거야" 하고 그는 말했다. "옛날 것이 크게 유행해서 내 만년의 젊은 처녀들이 내가 어렸을 때와 같은 옷을 입는 거지."

그는 이미 오랫동안 열지 않았던 장롱도 열었다. 꼬로망델 산 옻칠을 하고 가운데가 불룩한 훌륭한 장롱이었다. "이 미망인들의 참회를 들어보기로 할까?" 하고 그는 말했다. "뱃속에 무엇을 넣어두고 있는지 어디 보자." 그리고 자신의 여러 아내와 정부, 조모들의 멋진 물건들로 가득찬 서랍을 요란스럽게 뒤적거렸다. 북경 비단, 다마스크 산의 꽃무늬 비단, 므와레, 뚜르제의 불꽃 모양의 비단 드레스, 빨면 때 잘 지는 금실로 수놓은 인도제 손수건, 앞뒤가 없는 꽃무늬 천, 제노아와 알랑송제 레이스, 오래된 금은 세공의 장신구, 섬세한 전쟁 그림으로 장식된 상아 과자함, 부속 장식품, 리본, 그는 무엇이나 다 아낌없이 꼬제뜨에게 주었다. 감탄한 꼬제뜨는 마리우스에 대한 사랑에 취하고 질노르망 씨에 대한 감사의 마음으로 어찌할 바를 모르면서, 비단과 비로드를 몸에 감은 끝없는 행복을 꿈꾸고 있었다. 결혼 선물을 천사들이 받들고 오는 듯한 기분이었다. 그녀의 영혼은 말린느제 레이스의 날개를 펴고 푸른 하늘로 날아올랐다.

연인들의 황홀한 마음에 못지 않은 것은 이미 말했듯이 조부의 황홀감이었다. 뒤 깔베르 거리는 마치 악대의 음악이 울려 퍼지고 있는 듯했다.

매일 아침 조부는 어떤 골동품이든 반드시 꼬제뜨에게 보냈다. 온갖 장신구가 그녀의 주위에 찬란하게 꽃을 피워 갔다.

행복에 젖으면서도 즐겨 진지한 이야기를 하던 마리우스는 어느 날 어떤 이야기 끝에 이렇게 말했다.

"혁명가들은 정말 위대합니다. 까똥이나 포씨옹처럼 여러 세기에 미치는 위력을 갖추고 있어서 한 사람 한 사람이 고대의 기념물 같습니다."

"고대의 비단! (마리우스의 말을 일부러 잘못 들음.)" 하고 노인은 외쳤다. "고맙다, 마리우스. 바로 내가 찾고 있던 거야."

그리고 다음 날, 갈색의 고대 비단으로 만든 훌륭한 드레스가 꼬제뜨의 결혼 선물에 보태졌다. 조부는 그 의상들에서 하나의 교훈을 끄집어냈다.

"연애는 좋은 거지. 그러나 거기에는 소품이 필요해. 행복에는 쓸데없는 것이 필요하다. 행복 그 자체는 필수품에 지나지 않아. 그러니 전혀 소용없는 것들로 맛을 내는 거지. 궁전과 마음. 마음과 루부르 미술관. 마음과 베르사이유의 대분수. 양치는 여자와 결혼하면 공작부인으로 만들도록 애써야 해. 꽃을 꽂은 필리스를 차지했으면 10만 프랑의 연금을 붙여 줘야 하고, 대리석 복도 아래 한없이 넓은 전원 풍경을 전개시켜야 해. 목가 풍경도 좋고 대리석과 황금의 꿈 같은 경치도 좋아. 메마른 행복은 메마른 빵과 같은 거야. 먹을 수는 있되 맛있는 음식은 못 되지. 필요 이상의 것, 소용없는 것, 하찮은 것, 너무 많은 것, 아무 짝에도 쓸 수 없는 것, 난 그런 게 좋다.

나는 스트라스부르그 대성당에서 4층 건물만큼 높은 큰 시계를 본 적이 있다. 그 시계는 친절하게도 시간을 알려 주었지만, 그것만을 위해서 만들어졌다고는 생각되지 않았어. 그 시계는 정오나 자정, 태양의 시간인 정오나, 사랑의 시간인 자정이나, 그밖의 어떤 시간에도 종을 울린 뒤 여러 가지 것을 내보였다. 달과 별, 육지와 바다, 새와 물고기, 페부스와 페베, 게다가 벽이 움푹 파인 곳에서 나오는 많은 것들, 열두 사도, 황제 샤를르 5세, 에뽀닌느와 사비누스, 거기에다 나팔을 부는 금빛 꼬마들까지 많이 나왔어.

또 그때마다 왠지 공중에 퍼지는 종소리는 황홀하기 이를 데 없었지. 다만 시간을 가르쳐 줄 뿐인 헐벗고 하찮은 시계가 그것과 비교될 수 있을까? 나는 스트라스부르그의 큰 시계 편이야. 포레느와르의 뻐꾸기 울음 소리를 내는 자명종보다 그게 훨씬 좋아.”

질노르망 씨는 특히 결혼식에 대해서 당치도 않은 말을 하며 18세기의 풍속을 들어 열광적으로 찬미했다.

“너희들은 의식을 거행할 줄 몰라. 요즘 사람들은 기쁨의 날을 어떻게 보내야 하는지 모르는 게 분명해” 하고 그가 외쳤다. “너희들의 19세기는 너무 연약해. 도대체 과분이란 걸 몰라. 부자도 몰라보고 귀족도 몰라보는 그저 철부지에 불과해. 이른바 너희들이 말하는 제3계급이란 맛도 색깔도 냄새도 형태도 없는 거지. 중류 시민계급들이 가정을 꾸미려는 몽상은 스스로도 인정하듯 새 자단(紫檀)이나 화려한 문양으로 장식된 천으로 꾸민 그리 넓지 않은 화장실 정도에 불과해. 자, 나란히 서십시오. 검약 군과 절약 양이 결혼하겠습니다, 하는 상황이지. 그러한 사치와 화려함이라면 루이 금화를 양초에 한 닢 갖다붙이는 것과 별 차이가 없어. 19세기란 그런 시대야. 나는 발트해 너머로 달아나고 싶은 기분이다. 이미 1787년부터 모든 게 허망해질거라고 예언하지 않았니? 모든 게 끝난 거라고 말야. 로앙 공작이나 레옹 대공, 샤보 공작, 몽바종 공작, 수비즈 후작, 프랑스의 대귀족 뚜아르 자작이 낡은 마차를 타고 롱샹 경마장으로 가는 것을 본 날에 말야! 그 예언대로 된 거지.

금세기에는 누구나가 장사를 하고, 투기를 하고, 돈을 벌고, 그리고 인색하게 굴면서 겉만은 조심해서 번지르르하게 가꾼다. 정성껏 멋을 부리고, 씻고, 비누질을 하고, 때를 벗겨내고, 수염을 깎고, 머리를 빗고, 구두를 번쩍거리게 닦아 솔질을 하여, 겉만 깨끗하게 하고, 손톱만큼의 허술한 곳도 없이, 조약돌처럼 반들반들하고 조심성 있고, 깨끗하지만, 한꺼풀 벗기면, 쳇! 손으로 코를 푸는 마부조차도 뒷걸음질칠 것 같은 거름 구덩이나 수채 구멍을 마음속에 갖고 있단 말야. 나는 이 시대에 더러운 청결이라는 표어를 붙여 주고 싶어. 마리우스, 화내지 마라, 조금만 더 이야기하게 해주렴. 민중을 헐뜯으려는 게 아냐. 네 민중에게는 충심으로 경의를 품고 있지만, 중류 계급의 시민을 약간 두드려 주는 것은 나쁘지 않아. 나도 중류 계급이다. 진실로 사랑하는 자는 곧잘 매질을 한다.

그래서 나는 분명하게 말하지만, 오늘날의 사람들은 결혼을 하지만 결혼하는 방법을 몰라. 정말 옛날 풍습이 그립구나. 모든 것이 그립다. 그 우아함, 기사도다운 행동, 정중하고 다정한 태도, 누구나가 지녔던 그 즐거운 호사, 혼례에는 음악이 꼭 있었다. 교향곡으로부터 북치기에 이르기까지, 그리고 무도회가 있었지. 테이블에 앉은 즐거운 얼굴들, 말할 수 없이 달콤한 사랑의 노래, 가요, 불꽃, 꾸밈없는 웃음, 농담, 커다랗게 묶은 리본, 그리고 신부의 양말대님까지 그립다. 신부의 양말대님은 비너스의 허리띠와 사촌이야.

트로이 전쟁이 왜 일어났지? 그래, 헬레네의 양말대님으로부터 시작되었어. 어째서 그들은 싸웠을까? 어째서 신과도 같은 디오메데스는 메리오네가 머리에 쓴 10개의 뿔이 달린 커다란 청동투구를 때려부쉈을까? 어째서 아킬레우스와 헥토르는 창으로 서로 찔렀을까? 다른 게 아니야, 헬레네의 양말대님에 파리스가 손을 댔기 때문이지. 꼬제뜨의 양말대님을 소재로 호메로스는 《일리어드》를 쓴 거다. 시 속에 같은 수다쟁이 늙은이를 넣어서, 그것을 네스토르라고 이름 붙인 거야.

옛날엔, 그 사랑스러운 옛날에는 사람들은 현명한 방법으로 결혼했지. 멋지게 계약한 다음 어마어마한 잔치를 베풀었어. 퀴자스가 나가자 곧 가마슈가 들어왔지. 그런 거야! 위란 놈은 유쾌한 놈이라 자기 몫을 요구하고 자기도 혼례에 참견하고 싶어한단 말야. 모두들 잘 먹고, 테이블에서는 가슴장식을 떼버리고 적당히 깃을 벌린 미인과 나란히 앉았었지. 아아! 모든 사람들이 입을 크게 벌리고 웃던 그 시대는 무척 쾌활했었다!

청춘은 꽃다발이었어. 젊은 사나이들은 모두 하나의 라일락 가지, 한 다발의 장미꽃이 되었지. 군인들까지 양치는 목동이었어. 설사 용기병 대장일지라도 사람들이 플로리앙이라고 부르는 솜씨를 가지고 있었다. 모두 옷차림을 존중했어. 수놓은 것이라든가 빨간 비단으로 차려 입었지. 부르주아는 꽃 같았고, 후작은 보석 같은 거였어. 구두 밑으로 돌려 매는 끈을 쓰거나, 장화를 신거나 하지는 않았어. 화려하고 광택이 나는 비단이나 금갈색 옷을 입고, 경쾌하고 정갈하고 요염하고, 그러면서 허리에는 칼을 차고 있었다. 벌새가 부리와 발톱을 갖고 있듯이 말이다. '우아한 남빛' 시대였다. 18세기의 일면은 섬세하고 일면은 장대했다. 그리고, 그야말로 즐겁게 놀았단다.

지금은 모두가 너무 점잖아. 부르주아는 인색한 데다 가면을 쓰고 있어. 너희들의 세기는 불행해. 목언저리를 너무 내놓았다고 해서 미의 세 여신까지 쫓아내려 하고 있어. 추악한 것과 함께 아름다움까지도 숨기고 있어. 혁명 뒤에는, 누구나 다 바지를 입고 있다. 춤추는 계집애들까지도 말야. 여자 광대도 점잖고, 리고동 춤도 거드름을 피우고 있어. 위엄 있는 체 해야만 한다. 레이스 깃 속에 턱을 묻고 있지 않으면 언짢아해. 결혼하는 20살 난 젊은 애송이의 이상은, 르와이에 꼴라르 씨가 되는 것이다.

한데 그러한 위엄이 도달하는 곳이 어딘지 아느냐? 쩨쩨한 사람이 될 뿐이야. 잘 알아두어라. 쾌락이란 그저 즐거운 것만이 아니다. 그것은 위대한 거야. 그러니까 사랑도 즐겁게 하라는 거다! 결혼을 하는 데는 행복의 열정과 맹목과 법석과 요란함을 동원해서 떠들썩하게 해야 한다! 교회에서 점잖을 빼는 건 좋아. 그러나 미사가 끝난 뒤에는, 신부 주위에 꿈의 소용돌이를 일으켜 주어야 해.

결혼은 무게 있고 침착하면서도 꿈이 있어야 해. 랭스의 대성당에서 샹뜰루 탑까지 의식의 행렬을 해야 한단 말이다. 넋빠진 결혼 같은 건 생각하기도 싫다. 제기랄! 적어도 그날만은 올림포스 산에 올라간 기분이어야 해. 모든 신들이 되는 거야. 아아! 모두 공기의 정(精)이나 기쁨의 신이나 웃음의 신이나 알렉산드르 대왕의 은으로 만든 정병이 되는 거야. 애야, 갓 결혼한 사람은 모두 알도브란디니 대공 같아야 한단다. 평생에 단 한 번뿐인 그때를 놓치지 말고, 백조나 독수리와 함께 가장 높은 천상계로 날아가거라. 이튿날 다시 개구리들이 사는 부르주아 사회로 돌아오면 되는 거니까. 결혼을 검소하게 하여 결혼의 찬란한 빛을 깎아서는 안 된다. 아름다운 날에 인색하지 말아라. 결혼은 살림살이가 아니다. 아아! 내 꿈대로 할 수 있다면 아름다운 것이 될 텐데. 숲 속에서 바이올린 소리를 들려 주는 거야. 내 계획은 하늘의 푸른빛과 은빛이다. 의식에는 전원의 신들도 한자리에 넣어 주고, 숲의 요정이나 바다의 요정도 부르는 거다. 암피트리테의 혼례, 장밋빛 구름, 머리를 곱게 빗은 발가벗은 님프들, 여신들에게 4행시를 바치는 아카데미 회원, 바다의 괴물들이 끄는 마차.

트리똥이 앞장서서 소라고둥 부는
황홀한 그 소리에 모두 넋을 잃었네.

이것이 의식의 절차다. 의식 절차의 하나야. 이게 아니라면 나는 아무것도 몰라, 단연코!”

조부가 서정적인 기분에 들떠 스스로의 말에 넋을 잃고 귀기울이고 있는 사이, 꼬제뜨와 마리우스는 마음껏 얼굴을 서로 마주 보며 도취감에 빠져 있었다.

질노르망 이모는 이들 광경을 평소 당황하지 않는 평온한 태도로 바라보고 있었다. 그녀는 최근 5, 6개월 사이에 다소의 감동을 느꼈다. 마리우스가 돌아온 것, 마리우스가 피투성이의 모습으로 실려온 것, 마리우스가 바리케이드에서 운반되어 온 것, 죽어 가던 마리우스가 다시 살아난 것, 조부와 화해한 것, 약혼, 가난한 처녀와 결혼한다는 것, 큰 부자의 딸과 결혼한다는 것, 그리고 60만 프랑이 그녀에게 결정적인 놀라움을 주었다. 그러고 나서는 다시 최초의 성체 배수를 하던 때와 같은 무관심으로 돌아왔다. 그녀는 규칙적으로 어김없이 교회 예식에 참례하고 묵주를 굴리고, 기도서를 읽고, 집안 한구석에서는 ‘당신을 사랑하오’를 속삭이는 동안 다른 한구석에서 ‘아베 마리아’를 속삭이며, 어렴풋이 마리우스와 꼬제뜨를 두 그림자처럼 보고 있었다. 사실 그림자는 그녀였다.

타성적인 금욕 생활이 어떤 상태에 도달하면 영혼은 마비되고 중화가 되어, 흔히들 세상살이라고 하는 것에 무관심해지며, 지진이나 큰 재해가 없는 한, 인간다운 감동은, 즐거운 감동이거나 슬픈 감동이거나 아무것도 받지 않게 된다. “그런 신앙심은,” 하고 질노르망 노인은 딸에게 말하곤 했다. “코감기나 마찬가지다. 너는 인생의 냄새를 조금도 못 맡는다. 나쁜 냄새도 그렇거니와 좋은 냄새도 못 맡아.”

더욱이 60만 프랑이라는 돈이 노처녀의 마음에 아무래도 상관없다는 생각을 굳혀 주었다. 아버지는 그녀에게 거의 관심을 두지 않았기 때문에 마리우스의 결혼 승낙에 관해서도 그녀와는 의논하지 않았다. 그는 여느 때와 마찬가지로 성급하게 행동해서 노예가 된 전제 군주처럼, 다만 한 가지, 마리우스를 만족시키려는 것밖에는 생각하지 않았다. 마리우스가 이모에 대해서는, 이모가 존재하고 있는지 이모에게도 무슨 의견이 있는지조차 생각도 하지 않는 것 같아서, 지극히 온순한 그녀도 화가 나 있었다. 마음속에서 조금 반항하면서도 겉으로는 태연하게 그녀는 스스로에게 말했다. "아버지는 나를 젖혀놓고 결혼 문제를 결정했으니, 나도 혼자서 상속 문제를 결정해야겠다." 사실, 그녀에게는 재산이 있었으나 아버지에게는 없었다.

그래서 그녀는 그 점에 자신의 결심을 남겨두었다. 만약 신혼부부가 가난하다면 가난한 대로 내버려 두자. 조카에게는 안된 일이지만! 가난한 처녀와 결혼하면 자기도 가난해지는 게 당연하다. 그러나 꼬제뜨가 가지고 있는 100만 프랑의 반이 넘는 돈은 이모의 마음에 들었고, 이 한 쌍의 연인에 대한 그녀의 심정을 바꾸어 놓았다. 60만 프랑이라면 놀랄 만한 돈이었다. 젊은 그들에게 돈 걱정이 없어진 이상, 자기의 재산을 그들에게 남겨줄 수밖에 없다는 건 자명한 일이었다.

신혼부부는 조부의 집에서 살게 되었다. 질노르망 씨는 집에서 가장 아름다운 자기의 방을 그들에게 주겠다고 고집을 부렸다. "그렇게 하면 나도 젊어진다"고 그는 말했다. "그전부터 그럴 작정이었어. 난 언제나 내 방에서 결혼식을 올리고 싶었지." 그는 그 방을 세련되고 매력 있는 갖가지 골동품으로 장식했다. 천장이나 벽에는 진기한 직물을 붙였다. 한 필을 몽땅 가지고 있는데 그대로의 직물로 유트레히트 산이라고 믿고 있는, 미나리아재비빛 사땡 바탕에 앵초색 비로드 같은 꽃무늬가 있었다. 그는 말했다.

"이것하고 똑같은 직물이 로슈 기용에 있는 앙빌르 공작부인의 침대 휘장으로 되어 있었지."

벽난로 위에는 발가벗은 배 위에 머프를 안고 있는 색소니 인형을 놓았다.

질노르망 씨의 서재는 마리우스가 갖고 싶어하던 변호사 사무실이 되었다. 아시는 바와 같이 변호사를 하려면 사무실을 하나 가질 것을 조합 평의회로부터 요구되었기에 마리우스에게도 필요했던 것이다.

행복속에 떠오르는 망상

연인들은 매일 만났다. 꼬제뜨는 포슐르방 씨와 함께 오곤 했다. "이건 완전히 거꾸로군 그래" 하고 질노르망 양은 말했다. "이렇게 신부 쪽에서 달콤한 소리를 들으려고 남자집으로 오다니." 그러나 그것은 마리우스 회복기부터의 습관이었고 또 피유 뒤 깔베르 거리의 안락의자가 옴므 아므레 거리의 짚의자보다 마주 앉기에 적당했기 때문에 습관이 돼버린 것뿐이었다. 마리우스는 포슐르방 씨와도 대면했지만 말을 주고받지는 않았다. 마치 저절로 그런 묵계라도 이루어진 것 같았다. 처녀란 곁에 붙어 있는 사람이 필요하다. 꼬제뜨는 포슐르방 씨 없이는 오지 못했을 것이다. 마리우스에게는 꼬제뜨가 있어서 포슐르방 씨도 있는 것이다. 하여간에 마리우스는 매번 포슐르방을 반겨 맞았다. 이러한 만남이 되풀이 되면서 그들은 세상 사람들의 보편적인 운명의 개선이란 차원에서 정치적인 이야기를 나누기도 했다. 물론 세세한 부분까지 언급하진 않고 막연하게 화제로 삼으면서 "네"라든가 "아니오" 하는 말보다는 좀 더 많은 말을 주고받을 때도 있었다.

한 번은 교육에 관한 이야기가 나와서, 마리우스가 무료로 의무교육제를 실시하여 그것을 여러 가지 형식 아래 확충하고 공기나 태양처럼 아낌없이 만인에게 고루 주어, 한 마디로 말해 민중 전체가 흡수할 수 있도록 해야 한다는 평소 지론을 얘기하자, 두 사람은 의견이 맞아서 아주 친밀한 사이처럼 이야기를 하게 되었다. 마리우스는 그때 포슐르방 씨가 말을 잘하고, 어느 정도 고상한 말을 쓴다는 것을 알았다. 그러나 그에게는 어딘지 모르게 부족한 데가 있었다. 포슐르방 씨는 보통 사람에 비해 무언가가 모자라는 반면 무언가 너무 많은 것이 있었다.

마리우스는 마음 속으로, 생각 속에서, 자기에 대해 그저 친절하기만 하고 냉랭한 이 포슐르방이라는 사람에게, 온갖 종류의 남모르는 의문을 품고 있었다. 때로는 자기 자신의 기억에 의문이 솟는 일도 있었다. 그의 기억에는 하나의 구멍이, 하나의 어두운 자리가, 4달 동안의 죽음의 괴로움에 의하여 패어진 하나의 심연이 있었다. 많은 일들이 그 속으로 사라져 갔다. 그래서 마리우스는 포슐르방 씨를, 이토록 근엄하고 침착한 사람을, 바리케이드 속에서 과연 똑똑히 보았는지 어떤지 의심스러워지는 것이었다.

게다가 나타났다가는 사라지는 과거의 그림자가 그의 뇌리에 남겨 놓고 간 혼미는 그것뿐이 아니었다. 행복하고 모든 것이 만족스러운 때에도 문득 우수에 사로잡혀서 지난날을 되돌아보지 않고는 있을 수가 없는 때가 있다. 그토록 기억에 달라붙는 그 고뇌로부터 그가 해방되어 있었다고 믿어서는 안 될 것이다. 사라진 지평선 쪽을 되돌아볼 줄 모르는 머리에는 사상도 없고 사랑도 없다. 이따금 마리우스는 얼굴을 두 손으로 싸안을 때가 있었다. 그러면 어지럽고 어슴푸레한 과거가 머릿속의 희미한 빛 속을 지나가는 것이었다. 눈에는 마뵈프가 쓰러지는 것이 다시 보이고, 귀에는 가브로슈가 산탄 밑에서 노래하는 소리가 들리고, 입술에는 에뽀닌느의 이마의 차가움이 느껴졌다. 앙졸라, 꾸르페락, 장 프루베르, 꽁브페르, 보쒸에, 그랑떼르, 친구들은 모두 그의 앞에 나타났다가는 사라져 갔다. 그립고, 슬프고, 용감하고, 아름다운, 또는 비극적인 사람들, 그들은 모두 꿈이었던 것일까? 현실에 존재했던 것일까? 폭동이 모든 것을 포연 속에 몰아 넣어 버린 것이다. 그러한 커다란 열광은 커다란 망상을 내포하고 있다. 그는 스스로에게 물었다. 자신의 마음을 살폈다. 사라져 간 모든 현실들에 현기증을 느꼈다. 도대체 그들은 어디에 있는 것일까? 모두가 죽었다는 게 정말일까? 자기 하나만을 남겨놓고 모두가 암흑속으로 추락해버리고 말았다. 모든 것이 마치 연극 무대의 막 뒤로 사라져버린 것처럼 생각되었다. 인생에는 이렇게 막이 내려질 때가 있다. 신은 다음 장면으로 사라져간다.

그리고 마리우스 자신은 분명 같은 인간이었을까? 그는 가난했는데 부유해졌다. 고독했는데 가정을 갖게 되었다. 절망했는데 꼬제뜨와 결혼하게 되었다. 마치 무덤 속을 지나온 것 같았다. 무덤 속에 검은 모습으로 들어가서 순백한 모습으로 나온 것처럼 생각되었다. 그리고 그 무덤에 다른 사람들은 남겨진 것이다. 어떤 때에는, 그들 과거의 사람들이 모두 유령이 되어 나타나 그를 둘러싸고 그를 우울하게 만들었다. 그런 때 마리우스는 꼬제뜨를 생각하고 밝은 마음을 되찾는 것이었다. 그 더없는 행복만이 그 파국의 자리를 지우는 힘을 가지고 있었다.

포슐르방 씨는 사라진 사람들 중 한 사람이라고 해도 과언이 아니었다. 바리케이드에 있던 그 포슐르방이 지금 뼈와 살이 있는 모습으로 꼬제뜨 옆에 점잖게 앉아 있는 이 포슐르방이라고는 도저히 믿어지지 않았다. 앞의 사람은 아마 몇 시간 동안 정신착란을 일으켰던 사이에 나타났다가 사라진 그 악몽 중 하나였을 것이다. 게다가 두 사람 다 완고하고 남과 어울리지 않는 성격이었기 때문에 마리우스가 포슐르방 씨에게 무언가를 물을 수는 없었다. 물으려고 생각도 하지 않았다. 두 사람 사이의 그런 묘한 입장에 대해서는 이미 말했다.

두 인간이 하나의 공통된 비밀을 갖고 있으면서 일종의 묵계에 의해 그 문제에 관해서는 한 마디도 말을 주고받지 않는 이러한 일은, 세상에 그리 드문 일이 아니다. 단 한 번 마리우스는 은근히 눈치를

떠보았다. 그는 이야기 속에 샹브르리 거리에 관한 것을 끄집어 내
면서 포슐르방 씨를 향해 몸을 돌렸다.
　"당신은 그 거리를 잘 알고 계시지요?"
　"어느 거리요?"
　"샹브르리 거리 말입니다."
　"그런 이름에 대해서는 아무것도 생각나는 게 없소."
　포슐르방 씨는 아주 자연스러운 태도로 대답했다.
　이 대답은 거리의 이름에 관해서였지 거리 그 자체에 관한 것은
아니었으나, 그래도 마리우스는 잘 이해한 것 같은 느낌이 들었다.
　그는 생각했다.
　"나는 꿈을 꾸었던 것이다. 착각이었던 거야. 누군가 몹시 비슷한
사람이 있었던 게지. 포슐르방 씨는 그곳에 있지 않았어."

사라진 두 남자

　기쁨은 참으로 컸지만, 마리우스의 마음 한구석을 괴롭히는 다른
근심을 씻어 주지는 못했다. 결혼 준비가 진행되는 동안 정해진 날
을 기다리면서도 그는 사람을 써서 과거의 사실을 알아내는 어렵고
도 세심한 일을 시켰다.
　그는 많은 사람한테서 은혜를 입고 있었다. 아버지로 인해서도 은
혜를 입었고 자기 자신으로 인해서도 은혜를 입었다. 우선 떼나르디
에가 있었다. 그리고 마리우스를 질노르망 씨의 집에 실어다 준 미
지의 남자가 있었다. 마리우스는 결혼하고 행복해지더라도 그 두 사
람을 잊지 않을 작정이었고, 이 의무의 빚을 갚지 않고는 앞으로 찬
란하게 빛날 자신의 생활 위에 그늘이 생길 것을 두려워해서 무슨
일이 있더라도 그들을 찾아 내고야 말겠다고 굳게 맹세했다. 그는
그 빚을 그대로 모른 체하고 지나쳐 버릴 수는 없었으므로 미래를
향하여 즐겁게 나가기 전에 과거를 청산해야겠다고 생각했다.

비록 떼나르디에는 악인일지라도, 그는 뽕메르씨 대령을 구했다. 그러나 그 사실만으로 악인이라는 것이 탕감되는 것은 아니었다. 떼나르디에가 세상 사람들에게는 악한이었지만 마리우스에게는 그렇지 않았다. 그리고 마리우스는 워털루 전투의 실제 상황을 몰랐기 때문에 자기 아버지가 떼나르디에에 대해 생명의 은인이긴 하나 감사할 필요는 없다는 야릇한 입장에 놓여 있는 그 전말도 알지 못했다.

마리우스는 여러 모로 손을 썼지만 아무도 떼나르디에의 행방을 알아내지 못했다. 그는 완전히 소식이 묘연해진 것 같았다. 떼나르디에의 아내는 예심 중에 감옥에서 죽었다. 떼나르디에와 딸인 아젤마만이 그 집안에서 살아 남은 식구였는데 그 두 사람도 그림자 속에 잠기고 없었다. 사회의 미지의 심연이 소리없이 그늘의 앞길을 가로막았다. 심연은 너무도 고요하여 무엇이 가라앉은 흔적이나, 추를 내릴 수 있는 장소를 알 만한 완만한 흐름이나 아주 희미한 수면의 파문조차 볼 수 없었다.

떼나르디에의 아내는 죽고, 블라트뤼엘은 불기소 처분되었고, 끌라끄수는 자취를 감추어 버렸고, 주요한 피고들은 탈옥했기 때문에, 고르보 저택 잠복 사건의 재판은 흐지부지하게 중단된 상태였다. 중죄 재판소는 2명의 공범자를 처벌하게 된 것으로 만족해야만 했다. 즉 빵쇼, 일명 프랭따니에 또는 비그르나이유오로 불리는 범인과 드미 리아르, 일명 드 밀리아르라고 하는 이 둘은 심리(審理)에서 징역 10년 형에 처해졌다. 탈주한 공범들에 대해서는 결석 재판으로 종신 징역의 판결이 내려졌다. 두목이며 주모자인 떼나르디에는 역시 결석 재판에 의해서 사형이 선고되었다. 이 판결이 떼나르디에에 관해서 남은 유일한 것이 되었는데 마치 관 옆에 켜놓은 촛불처럼, 이 매장된 이름 위에 불길한 빛을 던지고 있었다. 이 판결은 다시 체포될 공포 때문에 떼나르디에를 심연의 바닥 깊숙이 몰아넣어, 그를 에워싼 어둠을 한층 더 짙게 했다.

또 한 사람, 마리우스를 구한 미지의 남자에 관해서는 처음엔 다소 탐색한 성과가 나타났으나, 얼마 가지 않아 딱 막혀 버렸다. 6월 6일 밤, 마리우스를 피유 뒤 깔베르 거리에 실어준 역마차를 찾아낼 수는 있었다. 마부의 이야기로는 6월 6일, 샹 젤리제의 강둑 대하수도의 출구 위에서, 한 경관의 명령으로 오후 3시부터 밤까지 '마차를 세워 두었다'한다. 밤 9시경, 강가에 면한 지하수도로 창살문이 열렸다. 그곳에서 한 남자가 나왔는데, 이미 죽은 것처럼 보이는 한 남자를 어깨에 짊어지고 있었다. 그곳을 감시하고 있던 경관은 죽은 자를 짊어진 남자를 체포했다. 경관의 명령으로 마부는 '그 사람들'을 마차에 태웠다.

우선 피유 뒤 깔베르 거리에 갔다. 그곳에서 죽은 남자를 내렸다. 그때 죽은 남자란 즉 마리우스를 말하는데 사실은 살아 있었던 것이다. 마부는 그를 똑똑히 기억하고 있었다. 그러고 나서 남은 사람은 다시 마차에 탔다. 그는 말에 채찍질을 하며 달렸는데 아르쉬브 입구 몇 걸음 앞에서 서라는 소리에 마차를 세운 뒤 그는 돈을 받고 돌아갔고 경관은 그 남자를 어디론가 끌고 갔다. 그 뒤의 일은 아무것도 모른다. 그날 밤은 무척 캄캄했다.

이미 말했듯이 마리우스는 아무 기억도 나지 않았다. 다만 바리케이드 안에서 뒤로 벌렁 넘어질 뻔했을 때, 누군가의 억센 손에 붙잡힌 것이 생각날 뿐이었다. 그 다음 기억은 전혀 없었다. 의식을 회복한 것은 질노르망 씨의 집에서였다.

그는 골똘히 생각했다. 마부가 말한 남자가 자기라는 것은 의심의 여지가 없었다. 그러나 샹브르리 거리에서 쓰러진 사람이 앵발리드 다리 가까운 세느 강 둑에서 경관에게 발견되다니 이게 어떻게 된 노릇일까? 누군가가 그를 중앙 시장에서 샹 젤리제로 운반한 것이다. 그렇다면 어떻게 해서? 지하수도로를 통해서? 그렇다면 놀랍도록 헌신적인 행위다! 누구일까? 도대체 누구였을까?

마리우스는 바로 그 사람을 찾고 있었다. 생명의 은인인 그 사람에 대해서는 아무것도 몰랐다. 아무 흔적도 없고 조금도 단서를 잡을 수가 없었다.

마리우스는 그 방면으로는 극히 삼가야 할 몸이면서도, 탐색의 손길을 시경까지 뻗쳤다. 그러나 거기 역시 다른 곳 이상의 진전은 없었다. 두 서너 가지 알아보았지만 아무런 단서도 되지 않았다. 시경은 역마차 마부보다도 사건에 대해 잘 알지 못했다. 6월 6일에 대하수도의 창살문에서 누군가를 체포한 적이 있다는 것을 아는 사람은 없었다. 그 사건에 관해서는 경관의 보고가 없었기 때문에 시경에서는 사건을 지어낸 이야기라고 생각하고 있었다. 그 말을 지어낸 사람은 마부라고 했다. 마부란 돈이 생각나면 무슨 짓이라도 해낼 뿐 아니라 없는 말도 지어낸다. 그러나 사건이 있었던 것만은 너무나도 확실해 보였다. 마리우스는 그것을 의심할 수 없었다. 적어도 지금 말한 대로 마부가 이야기한 남자가 자기라는 것은 의심의 여지가 없었다. 이 괴상한 수수께끼 속에서는 모든 것이 불가해했다.

그 남자, 기절한 마리우스를 어깨에 메고 대하수도의 창살문으로 나오는 것을 마부가 보았고, 감시중인 경관이 폭도를 구출한 현행범으로 체포했다는 그 이상한 남자, 그 남자는 어떻게 되었을까? 경관은 어떻게 되었을까? 어째서 그 경관은 침묵을 지키고 있는 것일까? 남자는 교묘하게 도주해버린 것일까? 아니면 경관을 매수한 것일까? 마리우스에게 온갖 은혜를 베풀어 준 그 남자는 어째서 살아 있다는 증거를 주지 않는 것일까? 그 사심없는 행위는 그 헌신적인 행위 못지 않게 놀라운 일이다. 왜 그 사람은 두 번 다시 나타나지 않는 것일까? 아마 그는 아무리 큰 보수를 받아도 모자랄 것이다. 그러나 누구든, 감사하는 마음을 보고 부족하다고 여길 사람은 없을 것이다. 죽었을까? 어떤 사람일까? 어떻게 생겼을까? 아

무도 그것을 말하지 못했다. "그날 밤은 무척 캄캄했습니다"라고
마부는 대답했다. 바스끄와 니꼴레뜨는 너무 놀라서, 피투성이가 된
젊은 주인에게만 신경을 썼다. 다만 마리우스의 처참한 귀향을 촛불
로 비추었던 문지기만은 문제의 남자를 보았지만, 막상 그가 그려
보이는 인상이란 이것뿐이었다. "그 사람은 정말 끔찍한 모습을 하
고 있었습니다."

탐색을 하는 데 도움이 될지도 모른다 싶어 마리우스는 할아버지
집에 운반되어 왔을 때 입었던 피투성이 옷을 그대로 간직해 두게
했다. 윗도리를 살펴보니 옷자락이 한 군데 묘하게 찢어져 한 조각
은 없어져 있었다.

어느 날 밤, 마리우스는 꼬제뜨와 장 발장을 앞에 놓고, 그 이상
한 사건과 지금까지 해온 무수한 조사와 헛되이 끝난 노력에 대한
이야기를 했다. 그런데 '포슐르방 씨'의 냉담한 표정이 그를 화나게
했다. 그는 거의 분노에 떨리는 격한 목소리로 외쳤다.

"그렇습니다. 그 사람은 어떤 사람이었든간에, 그땐 숭고한 사람
이었습니다. 그가 어떤 일을 했는지 아십니까? 그는 천사처럼 전
투 속에 뛰어들어왔습니다. 전투가 한창 벌어진 그 속으로 뛰어들
어 지하수도로 뚜껑을 열고 그 속으로 나를 끌어넣어 나를 매고
가야 했습니다! 무서운 지하의 통로를, 머리를 숙이고, 허리를
구부리고 어둠 속을, 진창 속을, 시오리 이상이나 시체를 등에 지
고 걸어야 했단 말입니다. 그것도 어떤 목적으로? 그 시체를 구
한다는, 다만 그 목적만으로였습니다. 그리고 그 시체가 나였습니
다. 그 사람은 이렇게 생각한 겁니다. '아직 틀림없이 생명의 빛
이 남아 있다. 이 불쌍한 생명의 불을 위해 나는 내 존재를 걸
자!' 그리고 그 사람의 존재는 한 번뿐이 아니라 스무 번이나 위
험에 부닥쳤던 겁니다! 한 발짝마다 위험이 도사리고 있었습니
다. 그 증거로 지하수도로에서 나온 순간에 그는 체포되었습니다.

그 사람이 그만한 일을 했다는 것을 어떻게 생각하십니까? 더욱이 아무런 보수도 바라지 않았습니다. 내가 도대체 무엇이었습니까? 한낱 폭도에 지나지 않았습니다. 정말 무엇이었겠습니까? 한낱 패배자에 지나지 않았습니다. 아아! 만약 꼬제뜨의 60만 프랑이 내것이라면……. ”
“그건 자네 것이네. ”
장 발장이 중간에 참견을 했다.
“그렇다면, ” 하고 마리우스는 말했다. “그 사람을 찾아 내기 위해 그 돈을 다 쓴다해도 아깝지 않겠어요! ”
장 발장은 잠자코 있었다.

제6편 잠 못 이루는 밤

1833년 2월 16일

1833년 2월 16일부터 17일에 걸친 밤은 축복받은 밤이었다. 그 밤의 어둠 위에는 열린 하늘이 있었다. 마리우스와 꼬제뜨가 결혼하는 밤이었다.

그날은 멋진 하루였다.

그것은 할아버지가 꿈꾸던 그런 파란 축전(祝典)도 아니고, 신랑 신부 두 사람의 머리 위를 천사 케루빔이나 사랑의 큐핏이 나는 환상극도 아니었고, 문 위에 장식을 두를 만한 결혼도 아니었지만, 즐거운 미소가 넘치는 하루였다.

1833년 당시의 결혼식 모습은 오늘날 같지는 않았다. 신랑이 신부를 뺏듯이 하여 교회를 나서자마자 달아나고, 자신의 행복을 부끄럽게 생각해서 몸을 숨기고, 파산자(破産者)와 같은 태도와 솔로몬의 '찬가'의 황홀함을 아울러 갖는다는 그 고상하고 우아한 멋을 프랑스는 아직 영국에서 배우지 못했다. 그 낙원을 역마차의 흔들거림에 맡기고, 자신들의 신비로움을 비걱대는 마차소리로 꿰뚫고, 여인숙에 신방을 차리고, 평생 가장 신성한 추억을 마부와 여관집 하녀들의 떠들석함과 뒤섞은 채, 그 하룻밤을 평범한 침상에 남겨 두고 오는 그러한 풍습에, 정숙하고 순결하며 근실한 무언가가 있다는 사실을 프랑스 사람들은 아직 이해하지 못했다.

19세기 후반에 들어선 현대에서는 시장(市長)과 그 장식띠, 사제와 그 법의, 법률과 신, 그런 것만으로는 이미 부족하게 되었다. 거기에는 '롱쥐모의 마부'^(한 마부가 결혼 전에 오페라 배우가 되어 돌아다닌다는 극중 인물)가 또 있어야 한다. 붉은 선을 두르고 방울 단추가 달린 푸른 저고리, 금박 완장, 초록빛 가죽 반바지, 꼬리를 잡아맨 노르망디 말을 모는 목소리, 가짜 금몰, 초를 먹인 모자, 분을 바른 이상한 머리, 커다란 채찍, 그리고 튼튼한 장화. 그러나 프랑스에서는 아직 영국의 귀족 사회가 하는 것처럼 신랑 신부의 역마차 위에 닳아빠진 슬리퍼나 헌 구두를 마구 던질 만큼 우아한 풍습이 발달하지 못했다. 이 풍습은 결혼 당일 백모(伯母)의 노여움을 사서 낡은 구두로 얻어 맞은 게 오히려 행운이 되었다고 하는, 뒷날 말보르그 또는 말브루크 공(公)으로 불리는 처칠^(18세기 초의 영국 장군. 익살스런 노래의 주인공으로 전설적인 인물이 되었다)에게서 유래되었다. 헌 구두나 슬리퍼는 아직 프랑스의 결혼식에는 도입되어 있지 않았다. 그러나 좀더 기다리자. 좋은 취미는 자꾸자꾸 퍼져 가는 법이니까, 이제 곧 그러한 시대가 될 것이다. 1833년에는, 또 100년 전에는 마구 달리는 마차를 타고 결혼하러 가는 사람도 없었다.

당시 사람들은, 좀 우스운 이야기지만 결혼은 극히 허물없는 공공의 축제이며, 순박한 잔치는 가정의 존엄성을 손상케 하는 것이 아니므로 좀 지나치게 흥청거리더라도 난장판만 되지 않으면 절대로 행복을 해치지 않는다고 생각했다. 그리고 머지않아 한 집안을 이룩할 두 사람의 운명의 결합이 우선 집안에서 시작되므로, 부부가 결혼한 후 내내 결혼한 방을 증거로 갖는다는 것은 지극히 존중할 만한 좋은 일이라고 생각했다. 그리하여 부끄러워하는 일 없이 자기 집에서 결혼했다.

마리우스와 꼬제뜨의 결혼 잔치도 지금은 없어진 그 풍습에 따라 질노르망 씨의 집에서 열렸다.

결혼의 절차로서 극히 당연하고 흔히 있는 일이기는 하지만 교회에 결혼예고를 게시하고, 정식 계약서를 작성하고, 구청이나 교회에 드나들어야 한다는 것은 어느 때를 막론하고 다소 번거로운 일이다. 그래서 2월 16일 이전에 준비를 끝낼 수 없었다.

그런데——작자는 다만 정확을 기하기 위해서 이런 사소한 일에까지 주의를 하는데——16일은 마침 마르디 그라(사육제의 마지막 날 화요일)에 해당했다. 그래서 사람들은 여러 가지로 망설이기도 하고 걱정도 했으며, 특히 질노르망 이모의 걱정은 컸다.

"마르디 그라란 말이지!" 하고 할아버지는 외쳤다. "그렇다면 더 잘됐어, 이런 속담이 있잖나. '마르디 그라 때 결혼을 하면 불효 자식은 낳지 않는다.' 괜찮아, 16일이 좋아! 마리우스, 넌 늦추고 싶으냐?"

"아뇨, 조금도!" 하고 사랑에 빠진 청년이 대답했다.

"그렇다면 그날 결혼하는 거야."

이리하여 16일, 세상 사람들의 떠들썩한 마르디 그라 축제에도 아랑곳하지 않고 결혼식을 올렸다. 그날은 비가 왔지만, 그러한 날씨에도 하늘에는 행복을 위한 맑게 갠 한 구석이 있게 마련이어서, 다른 사람들이 우산을 받고 있을 때에도 연인들은 맑게 갠 하늘 한 구석을 올려다보는 법이다.

그 전날, 장 발장은 질노르망 씨 입회 아래 마리우스에게 58만 4천 프랑을 건네주었다. 결혼은 부부 재산 공유법에 의해 이루어지므로 계약서는 간단했다.

뚜쌩은 앞으로 장 발장에게는 필요없으므로 꼬제뜨가 물려받기로 하고 몸종으로 승격시켰다. 장 발장에 대해서는 질노르망 씨네 집의 아름다운 방 하나가 그를 위해 특별히 마련되었고, 꼬제뜨가 "아버지, 부디 소원이에요" 하고 간곡히 말했기 때문에 그도 하는 수 없이 그 방에서 살겠다는 약속을 하지 않을 수 없었다.

결혼 며칠 전, 장 발장에게 조그만 사고가 생겼다. 오른손 엄지손가락을 조금 다쳤던 것이다. 대수로운 상처는 아니었다. 그리고 그는 누구도, 꼬제뜨마저도, 그것을 걱정하거나, 치료를 하거나, 상처를 보지 못하게 했다. 그러나 오른손을 헝겊으로 싸매고 팔을 어깨에 매달아야 했기 때문에 도저히 서명을 할 수 없었다. 질노르망 씨가 꼬제뜨의 후견 감독인으로서 장 발장을 대리했다.

작자는 독자를 구청이나 교회까지 모시지는 않기로 하겠다. 그곳까지 두 연인을 따라갈 구경꾼은 우선 없고, 신랑의 꽃다발이 단추구멍에 꽂히면 사람들은 곧 나와 버리게 마련이었다. 그러므로 여기서는 한 가지 사건만을 적기로 하겠다. 그 사건은 결혼식에 참석한 사람들은 눈치채지 못했지만, 피유 뒤 깔베르 거리에서 쌩 뽈 성당까지 가는 도중에 일어났다.

그 무렵, 쌩 루이 거리의 북쪽 변두리에는 포석을 다시 까는 중이어서 빠르끄 르와얄 거리에서부터 통행이 금지되어 있었다. 그래서 혼례 마차는 곧장 쌩 뽈 성당으로 갈 수 없었다. 길을 바꿀 수밖에 도리가 없었는데 큰 거리로 돌아가는 것이 가장 간단했다. 그러자 초대 손님 중 한 사람이 오늘은 마르디 그라니까 한길은 마차로 혼잡을 이루고 있을 거라고 주의를 주었다.

"어째서?"

질노르망 씨가 물었다.

"가장 행렬이 있기 때문입니다."

"그것 참 재미있겠다" 하고 할아버지는 말했다. "그리로 지나가세. 이 젊은이들은 결혼해서, 이제부터 인생의 참다운 길로 들어가려 하는 거네. 가장 행렬을 좀 보아두는 것도 공부가 될 거야.”

일행은 큰 거리로 길을 잡았다. 혼례 마차의 맨 앞에는 꼬제뜨와 질노르망 이모, 질노르망 씨, 그리고 장 발장이 타고 있었다. 마리우스는 풍습대로 신부와 떨어져서 다음 마차로 따라왔다. 혼례 행렬은 피유 뒤 깔베르 거리를 나서자 곧 마들렌느에서 바스띠유로, 바스띠유에서 마들렌느로 끝없이 이어진 긴 마차 행렬 속에 끼어들었다.

한길은 가장한 사람들로 꽉 차 있었다. 이따금 비가 뿌렸지만 빠이야쓰나 빵딸롱이나 질르 같은 광대들은 끄떡도 하지 않았다. 이 1833년 겨울의 유쾌한 분위기 속에서 빠리는 베니스로 가장하고 있었다. 오늘날에는 그러한 마르디 그라는 더 볼 수 없다. 오늘날 있는 것이라고는 모두 넓은 의미의 사육제뿐이고 진짜 사육제는 없어졌다.

거리에는 사람들이 넘칠 듯했고 창문마다 호기심 많은 사람들로 가득했다. 극장 복도 위의 테라스에도 구경꾼들이 늘어서 있었다. 가장 행렬 외에도 롱샹 경마장처럼 마르디 그라에서는 으레 있게 마련인 온갖 종류의 마차 행렬도 볼 만한 것이었다. 역마차, 삯마차, 유람 승합 마차, 포장마차, 말 한 마리가 끄는 이륜 마차가 경찰의 규칙에 따라 서로 일정한 간격을 유지하고, 마치 레일을 타고 있는 것처럼 질서정연하게 앞으로 나아갔다. 그 마차에 타고 있는 한 사람 한 사람이 구경꾼인 동시에 남의 구경거리가 되었다. 순경들은 반대 방향으로 움직이는 그 끝없는 두 줄의 평행선을 한길 양쪽으로 가르고, 그 두 겹의 흐름이 막히지 않도록 두 줄기 마차의 흐름을 하나는 상류인 앙땡 쪽으로, 하나는 하류인 생 땅뜨완느 쪽으로 교통정리를 하고 있었다. 귀족원 의원과 각국 대사의 문장이 있는 마차는 찻길 중앙을 차지하여 자유로이 왕래하고 있었다. 몇몇의 화려하고 유쾌한 행렬, 그 중에서도 특히 아름답게 꾸민 소의 행렬도 같은 특권을 누렸다. 이 빠리의 흥겨운 법석 속에서 영국은 그 채찍을 울리고 있었다. 즉, 민중들이 세이머 경이라고 별명을 붙인 역마차가 요란한 소리를 내며 지나가고 있었던 것이다.

두 줄의 행렬을 따라서 헌병들이 양을 모는 개처럼 말을 타고 달리고 있었는데, 그 행렬 속에는 할머니 할아버지들이 잔뜩 타고 있는 조촐한 가족 마차도 섞여 있었고, 그 문에 일곱 살짜리 삐에로니 여섯 살짜리 삐에레뜨니 하는 가장한 아이들이 얼굴을 내밀고 있었다. 그 유쾌한 아이들은 자신들이 정식으로 민중들의 기쁨 속에 참가하고 있는 것을 느끼면서 자신들의 광대놀이의 품위에 자신을 갖고 관리들처럼 점잔을 빼고 있었다.

이따금 마차 행렬의 어딘가에 혼란이 일어나서 양쪽 줄 어느 쪽인가가 얽힌 것이 풀릴 때까지 멈추는 일이 있었다. 한 대의 마차가 고장을 일으키면 그것만으로 행렬 전체가 그 자리에 서게 되는 것이었다. 그러나 행진은 곧 다시 시작되었다.

혼례 마차는 바스띠유 쪽을 향해서 큰 거리의 오른쪽으로 가는 행렬 속에 끼어 있었다. 그런데 뽕 또 슈 거리의 높은 지점에서 잠시 행렬이 멈추었다. 거의 동시에 저쪽에서 마들렌느 쪽으로 가는 행렬도 똑같이 정지했다. 그 행렬 바로 근처에 한 대의 가장행렬 마차가 있었다.

그러한 가장행렬 마차, 아니 가장행렬 짐마차는 빠리 사람들에게는 매우 낯익었다. 그러한 마차가 마르디 그라나 까렘므^(사순제의 중간 날)에 나타나지 않으면 사람들은 무언가 언짢은 일이 있는 거라고 생각하고 이런 말을 한다. "무슨 곡절이 있는 모양이군. 아마 내각이라도 바뀌는가 보지." 사람들의 머리 위에서 흔들거리고 있는 까쌍드르며 아를르깽이며 꼴롱빈느^(모두 어릿광 대들의 이름) 등의 무리, 터키 인으로부터 야만인에 이르기까지, 온갖 광대들, 후작부인을 떠메고 있는 헤라클레스들, 아리스토파네스의 눈을 감게 한 바커스의 무녀들처럼 라블레로

하여금 귀를 막게 할 만큼 더러운 말을 지껄이는 여자들, 엉클어진 가발, 장밋빛 속옷, 멋쟁이의 모자, 사팔뜨기의 안경, 나비에게 희롱당하는 자노의 고깔모자, 보행자들을 향하여 질러대는 고함 소리, 허리에 대고 있는 주먹, 아슬아슬한 자세, 드러낸 어깨, 가면 쓴 얼굴, 주위를 아랑곳하지 않는 추태, 그리고 꽃모자를 쓴 마부가 내뱉으며 가는 욕지거리, 그런 것이 이 가장 행렬의 광경이었다.

그리스에는 테스피스(비극시의 창시자 인 그리스의 시인)의 사륜 마차가 필요했지만 프랑스에는 바데(통속시의 창시자인 프랑스의 시인)의 역마차가 필요한 것이다.

어떤 것이라도 풍자가 가능하다. 풍자 자체도 또 다시 풍자될 수 있다. 고대의 중후한 아름다움을 자랑하는 사투르누스 축제도 점점 열기를 더해가더니 결국 마르디 그라(사육제의 전야제)로 변했다. 또 예전에는 포도 덩굴을 관(冠)으로 쓰고 햇볕 아래서 성스러운 반나체로 대리석 같은 젖가슴을 보여주던 바쿠스 제(祭)가 오늘날에는 북방의 축축하게 젖은 누더기 아래 가장행렬이라고 불릴 만큼 퇴락해 버렸다.

가장 마차의 전통은 아주 오래된 왕정 시대로 거슬러 올라간다. 루이 11세의 회계 기록에는 궁정 집사에게 '가장 마차 세 대를 위해 뚜르 은화 20수'의 지출을 인정하고 있다. 오늘날에는 그러한 소란스러운 가장의 무리는 관례에 따라 구식 역마차 꼭대기까지 가득 실려서 가거나, 포장을 내린 시영 마차에 벌떼처럼 시끄럽게 타고 있다. 6인승 마차 한 대에 20명이나 타고 있다. 마부석에도, 접어 넣은 걸상에도, 포장 옆에도, 마차채 위에도 올라타고 있다. 심지어는 마차의 초롱에까지 걸터앉아 있다. 서기도 하고, 눕기도 하고, 앉기도 하고, 다리를 꼬기도 하고, 다리를 마차 밖으로 내놓기도 한다. 여자들은 남자들의 무릎 위에 앉아 있다. 멀리서 보면 사람들의 머리가 우글우글하게 모여서 묘하게도 피라밋 형태를 이루고 있다. 그 마차에 탄 사람들은 혼잡 속에 환희의 산처럼 우뚝 솟아 있다. 꼴레나 빠나르나 삐롱(모두 해학과 풍자에 능한 18세기 시인)의 시에 은어가 보태어져 그곳에서 흘러나온다. 그 위에서 군중들을 향해 상스러운 말이 튀어나온다. 사람들을 끝도 없이 마구 실은 그 마차는 마치 전리품 같다. 앞에서는 떠들썩하고 뒤에서는 왁자지껄한다. 떠드는 사람, 노래하는 사람, 고함을 지르는 사람, 까르르 웃어대는 사람, 들떠서 몸을 뒤트는 사람, 농담이 오가고, 야유가 일고, 들뜬 기분이 도도하게 퍼져 간다. 두 마리의 깡마른 말이 마지막 막을 활짝 연 광대극을 신을 향해 끌고 간다. 그 마차는 웃음 신(神)의 개선 마차이다.

그 웃음은 노골적이라고 하기에는 너무 냉소적이다. 실제로 그 웃음에는 수상한 느낌이 있다. 그것은 하나의 사명을 띠고 있다. 빠리 사람들에게 사육제란 어떤 것인가를 보여주는 임무를 맡고 있는 것이다.

그들의 야비하고 품위 없는 마차에는 무언지 모르게 암흑이 느껴져서 철학자의 몽상을 유발한다. 그 속에는 정치가 숨어 있다. 관리와 공창(公娼) 사이의 은밀한 화합이 역력히 느껴진다.

갖가지 추행이 쌓여서 들뜬 분위기를 조성하는 것, 파렴치와 비천함을 쌓아 올려 민중을 취하게 하는 것, 기밀조직이 매춘의 지주가 되어 민중을 모욕하면서도 즐겁게 만드는 것, 그 살아 있는 기괴한 짐이, 찬란한 누더기가, 더러움과 광명의 뒤섞임이, 짖어 대고 노래하면서 역마차의 네 수레바퀴 위에 실려가는 것을 군중들이 좋아라고 구경하는 것, 가지각색의 오욕으로 이루어진 그 영광에 사람들이 갈채를 보내는 것, 대중에게는 경찰이 스무 개의 머리를 가진 쾌락의 히드라를 자기들 속으로 끌고 다녀 주는 것 말고는 재미있는 일도 신나는 일도 없다는 것, 그것은 분명 슬픈 일이다. 그러나 그것을 어떻게 하면 좋단 말인가? 리본이나 꽃으로 꾸며진 더럽고 추한 그 가장 마차들을, 민중의 웃음은 조롱하면서도 용서하고 있는 것이다.

만인의 웃음은 보편적인 타락을 구제한다. 어떤 종류의 불건전한 축제는 민중을 분산시키고 대중을 만들어낸다. 그리고 대중에게는 전제 군주와 마찬가지로 해학이 필요한 것이다. 국왕에겐 로끌로르(루이 14세 때 해학으로 유명했던 장군)가 있고 민중들에겐 빠이야쓰(비속한 희극에 등장하는 한 광대)가 있다. 빠리는 장엄한 대도시가 아닐 때에는 반드시 광란의 대도시이다. 여기서 사육제는 정치의 일부분이다. 까놓고 얘기하면 빠리는 스스로 파렴치한 희극을 원하고 있다. 만약 주인이 있다면 그 주인은 한 가지밖에 청하지 않았다. 즉 '나를 진흙으로 칠해다오' 라고. 로마도 같은 기질을 가지고 있었다. 로마는 네로를 사랑했다. 그런데 네로는 진흙을 칠한 거인이었다.

방금 말했듯이 혼례 행렬이 한길 오른쪽에 멈추려 했을 때, 마침 가면을 쓴 남녀를 포도송이처럼 잔뜩 싣고 돌아다니던 대형 사륜마차 한 대가 거리 왼쪽에 멈춰 섰다. 한길을 사이에 두고 가면을 쓴 사람들이 탄 마차는 신부가 타고 있는 마차를 정면으로 바라보았다.

"야!" 가면을 쓴 한 사람이 말했다. "혼례 마차잖아?"

"가짜 혼례야." 다른 한 사람이 말했다. "진짜는 우리다."

그러나 혼례의 일행에게 말을 걸기에는 너무 멀었고, 순경에게 야단을 맞을 일도 두려웠기 때문에 그 두 사람의 가면은 딴 데를 바라보았다.

가장 마차의 사람들은 곧 바빠지기 시작했다. 군중들이 그들을 놀리기 시작한 것이다. 이것은 가장한 자들에 대한 군중의 애무이다. 그래서 방금 이야기한 두 가면도 동료 둘과 함께 군중에 대항하지 않으면 안 되었다. 그들은 광대의 모든 무기를 가지고 있었으나 군중의 압도적인 야유 앞에 다른 것을 돌아볼 여유가 없었다. 가장한 무리와 군중 사이에 심한 야유가 오고갔다.

그러는 동안 같은 마차를 타고 있는 다른 두 사람, 늙은이처럼 가장하고 어마어마하게 큰 검은 수염을 달고 있는 큰 코의 스페인 사람과, 검은 비로드 가면을 쓴 매우 젊고 깡마르고 천해 보이는 여자가 혼례 마차를 보며, 동료들과 통행인들이 야유를 주고받는 동안 낮은 목소리로 이야기를 하고 있었다.

그들의 쑤군대는 밀담은 소음에 덮여서 옆사람에게도 들리지 않았다. 이따금 지나가는 비로 열어젖힌 마차 안은 젖어 있었다. 2월의 바람은 아직 차가웠다. 스페인 사람에게 대답을 하면서 목덜미를 드러내 놓은 천한 여자는, 몸을 떨기도 하고 웃기도 하면서 기침을 하고 있었다.

그것은 이런 대화였다.

"애야."

"뭐예요, 아빠?"

"저 늙은이 보이니?"

"어느 늙은이요?"

"저기, 혼례 마차의 맨 앞에 타고 있는 이쪽편 말이다."

"검은 천으로 팔을 매단 남자요?"

"그래."

"저 사람이 왜요?"

"분명히 내가 본 기억이 있는 사람이야."

"그래요?"

"*Je veux qu'on me fauche le colabre et n'avoir de ma vioc dit vousaille, tonorgue ni mézig, si je ne colombe pas ce pantinois là.* (나는 저 빠리인을 알고 있어. 아니라면 목이 잘려서 한평생 아무 말을 하지 못해도 좋다.)"

"오늘 빠리는 빵땡 (빵땡이란 작은 꼭두각시로 가면을 쓴 광대를 가리키지만 또 하층민의 속어에서는 빠리 사람을 가리키기도 한다) 인걸요."

"너, 몸을 구부리면 신부가 보이지?"

"안 보이는데요."

"그럼 신랑은?"

"저 마차에 신랑은 타지 않았어요."

“그래?”
“옆에 있는 늙은이가 신랑이 아니라면 말예요.”
“그럼 좀더 구부리고 신부를 봐라.”
“안 보인다니까요.”
“어쨌든 저 팔을 달아맨 늙은이는 분명히 본 기억이 있어.”
“본 기억이 있다고 한들 그게 무슨 상관이에요?”
“그야 알 수 없지, 하지만 때론 소용이 있지!”
“나는 늙은이한테는 별로 관심없어요.”
“난 저놈을 알고 있어!”
“마음대로 알고 계세요, 그럼.”
“어떻게 해서 혼례 행렬에 끼어 있을까?”
“알게 뭐예요.”
“저 혼례 마차는 어디서 왔을까?”
“내가 어떻게 알아요?”
“내 말좀 들어 봐라.”
“뭔데요?”
“한 가지 네가 해줄 일이 있다.”
“뭘요?”
“마차에서 내려서 저 혼례 마차 뒤를 밟는 거야.”
“뭐하러요?”
“어디로 가는지, 누구의 혼례인지 알고 싶어서 그래. 얼른 내려서
뛰어가, 넌 젊으니까.”
“여기서 내릴 순 없어요.”
“어째서?”
“나는 고용되어 왔는걸요.”
“젠장!”
“천한 여자 노릇을 하기로 하고 시경에서 일당을 받고 있잖아요.”

그들의 쑤군대는 밀담은 소음에 덮여서 곁의 사람에게도 들리지 않았다.

“그건 그래.”

“만약 마차에서 내렸다가 경찰에게 들켜 보세요. 곧 잡히고 말 거예요. 잘 아시잖아요?”

“그래, 알고 있어.”

“오늘 난 당국에 팔려 있는 몸이에요.”

“그렇지만 아무래도 저 늙은이가 마음에 걸려서 그래.”

“늙은이 따위가 마음에 걸린다는 거예요? 젊은 처녀도 아니고?”

“저놈은 맨 앞의 마차에 타고 있어.”

“그래서요?”

“신부 마차에 타고 있단 말이야.”

“그래서요?”

“신부의 아버지란 말이다.”

“그게 어쨌다는 거에요?”

“신부의 아버지라니까.”

“물론이죠. 그 사람이 아버지겠죠.”

“글쎄, 잠자코 들어 봐.”

“뭘 말예요?”

“나는 가면 없이는 절대로 나다니지 못해. 여기는 얼굴이 가려져 있으니까 아무도 나를 모르지만. 그러나 내일이면 가면은 없어지게 되거든. 내일은 재〔灰〕의 화요일 ^(사순절
첫째날)이다. 자칫 잘못하면 나는 잡히고 말아. 다시 구멍으로 돌아가야 해. 그러나 너는 자유롭지 않니?”

“그렇게 자유로운 것도 없어요.”

“나보다야 훨씬 낫지.”

“그래서 어쨌다는 거예요?”

“저 혼례 행렬이 어디로 가는지, 네가 알아봐 줄 수 없겠니?”

“어디로 가는지?”

“그래.”

“그거라면 알아요.”

“뭐? 어디로 가는데?”

“까드랑 블뢰겠죠, 뭐.”

“아니야, 그런 데가 아닐걸.”

“흥! 그렇다면 라뻬일 거예요.”

“다른 데로 갈지도 몰라.”

“그건 저쪽 마음이죠. 혼례 행렬이 어디로 가건 그건 자유란 말예요.”

“내가 말하는 건 그게 아니야. 저 혼례는 누구의 혼례고 저 늙은 이는 어떤 관계이며, 저 신혼 부부는 어디에 사는지 그것을 알아 봐 달란 말이다.”

“안 돼요! 그런 쓸데없는 일은. 마르디 그라 날에 빠리를 지나간 혼례 행렬의 행방을 일 주일이나 지난 뒤에 알아낸다는 건 쉬운 일이 아니예요. 건초더미 속에 떨어진 핀 찾기 같은 거라구요! 그게 가능할 거라고 생각하세요?”

“하지만, 어쨌든 해보아야 해. 알겠니, 아젤마?”

두 줄의 행렬이 한길 양쪽에서 다시 서로 반대 방향으로 움직이기 시작하자 신부가 탄 마차는 가장행렬 마차의 시야에서 사라지고 말 았다.

장 발장은 여전히 팔을 달아매고 있다

꿈을 실현하는 것, 그것은 누구에게 허용된 일인가? 그것 때문에 하늘에서는 선거가 실시된다. 우리는 모두 알지 못하는 사이 그 후 보자가 된다. 그리고 천사들이 투표를 한다. 꼬제뜨와 마리우스는 그렇게 해서 당선되었다.

꼬제뜨는 시청에서도 성당에서도 환하게 빛나서 사람들을 감동시켰다. 그녀의 옷차림은 뚜쌩이 맡았고, 니꼴레뜨가 그것을 도왔다.

꼬제뜨는 흰 태프터 천의 속치마 위에 빈취 산(產)의 비치는 레이스 드레스를 입고, 영국식 수가 놓인 베일을 썼으며, 고급 진주 목걸이를 하고, 오렌지꽃 화관을 쓰고 있었다. 모두 흰빛 일색이었는데 그 흰빛 속에서도 그녀는 빛을 발하고 있었다. 그것은 미묘한 순결이 퍼져서 광명 속에 변신하려는 모습이었다. 처녀가 여신이 되려 하고 있다고 해도 좋을 듯했다.

마리우스의 아름다운 머리는 윤이 나고 향기로웠다. 숱많은 고수머리 밑에는 바리케이드에서 받은 상처 자국이 푸르스름한 줄이 되어 군데군데 엿보였다.

조부는 당당하게 머리를 쳐들고 몸단장에도 태도에도 바라스 ^(혁명내각 시대의 화려하고 호탕한 인물) 시대의 온갖 우아함을 여느때보다 더 과시하며 꼬제뜨를 인도했다. 장 발장은 팔을 달아매고 있기 때문에 신부를 부축할 수가 없어서 조부가 대리 노릇을 하고 있었다.

장 발장은 검은 옷차림으로 뒤에 따라가면서 미소짓고 있었다.

"포슐르방 씨" 하고 조부는 그에게 말했다. "참으로 좋은 날입니다. 이것으로 슬픔이라든가 고민 같은 것은 사라졌으면 좋겠군요. 이제 앞으로는 아무데도 슬픈 일이 일어나서는 안 되겠어요. 정말입니다! 나는 기쁨을 사람들에게 명령합니다! 악이란 존재할 권리를 갖지 않습니다. 세상에 불행한 사람들이 있다니, 사실 푸른 하늘에 대해 부끄러운 일입니다. 악은 원래 선량한 사람에게서 오는 것이 아닙니다. 인간의 비참함의 수도는, 또 그 정부는 아마도 지옥일 것입니다. 다시 말해 악마의 뛸르리 궁전 말입니다. 어이쿠, 나도 이제는 과격파 같은 말을 하게 되었군그래! 하지만 나는 정치에 대해서는 아무 의견도 갖고 있지 않습니다. 모든 사람이 유복하게, 다시 말해 즐겁게 사는 것, 그것만이 내 소원입니다."

모든 의식을 완성시키기 위해 두 사람은 시장과 사제 앞에서 대답할 수 있는 만큼 대답하고, 시청과 성전에서 장부에 서명하고 반지를 교환한 뒤, 흰 비단 휘장 아래 피어오르는 향로의 연기 속에서 나란히 무릎을 꿇고 손을 맞잡아야 했다. 그리고 모든 사람들의 찬탄과 선망을 받으면서 마리우스는 검은 옷, 꼬제뜨는 흰 옷으로 단장하고, 대령 견장을 달고 큰 도끼로 바닥을 두드리며 소리를 내는 안내인을 따라, 감탄하는 참석자들이 두 줄로 늘어선 사이를 걸어나가 좌우로 활짝 열린 성당 정문 아래까지 가서 다시 마차에 올라탐으로써 모든 것이 끝났을 때, 꼬제뜨는 아직도 이것이 현실이라는 걸 믿을 수가 없었다. 그녀는 마리우스를 바라보고, 군중들을 보고, 하늘을 보았다. 마치 꿈에서 깨어나기를 두려워하는 듯한 모습이었다. 그 놀란 듯한 불안한 모습은 무어라 형용할 수 없는 매력을 그녀에게 더해주고 있었다.

집으로 돌아가기 위해 그들은 함께 마차에 탔다. 마리우스는 꼬제뜨 곁에, 질노르망 씨와 장 발장은 그들의 맞은 편에 자리잡았다. 질노르망 부인은 다음 마차를 탔다.

"너희들" 하고 조부가 말했다. "이것으로 너희들은 3만 프랑의 연금을 가진 남작 각하와 남작 부인이 된 거다."

그러자 꼬제뜨는 마리우스에게 바싹 몸을 붙이고 천사 같은 속삭임으로 그의 귀를 애무했다.

"그럼, 정말이군요. 나도 마리우스라고 불리는 거죠? 당신의 아내이고요."

그들은 빛났다. 그들은 다시 불러올 수도, 다시 찾아낼 수도 없는 순간에, 모든 청춘과 온갖 기쁨의 눈부신 교차점에 있는 것이었다. 장 프루베르의 시구를 실현하고 있는 것이었다. 두 사람의 나이를 합쳐도 마흔 살도 되지 않았다. 그것은 승화된 결혼이었고 젊은 두 사람은 두 송이의 백합꽃이었다. 그들은 서로를 보지 않고도 서로 황홀해하고 있었다. 꼬제뜨는 마리우스를 영광 속에 바라보고 마리우스는 꼬제뜨를 제단 위로 우러러보고 있었다. 그리고 그 제단 위에, 그 영광 속에 신이 되어 결합한 두 사람은 그 깊숙한 속에서, 꼬제뜨에게는 안개 저쪽에, 마리우스에게는 불꽃 속에서, 하나의 이상이, 현실이, 입맞춤과 꿈의 만남이, 원앙침이 보이는 것이었다.

이제까지 두 사람이 맛본 모든 고뇌는 지금 도취가 되어 그들의 마음으로 돌아왔다. 고통도, 불면도, 눈물도, 번뇌도, 두려움도, 절망도 모두 애무가 되고 빛이 되어, 다가오는 아름다운 시간을 한층 더 아름답게 하는 것처럼 생각되었고, 또 그러한 과거의 온갖 슬픔은 현재의 기쁨을 장식해 주는 들러리처럼 생각되는 것이었다. 고생했던 것이 참으로 다행한 일이었다. 과거의 불행은 지금의 행복에 빛을 더해주고 있었다. 그들 사랑의 오랜 고뇌는 마침내 승천의 기쁨을 누리고 있는 것이다.

그들의 영혼은 하나의 환희를 나누어 가졌는데, 마리우스의 영혼은 그것을 쾌락의 빛으로 물들이고, 꼬제뜨의 영혼은 정절이란 빛으로 물들였다. 그들은 나직나직 이야기를 나누었다.

"다시 쁠뤼메 거리의 우리의 작은 정원을 보러 가요."

꼬제뜨가 입은 드레스의 주름이 마리우스 위에 놓여 있었다.

이런 하루야말로 어렴풋한 꿈과 확실한 현실이 형언할 수 없게 뒤섞이는 날이다. 사람은 소유하고 그리고 상상한다. 이것저것 상상할 만한 시간 여유가 아직 남아 있는 것이다. 대낮에 한밤중의 일을 생각한다는 것은 참으로 형용할 수 없는 감동이다. 두 사람의 마음의 환희는 다른 사람들에게까지 번져서 길가는 사람들에게도 즐거움을 나누어 주고 있었다. 쌩 땅뜨완느 거리의 쌩 뽈 성당 앞에서 사람들은 걸음을 멈추고 마차 유리창 너머로 꼬제뜨의 머리에 꽂힌 오렌지꽃이 한들한들 떨리는 것을 바라보고 있었다.

이윽고 모두들 피유 뒤 깔베르 거리에 있는 집으로 돌아왔다. 마리우스는 꼬제뜨와 어깨를 나란히 하고 자랑스러움에 찬연히 빛을 내면서, 전에 빈사 지경의 몸으로 끌려 올라갔던 그 계단을 올라갔다. 가난한 사람들이 문 앞에 떼를 지어 서서 얻은 돈을 서로 나누면서 두 사람을 축복했다. 가는 곳마다 꽃으로 가득했다. 집도 성당과 마찬가지로 향기로웠다. 향수 냄새와 장미꽃 향기가 났다. 그들은 무궁 속에서 노랫소리를 듣는 것 같았고, 마음에 신을 품고 있었으며, 운명은 별을 새긴 천장처럼 생각되었고, 머리 위에는 아침 햇살이 엿보이는 듯했다. 갑자기 큰 시계가 울렸다. 마리우스는 꼬제뜨의 드러난 사랑스러운 팔과 열린 앞가슴의 레이스를 통해 어렴풋이 보이는 장밋빛을 바라보았다. 그리고 꼬제뜨는 마리우스의 눈길을 느끼고 눈 속까지 붉어졌다.

질노르망 집안의 옛 친구들이 객실에 초대되어 꼬제뜨의 주위를 에워쌌다. 모두 앞다투어 그녀를 남작 부인이라고 불렀다.

지금은 대위가 되어 있는 떼오뒬르 질노르망 장교도 사촌 뽕메르 씨의 결혼식에 참석하기 위해 주둔지인 샤르트르에서 와 있었다. 꼬제뜨는 그의 얼굴을 잊고 있었다.

떼오뒬르도 여성들에게서 미남이라는 말을 듣는데 익숙했기 때문에 이젠 꼬제뜨를 특별히 기억하고 있지도 않았다.

"이 창기병의 말을 내가 곧이 듣지 않기를 잘했지!"

질노르망 노인은 혼자 중얼거렸다.

꼬제뜨는 지금까지보다 더욱 다정하게 장 발장을 대했다. 그녀는 또 질노르망 노인과도 잘 맞았다. 노인이 경구나 격언으로 기쁨을 나타내고 있는 동안 그녀는 애정과 호의를 향기처럼 내뿜고 있었다. 행복은 만인이 행복하기를 바라는 법이다.

장 발장에게 이야기를 하는 꼬제뜨는 소녀 시절의 목소리로 되돌아가 있었다. 그녀는 미소로써 그에게 응석을 부리고 있었다.

식당에 축하 잔치 자리가 마련되었다. 대낮이 무색할 정도로 휘황

한 조명은 커다란 기쁨엔 빠뜨릴 수 없는 풍취다. 행복한 사람들은 안개나 어두컴컴한 것을 허용하지 않는다. 그들은 자신들이 검은 그림자가 되기를 좋아하지 않았다. 밤은 좋지만 암흑은 안된다. 해가 나오지 않을 때는 해를 만들어야 한다.

식당은 눈을 즐겁게 하는 화려한 것들로 가득했다. 중앙에는 희게 빛나는 테이블 바로 위에 나뭇가지처럼 꾸며진 베니스 제 큰 촛대가 놓여 있고, 파랑, 보라, 빨강, 초록 등 색색의 새가 촛불에 에워싸여 앉아 있었다. 그 커다란 촛대 주위를 다시 여러 개의 작은 촛대가 둘러싸고 벽에는 세 갈래나 다섯 갈래로 갈라진 반사경이 걸려 있었다. 거울, 수정 세공품, 유리 세공품, 큰 접시, 자기, 도기, 토기, 금은 세공품, 은그릇, 모든 것이 번쩍거리고 흥겨워하고 있었다. 그 가지 달린 화려한 촛대와 촛대 사이는 모두 꽃으로 메워져서 어디든지 불빛이 아니면 꽃투성이였다. 객실에서는 세 개의 바이올린과 하나의 플루트가 소리를 줄이는 장치를 달고 하이든의 사중주를 은은하게 연주하고 있었다.

장 발장은 처음에 객실 문 뒤에 있는 의자에 앉아 있었기 때문에 문이 열리면 거의 문 뒤에 가려졌다. 식탁에 앉기 조금 전에 꼬제뜨는 장 발장에게 와서 두 손으로 웨딩드레스 자락을 살짝 펼치며 깊은 존경과 사랑을 표시한 뒤 상냥하고도 장난스러운 눈으로 그에게 물었다.

"아버지, 만족하세요?"

"아암" 하고 장 발장은 말했다. "만족하고 말고."

"그러세요? 그럼 웃어 주세요."

장 발장은 웃어 보였다.

잠시 후 바스끄가 만찬의 시작을 알렸다.

손님들은 꼬제뜨의 손을 잡은 질노르망 씨의 안내로 모두 식당에 들어가서 정해진 자리에 따라 테이블 주위에 늘어섰다.

신부의 좌우에 두 개의 커다란 팔걸이의자가 있었는데, 하나는 질노르망 씨의 자리이고 또 하나는 장 발장의 자리였다. 질노르망 씨는 첫번째 자리에 앉았다. 두번째 자리의 팔걸이의자가 비어 있었다.

사람들은 눈으로 '포슐르방 씨'를 찾았다. 그는 이미 없었다. 질노르망 씨는 바스끄에게 물었다.

"포슐르방 씨가 어디 계시는지 아느냐?"

"네." 바스끄는 대답했다. "잘 알고 있습니다. 포슐르방 님께선 손의 상처가 아프셔서 남작 내외분과 함께 식사를 할 수 없다고 하시면서 그렇게 나리께 말씀드려 달라는 분부였습니다. 부디 용서해 주십사는 말씀이었습니다. 내일 아침에 오겠다고 하시며 지금 막 돌아가셨습니다."

그 빈 의자는 잠시 혼례의 잔치 기분을 깨뜨렸다. 그러나 포슐르방 씨는 없어도 질노르망 씨가 있었으므로, 이 조부가 두 사람 몫을 도맡아 자리의 흥을 돋우고 있었다. 그는 "포슐르방 씨께서 다친 데가 아프면 빨리 자리에 눕는 게 좋겠지만, 대수롭지 않은 '아야야'에 불과해" 하고 말했다.

이 말만으로 충분했다. 그리고 이처럼 큰 기쁨에 잠겨 있을 때, 한쪽 구석이 조금 어두운들 어떠랴? 꼬제뜨와 마리우스는 행복을 느끼는 것 말고는 모든 능력을 잃어버리는 저 이기적인 축복의 순간에 있었던 것이다. 게다가 질노르망 씨가 묘안을 생각해 냈다.

"그렇군. 이 팔걸이의자가 비어 있으니, 마리우스 네가 앉거라. 권리로 말하자면 이모님이 위지만 네게 양보할 거다. 그 팔걸이의자는 네 자리다. 그건 예의에도 합당하고 또 즐거운 일이야. '행복한 여자' 옆에 '행복한 남자'가 앉는 것이니 말이다."

모여 앉은 사람들이 모두 손뼉을 쳤다. 마리우스는 꼬제뜨 옆의 장 발장의 자리에 앉았다. 이것으로 모든 것이 제자리를 잡았기 때문에 처음에 장 발장이 없는 것을 슬퍼하던 꼬제뜨도 결국 만족하게 되었다. 마리우스가 장 발장을 대신한 순간부터 꼬제뜨는 이미 신을 원망하지 않았다. 그녀는 흰 사뗑으로 만든 실내화를 신은 조그마한 발 하나를 마리우스의 한쪽 발 위에 올려놓았다.

팔걸이의자는 채워지고 포슐르방 씨의 존재는 사라졌다. 이것으로 부족한 것은 아무것도 없었다. 그리고 5분 뒤에는 참석자 전원이 모든 것을 잊어버린 채 유쾌한 기분으로 벙글벙글 웃고 있었다.

식사 후 질노르망 씨가 일어서서 92살 난 몸이 떨려서 엎지르는 일이 없도록 절반만 따르게 한 샴페인 잔을 들고 신혼 부부의 건강을 축복했다.

"너희들은 두 가지 설교를 면할 수 없을 거다" 하고 그는 외쳤다. "아침에는 주임 사제의 설교를 들었지만 저녁에는 할아비의 설교를 들을 차례야. 그래, 내 말을 잘 들어라. 나는 너희들에게 한 가지 조언을 할까 한다. 그것은 서로 깊이 사랑하라는 거다. 나는 장황하게 말을 늘어놓지 않고 바로 결론으로 가겠다. 행복해지라고 말이다. 생명 있는 것 가운데 현명한 것은 꿩과 비둘기뿐이다.

철학자들은 말한다. 그대들의 기쁨을 아끼라고. 그러나 나는 너희들의 기쁨의 고삐를 늦추라고 말하겠다. 끝까지 서로 반해라. 서로에게 미친 사람처럼 되거라. 철학자들은 잠꼬대를 하고 있는 거다. 그들의 철학 따위는 그들의 목구멍 속으로 도로 밀어 넣어주고 싶을 지경이다. 향기가 너무 짙고, 장미꽃이 너무 많이 피고, 밤 꾀꼬리가 너무 많이 노래하고, 푸른 나뭇잎이 너무 많고, 인생에 서광이 너무 많이 비친다고 하는 일이 있을 수 있을까? 사람은 지나칠 정도로 서로 사랑할 수 있을까? 지나칠 만큼 서로 마음에 드는 수가 있을까? '조심해라, 에스텔, 너는 너무 예뻐!' '정신 차려, 네모랭, 너는 너무 아름답다!' 이 얼마나 얼빠진 말이냐? 서로의 마음을 황홀하게 하고, 기쁘게 하고, 넋을 잃게 하는 데 지나치다는 일

질노르망 씨가 일어서서 샴페인 잔을 들고 신혼 부부의 건강을 축복했다.

이 있겠느냐 말이다. 너무 싱싱하다는 말이 있겠는가? 너무 행복하다는 말이 있겠는5가? 너희들의 기쁨을 아끼라니, 무슨 말을 하는거지? 철학자들을 타도하라! 지혜란 향락을 뜻하는 것이야. 향락하라, 향락하라. 우리는 착한 사람이니까 행복한 건가, 아니면 행복하니까 착한 건가. 쌍씨의 다이아몬드는 아를레 드 쌍씨가 가지고 있었기 때문에 쌍씨라고 불리는지, 아니면 106(cent six는 쌍씨로 발음된다) 캐럿이라 쌍씨라고 불리는지 나는 모른다. 인생은 그런 문제로 가득 차 있다.

그러나 중요한 것은 쌍씨의 다이아몬드를 갖는 일이다. 행복을 갖는 일이야. 잔소리 말고 행복해지거라. 태양에게 맹종하자. 태양이란 뭐냐? 그것은 사랑이다. 사랑이란 여자를 두고 하는 말이다. 아니! 그것은 전능이다. 그것은 여자란 말이다. 이 마리우스라는 과격 민주정치파에게 물어보아라. 그도 이 꼬제뜨라는 조그마한 전제군주의 노예가 아니냐고 말이다. 더욱이 기꺼이 노예가 되어 있거든, 이 비겹자는! 정말 여자가 아니고는 못하는 노릇이지! 로베스삐에르 같은 자도 오래 배겨날 리가 없어, 항상 여자가 군림하니까. 나는 아직 왕당파지만 지금은 여자의 왕권을 받드는 왕당일 따름이다. 아담은 무엇인가? 바로 이브의 왕국이다. 이브에게는 89년 같은 일은 일어나지 않는다.

백합꽃을 새긴 국왕의 홀도 있었고, 지구 모양을 새긴 황제의 홀도 있었고, 무쇠로 만든 샤를르마뉴 대제의 홀도 있었고, 황금으로 만든 루이 대왕의 홀도 있었지만, 혁명은 엄지손가락과 집게손가락으로 그것들을 몇 푼 되지 않는 지푸라기처럼 비틀어 버리고 말았다. 그것으로 끝장이 난 거다. 꺾이고 땅바닥에 내팽개쳐져서 이제는 홀의 그림자도 없다. 그러나 말이다, 향수 냄새를 풍기는 수놓은 이 조그마한 손수건을 상대로 혁명을 할 수 있다면 해보여 주기 바란다! 보고 싶군그래. 해보아라. 상대가 힘에 벅찬 건 어째선가? 헝겊이기 때문이다. 아! 자네들은 19세기란 말이지? 흥, 그러니까 어쨌단 말인가? 우리는 18세기의 인간이었다! 그리고 우리도 자네들과 마찬가지로 바보였어.

그러나 자네들은 사흘 만에 죽어 버리는 괴상한 병을 콜레라라 부르게 되고, 부레 춤을 카추샤 춤이라고 부르게 되었다고 해서 자신이 세상을 일변시켰다고 생각하면 안돼. 결국은 역시 여자를 사랑할 수밖에 없는 거야. 아무도 이 숙명에서 벗어날 순 없어. 그렇게 어떻게도 할 수 없는 여자란 것이 우리들의 천사란 말이다. 그렇다, 사랑, 여자, 키스, 이러한 세계에서 아무도 빠져 나갈 수 없는 거야. 아니, 나는 그 속에 뛰어들고 싶을 지경이야. 여러분 중에 누가 이런 것을 보신 분은 없으신지요? 이 세상 모든 것을 굴복시킨 비너스의 별이, 하늘의 위대한 바람둥이 여신이, 대양의 셀리멘느가 넘실대는 파도에도 눈 하나 깜짝않고 하늘 높이 아득히 날아가던 것을?

대양, 그것은 근엄한 알세스뜨이다. 그러나 그가 아무리 못마땅한 얼굴을 하고 있다가도 비너스가 모습을 나타내면 어쩔 수 없이 벙글거리고 만다. 그 거칠고 난폭한 짐승도 굴복하고 마는 것이다. 우리들도 다 마찬가지야. 분노, 폭풍, 천둥, 천장까지 치솟는 파도. 그러나 한 여자가 무대에 등장하면, 별 하나가 하늘에 돋으면, 사나이는 그만 납작하게 엎드리고 마는 거야! 마리우스는 6개월 전에는 싸우고 있었다. 그런데 오늘은 결혼을 한다. 그러면 된 거야. 아무렴. 마리우스, 잘한 일이지. 꼬제뜨, 너희들은 옳은 일을 하고 있어. 서로를 위해서 마음껏 살아가거라. 마음껏 애무해라. 흉내낼 수 없을 정도로, 우리가 괘씸하게 여길 정도로, 열렬하게 사랑해라. 너희들의 부리로 지상에 있는 온갖 행복의 지푸라기들을 물어다가 그것으로 인생을 위한 보금자리를 만들어라. 참으로 사랑하고 사랑받는다는 것은 젊은 시절의 아름다운 기적이니까 말이다!

그러나 그걸 너희들이 발명한 거라고 생각해선 안 된다. 나도 역시 꿈을 꾸었고, 생각도 했고, 사랑하기도 했다. 나 역시 달처럼 빛나는 영혼을 가진 적이 있었다. 연애는 6000살의 어린아이다. 사랑은 길고 하얀 수염을 길렀다 해도 상관없다. 므두셀라도 큐핏에 비하면 코흘리개에 지나지 않는다. 60세기 전부터 남자와 여자는 서로 사랑하면서 용케 어려움을 헤쳐 나왔다. 교활한 악마는 인간을 미워하기 시작했지만 사람은 그보다 더 교활하기 때문에 여자를 사랑하기 시작했지. 그래서 인간은 악마로부터 받은 재난보다 훨씬 큰 행복을 얻었다. 이 묘한 술책은 지상의 낙원이 시작될 때부터 생각되어 왔어.

이것은 오래된 발명이지만 지금도 새롭다. 그것을 유익하게 쓰도록 해라. 필레몬과 보시스가 되기 전에 먼저 다프니스와 콜로에가 되어라 (전자는 근대 오페라 속의 두 연인, 후자는 그리스 이야기 속의 두 연인). 둘이 함께 있기만 하면 아무런 부족함이 없을 것이다. 꼬제뜨는 마리우스의 태양이고, 마리우스는 꼬제뜨의 모든 세계인 거다. 그렇게 되도록 해라. 꼬제뜨, 태양이 빛나는 하늘은 네 남편의 미소인 줄 알아라. 마리우스, 비는 네 아내의 눈물인 줄 알아라. 그리고 너희들의 가정에는 절대로 비 같은 것은 오지 않도록 해라. 너희들은 연애 결혼이라는 좋은 제비를 뽑은 거다. 큰 상품을 차지했으니 소중하게 간직하고, 자물쇠를 단단히 채워 헛되이 하지 말며, 서로 깊이 사랑하고 그밖의 일은 상관하지 말아라. 내가 하는 말을 믿어라. 이것은 양식이다. 양식은 절대로 사람을 그르치지 않는다. 서로가 신앙의 목표가 되거라.

신을 숭배하는 방법은 사람에 따라 저마다 다르다. 그러나 신을 숭배하는 가장 좋은 방법은 자기 아내를 사랑하는 것이다. 나는 너를 사랑한다! 이것이 나의 교리니까. 사랑하는 사람은 모두가 정통 신앙자이다. 앙리 4세가 곧잘 쓰던 욕설은, 취기와 성찬 사이에 신성이라는 것을 끼워넣는 식이지. 즉 '술주정꾼의 신성한 배(腹)' ('이런 빌어먹을!' 또는 '쳇! 제기럴' 과 의미는 같으나 어감은 더욱 강함) 처럼!

그러나 나는 그런 종파는 아니다. 이래서는 여자라는 걸 잊고 있는 게 된다. 이것이 앙리 4세의 욕설이라니 나로서는 뜻밖이다. 자, 여러분, 여성 만세! 나를 노인이라고들 하지만 그러나 이제부터 놀랄 만큼 나는 젊어질 것 같소. 오보에 소리를 들으러 숲에라도 가고 싶을 지경이오. 여기 있는 이 아이들이 아름답게, 그리고 충실하게 살아갈 길을 발견했다는 그 사실이 나를 취하게 하오. 원하는 분이 계시다면 나도 멋지게 결혼해 보이고 싶소. 죽도록 사랑하고, 달콤한 말을 주고받고, 멋을 부리고, 비둘기가 되고, 수탉이 되어 아침부터 밤까지 사랑을 쪼아 먹고, 귀여운 아내를 거울 삼아 자신의 모습을 비춰 보고 의기양양해서 뽐내고, 으스대겠소. 신이 우리들을 그 이외의 목적으로 만들어냈다고는 생각할 수 없소. 결국 이것이 인생의 목적인 것이오. 이것이 결국 그, 실례를 무릅쓰고 말씀드리면 우리들 노인이 젊었을 시절에 생각했던 바로 그것이란 말이요.

에이, 제기랄! 그 시절엔 요염한 여자가, 사랑스러운 얼굴이, 새싹 같은 싱싱한 소녀가 무척 많았었지! 나는 그 속을 마구 헤치고 다녔어. 그러니까 너희들도 서로 사랑해라. 사람이 서로 사랑하지 않을 바에야 도대체 육체가 무슨 소용인지 난 모르겠거든. 그럴 바엔 차라리 하느님께 부탁드려서 하느님이 우리에게 보여주시는 아름다운 것을 죄다 치워 버리고 빼앗아 버려 꽃도, 새도, 예쁜 처녀들도 하느님의 상자 속에 도로 넣어 줬으면 싶을 정도야. 자, 애들아, 할아비의 축복을 받아 다오."

이 하룻밤의 향연은 떠들썩하고 쾌활하고 즐거웠다. 조부의 더없이 좋은 기분이 축하연 전체의 분위기를 압도하여, 누구나가 이 100세가 다 된 노인의 격의없는 태도에 동조했다. 사람들은 춤도 조금 추면서 많이 웃고 많이 얘기했다. 경사스러운 혼례였다. '자디스 영감'을 그곳에 초대해도 좋았음직했다. 아니, 자디스 영감은 질노르망 노인의 마음 속에 함께 살고 있었다.

이리하여 한바탕 잔치가 끝난 뒤에는 정적이 찾아왔다. 신혼부부는 자리를 떴다. 자정 조금 전에 질노르망 집안은 절간처럼 고요해졌다.

여기서 작자는 펜을 멈추리라. 결혼한 날 밤 문 앞에는 한 천사가 서서 입에 손가락을 대고 미소짓고 있다. 사랑의 의식이 벌어지는 그 더없이 성스러운 자리를 앞에 놓고 영혼은 묵상에 들어간다.

그런 집 위에는 광채가 머물고 있을 것이다. 그런 집이 간직하고 있는 기쁨은 틀림없이 빛이 되어 벽을 뚫고 새어 나가 희미하게 어둠을 비추고 있을 것이다. 그 신성하고도 운명적인 경사는 필연코 천국의 광명을 무궁 속에 보내고야 말 것이다. 사랑, 그것은 남녀의 융합이 이루어지는 숭고한 도가니다. 인간의 삼위일체——일체, 삼체, 극체(極體)——가 거기서 생겨난다. 두 영혼에 의한 한 영혼의 탄생은 어둠까지도 감동시킬 것이다. 사랑하는 남자는 사제이고, 환희하는 처녀는 오직 두려움에 떨 뿐이다. 그 기쁨의 얼마는 신에게까지 이른다. 참다운 결혼이 이루어지는 곳에는, 바꾸어 말해 사랑이 있는 곳엔 이상이 섞여 있는 것이다.

결혼의 잠자리는 암흑 속에 여명의 한 모서리를 만든다. 사람의 눈이 천상계의 무섭고도 매혹에 찬 형상들을 볼 수 있다면, 밤의 형상이, 날개 달린 미지의 것들이, 육안으로 볼 수 없는 세계를 지나가는 파란 것들이, 빛을 띤 집 주위에 어두운 머리를 맞대고 앉아 기뻐하고, 축복하고, 남의 아내가 된 처녀를 가리키고 놀라면서, 또 만족하여 축복하면서, 그들의 성스러운 얼굴에 인간의 최고 행복이 반영되고 있음을 볼 것이다. 만약 그 최상의 순간에 쾌락에 현혹된 신혼부부가 자기들뿐이라고 믿으면서도 귀를 기울였다면 남모르게 은밀히 파닥거리는 날개짓 소리가 방안에 들렸을 것이다. 완전한 행복은 천사들도 초대하는 것이다. 그 어둡고 작은 침실은 하늘을 천장으로 삼고 있다. 두 개의 입술이 사랑으로 정화되어 창조를 위해

서로 접근할 때 그 말로 다할 수 없는 입맞춤 위에는 별들의 광대한 신비 속에 하나의 전율이 일어난다.

그러한 행복이야말로 참다운 행복이다. 그러한 기쁨 외에 참다운 기쁨이란 없다. 사랑, 거기에는 오직 하나뿐인 황홀이라는 기쁨이 있다. 그밖의 모든 것은 눈물이다.

사랑한다, 사랑했다. 그것이 전부이다, 더 이상 무엇을 바랄 것인가? 인생의 어두운 주름 속에서 찾아낼 수 있는 건 오직 사랑뿐이다. 사랑하는 것은 성취하는 것이다.

가방 속의 물건

장 발장은 어떻게 되었을까?

꼬제뜨의 다정한 명령에 따라 웃어 보이고 나자, 곧 아무도 그에게 주의하지 않는 틈을 타서 장 발장은 조용히 일어나 객실로 나왔다. 여덟 달 전, 진흙과 피와 먼지로 새까매진 그가 조부에게 그 손자를 업고 들어간 바로 그때의 그 방이었다. 그때 낡은 벽의 판자는 지금 나뭇잎과 꽃으로 꾸며져 있었다. 그때 마리우스를 뉘었던 긴의자에는 악사들이 앉아 있었다. 검은 윗도리에 짧은 바지를 입고 흰 양말과 흰 장갑을 낀 바스끄가 이제부터 차려 내갈 요리접시 둘레에 일일이 장미꽃을 곁들이고 있었다. 장 발장은 어깨에 걸어맨 팔을 그에게 보이고 도중에 자리를 뜨는 까닭을 전해 달라고 부탁한 뒤 밖으로 나갔다.

식당의 유리 창문은 거리 쪽으로 나 있었다. 장 발장은 환하게 비치는 창문 아래의 어둠 속에 오래도록 가만히 서 있었다. 그는 귀를 기울였다. 연회의 혼잡한 소음이 그가 있는 곳까지 새어나왔다. 질노르망 씨의 위엄있는 높은 말소리, 바이올린의 음조, 접시며 유리잔이 부딪치는 소리, 터져나오는 웃음소리 등이 들렸다. 그리고 그 흥겨운 소음 속에서 그의 귀는 꼬제뜨의 즐겁고 상냥한 목소리를 들을 수 있었다.

장 발장은 피유 뒤 깔베르 거리를 떠나 옴므 아르메 거리로 돌아
갔다.

그는 돌아가는 길로 쌩 루이 거리와 꿜뛰르 쌩뜨 까뜨린느 거리,
그리고 블랑 망또 성당의 길을 택했다. 약간 돌아가는 길이었지만,
석 달 동안 비에이유 뒤 땅쁠 거리의 혼잡과 진창길을 피해 옴므 아
르메 거리에서 피유 뒤 깔베르 거리로 매일 꼬제뜨를 데리고 익히
걸어다녔던 길이었다. 꼬제뜨와 다닌 이 길을 두고 다른 길을 택한
다는 것은 생각조차 할 수 없었다.

장 발장은 집으로 돌아왔다. 촛불을 켜들고 계단을 올라갔다. 집
은 텅 비어 있었다. 뚜쌩도 이미 없었다. 장 발장의 발소리는 여느
때보다 훨씬 높게 방방에 울렸다. 창문은 모두 활짝 열려 있었다.
그는 꼬제뜨의 방으로 들어갔다. 침대에는 시트도 없었다. 비단 베
개는 베갯잇도 레이스 장식도 벗겨져서 짚요의 발치께에 개어놓은
담요 위에 놓여 있고, 짚으로 된 요도 벗겨져서 이제는 거기서 잘
사람도 없었다. 꼬제뜨는 소중히 간직했던 자질구레한 여자용 소지
품을 모조리 가지고 갔다. 남아 있는 것이라곤 커다란 가구와 사면
의 벽뿐이었다. 뚜쌩의 침대도 역시 벗겨진 채였다. 다만 한 침대만
정돈되어 누군가를 기다리고 있는 듯했다. 장 발장의 침대였다.

장 발장은 벽을 둘러보고 열려 있는 벽장 문을 닫은 뒤 이 방에서
저 방으로 왔다갔다했다. 그런 다음 자기방으로 돌아와서 촛불을 테
이블 위에 놓았다.

그는 팔을 달아맨 띠를 풀고 별로 아프지도 않은 것처럼 오른손을
쓰고 있었다.

그는 자기의 침대로 다가갔다. 그리고 우연이었을까? 아니면 보
려고 해서였을까? 그의 눈길은 꼬제뜨가 늘 궁금해하던 그 물건,
절대로 그의 곁에서 떠난 일이 없는 그 작은 가방 위에 머물렀다. 6

월 4일 옴므 아르메 거리에 도착했을 때 그는 그것을 베갯머리의 둥근 탁자 위에 놓아 두었다. 그는 화닥닥 재빠른 걸음걸이로 그 둥근 탁자 옆으로 가서 주머니에서 열쇠를 꺼내 가방을 열었다.

장 발장은 그 속에서 10년 전 꼬제뜨가 몽페르메이유를 떠날 때 입었던 옷을 천천히 꺼냈다. 맨 먼저 조그맣고 까만 드레스, 그 다음에 까만 목도리, 그 다음에 발이 작은 꼬제뜨가 지금도 신을 수 있을 것 같은 튼튼하고 조잡한 어린이 구두, 그리고 매우 두터운 비로드로 만든 소매달린 짧은 윗옷, 그리고 메리야스로 된 속치마, 또 주머니가 달린 앞치마, 털실 양말 등등. 조그마한 정강이의 형태가 아직도 귀엽게 남아 있는 그 긴양말은 거의 장 발장의 손바닥 길이 정도밖에 되지 않았다. 모두가 검은 색 일색이었다. 꼬제뜨를 위해서 몽페르메이유까지 그 옷들을 가지고 갔던 것은 그였다. 그는 지금 그것들을 가방 속에서 끄집어내어 침대 위에 늘어놓았다.

장 발장은 생각하고 있었다. 회상하고 있었다. 그것은 겨울이었다. 몹시 추운 12월에 그녀는 누더기 옷을 걸치고 거의 헐벗은 몸으로 떨고 있었다. 가련하고 조그마한 발이 나막신 속에서 새빨개져 있었다. 장 발장은 누더기 옷을 벗기고 이 상복을 입혀 주었다. 그녀의 어머니는 딸이 자기를 위해 상복을 입는 것을 보고, 아니, 무엇보다도 따뜻한 옷을 입는 것을 보고 무덤 속에서 기뻐했을 것이다. 장 발장은 또 몽페르메이유의 숲을 생각했다. 둘이서 그 숲을 지났었다. 꼬제뜨와 둘이서. 그때의 날씨며, 낙엽진 나무들이며, 새들이 떠나버린 나무들, 햇빛이 비치지 않는 하늘을 그는 생각했다. 그래도 그때는 즐거웠다. 그런 생각을 하면서 장 발장은 조그만 옷가지들을 침대 위에 늘어놓았다. 목도리를 속치마 옆에, 긴 양말을 구두 옆에, 소매 달린 짧은 윗옷을 긴옷 옆에, 그리고 그것들을 하나씩 눈여겨 바라보았다. 그때의 그녀는 이것들과 똑같이 조그마했다. 커다란 인형을 팔에 안고 루이 금화를 이 앞치마 주머니에 넣고 웃고 있었다. 두 사람은 나란히 서서 손을 잡고 걸었다. 그녀에게는 이 세상에 그밖에 아무도 없었다.

그렇게 생각했을 때 그의 숭엄한 백발 머리가 맥없이 침대 위로 떨어지고, 그 불요불굴의 늙은 가슴은 날카롭게 찢어지고 얼굴은 꼬제뜨의 옷 속에 파묻히고 말았다. 만약 그때 계단을 지나가는 사람이 있었다면 무섭게 흐느껴 우는 소리를 들었으리라.

죽지 않는 마음

우리가 이미 수많은 국면을 보아 왔던 오랜 투쟁이 다시 시작되었다.

야곱이 천사와 싸운 것은 단 하룻밤뿐이었다. 그러나 아아! 우리는 몇 번이나 장 발장이 암흑 속에서 스스로 자기 양심과 맞붙어서 미친 듯이 싸우는 것을 보았던가!

실로 무어라 할 수 없는 괴로운 투쟁이었다! 때로는 발이 미끄러지고, 때로는 땅이 꺼졌다. 몇 번이나 선(善)으로 나아가려는 그의 양심이 그를 조르고 그를 짓눌러 버렸던가! 한치의 양보도 없는 진리가 가차없이 그의 가슴 위에 덮친 적은 또 몇 번이었던가! 그가 광명 앞에 엎드려서 자비를 호소했던 것도 몇 번이었던가! 저 엄격한 빛, 신부의 손으로 그의 마음과 머리 위에 커진 그 빛은 맹목이기를 원하는 그의 눈을 몇 번이나 가차없이 어지럽혔던가! 몇 번이나 그는 싸우다가 다시 일어나 바위에 매달리고 궤변을 방패로 삼아 먼지 속을 뒹굴며, 어떤 때는 양심을 발 아래 뒤집어 엎고 어떤 때는 양심에 발이 걸려 넘어졌던가! 몇 번이나 모호한 논리를 내세운 뒤, 이기심의 얼핏 그럴듯해 보이는 교활한 논법을 사용한 뒤, 분노한 양심이 귀 밑에서 "간사한 놈아! 비참한 놈아!" 하고 외치는 것을 들었던가! 몇 번이나 그의 마음은 분명한 의무 아래에서 반항하려고 경련하며 허덕였던가! 신에 대한 저항, 검은 땅, 수많은 비

마리우스와 꼬제뜨가 혼인한 뒤 흐느껴 우는 장 발장

밀의 상처, 그 혼자만이 느끼는 많은 출혈. 그의 고통스러운 삶이
받은 수많은 상처, 몇 번이나 피투성이가 되고 상처입고 기진맥진하
면서 빛을 받고, 마음에는 절망을 품고 영혼에 맑은 바람을 느끼며
다시 일어났던가! 패하면서도 그는 자신을 승자라고 느꼈다. 그리
고 그의 양심은 그를 때려눕히고, 괴롭히고, 굴복시킨 뒤에 그의 머
리 위에 벌떡 일어나 무시무시한 몰골로 빛을 발하면서 그에게 조용
히 말하는 것이었다.

"자, 이제 평화로운 마음으로 걸으라!"

그런데 그토록 어두운 투쟁에서 빠져나온 뒤에 오는 이것은, 아
아, 얼마나 슬픈 마음의 평화란 말인가!

그러나 오늘 밤, 장 발장은 자신이 마지막 싸움을 하고 있다는 것
을 느꼈다. 하나의 비통한 문제가 그의 앞에 가로놓여 있었다.

숙명이 늘 곧기만 한 것은 아니다. 사람들 앞에 놓인 저마다의 숙
명이 언제나 곧고 넓게 뻗어 있지는 않다. 거기에는 막바지도 있고,
막다른 골목도 있으며, 어두운 모퉁이도 있고, 여러 갈래로 갈라지
는 불안한 십자로가 있다. 지금 장 발장은 가장 위태로운 그러한 기
로에 부딪쳐서 걸음을 멈추고 있는 것이다.

그는 선악의 마지막 갈림길에 도달해 있었다. 그는 그 캄캄한 분
기점을 눈앞에 보고 있었다. 몇 번의 괴로운 전환이 있을 때마다 그
랬듯이 이번에도 그의 앞에 두 갈래의 길이 있었다. 하나는 그를 유
혹했고, 또 하나는 그에게 두려움을 주었다. 어느 것을 택하여야 하
나?

그를 두렵게 하는 길은, 인간이 어둠을 똑똑하게 확인하려 할 때
마다 언뜻 보이는, 저 신비로운 집게손가락이 가리키고 있다.

장 발장은 이번에도 다시 무서운 항구와 미소짓는 함정 중 하나를
선택해야 했다. 영혼은 회복할 수 있지만 숙명은 되돌릴 수 없다는
것은 과연 진실일까? 불치의 숙명! 무서운 일이다.

지금 그의 앞에 나타난 문제는 다음과 같은 것이다.

장 발장은 꼬제뜨와 마리우스의 행복에 대해 앞으로 어떤 태도를 취할 것인가? 그 행복을 바란 것은 그였고, 만들어 준 것도 그였다. 그는 자기 가슴 속 깊이 차곡차곡 접어두었던 그 행복을 지금 다시 끄집어내어 들여다보았다. 자기 가슴에서 피를 뿜으며 뽑아낸 단도 위에서 자신의 이름을 읽어내는 대장장이처럼, 그도 일종의 만족감을 느낄 수 있었다.

지금 꼬제뜨에게는 마리우스가 있고, 마리우스에게는 꼬제뜨가 있다. 그들은 모든 것을, 재산까지 가지고 있다. 그리고 그것은 그의 작품이었던 것이다.

그 행복이 실현된 지금, 그 행복이 존재하는 지금, 장 발장은 장차 어찌할 작정인가. 그 행복을 나눠 가져도 좋을까? 그것을 자신의 것처럼 다뤄도 좋을까? 물론 꼬제뜨는 남의 사람이 되었다. 그래도 꼬제뜨에게서 되찾을 수 있는 만큼 다시 찾아와도 괜찮은 것인가? 막연하지만 존경받아 오던 아버지의 위치에 종전대로 머물러 있어도 좋을까? 아무렇지도 않게 꼬제뜨의 집에 눌러 앉아도 되는 것일까? 한 마디 말도 없이 자신의 과거를 꼬제뜨의 미래 속에 가지고 들어갈 수 있단 말인가? 그런 권리가 있는 양 그곳에 얼굴을 내밀고, 비밀을 지닌 채 저 밝은 가정에 머물러 앉으려는 것인가? 미소를 지으면서 그의 비참한 두 손으로 그들의 때묻지 않은 순결한 손을 잡아도 되는 것인가? 질노르망 씨 집 응접실의 평화로운 벽난로가에, 법률의 부끄러운 그림자를 끌고 다니는 자신의 발을 올려놓아도 좋은가? 꼬제뜨와 마리우스와 함께 행운의 몫을 나눠 가져도 좋은가? 자신의 이마 위 그림자와, 그들 이마 위 구름을 더욱 짙게 해도 좋은가? 그들 두 사람의 행복에, 제삼자인 그의 파국을 얹어 줘도 괜찮은가? 언제까지나 비밀을 감추고 있어도 되는가? 한 마디로 말해 저 행복한 두 사람 옆에서 운명의 불길한 묵시자로서 살아도 좋은가?

사람은 항상 숙명과 그 타격에 익숙하여, 어떤 종류의 의문이 무섭도록 적나라한 모습으로 나타났을 때, 눈을 들어 그것을 응시할 수 있지 않으면 안된다. 선과 악은 그 준엄한 의문 뒤에 숨어 있다. 어쩔 작정이냐? 하고 스핑크스는 묻고 있다.

그러한 시련에 장 발장은 익숙했다. 그는 스핑크스를 똑바로 바라보았다. 그리고 그 잔인한 문제를 모든 면에서 고찰했다.

꼬제뜨, 저 사랑스러운 생명은 표류자에게는 하나의 뗏목이었다. 그런데 지금은 어찌하면 좋은가? 거기에 매달려야 하나? 아니면 손을 놓아야 하나? 만일 매달려 있는다면, 그는 파멸에서 빠져나와 태양으로 올라가서 옷과 머리카락에서 짠 물을 씻어 버리고, 구출되어 살아갈 수 있다. 그런데 손을 놓는다면? 그때는 심연이 있을 뿐이다.

이리하여 그는 자신의 생각과 괴로운 문답을 주고받았다. 아니 좀더 정확히 말하면 그는 싸우고 있었다. 마음 속에서 어떤 때는 욕망을 향하여, 또 어떤 때에는 신념을 향해 미친 듯이 달려들었다.

울 수 있었던 것은 장 발장에게는 다행한 일이었다. 아마도 그것이 그의 마음을 씻어 주었으리라. 그러나 처음 한동안은 처절했다. 폭풍이, 일찍이 그를 아라스로 몰아갔던 때보다도 훨씬 세찬 폭풍이 그의 마음에 휘몰아쳤다. 과거가 현재 앞에 다시 나타났다. 그는 그 둘을 비교하며 흐느껴 울었다. 눈물이 한 번 둑을 무너뜨리자 절망한 그는 몸부림쳤다.

장 발장은 길이 막혀 버렸음을 느꼈다.

아아, 저 이기심과 의무와의 끝없는 다툼 속에서 길을 잃고, 격분하고, 기를 쓰고 항복을 거부하며, 완강히 저항하면서, 달아날 길이 없나 하고 출구를 찾으면서, 한 걸음 한 걸음 도도한 이상 앞에서 물러날 때, 등 뒤를 가로막는 벽의 뿌리는 얼마나 처절한 저항을 할 것인가! 앞을 가로막는 신성한 그림자를 느끼는 마음! 눈에 보이지 않는 혹독한 존재, 그것은 얼마나 집요하게 따라다닐 것인가!

양심과의 대결은 언제까지고 끝나지 않는다. 체념하라, 브루투스여. 체념하라, 카토여. 양심은 신이고, 따라서 바닥이 없다. 사람은 그 우물 속에 일생을 던져 넣고, 행복을 던져 넣고, 재산을 던져 넣고, 성공을 던져 넣고, 자유며 조국을 던져 넣고, 안락을 던져 넣고, 휴식을 던져 넣고, 기쁨을 던져 넣는다. 좀더! 더욱더! 집어넣어라! 단지를 비워라! 병을 비워라! 마침내는 자신의 마음까지도 던져 넣어야 한다. 그 옛날의 지옥의 안개 속 어딘가에 그런 큰 통이 있다.

그것을 거절하는 것이 사람에게는 허용되지 않는단 말인가? 끝없는 추구는 그럴 권리를 가지고 있을까? 한없는 쇠사슬은 사람의 힘을 넘지 못하는 것이 아닐까? 시지프스나 장 발장이 "이제 제발 그만!" 하는 것을 누가 탓할 수 있겠는가? 물질의 복종에는 마모 때문에 일정한 한도가 있는데 영혼의 복종에는 그런 한도가 없단 말인가? 영원한 운동은 불가능하다고 하는데 영원한 헌신을 요구해도 좋단 말인가?

첫걸음은 아무것도 아니다. 어려운 것은 마지막 한 걸음이다. 꼬제뜨의 결혼과 그것이 가져온 결과에 비하면 샹마띠외 사건이 대체 뭐란 말인가? 허무 속으로 들어가는 것에 비하면 감옥으로 돌아가는 것쯤이야 무엇이겠는가?

오, 내리막길의 첫계단이여. 그대는 어찌 이다지도 어둡단 말이냐! 오, 두번째 계단이여, 그대는 어쩌면 그렇게 암흑이란 말인가! 여기까지 와서 어떻게 얼굴을 돌리지 않을 수 있단 말인가?

순교는 하나의 승화다. 침식에 의한 정화다. 사람을 신성케 하는 가책이다. 처음 한동안은 감수할 수가 있다. 벌겋게 단 무쇠 왕좌에도 앉을 수 있고, 벌겋게 단 무쇠 관도 쓸 수 있으며, 벌겋게 단 무

쇠 공도 받을 수 있고, 벌겋게 단 무쇠 홀도 잡을 수 있다. 그러나
그 위에 다시 불꽃 망토를 입어야 한다. 그때 비참한 육체가 그 심
한 형벌에 반항하고 항거하지 않을 수가 있을까?

드디어 장 발장은 기진맥진하여 평정 상태에 들어갔다. 그는 생각
하고, 몽상하며, 빛과 어둠의 신비로운 저울이 올라갔다 내려왔다
하는 것을 지켜보았다. 저 눈부시게 빛나는 두 젊은이에게 자신의
형벌을 지워 줄 것인가, 아니면 자신의 구제할 길 없는 소멸을 자기
혼자로만 그칠 것인가. 한쪽 길은 꼬제뜨를 희생함이요, 다른 쪽 길
은 자신을 희생함이다.

그는 어떤 해결을 마음 속에 품었을까? 어떤 결의를 했을까? 숙
명의 엄숙한 심문에, 마음 속으로 정한 최후의 확답은 무엇이었을
까? 어떤 문을 열려고 결심했을까? 생활의 어느 쪽 문을 닫고, 어
느 쪽을 막아 버릴 결의를 했을까? 그를 에워싼 측량할 수 없는 낭
떠러지 중에서 어느 것을 골랐는가? 어느 종극(終極)을 달게 받아
들였는가? 그 심연 중 어느 것을 향하여 고개를 끄덕였을까?

장 발장의 혼미한 몽상은 밤새도록 계속되었다.

그는 날이 샐 때까지 똑같은 자세로, 침대 위에 몸을 구부리고 거
대한 운명 아래 엎드려, 만신창이가 되어, 십자가에 매달려 있다가
땅 위로 내동댕이쳐진 사람처럼 주먹을 불끈쥐고, 두 팔을 열십자로
벌리고 있었다. 12시간, 긴긴 겨울 밤의 12시간 동안 얼어붙은 듯
머리도 들지 않고, 말 한 마디 하지 않았다. 상념이 어느 때에는 히
드라처럼 땅바닥을 기어다니고, 어느 때는 독수리처럼 하늘을 날아
다니는 동안, 몸은 줄곧 송장처럼 움직이지 않았다. 그 모습은 마치
죽은 사람 같았다. 마침내 그는 경련하듯 몸을 부르르 떨고, 그의
입은 꼬제뜨의 옷에 달라붙어 거기에 키스했다. 그것이 그가 아직
살아 있는 인간이라는 것을 보여주는 유일한 것이었다.

그것을 보고 있던 자는 누구인가? 누구였는가? 장 발장은 혼자

그는 침대 위에 몸을 구부리고 거대한 운명 아래 엎드려서……

뿐이었고, 그곳에는 아무도 없지 않았는가?
아니다. 암흑 속에 언제나 있는 '누군가'가 본 것이다.

제7편 고배의 마지막 한 모금

지옥의 제7옥과 천국의 제8천

결혼식 이튿날은 어쩐지 쓸쓸하다. 사람들은 행복한 두 사람의 평화를 가만히 지켜준다. 그리고 또한 그들의 늦잠에도 조금은 경의를 표한다. 방문과 축하 손님으로 붐비는 것은 좀더 뒤에야 시작된다. 2월 17일 정오를 조금 지났을 때, 바스끄가 걸레와 깃털비를 들고 '객실을 청소'하고 있자니까 문을 가볍게 두드리는 소리가 들렸다. 초인종은 울리지 않았지만 이런 날에는 그것은 좀 실례가 된다고 할 것이다. 바스끄가 문을 열고 보니 포슐르방 씨였다. 바스끄는 그를 응접실로 안내했다. 그곳은 아직도 뒤죽박죽 흐트러진 채로 전날 밤 향연의 흔적을 남기고 있었다.

"이것 참, 나리" 하고 바스끄는 말했다. "저희들이 일어나는 게 늦었습니다."

"주인께선 일어나셨을까?"

장 발장이 물었다.

“팔은 좀 어떠십니까?”

바스끄가 되물었다.

“좋아졌네. 주인께선 일어나셨나?”

“어느 주인 말씀입니까? 큰 나리입니까, 젊은 나리 말씀입니까?”

“뽕메르씨 말일세.”

“남작님 말씀이군요?”

바스끄는 몸을 똑바로 하면서 말했다.

남작이란 특히 하인들에게는 존경스러운 것이다. 그들은 그것에서 무엇인가를 얻는 수가 있다. 다시 말해 그들은 철학자가 칭호의 찌꺼기라고나 부를 만한 것을 얻어 가지고 의기양양해한다. 말이 났으니 말이지만 공화주의자의 투사요 그것을 행동으로 증명해 보인 마리우스는, 지금은 본의는 아니지만 남작이 되어 있었다. 이 칭호로 하여 집안에 약간의 혁명이 일어났다. 그 칭호를 소중하게 여기는 것은 지금은 질노르망 씨이고, 마리우스는 이제 그것을 아무렇지도 않게 여기고 있었다. 뽕메르씨 대령이 ‘나의 아들은 내 칭호를 사용하라’고 유언으로 남겨 놓았기 때문에 마리우스는 그것에 따르고 있을 뿐이었다. 게다가 여자다운 본능이 싹트기 시작한 꼬제뜨는 남작 부인이 된 것을 무척 기뻐하고 있었다.

“남작님 말씀이군요.” 하고 바스끄는 거듭 말했다. “보고 오겠습니다. 포슐르방 님께서 오셨다고 말씀드리지요.”

“아니, 나라고 하진 말게. 누가 면담을 바라고 있다고만 말씀드리고 이름은 밝히지 말아 주게.”

“예에?”

“놀라게 해주고 싶다네.”

“아, 예에!” 하고 바스끄는 처음의 “예에?”를 자신에게 설명하는 것처럼 되풀이했다.

　그리고 그는 나갔다. 장 발장은 혼자 남았다.

　응접실은 아까도 말했듯이 몹시 어수선했다. 귀를 기울이면 혼례 때 걷잡을 수 없이 법석대던 소리가 아직도 들리는 것만 같았다. 방바닥에는 화환이며 화관에서 떨어진 온갖 꽃들이 흩어져 있었다. 밑동까지 타버린 초는 촛대의 투명유리에 촛농을 만들어 놓았다. 제자리에 놓여 있는 가구는 하나도 없었다. 방 구석구석에는 팔걸이의자가 서너 개씩 둥그렇게 모여 있어 아직도 이야기를 계속하고 있는 것 같았다. 온 방안이 웃고 있었다. 잔치가 끝난 뒤에도 그 어떤 풍취가 남아 있는 것이다. 그것은 참으로 행복한 일이었다. 흩어진 의자 위에서 시들어 가는 이 꽃들 사이에서, 꺼진 촛불 밑에서, 사람들은 환희를 그린 것이다. 이제 태양이 샹들리에의 뒤를 이어 응접실 안을 밝게 비추고 있었다.

　몇 분이 지났다. 장 발장은 바스끄가 나갈 때 서 있던 그 자리에 가만히 서 있었다. 얼굴빛이 몹시 창백했다. 잠을 자지 못했기 때문에 눈이 움푹 꺼져서 거의 안공 속에 숨어버릴 정도로 들어가 있었다. 밤새도록 입고 있던 검은 옷은 구김이 가 있었고, 팔꿈치께는 시트에 문질렀을 때 일어난 털로 뿌옇게 되어 있었다. 장 발장은 발밑의 마룻바닥에 햇빛이 떨어뜨리고 있는 창 그림자를 바라보고 있었다.

　문에서 소리가 났다. 그는 눈을 들었다. 마리우스가 들어왔다. 고개를 쳐들고, 입가에는 미소를 머금고, 얼굴에 형용할 길 없는 빛을 띠고, 이마는 환하게 빛나고, 눈은 자랑으로 가득했다. 그 또한 자지 못한 것 같았다.

　"아버님이셨군요!" 하고 그는 장 발장을 보고 소리쳤다. "바스끄란 놈, 어떤지 까닭이 있는 듯하더군요! 퍽 일찍 오셨군요. 아직 12시 반밖에 안 되었는데. 꼬제뜨는 아직 자고 있어요."

　마리우스가 포슐르방에게 '아버님'이라고 말한 것은 더없는 행복을 의미했다. 아는 바와 같이 이 두 사람 사이에는 언제나 냉랭함과 거북스러움의 벽이 있었고, 때려부수거나 녹여 버리지 않으면 안 될 얼음이 가로놓여 있었다. 그러나 지금 마리우스는 도취경에 빠져 그 벽을 허물고 그 얼음을 녹였고, 포슐르방 씨는 꼬제뜨에게와 마찬가지로 그에게도 아버지가 된 것이다. 마리우스는 말을 계속했다. 이러한 신성한 기쁨의 발작에 으레 있듯이 말이 넘쳐나오는 것이었다.

“뵙게 되어 정말 기쁩니다! 어제 아버님이 안 계셔서 얼마나 섭섭했는지 모릅니다! 정말 잘 오셨어요. 아버님, 손은 좀 어떠십니까? 좋아졌겠지요?”

그리고 좋아졌다고 만족스럽게 혼자 끄덕이면서 마리우스는 말을 이었다.

“저희들은 아버님 이야기를 무척 많이 했습니다. 꼬제뜨는 아버님을 말할 수 없이 사랑합니다! 여기에 아버님의 방이 마련돼 있다는 걸 잊으시면 안 됩니다. 우리에겐 이제 옴므 아르메 거리는 필요 없습니다. 정말 필요 없습니다. 어떻게 그런 데로 이사를 하셨습니까. 비위생적이고 시끄럽고 지저분한 데다, 한 구석에 나무 울타리가 있고, 몸이 오싹해져서 들어갈 수 없는 거리 아닙니까? 이리 오셔서 함께 사시도록 하세요, 오늘 당장에. 그렇지 않으면 꼬제뜨가 화낼 겁니다. 꼬제뜨가 아버님과 저를 자기 마음대로 휘두를 작정이라는 걸 미리 말씀드려 둡니다. 아버님 방은 보셨겠지요? 저희들 방 바로 옆방인데 정원을 향하고 있지요. 자물쇠도 다 손봐 놨고 침대도 정돈해 놓았습니다. 모든 준비가 다 돼 있으니까 그저 오시기만 하면 됩니다. 꼬제뜨가 아버님 침대 옆에 유트레히트 산 비로드로 만든 커다랗고 오래된 팔걸이의자를 갖다 놓고 그걸 바라보면서 말했답니다. ‘우리 아버지를 포옥 감싸 달라’고. 매년 봄이 되면 창문 맞은편의 아카시아 숲속에 꾀꼬리가 날아옵니다. 두 달 동안 있지요. 그 꾀꼬리 둥지가 방 왼쪽에 있

어서 저희들에겐 보금자리가 오른쪽에 있는 셈이지요. 밤엔 꾀꼬
리가 노래하고 낮엔 꼬제뜨가 지저귑니다. 그 방은 또 아주 양지
바르지요. 꼬제뜨가 아버님의 책도 정리해 드릴 겁니다. 《쿡 선장
의 여행기》며 《밴쿠버 여행기》 등 필요한 것은 뭐든 다 갖추어 놓
을 겁니다. 소중히 다루시는 조그마한 여행 가방도 있으시죠? 그
걸 놓아둘 적당한 자리를 마련해 놓았습니다. 아버님은 저희 조부
님의 마음을 빼앗아 버리셨습니다. 서로 죽이 잘 맞으실 겁니다.
모두 함께 사세요. 트럼프를 아시는지요? 만일 할 줄 아신다면
조부께서 무척 좋아하실 겁니다. 제가 재판소에 나가는 날엔 꼬제
뜨와 산책을 하십시오. 옛날 뤽상부르 공원에서 하셨듯이 그녀의
팔을 잡으시고. 우리는 행복하게 살아가자고 굳게 결심했답니다.
거기엔 아버님의 행복도 끼어야 합니다. 아시겠습니까? 아, 그렇
군요. 오늘 저희들과 점심 식사 함께 하실 수 있겠지요?"

"사실은" 하고 장 발장은 말했다. "한 가지 해야 할 이야기가 있
소. 난 전과자요."

무릇 소리의 예리함이란 청각과 마찬가지로 정신에서도 지각의
한도를 벗어나는 수가 있다. '나는 전과자요'라는 말이 포슐르방 씨
의 입에서 나와서 분명히 마리우스의 귀에 들어왔지만 지각의 한도
를 넘고 있었다. 마리우스는 그 의미를 이해하지 못했다. 무언인가
자기에게 말한 것 같았지만, 그게 어떤 것인지는 알지 못했다. 그는
어리둥절해 있었다.

그때 마리우스는 상대방이 무서운 얼굴을 하고 있는 것을 깨달았
다. 자신의 기쁨에 도취해 있었기 때문에 상대편 안색이 무섭도록
창백한 것을 알아차리지 못했던 것이다.

장 발장은 오른팔을 매고 있던 검은 띠를 벗기고, 손에 감았던 붕
대를 풀어 엄지손가락을 마리우스에게 내보였다.

"손은 아무렇지도 않았소."

그는 말했다.

마리우스는 그 엄지손가락을 바라보았다.

"처음부터 아무렇지 않았소."

장 발장은 다시 말했다.

사실 상처는 아무데도 없었다. 장 발장은 말을 이었다.

"나는 그대들의 결혼식에 빠지고 싶었소. 어떻게든지 빠지려고 했소. 내가 손가락을 다쳤다고 한 것은 위증을 하지 않기 위해서, 결혼 계약서가 무효가 되지 않도록 하기 위해서, 서명하지 않아도 되게 하기 위해서였소."

마리우스는 떠듬거리면서 말했다.

"그건 무슨 의미입니까?"

"다시 말해" 장 발장은 대답했다. "나는 감옥에 들어갔던 일이 있는 사람이라는 말이오."

"그럴 리가!"

마리우스는 공포에 사로잡혀서 외쳤다.

"뽕메르씨 군," 하고 장 발장은 말했다. "나는 19년 동안 감옥살이를 했소. 절도죄였소. 그 뒤에는 무기 징역을 받았지, 절도죄로. 재범이었소. 현재는 탈주범의 몸이오."

마리우스는 현실 앞에서 뒷걸음치고, 사실을 부정하며, 명백한 증거에 항거하려 했지만 굴복하는 수밖에 없었다. 그는 사정을 깨닫기 시작하고, 이런 경우에 흔히 그러하듯이, 밝혀진 내용 이상의 것도 이해했다. 그는 마음속에 번쩍이는 가공할 번갯불에 전율을 느꼈다. 하나의 관념이 그를 떨게 하고 하나의 생각이 그의 머리를 스쳤다. 그는 미래 속에 어른거리는, 자신에게 주어진 끔찍한 운명을 보았다.

"모든 걸 말씀해 주십시오, 전부 다!" 하고 마리우스는 외쳤다. "당신은 꼬제뜨의 아버지입니다!"

마리우스는 그 엄지손가락을 바라보았다.

그리고 말할 수 없는 공포에 사로잡혀 두어 걸음 뒤로 물러섰다.

장 발장은 천장까지 닿을 만큼 엄숙한 태도로 똑바로 몸을 폈다.

"그대는 지금부터 내 말을 믿어 주어야 하오. 나 같은 사람의 맹세는 법정에서 받아들여지지 않지만……."

여기서 장 발장은 잠깐 말을 끊었다가, 곧 숭고한 무덤과도 같은 위엄을 담고, 한 마디 한 마디 천천히 힘주어 발음하면서 계속했다.

"내 말을 믿어 주시오. 내가 꼬제뜨의 아버지라고! 하느님 앞에 맹세코 그렇지 않소. 뽕메르씨 남작, 나는 파브롤의 시골 사람이오. 나무의 가지치기를 하며 살아왔소. 나는 포슐르방이 아니라 장 발장이오. 꼬제뜨와는 아무런 연고도 없소. 안심하시오."

마리우스가 중얼거렸다.

"누가 그걸 증명합니까?"

"나요. 내가 그렇게 말하는 이상."

마리우스는 그를 조용히 쳐다보았다. 그는 침울했고 냉정했다. 이처럼 평정한 사람의 입에서 거짓말이 나올 리가 없었다. 얼음처럼 냉랭한 것은 진실한 것이다. 그 무덤과 같은 차가움 속에는 진실이 느껴졌다.

"당신의 말씀을 믿겠습니다."

마리우스는 말했다.

장 발장은 고개를 끄덕이고 다시 말을 이었다.

"나는 꼬제뜨와 아무 관계도 없소. 그저 지나가는 사람에 불과하오. 10년 전에는 그녀가 이 세상에 있다는 사실조차도 몰랐소. 그 애를 사랑한다는 것만은 진실이오. 나이를 먹고 보면 어린 소녀를 귀여워하게 되지. 나이가 들면 어느 아이에게나 할아버지와 같은 마음이 드는 법이오. 나 같은 사람도 진정한 마음을 얼마쯤은 가지고 있다는 것을 알아 주실 줄 믿소. 그애는 고아였소. 아버지도 어머니도 없었소. 그래서 나 같은 사람이 필요했고, 그런 이유로 나는 그애를 사랑하기 시작했던 거요. 어린애란 연약하여서 어떤 사람이든, 심지어 나 같은 인간이라도 보호자가 될 수 있소. 나는 꼬제뜨에 대해 보호자로서의 의무를 다해 왔소. 이런 대수롭잖은 일을 선한 행위라고 할 수는 없겠지만, 만약 그게 선한 행위라면 내가 그 일을 했다는 걸 생각해 주시오. 이러한 정상을 참작해 달라는 뜻이오. 지금 꼬제뜨는 내 슬하에서 떠났고 우리가 가는 길은 서로 달라졌소. 이제부터 나는 그애에 대해서 아무것도 아니오. 그애는 뽕메르씨 부인이고, 그애의 보호자는 바뀌었소. 그리고 꼬제뜨에게는 그것이 더 행복한 일이오. 모든 것은 잘 되었소. 60만 프랑의 돈에 대해서는 당신은 아무 말도 하지 않고 있지만, 내가 먼저 말한다면 그것은 위탁받은 돈이오. 그 위탁금이 어떻게 내 수중에 있었는가? 그건 아무런들 어떻소? 나는 위탁금을 돌려줄 뿐이오. 그 이상 내게 요구할 것은 없을 거요. 나는 내 본명을 밝힘으로써 원래의 나로 돌아갔소. 그것은 나 개인에 관한 문제요. 내가 어떤 사람인지 그대가 알아주기를 바라는 거요.”

그렇게 말하고 장 발장은 마리우스를 똑바로 바라보았다.

마리우스가 느끼고 있는 것은 다만 혼란된, 걷잡을 수 없는 감정뿐이었다. 불어젖히는 어떤 운명의 바람은 인간의 영혼 속에 그처럼 물결을 일으킨다.

사람은 누구나 자신의 내부에서 모든 것이 흩어져 버리는 난처한 순간을 경험한다. 그때 사람은 당치도 않은 말을 함부로 지껄이게 된다. 세상에는 뜻밖의 일이 갑자기 일어나는 수도 있어, 사람은 그것을 견디지 못하고 독한 술을 마신 것처럼 비틀거리는 수가 있다. 마리우스는 자기에게 부딪쳐 온 새로운 상황에 몹시 놀라서 마치 상대가 그런 고백을 한 것을 원망이라도 하는 것처럼 말했다.

“그러나” 하고 그는 외쳤다. “어른께선 어째서 그런 말씀을 내게 하시는 겁니까? 누가 그렇게 하라고 강요했습니까? 혼자서 비밀을 지킬 수도 있지 않습니까. 어른께선 고발을 당한 것도, 수사를 받는 것도, 추적을 당한 것도 아니지 않습니까? 자진해서 일부러 그런 비밀을 털어놓는 데에는 어떤 이유가 있을 겁니다. 말씀하십시오, 그 이유를. 어째서 그걸 고백하시는 겁니까? 어떤 동기에서?"

"어떤 동기에서?" 하고 되물은 장 발장의 목소리는 마리우스에게보다는 자신에게 묻는 것 같았다. 그는 나직한 목소리로 말했다.

"하긴 그래. 어떤 동기로 이 죄수가 '나는 죄수요' 하고 말하러 왔는가, 그거로군. 그렇소! 좀 색다른 동기요. 정직한 마음에서요. 불행하게도 내 마음 속에는 나를 붙들어매고 있는 밧줄이 한 가닥 있소.

나이가 들수록 그 밧줄은 점점 더 질겨지오. 주위의 생활이 전부 허물어져 가는 데도 그 밧줄만은 저항하고 있소. 만약 내가 그 줄을 뽑아내거나 끊어버리거나, 매듭을 풀거나 자르거나 하고서 멀리 가버릴 수 있었다면 나는 구제되었을 거요. 떠나기만 하면 되었을 거요. 불르와 거리엔 역마차도 있소. 그렇게 되면 그대들은 행복하고 나는 떠나는 거요. 나는 그 줄을 끊으려 했고 뽑아내려 했지만, 줄은 끊어지지 않고 내 마음까지 함께 뽑혀나갈 지경이 되었소.

그때 나는 생각했소. '나는 이곳 외에서는 살 수 없다. 나는 이곳에 머물러 있어야 한다.' 그렇소, 그러나 그대가 말한 것도 옳소. 나는 어리석은 사람이요. 왜 이대로 모르는 척하고 있어선 안 되는가? 그대는 방 하나를 나에게 제공해 주었고 뽕메르씨 부인은 나를 사랑해서 팔걸이의자에게까지 '아버지를 꼭 끌어안아 다오' 했으며, 그대의 조부님은 내가 와 있는 것을 만족해하시고 내가 마음에 든 것 같으니, 모두 함께 살며, 같이 식사도 하고, 꼬제뜨를…… 아니 뽕메르씨 부인이오, 실례했소, 그만 입버릇이 되어서…… 나는 뽕메르씨 부인의 손을 잡아주고, 모두 한지붕 밑에

서 한 테이블을 에워싸고, 겨울엔 벽난로가에 둘러앉아 같은 불을
쬐며, 여름엔 모두 함께 산책을 하고. 그것은 즐거운 일이오. 그
것은 행복이오. 그 이상 무엇이 있겠소. 우리는 한식구로 함께 생
활하는거요, 가족처럼!"

이 말을 했을 때 장 발장은 광포해졌다. 그는 팔짱을 끼고 마치
구멍이라도 파려는 듯 뚫어지게 발밑을 노려보았고, 목소리는 갑자
기 격렬해졌다.

"한가족처럼! 아니오. 나는 가정을 가지고 있지 않소. 나는 그대
의 집안 식구가 아니오. 나는 세상 어느 집안의 식구도 못 되오.
사람들이 집이라고 부르는 그 어디서도 나는 환영받지 못하오. 세
상에는 많은 가정이 있지만, 내가 들어갈 가정은 없소. 나는 불행
한 사람이오. 사회에서 버림받은 사람이오. 나에게 부모가 있었는
지조차 의심스러울 정도요.

내가 그 아이를 결혼시킨 날, 모든 것은 끝났소. 그녀가 행복해
진 것을 보고, 사랑하는 사람과 함께 있고, 훌륭한 노인이 계시
고, 두 천사의 가정이 태어나서 이 댁에 기쁨이 넘치고, 만사가
잘되어 가는 것을 보고, 나는 자신에게 말했소. 너는 저 속에 들
어가지 말라고. 하기야 나는 거짓말을 하고 그대들을 모두 속이고
포슐르방 씨로 그냥 지낼 수도 있었소. 그것이 그녀를 위한 것이
었을 동안은 거짓말을 할 수도 있었소. 그러나 이번은 나 자신을
위한 것일 테니 거짓말을 할 수가 없소. 하긴 내가 잠자코 있기만
하면 모든 것은 전과 다를 바 없겠지.

누가 나에게 고백할 것을 강요했느냐고 그대는 물었소. 하찮은
것이지만 그건 내 양심이오. 사실 잠자코 있는 건 정말 쉬운 일이
었소. 나는 스스로를 설득하려고 밤새껏 애썼소. 당신은 모든 것
을 고백하라고 했소. 내가 그대한테 이야기한 것은 정말 이상한
일이어서, 그대가 그렇게 말하는 것도 무리가 아니오. 나는 밤새

껏 이것저것 구실을 만들어 보았소. 그럴 듯한 교묘한 구실을 생각해 내고 할 수 있는 데까지 다했소.

그러나 도저히 내 힘으로 어쩌지 못하는 것이 두 가지 있었소. 내 마음을 여기에 붙들어매고 있는 줄을 끊는 것과, 홀로 있을 때 소곤소곤 말을 걸어오는 것을 잠재우는 일이오. 내가 오늘 아침 그대한테 모든 것을 고백하러 온 것도 그 때문이오. 모든 것을, 거의 전부를 말요. 나 혼자에게만 관계되는 것, 말할 필요가 없는 것은 내 가슴 속에 접어 두겠소. 중요한 것은 이미 그대가 아는 바 대로요. 이제 나는 내 비밀의 밑바닥까지 그대한테 내주었소. 그리고 내 비밀을 그대의 눈앞에서 파헤쳐 보였소.

이것은 쉬운 결심이 아니었소. 밤새껏 나는 몸부림쳤소. 설마 하고 생각할지도 모르지만 나는 이런 생각까지 했소. 이것은 샹마띠외의 사건과는 다르다, 내 이름을 감춘다고 해서 누구에게 누를 끼칠 것도 아니다. 포슐르방이라는 이름은 내가 어떤 일을 해준 데 대한 감사의 표시로 포슐르방 자신이 내게 준 거요. 그것을 내 이름으로 쓰면 어떠냐, 게다가 그대가 제공해 준 그 방에 들어가면 나는 행복해질 수 있다, 누구에게도 방해 될 것 없다, 그저 한 구석에 틀어박혀 있으면 된다, 그리고 그대가 꼬제뜨와 있는 동안 나는 그녀와 한 집에 있다는 생각을 하자고 말이오. 그것으로 제각기 자신에게 어울리는 행복을 누리는 셈이지. 포슐르방 씨로 지내기만 하면, 그것으로 만사가 잘되는 거요. 물론 내 영혼을 제외한다면. 내 주위에는 기쁨이 넘치지만 내 영혼의 밑바닥은 역시 암흑 속에 있을 것이오.

사람은 행복만으로는 충분하지 않소. 만족스러워야 하오. 이대로라면 나는 포슐르방 씨로 있으면서 자신의 진짜 얼굴을 감추고 그대의 기쁨 앞에서 나는 비밀을 갖고, 그대의 환한 빛 속에서 캄캄한 암흑을 품게 되오. 그리고 아무런 경고도 없이 정직한 체하면서 그대의 가정에 감옥을 끌어들이고, 만약 그대에게 정체가 알려지면 쫓겨나리라는 생각을 늘 하면서 그대의 식탁에 마주 앉고, 알려지게 되면 틀림없이 '아유, 무서워라!' 할 하인들의 시중을 받는 거요.

그대가 응당 싫어할 팔꿈치를 그대에게 맞대고, 그대의 악수를 속임수로 가로채는 거요! 그대의 집에서는 존경스러운 백발과 욕된 백발 사이에 존경을 나누어 갖게 되오. 더할 나위 없이 정다운 대화를 나눌 때, 모두가 서로의 흉금을 터놓고 있는 줄 알 때, 조부님과 그대 내외와 나, 넷이 같이 있을 때, 그곳에 한 낯선 사람이 있는 거요! 나는 그대들의 생활 속에 뛰어들어 자신의 무서운 우물의 뚜껑을 절대로 열지 않으려는 데에만 신경을 쓰겠지.

그래서 이미 죽어 있는 내가 살아 있는 그대들에게 짐이 될 것이오. 그 짐은 영원히 벗을 수 없소. 그대와 꼬제뜨와 나, 세 사람 모두 녹색 죄수모를 쓰게 되오! 소름끼치지 않소? 나는 지금 세상에서 가장 짓밟힌 사람이오만, 그렇게 되면 가장 무서운 사람이 될 것 아니오? 그리고 그 죄를 날마다 저지르게 될 거요. 거짓말을 매일 해야 하니까요! 밤의 가면을 매일 얼굴에 쓰고 있는 게 되오! 나의 굴욕을 매일 그대들에게 나누어 주는 게 되오! 매일 그것도 내가 사랑하는 그대들에게, 나의 아이들인 그대들에게, 결백한 그대들에게 말이오!

잠자코 있는 게 아무것도 아닌 일일까. 침묵을 지키는 게 간단한 일이겠소? 아니오, 간단하지 않소. 침묵이 거짓말이 되는 수도 있소. 그리고 나의 거짓말을, 허위를, 비열함을, 비겁함을, 배신을, 죄를, 나는 한 방울 한 방울 마시고 토해냈다가, 다시 삼키고, 한밤중에 끝냈다가는 한낮에 다시 시작할 것이고, 또 나의 아침 인사도 거짓말이 되고, 밤 인사도 거짓말이 되어, 나는 그 거짓말 위에서 자고 그 거짓말을 빵에 발라먹고, 그리고 꼬제뜨와 얼굴을 맞대고, 천사의 미소에 지옥에 떨어진 자의 미소로 대답하는, 가증스러운 사기꾼이 되는 거요! 어떻게 그런 짓을 할 수 있겠소? 행복해지려면 어떻게 해야 할까? 아, 이런 내가 행복해지려면! 도대체 나에게 행복해질 권리 같은 것이 있겠소? 나는 인생에서 소외된 사람이오."

장 발장은 말을 끊었다. 마리우스는 귀를 기울이고 있었다. 이토록 일관된 사상과 고뇌의 목소리를 막을 수는 없었다. 장 발장은 다시 목소리를 낮추어 말하기 시작했지만 그것은 이미 희미하고 무딘 목소리가 아니라 처참한 목소리였다.

"왜 고백을 하느냐고 그대는 물었소. 고발을 당한 것도, 수색을 당하는 것도, 추적을 당하고 있는 것도 아닌데 하고 말이오. 아니오! 나는 고발되어 있소! 그렇고말고! 수사도 받고 있소! 추적도 당하고 있소! 누구에게? 바로 나한테서요. 나의 도망가는 길을 가로막는 것은 바로 나 자신이오. 나는 스스로를 끌어내고, 스스로를 경찰에 끌고 가고, 스스로를 체포하고, 스스로를 처형하는 거요. 더욱이 자기가 자신을 붙잡을 때는 용케도 잘 잡히는 법이오."

그리고 장 발장은 자신의 윗도리를 꽉 움켜쥐고 그것을 마리우스 쪽으로 잡아당기면서 "이 주먹을 보시오" 하고 그는 말을 이었다.

"목덜미를 움켜쥐고 놓지 않으려는 것 같지 않소? 어떻소! 그런데 이런 주먹이 또 하나 있소. 그것이 양심이오! 행복해지기를 원하는 사람은 결코 의무라는 것에 깊이 빠져서는 안 되오. 왜냐하면 일단 의무에 깊이 빠져들면 의무는 집요하게 사람을 공격하기 때문이오. 마치 의무에 깊이 들어간 것을 벌하는 것처럼 말이오. 그러나 사실은 그렇지 않소. 의무는 그것을 깊이 깨달은 사람에게 보답을 하오. 왜냐하면 의무는 사람을 지옥으로 떨어뜨리지만, 사람은 거기서 자기 옆에 신이 있음을 느끼기 때문이오. 사람

은 자신의 창자를 찢는 동시에 자기 자신과 화해할 수가 있는 것
이오."

그리고 비통한 어조로 덧붙였다.

"뽕메르씨 씨, 이렇게 말하면 상식에 어긋나는 것 같지만 나는 정
직한 사람이오. 나는 그대에게 멸시당함으로써 스스로를 높이는
것이오. 이런 일은 전에도 한 번 있었지만, 이번처럼 괴롭지는 않
았소, 그건 아무것도 아니었소. 그렇소, 나는 정직한 사람이오.
그러나 만일 내가 잘못한 탓으로 그대가 나를 계속 존중한다면 나
는 정직하다고 할 수 없을 거요. 그런데 지금 그대는 나를 경멸하
고 있으니까 나는 정직하다고 할 수 있소. 나는 남의 존경을 훔치
지 않고는 존경을 얻을 수 없소. 그러나 그런 경의는 오히려 나를
부끄럽게 하고, 마음을 괴롭히오. 그리고 스스로를 존경하기 위해
서는 남에게 경멸당할 필요가 있소. 이것이 내가 짊어지고 있는
숙명이오. 이래야만 비로소 나는 똑바로 설 수가 있소.

　나는 자신의 양심에 복종하는 죄수요. 이런 사람은 다시 또 없
으리라는 것을 잘 알고 있소. 그러나 어떻게 하겠소? 이것이 사
실인걸. 나는 나 자신에게 약속했소. 그리고 그것을 지키고 있소.
사람은 자신을 속박하는 것에 부딪치기도 하고 우연히 의무 속에
끌려 들어가는 경우도 있소. 그렇소, 뽕메르씨, 내 일생에는 여러
가지 일들이 있었소."

장 발장은 다시 입을 다물고 자기가 한 말의 뒷맛이 씁쓸하기라도
한 듯 괴롭게 침을 삼킨 뒤 다시 말을 이었다.

"이런 혐오스러운 것을 짊어지고 있는 인간이 그것을 다른 사람들
에게 남몰래 나누어 줄 수는 없소. 자신의 괴질을 남에게 전염시
킬 권리는 없소. 알지 못하는 사이에 남을 자신의 파멸로 끌어들
일 권리는 없소. 자신의 피묻은 외투를 남에게까지 입힐 권리는
없소. 자신의 비참으로 엉큼하게 남의 행복을 방해할 권리는 없

소. 건강한 사람들에게 접근해서, 눈에 보이지 않는 자기 이름을 슬그머니 문질러 댄다는 건 끔찍한 일이오.

포슐르방이 나에게 자기 이름을 빌려주었지만 나는 그것을 이용할 권리가 없소. 그가 나에게 이름을 준 것은 좋지만, 나는 그것을 가질 수가 없소. 하나의 이름은 하나의 자아요, 아시겠지요? 나는 시골 사람이지만 조금은 생각도 하고 책도 좀 읽었소. 그리고 사리분별도 할 줄 아오. 이렇게 자기의 생각도 표현하오. 나는 스스로 자기 교육을 한 것이오. 그렇소, 남의 이름을 훔쳐다가 그 아래 숨는 것은 정직하지 못한 짓이오. 단순히 알파벳이라는 글자에 불과하다면 지갑이나 시계처럼 속여서 뺏을 수 있소.

그러나 순전히 가짜 이름이 되고, 살아 있는 가짜 열쇠가 되어 자물쇠를 비틀어 열고, 정직한 사람들의 집에 들어가며, 결코 똑바로 보지 못하고, 언제나 곁눈질만 하고 자신의 마음속에 오욕을 품어서는 안 되오! 안 되오! 절대로 안 되오. 그러느니보다는 차라리 괴로워하고, 피를 흘리고, 손톱으로 살 가죽을 뜯어내고, 밤마다 고뇌에 몸부림치며, 몸도 마음도 여위어 버리는 편이 낫소. 그렇기 때문에 나는 그대에게 모든 것을 고백하러 온 거요. 그대 말대로 자진해서 말이오.”

장 발장은 괴로운 듯이 숨을 쉬고, 그리고 마지막 말을 토했다.

“살기 위해서 옛날에 나는 빵 한 조각을 훔쳤소. 그러나 오늘은 살기 위해서 당신에게 그 이름을 훔치고 싶지 않소.”

“살기 위해서” 하고 마리우스는 말을 가로막고 말했다. “어른께서 살기 위해서 이름이 필요한 건 아니겠죠.”

“아아! 그 말은 나도 알겠소.” 하고 장 발장은 대여섯 번 계속 천천히 머리를 끄덕이면서 대답했다.

침묵이 흘렀다. 둘 다 입을 다물고 각자 깊은 상념에 잠겼다. 마리우스는 테이블 옆에 앉아서 구부러진 한 손가락 위에 입술을 누르고 있었다. 장 발장은 응접실을 거닐고 있었다. 그는 거울 앞에서 걸음을 멈추더니 한동안 움직이지 않았다. 이윽고 거울 속에 비친 자신의 모습은 보지 않고 거울만을 지켜보면서, 마치 마음속 추리에 대답이라도 하는 듯 말했다.

"그러나 이제 나는 마음을 쉴 수 있게 되었소!"

그는 다시 걷기 시작하여 응접실 저편 끝까지 갔다. 그리고 뒤로 돌아서다 마리우스가 자신의 걸음걸이를 눈여겨보고 있다는 것을 깨달았다. 그러자 그는 뭐라 표현하기 어려운 어조로 마리우스에게 말했다.

"나는 다리를 약간 저오. 그 까닭은 이미 아시겠지."

그러고 나서 그는 마리우스 쪽으로 똑바로 마주섰다.

"그런데 이런 일을 상상해 보시오. 내가 아무 말도 하지 않고 여전히 포슐르방 씨로 있으면서 이 집에 들어와서 한 식구가 되고, 마련된 내 방에 들어가서 아침이면 편안히 식사하러 나오고, 저녁에는 셋이서 나란히 연극 구경을 가고, 뽕메르씨 부인을 따라 뛸르리 궁전이나 르와얄 광장에 나가고, 모두 함께 생활하면서 똑같은 인간으로 대접받고 있다 합시다. 그런데 어느 날 내가 그대들과 함께 이야기도 하고 웃고 있을 때 갑자기 장 발장! 하고 내 이름을 크게 부르는 소리가 나고, 저 무시무시한 경찰의 손이 그늘에서 튀어나와 내 가면을 잡아벗긴다면!"

장 발장은 또 말을 끊었다. 마리우스는 부르르 떨며 일어섰다. 장 발장은 말을 이었다.

"그렇게 되면 어떻게 하시겠소?"

마리우스는 침묵으로 대답했다.

장 발장은 계속했다.

"결국 내가 비밀을 감추어 두지 않은 것이 옳은 일이라는 걸 잘 아셨소? 자, 부디 행복하게 천국에서 천사를 지키는 천사가 되어, 햇빛 속에 만족하며 사시오. 그리고 한 가련한 지옥의 사람이 자신의 가슴을 열고 의무를 다하기 위해 어떤 수단을 취하든, 염려하지 말아 주시오. 지금 그대 앞에 있는 자는 가련한 한 인간이오.”

마리우스는 천천히 응접실을 가로질러 장 발장의 곁으로 오더니 손을 내밀었다. 그러나 상대가 손을 내밀지 않았으므로 마리우스가 그의 손을 잡아야 했다. 장 발장은 하는 대로 내버려 두었다. 마리우스는 대리석 손을 쥔 것처럼 느껴졌다.

“내 조부에겐 많은 친구분이 계십니다” 하고 마리우스는 말했다. “어른께서 사면을 받으실 수 있도록 노력해보겠습니다.”

“소용없는 일이오” 하고 장 발장은 대답했다. “나는 죽은 걸로 돼 있소. 그것으로 족하오. 죽은 사람까지 감시하지는 않으니까. 조용히 썩어 가는 걸로 되어 있소. 죽음은 사면과 같은 것이오.”

그리고 마리우스에게 잡힌 손을 빼면서 일종의 범접할 수 없는 위엄을 갖추어 덧붙였다.

“게다가 의무를 다한다는 것은 의지할 수 있는 친구를 얻는 것과 같은 것이오. 또한 내게는 단 한 가지 사면밖에 필요하지 않소. 그것은 내 양심의 사면이오.”

그때 응접실 저쪽 문이 살그머니 열리더니, 그 틈으로 꼬제뜨의 머리가 보였다. 이쪽에서는 그 상냥한 얼굴밖에 보이지 않았다. 머리는 아름답게 풀어헤쳐지고, 눈꺼풀은 아직도 졸린 듯이 봉긋했다. 꼬제뜨는 새둥지에서 머리를 내미는 작은 새 같은 몸짓으로 먼저 남편을 바라보고 나서 장 발장을 본 뒤, 웃으면서 그들에게 소리쳤다. 마치 장미꽃 속에 있는 미소를 보는 것 같았다.

“틀림없이 정치 이야기겠죠! 정말 너무해요. 나를 따돌려 놓고!”

장 발장의 몸이 꿈틀했다.

그때 응접실 저쪽 문이 조금 열리고 그 틈으로 꼬제뜨의 머리가 보였다.

“꼬제뜨!”

마리우스는 중얼거렸다.

그리고 그는 말이 막혔다. 두 사람은 흡사 죄인 같았다.

꼬제뜨는 명랑한 표정으로 두 사람을 번갈아 바라보고 있었다. 그녀의 눈 속에는 낙원에서 쏟아져 나오는 빛이 반짝이고 있었다.

“두 분은 현장을 들켰는걸요.” 하고 꼬제뜨는 말했다. “난 문 너머로 포슐르방 아버님이, ‘양심이니 의무니’ 하고 말씀하시는 걸 들었어요. 그건 정치 이야기겠죠. 난 싫어요. 바로 결혼 이튿날부터 정치 이야기 따위를 하시다니, 안돼요.”

“그렇지 않아, 꼬제뜨.” 하고 마리우스는 대답했다. “우린 지금 의논을 하는 중이야, 당신의 60만 프랑을 어디에 맡기는 것이 가장 좋을까 하고…….”

“그런 게 아니에요.” 하고 꼬제뜨는 말을 가로막았다. “나 그리로 들어갈 테에요. 들어가도 괜찮죠?”

그리고 선뜻 문을 지나 객실로 들어왔다. 그녀는 목에서부터 발등까지 닿는, 소매가 넓고 마구 구겨진, 헐렁한 흰 화장옷을 입고 있었다. 낡은 고딕 그림에는 천사가 입는 것 같은 매혹적인 긴 드레스가 황금빛 하늘에 그려져 있다.

그녀는 커다란 거울에 자신의 모습을 머리에서 발끝까지 비추어 보고 나서 말할 수 없는 기쁨에 넘쳐 외쳤다.

“옛날에 한 임금님과 여왕님이 있었다는 옛이야기 같군요. 아아! 난 얼마나 기쁜지 모르겠어요!”

그렇게 말하고 그녀는 마리우스와 장 발장에게 살짝 무릎을 굽혀 인사를 했다.

“자” 하고 그녀는 말했다. “나도 바로 옆 팔걸이의자에 앉겠어요. 이제 30분 후면 점심이에요. 무엇이든 좋아하는 이야기를 하세요. 남자분들은 이야기를 하셔야 한다는 걸 잘 알고 있어요. 전 얌

전하게 앉아 있을게요. ”

　마리우스는 그녀의 팔을 잡고 정답게 말했다.

　“우리는 의논할 게 있어. ”

　“아, 참 ! ” 하고 꼬제뜨가 대답했다. “아까 창문을 열어보니 뜰
에 삐에로들이 많이 와 있더군요. 가장행렬 이야기가 아니라 새 말
예요. 오늘은 재〔灰〕의 수요일이죠. 하지만 새들에겐 그런 날이 없
나 보죠 ? ”

　“우리는 할 이야기가 있으니까. 자, 꼬제뜨. 잠깐만 둘이 있게 해
줘. 숫자에 관한 이야기야. 틀림없이 당신은 지루할 거야. ”

　“오늘 아침 당신 넥타이 참 멋있는데요, 마리우스. 정말 멋있어
요. 괜찮아요. 전 숫자도 지루하지 않아요. ”

　“지루할 게 뻔해. ”

　“아뇨. 당신 이야긴걸요. 잘 모를지도 모르지만 귀담아 듣겠어요.
사랑하는 사람의 목소리를 들을 때는 그 뜻은 몰라도 괜찮아요.
그저 여기 함께 있고 싶을 뿐이에요. 여기 있어도 괜찮죠 ? 당신
옆에 말예요, 네 ? ”

　“사랑하는 꼬제뜨 ! 그렇지만 안 돼. ”

　“안 된다고요 ? ”

　“응. ”

　“좋아요” 하고 꼬제뜨는 말했다. “할 이야기가 많았는데. 할아버
지께선 아직도 주무시고, 이모님은 미사에 가셨고, 꼴레뜨는 포슐르
방 아버지의 방 벽난로에서 연기가 나서 굴뚝 청소부를 부르러 갔
고, 뚜쌩하고 니꼴레뜨는 벌써 말다툼을 했어요. 니꼴레뜨가 뚜쌩이
말을 더듬는다고 놀렸거든요. 하지만 당신한테는 아무것도 얘기해
드리지 않을 테니까요. 어쩌면 ! 안 된다고요 ? 그럼 나도 ‘안 돼요’
하고 쏘아 드릴 테니까요. 누가 항복하게 될까요 ? 그러니까 부탁이
에요, 마리우스. 나도 같이 있게 해주세요. ”

"정말 꼭 둘만 있어야 할 필요가 있어. "

"그래요 ? 나는 남이란 말인가요 ? "

장 발장은 한 마디도 하지 않고 있었다. 꼬제뜨는 그를 돌아보았다.

"그럼 아버지, 제게 키스해 주세요. 내 편이 되어 주시지 않고 아무 말씀도 않으시니, 도대체 어떻게 된 거예요 ? 그런 아버지가 어딨어요 ? 보시다시피, 나는 집에서 매우 불행하답니다. 남편이 구박하는걸요. 자, 얼른 제게 키스해 주세요. "

장 발장은 다가갔다. 꼬제뜨는 마리우스를 돌아보았다.

"당신 미워요. "

그러고 나서 그녀는 장 발장에게 이마를 내밀었다. 장 발장은 한 발 다가갔다. 꼬제뜨는 뒤로 물러섰다.

"아버지, 안색이 나쁘시군요. 손이 아프신가요 ? "

"손은 다 나았다. "

장 발장이 말했다.

"잘 주무시질 못하셨나요 ? "

"아니. "

"슬픈 일이 있으신가요 ? "

"아니. "

"그럼 키스해 주세요. 아무 탈도 없고 잠도 잘 주무셨고, 만족하시다면 전 아무 잔소리도 하지 않겠어요. "

그리고 그녀는 다시 이마를 내밀었다. 장 발장은 천국이 비치고 있는 그 이마에 키스했다.

"웃어 주세요. "

장 발장은 그렇게 했다. 그러나 그것은 유령의 미소 같았다.

"자, 제 편이 되어 주세요. "

"꼬제뜨 ! "

장 발장은 천국이 비치고 있는 그 이마에 키스했다.

마리우스는 말했다.

"야단쳐 주세요, 아버지. 내가 없으면 안 된다고 해주세요. 내가 있더라도 이야기는 할 수 있잖아요. 나를 무척 바보라고 생각하시는군요. 의논이니, 돈을 은행에 맡긴다느니, 그것 참 굉장한 이야기군요. 남자들은 하찮은 것을 비밀로 하는가봐요. 난 비켜 드리지 않겠어요. 나 오늘 아침 무척 예쁘지요. 나 좀 봐주세요, 마리우스."

그리고 어깨를 귀엽게 으쓱하고 약간 삐친 듯한, 더없이 사랑스런 표정으로 그녀는 마리우스를 바라보았다. 그들 사이에 번갯불이 지나갔다. 누가 있다는 것쯤은 조금도 문제되지 않았다.

"사랑해!"

마리우스가 말했다.

"당신이 제일 좋아요!"

꼬제뜨가 말했다.

그리고 그들은 도저히 참을 수가 없어서 꼭 껴안았다.

"이제," 꼬제뜨는 화장옷의 주름을 고치면서 의기양양하게 입을 내밀고 말했다. "전 여기에 있을 테에요."

"그건 안돼."

마리우스는 애원하는 듯한 어조로 말했다. "우린 이제부터 결론을 내려야 해."

"또 안돼요?"

마리우스는 엄숙한 목소리로 말했다.

"정말이야, 꼬제뜨. 안 된다니까."

"어머나, 화난 목소리로군요. 좋아요, 갈게요. 아버지, 아버지도 역성들어 주시지 않았죠. 남편도 아버지도 두 분 다 폭군이에요. 할아버지께 그렇게 말씀 드리겠어요. 내가 금방 돌아와서 아양이라도 떨 줄 생각하신다면 착각이에요. 저도 자존심이 있으니까요.

이번에는 내가 버틸 거예요. 이제 알 거예요, 내가 없으면 지루해지는 건 두 분이라는 걸. 어쨌든 가버릴 테에요."

그렇게 말하고 그녀는 나갔다.

그러나 잠시 후 문이 다시 열렸다. 그녀는 홍조 띤 얼굴로 다시 문 틈으로 들여다보며 발랄하게 두 사람에게 외쳤다.

"정말 화났어요."

문은 다시 닫히고 어둠이 다시 방안에 가득했다. 그녀가 나타난 것은 마치, 햇빛이 길을 잃고 저도 모르게 느닷없이 밤 속을 가로지른 것 같았다. 마리우스는 문이 잘 닫혀 있는지 확인했다.

"가엾은 꼬제뜨!" 하고 그는 중얼거렸다. "이제 머지않아 알게 된다면……."

이 말에 장 발장은 온 몸을 부르르 떨었다. 그는 혼미한 눈으로 마리우스를 응시했다.

"꼬제뜨! 아아, 그렇군. 그대는 꼬제뜨에게 그 이야기를 할 작정이군. 당연하지, 나는 미처 그것을 생각지 못했소. 어떤 일에 대해서는 굳센 자라도 다른 일에는 무력한 경우가 있소. 제발 부탁이오. 이렇게 빌겠소. 맹세해 주오. 저 아이한테는 말하지 말아주오. 그대가, 그대 혼자만 알고 있는 것으로 족하지 않소? 나는 남에게 강요받지 않고 자진해서 그 사실을 말했소. 온 세상 모든 사람에게 이야기할 수 있소. 그런 것은 상관 없소. 그러나 저 애는 사정을 알지 못하오. 알면 몹시 놀랄 거요. 죄수라니, 그게 무슨 말인가도 설명해 줘야 할 거요. 감옥살이하던 사람이라고 얘기해 줘야 할 거요. 저 애는 쇠사슬에 묶인 죄수들이 지나가는 것을 본 일이 있소. 아아!"

그는 팔걸이의자에 쓰러져 두 손으로 얼굴을 가렸다. 소리는 들리지 않았으나 어깨가 떨리는 것으로 보아 울고 있다는 것을 알 수 있었다. 소리 없는 눈물, 무서운 눈물이었다.

흐느낄 때는 숨이 막힐 때가 있다. 경련에 사로잡힌 그는 숨을 쉬기 위해서인지 의자 등받이에 몸을 젖히고 양팔을 축 늘어뜨린 채 눈물에 젖은 얼굴을 마리우스에게 드러내 보였다. 그리고 마리우스는 끝없이 깊은 곳에서 울리는 낮은 목소리로 그가 중얼거리는 것을 들었다.

"아아! 죽어 버렸으면!"

"안심하십시오" 하고 마리우스는 말했다. "어른의 비밀은 저 혼자만의 가슴 속에 넣어두겠습니다."

마리우스는 아마 독자 여러분이 상상하는 만큼의 감동은 느끼지 않았으나 한 시간 전부터의 뜻하지 않았던 무서운 일에 익숙해졌고, 눈앞의 포슐르방 씨의 모습에 한 죄수의 모습이 겹쳐지는 것을 느끼며 차츰 그 비통한 현실에 사로잡혀, 그런 경우의 자연스러운 과정에서 상대와 자신 사이에 생긴 간격을 인정하지 않을 수 없어 이렇게 말을 이었다.

"어른께서 그토록 성실하고 정직하게 돌려 주신 위탁금에 대해 한마디 말씀을 안 드릴 수 없습니다. 그것은 성실한 행위입니다. 어른께서는 당연히 그 보상을 받아야 합니다. 자신께서 금액을 정하십시오. 그만큼 지불해 드리겠습니다. 아무 염려 마시고 얼마든지 금액을 말씀하십시오."

"고맙소."

장 발장은 조용하게 대답했다.

그는 한동안 생각에 잠겨 집게손가락으로 엄지손가락의 손톱을 기계적으로 문지르다가 이윽고 입을 열었다.

"이제 모든 일이 거의 끝난 것 같소. 마지막으로 한 가지만 더……."

"뭡니까?"

장 발장은 마지막 말을 꺼내기를 망설이는 양 목소리도 숨소리도

그는 팔걸이의자에 쓰러져 두 손으로 얼굴을 가렸다.

거의 내지 않고 말을 한다기보다 차라리 중얼거렸다.

"모든 비밀을 안 지금 남편인 그대로서는 내가 다시는 꼬제뜨를 만나선 안 된다고 생각하겠지요?"

"그편이 좋다고 생각합니다."

마리우스는 싸늘하게 대답했다.

"그렇다면 다시 만나지 않기로 하리다."

장 발장은 중얼거렸다.

그리고 그는 문 쪽으로 다가갔다. 손잡이에 손이 닿고, 문고리가 벗겨지고 문이 조금 열렸다. 장 발장은 나갈 수 있을 만큼 문을 열고, 잠시 움직이지 않고 서 있다가 문을 다시 닫고 마리우스 쪽을 보았다.

그의 얼굴은 이제 창백한 정도가 아니라 납빛이었다. 눈에는 이미 눈물도 사라지고 비통한 불꽃 같은 것이 타오르고 있었다. 목소리는 이상하리만큼 침착해져 있었다.

"그러나 말이오," 하고 장 발장은 말했다. "만약 허락해 준다면 그녀를 만나러 오고 싶소. 진심으로 그렇게 해주기를 바라오. 꼬제뜨를 만나지 않아도 좋았다면, 그런 고백을 그대에게 하지도 않고 어디로든 가버렸을 거요. 그러나 꼬제뜨가 있는 곳에 머물러 있으면서 계속 만나고 싶었기 때문에 정직하게 그대한테 털어놓아야 했던 거요.

무슨 뜻인지 아시겠소? 누구라도 알 수 있을거요. 그렇소, 나는 9년 이상 그녀와 함께 있었소. 처음에 우리는 큰 거리의 오두막집에서 살았고, 그 다음엔 수도원에서 살았고, 또 그 다음엔 뤽상부르 공원 가까이에서 살았소. 거기서 그대는 처음 그녀를 만났던 거요. 그녀의 푸른 비로드 모자를 기억하오?

우리는 그뒤 앵발리드 구역의 철문과 뜰이 있는 집으로 옮겼소. 쁠뤼메 거리요. 나는 조그만 뒤뜰의 별채에 살면서 그녀의 피아노

소리를 들었소. 그것이 내 생명이었소. 우리는 한 번도 떨어진 적이 없었소. 그것은 9년 몇 개월이나 계속되었소. 나는 아버지와 같았고 그녀는 내 딸 같았소. 그대에게 이런 심정이 이해되겠소?

뽕메르씨 씨, 이제 이곳을 떠나 다시는 그녀를 만나지도 못하고 이야기도 할 수 없으며 모든 것을 잃어버린다는 건 참으로 고통스러운 일이오. 당신에게 그다지 나쁘지만 않다면 나는 이따금 꼬제뜨를 만나러 오고 싶소. 귀찮도록 찾아오지는 않겠소. 오래 있지도 않겠소. 아래층 조그만 방에서 만나도록 해주면 족하오.

하인들이 출입하는 뒷문으로 드나들어도 좋소만, 그렇게 되면 남들이 보고 놀라겠지요. 그러니까 역시 정문으로 들어오는 게 좋겠소. 제발 부탁이오. 앞으로 얼마 동안만 꼬제뜨를 만나고 싶소. 아주 이따금이라도 좋소. 내 처지가 되어 봐 주오. 나에게는 이제 아무것도 없소. 게다가 물론 조심도 해야겠지요. 내가 전혀 오지 않게 되면 도리어 남들이 이상하게 생각할 것 아니겠소. 우선은 나로서는 저녁때, 해 저물녘에 찾아오는 것이 좋을 것 같소."

"매일 저녁 오셔도 좋습니다" 하고 마리우스는 말했다. "꼬제뜨가 기다릴 겁니다."

"정말 고맙소." 하고 장 발장은 말했다.

마리우스는 장 발장에게 인사했고, 행복은 절망을 문까지 배웅했으며, 그리고 두 사람은 헤어졌다.

고백 속에 숨겨진 어두운 그림자

마리우스는 마음이 어지러웠다.

꼬제뜨의 곁에 있던 익히 보아온 그 남자에게 자신이 늘 어떤 거리감을 느꼈던 까닭을 이제야 이해할 수 있었다. 그 인물에게는 어쩐지 수수께끼 같은 데가 있다는 것을, 본능이 그에게 가르쳐 주었던 것이다. 그 수수께끼란 수치 가운데서도 가장 증오할 수치, 감옥이었고, 포슐르방 씨는 죄수 장 발장이었던 것이다.

행복의 한복판에 느닷없이 그런 비밀을 안다는 것은 비둘기 둥지 속에서 전갈을 발견하는 것과 흡사하다. 마리우스와 꼬제뜨의 행복은 앞으로 그런 사람과 함께 하도록 운명지워졌단 말인가? 그것은 이미 움직일 수 없는 기정사실인가? 그 사람을 받아들이는 것이 결혼의 성립 조건이었던가? 이제는 어쩔 도리가 없는 것인가? 결혼으로 말미암아 마리우스는 죄수까지도 짊어져야 하나!

설사 광명과 환희의 관을 쓰고, 인생의 황금기를 즐기고, 행복한 사랑을 맛본다 하더라도, 황홀경에 잠긴 대천사나 영광에 둘러싸인 반신인(半神人)이라 할지라도 이런 타격에는 전율을 느끼지 않을 수 없을 것이다.

그러한 사태의 변화에 으레 그렇듯 마리우스는 자신에게 비난할 만한 점은 없는가 하고 스스로에게 물어보았다. 통찰력이 없었던 것일까? 생각이 모자랐던 것은 아닐까? 자기도 모르게 경솔한 짓을 저지른 것일까? 그런 점이 다소 있을지도 모른다. 꼬제뜨와의 결혼으로 끝맺은 그 연애 사건이 시작될 때 주위를 둘러볼 만한 신중함이 모자랐던 것은 아닐까? 인생에서 인간이 차츰 개선되어가는 것은 이러한 인간의 연속적인 자기 검증 때문이다. 마리우스는 자신의 성격 속에 공상적이고 몽상가다운 일면이 있음을 인정했다. 그것은 많은 사람들이 가지고 있는, 마음 속의 구름같은 것으로, 그 구름은 정열이나 고통이 막바지에 달하면 부풀어오르고 영혼의 온도 변화에 따라 변화하며, 그 사람 전체를 침범하여 그 본심을 안개로 덮어 버린다.

이미 여러 번 지적했듯이, 마리우스의 개성에는 그러한 독특한 요소가 있었다. 그러고 보니 그 쁠뤼메 거리에서 황홀한 사랑에 취해 있던 6, 7주 동안 저 고르보 집에서의 수수께끼 같은 사건에 대해, 피해자가 싸우는 동안 이상하리만큼 잠자코 있다가 나중에 도망가

버린 그 사건에 대해서 꼬제뜨에게 이야기조차 하지 않았다는 것이
생각났다. 그 사건을 전혀 꼬제뜨에게 말하지 않았다니 웬일인가!
그것도 최근의 그토록 무서운 사건이었는데! 그녀에게 떼나르디에
라는 이름을, 더구나 에뽀닌느를 만난 일조차 얘기하지 않았음은 웬
일일까? 이제 돌이켜 생각하니 당시 자신의 침묵은 스스로도 이해
할 수 없을 정도였다.

  그러나 이유를 갖다붙일 수는 있었다. 생각컨대 당시의 자신이 멍
청했으며, 꼬제뜨에게 정신없이 반해서 완전히 사랑의 포로가 되어
서로 상대를 이상의 저편으로 끌어 올렸었다. 또한 영혼의 상태가
그토록 격렬하고 매혹에 충만해 있으면서도 약간의 이성이 숨쉬고
있어, 그 막연하고 은밀한 본능이 접촉을 경계한 탓에 어떠한 역할
도 맡고 싶어하지 않고 줄곧 피하기만 한 그 무서운 사건, 이야깃거
리로 삼거나 증인이 되거나 하면 자신이 고소인이 되어 버릴 게 뻔
한 그 사건에 대해서 다만 자기의 기억 속에 넣어두고 없었던 일로
생각하려고 한 것이었다. 게다가 그 몇 주일 동안은 번갯불 같았다.
그저 서로 사랑하는 것 말고는 아무것도 할 겨를이 없었다. 그리고
모든 것을 숙고하고, 모든 이면을 파헤치고 조사해서 고르보 집의
매복 사건을 꼬제뜨에게 이야기하고 떼나르디에 집안의 이름을 그
녀에게 말했다 한들, 설사 장 발장이 죄수라는 것을 알았다 해도 그
것으로 마리우스의 마음이 변했을까? 꼬제뜨의 마음이 변했을까?
그렇다고 해서 물러났을까? 그녀에 대한 사랑이 식었을까? 그녀
와 결혼하지 않았을까? 천만에. 그것 때문에 뭔가 지금과 달라진
것이 있었을까? 그럴 리가 없다. 그렇다면 후회하고 자책할 필요가
없지 않은가? 모든 것이 잘 된 것이다. 연인이라고 불리는 취한에
게는 하나의 신이 있다. 눈이 멀어 버렸으면서도 마리우스는 눈이
밝을 때 택했을 것과 똑같은 길을 택했다. 사랑은 그의 눈을 가렸
다. 그를 어디로 데려가기 위해서였을까? 낙원으로 인도하기 위해

서였다.

그러나 그 낙원은 이제부터 지옥을 동반하게 되었다.

그 사람에게, 장 발장이 된 그 포슐르방에게 마리우스가 전부터 느껴 왔던 꺼림칙한 마음에는 이제 혐오가 섞이게 되었다. 그러나 그 혐오에는 어떤 연민의 정이, 그 어떤 뜻밖의 놀라움이 포함되어 있었다.

그 도둑은, 그 재범자는 위탁금을 고스란히 돌려 주었다. 그것도 60만 프랑이라는 엄청난 돈을. 그만이 위탁금에 얽힌 비밀을 알고 있었다. 그는 그것을 고스란히 자기가 차지해 버릴 수도 있었다. 그런데도 그는 그것을 몽땅 돌려준 것이다.

더욱이 그는 스스로 자신의 정체를 밝혔다. 누구에게 강요당한 것도 아니었다. 그의 정체를 밝힌 것은 그 스스로였다. 그 고백은 굴욕을 감수하는 것 이상의 위험을 무릅쓴 것이었다. 죄수에게 가면은 단순한 가면이 아니라 하나의 은신처다. 그는 그 은신처를 버린 것이다. 거짓이름은 신분을 보호하는 수단이다. 그는 거짓이름을 팽개쳐 버렸다. 죄수라 할지라도 견실한 가정 속에 영원히 은신할 수도 있었다. 그러나 그는 그 유혹에 저항했다. 그것도 어떤 동기에서였을까? 양심의 불안에 의해서다. 그것을 그는 진실이 깃든 엄숙한 어조로 설명했다. 요컨대 장 발장이 어떤 인간이든 그는 양심을 자각하고 있음에 틀림없다. 거기에는 그 어떤 신비한 재생이 싹트고 있었다. 그리고 모든 점으로 보아, 이미 오랫동안 양심에 의해 지배되어 온 것이다. 그와 같은 정의와 선의 태동은 비천한 성격을 가진 자한테는 있을 수 없는 일이다. 양심의 각성, 그것은 영혼의 위대함을 나타낸다.

장 발장은 성실했다. 그 성실은 눈에도 보였고 손으로 만질 수도 있었다. 부정할 수 없는 것이며, 그것으로 인해 그가 받은 고통으로도 분명히 알 수 있는 것이어서 사실의 진위를 가릴 필요조차 없이 그 사람이 말하는 모든 것에 권위를 부여하고 있었다. 이런 점이 마리우스의 마음을 기묘하게 바꿔놓았다. 포슐르방의 입에서 나오는 것은 모두 불성실이며 장 발장의 입에서 나오는 것은 모두 모두 성실이었다.

마리우스는 깊이 생각하다가 장 발장에 관한 이상한 대차대조표를 만들어 더하거나 빼야 할 점을 계산한 뒤 평균점을 얻고자 하였다. 그러나 모든 것은 폭풍 속에 있는 것 같았다. 마리우스는 그 사나이에 관해서 뚜렷한 관념을 얻으려고 애쓰면서, 말하자면 장 발장을 깊은 사념 속에 추구하려 했으나 그의 모습은 어쩔 수 없는 안개 속에서 곧잘 사라지곤 했다.

위탁금을 정직하게 돌려준 것, 성실하게 고백한 것, 모두가 좋은 일이었다. 그것은 구름 사이로 엿보이는 푸른 하늘 같았다. 그러나 다음 순간 구름이 다시 시커멓게 덮어 버리는 것이었다. 마리우스의 기억은 몹시 혼란했지만 거기에서 어떤 그림자가 되살아왔다.

종드레뜨의 고미다락방에서의 그 사건은 과연 무엇이었던가? 경관이 왔을 때 어째서 그 사람은 호소하지 않고 달아났던가? 이 점에 관해서는 마리우스도 대답을 얻어낼 수 있었다. 즉 그 사람은 탈옥한 전과자였던 것이다.

의문은 아직 있었다. 그 사람은 어째서 바리케이드에 왔을까? 마리우스가 그런 의문을 떠올린 것은, 그때의 기억이 현재의 감동 속에서, 마치 불에 쬐면 글씨가 나타나는 잉크처럼 재현되는 것이 역력히 보였기 때문이다. 그 사람은 바리케이드에 왔었다. 그러나 싸우지는 않았다. 그렇다면 대체 무엇을 하러 왔었는가? 이 의문 앞에 한 그림자가 나타나서 거기에 대답했다. 자베르였다. 이제야 마리우스는, 장 발장이 묶여 있는 자베르를 바리케이드 밖으로 끌고가는 처참한 광경을 떠올렸다. 몽데뚜르 골목 모퉁이 뒤에서 들렸던 무시무시한 총 소리가 지금도 귀에 쟁쟁했다.

틀림없이 그 밀정과 죄수는 서로 증오했을 것이다. 아마 서로가 방해자였으리라. 장 발장은 복수하기 위해 바리케이드에 갔던 것이다. 그의 도착은 너무 늦어 있었다. 아마도 자베르가 그들의 포로가 된 것을 알았을 것이다. 코르시카의 벤데따(코르시카 족벌 간에 벌어지는 치열한 복수)는 어떤 하층 사회에 침투해서 법률 같은 힘을 갖고 있다. 그것은 참으로 간단하게 행해지기 때문에 착하게 지내려던 사람들조차도 그것을 당연하게 여겼다. 그들은 도둑질은 삼가지만 복수는 전혀 주저하지 않는다. 장 발장은 자베르를 죽인 것이다. 적어도 그 점만은 확실하다고 생각되었다.

마지막에 또 하나의 의문이 있었다. 그러나 이 의문에는 답을 얻지 못했다. 마리우스에게는 그 의문이 자신을 꼼짝달싹 못하게 하는 집게처럼 느껴졌다. 즉 장 발장이 그토록 오래 꼬제뜨와 함께 생활해 온 것은 어째서일까? 어린 소녀와 그 남자를 만나게 한 하늘은 무슨 의도로 그리도 처절한 운명의 장난을 쳤단 말인가? 천상에도 이중의 쇠사슬이 있어 천사와 악마를 한데 매어두고 신은 기뻐하는 것일까? 비참하고 신비로운 감옥에서 죄악과 순결이 한방에 있을 수도 있을까? 인간의 숙명이라고 불리는 그런 죄수들의 행렬 속에서 두 개의 이마, 순진한 이마와 사나운 이마, 새벽의 숭엄한 서광에 젖어 있는 이마와 끊임없는 번개 불빛에 영원히 창백한 이마가 만나는 일도 있을까? 이 설명할 수 없는 부조화를 도대체 누가 정했단 말인가? 어떻게 해서 어떤 기적으로 그 천국의 소녀와 저 지옥의 노인 사이에 공동 생활이 이루어졌을까? 누가 새끼양을 이리에게 붙들어 매었으며, 더욱 이해하기 어려운 것은 어떻게 이리가 새끼양에게 애착을 느낄 수 있었는가 하는 것이다.

왜냐하면 이리는 새끼 양을 사랑했고, 흉포한 자가 연약한 자를 사랑했으며, 9년 동안 천사가 괴물을 의지하고 살아 왔으니까. 꼬제 뜨의 어린 시절과 청춘, 세상으로의 등장, 생명과 광명을 향한 처녀의 성장, 그것들은 저 기괴한 헌신에 의해서 보호받아 왔던 것이다. 여기에서 의문은 말하자면 수없는 수수께끼로 갈라지고 심연 아래 다시 심연이 열려서 마리우스는 현기증을 느끼지 않고는 장 발장의 속을 들여다볼 수 없었다.

저 심연 같은 남자는 도대체 누구란 말인가?

창세기의 오래된 비유는 불멸이다. 현재와 같은 인간 사회에는 머지않아 좀더 위대한 빛으로 변화되지 않는 한 늘 두 종류의 인간, 높은 곳에 있는 인간과 낮은 곳에 있는 인간이 존재한다. 하나는 선을 따르는 자, 즉 아벨이요, 다른 하나는 악을 좇는 자, 즉 카인이다. 그러면 저 착한 카인은 어떤 사람인가? 한 처녀를 경건한 마음으로 숭배하고, 감시하고, 키우고, 지키고, 위하고, 자신은 욕된 몸이면서도 순결로써 그녀를 감싼 그 도둑은 도대체 어떤 사람인가? 순결한 자를 숭배하며 거기에 한 점의 오점도 용납하지 않았던 그 시궁창 같은 자는 도대체 어떤 사람인가? 꼬제뜨를 교육한 이 장 발장은 원래 어떤 사람이었는가? 하나의 별을 떠오르게 하기 위해 온갖 그림자와 온갖 구름으로부터 지키는 것만을 일념으로 마음을 쓴, 저 암흑의 남자는 원래 어떤 사람이었나?

거기에 장 발장의 비밀이 있었다. 거기에 신의 비밀이 있었다.

그 이중의 비밀 앞에서 마리우스는 뒷걸음질쳤다. 그 비밀의 하나는 어떤 의미에서 다른 하나에 대한 그의 불안을 가라앉혀 주었다. 이 사건 속에는 장 발장과 함께 신의 모습도 보였다. 신에게는 신의 도구가 있다. 신은 마음에 드는 도구를 사용한다. 신은 자기가 만들어낸 인간에 대해 책임지지 않는다. 신의 행위를 인간이 알 수 있겠는가? 장 발장은 꼬제뜨에게 정성을 들였다. 그는 그녀의 영혼을 어느 정도 만들어낸 것이다. 그것은 부인할 수 없는 사실이다. 그런데, 그 일을 한 사람은 무서운 남자였다. 그러나 그의 작품은 훌륭했다. 신은 마음내키는 대로 기적을 낳는다. 신은 저 아름다운 꼬제뜨를 만들고, 그 도구로써 장 발장을 사용했다. 이 이상한 협력자를 택하는 것이 신의 마음에 들었던 것이다. 그 까닭을 신에게 물을 수 있을까? 퇴비가 봄을 도와서 장미꽃을 피게 하는 것이 그토록 신기한 일일까?

마리우스는 그렇게 결론을 내리고 스스로 만족했다. 지금 지적한 모든 점에 대해서 그는 억지로 장 발장을 추궁하려 들지 않았다. 또 감히 추궁할 용기가 없는 자신을 깨닫지도 못했다. 그는 꼬제뜨를 깊이 사랑하고 있었고, 꼬제뜨를 차지하고 있었으며, 꼬제뜨는 눈부시도록 순결했다. 그것만으로 그는 만족했다. 그 이상 어떤 해명이 필요하겠는가? 꼬제뜨는 빛이었다. 광채를 더욱 더 밝게 할 필요가 뭐 있겠는가? 그는 모든 것을 가지고 있었다. 그 이상 무엇을 바라겠는가? 모든 것이면 충분하지 않은가? 장 발장의 일신상의 문제는 그와는 아무 상관도 없었다. 마리우스는 그 남자의 숙명의 그림자를 들여다보면서, 그 비참한 남자의 엄숙한 선언에 매달려 있었다.

"나는 꼬제뜨와는 아무것도 아니오. 10년 전에는 그녀가 세상에 존재한다는 사실조차 몰랐소."

장 발장은 그저 지나가던 사람에 불과했다. 스스로 그렇게 말하지 않았던가? 그렇다면 그냥 지나가 버리면 되는 거다. 그가 어떤 사람이든지 그의 할 일은 이미 끝났다. 이제 꼬제뜨 곁에서 보호자 역할을 해줄 마리우스라는 사람이 있다. 꼬제뜨는 푸른 하늘 속에 자기와 동등한 사람을, 연인을, 남편을, 천국의 남성을 찾은 것이다. 날아오를 때 날개를 달고 변신한 꼬제뜨는, 땅 위에 자신의 허물인 장 발장을 흉한 모습 그대로 남겨놓고 온 것이다.

이처럼 마리우스는 이리저리 생각을 굴려 보았으나 결국은 언제나 장 발장에 대한 어떤 두려움에 다시 빠져들곤 했다. 그것은 아마도 신성한 공포이리라. 왜냐하면 이미 지적했듯 마리우스는 그 사람한테서 '신성한 무언가'를 느끼고 있었기 때문이다. 그러나 아무래도, 아무리 정상을 참작하려 해도 결국 그 사람은 죄수라고 하는 결론에 도달할 수밖에 없었다.

죄수란 사회 계층의 가장 아래 계층보다 더 밑에 있어서 사회에는 몸 둘 곳조차 없는 인간이다. 가장 최하위의 인간 다음이 죄수다. 죄수는 말하자면 살아 있는 인간 축에 들지 않는다. 법률이 한 인간에게서 뺏을 수 있는 모든 인간성을 빼앗아 버린 것이다. 마리우스는 민주주의자였지만 형법상의 문제에 대해서는 아직도 엄격한 사회 제도를 지지하고 있어서, 법률의 응징을 받는 자에 대해서는 법률과 똑같은 정신으로 대하고 있었다. 그도 아직 모든 점에서 진보를 이룩했다고는 할 수 없었다. 인간의 손으로 씌어진 것과 신의 손으로 씌어진 것을, 다시 말해 법률과 인권을 분간할 수 있는 데까지는 아직 도달하지 못했다. 인간의 힘으로 회복할 수 없는 것, 보상할 수 없는 것을 처리할 권리가 인간에게 있는가 하는 것을 그는 아직 고찰해 보거나 연구해 보지 않았다. '형벌'이라는 말을 별로 불쾌하게 생각하지 않았다. 성문률(成文律)을 어길 때 받게 되는 처벌은 당연한 일이라고 생각하고, 사회적 처벌을 문명의 방편으로 받아들이고 있었다. 그는 천성이 선량하고, 근본적으로 마음 속에 진보성을 갖추고 있으므로 머지않아 더 진보적인생각을 가질 것이 틀림없지만, 아직은 이 정도에 머물러 있었다.

그러한 사고방식으로 보면 그에게는 장 발장이 밉고 불쾌하게 생각되었다. 장 발장은 신께 버림받은 사람이었다. 한낱 죄수였다. 이 말은 그에게는 마지막 심판의 나팔 소리처럼 들리는 것이었다. 그리고 오랫동안 장 발장을 관찰한 뒤에 취한 그의 마지막 태도는 얼굴을 돌리는 것이었다. '물러가라 ^(사탄이여
물러가라)'.

여기서 분명하게 확인하고, 또 강조해 두어야 할 일이 있다. 즉 마리우스는 장 발장에게 이것저것 물었기 때문에 "당신은 나에게 모든 것을 고백하라고 하는군요."라는 소리까지 들었을 정도였지만, 정작 마리우스도 두서너 가지 결정적인 질문은 하지 못했다. 그런 질문을 생각지 못한 것은 아니었지만 입 밖에 내기가 무서웠던 것이다. 종드레뜨의 고미다락방에 관한 일은? 바리케이드에서의 일은? 자베르에 대한 것은? 만약 그런 것들을 묻게 되면 얼마나 깊은 비밀이 밝혀질지 상상도 할 수 없었다.

장 발장은 말을 꺼내기 시작하면 주저할 사람 같지 않았으므로, 마리우스가 그에게 고백을 강요한 뒤에 오히려 그의 입을 틀어막고 싶어질지 알 수 없는 일이었다. 어떤 절박한 경우에 결정적인 질문을 하고 대답을 듣지 않으려고 귀를 막는 건 흔히 있는 일이다. 그것은 특히 사랑을 하고 있는 사람이 곧잘 하게 마련인 겁먹은 행동이다. 불길한 사정을 지나치게 묻는 것은 현명하지 않다. 자신의 생명에서 떼어낼 수 없는 면이 숙명적으로 관련되어 있는 경우에는 더욱 그렇다. 장 발장이 모든 걸 설명하기 시작하면 얼마나 무서운 빛이 거기서 나올지 몰랐고, 그렇게 되면 그 가증스러운 빛이 꼬제뜨에게까지 반사되지 않는다고 누가 장담할 수 있겠는가? 그 결과 천사의 이마에도 지옥의 불빛이 조금이라도 남을지 몰랐다. 번갯불의 파편이라 해도 번개는 역시 번개니까. 인간의 숙명에는 연대성이 있어서, 자신이 아무리 결백하다 해도 주변으로 스며드는 빛의 반사라는 서글픈 법칙 때문에 죄악의 낙인이 찍히게 되는 경우가 있다.

가장 순결한 것일지라도 무서운 사람과 이웃하여 얻은 반사광이 영원히 머물러 있을 수가 있다. 옳고 그른 것은 고사하고 마리우스는 두려웠다. 그는 이미 너무 많은 사실을 알고 있었다. 그 이상 밝히려 애쓰기보다는 차라리 덮어 버리고 싶었다. 그는 정신이 멍해져 장 발장에 대해서는 애써 외면하고서 허겁지겁 꼬제뜨를 품에 안았다.

그 남자는 어두운 밤이었다. 살아 있는 무서운 어둠이었다. 어떻게 감히 어둠의 바닥을 뒤져보겠는가? 어둠에게 묻는 것은 두려운 일이다. 도대체 무어라고 대답할지 누가 알겠는가? 그 때문에 새벽마저 영원히 더럽혀질는지도 모르잖는가?

앞으로도 그 남자가 꼬제뜨와 어떤 접촉을 가질 거라고 생각하니 마리우스는 그야말로 가슴을 도려내듯 곤혹스러웠다. 입 밖에 내기를 망설인 그 무서운 질문, 가차없이 결정적인 결론을 끌어낼 수 있었을지도 모르는 질문들을 끄집어내지 못한 것이 후회됐다. 그는 자신이 너무 선량하고, 너무 부드럽고, 또한 너무 약하다는 것을 깨달았다. 그 약한 마음이 그를 섣불리 양보하게 만들었다. 허점을 이용당한 것이다. 그것은 잘못이었다. 장 발장을 단호하고 간단하게 거절했어야 했다. 장 발장을 희생시켰어야만 했다. 그러니까 자기 집이 화재로부터 벗어나게끔, 불씨 같은 그 남자를 내보냈어야 했다. 마리우스는 자신이 원망스러웠다. 그의 귀를 막고 눈을 막고 그를 휩쓸어 버린 그 격정의 소용돌이가 원망스러웠다. 자기 자신이 한심스러웠다.

이제 와서 어떻게 하면 좋을까? 장 발장이 찾아온다는 건 정말 싫었다. 그 사람을 내 집에 불러들일 필요가 있는가? 그럼 어떡하면 좋은가? 여기까지 생각했을 때, 마리우스는 망연해졌다. 더 이상 깊이 파고들고 싶지 않았다. 깊이 생각하고 싶지 않았다. 자기의 마음을 더 뒤지고 싶지 않았다. 이미 약속해 버렸다. 얼떨결에 약속해 버리고 만 것이다. 장 발장은 그의 약속을 믿고 있다. 상대가 죄수이건 아니건, 오히려 죄수이기 때문에 더욱 약속을 지켜야 하는 것이다. 그러나 마리우스는 누구보다도 우선 꼬제뜨에 대해 의무를 짊어지고 있었다. 요컨대 혐오감이 모든 것을 지배하고 그를 초조하게 하는 것이었다.

마리우스는 그러한 관념 전체를 들뜬 마음으로 머릿속에서 어수선하게 생각하며, 차례로 생각을 굴리고 있었다. 그 때문에 깊은 혼란에 빠져버렸다. 그 혼란을 꼬제뜨에게 감추기란 쉬운 일이 아니었지만 사랑은 일종의 재능이어서 마리우스는 결국 그것을 감출 수 있었다.

마리우스는 또 비둘기처럼 새하얗고 결백하며 천진난만한 꼬제뜨에게 지나가는 말처럼 이것저것 물어보았다. 그녀의 어린 시절이며 소녀 시절에 관한 것을 화제에 올렸다. 그리하여 인간으로서 더할 나위 없는 선량함과 부성애의 숭고함을 그 죄수가 꼬제뜨에게 주었다는 것을 차츰 뚜렷하게 깨달았다.

마리우스가 짐작하고 상상했던 것은 모두 사실이었다. 그 불길한 쐐기풀은 이 백합꽃을 사랑하고 또한 보호하고 있었던 것이다.

제8편 황혼의 희미한 빛

아래층 방

이튿날 저물녘, 장 발장은 질노르망 씨 댁 정문을 두드렸다. 그를 맞이한 것은 바스끄였다. 바스끄는 미리 분부라도 받은 듯 때마침 안뜰에 나와 있었다. "아무개 씨가 오실 테니 기다려라." 하고 하인에게 말해 두는 일이 때로는 있다.

바스끄는 장 발장이 채 다가가기도 전에 그에게 말했다.

"2층으로 올라가시겠는지, 아니면 아래층에 계시겠는지 여쭈어 보라고 남작님께서 분부하셨습니다."

"아래층에 있겠네."

장 발장이 대답하자 바스끄는 극히 공손한 태도로 아래층 방문을 열어 주며 말했다.

"곧 아씨 마님께 아뢰겠습니다."

장 발장이 들어간 방은 둥근 천장에 붉은 벽돌이 깔린 습기찬 방으로 술 창고로도 쓰이며, 거리 쪽을 향해 있고, 쇠창살이 달린 창문이 하나뿐이어서 어두컴컴했다.

그것은 깃털이며 먼지떨이며 바닥비로 성가시게 시달리는 그런 방은 아니었다. 먼지가 조용히 쌓여 있었다. 거미를 잡은 흔적 같은 것도 보이지 않았다. 당당하고도 커다랗게 펼쳐진, 이미 완전히 시꺼메진 거미줄이 하나 죽은 파리들로 장식되어 유리창 위에 걸려 있었다. 방은 좁고 천장도 낮았으며 한쪽 구석에는 빈 병이 수북이 쌓여 있었다. 황토로 칠해져 있는 벽은 군데군데 커다랗게 벗겨져서 떨어져 있었다. 안쪽에는 좁은 선반이 달린 검게 칠한 목재 벽난로가 있었다. 거기에는 불이 타오르고 있었다. 그러고 보니 장 발장이 "아래층에 있겠소" 하고 대답할 것을 미리 알고 있었던 것 같았다.

안락의자가 두 개 벽난로 양쪽 끝에 놓여 있었다. 의자 사이에는 카펫 대신 털보다 실이 훨씬 더 두드러져 보이는 낡은 침대 깔개가 펼쳐져 있었다. 방안은 벽난로 불빛과 창문으로 비치는 황혼 빛만으로 밝혀져 있었다.

장 발장은 피곤했다. 며칠 동안 먹지도 자지도 못했던 것이다. 그는 팔걸이의자에 쓰러지듯 몸을 던졌다. 바스끄가 들어와서 켜진 촛불 한 자루를 벽난로 위에 세워 놓고 나갔다. 장 발장은 고개를 숙이고 턱을 가슴에 대고 있었기 때문에 바스끄도 촛불도 깨닫지 못했다.

문득 그는 퉁겨나듯 몸을 일으켰다. 꼬제뜨가 그의 뒤에 서 있었다. 장 발장은 그녀가 들어오는 것은 보지 못했으나 인기척을 느꼈던 것이다. 그는 몸을 돌려 가만히 그녀를 바라보았다. 그녀는 놀랄 만큼 아름다웠다. 그러나 장 발장이 지금 깊은 눈길로 지그시 바라보고 있는 것은 그녀의 아름다움이 아니라 영혼이었다.

"어머나" 하고 꼬제뜨는 외쳤다. "정말 이상하기도 하셔라. 아버지가 조금 색다른 분이라는 건 알고 있지만, 설마 이러실 줄은 몰랐어요. 마리우스는 아버지께서 여기서 만나고 싶다고 하셨다더군요."

장 발장은 피곤했다. 그는 팔걸이의자에 쓰러지듯 몸을 던졌다.

“그래, 내가 그랬다.”

“그렇게 말씀하실 줄 알았어요. 좋아요, 앙갚음을 해드릴 테니까. 어쨌든 인사부터 하기로 해요. 자, 키스해 주세요, 아버지.”

그렇게 말하고 꼬제뜨는 뺨을 내밀었다. 장 발장은 가만히 서 있었다.

“꼼짝도 않으시는군요. 알겠어요, 꼭 죄인 같아요. 하지만 좋아요. 용서해 드리겠어요. 그리스도께서 말씀하셨어요. ‘또 다른 뺨도 돌려대라고요.’ 그럼 이쪽 뺨을.”

그리고 그녀는 다른 쪽 뺨을 내밀었다. 장 발장은 그래도 꼼짝도 하지 않았다. 마치 발이 방바닥에 박혀 있는 것 같았다.

“정말 큰일이군요. 제가 뭘 어쨌다고 그러세요, 토라진 것처럼. 그렇다면 화해해야겠는데요. 저희하고 함께 식사하시도록 하세요.”

“벌써 끝내고 왔다.”

“거짓말 마세요. 질노르망 할아버님께 말씀드려서 꾸중하시라고 할 테에요. 할아버지라면 아버지를 꾸짖을 수 있을테니까요. 자, 저와 함께 응접실로 가세요. 얼른요.”

“안돼.”

꼬제뜨는 약간 기세가 꺾였다. 그녀는 명령투의 말을 그만두고 묻기 시작했다.

“왜 그러세요? 저를 만나시는데 집에서 제일 누추한 방을 고르시다니, 여기는 정말 끔찍해요.”

“너도 알다시피……”

장 발장은 말을 고쳤다.

“아시다시피 부인, 나는 좀 괴상한 사람이오. 여러 가지 이상한 버릇이 있지요.”

꼬제뜨는 조그마한 손으로 손뼉을 쳤다.

“부인? 아시다시피? ……또 이상한 말씀을! 그건 무슨 뜻이죠?”

장 발장은 이따금 절박할 때 띠는 그 비통한 미소를 그녀에게 보냈다.

“당신은 부인이 되기를 바랐소. 그리고 지금은 부인이오.”

“하지만 아버지께 대해서는 그렇지 않아요.”

“이제부터는 나를 아버지라고 불러선 안 되오.”

“뭐라구요?”

“장 씨라고 불러줘요. 아니면 그저 장이라고만 하든지.”

“이제는 아버지가 아니라고요? 그럼 저는 이제는 꼬제뜨가 아닌가요? 장 씨라고요? 그게 무슨 말씀이죠? 마치 혁명 같군요! 도대체 무슨 일이 생겼나요? 제 얼굴을 좀 보세요. 우리하고 함께 살고 싶지 않다니! 제 방에도 들어오려 하지 않으시고! 제가 무슨 잘못을 했나요? 뭘 잘못했다는 거예요, 무슨 곡절이 있군요?”

“아니 아무것도.”

“그럼 왜 그러세요?”

“모든 것이 여느 때와 다름없소.”

“어째서 이름을 바꾸셨나요?”

“당신도 이름이 바뀌지 않았소?”

그는 또 그 미소를 지으며 덧붙였다.

“당신이 뽕메르씨 부인인 이상 나도 장 씨가 되어도 상관없지.”

“뭐가 뭔지 영문을 모르겠군요. 이상한 일뿐이에요. 아버지를 장 씨로 불러도 좋은지 어떤지 남편에게 물어보겠어요. 틀림없이 안 된다고 할 거예요. 아버지는 저를 속상하게 하시는군요. 궤변도 좋지만 귀여운 꼬제뜨를 슬프게 하셔선 안돼요. 나빠요. 착하신 분이 공연히 심술궂게 그러시지 마세요.”

장 발장은 대답하지 않았다. 그녀는 재빨리 그의 두 손을 잡고 뿌리칠 겨를도 없이 그것을 자기 얼굴로 들어올려 턱 아래 목에 갖다 댔다. 이것은 깊은 애정을 나타내는 몸짓이었다.

"제발, 좀더 친절하게 대해주세요 !"

그리고 꼬제뜨는 말을 이었다.

"친절이란 이런 거예요. 고집부리지 마시고 여기에 와서 사시고 또 저와 즐거운 산책을 하세요. 여기에도 뽈뤼메 거리처럼 새들이 많아요. 롬므 아르메 거리의 쓰러져 가는 집은 그만 버리고, 우리와 함께 지내시고, 우리에게 수수께끼 같은 말씀을 던지지 마시고, 누구나와 똑같이 우리와 함께 점심식사를 드시고, 우리와 함께 저녁식사도 드시고, 제 아버지로 계셔 달라는 거예요."

장 발장은 잡혀 있던 손을 풀었다.

"당신에겐 이젠 아버지는 필요없어. 당신에겐 남편이 있으니까."

꼬제뜨는 발끈 화가 났다.

"이제는 아버지가 필요없다고요 ? 그런 당치도 않은 말씀을. 정말 뭐라 해야 할지 모르겠네요 !"

"여기에 뚜쌩이 있었다면" 하고 장 발장은 의지할 것을 찾아 지푸라기에라도 매달리는 사람처럼 말을 이었다. "내가 언제나 내가 생각한 방법대로 해왔다는 것을 제일 먼저 알아 주었을 텐데. 별로 새로 변한 것은 없어. 나는 언제나 나의 어두운 구석이 좋았으니까."

"하지만 여기는 추워요. 그리고 어두워서 잘 보이지도 않고 정말 싫어요. 장 씨가 되고 싶다니. 그리고 아버지한테 '당신'이라는 말은 듣고 싶지 않아요."

"아까 여기 오는 도중" 하고 장 발장은 꼬제뜨의 말에는 대답하지 않고 말했다. "쌩 루이 거리에서 가구가 하나 눈에 띄더군. 어느 가구점에 있었지. 내가 만약 예쁜 여자라면 그 가구를 샀을 거야.

아주 좋은 화장대였어. 모양도 새로웠고. 당신이 장미 나무로 만들었다고 하던 그런 것 같았어. 상감(象嵌)도 잘 되어 있더군. 거울도 무척 크고 서랍도 몇 개 달려 있고, 아주 예쁘던데.”

“어머, 너무하세요!”

꼬제뜨는 대꾸했다.

그리고 더할 나위 없이 다정한 동작으로 이를 악물고 입술을 벌려 장 발장에게 입김을 불었다. 마치 미의 여신이 암코양이의 흉내를 내고 있는 것 같았다.

“전 몹시 화났어요” 하고 그녀는 말했다. “어제부터 모두가 저를 화나게 하는 걸요. 정말 속상해요. 영문 모를 일뿐이에요. 아버지는 마리우스가 뭐라고 해도 저를 두둔해 주시지 않고, 마리우스는 저를 도와서 아버지의 이야기 상대가 되어 드리지도 않고, 저는 아무도 도와줄 사람이 없는 외톨이예요. 방을 깨끗하게 꾸며놓았는데도. 만약 신께서 들어와 주시겠다면 기꺼이 맞아들이고 싶을 정도예요. 전 빈 방에서 혼자 쩔쩔매고 있어요. 빌리는 사람이 없으면 아마 파산할 거예요. 제가 니꼴레뜨에게 맛있는 음식을 장만하라고 했더니 모두들 제가 시킨 음식은 싫다고 한대요. 게다가 포슐르방 아버지는 장 씨라고 불러 달라고 하시질 않나, 무섭고 낡고 더럽고 축축한 벽이 수염을 기른 광 속에서, 투명한 유리 대신 빈 병이 쌓여 있고 커튼 대신 거미줄이 쳐 있는 방에서 저를 만나고 싶다고 하시질 않나! 아버지가 좀 이상한 분이신 건 알아요. 그건 아버지 성격이니까요. 하지만 지금 갓 결혼한 사람에게는 좀 쉽게 해주셔야죠. 나중에 다시 이상한 짓을 하셔도 되잖아요? 아버지는 저 롬프 아르메 거리의 그 기막힌 집이 정말 맘에 드신다는 건가요? 전 아주 싫었어요! 저의 어디가 못마땅하신가요? 정말 아버지가 걱정돼요. 정말로!”

그리고 갑자기 정색을 하고 그녀는 장 발장을 물끄러미 바라보다가 덧붙였다.

"그럼 제가 행복해진 것을 언짢게 여기시나요?"

천진난만도 이따금 자기도 모르는 사이에 사람의 마음을 꿰뚫을 때가 있다. 그 질문은 꼬제뜨는 아무 생각없이 한 말이었으나 장 발장에게는 심각한 것이었다. 꼬제뜨는 살짝 할퀼 작정으로 한 것이 깊은 상처를 주고 만 것이다.

장 발장은 창백해졌다. 한동안 말없이 있다가 이윽고 뭐라 형용할 수 없는 어조로 혼잣말처럼 중얼거렸다.

"너의 행복, 그것은 내 평생의 목적이었다. 지금 신은 나에게 나아갈 바를 가리키신 것이다. 꼬제뜨, 너는 행복해졌고 내 생애는 끝났다."

"어머나! 저를 '너'라고 하셨군요!" 하고 꼬제뜨는 외쳤다.

그리고 그녀는 장 발장의 목에 매달렸다. 장 발장은 정신없이 그리고 망연하게 그녀를 가슴에 끌어 안았다. 거의 그녀를 되찾은 듯한 느낌이었다.

"고마워요, 아버지!" 하고 꼬제뜨는 말했다.

꼬제뜨에게 끌리는 마음이 장 발장의 가슴에 통렬하게 치밀어 오를 것 같았다. 그는 조용히 꼬제뜨의 팔에서 몸을 빼고 모자를 집어 들었다.

"왜요?"

꼬제뜨가 물었다.

장 발장은 대답했다.

"가겠소, 부인. 가족들이 기다리실 거요."

그리고 문턱에서 덧붙였다.

"난 당신에게 너라고 했소. 앞으론 그러지 않겠다고 남편께 말씀 드려 주오. 실례했소."

장 발장은 그 수수께끼 같은 작별 인사에 어리둥절해 있는 꼬제뜨

그리고 그녀는 그의 목에 매달렸다.

를 뒤에 남겨둔 채 나갔다.

다시 몇 걸음 물러서다

이튿날 같은 시각에 장 발장은 또 찾아왔다.

꼬제뜨는 아무것도 묻지 않고, 놀라는 빛도 보이지 않고, 춥다는 말도 하지 않고, 응접실 이야기도 하지 않았다. 그리고 아버지라고도, 장 씨라고도 말하기를 피했다. 그리고 당신이라고 부르는 대로 내버려두었다. 부인이라고 부르는 대로 가만히 있었다. 다만 기쁜 기색은 다소 줄어 있었다. 만약 그녀에게도 슬픔이 있다면 그녀는 슬퍼하고 있었으리라.

사랑을 받는 남자는 말하고 싶은 것만을 말하고, 아무것도 설명하지 않고도 사랑받고 있는 여자를 만족시키는 법인데 아마도 그녀는 마리우스와 그런 대화를 주고받았을 것이다. 사랑하는 사람들의 호기심은 자기들의 사랑 이상으로 먼 곳까지 미치지는 않는다.

아래층 방은 조금 치워져 있었다. 바스끄가 빈 병을 내가고 니꼴레뜨가 거미줄을 거둔 것이다.

다음날도 그 다음날도 장 발장은 같은 시각에 나타났다. 그로서는 마리우스의 말을 문자 그대로 받아들일 수밖에 없었다. 매일 찾아오는 것이었다. 마리우스는 장 발장이 오는 시각에는 언제나 집에 있지 않도록 했다. 집 사람들도 포슐르방 씨의 기이한 버릇에 익숙해졌다. 뚜쌩의 말도 도움이 되었다. "나리는 언제나 저러셨어요" 하고 그녀는 되풀이해서 말했다. 조부는 이렇게 단정했다. "그 사람은 괴짜야." 이 한 마디로 모든 것이 결정되었다. 게다가 아흔 살이나 되고 보면 이제는 다른 사람들과 어울릴 수도 없다. 그저 한자리에 같이 있을 뿐이다. 새 사람이 끼는 것이 귀찮다. 이젠 그런 자리는 없다. 모든 것이 습관이 돼버렸다. 포슐르방 씨인지 트랑슐르방인지 '그 사람'을 끼어주지 않아도 된다면 그보다 더 좋은 일은 없다고 질노르망 노인은 생각했다. 그는 이렇게도 말했다. "아아, 그런 괴짜 만큼 겉으로는 그럴듯해 보이면서 속은 아무것도 아닌 건 없어. 온 갖 이상한 짓을 하지만 동기 같은 건 전혀 없어. 까나쁠 후작은 더 심했지. 굉장한 저택을 사고서도 자기는 일부러 헛간에서 살았거든. 그렇게 그들은 변덕을 부려 보이는 거야."

그 기막힌 이면은 아무도 짐작하지 못했다. 누가 그 같은 것을 꿰 뚫어볼 수 있었겠는가? 인도에는 그와 같은 늪이 곳곳에 있다. 이 상야릇한 물이 괴어 있는데, 바람도 불지 않는데 물결이 일고 잔잔 해야 할 곳이 흔들린다. 사람은 그 수면에 까닭 모르게 이는 거품을 바라보면서도 그 물 밑에서 몸부림치는 히드라는 알아보지 못한다.

대부분의 사람들이 그런 비밀의 괴물을, 마음에 깃들인 근심을, 몸을 물어뜯는 용(龍)을, 내부의 암흑 속에 사는 절망을 갖고 있다. 그런 사람도 다른 사람과 변함없이 그날그날을 살아가고 있다. 그 마음 속에는 무수한 이빨을 가진 무서운 고뇌가 기생하며, 그것이 그 비참한 인간의 속에서 살며 그의 생명을 앗아가는 것을 아는 사 람은 없다. 그가 바로 하나의 심연임을 아는 사람은 없다. 그 물은 괴어 있기는 하나 깊은 못이다. 이따금 까닭을 알 수 없는 물결이 수면에 나타난다. 야릇한 잔물결이 일었다가 곧 사라지고는 다시 나 타난다. 한 방울의 거품이 솟아올라왔다가 터진다. 아무것도 아닌 것 같지만 실로 무서운 것이다. 그것은 사람이 알지 못하는 짐승의 숨결이다.

어떤 종류의 이상한 버릇, 이를테면 다른 사람들이 떠나갈 무렵에 찾아온다거나, 다른 사람들이 자연스럽게 행동하는 동안 한구석에 처박혀 있다거나, 특별한 때에만 입어야 하는 옷을 아무 때나 입고 나선다거나, 한적한 오솔길을 찾거나 인기척 없는 거리를 좋아하거 나, 절대로 대화 속에 끼어들지 않는다거나, 군중이나 축제를 피한 다거나, 태평한 듯 보이면서 가난한 살림을 한다거나, 부자이면서도 주머니에 열쇠를 항상 넣고 초를 문지기에게 맡긴다거나, 샛문으로 드나들고 비밀 사다리로 오르내리는 이러한 하찮고 유별난 행동은 모두 수면에 나타난 잔물결이고 기포이며 잠깐 사이의 주름에 지나지 않지만, 사실은 수면 밑에서 솟아오르는 무서운 것일 때가 많다.

몇 주일이 그렇게 지나갔다. 새로운 생활이 조금씩 꼬제뜨의 마음을 사로잡아 갔다. 결혼으로 인해 생긴 교제, 방문, 집안일, 즐거움 등등의 사건들이 일어났다. 꼬제뜨의 즐거움은 돈이 들지 않는 일이었다. 그것은 마리우스와 함께 있다는 단 한 마디로 끝났다. 그와 함께 외출하고 그와 함께 집에 있는 것이야말로 그녀의 가장 중요한 일이었다. 서로 팔짱을 끼고 대낮의 거리를 아무 거리낌없이 숱한 사람들의 눈앞에서 단둘이 걷는다는 것, 그것은 그들에게 항상 새로운 기쁨이었다.

꼬제뜨의 가슴을 아프게 한 일이 한 가지 있었다. 두 노처녀들의 화합은 도저히 불가능한 것이어서 뚜쌩은 니꼴레뜨와 맞지 않아 끝내 나가 버렸다. 그러나 질노르망 씨는 건강했고, 마리우스는 종종 법정에서 변호를 했으며, 질노르망 이모는 신혼부부 곁에서 만족스러운 생활을 조용히 보내고 있었다. 장 발장은 매일 찾아왔다.

너라고 부르는 말투는 사라지고 당신이라든가 부인이라든가, 장 씨라든가 하는 말로 바뀐 것이 꼬제뜨에게는 그를 딴 사람처럼 느끼게 했다. 장 발장이 자진해서 그녀를 자기에게서 떼어놓으려 한 그 노력은 성공했다. 꼬제뜨는 차츰 명랑해지고 그리고 차츰 다정함을 잃어 갔다. 그러나 그녀는 지금도 장 발장을 몹시 사랑하고 있었고 그도 그것을 느끼고 있었다.

어느 날 꼬제뜨는 느닷없이 말했다.

"당신은 제 아버지였는데 지금은 아버지가 아니고, 예전엔 저의 아저씨였는데 지금은 아저씨도 아니에요. 전엔 포슐르방 씨였는데 지금은 장 씨예요. 대체 당신은 어떤 분인가요? 전 이런 건 좋아하지 않아요. 당신이 정말 좋은 분이라는 걸 알지 못했다면 전 당신이 무서워졌을 거예요.”

장 발장은 아직도 롬므 아르메 거리에 살고 있었다. 꼬제뜨가 사는 곳 근처에서 멀어질 결심은 도저히 할 수가 없었던 것이다.

장 발장은 처음 얼마 동안은 몇 분 동안밖에 꼬제뜨의 곁에 머물러 있지 않았다. 그것이 차츰 오래 머물러 있게 됐다. 해가 길어지는 것을 이용하는 듯했다. 그는 예전보다 조금 일찍 와서 늦게 돌아가곤 했다.

어느 날 꼬제뜨는 무심결에 “아버지” 하고 불렀다. 순간 기쁜 빛이 장 발장의 어두운 얼굴에 스쳤다. 그러나 그는 얼른 꼬제뜨를 나무랐다.

“장이라고 불러 주오.”

“아아! 그랬었지요” 하고 꼬제뜨는 웃음을 터뜨리면서 말했다.

“장 씨.”

“이제 됐소.”

장 발장은 말했다.

그리고 그녀에게 들키지 않도록 얼굴을 돌려 눈물을 닦았다.

그들은 쁠뤼메 거리의 정원을 회상한다

그것이 마지막이었다. 그 이후 마지막의 반짝임은 완전히 꺼져 버렸다. 이제 친밀함도 없어지고 키스와 함께 인사를 주고받는 일도 없어졌으며 “아버지!” 하는 상냥함이 깃들인 말도 들을 수 없었다. 장 발장은 스스로 원했고 자진하여 자신의 모든 행복으로부터 자신을 멀어지게 했던 것이다. 그리고 하루 사이 꼬제뜨를 송두리째 잃어버린 뒤, 거기에 이어 다시 조금씩 그녀를 잃어버리는 비참함을 맛보게 되었다.

지하실에 들어가면 눈은 곧 어둠에 익숙해진다. 결국, 매일 꼬제뜨의 모습을 볼 수 있다는 것, 그것만으로 그는 충분했다. 그의 모든 생활은 오직 그것에 집중되어 있었다. 장 발장은 그녀 옆에 앉아서 말없이 그녀를 바라보거나 또는 옛날의 일들을, 그녀의 어린 시절이며 수도원 일이며 그 때의 어린 동무들에 대한 이야기를 그녀에게 들려주는 것이었다.

어느 날 오후, 그것은 4월 초순이었다. 이미 날씨는 따뜻해졌으나 그래도 바람은 서늘했고, 햇빛은 화창했으며, 마리우스와 꼬제뜨의 창 주변의 정원은 봄의 재생이 약동하여 아가위나무가 싹트기 시작했고, 자란초(紫蘭草)의 보석 장식은 낡은 담장 위에 전개되고, 장밋빛 금어초(金魚草)는 돌 틈에서 하품을 하고, 풀숲에는 실국화와 금봉화 꽃이 가련하게 피기 시작하고, 흰 나비들이 첫선을 보이고 영원한 혼례의 악사인 봄바람은 옛 시민들이 소생하는 봄이라고 불렀던 저 여명의 대교향악의 첫 음률을 수목 속에서 연주하고 있었다. 그런 날 오후 마리우스는 꼬제뜨에게 말했다.

"쁠뤼메 거리의 우리만의 뜰을 다시 한 번 보러 가자고 언젠가 이야기했지? 지금 갑시다. 은혜를 잊어서는 안돼."

그래서 그들은 한 쌍의 제비처럼 봄을 향하여 날아올랐다. 그 쁠뤼메 거리의 정원은 그들에게 새벽빛처럼 느껴졌다. 그들은 과거 속에 사랑의 봄 같은 무언가를 숨겨 놓고 있었다. 쁠뤼메 거리의 집은 아직 계약 기간이 끝나지 않아서 꼬제뜨의 것이었다. 그들은 그 정원으로 해서 그 집으로 갔다. 거기서 두 사람은 옛날로 돌아가서 현재를 잊었다. 저녁때 여느 때와 같은 시각에 장 발장은 피유 뒤 깔베르 거리를 찾아왔다.

"아씨마님께서는 나리님과 함께 외출하셔서 아직 돌아오시지 않았습니다" 하고 바스끄가 그에게 말했다.

장 발장은 잠자코 앉아서 한 시간쯤 기다렸다. 꼬제뜨는 좀처럼 돌아오지 않았다. 그는 고개를 깊이 떨구고 돌아갔다.

꼬제뜨는 '자기들만의 정원'을 산책한 것에 완전히 도취되어 '하루 종일 과거 속에서 보낸' 기쁨에 이튿날에도 그 이야기만을 했다. 그녀는 그날 장 발장을 만나지 않았던 것은 염두에도 두지 않았다.

"어떻게 거길 갔소?"

장 발장은 꼬제뜨에게 물었다.

"걸어서 갔죠."

"그럼 돌아올 때는?"

"마차를 탔어요."

얼마 전부터 장 발장은 젊은 부부가 절약하는 생활을 하고 있는 것을 깨닫고 있었다. 그는 그것이 마음에 걸렸다. 마리우스의 절약은 엄격해서 예전에 그가 장 발장에게 한 이야기는 절대적인 의미를 지니고 있었다. 장 발장은 단호하게 이렇게 물었다.

"어째서 당신들은 마차를 갖지 않소? 아담한 마차라면 한 달에 500프랑밖에 들지 않을 거요. 당신은 돈도 있소."

"어째선지 모르겠어요."

꼬제뜨는 대답했다.

"뚜쌩만 하더라도 그렇소." 하고 장 발장은 말을 이었다. "그 사람이 나갔는데도 당신들은 아무도 두지 않소. 어째서요?"

"니꼴레뜨만으로도 충분한 걸요."

"그러나 당신에겐 하녀가 있어야 할 텐데."

"마리우스가 있잖아요?"

"당신들은 자기 집을 지니고, 자기 하인들을 거느리고, 마차를 마련하고, 극장에 특별석도 갖는 게 당연하오. 당신들은 무엇을 차지한다해도 분에 넘치지 않소. 어째서 부자답게 지내지 않소? 재물은 행복에 꽃을 곁들여 주는 거요."

꼬제뜨는 대답하지 않았다.

장 발장의 방문 시간은 조금도 단축되지 않았다. 그뿐 아니라 오히려 길어졌다. 마음이 미끄러져 갈 때에는 비탈길 위에서 멈추지 못하는 법이다.

장 발장은 오래 있고자 꼬제뜨에게 시간가는 것을 잊게 하고 싶을 때에는 마리우스에 대한 칭찬을 늘어놓았다. 마리우스는 잘생겼고, 고상하고, 용감하고, 재주가 뛰어나고, 말재주도 있고, 친절하다고 했다. 꼬제뜨는 그 이상으로 말했다. 장 발장은 똑같은 것을 되풀이했다. 이야기는 그칠 줄을 몰랐다. 마리우스, 이 말은 아무리 길어 내어도 마르지 않는 샘이었다. 그 글자 속에는 몇 권인지도 모를 책이 들어 있었다. 그렇게 해서 장 발장은 오래 앉아 있을 수가 있었다. 꼬제뜨를 바라보며 그녀의 옆에서 모든 것을 잊는 일은 장 발장에게는 정말 즐거운 일이었다! 그것은 그의 상처를 동여매 주는 붕대였다. 바스끄가 "질노르망 님께서 아씨 마님께 식사 준비가 다 되었다고 말씀드리라는 분부십니다" 하고 두 번씩이나 말할 때가 종종 있었다.

그럴 때면 장 발장은 깊은 생각에 잠겨서 자기 집으로 돌아갔다.

언젠가 마리우스가 문득 생각했던 그 누에고치라는 비유에는 과연 진실이 들어 있었을까? 장 발장은 실제로 하나의 누에고치, 끈질기게 남아서 자기에게서 날아간 나비를 찾아오는 저 누에고치란 말인가?

어느 날, 장 발장은 여느 때보다 오래 머물러 있었다. 그런데 이튿날 그는 벽난로에 불이 지펴져 있지 않은 것을 알았다. '이런!' 하고 그는 생각했다. '불이 없구나.' 그리고 장 발장은 마음속으로 이렇게 이유를 설명했다. '당연한 이야기지. 벌써 4월인걸. 추위는 끝났어.'

"어머나! 여기가 왜 이렇게 춥죠?"

꼬제뜨는 들어오자마자 소리쳤다.

"춥지 않소."

장 발장이 말했다.

“그럼 당신께서 바스끄에게 불을 피우지 말라고 하셨나요?”

“그렇소, 곧 5월인걸요.”

“하지만 6월까지는 불을 피워야 해요. 게다가 이런 지하굴에서는 일 년 내내 불이 필요해요.”

“이제 불은 소용없다고 생각했소.”

“정말 당신다운 생각이군요!”

꼬제뜨는 말했다.

그 이튿날에는 불이 피워져 있었다. 그 대신 두 개의 팔걸이의자가 문 앞 가까운 끝쪽에 나란히 놓여 있었다.

‘이건 무슨 뜻일까?’ 장 발장은 생각했다.

그는 그 팔걸이의자를 가져다가 벽난로 가까운 여느 때의 장소에 놓았다. 그래도 다시 불이 피워져 있다는 것이 그에게 용기를 불어넣어 주었다. 그는 평소보다 오래 이야기했다. 막 돌아가려고 일어서려 했을 때 꼬제뜨가 그에게 말했다.

“마리우스가 어제 제게 이상한 말을 하더군요.”

“어떤 이야기요?”

“이러더군요. ‘꼬제뜨, 우리에겐 3만 프랑의 연금이 있어. 2만 7천 프랑은 당신 것이고 3천 프랑은 할아버지께서 내게 주시는 거야.’ 그래서 전 대답했어요. ‘그럼 3만 프랑이 되는군요.’ 그러자 그이는 ‘당신 3천 프랑으로 생활할 용기가 있겠소?’ 라고 묻는 거예요. 전 ‘네, 한 푼도 없어도 상관없어요. 당신과 함께라면’ 하고 대답했어요. 그러고 나서 ‘어째서 그런 걸 물으시죠?’ 하고 물었죠. 그이는 ‘그냥 물었을 뿐이야’ 하고 대답할 뿐이었어요.”

장 발장은 대꾸할 말이 없었다. 꼬제뜨는 아마도 그에게서 어떤 설명을 기대했던 모양이었다. 그러나 장 발장은 침울하게 입을 다문 채 귀를 기울이고 있었다. 그는 롬므 아르메 거리로 돌아갔다. 너무 골똘히 생각에 잠겨 있었기 때문에 입구를 잘못 알고 자기 집으로 들어가지 않고 옆집으로 들어갔다. 거의 3층까지 올라가서야 잘못 온 것을 깨닫고 계단을 되돌아 나왔다.

　장 발장의 마음은 여러 가지 억측으로 시달리고 있었다. 마리우스가 그 60만 프랑의 출처에 대해 의심을 품고 무언가 깨끗하지 못한 곳에서 나온 돈이 아닌가 하고 두려워하고 있음이 분명했다. 마리우스는 어쩌면 그 돈이 장 발장 자신에게서 나왔다는 것을 알아차렸는지도 모른다. 그 의심스러운 재산 앞에서 망설이며 그것을 자기 재산으로 하기를 싫어하고 수상쩍은 재물로 부자가 되기보다는 차라리 꼬제뜨와 둘이서 가난하게 사는 편이 좋다고 마음먹었는지도 모른다.

　게다가 장 발장은 자신이 경원당하고 있지나 않나 하고 막연하게 느끼기 시작했다.

　다음날 아래층 방으로 들어가던 장 발장은 호되게 한 대 얻어맞은 듯한 느낌이 들었다. 팔걸이의자가 하나도 없었던 것이다. 걸상조차도 놓여 있지 않았다.

　"어머나, 어떻게 된 걸까요?" 하고 꼬제뜨가 들어오면서 소리쳤다. "의자가 없군요! 의자가 어디 있을까?"

　"이젠 없소."

　장 발장이 대답했다.

　"너무하군요!"

　장 발장은 더듬거렸다.

　"내가 바스끄에게 가져가라고 했소."

　"어째서요?"

　"오늘은 잠깐만 있을 테니까요."

　"잠깐 동안밖에 계시지 않는다고 해서 서 있어야 할 이유는 없어요."

"바스끄는 응접실에 팔걸이의자가 필요하다고 했던 것 같소."
"그건 왜요?"
"아마 오늘밤 손님이 오나 보지요."
"아뇨, 아무도 안 와요."
장 발장은 그 이상 한 마디도 할 수 없었다.
꼬제뜨는 어깨를 으쓱했다.
"팔걸이의자를 가져가게 하시다니! 요전에는 불을 끄게 하시고,
정말 이상하시군요!"
"잘 있어요."
장 발장은 중얼거렸다.
그는 "잘 있어요, 꼬제뜨"라고는 하지 않았다. 그렇다고 해서
"잘 있어요, 부인" 하고 말할 힘도 없었다.
그는 맥이 빠져서 나갔다. 이번에야말로 확실하게 알게 되었다.
이튿날 그는 오지 않았다. 꼬제뜨는 밤이 되어서야 비로소 그것을
깨달았다.
"어머" 하고 그녀는 말했다. "장 씨가 오늘은 안 오셨구나."
그녀는 약간 서글펐지만 그것도 곧 마리우스의 키스로 거의 잊어
버리고 말았다.
그 다음날도 그는 오지 않았다. 꼬제뜨는 별로 염두에 두지 않고
평소와 다름없이 초저녁을 보내고 밤이 되어 잠을 자고 아침에 눈을
뜨고서야 비로소 그 사실을 깨달았다. 그녀는 그토록 행복했던 것이
다! 그녀는 곧 니꼴레뜨를 장 씨의 집으로 보내어 병이 나셨는지,
어째서 어제는 오시지 못했는지를 알아오게 했다. 니꼴레뜨는 장 씨
의 대답을 듣고 왔다. 그는 앓고 있지 않았다. 바빴던 것이다. 며칠
안으로 오시게 될 거다, 되도록 빠른 시일 안에. 더욱이 그는 잠깐
여행을 하려고 한다. 가끔 여행하는 습관이 있는 것은 부인도 잘 알
것이다. 걱정할 건 조금도 없다. 제발 자기 걱정은 하지 말도록 하

라는 대답이었다.

　니꼴레뜨는 장 씨 집에 가서 부인의 말을 그대로 전했다. "부인께서 '장 씨께서 어제 왜 안 오셨는지' 여쭈어 보라고 해서 왔습니다."

　"내가 안 간 건 벌써 이틀째요."

　장 발장은 조용히 말했다.

　그러나 그의 괴로운 심정에 니꼴레뜨는 주의하지 않았다. 그 말을 꼬제뜨에게는 전혀 하지 않았다.

인력(引力)과 소멸

　1833년 늦봄부터 초여름까지 몇 달 동안 르 마레 구역을 이따금 지나는 행인이며 상점 주인이며 문 앞에 나와 있는 한가한 사람들은, 단정하게 검은 옷을 입은 한 노인이 매일 같은 시간에, 그것도 해질 무렵에 롬므 아르메 거리에서 쌩뜨 크르와 드 라 브로똔느리 거리 쪽으로 나와서 블랑 망또 성당 앞을 지나 뀔뛰르 쌩뜨 까뜨린느 거리로 접어든 뒤 에샤르쁘 거리에 이르러서 왼쪽으로 돌아 쌩루이 거리로 들어가는 것을 보았다.

　그곳까지 가면 노인은 걸음을 늦추고, 머리를 앞으로 내밀고, 아무것도 보지도 듣지도 않은 채, 눈은 언제나 똑같은 한 점에 박혀 있었다. 그에게 있어 별이라도 빛나고 있는 듯이 생각되는 그 한 점은 피유 뒤 깔베르 거리 모퉁이 바로 그곳이었다. 그 거리 모퉁이로 가까이 다가감에 따라 그의 눈은 점점 빛을 더해 갔다. 일종의 환희가 마음속의 서광처럼 눈을 빛내며, 매혹되고 감동에 잠긴 듯한 표정으로 입술은 보이지 않는 누구에겐가 이야기하는 양 가늘게 떨리고, 희미하게 미소를 지으며, 되도록 천천히 걸음을 옮겼다. 마치 그곳에 가기를 갈망하면서도 접근하는 그 순간을 두려워하는 듯하였다. 그와 그를 끌어당기는 듯한 그 거리에서, 이제 집들이 몇 채 남지 않은 곳에 이르면, 그의 걸음은 매우 느려져서 때로는 걷고

그곳까지 가면 노인은 발걸음을 늦추고 머리를 앞으로 내밀고……

있지 않는 것처럼 생각될 정도였다. 그의 머리가 흔들리는 것과 고정된 눈동자는 마치 극(極)을 찾는 자침을 연상시켰다. 그러나 아무리 속도를 늦추어도 결국은 도착하지 않을 수 없었다. 그리하여 피유 뒤 깔베르 거리에 닿았다. 그러면 그는 걸음을 멈추고 몸을 부르르 떨며, 맨 끝의 집 모퉁이에서 우울하고 겁먹은 태도로 고개를 내밀어 그 거리를 바라보는 것이었다.

그 비통한 눈길에는 불가능한 것이 주는 현혹과 닫혀진 낙원에서 오는 반영과 비슷한 무언가가 깃들어 있었다. 이윽고 한 방울의 눈물이 눈시울 한구석에 괴어서 떨어질 만큼 커져 뺨 위로 미끄러지고 때로는 입가에서 멎었다. 노인은 그 쓴맛을 맛보았다. 그는 그렇게 한참 동안 돌처럼 서 있었다. 그런 뒤에 같은 길을 같은 걸음으로 돌아갔다. 그리고 멀어져 감에 따라 그의 눈은 빛을 잃어 갔다.

차츰 그 노인은 피유 뒤 깔베르 거리 모퉁이까지 가지 않게 되었다. 쎙 루이 거리의 중간쯤에서 걸음을 멈추게 된 것이다. 때로는 그보다 조금 더 갈 때도 있지만 또한 그보다 앞에서 멈출 때도 있었다. 어느 날은 꿜뛰르 쎙뜨 까뜨린느 거리 모퉁이에 서서 멀리 피유 뒤 깔베르 거리를 바라보았다. 그러고 나서 무언가를 거절하기라도 하듯 말없이 고개를 흔들고는 왔던 길을 되돌아갔다.

얼마 가지 않아 그는 쎙 루이 거리까지도 가지 않게 되었다. 빠베 거리까지 와서는 고개를 저으며 되돌아갔다. 이윽고 이번에는 트르 와 빠비용 거리 이상은 가지 않게 되었다. 그 다음에는 블랑 망또 성당 앞을 지나는 일도 없어졌다. 그것은 마치 태엽을 감지 않은 시계추가 차츰 진동의 폭을 좁혀 가다가 마침내 멈춰 버리는 그런 상태와 흡사했다.

매일 그는 같은 시각에 집을 나와서 같은 길을 택했지만 이제는 저편에 도착하는 일이 없었다. 더욱이 자기도 깨닫지 못하는 사이에 거리를 끊임없이 좁히고 있었다. 그의 얼굴 전체에는 "그게 무슨 소용인가?" 하는 오직 하나의 생각만이 떠올라 있었다. 눈동자는 빛을 잃어 이제는 빛을 볼 수 없었다. 눈물도 말라 버려서 눈시울 끝에 괴지도 않았다. 그 생각에 잠긴 눈은 메말라 있었다. 노인의 머리는 아직도 앞으로 나와 있었다. 이따금 턱이 떨렸다. 여윈 목덜미의 주름살은 보기에도 가슴 아팠다. 이따금 날씨가 나쁘면 그는 우산을 옆구리에 끼고 있었으나 그것을 펴는 일은 없었다.

이웃에 사는 아낙네들은 말했다.

"정신이 좀 이상한 사람이야."

아이들은 웃으면서 뒤를 따라다녔다.

제9편 마지막 어둠, 마지막 새벽

불행한 사람들에게 자비를, 행복한 사람들에게 관용을

행복하다는 것은 무서운 일이다 ! 그들은 행복한 것에 얼마나 만족하고 있는가 ! 얼마나 그것으로 충분하다고 생각하는가 ! 인생의 그릇된 목적인 행복을 소유함으로써 참다운 목적인 의무를 얼마나 잊고 있는지 !

그러나 말해 두지만 마리우스를 비난하는 건 당치 않다.

마리우스는 이미 설명한 것처럼 결혼 전에도 포슐르방 씨에게 이것저것 질문하는 일이 없었듯이 결혼 후에도 장 발장에게 질문하기를 두려워했다. 그는 무심코 그런 약속을 해버린 것을 후회했다. 그 절망적인 인간에게 그런 양보를 한 것은 잘못이었다고 몇 번이나 마음속으로 생각했다. 그리하여 조금씩 장 발장을 집에서 멀리하고, 꼬제뜨의 마음에서 될 수 있는 대로 그를 지워 버릴 수밖에 없다고 마음먹었다. 마리우스는 꼬제뜨와 장 발장 사이에 언제나 자기를 끼워 놓았다. 그렇게 하면 꼬제뜨도 장 발장을 걱정하지 않고 생각하지도 않을 것이다. 그것은 지워 버린다기보다는 차라리 보이지 않게 하는 것이었다.

마리우스는 필요하고 정당하다고 판단한 일을 실천했을 뿐이었다. 냉혹한 방법을 쓰지 않고, 더욱이 약한 태도를 보이지 않고 장 발장을 멀리하는 데는 독자가 이미 본 바와 같은 중대한 이유가 있었고, 또한 다음에 보게 될 다른 이유도 있다고 그는 생각하고 있었다.

마리우스는 자기가 변호를 담당한 어떤 소송 사건에서 라피뜨 집안(은행가)의 옛날 고용인을 우연히 만나게 되어, 그가 일부러 알려고 한 것은 아니었으나 수수께끼 같은 이야기를 들었다. 그러나 그는 비밀을 지키겠다고 약속한 바도 있었고, 또한 장 발장의 위험한 입장을 생각해서 그 이야기를 깊이 캐묻지 않았다. 그러나 마리우스는 어떤 중대한 의무를 다하지 않으면 안되겠다고 생각했다. 그것은 그 60만 프랑을 돌려주어야 하는 것으로, 그는 될 수 있는 대로 신중히 그 상대를 찾고 있었고 그 돈에 손대기를 삼가고 있었다.

꼬제뜨로 말하면 그 비밀을 전혀 알지 못했다. 그러나 그 일로 그녀를 비난하는 것 또한 가혹한 일이다. 마리우스로부터 그녀에게 어떤 절대적인 자력이 흐르고 있어서 그것이 그녀로 하여금 본능적으로, 거의 무의식적으로 마리우스가 원하는 대로 하게 했다. ‘장 씨’에 대해서 그녀는 마리우스의 뜻을 알아차리고 거기에 따르고 있었다. 남편은 그녀에게 아무 말도 할 필요가 없었다. 그녀는 남편의 무언의 의도에서 막연하기는 했지만 분명한 압력을 받고 거기에 맹목적으로 복종했다. 여기서의 복종은 다만, 마리우스가 잊어버리고 있는 것을 들추어내지 않는 것이었다. 그러기 위해서는 아무런 노력도 필요하지 않았다. 자기 자신도 왜 그런지 알지 못한 채 또한 그녀에 대해 아무런 탓할 점도 없는 채 그녀의 영혼은 남편의 영혼이 되어 버렸기 때문에, 마리우스의 생각 속에서 그림자로 가려진 부분은 그대로 그녀의 생각 속에서도 어둡게 흐려져 있었다.

그러나 너무 말을 많이 하지 않기로 해야겠다. 장 발장에 관한 한, 그 망각과 소멸은 다만 피상적인 것에 불과하다. 그녀는 잊어버리기를 잘한다기보다는 무심해져 있었던 것이다. 사실 그토록 오랫동안 아버지라고 불러 왔던 그 사람을 그녀는 무척 사랑하고 있었다. 그러나 그보다 남편을 더 사랑했다. 그렇기 때문에 그녀의 마음은 약간 균형을 잃고 한쪽으로 기울어졌던 것이다.

때때로 꼬제뜨는 장 발장에 대한 이야기를 하면서 이상하게 여길 때도 있었다. 그런 때 마리우스는 그녀의 마음을 가라앉혀 주는 것이었다.

"그분은 집에 안 계신 모양이지. 여행 떠나신다고 하지 않았소?"

"그랬어요" 하고 꼬제뜨는 대답했다. "그분에겐 이렇게 훌쩍 사라지는 버릇이 있었어요. 하지만 이렇게 오래 걸리는 일은 없었는데."

두서너 번 그녀는 니꼴레뜨를 롬므 아르메 거리에 보내어 장 씨가 여행에서 돌아오셨는지 어떤지 물어보게 했다. 그때마다 장 발장은 아직 돌아오지 않았다고 대답하게 했다.

꼬제뜨는 더 이상 묻지 않았다. 이 세상에서 필요한 것은 오직 마리우스뿐이었기 때문에. 게다가 또 마리우스와 꼬제뜨 편에서도 집을 비웠던 일을 말해 두어야겠다. 그들은 베르농에 갔다. 마리우스가 꼬제뜨를 아버지 묘소에 데리고 간 것이다.

마리우스는 꼬제뜨를 조금씩 장 발장에게서 떼어놓았다. 꼬제뜨는 그렇게 되는 대로 가만히 있었다.

게다가 또 어떤 경우에는, 아이들이 은혜를 망각한다고 너무 가혹하게 말하는 것도, 항상 사람들이 생각하는 것만큼 비난할 일만은 아니다. 그것은 자연스러운 것이다. 자연은 다른 데서 말했듯이 '앞날을 바라보는' 것이다. 자연은 살아 있는 사람들을 오는 사람과 가는 사람으로 구분한다. 가는 사람은 그림자 쪽을 보고, 오는 사람은 빛 쪽을 보고 있다. 거기에서 노인에게는 숙명적인, 젊은이에게는 본의 아닌 어떤 괴리감이 생긴다. 그 괴리감은 처음에는 느껴지지 않을 정도였던 것이 차츰 나뭇가지가 뻗듯이 커져 간다. 작은 가지는 줄기에서 떨어지지 않은 채 멀어져 간다. 작은 가지가 나쁜 게 아니다. 청춘은 기쁨이 있는 곳을, 축제를, 발랄한 빛을, 사랑을 향해서 가는 법이다. 노년은 종말을 향하여 간다. 서로의 모습을 알아보지 못하지는 않지만, 이제 서로를 포옹하는 일은 없다. 젊은이들은 인생의 싸늘함을 느끼고, 노인들은 무덤의 싸늘함을 느낀다. 그러므로 이러한 젊은이들을 탓하지 말기로 하자.

기름이 다떨어진 램프의 마지막 흔들림

어느 날 장 발장은 집 계단을 내려와서 거리로 두서너 걸음 내딛다가 한 경곗돌 위에 걸터앉았다. 그것은 가브로슈가 6월 5일에서 6일에 걸친 밤에, 깊은 생각에 잠겨 있는 장 발장을 발견했던 바로 그 경곗돌이었다. 그는 그곳에 한참 동안 가만히 있더니 이윽고 집 안으로 들어갔다. 그것이 시계추의 마지막 진동이었다. 이튿날 그는 집에서 나오지 않았다. 그 다음날은 침대에서도 나오지 않았다.

문지기의 마누라는 양배추라든가 감자에 베이컨을 조금 섞어서 장 발장에게 형편없는 음식을 만들어 주곤 했는데, 그의 갈색 질그릇 접시를 보고 외쳤다.

"아니, 어제도 아무것도 안 잡수셨군요!"

"그렇지 않소" 하고 장 발장은 대답했다.

"접시는 그대로인데요?"

"물병을 보시오. 비어 있지 않소?"

"그건 물을 마신 증거는 되지만 잡수신 건 되지 않아요."

"하지만, 물밖에는 다른 것은 먹고 싶지 않았소."

"그건 갈증이라는 거예요. 물하고 함께 식사를 드시지 않으면 열이 있는 거예요.”

“내일은 먹겠소.”

“아니면 ‘언젠가는’이겠죠. 어째서 오늘 안 잡수시는 거죠? ‘내일은 먹겠소’라니 그런 말씀이 어디 있어요! 제가 만든 요리에 손도 안 대시다니! 이 감자는 아주 좋은 거였어요!”

장 발장은 노파의 손을 잡았다.

“꼭 먹겠소” 하고 그는 호의가 깃든 목소리로 말했다.

“참 알 수 없는 분이군요.” 문지기 마누라는 대답했다.

장 발장은 이 노파 외에는 거의 아무도 만나지 않았다. 빠리에는 아무도 지나다니지 않는 거리가 있고, 아무도 찾아오지 않는 집도 있다. 그는 그러한 거리 그런 집에 살고 있었다.

아직 밖으로 나다니던 무렵 그는 어떤 철물점에서 조그마한 구리 십자가를 몇 수에 사서, 그것을 침대 맞은편 못에 걸어 두었다. 그 처형대는 언제 보아도 좋은 것이다.

장 발장이 방안을 한 발짝도 걷지 않은 그러한 상태가 1주일이나 계속되었다. 그는 줄곧 누워만 있었다. 문지기의 마누라는 남편에게 말했다.

“뒷방 할아버지는 아예 일어나지도 않고 먹지도 않는데, 오래 갈 것 같지 않군요. 무슨 근심이 있는가 봐요. 아무래도 딸이 시집을 잘못 간 모양이에요.”

문지기는 남편의 위엄을 갖춘 말투로 대답했다.

“부자라면 의사를 부르는 게 좋겠지. 돈이 없다면 의사를 못 부르는 거고, 의사를 못 부르면 죽을 뿐이지.”

“그럼, 의사를 부르면?”

“그래도 죽겠지.”

노파는 스스로 나의 포석(鋪石)이라고 부르는 곳에 나 있는 풀을 낡은 칼로 긁기 시작했다. 그녀는 풀을 뽑으면서 이렇게 중얼거렸다.

"가엾기도 해라. 그렇게 깔끔한 노인이었는데 ! 병아리 깃털처럼
새하얀 분이었건만."

노파는 문득 근처에 사는 의사가 거리 저쪽으로 지나가는 것을 보
았다. 그녀는 자기 혼자 마음대로 그 의사에게 와달라고 부탁했다.

"3층이에요. 들어오세요. 노인은 이제 침대에서 꼼짝도 할 수 없
어서 열쇠는 언제나 문에 매달려 있어요."

의사는 장 발장을 만나서 말을 걸어 보았다. 의사가 아래로 내려
오자 문지기의 마누라가 물었다.

"어떤가요, 선생님 ?"

"몹시 좋지 않아요."

"어디가 나쁜가요 ?"

"온통 나빠서 어디가 나쁘다고 할 수도 없소. 보아하니 소중한 사
람을 잃은 것 같더군요. 그 때문에 죽는 수도 있어요."

"환자는 뭐라고 하던가요 ?"

"자신은 아무 이상 없다고 하더군요."

"또 와주시겠어요, 선생님 ?"

"그러죠. 그러나 내가 아닌 다른 사람이 와야 할 거요."

**포슐르방의 짐수레를 들어올린 팔이 지금은 펜대 한 자루도 무겁
다**

어느 날 저녁 장 발장은 팔꿈치를 짚고 몸을 일으키는 데 고통을
느꼈다. 손목을 잡아 보니 맥을 느낄 수가 없었다. 호흡은 짧았고,
이따금 끊어졌다. 그는 자기가 어느 때보다도 약해진 것을 알았다.
그때 무언가 마음에 걸리는 마지막 생각에 사로잡혔는지 그는 애써
일어나 옷을 입었다. 그는 낡은 노동복을 꺼내 입었다. 이제는 외출
하는 일도 없었으므로 넣어 두었던 노동복인데, 그 옷이 마음에 들

기도 했다. 그 옷을 입으면서도 그는 몇 번이나 쉬지 않으면 안되었다. 윗도리의 소매에 팔을 집어넣는 것만으로도 이마에서 땀이 흘렀다.

그는 혼자 있게 된 뒤부터 되도록 적적한 거실에는 있고 싶지 않았기 때문에 침대를 응접실로 옮겨 놓았다. 그는 가방을 열고 꼬제뜨가 어릴 때 입던 옷을 끄집어냈다. 그리고 그것을 침대 위에 펼쳐 놓았다.

주교의 촛대는 난로 위 항상 있던 자리에 놓여 있었다.

그는 서랍에서 초를 두 자루 꺼내 촛대에 꽂았다. 그런 다음 여름이라 아직도 훤했지만 그 초에 불을 붙였다. 죽은 사람이 있는 방에 이처럼 대낮부터 촛불이 켜 있는 것을 이따금 볼 때가 있다.

그는 가구에서 가구로 돌아다니는 한 걸음 한 걸음이 힘이 들어서 주저앉아야 했다. 그것은 소모한 만큼 힘이 다시 회복되는 그런 보통 피로가 아니었다. 간신히 쥐어짜내는 운동의 나머지였다. 두 번 다시 되풀이할 수 없는 힘겨운 노력 속에 방울방울 떨어져 가는, 다시들어 빠진 생명이었다.

그가 털썩 쓰러진 의자 하나는 바로 거울 앞에, 그에게는 숙명적이고 마리우스에게는 하늘의 섭리였던 그 거울 앞에 놓여 있었다. 거기에 비친 압지 위에서 그는 거꾸로 된 꼬제뜨의 글씨를 읽었던 것이다. 그 거울을 들여다보았으나 거기에 비친 얼굴이 자기라고는 생각되지 않았다. 80살이나 된 듯한 얼굴이었다. 마리우스가 결혼하기 전에는 50살이 될까말까해 보였는데, 그 후의 1년은 30년에나 해당되는 것 같았다. 지금 그의 이마에 새겨진 주름은 이미 늙은이의 주름이 아니라 신비로운 죽음의 각인이었다. 거기에서는 가차없는 손톱자국이 느껴졌다. 뺨은 늘어져 있었고 얼굴의 살갗은 이미 흙으로 덮여 있는 듯한 빛이었다. 입 언저리는 옛 사람들이 무덤에 조각했던 얼굴처럼 밑으로 처져 있었다. 그는 원망하는 듯 허공을

한 걸음 한 걸음이 힘이 들어서 주저앉아야 했다.

지켜보았다. 마치 누구인가 탓하지 않을 수 없는 저 비극적인 위대한 인물의 한 사람과 같은 모습이었다.

그는 슬픔의 마지막 단계에, 이미 비애의 흐름도 말라버린 상태에 빠져 있었다. 슬픔도 말하자면 응결되어 버린 것이다. 인간의 영혼에도 절망이 엉긴 덩어리와 같은 게 있다.

벌써 밤이 되었다. 그는 몹시 힘들여 테이블과 낡은 안락의자를 벽난로 옆으로 당겨서 테이블 위에 펜과 잉크와 종이를 놓았다.

그렇게 하고 나자 정신이 아득해졌다. 의식을 되찾았을 때 그는 목이 타는 것을 느꼈다. 물병을 들어올릴 힘도 없어 가까스로 그것을 입으로 기울여 한 모금 마셨다.

그런 뒤에 침대 쪽으로 몸을 돌려 서 있을 수가 없기 때문에, 앉은 채 조그마하고 검은 옷이며 소중한 물건들을 바라보았다. 그러한 응시는 몇 시간이나 계속되었지만 그에게는 극히 짧은 순간처럼 느껴졌다. 갑자기 그는 오한이 스며드는 것을 느끼고 부르르 몸을 떨었다. 그는 주교의 촛대를 놓은 테이블에 팔꿈치를 짚고 펜을 들었다.

오랫동안 펜도 잉크도 쓴 일이 없었으므로 펜촉은 구부러지고 잉크는 바싹 말라 있었다. 그는 일어서서 잉크 속에 물을 몇 방울 떨어뜨려야만 했다. 그 일을 하는 데도 두서너 번 손을 멈추고 앉아야 했다. 더욱이 펜은 펜등으로 쓸 수밖에 없었다. 그는 이따금 이마를 닦았다.

손이 떨리고 있었다. 그는 다음과 같이 몇 줄을 천천히 써 나갔다.

꼬제뜨, 나는 너를 축복한다. 나는 너에게 조금 설명하고 싶은 게 있다. 네 남편이 나에게 떠나야 한다고 깨닫게 해준 건 옳았다. 그러나 그가 믿고 있는 것 속에는 약간의 착오가 있다. 그러

그는 다음과 같은 몇 줄을 천천히 써 나갔다.

나 그로서는 당연하다. 그는 훌륭한 사람이다. 내가 죽은 뒤에도 언제까지나 그를 힘껏 사랑하여라. 뽕메르씨, 나의 사랑하는 아이를 언제까지나 사랑해 주오. 꼬제뜨, 이 종이에 써놓겠다. 여기에 너에게 말하고 싶은 것을 써놓겠다. 만약 아직 내게 기억력이 남아 있다면 숫자도 쓰겠지만, 잘 들어라. 그 돈은 분명히 너의 것이다. 그 사유는 이렇다. 흰 구슬은 노르웨이에서 오고, 검은 구슬은 영국에서 오고, 검은 유리 구슬은 독일에서 온다. 진짜 검은 구슬은 가볍고 귀중해서 값도 비싸다. 독일에서 그 모조품을 만들듯이 프랑스에서도 만들어내고 있다. 2인치 평방의 조그만 모루와 초를 녹이는 알코올 램프가 있어야 한다. 예전에는 수지(樹脂)와 그을음으로 그 초를 만들었는데 1파운드에 4프랑이었다. 나는 그것을 고무 락과 테레빈 유로 만드는 법을 발명해냈다. 비용은 불과 30수이고 더욱이 훨씬 품질이 좋다. 팔찌는 보랏빛 유리를 지금 말한 초로 조그맣고 검은 쇠고리에 붙여서 만든다. 유리는 쇠 세공품에는 보랏빛이어야 하고, 금 세공품에는 검은 빛이어야 한다. 스페인에서 가장 많이 사간다. 스페인은 검은 구슬의 나라로……

여기서 그는 쓰던 손을 멈추었고, 펜은 손가락에서 떨어졌으며, 때때로 마음 밑바닥에서 치밀어오르는 절망의 흐느낌이 이 불쌍한 남자를 사로잡아 그는 두 손으로 머리를 싸안고 깊은 생각에 잠겼다.

'아아!' 하고 그는 마음속에서 외쳤다(그 비통한 외침을 듣고 있는 것은 신뿐이었다). '모든 것은 끝났다. 이제는 그 아이도 만날 수 없겠구나. 그 아이는 나를 스쳐간 하나의 미소였다. 두 번 다시 그 아이를 만나지 못하고 어둠 속으로 들어가려는 건가. 아아! 1분만이라도, 한순간이라도 좋다. 그 목소리를 듣고, 저 옷을 만져보

고, 그 천사 같은 모습을 바라보고 죽을 수가 있다면! 죽는 것은
아무것도 아니다. 두려운 것은 그 아이를 만나지 못하고 죽는 일이
다. 그 아이가 나에게 미소를 보여주고 말을 걸어주면 얼마나 좋을
까? 그런다고 누구에게 괴로움을 끼치게 된단 말인가? 아니, 이제
는 끝났다. 영원히. 나는 이렇게 혼자뿐이다. 아! 이제는 그 아이
를 만나지 못하겠구나.'

그때 누군가가 문을 두드렸다.

하얗게 만드는 것에 불과한 잉크병

같은 날, 좀더 분명히 말하면 같은 날 저녁때, 마리우스가 식탁에
서 물러나와 소송 서류를 조사할 일이 있어 사무실에 들어가서 얼마
되지 않았을 때, 바스끄가 한 통의 편지를 들고 와서 말했다.

"이 편지를 가지고 온 사람이 객실에서 기다리고 있습니다."

꼬제뜨는 조부의 팔을 잡고 정원을 한 바퀴 돌고 있었다.

편지도 사람과 마찬가지로 기분나쁜 것이 있다. 조잡한 종이, 거
친 구김살이 드러나 보이는 편지는 한눈에 보기만 해도 불쾌감을 준
다. 바스끄가 가지고 온 편지는 그런 종류의 것이었다.

마리우스는 편지를 받아들었다. 담배 냄새가 났다. 냄새만큼 기억
을 불러일으키는 것은 없다. 마리우스는 그 담배 냄새를 기억하고
있었다. 그는 겉봉을 보았다. '뽕메르씨 남작 각하.' 기억 나는 담배
냄새는 그의 필적마저 떠올리게 했다. 놀라움은 번갯불처럼 사람을
덮친다고 할 수 있으리라. 마리우스는 그러한 번갯불에 비쳐진 것
같았다.

후각의 저 신비스러운 비망록은 그의 마음 속에 하나의 세계를 되
살아나게 했다. 종이, 접은 모양, 뿌연 잉크빛, 필적, 그 중에서도
특히 담배 냄새. 종드레뜨의 고미다락방이 눈앞에 떠올랐다.

어쩌면 이렇게도 신기한 일이 우연처럼 일어나는지! 그가 그토

록 찾았던 두 발자취 중의 하나, 요즈음도 비상한 노력을 기울였지만 찾아내지 못해 이제는 영원히 놓쳐 버렸다고 여겼던 것이 지금 저절로 그 앞에 나타났던 것이다.

그는 재빨리 겉봉을 뜯고 읽었다.

남작 각하

만약 주님께서 소생에게 재능을 부여하셨다면, 저는 학사원(과학 아카데미) 회원 떼나르 남작(당시의 실재 인물)이 될 수 있었을 겁니다만, 실은 남작과 다른 사람입니다. 저는 다만 남작과 성이 같은 데 지나지 않습니다만, 만약 그것 때문에 각하의 호의를 받을 수가 있다면 다행하게 생각합니다. 각하가 저에게 베풀어 주시는 은혜는 머지않아 보답을 받으실 겁니다. 저는 어떤 인물에 관계된 비밀을 쥐고 있기 때문입니다. 그 인물은 각하와도 관계가 있습니다. 저는 각하의 도움이 될 영광을 바라고 있기 때문에 그 비밀을 각하께 알려드립니다. 남작부인과 각하는 고귀한 집안의 태생입니다. 문제의 인물은 명예 있는 가정과 맺어질 권리가 없는 자이므로 그를 댁에서 추방할 간단한 방법을 가르쳐 드리겠습니다. 유덕하고 신성한 곳도 이 이상 오래 죄악과 함께 어울리면 그 품위를 잃을 거라고 생각합니다.

응접실에서 남작 각하의 명령을 기다리고 있겠습니다.

삼가 아룁니다.

편지에는 '떼나르'라고 서명되어 있었다.

그 서명이 허위는 아니었다. 다만 떼나르디에를 약간 줄였을 뿐이다.

더욱이 모호한 문장과 맞춤법이 편지 주인의 정체를 완전히 드러내 주고 있었다. 신원증명은 완벽했다. 의심할 여지가 없었다.

마리우스의 감격은 깊었다. 놀라움의 충동에 뒤이어 이번에는 기쁨의 충동이 일어났다. 이제는 찾고 있는 나머지 사람, 즉 마리우스를 구해 준 사람만 찾아내면 그는 아무것도 바랄 게 없는 것이다.

그는 사무용 책상 서랍 속에서 몇 장의 지폐를 꺼내 주머니에 넣고 초인종을 울렸다. 바스끄가 문을 살며시 열었다.

"들어오라고 해" 하고 마리우스는 말했다.

바스끄는 손님을 안내했다.

"떼나르 씨입니다."

한 남자가 들어왔다. 마리우스는 또다시 놀랐다. 들어온 사람은 전혀 본 적이 없는 사람이었다.

그 남자는 이미 늙은이였는데, 코가 크고, 턱을 넥타이 속에 파묻고 있었으며, 눈에는 녹색 태프터로 양쪽에 차양을 단 녹색 안경을 쓰고, 머리는 영국 상류사회의 마부가 쓰는 가발처럼 눈썹까지 내려오도록 이마 위에 반질반질하게 빗어 붙이고 있었다. 머리카락은 반백이었다. 그는 머리에서 발끝까지 검은 옷으로 차려입었는데 그 검은 옷은 닳기는 했어도 깨끗했다. 윗옷 안주머니에서 장식줄이 나와 거기에 시계가 들어 있다는 걸 보여주고 있었다. 손에는 낡은 모자를 들고 있었다. 사나이는 허리를 굽히고 걸었다. 등이 굽었기 때문에 그의 인사는 한결 공손해 보였다.

가장 먼저 눈길을 끈 것은 그 남자의 윗도리로, 단정하게 단추를 채웠는데도 너무 커서 맞추어 입은 옷이 아닌 것 같았다.

여기서 약간 이야기가 옆길로 벗어나야겠다. 빠리에는 당시, 라르스날 도서관에서 가까운 보트레이 거리의 한 낡은 수상한 집에, 부랑자를 건실한 신사로 변장시켜 주는 일을 업으로 하는 한 재주 있는 유대인이 살고 있었다. 시간이 오래 걸리는 것은 부랑자들에게 좋지 않다. 그런데 거기에 가면 그다지 시간을 들이지 않고 끝낼 수 있었다. 하루나 이틀의 변장이라면 순식간에 되었다. 하루에 30수

씩만 내면 온갖 종류의 신사 옷차림으로, 되도록 근사하게 변장시켜 주었다. 옷을 빌려주는 사람은 ‘교환인’이라고 불렸다. 빠리 소매치기들이 그 이름을 붙였는데, 그 패들에겐 그 이름으로밖에는 알려져 있지 않았다.

그는 꽤 완비된 의상실을 가지고 있었다. 변장하는 데 쓰는 의상은 거의 갖출 만큼 갖추었다. 그는 여러 가지로 분류된 특수한 품목을 갖추고 있었다. 의상실 벽에 박은 못 하나하나에 온갖 사회적 신분이, 입어서 낡은 허름한 모습으로 걸려 있었다. 이쪽에 법관복이 있는가 하면, 저쪽에는 사제복이 있고, 한 군데에는 은행가의 옷이 있으며, 한 구석에는 퇴역군인의 옷이 있고, 맞은쪽에는 문인의 옷이, 그 저쪽에는 정치가의 옷이 있었다.

그 남자는 사기꾼들이 빠리에서 공연하는 큰 연극의 분장사였고, 그의 허름한 집은 절도나 협잡꾼들이 출입하는 분장실이었다. 누더기를 걸친 부랑자가 그 옷집에 와서 30수를 내고 그날 출연하려는 배역에 따라 근사하게 맞는 옷을 골라입고, 다시 계단을 내려갈 때는 이미 그럴싸한 인물로 바뀌어 있는 것이다. 이튿날이면 옷가지는 정직하게 돌아와서 도둑놈들을 신용하고 있는 교환인은 한번도 도둑을 당해 본 적이 없었다.

다만 그 옷들에는 한 가지 불편한 점이 있었다. 즉 ‘잘 맞지 않는’다는 것이다. 입는 사람 몸에 맞추어서 만든 것이 아니기 때문에 어떤 사람에게는 거북하고 또 어떤 사람에게는 헐렁헐렁해서 누구에게도 꼭 맞지 않았다. 소매치기란 모두 보통 사람보다 크거나 작거나 하기 때문에 교환인의 옷은 아무래도 잘 맞지 않았다. 너무 뚱뚱해도 안 되고 너무 말라도 안 되었다. 교환인은 보통 사람밖에 예상하지 않았다. 그는 한 부랑자에게 맞추어서 치수를 쟀는데 그는 뚱뚱하지도 마르지도 않았고, 몸집이 크지도 작지도 않았다. 그래서 때로는 옷을 입기 곤란한 때도 있었지만 교환인의 단골 손님들은 적

바스크는 손님을 안내하면서 "떼나르 씨입니다" 하고 말했다.

당히 잘 해나가고 있었다. 유별난 체격의 소유자에게는 매우 딱한 일이었다! 이를테면 정치가의 옷은 위에서 아래까지 검은 색이어서 적절하지만, 피트에게는 너무 크고 까스뗄씨깔라에게는 너무 작다는 그런 식이었다.

'정치가'의 복장은 교환인의 목록 속에 다음과 같이 지정되어 있었다. 그것을 옮겨 보기로 하겠다.

'검은 나사 윗도리, 검은 캐시미어 바지, 비단 조끼, 장화, 셔츠' 그리고 난외(欄外)에 '전(前) 대사'라고 적혀 있고 주(註)가 붙어 있었다. 그것도 역시 옮겨 보면 다른 상자에 적당한 고수머리의 가발, 녹색 안경, 시계줄, 솜에 싼 길이 1인치의 조그마한 새의 깃대 둘, 그것 만으로 대사를 지낸 정치가가 되는 것이었다. 그 옷들은 모두 낡아 있었다. 솔기는 허옇게 바랬고, 팔꿈치 한쪽은 단추 구멍만한 크기로 뚫어지는 중이었다. 게다가 윗도리 가슴의 단추가 하나 떨어져 있었다.

그러나 그것은 대수로운 일이 아니었다. 정치가는 손을 언제나 윗도리 속에 집어넣고 가슴을 누르고 있어야 하는 것이므로 떨어진 단추를 감추는 구실도 하는 셈이었다.

마리우스가 만일 빠리의 그러한 비밀스러운 기관에 대해 알고 있었다면, 지금 바스끄가 안내한 손님이 입고 있는 옷이 교환인의 의상실에서 빌려 입은 정치가의 윗도리라는 것을 대뜸 알았을 것이다.

기대한 것과는 다른 사나이가 들어오는 것을 본 마리우스의 실망은 곧 새로운 손님에 대한 혐오감으로 변했다. 손님이 지나치게 정중하게 허리를 굽히고 있는 동안, 그는 그 머리에서 발끝까지 자세히 살펴보며 퉁명스럽게 물었다.

"무슨 일이오?"

사내는 악어가 아양을 떠는 듯한 웃음이라고나 할까, 이를 드러내면서 붙임성있게 말했다.

"남작 각하와는 이미 사교계에서 만나 뵌 영광을 가졌던 것으로 기억합니다. 특히 수년 전에는 바그라씨용 공작부인의 저택과, 귀족원 의원인 당브레 자작 각하의 살롱에서 만나뵈었다고 생각합니다."

생면부지의 사람에게 어디선가 만난 적이 있는 척하는 것은 부랑자들의 교묘한 수단이다. 마리우스는 그 사내가 말하는 모습에 주의하고 있었다. 말투며 몸짓을 자세히 관찰했다. 그러나 실망은 점점 커질 뿐이었다. 그것은 기대했던 날카롭고 카랑카랑한 목소리와 딴판으로, 콧소리였다. 그는 이제 거의 추리를 포기할 지경이었다.

"나는 바그라씨용 부인도 당브레 씨도 모르오. 생전에 누구네 댁에 간 일이 없소." 하고 그는 말했다.

짜증스러운 대답이었다. 사내는 그래도 넉살좋게 말을 이었다.

"그럼 샤또브리앙 씨 댁이었나 봅니다! 저는 샤또브리앙을 잘 압니다. 정말 싹싹하지요. 이따금 저에게 떼나르…… 나하고 한 잔 하지 않을 텐가? 할 때가 있었지요."

마리우스의 이마는 점점 준엄해졌다.

"나는 샤또브리앙 씨 댁에 간 적도 없소. 요점을 말하시오. 무슨 용무요?"

엄격해진 그 목소리 앞에 사내는 점점 낮게 고개를 숙였다.

"남작 각하, 제발 들어 주십시오. 아메리카의 파나마 쪽 지방에 조야라는 마을이 있습니다. 마을이라고는 해도 집이 한 채밖에 없습지요. 단단한 벽돌로 지은 커다란 4층 건물인데 사방의 길이가 각각 500피트, 각층은 아래층보다 12피트가 들어가 있어서 그것이 건물을 삥 둘러서 테라스를 이루고 있습니다. 중앙에는 식료품이며 무기를 저장해 두는 안뜰이 있습니다. 창문은 없고 모두 구멍으로 되어 있으며, 문이 없고 사닥다리로 드나들도록 되어 있지요. 즉 땅바닥에서 2층 테라스로, 3층에서 4층 테라스로 올라가는 사다리가 있습니다. 안뜰로 내려갈 때도 사다리를 사용합니다. 방에는 문이 없고 모두 들어올리는 뚜껑 문이 있으며, 계단이 없고 사다리가 있습니다. 밤에는 들어올리는 뚜껑 문을 닫고, 사다리를 끌어올린 뒤 나팔총이며 기총을 배치합니다. 안으로 들어 갈 길은 없습니다. 대낮에는 보통 집이고, 밤에는 요새가 되는데, 800명의 주민이 살고 있다는 것이 대략 그 마을의 모습이지요. 어째서 그렇게 경계를 하는가? 그 지방은 위험하기 때문입니다. 식인종들이 우글우글하기 때문이죠. 왜 그곳에 사느냐 하면 그 지방은 정말 기막힌 곳이기 때문입니다. 황금이 나오거든요."

"그래서 어쩼다는 거요?" 하고 실망하다 못해 이제 화가 난 마리우스가 말을 가로챘다.

"말하자면 남작 각하, 저는 이미 지쳐 버린 왕년의 외교관입니다. 낡은 문명은 저를 녹초로 만들어버렸습니다. 저는 야만스런 일을 해보고 싶습니다."

"그래서?"

"남작 각하, 이기주의는 세상의 법칙입니다. 날품팔이하는 가난한 농사꾼 여자는 마차가 지나가면 돌아보지만 자기 소유의 밭에서 일하는 여자는 돌아보지 않습니다. 가난뱅이의 개는 부자를 보고 짖어 대고, 부잣집 개는 가난뱅이를 보고 짖어 댑니다. 각각 자기밖에는 생각지 않는다는 말씀이죠. 이익, 이것이야말로 인간의 목적입니다. 돈, 그것이야말로 자석입니다."

"그래서? 결론을 말하시오."

"저는 조야에 가서 살고 싶습니다. 가족은 셋입니다. 집사람과 딸이 하나 있죠. 썩 예쁜 딸이에요. 여행이 길기 때문에 돈도 많이 듭니다. 저는 돈이 좀 필요합니다."

"그게 나하고 무슨 상관이 있소?" 하고 마리우스는 물었다.

낯선 사내는 독수리에 어울릴 것 같은 몸짓으로 넥타이에서 목을 빼고 더욱 웃으면서 말했다.

"남작 각하께선 제 편지를 안 읽으셨나요?"

그것은 거의 맞는 말이었다. 사실 편지 내용은 마리우스의 마음을 슬쩍 지나쳤을 뿐이었다. 그는 편지를 읽었다고 하기보다는 필적을 보았던 것이다. 내용은 거의 생각나지 않았다. 그러나 바로 지금 새로운 실마리가 나타났다. 그는 '집사람과 딸'이라는 한 마디에 주의했던 것이다. 그는 파고드는 듯한 눈길로 낯선 사내를 쏘아보았다. 예심 판사라도 그 이상 날카롭게 사람을 쏘아보지는 않으리라. 마치 겨냥하고 있는 것 같았다. 그러나 그는 이렇게만 대답했다.

"요점을 말하시오."

사내는 두 손을 바지 주머니에 집어넣고, 여전히 등을 구부린 채 머리만 쳐들고, 이번에는 마리우스를 녹색 안경 너머로 살피듯이 보았다.

"좋습니다, 남작 각하. 분명하게 말씀드리지요. 저는 각하께 팔고 싶은 비밀을 쥐고 있습니다."

"비밀을!"

"예, 비밀입니다."

"나하고 관계 있는?"

"조금 그렇습니다."

"그 비밀이란 게 무어요?"

마리우스는 상대편 말에 귀를 기울이면서 더욱 깊이 그를 살폈다.

"우선 보수가 필요없는 이야기부터 시작하겠습니다" 하고 낯선 사나이는 말했다. "이제 곧 제가 재미있는 사람이라는 걸 아시게 될 겁니다."

"이야기하시오."

"남작 각하, 당신께선 집안에 강도와 살인자를 두고 계십니다."

마리우스는 등골이 오싹했다.

“내 집에? 천만에” 하고 그는 말했다.

사내는 침착하게 모자의 먼지를 팔꿈치로 털며 말을 이었다.

“살인범이고 강도입니다. 잘 들어주세요, 남작 각하. 저는 여기서 오래된, 케케묵어 효력이 없어진 사실을 말씀드리는 것이 아닙니다. 법률로 시효도 소멸되고 신께 회개하는 것으로 지워지는 그런 사실을 말하는 게 아닙니다. 최근의 사실을, 현실의 사실을, 지금도 아직 사법 당국에서 모르는 사실을 말씀드리려는 것입니다. 그 자는 가명을 써서 교묘하게 당신의 신용을 얻고, 가족의 한 사람처럼 되었습니다. 그 자의 진짜 이름을 가르쳐 드리겠습니다.”

“들어 봅시다.”

“그 자는 장 발장이라고 합니다.”

“알고 있소.”

“또 하나, 이것도 역시 거저 가르쳐 드리겠습니다. 그가 어떤 인물인가를.”

“말하시오.”

“그는 전과자입니다.”

“알고 있소.”

“그건 제가 가르쳐 드렸기 때문에 아셨겠지요?”

“아니오. 전부터 알고 있었소.”

마리우스의 냉랭한 어조와 두 번 되풀이된 ‘알고 있소’라는 대답이며, 이야기를 도중에서 꺾어 버리는 듯한 간단명료한 말투는 사내에게 어떤 분노를 일으키게 했다.

그는 격분한 눈초리로 마리우스를 흘끗 훔쳐 보았으나 그 눈빛은 이내 사라졌다. 그것은 실로 재빠르게 나타났지만 한 번 보면 잊을 수 없는 눈초리였다. 마리우스는 그것을 놓치지 않았다. 어떤 종류의 불꽃은, 어떤 종류의 영혼에서밖에는 불붙지 않는다. 마음의 창문인 눈은 그 불꽃으로 타오른다. 안경도 그것을 감추지 못한다. 지옥의 불길을 유리로 가리려는 것과 다를 게 없다.

사내는 엷은 웃음을 띠면서 말했다.

"남작 각하의 말씀에 반박할 생각은 없습니다. 그러나 어쨌든 제가 비밀을 쥐고 있는 것은 아셔야겠습니다. 그런데 지금부터 가르쳐 드리려는 것은 저 한 사람밖에 모르는 일입니다. 그것은 남작 부인의 재산에도 관계가 있습니다. 돈을 받고 팔 만한 굉장한 비밀입니다. 그것을 우선 각하께 제공하려는 겁니다. 싸게 말씀드리죠. 2만 프랑으로."

"나는 그 비밀과 다른 것도 알고 있소" 하고 마리우스는 말했다.

사내는 약간 값을 내려야겠다고 생각했다.

"남작 각하, 만 프랑만 주십시오. 그러면 말씀드리겠습니다."

"거듭 말하지만 당신은 내게 아무것도 가르쳐 줄 게 없소. 당신이 말하고자 하는 것을 나는 전부 알고 있소."

사내의 눈에 다시 새로운 빛이 반짝였다. 그는 부르짖었다.

"그렇게 말씀하시지만 저는 오늘 먹을 것을 얻지 않으면 안됩니다. 정말 굉장한 비밀입니다. 남작 각하, 말씀드리겠습니다. 30프랑만 주십시오."

마리우스는 사내를 똑바로 쳐다보았다.

"나는 당신의 굉장한 비밀을 알고 있소. 장 발장의 이름을 알고 있듯이 당신의 이름도 알고 있소."

"제 이름을?"

"그렇소."

"그건 조금도 어렵지 않죠, 남작 각하. 편지에도 썼고, 말씀도 드렸으니까요. 떼나르라고."

"디에."

"네?"

"떼나르디에."

“그건 누구입니까?”

위험에 부딪치면 호저(고슴도치와 비슷한 동물)는 털을 곤두세우고 풍뎅이는 죽은 체하고, 옛날의 근위병은 네모나게 진을 치지만, 이 사내는 웃기 시작했다. 그러고 나서 그는 윗도리 소매를 손가락 끝으로 퉁겨 먼지를 털었다. 마리우스는 계속 말했다.

“당신은 그밖에도 노동자 종드레뜨이고, 배우 파방뚜이고, 시인 장플로이고, 스페인 사람 돈 알바레즈이고, 발리자르의 부인이기도 하지.”

“무슨 부인이라고요?”

“그리고 또 몽페르메이유에서 싸구려 음식점을 했고.”

“싸구려 음식점을! 천만에 말씀입니다.”

“그리고 당신은 떼나르디에란 말이오.”

“그렇지 않습니다.”

“그리고 당신은 악당이야. 자, 여깄네.”

그렇게 말하고 마리우스는 주머니에서 지폐 한 장을 꺼내 사내의 얼굴에 던졌다.

“고맙습니다! 죄송합니다! 500프랑이군요! 남작 각하!”

사내는 허둥지둥 굽신거리면서 지폐를 움켜쥐자 그것을 들여다보았다.

“500프랑!” 하고 그는 눈을 휘둥그레 뜨고 거듭 말했다. 그리고 목소리를 낮추어서 중얼거렸다. “진짜 지폐야!”

그러다 느닷없이 외쳤다.

“네, 이만하면 됐습니다. 이제 터놓고 얘기합시다.”

그리고 원숭이처럼 민첩하게 머리칼을 뒤로 쓸어올리고, 안경을 벗고, 두 개의 새 깃털을——그것은 조금 전에도 이야기했지만, 독자는 이 책의 다른 페이지에서도 이미 그것을 보았을 것이다——코에서 뽑아내자, 마치 모자라도 벗듯이 탈을 벗어버렸다.

그 눈은 번들번들 타올랐다. 군데군데 울퉁불퉁하고, 위쪽에 흉하게 주름이 잡힌 이상한 이마가 드러났다. 코는 새의 부리처럼 뾰족했다. 육식조류처럼 잔인하고 교활한 옆얼굴이 나타났다.

"남작 각하께선 바로 보셨습니다" 하고 그는 이제는 조금도 코가 막히지 않은 분명한 목소리로 말했다. "전 떼나르디에입니다."

그리고 그는 구부렸던 등을 꼿꼿이 했다.

떼나르디에——틀림없는 그였다——는 몹시 놀랐다. 그도 당황하는 일이 있다면 틀림없이 당황했을 것이다. 상대를 놀라게 해줄 작정으로 왔는데 반대로 자기가 놀란 것이다. 그 굴욕의 대가로서 500프랑을 주어서 그는 그것을 받기로 했다. 그러나 어쨌든 몹시 놀랐다.

그는 이 뽕메르씨 남작과 초면이었다. 그가 변장을 했지만 뽕메르씨 남작은 그의 정체를 간파했던 것이다. 더욱이 속속들이 간파했다. 게다가 이 남작은 떼나르디에에 대해 알고 있을 뿐 아니라, 장발장에 대해서도 알고 있는 듯했다. 아직 풋내기로밖에 보이지 않는데 이처럼 냉철하고 호기 있는 이 청년은 대체 어떤 사람이란 말인가? 남의 이름을 잘 알고 있고, 그들의 이름도 모조리 알고 있고, 재판관처럼 사기꾼을 골탕먹이는가 하면 속임수에 넘어간 어리석은 사람처럼 지갑을 열어 돈을 내주다니!

떼나르디에는 기억하는 바와 같이 예전에 마리우스의 옆방에서 살았지만 한 번도 그를 본 일이 없었다. 그런 일은 빠리에서는 흔히 있는 일이다. 그는 일찍이 자기의 딸들이 같은 집에 사는 마리우스라는 극히 가난한 청년에 대해서 이야기하는 것을 어렴풋이 들은 일이 있었다. 누군지도 모르고 그에게 편지를 써보낸 일도 있었다. 그러나 그의 마음속에서 마리우스와 뽕메르씨 남작 각하를 결부시키는 건 도저히 불가능했다.

뽕메르씨라는 이름에 대해서는 아시는 바와 같이, 워털루의 싸움터에서 그 마지막 두 마디(메르씨는 고
맙다는 뜻)만을 알아듣고 그저 감사하다는 말인 줄로만 알고 관심을 두지 않았던 것은 당연한 일이었다.

그러다가 딸 아젤마를 시켜서 2월 16일 신랑 신부의 뒤를 밟게 하고 또한 자신도 이것저것 탐색해 본 결과 많은 것을 알게 되었다. 자기는 안개 속에서 정체를 드러내지 않으면서도 몇가닥 비밀의 실마리를 갖게 된 셈이었다. 그리고 언젠가 대하수도 속에서 만난 남자가 어떤 사람인지 교활한 재치로 알아냈다. 또는 적어도 여러 구체적인 사실로부터 일반적인 원리를 끌어내어 짐작했다. 그 남자의 이름도 어렵지 않게 알아냈고, 뽕메르씨 남작부인이 꼬제뜨라는 것도 알았다. 그러나 그쪽에 대해서는 신중을 기할 작정이었다.

도대체 꼬제뜨란 누군가? 그 자신도 분명하게 알지 못했다. 어떤 사람의 사생아라는 소리는 언뜻 들었지만, 팡띤느의 이야기는 아무래도 모호하게 생각되었다. 게다가 그 이야기를 끌어내어 무얼하겠는가? 입막음하는 돈을 받아낼까? 그러나 그에게는 팔 만한 좀더 좋은 게 있었다. 또는 있다고 믿고 있었다. 게다가 아무런 증거도 없는데 '당신의 부인은 사생아입니다' 하고 뽕메르씨 남작에게 폭로한들, 기껏해야 남편의 구둣발에 허리나 걷어차일 게 고작일 것이다.

떼나르디에의 생각으로는 마리우스와 담판하는 것은 아직 시작도 되지 않았다. 물론 한 걸음 후퇴하여 전술을 수정하고, 진을 버리고 전선을 바꾸어야 했다. 그러나 본질적인 것은 아직 아무것도 입밖에 내지 않았고, 500프랑은 호주머니에 챙겨두고 있었다. 게다가 결정적인 것은 말하지 않고 덮어두었기 때문에, 그처럼 정보에 통하고 무장을 갖추고 있는 뽕메르씨 남작에 대해서 그는 아직 자기 쪽이 강하다고 느끼고 있었다. 떼나르디에와 같은 인간에게는 사람과 하는 대화는 모두가 전투다. 그런데 이제부터 전개되려는 싸움에서 그의 입장은 어떠한가? 그는 자기가 누구를 상대로 이야기하고 있는 가는 몰랐지만 무슨 문제에 대해서 이야기하고 있는가는 알고 있었다. 그는 재빨리 머릿속으로 자신의 무기를 점검하고, "저는 떼나르디에입니다" 한 뒤에 상대가 어떻게 나오는가를 기다렸다.

마리우스는 생각에 잠겨 있었다. 이제야 드디어 떼나르디에를 찾은 것이다. 그토록 만나고 싶었던 그 사내가 지금 여기에 서 있는 것이다. 이제야 아버지 뽕메르씨 대령의 부탁도 수행할 수 있게 됐다. 마리우스는 그 영웅이 이런 불한당에게 다소 은혜를 입은 것과, 무덤 속에서 아버지가 마리우스에게 끊어준 수표가 오늘까지 지불되지 않고 있는 것이 부끄러웠다. 그러면서도 떼나르디에에 대한 그의 복잡한 심정은 이 파렴치한에게 구원받은 불행에 대해 대령의 복수를 해도 좋다고 생각했다. 그것은 어떻든, 그는 기뻤다. 이제야 간신히 이 괘씸한 채권자로부터 대령의 그림자를 놓아 줄 수가 있는 것이다. 그리고 부채의 감옥에서 아버지의 기억을 끌어내 줄 때가 온 것 같았다.

그 의무 외에 그에게는 또 하나의 의무가 있었다. 가능하면 꼬제뜨의 재산 출처를 밝히는 일이었다. 이제야말로 그 기회가 온 것같이 생각되었다. 떼나르디에는 틀림없이 뭔가 알고 있을 것이다. 이 사내의 뱃속을 들여다보는 것도 쓸데없는 일은 아니리라. 그는 거기서부터 시작했다.

떼나르디에는 '진짜 지폐'를 안주머니에 집어넣자, 상냥할 만큼 공손한 얼굴로 마리우스를 보았다. 마리우스는 침묵을 깨뜨렸다.

"떼나르디에, 나는 당신 이름을 말했소. 이번에는 당신의 그 비밀이라는 걸, 당신이 나에게 알려 주려고 온 비밀을 말해 주겠소? 나도 여러 가지를 알고 있소. 내가 당신보다 더 자세히 알고 있다는 것을 이제 곧 알 거요. 장 발장은 당신이 말했듯이 살인범이고 강도요. 유복한 공장 주인 마들렌느 씨를 파산시키고 그 재산을 훔쳤기 때문이오. 살인범이라는 건 경위 자베르를 살해했기 때문이고."

"무슨 말씀인지 잘 모르겠습니다만, 남작 각하" 하고 떼나르디에
는 말했다.

"그럼 알게 해주리다. 들어 보시오, 1822년경 빠 드 깔레 군(郡)
에 한 남자가 있었소. 그는 옛날에 유죄 판결을 받은 일이 있었는
데 마들렌느라는 이름으로 다시 원상태로 돌아가 명예를 회복했
소. 그 사람은 말 그대로 올바른 사람이 되어 있었소. 어떤 공업
으로, 다시 말해서 새로운 검은 유리 구슬의 제조 발명으로 그는
도시 전체를 번영시켰소. 자기의 개인 재산도 만들었지만 그것은
부차적인 것이어서 말하자면 우연히 생긴 데 불과하오. 그는 가난
한 사람들을 부양하는 어버이가 되었소. 자선 병원을 짓고, 학교
를 만들고, 병자를 돌보고, 결혼하는 처녀에게는 지참금을 주고,
미망인을 돕고, 고아를 맡아 길렀소. 그 지방의 보호자였소. 그는
훈장을 거절했지만 사람들은 그를 시장에 임명했소. 한 전과자가
그 사람이 옛날에 받았던 형벌의 비밀을 알고 있었소. 전과자는
그를 고발하여 체포케 하고, 그가 잡혀간 틈을 타서 빠리에 와서
라피뜨 은행에서──이 사실은 은행 출납계원한테서 직접 들은
애긴데──가짜 서명을 사용해서 마들렌느 씨가 소유한 50만 프
랑 이상의 금액을 빼냈소. 마들렌느 씨의 돈을 훔친 죄수, 그기
바로 장 발장이오. 또 한 가지 사실에 대해서도 당신은 나에게 가
르쳐줄 것이 없소. 장 발장은 자베르 경위를 죽였소. 권총 한 발
로 죽인 거요. 나 자신이 그 현장에 있었소."

떼나르디에는 멸시하는 듯한 눈길을 흘끔 마리우스에게 던졌다.
그것은 일단 얻어맞아서 뻗었다가 다시 승리에 손이 닿아서 잃어버
린 처지를 순식간에 회복한 인간의 눈이었다. 그러나 다시 곧 미소
가 떠올랐다. 패자는 승자에 대해 승리를 획득해도 더욱 아첨을 해
야 하기 때문에 떼나르디에는 마리우스에게 이렇게만 말했다.

"남작 각하, 아무래도 이야기가 이상한 것 같습니다."

그는 시계줄을 의미심장하게 빙빙 돌리며 말에 힘을 주었다.

"뭐라구요! 아니란 말이오? 이것은 모두 사실이오." 마리우스
는 말했다.

"터무니없는 말씀입니다. 남작 각하께서 털어놓고 말씀하시니 저
도 말씀드리지 않을 수 없습니다. 무엇보다도 진실과 정의가 제
일입니다. 저는 남이 무고한 죄를 뒤집어 쓰는 건 보고 싶지 않습
니다. 남작 각하, 장 발장은 결코 마들렌느 씨의 돈을 훔치지 않
았습니다. 장 발장은 자베르를 죽이지 않았습니다."

"무슨 소릴! 어째서 그렇단 말요?"

"두 가지 이유가 있습니다."

"어떤 이유요? 말해 보시오."

"첫 번째 이유는 이렇습니다. 그는 마들렌느 씨의 돈을 훔치지 않
았습니다. 왜냐하면 마들렌느 씨는 바로 장 발장 자신이니까요."

"그게 무슨 말이오?"

"그리고 두 번째로 그는 자베르를 죽이지 않았습니다. 왜냐하면
자베르를 죽인 사람은 자베르 자신이니까요."

"그건 무슨 뜻이오?"

"자베르는 자살했습니다."

"증명해보시오! 증거가 있소?"

마리우스는 자기도 모르게 소리를 질렀다.

떼나르디에는 마치 알렉상드르의 시구라도 읊듯이 한 마디 한 마
디 끊으면서 발음했다.

"경위, 자, 베, 르는, 뽕, 또, 샹즈, 다리 밑, 에서, 익사체로,
발견되었습니다."

"글쎄, 증명해보란 말이오!"

떼나르디에는 주머니에서 커다란 회색 종이 봉투를 꺼냈다. 거기

에는 여러 가지 크기로 접은 종이쪽지가 들어 있는 것 같았다.

"여기 기록이 있습니다" 하고 그는 침착하게 말했다.

그러고 나서 그는 덧붙였다.

"남작 각하, 저는 당신을 위해 장 발장을 바닥 구석구석까지 파헤쳐보려고 했습니다. 저는 장 발장과 마들렌느는 같은 인물이라고 말씀드렸고, 자베르는 그 자신 외에 살해자가 없다고 말씀드렸습니다. 저의 이야기는 증거가 있어서 드리는 말씀입니다. 그것도 손으로 쓴 증거가 아닙니다. 손으로 쓴 것은 모호합니다. 그런 것은 적당히 처리될 수도 있으니까요. 그러나 제가 가지고 있는 것은 인쇄한 증거입니다."

이야기하면서 떼나르디에는 봉투 속에서 누렇게 절어 있고 담배 냄새가 물씬 풍기는 두 장의 신문지를 꺼냈다. 그 두 장 중의 한 장은 접은 데가 모조리 찢어져서 네모난 조각으로 나뉘어져 있었고 다른 한 장보다 훨씬 오래돼 보였다.

"두 가지 사실에 두 가지 증거물" 하고 떼나르디에는 말했다. 그리고 두 장의 신문지를 펴서 마리우스에게 내밀었다.

그 두 장의 신문은 독자들도 아는 것이다. 한 장은, 다시 말해서 오래된 것은 1823년 7월 25일자의 〈드라뽀 블랑〉지인데, 그 기사는 이 책의 제2부 제2편에서 보았듯이 마들렌느 씨가 장 발장과 같은 인물이라는 것을 입증하고 있다. 또 한 장은 1832년 6월 15일자 〈모니뙤르〉지인데, 자베르의 자살을 확증하는 동시에 다음과 같은 것을, 즉 자베르의 시경국장에 대한 구두 보고를 덧붙이고 있었다. 그 보고에 의하면 그는 샹브르리 거리의 바리케이드에서 포로가 되었는데, 한 폭도가 그를 피스톨 앞에 세웠으면서도 자기의 머리를 쏘지 않고 하늘을 향하여 발사한 덕택에 목숨을 건졌다는 것이다.

마리우스는 읽었다. 그 속에는 증명이 있고, 분명한 날짜가 적혀 있고, 부정할 수 없는 증거가 있었다. 그 두 장의 신문은 떼나르디에가 자기가 한 말을 증명하기 위해 특별히 인쇄하게 한 것은 아니었다. 〈모니뙤르〉지에 나와 있는 기사는 시경이 공식으로 발표한 것이었다. 마리우스는 의심할 수가 없었다. 은행 출납계원의 정보는 잘못된 것이었다. 마리우스 자신이 잘못 알고 있던 것이다. 장 발장의 모습이 갑자기 커져서 구름 속에서 나타났다. 마리우스는 기쁨의 환성을 억제할 수가 없었다.

"아, 그 불행한 사람은 훌륭한 사람이었구나! 그 재산은 모두 정말로 그의 것이었구나! 그 사람이 한 지방의 보호자, 바로 마들렌느였어! 영웅이다! 성인이다!"

"아닙니다. 그 자는 성인도 영웅도 아닙니다. 살인범이고 강도입니다" 하고 떼나르디에가 말했다.

그리고 그는 어떠한 권위가 자기에게 있는 것을 느끼기 시작한 사람 같은 어조로 덧붙였다.

"자, 침착하게 이야기합시다."

도둑놈, 살인범. 사라져 버렸다고 생각했던 그 말들이 다시 돌아와서 차디찬 소나기처럼 마리우스에게 쏟아져 내렸다.

"그래도!" 하고 그는 말했다.

"역시 그렇습니다" 하고 떼나르디에는 말했다. "장 발장은 마들렌느의 돈을 훔치지는 않았지만 그래도 역시 도둑놈입니다. 자베르를 죽이지는 않았지만 역시 살인범입니다."

"당신이 말하고 싶은 것은 저 40년 전의 보잘것없는 도둑질 말이오? 그거라면 그 신문에서 보더라도 회개와 극기와 덕으로 일평생 보상되었소" 하고 마리우스는 말했다.

"저는 살인과 도둑질이라고 말씀드리는 겁니다, 남작 각하. 그리고 거듭 말씀드립니다만 저는 현재의 사실을 이야기하는 겁니다. 이제부터 각하께 밝히는 것은 전혀 알려져 있지 않습니다. 드러나지 않은 겁니다. 그리고 아마도 장 발장이 교묘하게 남작부인에게

물려준 재산의 출처도 그것으로 아셨을 겁니다. 교묘하게라는 것
은, 그런 종류의 재산 증여로 명예 있는 가정에 들어가서 그 안락
함을 같이하고, 그와 동시에 자신의 죄를 감추고, 훔친 물건을 향
락하고, 본명을 숨기고, 자기 가정을 이룩한다는 것은 그렇게 서
툰 방법은 아니니까요.”

“그 점에 대해서는 나도 할 말이 있소. 하지만 그대로 계속해 보
시오” 하고 마리우스는 말했다.

“남작 각하, 보수에 대해서는 각하의 관대한 마음에 맡기고 모든
걸 말씀드리겠습니다. 이 비밀은 금덩이 같은 가치가 있는 겁니
다. 그렇다면 왜 장 발장에게 말하지 않느냐고 하시겠지요. 이유
는 극히 간단합니다. 저는 그가 재산을 모두 포기했다는 것을, 그
것도 각하를 위해 포기했다는 것을 알고 있습니다. 매우 영리한
방법이었다고 생각합니다. 어쨌든 그는 이미 1수도 갖고 있지 않
은 셈이니 제가 가더라도 빈 손만 내보일 겁니다. 더욱이 저는 조
야로 가는 데 약간의 돈이 필요하기 때문에 무일푼인 그보다 무엇
이나 다 가지고 계시는 각하를 택한 거지요. 좀 피곤한데 의자에
앉는 것을 허락해 주십시오.”

마리우스는 앉으면서 그에게도 앉도록 눈짓했다.

떼나르디에는 가죽의자에 앉아 두 장의 신문을 집어 봉투에 넣으
며 〈드라쁘 블랑〉지를 손톱으로 톡톡 퉁기면서 혼자 중얼거렸다.
“이걸 얻느라고 고생깨나 했지.” 그러고 나서 한쪽 무릎을 다른 무
릎에 포개놓고 의자에 등을 기댔다. 자기가 말하려는 것에 대해서
확신 있는 인간 특유의 자세였다. 그러고 나서 그는 무게 있게 말에
힘을 주면서 본론으로 들어갔다.

“남작 각하, 1832년 6월 6일, 지금부터 약 1년 전, 그 폭동이 있
던 날, 한 남자가 빠리의 대하수도 속, 앵발리드 다리와 이예나
다리 사이에서 세느 강으로 흘러들어가는 곳에 있었습니다.”

마리우스는 갑자기 자기 의자를 떼나르디에의 걸상 가까이로 당겼다. 떼나르디에는 그 동작을 눈여겨보고, 상대방이 자기 말에 사로잡혀 가슴을 두근거리며 듣고 있음을 느끼는 연설가처럼 천천히 말을 이었다.

"그 자는 정치와 관계 없는 이유로 몸을 숨길 필요가 있었기 때문에 지하수도로를 집으로 삼고 그 열쇠를 가지고 있었습니다. 거듭 말씀드립니다만 6월 6일입니다. 저녁 8시경이나 되었을까요? 남자는 지하수도로 속에서 무슨 소리가 나는 것을 들었습니다. 깜짝 놀란 그는 몸을 웅크리고 사방을 살폈습니다. 그것은 사람의 발자국 소리였습니다. 누군가가 어둠 속을 걸어서 그가 있는 쪽으로 다가오고 있었습니다. 이상하게도 지하수도로 속에 그 외의 다른 사람이 있었던 것입니다. 지하수도로 출구의 철책은 거기서 멀지 않았습니다. 거기서 스며드는 희미한 빛에 비추어 보니, 그 새로운 사나이가 낯익은 자라는 걸 알았고, 또 그 사나이가 등에 무언가를 짊어지고 있는 것도 알았습니다.

몸을 구부리고 걷고 있는 그 사나이는 전과자였고 어깨에 메고 있는 것은 시체였습니다. 틀림없는 살인 현행범이지요. 도둑질로 말하면 뻔한 것입니다. 그냥 사람을 죽일 리는 없거든요. 그 죄수는 그 시체를 강에 던지려고 했던 겁니다. 한 가지 주의할 일은 출구의 철책에 다다르기 전에 지하수도로 속을 먼 데서부터 애써 온 그는, 무시무시한 진창 구덩이 하나쯤은 만났을 게 틀림없었을 것이므로 거기에 시체를 버리고 올 수도 있었을 겁니다.

그러나 그 이튿날이라도 지하수도로 인부가 진창 구덩이를 청소하러 왔다가 살해된 사람을 발견하지 않는다고 장담할 수도 없었습니다. 그래서 죽인 사나이도 그렇게는 하지 않았습니다. 그보다는 아예 진창 구덩이 속을 무거운 짐을 짊어진 채 넘는 편이 좋다고 생각했던 겁니다. 그의 노력은 필사적이었을 겁니다. 그보다 더 위험천만한 일은 없을 테니까요. 죽지 않고 어떻게 그곳을 빠져 나왔는지 영 알 수 없는 노릇입니다.”

마리우스의 의자는 더욱 당겨졌다. 떼나르디에는 그 틈을 타서 길게 숨을 내쉬었다. 그리고 그는 계속했다.

“남작 각하, 그 지하수도로는 연병장과 다릅니다. 거기에는 전혀 몸둘 곳이 없습니다. 두 사람이 거기에 있으면 영락없이 마주치게 마련입니다. 역시 만났지요. 거기서 살던 사나이와 지나가려던 사나이는 둘 다 꺼림칙해하면서도 어쩔 수 없이 인사를 교환해야만 했습니다. 지나가려던 사나이는 그곳에 사는 사나이에게 말했습니다. ‘너는 내가 뭘 짊어지고 있는가 보았겠지. 나가야겠는데, 넌 열쇠를 갖고 있을 테니 그걸 빌려주게.’ 그 죄수는 굉장히 힘이 센 사나이였습니다. 거절할 수가 없었습니다. 그 와중에도 열쇠를 가지고 있는 쪽은 이것저것 담판을 했습니다. 시간을 끌기 위해서였죠. 그리고 그 죽은 사람을 관찰했습니다만, 단지 젊은 청년이었고, 옷차림이 좋고, 부자인 듯했으며 그리고 피범벅이 되어서 얼굴을 알아볼 수 없었다는 것 외에는 아무것도 알 수 없었습니다. 그는 말을 하면서도 살인범이 눈치채지 않도록 가만히 뒤에서 살해된 남자의 윗옷 한 조각을 잘라냈습니다. 아시겠지요. 증거물로 하기 위해섭니다. 사건을 탐색하여 범죄자에게 증거를 들이대기 위해서였습니다. 그는 증거물을 주머니에 집어넣었습니다. 그러고 나서 철책을 열어 사나이를 등에 진 귀찮은 물건과 함께 밖으로 내보내고 철책을 다시 닫고 도망쳐 버렸습니다. 그 이상 그 사건에 관련될 생각이 없었고, 특히 살인범이 피해자를 강물에 던져 넣을 때 그 현장에 있고 싶지 않았기 때문입니다. 이제는 다 아셨을 겁니다. 시체를 짊어지고 있었던 사나이, 그게 바로 장 발장입니다. 열쇠를 가지고 있었던 사나이, 그건 지금 각하께 말씀드리고 있는 바로 접니다. 윗옷을 잘라낸 조각은……”

떼나르디에는 말을 끊고 온통 얼룩이 지고 찢어진 검은 나사 양복 한 조각을 주머니에서 끄집어내어 양 손의 엄지손가락과 집게손가락으로 집어서 눈 높이로 들어올렸다.

마리우스는 새파랗게 질려 숨도 제대로 쉬지 못한 채 검은 나사조각을 응시하며 일어섰다. 한 마디도 못하고 그 누더기 헝겊에서 눈도 떼지 않고 벽 쪽으로 물러가 뒤로 뻗은 오른손으로 벽 위를 더듬어 벽난로 옆의 벽장 자물쇠에 달려 있는 열쇠를 찾았다. 그 열쇠로 벽장문을 열고 떼나르디에가 들고 있는 헝겊에서 놀란 눈을 떼지 않은 채, 한 팔을 벽장 속에 밀어 넣었다.

그 사이에도 떼나르디에는 계속 지껄이고 있었다.

"남작 각하, 저는 그 살해된 청년이 장 발장의 함정에 빠진 어느 외국의 부호이며, 거액의 돈을 가지고 있었다는 극히 유력한 근거를 갖고 있습니다."

"그 청년은 바로 나였어, 여기 그 윗도리가 있어!" 마리우스는 그렇게 외치며 마룻바닥에 피투성이인 낡고 검은 옷을 던졌다.

그러고 나서 그는 헝겊을 떼나르디에의 손에서 빼앗아, 윗도리 위에 몸을 구부리고 앉아서 찢어진 옷자락에 맞춰 보았다. 찢어진 자리는 꼭 들어맞았고 그 헝겊 조각으로 윗옷은 완전한 것이 되었다. 떼나르디에는 아연실색했다. 그는 생각했다. '이거 톡톡히 당했구나.'

마리우스는 부들부들 떨며 절망에 빠진 얼굴로 벌떡 일어났다. 그는 주머니 속을 뒤져 성난 표정으로 떼나르디에 쪽으로 걸어가서 500프랑과 천 프랑 짜리 지폐를 하나 가득 움켜 쥔 주먹을 거의 얼굴에 들이댔다.

"당신은 파렴치한이야! 거짓말쟁이고, 중상자고, 악당이야. 당신은 그분을 고소하려다가 거꾸로 그분의 무죄를 증명했어. 그분을 파멸시키려 했지만 그분에게 명예를 줄 수밖에 없게 되었어. 당신

이야말로 진짜 도둑이야! 살인범은 바로 당신이야! 떼나르디에
종드레뜨, 나는 당신을 저 오삐딸 큰 거리의 쓰러져가는 집에서
보았어. 그럴 생각만 있다면 당신을 감옥으로, 아니 좀더 먼곳으
로 보내기에 충분할 만큼 당신에 관한 증거를 갖고 있지. 자, 악
당임에는 틀림없지만 천 프랑을 줄 테니 받으시오!"
그렇게 말하고 그는 천 프랑짜리 한 장을 떼나르디에에게 던졌다.
"이봐! 종드레뜨 떼나르디에, 비열한 악당! 이제는 조금이라도
깨닫도록 하시오. 비밀을 거래하고 어둠 속을 뒤지고 다니는 불쌍
한 사람! 500프랑짜리도 여기 있소. 어서 가지고 나가시오! 워
털루 덕분인 줄 아시오."
"워털루!" 떼나르디에는 아까의 천 프랑과 함께 그 500프랑을
주머니에 집어 넣으면서 중얼거렸다.
"그렇소, 살인자! 당신은 거기서 한 대령을 구했어……."
"장군이었지요" 하고 떼나르디에는 머리를 들면서 말했다.
"대령이오!" 마리우스는 화가 불끈 치밀어서 말했다. "장군이었
다면 단 1리아르도 주지 않았을 거요. 당신은 염치없는 짓을 하려고
여기 왔소! 말해 두겠는데 당신은 이미 여러 가지 죄악을 범했소.
자, 나가시오! 다만 편하게 사시기를. 그것만이 내가 바라는 바요.
아아! 불쌍한 인간! 여기 3천 프랑 더 주겠소. 받아 두시오. 당장
내일이라도 딸과 함께 미국으로 떠나시오. 당신 아내는 이미 죽었
지. 괘씸한 거짓말쟁이 같으니! 내가 당신이 떠나는 것을 확인할
테니까, 알겠소? 그리고 그때 2만 프랑을 더 주겠소. 어디라도 좋
으니 목을 매달러 가란 말요!"
"남작 각하." 떼나르디에는 머리가 땅에 닿도록 절을 하면서 대
답했다. "은혜는 죽는 날까지 잊지 않겠습니다."
그리고 떼나르디에는 도무지 영문도 모르는 채, 황금 주머니가 기
분좋게 내리누르는 무게와 지폐가 머리 위에서 폭발하는 벼락 소리

떼나르디에는 찢어진 검은 나사양복 조각을 주머니에서 끄집어내어 들어올렸다.

에, 몹시 놀라면서도 크게 기뻐하며 그곳을 나갔다.

분명히 그는 벼락을 맞았지만 동시에 기쁘기 한이 없었다. 만약 그 벼락에 피뢰침이 있었더라면 얼마나 유감스러웠을까!

여기서 당장 이 사나이는 정리해 버리기로 하자. 지금 이야기한 사건이 있고 나서 이틀 뒤, 그는 마리우스의 주선으로 이름을 바꾸어 딸 아젤마를 데리고 뉴욕에서 바꾸게 될 2만 프랑의 어음을 가지고 미국으로 출발했다. 이 타락한 시민 떼나르디에의 정신은 이제 더이상 구제할 수 없었다. 그는 미국에서도 유럽에 있을 때나 마찬가지였다. 악인이 손을 대면 때로는 선행도 썩어서 거기서 악행이 빚어지는 수가 있다. 마리우스가 준 돈으로 떼나르디에는 노예 매매꾼이 되었다.

떼나르디에가 나가자마자 마리우스는 꼬제뜨가 아직도 산책하고 있는 정원으로 달려나갔다.

"꼬제뜨! 꼬제뜨!" 하고 그는 외쳤다. "이리 와. 빨리 와. 자, 출발합시다. 바스끄, 역마차를 잡아라! 꼬제뜨, 서둘러요. 아, 이럴 수가! 내 목숨을 구해준 것은 그분이었어. 단 1분이라도 지체할 수 없소! 어서 숄을 둘러요."

꼬제뜨는 남편이 정신이라도 돌았나 싶었지만 하라는 대로 했다.

그는 숨도 쉬지 못하고 두근거리는 가슴을 가라앉히기 위해 가슴에 손을 대고 있었다. 그리고 성큼성큼 왔다갔다하는가 하면 느닷없이 꼬제뜨를 끌어안는 것이었다.

"아아, 꼬제뜨. 나는 어리석은 놈이었어!"

마리우스는 거의 미친 사람처럼 되어 있었다. 저 장 발장 속에 뭐라 말할 수 없는 높고 어슴프레한 모습이 희미하게 나타나기 시작한 것이다. 예전에 없었던 덕의 화신이 숭엄하고 온화하고 광대한 가운데 겸손한 모습으로 눈 앞에 나타난 것이다. 죄수의 모습은 그리스도의 모습으로 변했다. 마리우스는 그 기적에 눈이 아찔했다. 그는 자신이 지금 보고 있는 것이 그저 위대하다는 것밖에 아무것도 확실하게는 알지 못했다.

얼마 안 있어 마차 한 대가 문 앞에 섰다.

마리우스는 꼬제뜨를 마차에 태우고 이어 자기도 뛰어올랐다.

"마부!" 하고 그는 말했다. "롬므 아르메 거리 7번지로."

마차는 달리기 시작했다.

"아이, 좋아라" 하고 꼬제뜨는 말했다. "롬므 아르메 거리로 가는군요. 전 당신께 그 말씀을 드릴 용기가 없었어요. 장 씨를 만나러 가는거죠?"

"당신의 아버지요, 꼬제뜨! 이제야말로 진짜 당신의 아버지란 말요. 꼬제뜨, 나는 알았어. 당신은 내가 가브로슈에게 주어 보낸 편지를 받지 않았다고 했지. 그건 그분에게 전해진 거요. 꼬제뜨, 그래서 그분은 나를 구하시려고 바리케이드에 오셨던 거야. 천사가 되는 것이 그분의 바람이었으니까. 그러면서 다른 사람들까지 구해 주셨소. 자베르도 구했지. 그분은 나를 당신에게 주기 위해 그 구렁텅이 속에서 나를 끌어내 주었소. 나를 짊어지고 그 무서운 지하수도로 속을 지나왔소. 아아, 나는 정말 지독히도 배은망덕한 놈이오. 꼬제뜨, 그분은 당신의 보호자가 된 뒤에 내 보호자도 되어 주신 거요. 상상해 보구려, 무시무시한 진창 구덩이가 있었단 말이오, 그 속에 빠져 죽을 것 같은, 진창 속에 빠져 버릴 것 같은 수렁이 있었던 거요. 꼬제뜨! 그분은 그런 곳을 나를 메고 건너셨소. 나는 기절해 있었소. 아무것도 보이지도 들리지도 않았소. 내가 어떤 지경에 있었는지 알지 못했소. 우리 그분을 모셔 옵시다. 함께 모셔 옵시다. 그분이 뭐라 하든 이제 두 번 다시 헤어지지 않도록 합시다. 그저 집에 계셔만 주신다면! 만나뵐 수 있기만 하면! 나는 남은 평생을 그분을 존경하며 살겠소. 그렇고 말고, 마땅히 그래야 하는 거요. 알겠소, 꼬제뜨? 가브로슈는 내 편지를 그분에게 드렸던 거요. 그것으로 모든 것이 설명되었어. 당신도 이제 모든 것을 알았겠지.”

꼬제뜨는 한 마디도 알아 들을 수 없었다. 그러나 “그래요, 당신 말씀이 옳아요” 하고 그녀는 말했다.

그 동안에도 마차는 쉬지 않고 달리고 있었다.

밤, 그 너머에는 여명이 있다

누군가가 문을 두드리는 소리에 장 발장은 돌아보았다.

“들어오시오” 하고 그는 힘없이 말했다.

문이 열렸다. 꼬제뜨와 마리우스가 나타났다. 꼬제뜨는 방안으로 뛰어들어갔다. 마리우스는 문설주에 기댄 채, 문지방 위에 서 있었다.

“꼬제뜨!” 장 발장은 말했다. 그리고 의자 위에서 일어나 떨리는 두 팔을 벌렸다. 눈에는 핏발이 서고 얼굴은 창백하여 처참한 모습이었으나 두 눈은 무한한 기쁨의 빛으로 넘치고 있었다.

꼬제뜨는 감동에 헐떡이며 장 발장의 가슴에 달려들었다.

“아버지!”

장 발장은 울음 섞인 목소리로 더듬거리며 말했다.

“꼬제뜨, 이 애가! 당신이, 남작부인께서! 너로구나, 아아!”

그리고 꼬제뜨의 팔에 안기면서 그는 외쳤다.

“오, 너로구나! 네가 와 주었어. 그럼 나를 용서해 주는 거구나!”

마리우스는 흐르는 눈물을 참으려고 눈을 감으면서, 흐느낌을 누르려고 부들부들 떨리는 입술 사이로 중얼거렸다.

“아버지!”

“당신도 나를 용서해 주겠소?” 하고 장 발장은 말했다.

마리우스는 뭐라고 해야 할지 몰랐다. 장 발장이 덧붙였다.

꼬제뜨는 방안으로 뛰어들어갔다.

“고맙소.”

꼬제뜨는 숄을 벗고 모자를 침대 위에 던졌다.

“이것들은 귀찮아” 하고 그녀는 말했다.

그리고 노인의 무릎 위에 앉으면서 귀여운 몸짓으로 그 백발을 쓸어올리고 이마에 키스했다. 장 발장은 당황해서 꼬제뜨가 하는 대로 가만히 있었다.

꼬제뜨는 극히 어렴풋하게밖에는 사정을 알지 못했지만 마치 마리우스의 부채를 갚으려는 양 한껏 정성스럽게 애정을 퍼붓는 것이었다. 장 발장은 말을 더듬거렸다.

“인간은 참 어리석은 것이오! 나는 두 번 다시 이 아이를 만나지 못할 줄 알았소. 생각해 보오, 뽕메르씨. 당신들이 들어왔을 때, 나는 이렇게 마음 속으로 말했소. 이미 모든 것은 끝났다, 저기에 그 애의 조그만 옷이 있구나, 나는 가련한 인간이다, 이제는 꼬제뜨를 만날 수 없겠구나 하고. 당신이 계단을 올라오고 있을 때 나는 그런 생각을 하고 있었소. 나는 정말 바보였소! 인간이란 그토록 어리석은 거라오. 그러나 그것은 신을 잊고 있기 때문이오. 신께선 이렇게 말씀하십니다. ‘너는 사람들이 너를 저버렸다고 생각하는 모양이구나. 어리석은 놈! 그러나 그렇지 않다’고 말이오. 그런데 여기에 천사를 필요로 하는 한 불쌍한 노인이 있소. 그때 천사가 옵니다. 그리고 노인은 꼬제뜨와 재회하게 되지요. 귀여운 꼬제뜨를 다시 만나는 겁니다. 아아, 나는 정말 불행했소!”

장 발장은 한동안 말을 잇지 못하더니 이윽고 다시 말을 이었다.

“나는 이따금, 잠깐씩이라도 꼬제뜨를 만나고 싶었소. 사람의 마음이란 추억이라고 하는, 오래오래 빨고 있을 뼈를 하나 갖고 싶어하죠. 그렇지만 나는 나 자신이 쓸데없는 자라고 충분히 느끼고 있었소. 나는 나 자신에게 말했소. 그 사람들에게 너는 필요없어.

장 발장은 당황해서 꼬제뜨가 하는 대로 가만히 있었다.

너는 네 구석에 틀어박혀 있거라. 아무도 항상 같이 있을 수 없는 거라고. 아아, 고맙게도 나는 다시 이 아이를 만났소! 아느냐, 꼬제뜨. 네 남편은 아주 훌륭한 사람이라는 걸? 아, 너는 예쁘게 수놓은 깃을 달고 있구나. 그 무늬가 참 좋구나. 남편이 골라 준 거겠지. 너에겐 캐시미어도 어울릴 테니 그것도 사달라고 하렴. 뽕메르씨, 내게 이 아이를 너라고 부르게 해 주오. 잠깐 동안일 테니까."

그러자 꼬제뜨가 입을 열었다.

"우리를 그렇게 내버려두시다니 참 심술궂으시군요! 도대체 어디 갔다 오셨나요? 어째서 그렇게 오래 걸리셨나요? 예전엔 여행을 하시더라도 겨우 사나흘 정도였는데, 제가 니꼴레뜨를 보내도 언제나 안 계시더라는 대답뿐이었어요. 언제 돌아오셨어요? 어째서 우리에게 알려 주지 않으셨어요, 네? 아버진 참 많이 변하셨어요. 아아! 아버지, 미워요. 그런 걸 감추시다니! 편찮으셨는데도 저희는 몰랐던 거예요! 보세요, 마리우스. 아버지 손을 만져 보세요, 아주 싸늘해요!"

"이렇게 당신도 와 주었구려! 뽕메르씨, 당신은 나를 용서해 주는 거군요!" 하고 장 발장은 거듭 말했다.

장 발장이 다시 그렇게 말하는 것을 듣자, 마리우스의 마음 속에 가득 넘치고 있던 것이 한꺼번에 둑을 무너뜨리고 쏟아지는 듯 말이 입에서 나왔다.

"꼬제뜨, 들었소? 이 어른은 언제나 이렇소! 더욱이 이 어른은 나에게 용서를 빌고 있소. 내 목숨을 구해 주신 건 이분인데. 더욱이 그 이상의 것도 해주셨소. 당신을 내게 주셨으니까. 그리고 나를 구해 주시고, 당신을 나에게 주신 뒤에 이 어른은 스스로 자신을 어떻게 했다고 생각하오? 자신을 희생하신 거요. 정말 훌륭한 분이오. 더욱이 은혜를 모르는 나에게, 잊어버리기 잘하는 나에게, 인정없는 나에게, 죄인인 나에게 고맙다고 하시는 거요！
꼬제뜨, 내 일생을 이 어른의 발 밑에 내던져도 모자랄 거요. 저
바리케이드, 저 지하수도로, 저 열화 속, 저 더러운 물구덩이, 그
모든 것을 이 어른은 나를 위해, 당신을 위해 뚫고 나오신 거요.
꼬제뜨！ 내게 덮쳐오는 죽음을 멀리 물리치고, 자신의 생명을 위
험에 던지시고, 그 너머로 나를 구출해 주신 거요. 온갖 용기와
덕성과 온갖 용맹과 고결함, 그것들을 모조리 가지고 계시오. 꼬
제뜨, 이 어른이야말로 성인이오！”
“아니, 무슨！” 하고 장 발장은 극히 낮은 목소리로 말했다. “어
째서 그런 말을 하시오？”
“그러나 어른께서야말로” 하고 마리우스는 존경심에 가득찬 흥분
된 어조로 부르짖었다. “어째서 어른께선 그 말씀을 안하셨습니
까？ 어른께서도 나쁘십니다. 생명을 구해 주셨는데도 그것을 감추
려 하시다니. 그뿐만이 아닙니다. 가면을 벗어 보이겠다는 구실로
어른께선 자신을 중상하셨습니다. 너무 심하십니다.”
“나는 진실을 말했소” 하고 장 발장은 말했다.
“아닙니다” 하고 마리우스는 말했다. “진실이란 모든 진실이라는
뜻입니다. 어른께선 모든 진실을 말씀하지 않았습니다. 어른께서는
마들렌느 씨였는데, 왜 그 말씀을 하시지 않았습니까？ 어른께서는
자베르를 구하셨는데 어째서 그것을 말씀하시지 않았습니까？ 어른
께서는 저를 구해주셨는데 왜 아무 말씀도 안하셨습니까？”
“나도 당신과 같은 생각을 했기 때문이오. 당신이 말한 것은 옳다
고 생각했소. 나는 떠나버려야 했소. 만약 그 지하수도로에 관한
것을 알았다면, 당신은 나를 붙잡았을 거요. 그러니까 나는 잠자
코 있지 않으면 안되었소. 만약 내가 말해 버리면 정말 곤란하게
되었을 거요.”
“무엇이 곤란하단 말인가요？ 누가 곤란하단 말인가요？” 하고

마리우스는 말했다. "어른께서는 여기 줄곧 계실 작정이십니까? 저희들이 어른을 모시고 가겠습니다. 죄송합니다, 정말입니다! 그런 것을 우연히 알게 된 것을 생각하면 정말 송구합니다! 저희들이 어른을 모시고 가겠습니다. 어른께서는 저희들의 일부이십니다. 이 사람의 아버지이시고, 또한 저의 아버지이십니다. 이제는 하루도 이 누추한 집에서 사셔서는 안됩니다. 내일도 여기에 계실 거라고 생각하시면 안됩니다."

"난" 하고 장 발장은 말했다. "나는 여기 없을 거요. 그러나 당신 집에도 없을 거요."

"무슨 말씀이신가요?" 하고 마리우스는 물었다. "아닙니다. 이제는 여행도 못 가시게 하겠습니다. 이제는 저희에게서 떠나실 수 없습니다. 어른께서는 저희들 겁니다. 저희들은 다시는 어른을 놓지 않겠습니다."

"이번엔 꼭이에요" 하고 꼬제뜨도 말을 거들었다. "아래에 마차를 기다리게 했어요. 전 아버지를 모시고 가겠어요. 힘으로라도 그렇게 할 테니까요."

그러고는 그녀는 웃으면서 노인을 두 팔로 들어올리는 몸짓을 했다.

"저희들 집에는 지금도 아버지 방이 그대로 있어요" 하고 꼬제뜨는 말을 이었다.

"요즘 정원이 얼마나 아름다운지! 진달래가 아주 예쁘게 피어 있어요. 오솔길에는 시내의 모래를 깔았답니다. 조그마한 제비꽃 빛깔의 조개껍질이 모래에 섞여 있어요. 아버지께 딸기를 대접하겠어요. 제가 언제나 물을 주거든요. 그리고 이제는 부인도 장 씨도 다 없애버리고 모두 공화 체제가 되어 서로 '너'라고 부르기로 해요. 그렇죠, 마리우스? 프로그램은 바뀌었어요. 아, 참! 아버지, 아주 슬픈 일이 있었어요. 울새 한 마리가 벽의 구멍 속에 집을 짓고 있었는데 무서운 고양이가 그것을 먹어 버렸지 뭐예요. 얼마나 불쌍하던지. 언제나 둥지에서 머리를 내밀고 저를 지켜보던 예쁜 새였는데, 전 울었어요. 고양이를 죽여 버리고 싶을 정도였어요! 하지만 이제부터는 울지 않기로 했어요. 모두 웃고, 모두 행복해지기예요. 아버지는 저희들과 함께 사셔야 해요. 할아버지께서도 무척 좋아하실 거예요! 아버지는 정원에 땅을 조금 가꾸세요. 아버지 딸기가 제 딸기만큼 훌륭한가 어떤가 솜씨를 보여 주세요. 그리고 전 아버지께서 원하시는 건 무엇이라도 하겠어요. 그리고 아버지도 제가 말씀드리는 걸 들어 주셔야 해요.”

장 발장은 아무 생각 없이 귀를 기울이고 있었다. 그녀의 말보다는 오히려 그 목소리의 음악을 듣고 있었다. 영혼의 흐린 진주인 커다란 눈물 한 방울이 그의 눈 속에 천천히 고이고 있었다. 그는 중얼거렸다.

“하느님께서 친절하신 증거로 그 아이가 지금 여기에 와 있구나.”

“아버지!” 하고 꼬제뜨는 불렀다.

장 발장이 말을 계속했다.

“분명히 함께 사는 것은 즐거운 거다. 새가 나무 숲에 차 있고, 나는 꼬제뜨를 데리고 산책한다. 매일 아침 인사를 주고받고, 정원에서 불러내는 활기찬 사람들 속에 들어가는 것은 유쾌한 일이야. 모두 아침부터 얼굴을 마주 보고, 서로 정원 한 구석을 가꾸겠지. 저 아이는 제 딸기를 나에게 먹여주고 나는 내 장미꽃을 저 아이에게 꺾어 줄 것이다. 얼마나 즐거운 일이겠는가. 다만…….”

그는 말을 끊었다가 온화하게 다시 말했다.

“유감스러운 일이구나.”

눈물은 떨어지지 않고 삼켜졌다. 장 발장은 그 대신 빙긋이 웃었다. 꼬제뜨는 노인의 두 손을 자기 두 손으로 감싸쥐었다.

“어머!” 하고 그녀는 말했다. “아버지 손이 아까보다 더 싸늘해졌어요. 편찮으신가요? 괴로우신가요?"

"나 말이냐? 아니다" 하고 장 발장은 대답했다. "난 기분이 무척 좋다. 다만……."

그는 입을 다물었다.

"다만 뭐죠?"

"난 이제 곧 죽는다."

꼬제뜨와 마리우스는 소스라쳤다.

"돌아가시다뇨!" 하고 마리우스는 외쳤다.

"그렇소, 그러나 그것은 아무것도 아니오" 하고 장 발장은 말했다. 그는 한숨을 짓고는 빙긋이 웃은 뒤 다시 말했다.

"꼬제뜨, 너는 나에게 이야기를 해주었지. 계속하렴, 좀더 이야기하렴. 네 귀여운 울새가 죽었다고? 자, 이야기해라, 내게 네 목소리를 들려 주렴!"

마리우스는 굳어 버린 돌처럼 가만히 노인을 바라보고 있었다. 꼬제뜨는 가슴이 터질 듯이 소리를 질렀다.

"아버지, 저의 아버님! 살아 계셔야 해요. 오래 살아 계셔야 해요. 제겐 아버지가 살아 계셔야 해요, 아시겠어요?"

장 발장은 몹시 사랑스러운 듯 그녀 쪽으로 머리를 들었다.

"아아, 그래. 나를 죽지 않게 지켜다오. 죽다니, 아마도 네가 말한 대로 될지도 모르지. 너희들이 여기에 왔을 때 나는 죽어가고 있었는데 너희들의 얼굴을 보니 죽지 않게 되었어. 어쩐지 다시 살아난 것 같았지."

"어른께선 아직 힘과 생명이 넘치고 있습니다" 하고 마리우스는 외쳤다. "그런 정도로 사람이 죽는다고 생각하십니까? 괴로움이 너무나 많으셨습니다만, 이제 앞으로는 없을 겁니다. 용서를 구해야 할 사람은 접니다. 무릎을 꿇고 말입니다! 어른께서는 살아나실 수 있습니다. 저희들과 함께 오래도록 살아 계셔야 합니다. 저희들은 어른을 다시 모시러 왔습니다. 저희들 둘은 여기 있습니다. 앞으로 단 한 가지, 어른의 행복만을 생각하는 저희들이 여기 있습니다!"

"아시겠어요?" 하고 꼬제뜨는 눈물에 젖어 말했다. "아버지는 돌아가시지 않는다고 마리우스가 말하고 있어요."

장 발장은 계속 빙긋이 웃고 있었다.

"당신이 나를 다시 맞아 주었다고 해서 내가 지금과 다른 인간이 될 수 있겠소, 뽕메르씨 군? 아니오, 신께선 당신이나 내가 생각한 것과 똑같이 생각하셨소. 신께선 의견을 바꾸거나 하시지 않소. 내가 떠나는 것은 도움되는 일이오. 죽음은 좋은 처방이오. 우리가 어떻게 해야 할 것인가는 우리보다 신께서 더 잘 알고 계시오. 당신들이 행복해지는 것, 뽕메르씨가 꼬제뜨를 맞이하는 것, 청춘이 아침과 짝을 짓고, 당신들 주위에 라일락 꽃이 피고, 꾀꼬리가 노래하는 것, 당신들 인생이 햇빛 쏟아지는 아름다운 잔디와 같다는 것, 하늘의 온갖 환희가 당신들의 영혼을 가득히 채우는 것, 그리고 지금 아무 쓸모없었던 내가 죽어 가는 것, 이와 같은 일들은 모두 옳은 일임에 틀림없소. 아시겠소? 두 사람 다 잘 들으시오. 이제는 아무것도 할 수가 없소. 나는 모든 게 끝났다고 분명히 느끼고 있소. 한 시간 전쯤에 나는 정신을 잃었었소. 그리고 또 오늘 저녁에 나는 거기에 있는 물병의 물을 다 마셔 버렸소. 꼬제뜨, 네 남편은 더할 나위 없이 친절한 분이다! 너는 나하고 함께 있었던 때보다 훨씬 행복해."

문소리가 들렸다. 들어온 사람은 의사였다.

"어서 오시오. 하지만 곧 이별이오, 선생" 하고 장 발장은 말했다. "이 아이들이 내 자식들이오."

마리우스는 의사에게 다가갔다. 그는 한 마디 "선생님……?" 이라고 말했다. 그 어조에는 모든 질문이 담겨 있었다. 의사는 의미심장하게 눈을 깜빡여 그 물음에 답했다.

"만사가 뜻대로 되지 않는다고 해서 신에 대해 부당한 마음을 가져서는 안되오" 하고 장 발장이 말했다.

침묵이 흘렀다. 모든 사람들의 가슴은 짓눌려 있었다. 장 발장은 꼬제뜨 쪽을 돌아보았다. 그는 그녀를 영원히 잃지 않으려는 듯 조용히 바라보기 시작했다. 그는 이미 어둠에 싸여 있었지만 꼬제뜨를 지켜볼 때는 여전히 황홀감에 잠길 수 있었다. 그녀의 다정한 얼굴빛이 그의 창백한 얼굴에 반사되고 있었다. 무덤도 빛을 받아 눈이 부시는 때가 있다.

의사는 그의 맥을 짚었다.

"아, 이분에게 필요했던 것은 당신들이었습니다!"

의사는 꼬제뜨와 마리우스를 바라보면서 중얼거렸다.

그리고 마리우스의 귀밑으로 몸을 굽히고 낮은 목소리로 중얼거리듯 덧붙였다.

"이미 늦었습니다."

장 발장은 좀처럼 꼬제뜨에게서 눈을 떼지 않은 채 밝은 얼굴로 마리우스와 의사를 보았다. 그의 입에서 다음과 같은 알아듣기 어려운 말이 새어 나왔다.

"죽는 것은 아무것도 아니야. 무서운 것은 진정으로 살지 못한 것이야."

갑자기 그는 일어섰다. 그처럼 갑자기 힘이 회복되는 것은 때때로 죽음이 다가선 고통의 표시이다. 그는 확고한 걸음으로 벽 앞으로 걸어가서 부축하려는 마리우스와 의사의 손을 뿌리치고 벽에 걸려 있는 작은 구리 십자고상(十子苦像)을 벗기더니, 완전히 건강한 사람처럼 자유로운 동작으로 되돌아와서 자리에 앉았다. 그리고 십자고상을 테이블 위에 놓으면서 큰 소리로 말했다.

"이분이야말로 위대한 순교자야."

그러고 나자 그의 가슴이 푹 꺼지더니, 머리는 죽음에 사로잡힌 것처럼 떨리고, 무릎에 놓인 두 손은 손톱으로 바지 천을 긁기 시작했다.

꼬제뜨는 그의 어깨를 붙들고 흐느껴 울면서 말을 걸려고 애썼지만 아무 말도 하지 못했다. 다만 가련하게도 눈물과 침으로 범벅이 되어 띄엄띄엄 하는 말 속에서 다음과 같은 말을 들을 수 있었다.

"아버지, 우리를 버리지 말아 주세요. 겨우 다시 만나뵈었는데, 이렇게 금방 헤어지다니 어떻게 그럴 수가 있어요 ?"

죽음의 고통은 굴절되며 진행된다고 할 수 있다. 그것은 왔다가 물러가며, 무덤 쪽으로 나가는가 하면 다시 생명 쪽으로 되돌아오기도 한다. 죽음을 향해 가는 것은 어둠 속을 손으로 더듬는 것과 비슷한 데가 있다.

장 발장은 그런 반 가사 상태 뒤에 다시 기력을 회복하여 어둠을 떨쳐버리듯 머리를 흔들더니 거의 완전히 제정신으로 돌아왔다. 그리고 꼬제뜨의 소맷자락을 움켜쥐고 거기에 키스했다.

"좋아졌습니다. 선생님, 회복되었어요 !"

마리우스가 외쳤다.

"당신들은 둘 다 친절하오" 하고 장 발장은 말했다. "무엇이 나를 괴롭혀 왔는지 그것을 당신들에게 말해 두고 싶소. 나를 괴롭힌 것은, 뽕메르씨 군. 당신이 그 돈을 쓰려고 하지 않았던 일이오. 그 돈은 틀림없는 당신 아내의 것이오. 그 내막을 두 사람에게 설명하리다. 내가 당신들을 만나서 기뻐하는 것도, 첫째는 그 때문이오. 검은 구슬은 영국에서 오고, 흰 구슬은 노르웨이에서 오는데, 그런 건 모두 여기 있는 종이에 써 놓았으니까 나중에 읽도록 하시오. 팔찌에 용접한 고리 대신 그저 끼우기만 하면 되는 고리를 나는 생각해 냈소. 그렇게 하면 깨끗하게 만들어질 뿐 아니라 품질이 좋고 싸게 먹히지. 그러니 얼마나 돈이 벌리는 사업인지 알겠지요. 그런 내막이므로 꼬제뜨의 재산은 분명히 그 아이의 것이오. 나는 당신의 마음을 편하게 해줄까 하여 이런 상세한 말을 하는 거요.”

문지기의 마누라가 계단을 올라와서 빠끔히 열린 문으로 안을 들여다보았다. 의사가 아래로 내려가라고 했다. 그러나 남을 돌보기 좋아하는 노파가 내려가면서 죽어 가는 사람에게 이렇게 말하는 것을 막을 수는 없었다.

“신부님을 부를까요?”

“신부님은 한 분 계시오.” 하고 장 발장은 대답했다.

그리고 그는 손가락으로 머리 위의 한 곳을 가리키는 시늉을 했다. 마치 거기에서 누군가의 모습을 보고 있는 듯했다. 아마 미리엘 주교가 그의 임종을 지켜보고 있었으리라.

꼬제뜨는 가만히 그의 허리 밑에 베개를 괴어 주었다. 장 발장은 말을 계속했다.

“뽕메르씨 군, 염려하지 마시오. 부탁이오. 그 60만 프랑은 분명히 꼬제뜨의 것이니까. 만약 당신이 그 돈을 쓰지 않는다면 내 인생은 무의미한 것이 되고 말 거요! 우리는 그 유리 구슬을 만드는 데 성공했소. 베를린의 보석이라는 것과 경쟁했지. 독일의 검은 유리 구슬에는 아무도 당하지 못하오. 아주 잘 만들어진 구슬을 1200개 넣은 1그로쓰(12다스)가 단돈 3프랑밖에 들지 않으니까.”

소중한 사람이 죽으려 할 때 사람들은 애원하는 듯한, 붙잡고 싶은 듯한 눈길로 그 사람을 지켜보는 법이다. 두 사람 다 너무나 불안해서 입을 꾹 다문 채, 죽음에 대해 무어라고 해야 할지조차 모르고 그저 절망하여 몸을 떨면서 그의 앞에 서 있었다. 꼬제뜨는 마리우스에게 손을 잡힌 채.

시시각각으로 장 발장은 쇠잔해 갔다. 그는 점점 가라앉아 갔다. 어두운 지평선으로 다가갔다. 호흡은 자주 끊기고 조그만 허덕임에도 숨이 막혔다. 팔을 움직이는 것조차 힘들어지고, 두 다리는 전혀 꼼짝도 하지 못했다. 그러나 팔다리의 비참함과 육체의 쇠약이 심해짐과 동시에 영혼의 장엄성은 높아져 점차 이마 위로 퍼져갔다. 미지의 세계의 빛이 이미 그 눈동자 속에 나타나고 있었다.

얼굴은 차차 창백해지면서 동시에 웃음을 띠고 있었다. 이미 거기에는 생명은 없었고 다른 무언가가 깃들고 있었다. 호흡은 약해지고 눈동자는 커졌다. 그것은 날개를 느끼게 하는 하나의 주검이었다.

그는 꼬제뜨에게, 그리고 마리우스에게 가까이 오라고 눈짓을 했다. 분명히 마지막 순간이 온 것이었다. 그리고 그는 멀리서 들려오는 듯한, 또는 두 사람과 그 사이에 벽이 만들어진 것처럼 가녀린 목소리로 두 사람에게 이야기하기 시작했다.

"이리 오너라, 둘 다 가까이 오렴. 나는 너희들을 깊이 사랑한다. 아아! 이렇게 죽어가는 것은 좋다! 꼬제뜨, 너도 나를 사랑해 주었구나. 네가 언제나 이 늙은이에게 애정을 가져주었다는 것을 나는 잘 알고 있었다. 내 허리 밑에 이 베개를 괴어 준 것은 참 고마운 마음씨야! 내가 죽는걸 조금은 슬퍼해 주겠지. 하지만 너무 울면 못쓴다. 나는 네가 정말 슬퍼하기를 바라지 않는다. 너희들은 마음껏 즐거워해야 하니까 말이다.

말하는 것을 잊었구나, 그 잠그는 고리가 없는 팔찌는 다른 어떤 것보다도 벌이가 좋았단다. 1그로쓰에, 다시 말해 12다스에 실제로는 10프랑이지만 60프랑에 팔렸어. 좋은 장사였지. 그러니까 그 60만 프랑에 대해 놀랄 필요는 없단다. 뽕메르씨 군, 그건 부끄럽지 않은 돈이야. 당신들은 아무 거리낌없이 부자가 될 수 있어요. 마차를 사고, 이따금 연극의 특별 좌석을 사고, 무도회의 아름다운 의상도 지어야 해, 꼬제뜨. 그리고 친구들에게 좋은 음식을 대접하고, 마음껏 행복하게 살아야 한다.

나는 바로 조금 전에 꼬제뜨에게 편지를 썼다. 나중에 찾아 보아라. 벽난로 위에 있는 두 개의 촛대를 꼬제뜨, 너에게 물려주겠

다. 은으로 만든 것이지만 내게는 금으로 만든 것과 같고, 다이아
몬드로 만든 것과 같다. 초를 꽂으면 그것은 성당의 큰 촛불로 변
하게 하는 힘이 있다. 내게 그것을 주신 분이 지금 하늘에서 나를
보고 만족해하시는지 어떤지는 모르겠다. 다만 나는 나로서 할 수
있는 데까지 일을 해왔다.

너희들, 너희들은 내가 가난한 사람이라는 것을 잊어버리지 말
고, 어디라도 좋으니까 한쪽 구석에 장소를 표시할 만한 돌 밑에
다 나를 묻어 다오. 이건 내 뜻이다. 돌에는 이름을 새기지 말도
록 해라. 만약 꼬제뜨가 이따금이라도 와 주기만 한다면 난 그것
만으로도 기쁘겠다. 당신도 와 주오, 뽕메르씨 군. 내가 늘 당신
을 사랑했던 것만은 아니었다고 고백해야겠소. 제발 그 점을 용서
해 주시오.

그러나 지금은 이 아이와 당신, 두 사람이 내게는 한 사람이오.
나는 당신에게 깊이 감사하고 있소. 당신이 꼬제뜨를 행복하게 해
주리라는 것을 나는 알고 있소. 아시겠소, 뽕메르씨 군. 이 아이
의 아름다운 장밋빛 뺨은 내 기쁨이었소. 조금이라도 안색이 나쁘
면 나는 슬퍼지곤 했소. 벽장 속에 500프랑짜리 지폐가 한 장 있
을 거요. 나는 그것을 쓰지 않고 두었소. 그것은 가난한 사람들을
위한 것이오.

꼬제뜨, 거기 그 침대 위에 네 조그마한 드레스가 있지? 그걸
기억하겠니? 그로부터 겨우 10년밖에 안됐다. 세월이 흐르는 건
참 빠르구나. 우리는 참으로 행복했다. 그러나 이미 끝난 일이다.
자, 둘 다 울지 마라, 나는 그렇게 멀리 가는 게 아니니까. 거기
서 너희들을 보고 있겠다. 밤이 되거든 하늘을 올려다보렴, 틀림
없이 내가 빙긋이 웃는 것이 보일 테니까.

꼬제뜨, 너는 몽페르메이유에서 있던 일을 기억하느냐? 너는
숲 속에서 무척 무서워했지. 생각나니? 내가 물통 손잡이를 들어

주던 일 말이다. 내가 네 조그마한 손을 만진 것은 그때가 처음이
었다. 그 손은 말할 수 없이 차가웠지! 아아, 아가씨, 당신의 손
은 그때 새빨갰는데, 지금은 정말 뽀얗군요. 그리고 커다란 인
형! 기억나니? 너는 그 인형에게 까뜨린느라고 이름을 지어주
었지. 그것을 수도원에 가져가지 않은 것을 네가 얼마나 분해했는
지 !

　너는 또 얼마나 나를 웃게 해 주었는지 모른다. 내 다정한 천
사! 비가 개었을 때, 너는 냇물에 지푸라기를 띄우고 그것이 흘
러가는 것을 보고 있었다. 언젠가 나는 너에게 버드나무 가지로
만든 라켓하고 노랑과 파랑과 초록빛 깃털이 달린 공을 사준 일이
있었어. 이젠 잊었겠지, 너는. 너는 어렸을 때 무척 장난꾸러기였
어. 매일 다쳤지, 제 귀에 버찌를 집어 넣기도 했어.

　그러나 이도저도 이젠 다 지나간 일이다. 아이를 데리고 지나간
숲, 산책을 하던 숲, 몸을 숨겼던 수도원, 여러 가지 장난과 동심
으로 돌아갔던 웃음, 그것들도 지금은 어두운 그림자가 되어 있
다. 나는 그것들이 모두 내 것인 줄 알았구나. 그것이 내가 어리
석은 점이었다. 저 떼나르디에 집안은 모두 나쁜 사람들이었다.
그러나 그들을 용서해 주어야 한다.

　꼬제뜨, 이제야 겨우 너에게 네 어머니의 이름을 일러 줄 때가
왔구나. 네 어머니는 팡띤느라고 했다. 그 이름을 단단히 외어 두
거라, 팡띤느란다. 그 이름을 부를 때마다 무릎을 꿇어라. 너의
어머니는 무척 고생했단다. 너를 무척 사랑했지. 지금 네가 행복
한 가운데서 가지고 있는 모든 것을 네 어머니는 불행 속에서 가
지고 있었다. 그것이 하느님의 섭리라는 거다. 하느님께선 높은
곳에서 우리들을 모두 보고 계신다. 그리고 커다란 별들 사이에서
자신이 하시는 일을 알고 계신다.

　자, 너희들, 나는 이제 가련다. 언제까지나 서로 깊이 사랑해

라. 서로 사랑한다는 것, 이 세상에 그 외의 것은 별로 중요하지 않단다. 너희들은 여기서 죽은 불쌍한 노인도 가끔은 생각해 다오. 아아, 꼬제뜨! 요즈음 쭉 너를 만나지 못했지만, 그건 내가 나빠서가 아니야. 그 때문에 나는 가슴이 터질 것처럼 슬펐단다. 나는 네가 사는 거리 모퉁이까지 곧잘 가곤 했단다. 내가 지나다니는 것을 본 사람들은 매우 이상하게 생각했을 거다. 나는 미친 사람 같았다. 한 번은 모자도 쓰지 않고 밖에 나간 일도 있었어.

내 자식들아, 이제 눈이 잘 보이지 않는구나. 아직도 더 할 말이 있는데, 그러나 그것도 이젠 상관없다. 다만 가끔 나를 생각해 다오. 너희들은 축복받은 사람들이다. 아아, 나는 어떻게 될까, 나도 모르겠다. 다만 빛이 보이는구나. 좀더 가까이 오너라. 나는 행복하게 죽어 간다. 너희들의 사랑스러운 머리를 이리로 내밀어 주렴, 내 손을 그 위에 얹게 해 다오."

꼬제뜨와 마리우스는 망연자실하여 눈물에 젖은 채 저마다 장 발장의 손에 매달리면서 쓰러질 듯이 무릎을 꿇었다.

그 엄숙한 손은 이미 움직이지 않았다. 그는 반듯이 쓰러졌고, 두 촛대의 희미한 빛이 그 모습을 비추고 있었다. 그 흰 얼굴은 하늘을 올려다보고 있었다. 그의 두 손은 꼬제뜨와 마리우스의 키스로 덮였다. 그는 죽어 있었다.

밤 하늘은 별도 없고 한없이 어두웠다. 아마도 그 어두운 암흑 속에는 어떤 거대한 천사가 두 날개를 펴고 흠없는 한 영혼을 기다리며 서 있었을 것이다.

풀은 감추고, 비는 지운다

뻬르 라셰즈 묘지를 찾으면, 묘석이 아름다운 도시처럼 늘어선 지역에서 멀리, 영원 앞에 죽음의 추한 모습을 늘어놓고 있는 갖가지 환상이 깃들인 무덤들에서 멀리, 공동묘지 가까운 쓸쓸한 한 구석

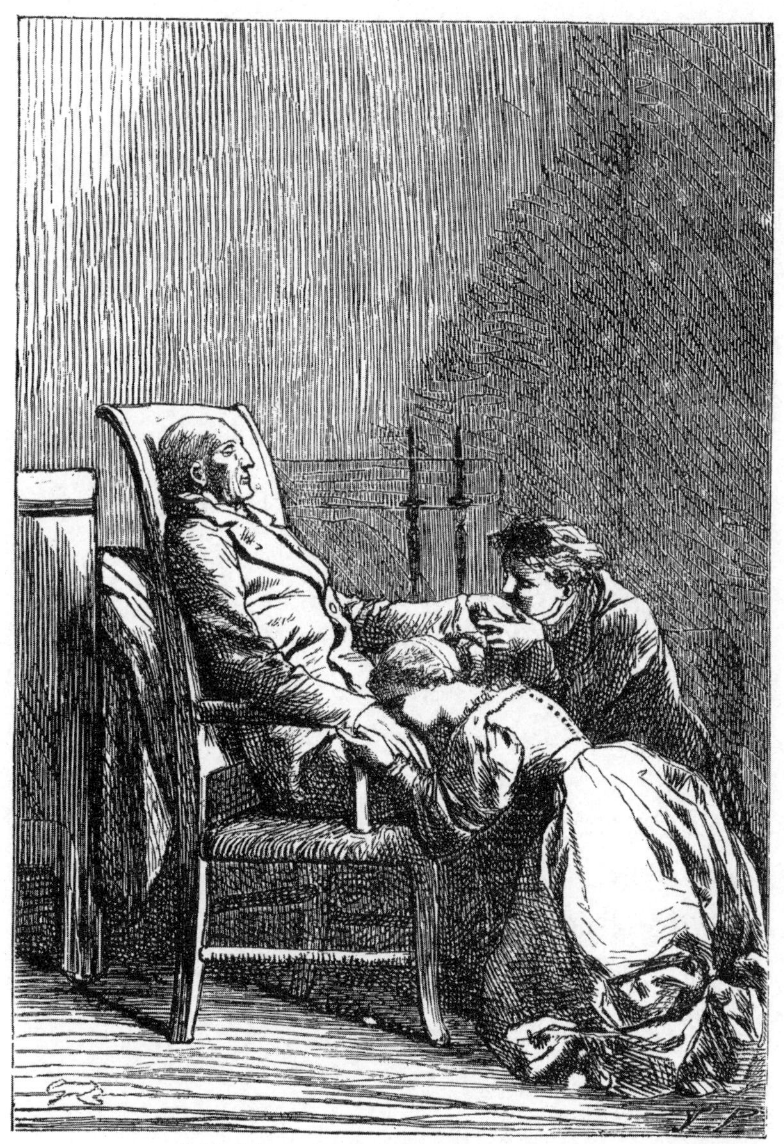

그의 두 손은 꼬제뜨와 마리우스의 키스로 덮였다.

에, 낡은 담벽을 따라 갯보리와 이끼에 섞여서 메꽃덩굴이 기어올라 간 커다랗고 늘푸른 바늘잎 나무 한 그루 밑에 돌이 하나 있다. 그 돌도 다른 돌과 마찬가지로, 오랜 세월의 산화 작용과, 곰팡이, 이끼, 그리고 새똥 같은 것을 면하지 못하고 있었다. 물은 그 돌을 푸르게 만들었고, 공기는 그것을 검은 빛을 띠게 만들었다. 그곳은 어느 오솔길에서도 가깝지 않고, 주위에는 풀이 높이 우거져 있어서, 금세 발이 젖기 때문에 아무도 거기까지 들어가 보려고 하지 않았다. 엷은 햇빛이 비칠 때는 도마뱀이 그곳에 찾아든다. 주위에 가득히 야생 귀리가 바람에 흔들리고 있다. 봄에는 멧새가 늘푸른 바늘잎 나무에서 노래한다.

그 돌에는 아무런 장식도 없다. 다만 묘석으로 쓸 생각으로 자른 것이어서, 겨우 사람 하나를 덮을 만한 길이와 폭이 되도록 한 것 외에는 아무런 배려의 자취도 보이지 않았다.

이름도 적혀 있지 않았다.

다만 수년 전에, 누군가가 다음과 같은 4행 시구를 연필로 적어두었는데, 그것도 비와 먼지 때문에 점점 알아보기 어려워져서, 아마 지금은 지워져 흔적조차 없어졌을 것이다.

　　그가 잠들었네. 운명은 그에게 몹시 가혹했어도
　　그는 살았네. 천사를 잃어버리자 그는 죽었네.
　　올 일은 찾아왔네
　　낮이 가면 밤이 오듯이.

기구한 운명에도 견디어 온 그가 여기 잠들었네.

빅또르 위고의 생애

앙드레 모르아/이희영 옮김 (빠리사회과학고등연구원박사과정)

벌거벗은 사나이

1770년 무렵 낭시 모세유에 산림 벌채권과 토지를 좀 가진 조제쁘 위고라는 목수가 있었다. 위고라는 성은 로렌 지방 어디에서나 흔히 들을 수 있는 본디 독일인의 것이었다. 한편 16세기 왕실 근위대 대위로 있다가 작위를 받은 조르쥬 위고, 에스띠발 수도원장을 거쳐 삐똘레메 추기경이 된 루이 위고라는 인물이 있었다.

낭시의 목수 조제쁘 위고와 삐똘레메 추기경 루이 위고 사이에 어떤 혈연관계가 있는 것은 아닐까?

그 정확한 내용은 아무도 모른다. 그러나 조제쁘 위고의 아들들은 삐똘레메 추기경과 한 핏줄임을 내세우기 좋아했다. 이들은 삐똘레메 추기경과 아무 혈연관계가 없다면 그라삐니의 프랑수아 위고 백작이 목수인 자기 아버지를 왜 "형제"라고 불렀겠느냐며 되물었다. 프랑수아 백작이 조제쁘 위고에게 보내 온 편지도 몇십 통에 이르렀다.

조제쁘 위고는 첫부인 디둥네 베슈, 둘째 부인 잔느 마르그리트 미쇼 사이에 12남매(5남 7녀)를 두었다. 아들들은 모두 나뽈레옹 보나빠르뜨의 혁명군에 가담했다. 그 가운데 둘은 위센부루 전투에서 숨지고 나머지 셋은 장교가 되었다.

셋째 아들 레오뽈 시기베르 위고는 1773년 11월 15일 낭시에서 태어났다. 그는 머리숱이 많고 앞이마는 좁으며 들창코에 육감적인 두툼한 입술을 가졌으며 눈은 부리부리했다. 언뜻 보기에 매우 거친 인상을 주었다. 하지만 그 눈빛은 이지적이었으며, 미소지을 때는 얼굴 가득 매력이 넘쳤다. 레오뽈은 낭시 종교학교에 입학했으나, 15살 때 나뽈레옹군을 따라 나서는 바람에 학업을 그만두었다.

1792년 그는 라인 연대 청년 장교로서 클레베르 연대장, 드세 소위, 조제핀(^{나뽈레옹 1세}_{의 첫부인})의 전남편 알렉쌍드르 드 보아르네 장군과 가까운 사이가 되었다. 전투에서 여러 차례 부상을 입었으며, 그가 탄 말들이 적탄에 맞아 쓰러졌다. 1793년 레오뽈은 방데 지방 반란 진압작전 뒤 소령으로 진급했다.

레오뽈은 자신의 모든 것을 혁명에 바쳤다. 혁명과 나뽈레옹에 대한 그의 열정은 편지 끝마다 반드시 "벌거벗은 사나이, 브루투스 위고"라는 서명을 써넣을 정도로 뜨거웠다. '샤레트의 산적들'도 레오뽈 위고 소령의 뜨거운 심장만은 인정했다. 프티오베르네의 라르노디에르 장원(莊園) 여주인 소피 트레뷔셰는 자신이 나뽈레옹군에 적대하는 왕당파임에도 불구하고 레오뽈의 인간미에 감탄한 나머지 그를 위해 특별 연회까지 베풀었다.

정열에 찬 좀 오만한 듯한 인상에 크고 아름다운 갈색 눈동자를 가진 젊은 여주인 소피 트레뷔셰는 한때 노예상을 했던 선장의 딸이자 낭뜨 수비대 검찰관 르노르망 뒤뷔송의 외손녀다. 일찍 부모를 여읜 소피는 왕당파이자 볼떼르(^{프랑스의 대표}_{적 계몽사상가})주의자인 숙모 슬하에서 자란다. 그녀는 자연스레 숙모에게 사상적으로 영향을 받는다.

그러나 이 같은 사상적 차이가 레오뽈과 소피 사이를 가로막지는 못했다. 레오뽈은 그녀를 실망시키지 않으려 여러 모로 노력했다. 전쟁이라는 북새통 속에서도 그는 라르노디에르 장원의 부녀자들을 구해 냈다. 소피 또한 그와 함께 보카즈의 오솔길을 걸으면 뭔지 모를 즐거움과 푸근함을 느꼈다. 소피는 레오뽈과 함께 있을 때마다 반왕정 혁명전쟁의 불경스러움을 주장했다. 소피의 왕정옹호에 대해 레오뽈은 공화파의 행동이 왜 정당하며 왕정의 부패가 어느 정도에 이르렀는지를 이야기했다. 어떻든 그는 이 젊고 매력적인 여성의 강인한 성격에 감탄을 금치 못했다.

라인 연대 제8대대가 빠리로 재배치되어 이 불협화음의 전원 교향곡은 막을 내렸다. 그러나 레오뽈은 빠리로 돌아온 뒤에도 그의 '작은 샤또브리앙' 소피를 잊지 못해 편지를 거듭 보냈다. 많은 편지가 오고 간 끝에 레오뽈은 그녀에게 구혼하기에 이르렀다.

소피 트레뷔셰는 한 살 위인 오빠 말고는 의지할 데가 없었다. 누군가의 보살핌이 필요했던 그녀는 오빠와 함께 빠리로 올라와 레오뽈 위고를 찾았다. 레오뽈이 들뜬 기분에 쉴새없는 찬사에 소피는 현기증을 느낄 정도였다. 드디어 그들은 1797년 11월 15일 피델리떼 8가 시민홀에서 결혼식을 올렸다.

위고 부부는 결혼 뒤 빠리에서 2년 동안 신혼생활을 보냈다. 소피에 대한 레오뽈의 사랑은 참으로 극진했다. 소피와 마주앉으면 그의 입은 다물어질 줄 몰랐으며, 떠들썩한 웃음 소리와 농담이 끊이지 않았다. 그러나 레오뽈의 수다와 농담은 때로 소피에게 말 못할 피로감과 곤혹스러움을 안겨 주었다. 그녀는 이 황소 같은 사나이의 끊임없는 정력에 거의 기진맥진한 상태였다. 그러면서도 남편에게 지지 않으려는 그녀의 억센 기질과 혼자만의 세계를 유지하려는 태도에는 변함이 없었다.

소피와 세 아들

1798년 레오뽈 위고 부부는 첫아들 아벨을 얻었다. 다음해 레오뽈은 아내 곁을 떠나 부대로 되돌아갔다. 이 무렵 소피는 결혼생활에 지친 데다 남편 이상으로 열렬한 사랑을 호소해 오던 한 사나이와 사랑하는 사이가 되었다.

소피는 남편에게 편지를 보내 임신중인 둘째 아이는 고향 브르타뉴에서 낳고 싶다고 했다. 고향으로 돌아가겠다는 이야기였다. 따뜻하고 다정하던 아내의 편지가 하루아침에 얼음장같이 차갑게 변한 것을 보고 레오뽈은 자신의 머리칼을 쥐어뜯었다. 그러나 둘째 아들 으젠느가 태어나자, 소피는 레오뽈 위고 부대가 주둔해 있던 뤼네빌르로 가 남편과 재회했다. 위고 소령은 이 고장 행정관에 임명되어 있었다.

1801년 뤼네빌르에서 브장송으로 가는 길에 위고 부부는 산 속으로 산책을 나간 일을 계기로 위고 집안의 세 번째 아이를 얻게 되었다. 이 셋째 아들은 1802년 2월 26일 브장송에 있는 17세기에 지어진 오래된 저택에서 태어났다. 빅또르 라오리 장군과 브장송 수비대 사령관 자끄 드르레의 부인 마리가 이 아이의 대부와 대모가 되었다. 세례명도 빅또르 마리로 지었다. 의사는 아이가 너무 허약하여 곧 숨을 거두지나 않을까 염려했다.

빅또르가 태어난 지 6주일 뒤 위고 소령은 마르세유 연대의 대대장으로 부임하라는 명령을 받았다. 마르세유 연대는 산토도밍고에 투입될 부대였다. 레오뽈은 자기 앞에 큰 위험이 다가오고 있음을 느꼈다. 어쩌면 자신이 희생양이 될지도 모른다고 생각했다. 그래서 그는 아내를 빠리로 보내 조제쁘 보나빠르뜨 ^(나뽈레옹 1세의 형으로 나중에 나폴리와 스페인의 왕이 됨)와 클라르크 장군과 라오리 장군에게 명령을 취소해 주도록 호소해 보려고 결심했다.

적의 소굴에서 벗어나려면 무슨 수를 써서라도 마르세유 연대에

가는 것을 피해야만 했다. 소피는 세 아이를 남겨두고 혼자 빠리로 가야 한다는 생각에 잠시 망설였지만 결국 남편의 뜻을 받아들였다.

레오뽈은 '빅또르가 생후 16개월째가 되던 1803년 6월 엄마를 찾으며 몹시 울었다'고 말한다. 빅또르는 몸에 비해 머리가 너무 커 기형아나 난쟁이 같았다. 그리고 뚜렷한 이유가 없는데도 혼자 방에 들어박혀 소리없이 울곤 했다. 어쩌면 삼형제의 막내로 태어나 어머니 없이 자라는 슬픔이 이 어린아이의 가슴에 깃들여 있었는지도 모른다. 일생을 통해 내면에서 샘솟는 줄기찬 활력에도 어찌할 수 없었던 빅또르 위고의 감상주의적인 성격은 이때부터 형성된 것이라고 말하는 사람들도 있다.

1803년 레오뽈의 부대는 엘바로 떠났다. 엘바의 포르토페라조에서 소피는 가족과 재회했으나 겨우 4달을 지낸 뒤 1803년 11월 아이들을 데리고 빠리로 가버렸다. 빠리에서 라오리 장군이 그녀를 기다리고 있었다. 그녀는 엘바에서 지내면서 자신이 진정으로 원하는 게 무엇인지 깨닫게 된 것이다.

샤또브리앙이 되고 싶은 소년

빅또르 위고가 유년시절의 추억 가운데 가장 까마득한 일로 기억해 내는 것은 빠리 클리시의 집에 대해서다. 그는 어머니가 자신을 몽블랑의 학교로 보낸 일, 아침마다 이 학교 교장의 딸 로즈의 방으로 끌려가 그 소녀가 자리에서 일어나 스타킹을 신는 모습을 멍하니 바라봤던 일들을 어른이 된 뒤에도 떠올리곤 했다.

한편 이때 빅또르의 아버지 레오뽈은 이탈리아에 가 있었다. 유명한 동생 때문에 전쟁터로 내몰린 조제쁘 보나빠르뜨는 나폴리 왕국을 정복하라는 명령을 받고 있었다. 레오뽈은 조제쁘 보나빠르뜨 휘하에서 복무했는데 그에 대한 조제쁘의 배려는 각별했다. 소피는 다달이 남편에게 돈을 요구하면서도 남편의 일에는 아무 관심도 기울이지 않았다. 이미 남편은 없는 것이나 다름없었다. 레오뽈 위고는 월급의 반을 그녀에게 보내고 있었다. 이윽고 레오뽈에게 출세의 기회가 찾아왔다.

조제쁘가 그를 근위대 대령으로 승진시켜 아벨리노의 지방관에 임명한 것이었다.

그러나 이 무렵(1807) 라오리 장군의 처지는 악화일로였다. 정적 페세에게 쫓겨 빠리에 얼씬도 할 수 없었던 것이다. 이렇게 되자 소피는 자녀 양육문제 때문에 남편에게 돌아가기로 결심했다. 오직 필요에 따른 결정이었다. 1807년 10월 그녀는 라오리 장군에게 한 마디 말도 없이 세 아들을 데리고 남편이 있는 이탈리아로 떠났다.

이때 빅또르는 5살 난 어린아이면서도 매우 예민하고 관찰력이 뛰어났다. 그는 프랑스 국경을 넘는 마차여행을 결코 잊지 못했다.

아버지 곁으로 온 세 아들은 '요정의 나라'에서 살게 되었다. 그중에서도 특히 빅또르 위고가 첫해를 보낸 요정의 나라는 더욱 멋졌다. 이들 삼형제는 깊은 골짜기를 끼고 개암나무 그늘로 가려진 오래된 대리석 궁전에서 살았다. 더 이상 학교에 다닐 필요가 없는 완전한 자유였다. 나날이 공휴일 같았다. 빅또르는 이 시절의 추억을 가장 좋아했다. 자주 만날 수 없었지만 아버지 레오뽈 위고는 가끔 대검 묘기를 보여 주면서 아들들과 놀아 주었다. 번쩍거리는 투구를 쓴 기수를 데리고 궁전 안 대회의장에 참석해 있는 아버지의 모습은 더욱 멋있었다. 이것이 나뽈레옹 1세 황제의 형 나폴리 왕이 사랑하던 아버지, 어린 빅또르의 이름을 근위대의 점호 명부에 올려 주었던 아버지였다. 이때부터 빅또르는 군인으로 자처했다.

레오뽈과 아내 소피 사이는 여전히 냉랭했다. 도무지 화해가 이루어지지 않았다. 아이들도 그 싸움이 무슨 까닭에서인지 막연하게나마 알고 있었다. 어쨌든 세 아들은 아버지를 자랑스럽게 여겼으며, 또 아버지가 어머니에게 몹시 화가 나 있는 것도 알았다.

그들은 나폴리에 오래 머물 수 없었다. 소피가 아이들을 데리고 나폴리로 간 뒤, 스페인 왕으로 내정된 조제쁘 보나빠르뜨가 레오뽈을 마드리드로 보낸 것이다. 그는 비록 아이들을 양육하지 못하게 되더라도 아내와 재결합할 생각은 없었다.

1809년 2월 4000프랑의 연금을 받게 된 소피는 루이 16세의 왕비 앙투와네뜨가 건립한 오래된 수도원이 있던 페이앙틴에 어마어마한 규모의 저택을 세웠다. 빅또르는 그 저택의 드넓은 정원에서 형들과 함께 웃고 뛰놀며 유년시절을 보냈다. 그는 이때 일을 떠올리기만 해도 다시 한 번 철모르던 그 어린 시절로 돌아가는 것만 같다고 회고하곤 했다.

빅또르의 아버지 레오뽈 위고는 장군으로 승진하여 조제쁘 보나빠르뜨 스페인 왕의 총독이 되었다. 스페인 왕은 그에게 스페인 귀족 작위 및 온갖 영예와 하사금을 내려 주었다.

1811년 봄, 소피는 남편으로부터 호위병을 보내니 바이옹으로 와서 합류하라는 기별을 받았다. 그녀는 여행에 싫증이 나 있었다. 그러나 이 소식은 아이들을 흥분시키기에 충분했다. 그들은 마차를 타고 여행하는 게 너무도 즐거웠다. 특히 빅또르의 관찰력은 아주 날카로워 20년이 지난 뒤에도 그때 마차 밖으로 단 한 번 슬쩍 보았던 앙굴렘 대성당 뽀족탑의 모습을 선명하게 그려냈다. 그리고 또 호위병들을 기다리며 한 달 동안 머물렀던 바이옹 거리의 모습을 마치 눈앞에서 보듯 기억해 내곤 했다.

빅또르는 스페인에 닿자 곧 이 나라가 좋아졌다. 스페인은 프랑스와 전혀 달랐다. 별이 수놓아진 침대, 백조의 목 모양을 한 안락의자, 스핑크스를 본뜬 벽난로 장작 받침쇠, 여러 가지 황금색 장식품들에 익숙해진 그의 눈이 스페인의 우중충한 침대, 무겁고 정교한 은쟁반, 빅또르는 격자 창살 창문에 달라붙어 떨어질 줄 몰랐다. 스페인에서 보고 듣는 모든 것은 그에게 일종의 공포감을 안겨 주었다. 그러나 이 공포감은 무서우면서도 달콤한 것이었다.

여행 첫날부터 어린 빅또르는 에르나니, 돈 뤼 고메즈, 돈 살루테, 뤼 블라스 등 갖가지 이름을 가지고 나타나는 스페인 요정의 추적을 받게 된다. 이 이름들은 한결같이 피와 황금의 냄새를 풍겼다. 빅또르가 처음 만난 요정은 큰 눈, 흑단 같은 머리칼, 붉은 입술, 복숭아빛 뺨, 황갈색 피부를 가진 14살 스페인 소녀 안달루시안 페파이였다.

아벨과 으젠느와 빅또르 삼형제는 모두 시를 썼다. 빅또르의 연습장은 늘 습작시들로 가득차 있었다. 그의 사상은 자연히 시 형식에서도 고전적 운율을 띠게 했다. 소피는 언제나 아이들 마음을 사로잡고 있었다. 그녀는 아들들에게 존경심과 복종을 요구했고, 또 그것을 얻어냈다.

1813년 레오뽈 위고는 조제쁘 보나빠르뜨의 패배와 더불어 프랑스로 돌아왔다. 프랑스에 돌아온 레오뽈은 소피가 또마 부인 또는 살카노 공녀(公女)라고 부르던 까뜨린느 또마라는 여인과 장남 아벨을 데리고 포에 칩거했다. 그는 스페인에서는 장군이었지만 프랑스에서는 한낱 대대장에 불과했던 것이다. 소피에게 보내던 연금도 끊어졌다.

레오뽈은 현역 복무를 요청하여 1814년 1월 9일 티옹빌 수비대 대장으로 발령받았다. 그는 티옹빌 수비에 최선을 다하여 나뽈레옹 1세의 폐위 소식이 전해진 뒤에야 비로소 적에게 항복했다. 아벨은 빠리의 어머니에게로 돌아갔고, 소피는 어깨가 넓은 미남 청년이 된 아들을 자랑스러워했다.

레오뽈은 1814년 5월까지 티옹빌의 수비대 대장으로 복무했다. 이때 소피가 아들 아벨을 데리고 연금문제로 티옹빌을 찾아왔다. 그 뒤 이 부부 사이의 불화는 증오로 변하여 마침내 레오뽈은 '이 가증스러운 여자'로부터 자신의 아들들을 구해내기로 작정했다. 그해 9

월 빠리로 오자마자 빅또르와 으젠느를 아버지의 권한으로 꼬르디에 기숙학교에 넣었다.

1815년 레오뽈은 수비대 대장이 되어 티옹빌로 되돌아갔다. 이때 그는 두 아들을 기숙사에서 나오게 하여 미망인인 심술궂은 누이에게 맡겼다. 아이들은 도저히 고모와 친해질 수 없었다. 어떤 때는 반감을 공공연히 드러내며 "마담"이라고 부르기도 했다. 그들은 어머니 생각만 했다. 페이앙틴과 꼬르디에 기숙학교라는 낙원을 경험한 그들에게 고모와의 생활은 암울하고 황량한 고행자의 생활과도 같았다.

빅또르와 으젠느가 쓴 시에는 어머니에 대한 끝없는 그리움이 나타나 있다. 아들들과 함께 살 수 없게 된 소피는 학교로 그들을 만나러 오곤 했다. 이들의 문학 습작장에는 몇천 편의 시, 완벽한 형태의 희곡, 오페라, 멜로 드라마, 5막으로 된 비극시 초고, 렘브란트를 연상케 하는 섬세한 선의 삽화를 곁들인 서사시 등 수많은 작품이 실려 있었다. 이렇게 습작을 하는 한편 빅또르는 종합기술 시험을 준비하고 있었고 과학 과목의 점수도 좋았다.

1816년 말부터 빅또르는 두 살 위인 작은 형 으젠느와 함께 루이르 그랑 대학에서 공부했다. 수강 시간이 아침 8시에서 오후 5시까지였기 때문에 시를 쓰려면 밤시간을 이용해아 했다. 빅또르는 다락방에서 촛불을 켜놓고 시를 썼다. 이 다락방은 6월에는 화덕 같고 12월에는 얼음상자 같았다. 그는 이 다락방 창문을 통해 쌩 쒤삐스 탑 위의 까치 신호기를 바라보곤 했다. 시 습작에 너무나 몰두하여 여러 주일 밤마다 침대 속에 엎드려 글을 썼기 때문에 무릎이 까지기도 했다.

빅또르는 솔직하고 자세한 기록을 남겨 놓았다. 14살이 되던 1816년 7월 10일 일기에서 그는 "샤또브리앙 ^(1768~1848, 프랑스 낭만파 문학의 선구자. 후에 외교계에도 진출함) 처럼 되고 싶다. 그렇게 되지 못한다면 어느 누구도 닮고 싶지 않다"

라고 쓰고 있다.

그가 이처럼 샤또브리앙을 좋아하게 된 데에는 충분한 이유가 있
다. 로마수사학에 심취해 있던 프랑스는 1789년 이후 장중미와 위
대함을 추구하고 있었다. 이 점에서 빅또르는 처음으로 어머니와 견
해를 달리하게 되었다. 빅또르가 《아딸라(*Atala*, 샤또브리앙의 1801년 작품)》를 칭찬한 데
비해 18세기 여자인 그의 어머니는 '아! 라라' 같은 바보스러운 풍
자 문학을 즐겨 읽었다.

1818년 2월 3일 중요한 사건이 일어났다. 빅또르의 부모가 법적
으로 이혼한 것이다. 그해 8월 빅또르와 으젠느는 꼬르디에를 떠나
쁘띠오귀스띤느 거리의 어머니와 함께 살게 되었다.

자식의 재능에 대한 어머니의 신뢰감만큼 자녀에게 좋은 것은 없
다. 소피는 아들들에게 법학공부를 강요하는 것과 같은 어리석은 짓
은 하지 않았다. 자식들을 훌륭한 관리로 키우겠다는 남편과의 약속
은 종이조각에 불과했다. 사실 으젠느와 빅또르는 2년 동안 대학에
등록하고 있었으나 거의 한 번도 강의실에 가지 않았고, 시험도 치
르지 않았다. 자식들의 재능에 큰 기대를 갖고 있던 소피는 아들들
이 변호사나 관리보다 위대한 작가가 되기를 더 바랐다. 매일 저녁
그들은 삐에르 푸셰 가족이 살고 있는 셰르슈미디 거리까지 산책을
나갔다.

사자의 용기를 준 사랑

셰르슈미디 거리의 뚤루즈 호텔에는 젊고 아름다우며 신앙심 깊
은 푸셰 부인과 스페인형 미인인 그녀의 딸 아델이 머물고 있었다.
아델은 위고 형제들과 어린 시절 소꿉 친구였다. 그러나 그들은 10
년 전 페이앙틴에서 이 사랑스러운 소녀에게 그네와 손수레를 태워
주며 함께 놀았다는 사실을 믿을 수가 없었다.

어느 날 아델과 빅또르가 큰 밤나무 아래에 함께 앉아 있을 때,

아델이 빅또르에게 물었다.

"빅또르, 너 비밀이 있지? 다른 무엇보다도 큰 비밀 말이야."

빅또르는 아델의 물음에 그렇다고 대답했다. 그러자 그녀가 다시 말했다.

"잘 들어 봐, 빅또르! 그 비밀을 나에게 말해 줘. 그러면 내 비밀도 말해 줄게."

"내 비밀은 너를 사랑한다는 거야."

"내 비밀도 바로 그거야."

빅또르의 고백에 아델도 사랑을 털어놓았다. 1819년 4월 26일의 일이었다. 그러나 그들은 둘 다 수줍은 편이었고 몸가짐이 단정했다. 빅또르는 열렬했으며 진지했고, 아델은 신앙심이 깊었다. 이 때문에 두 사람 사이는 매우 순수했다. 빅또르는 뒷날 이런 말을 했다.

"아델로부터 사랑의 고백을 들은 뒤 사자와 같은 용기를 느꼈다."

자식들에 대한 소피의 모성애는 거의 소유욕에 가까운 것이었다. 그녀는 빅또르를 질투하고 자랑스러워했다. 그녀는 빅또르에게 눈부신 미래가 운명지워져 있다고 굳게 믿었다. 빅또르는 레오뽈 위고 백작의 아들이기도 했다. 그가 인생의 파멸을 기꺼이 받아들일 만한 일이, 18살 나이에 아델과 결혼하려 했다 한들, 과연 가능했을까? 그러나 어머니를 불안에 떨게 할 이 같은 일이 그에게는 일어나지 않았다. 빅또르는 그의 어머니가 주관이 뚜렷하고 냉혹하며 사랑에 뜨거운 이상으로 증오에도 뜨겁다는 사실을 잘 알고 있었다.

이리하여 사랑은 그를 피해 갔고, 그는 일 속에서 위안을 얻으려 했다. 아벨은 위고 집안 삼형제의 독자적인 잡지 발행을 결심했다. 그들의 스승 샤또브리앙이 〈보수주의자(*Conservateur*)〉라는 잡지를 발행하고 있었는데, 이 이름을 본따 자기들 잡지에는 〈문학 수호자(*Conservateur littéraire*)〉라는 이름을 붙였다.

이 잡지는 1819년 12월부터 1821년 3월까지 발행되었는데, 주로 빅또르가 편집하고 글을 썼다. 〈문학 수호자〉를 읽어 보면 지금도 그 10대 소년의 박식과 지성에 놀라움을 금할 수 없다. 빅또르는 문학과 연극 비평과 그리고 특히 라틴 및 그리스 문학에 대해 풍부한 고증을 갖고 모든 점을 말하고 있다. 그의 문학적 깊이가 어떤 수준에 이르렀는지 알 수 있다.

그는 또 열정적인 연애소설 《아이슬란드의 한(*Han d'Islande*)》을 써서 자신의 사랑을 노래했다.

이 소설에서 빅또르는 자신은 오르드네르로, 아델은 에텔로 묘사하고 있다. 이 미완성 작품 《아이슬란드의 한》은 〈문학 수호자〉의 발행이 중단되는 바람에 여기에 게재되지는 않았다. 〈문학 수호자〉는 발행이 중단되었다기보다 〈문학과 예술의 연대기(*Les Annales de la Littérature et des Arts*)〉에 통합되었다는 것이 좀 더 정확한 표현일 것이다. 한 잡지가 다른 잡지에 통합된다는 건 명예스러운 후퇴를 말했다. 〈문학 수호자〉는 빅또르에게 매우 귀중한 경험을 주었다. 이 뛰어난 청년의 내부에는 모든 일에 극적인 집중력을 부여할 수 있는 위대한 언론인의 재능과 함께 그 이상의 무엇이 들끓고 있었다.

뜰 하나 없는 3층 아파트 생활에 싫증난 어머니 소피는 1821년 1월 아벨이 마련해 준 메지에르 거리 10번지의 아파트 1층으로 옮겨갔다. 아벨, 으젠느, 빅또르 삼형제는 어머니가 이사간 새 아파트를 수리하느라 몇 날 며칠 일했다. 페인트를 새로 칠하고 실내 장식을 바꾸고 아파트 앞 정원의 흙을 파 나무를 새로 심는 등 분주했다. 소피는 이사 뒤의 피로가 겹쳐 감기에 걸렸다. 그것이 끝내 급성 폐렴으로 악화되어 자식들의 극진한 간호도 보람없이 그해 6월 27일 아침 아들들의 품에 안겨 숨을 거두었다.

아델의 어머니 푸세 부인이 메지에르 거리로 문상왔다가 빅또르에게 빠리를 떠날 것을 권유했다. 빠리는 생활비가 너무 많이 드는데다 위고 형제들의 가난한 생활이 보기에 딱했던 것이다. 빅또르는 어머니의 죽음을 아버지에게 알렸다.

푸셰 집안 사람들은 여느 해처럼 빠리 교외에 여름 별장을 세내어 그곳으로 빅또르를 초대했다. 빅또르는 처음 한동안 망설였으나 결국 푸셰 부인의 초대를 받아들이기로 결정했다.

푸셰네 가족은 7월 15일 마차 편으로 빠리를 떠났고, 빅또르는 바로 다음날 이들 뒤를 따랐다. 그러나 삐에르 푸셰는 아직 빅또르를 자신의 집에 받아들이려 하지 않았으며, 아델과의 약혼도 발표하지 않았다. 하는 수 없이 빅또르와 아델 두 사람은 편지를 주고받는 것으로 만족해야 했다.

1822년 3월 8일 빅또르는 드디어 아버지에게 아델과의 결혼을 승낙해 달라는 편지를 보내기로 작정했다. 그는 편지에서 아델이 천사같이 아름답고 마음씨가 곱다는 점을 누누이 강조했다. 아델도 빅또르가 편지를 쓰고 있는 것을 옆에서 지켜보았고 회답을 기다리며 불안한 나날을 보냈다.

두 사람은 만일 빅또르의 아버지가 반대한다면 함께 외국으로 달아나 결혼하기로 약속했다. 사랑의 도피행이란 세르슈미디 거리의 양갓집 딸로서는 엄청난 모험이었다. 그러나 이 같은 모험은 할 필요가 없어졌다. 위고 장군이 몇 가지 조건을 붙여 이들의 결혼을 승낙한다는 내용의 편지를 보내 왔던 것이다.

“네 소원을 내가 들어주지 않은 적이 없지 않느냐. 그러니 네 소원이 이뤄질 것으로 기대해도 좋다. 그러나 결혼에 앞서 가족을 먹여 살릴 만한 생계 수단을 가져야 한다. 네 재능이 뛰어나다고들 하더라만 나는 문학이라는 것을 하나의 직업으로 보지 않는다. 아무튼 일자리를 구해 보도록 하거라.”

빅또르는 《오드(*Odes*, 장중하고 열정적이며 명상적인 데가 있는 긴 서정시)》 제1권의 출판을 서두르게 된다.

형 아벨이 인쇄와 판매를 맡아주었다. 녹색으로 장정한 《오드》 제1권이 빨레르와얄 거리 펠리시에 서점에 모습을 나타낸 것은 6월이었다. 출판된 책은 1500부였는데, 그는 한 부당 50상팀(1상팀은 100분의 1프랑), 총 750프랑을 받았다. 저자는 책 서문에 "나의 사랑, 나의 천사 아델에게 이 책을 바친다. 그녀에게 영광과 행복이 깃들기를"이라고 쓰고 있다.

이 책의 본디 제목은 《오드와 그외 시(*Odes et poésies diverses*)》였다. 특히 서문에는 저자의 정치적 열망이 그대로 나타나 있었다. 이 때문에 왕당파 신문은 그의 책을 거들떠보지 않았고 신문 지상의 신간 서평도 거의 없었다. 그즈음 신문에는 문학 비평에 할애된 지면이 아주 적었다. 또 빅또르 위고 자신도 '기자쟁이'들에 빌붙어 명성을 구걸하는 식의 행동은 자존심있는 사람이라면 할 짓이 아니라고 생각하고 있었다. 기자들이 마음에 들어 호의적으로 써주면 좋지만 동냥하듯 그들의 입에 발린 칭찬의 말은 바라지 않는다는 게 그의 태도였다. 다행히 판매 실적은 아주 좋았고, 그 덕택에 결혼식도 훨씬 앞당겨졌다.

이 무렵 아델은 혼자 빠리에 있는 약혼자 집을 드나들 정도로 대담해져 있었다. '주위 사람들이 무슨 말을 해도 귀에 들어오지 않았다. 아버지의 마지막 결혼 승낙만으로 행복에 빠져 있던 때였다'라고 빅또르는 뒷날 회고했다. 그러나 그들은 결혼 전에 서로의 몸을 섞는 행동은 하지 않았다. 빅또르가 아델을 껴안으려고 하면, 아델은 "이제 석 달만 있으면 영원히 당신 곁에 있게 돼요. 우리가 남부끄러운 행동을 하지 않았다는 것은 결혼 뒤에도 아름다운 추억거리가 될 거예요"라고 하면서 그의 품 안을 빠져나갔다.

이어지는 불행

빅또르 위고와 아델 푸셰는 1822년 10월 쎙 쒈삐스에서 결혼식을 올렸다. 신랑측 들러리는 알프레드 드 비니(1797~1863, 수많은 낭만파 시인 중 유일한 철학 시인)와 꼬르디에 학교시절 은사 페리스 비스카라였고, 신부측 들러리는 그녀의 숙부 장 밥띠스띠 아슬린느와 마르키 위비달 드 몽필리에였다. 아버지 레오뽈은 결혼식에 참석하지 않았다.

신부집에서의 피로연에 이어 군사위원회 건물 대연회장에서 무도회가 열렸다. 그날 저녁 곰보 얼굴의 청년 교장 비스카라는 빅또르의 작은형 으젠느가 이상스러울 정도로 흥분해 있는 것을 보았다. 으젠느는 쉴새없이 횡설수설 떠들어대고 있는 게 거의 제정신이 아니었다.

비스카라는 다른 사람의 눈길을 피해 큰형 아벨에게 이 사실을 알렸다. 그리고 두 사람이 이 불행한 청년을 무도회장 밖으로 데리고 나갔다. 그날 밤 내내 으젠느는 미친 사람같이 울고 웃으며 떠들어댔다. 사실 그는 오래 전부터 혼자 아델을 사랑해 왔던 것이다. 동생에 대한 질투심과 자책감 그리고 우울이 동생 부부의 행복한 모습을 보고 더 이상 참을 수 없어 한꺼번에 광기로 터져 나온 것이다.

다행히 빅또르 부부는 이날 저녁의 비극을 알지 못했다. 빅또르는 자기 눈에 아름다움의 화신으로 비친 소녀를 드디어 소유하게 된 데 정신을 잃고 있었다. 그즈음 그는 도덕적으로 순결했고 매우 열정적이었기 때문에 행복과 도취감은 한층 더했다. 모든 어려움은 결국 극복되고야 만다는 어머니의 가르침이 실현된 셈이었다.

그 한 해 동안 빅또르는 참으로 먼 여행을 했다. 20살밖에 안 된 그가 유명인의 길로 들어섰다. 그의 책은 나이많은 이로부터 청년 지식인들에 이르기까지 널리 읽혔다. 정부에서 연금이 나왔고 다른 시인들로부터 존경을 받았다. 그는 자신이 선택한 여자를 차지했으며 아버지의 사랑도 되찾았다. 그리고 사람들은 그가 택한 직업을 부러워했다. 그것은 마치 사랑과 신비로움으로 가득찬 행복한 꿈 같았으며, 온갖 불운을 겪은 한 소년이 모든 소망을 이루어 주는 마법

사의 지팡이를 얻은 것과 같았다. 그러나 여기에서는 빅또르 위고
자신이 마법사였다.

사실 빅또르의 행복감은 대단했다. 아델이 에덴 동산의 이브와 같
은 존재로 변한 뒷날에도 빅또르는 이때의 행복감을 잊지 못했다.
아델은 예술적 감각을 지니기는 했지만, 다른 소녀와 똑같은 평범한
여자였다. 따라서 시에도 그리 관심이 없었다. 그런데도 그녀가 한
위대한 시인 탄생에 상당한 영향을 미쳤음은 사실이다.

이튿날 아침 빅또르의 스승 비스카라는 뒤숭숭한 마음으로 신혼
부부의 침실문을 두드렸다. 으젠느의 병세가 아주 위중했기 때문이
다. 이 소식을 전해 들은 아버지가 서둘러 블루아에서 빠리로 왔다.
그는 행복에는 참석하지 않았으나 슬픔만은 함께 나누고자 했던 것
이다. 빅또르와 아델은 그들의 결혼을 승낙해 준 이 친절한 아버지
를 열렬히 환영했다. 그리고 이 위대한 사나이의 사랑 앞에 아들의
슬픔은 아침이슬처럼 사라졌다. 그러나 아버지는 코르시카와 이탈리
아에서 금빛 머리카락을 날리며 홍조띤 얼굴로 뛰놀고, 마드리드의
학교에서는 빛나는 재능을 발휘한 둘째 아들이 거의 발광 상태에 빠
져 있는 모습을 보고 마음의 고통을 억누를 길 없었다.

으젠느의 비참한 운명은 빅또르의 가슴에도 깊은 슬픔과 자책감
을 남겼다. 빅또르는 평생 이 때문에 괴로워했다. 시에서나 사랑에
서나 모두 형을 앞질렀다는 것이 그를 이 같은 절망 속으로 몰아넣
은 것일까. 그에게는 아무 잘못도 없었지만 형제 사이의 불화가 계
속 마음을 무겁게 짓눌렀던 것은 사실이다. 그래서인지 빅또르의 연
극과 시와 소설 등에는 형제끼리 싸우고 불행해지는 주제가 자주 등
장한다.

이 같은 불길한 내적 어두움에도 불구하고 표면적으로는 아무 일
도 일어나지 않았다. 결혼초 몇 달 동안 빅또르의 행동거지와 걸음
걸이는 마치 우쭐대는 기병대 장교와도 같았다. 또 아직 나이가 어

린데도 남편과 아버지 역할을 함께 하려 했다. 자연히 그에게는 얼마쯤 건방진 듯한 가부장적인 태도가 생겨났다. 결혼 뒤 9개월째인 1823년 7월 16일 그의 첫아들 레오뽈 위고 2세가 태어나 그는 두 부양가족을 갖게 되었다.

빅또르는 세르슈미디 거리 큰 밤나무 아래서 밤낮으로 일했다. 신작 《오드》가 씌어졌다. 《오드》에 이어 《아이슬란드의 한》을 탈고하여 출판업자인 페르상 후작에게 보냈다. 페르상 후작은 《오드》 재판과 《아이슬란드의 한》의 출판 계약을 맺었는데, 《아이슬란드의 한》의 초판 부수는 1000부였다. 위고는 《오드》 재판과 《아이슬란드의 한》 초판 인세로 500프랑을 받기로 했다. 그러나 그 뒤 페르상은 파산하여 약속한 인세를 지불할 수 없게 되자 오히려 위고를 모함하며 돌아다녔다.

이 무렵 위고는 생활에 쪼들린 나머지 아버지에게 손을 내미는 한편 《아이슬란드의 한》 4권에 저자 이름을 넣지 않은 채 싸구려 장정으로 출판했다. 종이도 형편없었다. 페르상은 이 책이 시로 빛나는 성공을 거둔 한 청년 작가의 작품집으로 생각된다면서 저자 이름이 없어도 알 만한 사람은 알 것이라고 떠들어댔다. 이 소설은 살인자와 괴물, 교수대, 사형집행인과 경찰의 고문장면 등 으스스한 광경과 함께 익살과 해학이 넘쳐 특별한 주목을 끌었다. 공포소설에서 새로운 분야를 개척한 작품이었다.

레오뽈과 빅또르 부자 사이는 더욱 가까워졌다. 빅또르는 으젠느를 가슴 아파하는 아버지의 마음을 그 어느 때보다 더 깊이 이해할 수 있었다. 또한 레오뽈은 나름대로 많은 사람들로부터 사랑과 존경을 받는 아들 빅또르가 자랑스러웠고, 자신의 둘째 부인 까뜨린느 또마를 어머니로 받아들여주기를 바랐다.

난산 끝에 첫아들을 낳은 뒤 아델의 건강이 나빠지자, 아버지와 새어머니는 아들 부부를 그들이 새로 산 블루아의 대저택으로 불러들였다. 아델을 위해 간호사를 고용하는 등 아들 부부에게 정성을 기울였다. 그러나 빅또르는 또마 부인을 자신의 아들 레오뽈 위고 2세의 할머니라고만 불렀다. 하지만 아델은 시어머니를 위해 모자에 수를 놓기도 하며 다정하게 대했다. 10월 9일 갓태어난 레오뽈이 죽었다. 어머니와 형, 아들에게 닥친 이 같은 불행에도 불구하고 빅또르는 일과 사랑 그리고 바쁜 일상으로 슬퍼할 겨를조차 없었다. 아델이 다시 임신했다. 에밀 드샹의 말처럼 빅또르는 쉴새없이 서정시와 자식을 생산해 내고 있었다.

에밀 드샹이 그룹 결성과 잡지 발행을 제의해 왔다. 이것이 그즈음 청년 지식인과 시인 및 전통적인 왕당파로 구성된 '라 뮈즈 프랑세즈(*La Muse française*)' 그룹이다. 그들의 강령은 종교적으로는 그리스도교, 정치적으로는 입헌군주제, 사랑에서는 기사도적인 플라토닉주의였다. 종교문제에서 그들은 샤또브리앙의 태도를 찬양하고 황제의 우상 숭배를 반대했다.

〈라 뮈즈 프랑세즈〉 창간을 위해 에밀 드샹은 그룹 회원들에게 1000프랑씩 낼 것을 제의했다. 빅또르로서는 엄청난 돈이었다. 문단에서 물러나 조용한 시골신사의 생활을 택한 라마르띤^(1790~1869, 프랑스의 낭만파 시인이자 정치가)이 그룹 참가를 거부하면서 위고의 몫을 자신이 내주겠다고 자청하고 나섰다. 아무튼 마음씨 좋은 노띠에^(1780~1844, 프랑스 소설가. 한때 낭만주의자들 한가운데 있었음)가 곧바로 라 뮈즈 프랑세즈 그룹의 실질적인 지도자가 되었다. 회원들은 모두 동지이며 친구였다. 에밀 드샹의 말처럼 우아한 위트의 세계는 고상한 품성을 가진 자의 가슴에만 깃드는 것이다. 그들은 서로를 칭찬하는 데 결코 인색하지 않았다. 라 뮈즈 프랑세즈에 돈을 낸 사람들은 낭만주의와 고전주 사이의 논쟁에 참가하기를 꺼렸다.

순결한 아델

1824년 3월 서적상 라드보카에 의해 《새 오드집(*Nouvelles Odes*)》이 출판됐을 때만 해도 빅또르 위고는 여전히 낭만주의와 고전주의 중 어느 것도 선택하지 않고 있었다. 그는 이 책 서문에서, 문학혁명이 1789년 정치혁명의 표현이라는 견해에 반대하면서 문학혁명은 정치혁명의 표현이 아니라 그 결과라고 선언하고 있다.

군더더기 없는 글을 쓰는 것처럼 어려운 일은 없다. 그러나 빅또르는 이미 22살이라는 어린 나이에도 아주 쉽게 해냈다. 그는 낭만주의가 무엇인지도 모르는 채 낭만주의 작가가 되어 있었다. 〈토론 신문〉의 비평가들은 그가 추상적인 생각들을 육체적인 형상과 결부시키고 있다고 비난했다.

위고의 경제사정은 크게 호전되었다. 라드보카가 《새 오드집》의 인세 2000프랑을 준 데다 아버지도 매달 얼마쯤 생활보조비를 부쳐 왔다. 두 곳으로부터 왕실연금을 받게 된 빅또르는 아버지에게 더 이상 생활보조비가 필요없다고 편지를 보냈다.

빅또르 부부는 1824년 보지라르 거리 90번지 가구점 위에 있는 작은 아파트로 이사할 수 있었다. 집세는 1년에 625프랑이었다. 같은 해 8월 28일 이 집에서 맏딸 레오뽈딘 위고가 태어났다. 아주 예쁜 아기로, 어머니와 할아버지를 닮았다. 새어머니 까뜨린느가 레오뽈딘의 대모가 되었다.

보지라르 거리 90번지는 청년 작가들의 집회장소가 되었다. 이들의 눈에 위고의 집은 이상적인 가정으로 비쳤다. 아델은 헌신적이고, 조용한 내면세계가 아름다움의 불꽃을 뿌리고 있었다. 이 '순결하고 외로운' 넋에 대한 찬미가 서정시가 되어 나타났다. 빅또르보다 훨씬 나이많은 귀족 라마르띤도 가끔 보지라르 거리 90번지에 들러 식사를 하곤 했다. 라마르띤은 아카데미 프랑세즈(프랑스 학사원을 구성하는 다섯 아카데미 가운데 하나)의 후보위원이었으며 이에 대한 자부심이 아주 강했다.

으젠느의 병 때문에 아버지 레오뽈은 빠리에 오랫동안 머물렀다. 그의 빠리 체류는 부자 사이에 화해를 가져왔다. 이 화해는 혈연에 따른 것이라기보다 인간적인 것이었다. 전성시대에는 엄격함으로 아들들에게 적대감만 불러일으켰으나, 이제 유명해진 아들들에게 의지하려는 아버지의 늙고 연약한 모습은 효성심과 그의 과거 공적에 대한 새로운 존경심을 자극했다. 아델과 빅또르는 아버지의 지난날 이야기를 듣기 좋아했다.

빅또르는 좀 더 잘 이해하고 사랑하게 된 아버지를 통해 황제에 대해서도 과거보다 훨씬 가까워진 듯한 느낌을 가졌다. 생전의 나뽈레옹은 그의 어머니가 증오해 마지않던 폭군이었다. 그러나 세인트 헬레나의 비극 뒤로 그는 박해받는 영웅이 되었다. 빅또르는 프랑스 시인이라면 궁정 안의 음모와 사랑에 대한 시를 쓰기보다, 이 '혁명과 조국의 사나이'가 남기고 간 모든 것을 노래하는 일이 훨씬 더 값지다고 마음 속 깊이 생각했다.

위고는 1826년부터 1829년 사이 많은 것을 배우고 발견했으며 많은 일을 했다. 그즈음 그가 남긴 여러 발자취를 작품의 출판 날짜에 따라 살펴보는 것은 그리 의미가 없을지 모르나, 어떻든 《오드와 발라드(*Odes et Ballades*)》(발라드는 자유 형식의 짧은 서사시)가 1826년 말 출판되었고, 《크롬웰(*Cromwell*)》이 1827년, 《동방시집(*Les Orientales*)》이 1829년에 출판되었다. 탈고한 지 2, 3년 뒤에 발표되는 원고도 이따금 있었다. 《동방시집》에는 1826년에 씌어진 시들이 실리고, 《크롬웰》에 실린 유명한 〈광인(狂人)의 노래〉도 이미 《오드와 발라드》의 책 제목을 설명하는 글 속에 있다. 〈광인의 노래〉는 그 내용이 진보적이며 국제주의적 성격을 띠었다 해서 〈라 뮈즈 프랑세즈〉와 가톨릭계로부터 격렬한 비난을 받았다. 그러나 〈라 뮈즈 프랑세즈〉의 편집인이자 언론인이며 권위주의적인 다혈질 교수인 뽈 프랑수아 뒤브와는 '성 빅또르'의 신혼가정을 방문한 뒤 그에게 흠뻑 반해 버렸다고 고백하고 있다.

생뜨 뵈브와의 만남

보지라르 거리 90번지 '신성가족'을 기억하고 있던 뒤브와는 《오드와 발라드》가 출판되자, 그 가운데 한 권을 부르봉 대학에 몸담고 있었을 때의 제자이자 〈르 글로브(*Le Globe*)〉지 문예비평가로 일하고 있는 생뜨 뵈브에게 보냈다.

이 문예비평가는 빅또르보다 2살 아래였다. 그러나 그는 폭넓은 문화적 배경, 뛰어난 안목과 다른 사람의 마음 속을 파고드는 깊이 있는 심성을 가진 남자였다. 맛에 대한 민감함과 판단의 정확함은 그의 천성적인 성품이었다. 생뜨 뵈브의 내면에는 그리스도교 신앙과 과학적인 학문 태도의 기초가 되는 현실적이며 회의주의적인 정신 사이에 치열한 투쟁이 벌어지고 있었다. 서정적이었던 그는 오로지 한 가지 행복, 곧 사랑의 행복만 열망했으나 자신에게는 사랑의 열정을 불러일으킬 만한 능력이 없음을 뼈저리게 느끼고 있었다.

생뜨 뵈브가 관심을 기울인 것은 문장의 아름다움보다 내적인 의미였다. 그는 일정한 조화를 유지하면서도 풍부한 상상력이 번뜩이는 빅또르의 문장 스타일에 감탄했다. 《오드와 발라드》에서 그가 특히 칭찬을 아끼지 않은 작품은 단순한 문장상의 기교를 뛰어넘어 사랑하는 아내를 위해 쓴 영혼 깊은 곳으로부터 짜낸 듯한 몇 편의 시였다.

1827년 1월 2일 〈르 글로브〉지에 《오드와 발라드》에 대한 작품평이 실렸다. 논조는 매우 우호적이어서 심지어 작가에게 존경의 뜻을 보낼 정도였다. 시평에 엄격하기로 유명한 〈르 글로브〉지로서는 이례적인 일이었다. 이날 시평을 읽어 본 괴테가 이렇게 말할 정도였다.

"빅또르 위고는 참으로 재능이 뛰어난 작가이다. 독일 문학이 그에게 얼마쯤 영향을 미쳤음이 틀림없다. 그는 한때 현학적인 고전주의자들 밑에서 문학 수업을 하는 바람에 스스로를 왜소하게 만든 불운을 겪기도 했으나, 이제는 〈르 글로브〉지가 그의 편이 되었다. 그가 승리한 것이다.”

천재가 천재를 알아본 것이다.

〈르 글로브〉지의 시평은 S.B라는 서명이 든 익명의 기사였다. 빅또르는 뒤브와에게 편지를 보내 ‘S.B가 누구냐’고 물었다. 뒤브와는 “보지라르 거리 90번지 당신 집 바로 옆에 사는 사람”이라고 했다. 위고는 생뜨 뵈브의 집을 찾았으나, 마침 그는 외출하고 없었다. 다음날 생뜨 뵈브가 위고를 방문했다. 그는 긴 코에 머리칼이 붉고 몸에 비해 머리통이 지나칠 만큼 큰 사나이였다. 또 수줍음을 타는 듯했으며 말을 더듬었다.

야망의 나날

그 뒤 1년 동안 빅또르 위고는 희곡 《크롬웰》 집필에 매달렸다. 위고는 유년시절부터 연극에 설명할 수 없는 매력을 느꼈다. 그때까지 써놓은 희곡도 여러 편 되었다. 그는 올리버 크롬웰의 생애에 대해 구할 수 있는 모든 자료를 구했다. 거의 100여 권에 가까운 자료였다. 이 자료를 몽땅 읽은 뒤 1826년 《크롬웰》 집필에 들어갔다. 그는 귀족이자 코메디 프랑세즈(프랑스 국립극장) 회원인 비니의 친구로부터 왜 희곡은 쓰지 않느냐는 질문을 받자, 처음으로 집필중이던 《크롬웰》에 대한 이야기를 꺼냈다. 그는 위고를 딸마(1763~1826, 비극에 뛰어난 프랑스 배우)와의 식사에 초대했다.

이 자리에서 빅또르 위고는 딸마에게 셰익스피어 비극이나 라신느 극에 대신할 새로운 연극을 시도하고 있다고 말했다. 그리고 이 새로운 극은 보편적인 호소력을 지녔고, 영웅적 요소와 희화적 요소를 동시에 갖추었으며, 한 가지 효과만을 위해 씌어진 웅변조의 연설과 대사를 없애 버린 지금까지와는 다른 형식의 연극이라고 설명했다. 딸마는 이 말이 끝나자 곧바로 《크롬웰》의 무대 공연을 결정했다. 더 이상 설명을 들을 필요가 없었던 것이다.

그러나 바로 그해 딸마가 죽는 바람에 《크롬웰》의 공연은 계속 지연되었다. 가까운 장래 무대에 올려질 전망조차 보이지 않는 듯했다. 빅또르 위고는 《크롬웰》을 친구들 앞에서 낭송하기로 마음먹었다. 그즈음에는 희곡 낭송이 유행하고 있었다.

《크롬웰》 낭송 다음날 생뜨 뵈브는 위고에게 매우 흥미롭고 중요한 의미를 지닌 편지를 보냈다. 두 사람의 기질의 차이가 가장 잘 드러나는 게 바로 이 편지다. 위고는 정상에 오르기를 끊임없이 추구하는 반면, 천성이 섬세하고 연약한 생뜨 뵈브는 '완만한 언덕' 위에서만 숨쉴 수 있었다. 낭만주의를 이해하는 데서도 생뜨 뵈브의 이 같은 기질이 그대로 나타나 있다. 그는 빅또르의 이 위대한 드라마가 미친 듯한 익살과 희극적 요소 때문에 아주 형편없이 되어버렸다고 생각했다. 시인으로 태어난 위고는 미켈란젤로가 대리석 조각이 제시하는 형식을 중시했듯 리듬이 제시하는 관념을 중시했다. 한편 산문 작가인 생뜨 뵈브는 각 개념 사이의 논리적 연결이 필요하다고 믿고 있었다.

그러나 다재다능한 빅또르 위고는 그가 하려고만 하면 산문적 요구에 머리를 숙이는 방법 또한 알고 있었다. 《크롬웰》 서문이 이를 그대로 말해 주고 있다. 이 서문은 《크롬웰》 상연 뒤 씌어진 것으로 특히 젊은 사람들이 열광적인 반응을 보였다. 이 글은 위고에게 하나의 중요한 전환점이 된다. 그는 드디어 낭만주의 진영의 지도자로 등장했다.

추종자들

위고는 1826년과 1827년을 행복하게 보냈다. 1826년 아들 샤를르의 출생으로 보지라르의 집이 비좁아져 노트르담 드 샹 거리 11번지 집 한 채를 얻어 이사했다. 큰길에서 멀리 떨어진 깊숙한 곳에 자리잡은 이 집은 시인의 안식처로 아주 알맞았다. 집 뒤에는 통나무 다리가 걸린 작은 연못과 정원도 있었다. 이제 위고와 떨어져 살수 없게 된 생뜨 뵈브도 19번지로 이사왔다.

사람들은 모두 그 자신의 눈을 통해 자연을 바라본다. 위고는 소음과 노래, 부끄러움 없는 키스로 가득찬 보지라르 거리 서민적 풍경을 매우 사랑했다. 이와 반대로 세련된 교양미를 중시하는 생뜨 뵈브는 보지라르 거리 이야기만 나오면 눈살을 찌푸리며 그만큼 지저분한 곳도 드물 것이라고 말했다. 자연히 위고가 생뜨 뵈브를 찾는 일도 드물어졌다.

위고는 늘 추총자들에 둘러싸여 있었다. 거기에는 형 아벨과 아델의 오빠 뽈 푸셰를 비롯한 수많은 신진 예술가와 시인들이 포함되어 있었다. 그의 둘레에는 끊임없이 사람들이 찾아들었다. 위고는 문학이라는 재능 외에 젊은 사람을 끌어당기는 천부적인 소질을 갖고 있었다. 이미 명성을 날리고 있던 조각가 다비드 당제와도 알게 되었다. 그러자 화가들과 석판공들이 몰려들었다. 이들은 모두 잘생기고 자존심이 센 앞날이 유망한 청년 예술인들이었고 대부분 노트르담 드 샹 거리에 살고 있었다.

여름밤이면 이들 위고 그룹은 무리지어 거리를 쏘다녔다. 물랭 드 뵈르에서 파이를 베어 물고 때로 빠리 교외 숲 속 나무 의자에 둘러앉아 술잔을 기울이며 노래와 토론으로 밤을 새웠다.

예기치 못한 고통

때때로 빅또르는 《동방시집》의 시들을 소리높여 암송했다. 무엇때문에 위고는 《동방시집》을 집필할 생각을 품게 되었을까. 그것은 유행 때문이었다. 그즈음 그리스는 독립전쟁을 벌이고 있었으며, 영국시인 바이런은 이 전쟁에 참전하여 목숨을 잃었다. 유럽 여러 나라 진보주의 지식인들은 모두 그리스 독립전쟁을 옹호했다. 위고의 예술 친구들은 진보파들이었다. 델 핀느 가이, 라마르띤, 카지미르 드라뷔느 등은 모두 그리스를 찬양하는 시들을 쓰고 있었다. 이런 분위기 속에서 위고는 《동방시집》을 통해 낭만주의 운동에 통일을 가져왔다.

위고의 창작 수첩에는 《마리옹 드 로름므(*Marion de Lorme*)》《뤼크레스 보르지아(*Lucrèce Borgia*)》와 같이 이미 다 썼거나 앞으로 쓸 희곡의 줄거리가 메모되어 있었다. 또 《루이 11세》《앙비앙 백작의 죽음》 줄거리도 구상되고 있었으나 작품이 되지는 못했다. 희곡 제목으로 가득 채워진 창작 수첩의 마지막 몇 줄에 다음과 같은 말이 씌어 있다.

"이 모든 게 작품이 되었을 때 내 두 눈으로 볼 수 있겠지, 위고와 같은 강인한 힘이야말로 무서운 자기 확신을 만들어낸다는 것을. 여기에 대해 아무 의문도 없다. 그의 천성은 왕족보다 더 당당하다. 그는 청년 보나빠르뜨처럼 출생 신분이나 왕권신수설에 의해서가 아니라 정복 의지와 그 자신의 재능으로 지배한다. '미래는, 미래는 나의 것이다!'가 그의 전쟁 구호다."

이때까지만 해도 빅또르 위고는 자기 인생의 한 부분으로 굳게 믿고 있는 젊은 아내와 자신의 창작 활동에 늘 많은 도움을 주는 친구 생뜨 뵈브가 안겨 줄 고통으로 그의 성격이 새로운 깊이를 더해 갈 줄은 상상조차 못했다. 그러나 위고가 승리감에 젖어 있는 그 순간 재앙은 이미 눈 앞에 다가와 있었던 것이다.

젊은 시절 고달팠던 많은 사람들이 그렇듯 27살의 젊은 위고도 이제 막 인생을 시작한 그즈음 행복의 갈망을 아직 다 채우지 못하고 있었다. 남다른 성공에 특별한 즐거움은 느꼈지만, 내부에서는 벌써 그 자신의 새로운 인생 드라마가 전개되고 있었는지 모른다.

자기 모독 없는 변절은 없다. 그리고 젊은 위고에게 그의 화가 친구들과 모델들로부터 유혹이 없을 리 없었다.

임신과 아이들 돌보는 일에 지친 아델은 이 술고래의 성욕을 감당하기에는 벅찬 형편이었다. 위고는 그 자신의 의사와 상관없이 가끔 다른 여자를 생각하고 있었음이 틀림없다.

1829년 발표된 시에서 사람들은 레오뽈 위고 장군의 미친 듯한 관능이 아들 대에 와서 재현되고 있음을 읽을 수 있었다. 고상하던 《오드》 작가의 대화 속에 음탕한 기운이 어리고 있었다. 《동방시집》 속에서 《첫 번째 호흡》의 여신과 나란히 《아찔한 요정 둘》이, 나날이 더욱 아름답게 빛나고 있다.

위고는 출판업자 고슬랭으로부터 《동방시집》 초판 인세로 3600프랑, 4·6판으로 재판된 《동방시집》과 소설 《뷔그 자르갈(Bug-jargal)》 《사형수의 마지막 날(Le dernier jour d'un condamné)》 그리고 미발표 소설 《빠리의 노트르담(Notre-Dame de Paris)》 인세로 7200프랑을 받았다.

조제쁘 들로름

언어의 음악가인 위고는 문장의 의미에는 충분한 주의를 기울이지 않았다. 생뜨 뵈브는 뛰어난 감수성에도 불구하고 시 형식이 서투르고 약해 성공을 거두지 못했다. 그는 익명으로 발표한 《조제쁘 들로름의 생애, 시, 사상(Vie, poésies et pensées de Joseph Delorme)》에서 자신의 모습을 아주 쓸쓸하게 그려내고 있다.

"조제쁘 들로름은 위대한 시인이 되고 싶었으나 그에게는 영감이 부족했다. 그의 젊은 동료들이 새로운 승리를 거둘 때마다 얼마나 고통스러운 전율에 떨어야만 했던가! 조제쁘 들로름은 스승도, 친구도, 종교도 없었다. 그의 영혼은 기묘한 상상세계의 혼돈 속을 헤매었다. 위대하나 제대로 표현되지 못한 사상, 광태(狂態)를 수반한 현명한 예지, 욕설로 일관된 종교적 충동이 절망감을 배경으로 무질서하게 나열되고 있을 뿐이었다."

그는 자신이 어느 누구로부터도 사랑받지 못하고 있다는 생각에 병들고 얼이 빠진 상태였다.

1828년말 생뜨 뵈브는 이 '버림받은 기록들'을 위고에게 보여 주고 출판할 만한 가치가 있겠느냐고 물었다. 그에 대한 위고의 대답은 매우 따뜻했다. 생뜨 뵈브에게는 행복한 하루였다. 잠깐 동안만이라도 자신이 위대한 시인이 된 듯한 기분이었다. 1829년 1월에 《동방시집》, 3월에 《조제쁘 들로름의 생애, 시, 사상》이 출판되었다. 하지만 《동방시집》이 더 많은 관심을 불러일으켰다. 위고는 《조제쁘 들로름의 생애, 시, 사상》을 면밀히 검토하여 그로부터 새로운 시 구상을 얻어냈던 것이다.

빅또르 위고의 성공은 생뜨 뵈브에게 시기심 이상의 자기 모멸감을 안겨 주었다. 그는 작품에서는 열렬한 낭만주의자였으나 실제로는 결코 낭만적이지 못했다. 1829년은 위고가 그의 생애 가운데 가장 열심히 일한 해였다. 《빠리의 노트르담》을 집필하기 시작했고 수많은 시를 썼다. 거기에다 또 연극무대도 정복할 생각이었다.

《크롬웰》은 여전히 빛을 보지 못하고 있었다. 각도를 달리해 보기로 했다. 그 결과 나타난 것이 《마리옹 드 로름므》였다. 본디 제목이 '리슈리유아에서의 결투'인 이 작품은 루이 13세 시대를 배경으로 했으며, 한 창녀가 엄격한 도덕 의식과 경건한 신앙심을 가진 청년을 사랑함으로써 몸과 마음이 차츰 정화되어 간다는 통속 이야기다.

7월 14일 떼아뜨르 프랑세가 이를 격찬하고 나섰다. 사흘 뒤 비니가 여러 사람 앞에서 그의 《베니스의 죽음》을 낭송했다. 《베니스의 죽음》에 대한 사람들의 찬사는 결코 《마리옹 드 로름므》에 못지 않았다. 그 무렵은 검열이 매우 철저했기 때문에 《베니스의 죽음》은 상연이 허용되고 《마리옹 드 로름므》는 금지되었다. 작가로서의 빅또르 위고는 늘 왕정에 우호적이었다. 이 점을 고려하여 정부는 몇 가지 특혜와 2000프랑의 연금 제공을 제의하는 등 상처입은 그의 마음을 달래려 했다. 그러나 위고는 정중하게 이를 거부했다.

위고는 곧바로 또 하나의 희곡 《에르나니(*Hernani*)》 집필에 들어갔다. 《에르나니》는 한 여자를 둘러싸고 세 남자가 싸움을 벌인다는 내용의 이야기로, 그 주제는 《마리옹 드 로름므》를 연상케 하는 것이었다. 첫번째 남자 에르나니는 젊고 열렬한 성격의 무법자, 두 번째 남자 돈 뤼 고메즈는 잔인하고 인정머리없는 노인, 세 번째 남자는 돈 카를로스 스페인 왕이었다. 그가 이 이야기의 소재를 어디서 따왔는지는 분명하지 않지만, 스페인 서적 《로만세로(*Romancero*)》나 코르네유의 작품이나 스페인 비극들이 참고가 되었던 것 같다.

《에르나니》는 위고와 아델의 사랑이야기이기도 했다. 이 극본은 믿을 수 없을 만큼 빠른 시일에 완성되었다. 8월 29일에 시작하여 9월 25일에 탈고해 30일에 친구들 앞에 내놓았다. 10월 5일 떼아뜨르 프랑세에 발송하여 지난 번과 마찬가지로 격찬을 받았다. 검열 당국도 처음에는 이것저것 따지고 나섰지만 결국 공연 허가를 내주었다.

1829년 1년 내내 위고는 아침 일찍부터 밤 늦게까지 일했고 어떤 때는 밤을 새우기도 했다. 집필에 몰두하거나 극장과 출판사를 방문하는 외에 노트르담 언저리 옛 자취를 더듬거나 뤽상부르 공원을 산책하며 시를 지었다.

사랑과 미움

생뜨 뵈브는 매일 오후 노트르담 드 샹 거리 위고의 집을 방문했다. 하루 두 번씩 오는 때도 있었다. 빅또르의 집을 찾는 것이 그에게는 하나의 즐거운 습관처럼 되었다. 빅또르의 집을 들를 때마다 그는 위고 부인이 정원의 나무다리 위에 멍하니 홀로 앉아 있는 것을 발견하곤 했다. 그녀는 무언가 생각에 잠겨 있는 듯했다.

생뜨 뵈브는 위고 부인이 남편이 외출하고 없을 때 오히려 편안해 한다는 것을 알았다. 그녀가 눈물을 흘리는 까닭은 무엇일까. 세상 모든 여자들이 우니까 따라 울었을 것이고, 생뜨 뵈브의 동정이 서러워서 울었을 것이다. 또 재능있는 사나이와의 결혼이 때로는 부담스러웠고, 이 위대한 남편이 그녀에게는 너무 격정적이고 탐욕스러운 애인으로 비쳤을 것이다.

게다가 그녀는 이 해(1828)에 프랑수아 빅또르가 태어나 어느덧 네 아이의 어머니가 되어 있었고, 아이가 또 생기지 않을까 두려워하고 있었다. 그녀는 억눌린 마음에서 벗어나지 못하고 있었다. 생뜨 뵈브는 아델에게 하고 싶은 말이 많았지만, 그것을 억누르며 빅또르야말로 참으로 훌륭한 사람이라는 칭찬을 늘어놓았다. 그는 아델의 고통을 자신의 고통으로 느끼고 있다면서 조용히 그녀의 인도에 따라 '주님 앞으로' 나아가고 싶다고 말했다.

그러나 1830년 새해에 접어들자 이같이 '거룩한' 순간은 더 이상 되풀이되지 않았다. 1월부터 위고의 가정은 폭풍 속에 휘말려들었다. 코메디 프랑세즈가 《에르나니》의 리허설을 시작했다. 여기에 완전히 몰두해 있던 위고는 집에 있는 시간이 거의 없었다. 모범적인 남편이자 아버지로 자처하던 그였는데, 그에게는 이제 가족도 없는 듯했다. 몇 푼 모아둔 돈은 이미 바닥났다. 어떤 일이 있어도 《에르나니》가 성공을 거두어야 했다. 아델은 남편을 따를 수밖에 없었다. 그녀는 자신의 모든 것을 이 '구출 작전'에 던져 넣었다. 그러나 그녀의 지갑도 이 무렵에는 텅 비어 있었다.

일과처럼 된 습관에 따라 생뜨 뵈브가 여전히 위고의 집을 찾아오고 있었다면, 그는 아델이 극장의 좌석 배치 계획으로 떠들썩한 한 무리의 장발 청년들에게 둘러싸여 있는 걸 발견했을 것이다.

공연 첫날 저녁 생뜨 뵈브는 위고와 함께 막이 오르기 여덟 시간 전 극장에 닿아 아델을 기다리고 있었다. 이날 저녁 공연을 지휘한 청년 테오필 고띠에 (프랑스 시인·소설
가. 1811~1872) 는 소문난 그의 자주색 윗옷과 연회색 바지에 검정 비로드 칼라를 단 외투를 입고 있었다. 그가 이런 기묘한 복장을 한 것은 이른바 속물들을 조롱하기 위해서였다. 관객들은 수군대며 위고 패거리의 이상야릇한 헤어스타일을 바라보았다.

공연이 끝나자 관중석에서 환성과 갈채가 터져나왔다. 관중석에 앉아 있던 모든 사람은 아델에게로 고개를 돌렸다. 꿈꾸는 듯한 그녀의 얼굴은 날마다 계속된 흥분으로 창백해져 있었다. 《에르나니》의 작가가 거둔 승리는 그가 가장 사랑하는 한 여자의 얼굴에도 그대로 나타나 있었던 것이다.

공연 수입은 예상을 뛰어넘었다. 《에르나니》는 침몰 직전의 위고 집안을 건져올렸다. 지금까지 만져보기 힘들었던 1000프랑 지폐가 아델의 서랍에 쌓여갔다. 빅또르는 의기양양하여 개선장군처럼 거들먹거리며 존경과 찬양의 소리를 당연한 것처럼 받아들였다.

생뜨 뵈브는 위고가 5월에 장구종 거리의 새 아파트로 이사가게 되었다는 소식을 듣고 거의 미칠 듯한 심정이었다. 위고가 세들어 살던 노트르담 드 샹 거리의 집주인이 그 주위에 모여드는 장발의 보헤미안들에 놀라 집을 비워 달라고 요구해 온 것이다. 그때 모르트모르 백작이 얼마 전에 새로 지은 저택의 2층 전체를 위고에게 빌려 주겠다고 나섰다. 위고 가족은 이제 마음놓고 빠리 최고 번화가인 샹 젤리제를 드나들 여유를 갖게 되었다. 아델은 이때 다섯째 아이를 임신하고 있었다.

위고는 생뜨 뵈브와 헤어지는 게 아무렇지도 않았다. 일과처럼 된 생뜨 뵈브의 방문도 끝이 났다. 조제쁘 들로름이 위고에게 느꼈던 것과 똑같은 사랑과 미움의 감정이 생뜨 뵈브의 마음을 쥐어뜯었다. 그는 아델에 대한 자신의 감정이 우정이 아닌 사랑임을 깨닫게 되었다. 이사하는 날 아델은 많이 울었다. 위고는 아내가 울고 있는 모습을 침통한 마음으로 바라볼 뿐이었다.

1830년 7월 25일 시민권을 제약한 폴리냐크(프랑스 정치가. 자유주의에 반대하며 구제도로 복귀할 것을 주장. 1780~1847) 칙령이 발표되었다. 이에 분개한 빠리 시민들이 민중 봉기를 일으켰다. 27일 바리케이드가 쳐졌고, 28일은 섭씨 33도를 오르내리는 무더운 날이었다. 이미 폐허가 되다시피 한 샹 젤리제 거리를 군인들이 뒤덮었다. 사람들은 대부분 교외로 피난했으며 아무 뉴스도 들을 수 없었다. 총탄이 가정집 마당까지 날아들었다.

자신을 유폐시키다

바로 전날 밤 아델은 뺨이 토실토실한 딸 아델을 낳았다. 멀리서 대포 소리가 들려왔다. 29일 삼색기가 뛸르리 궁 위에 날렸다. 공화정이 들어선 것이다. 라피트는 공화국의 대통령이 될 수도 있었으나, 국민들로부터의 인기보다도 앞으로 져야 할 책임을 두려워했다. 그는 공화국 깃발을 오를레앙 공작 손에 넘겨주었다. 이제 프랑스에 황제라는 이름은 사라졌다. 빅또르 위고는 새 정권을 곧 받아들였다. 《마리옹 드 로름므》의 공연금지 뒤로 사실상 왕정을 달가워하지 않으면서도, 한편으로는 프랑스가 공화정이 되기에는 아직 준비가 덜 되었다 여기고 있었다.

그의 《새 프랑스에 부치는 노래》는 문학적 관점에서 보아도 이전 왕당파적 시들보다 훨씬 뛰어났다. 이 시에는 그의 진실성이 그대로 담겨 있었다. 이 시를 진보파 신문인 〈르 글로브〉지에 발표하려 했다. 노르망디에서 돌아와 있던 생뜨 뵈브가 빅또르의 이 같은 방향 전환을 위해 힘써 주었다. 그는 신문사 인쇄소로 생뜨 뵈브를 찾아가 그에게 딸 아델의 대부가 되어 줄 것을 부탁했다.

생뜨 뵈브는 잠시 망설였으나, 위고의 아내이며 자신의 연인인 아델이 그것을 바란다는 이야기를 듣고는 받아들였다.

위고에게는 모든 게 순조로웠다. 그는 민방위위원과 규율위원회 서기로 임명되었다. 그가 이 일을 잘해 내자 혁명정부는 그의 충성심을 인정했다. 위고는 드디어 《빠리의 노트르담》을 집필할 시간적 여유를 얻었다. 《동방시집》을 발행한 출판업자 고슬랭과 이미 오래 전에 계약을 맺어 놓았으므로 서둘러야 했다.

위고는 잉크 한 병과 두터운 회색 모직으로 지은 자루같이 생긴 옷 한 벌을 산 뒤 방 안에 틀어박혔다. 사람들과 어울리고 싶은 유혹을 억누르기 위해 이 자루옷을 뒤집어쓰고 목에서 발 끝까지 꿰매 버렸다. 자신을 자루옷 속에 유폐시켜 버린 셈이다.

완전한 배신

1831년 1월초 위고는 《빠리의 노트르담》을 완성했다. 펜을 든 지 6개월 만이었다. 그런데도 3년이라는 긴 세월에 걸쳐 모든 자료를 수집해 놓았는데 시간이 너무 오래 걸렸다고 고슬랭은 투덜댔다.

끌로드 프롤로 부주교는 괴물이고, 콰지모도는 위고의 상상력이 만들어낸 보기 흉한 난쟁이며, 에스메랄다는 한 여자라기보다 우아함과 아름다움의 상징이었다.

이 인물들은 모든 사람의 마음 속에 살아 있다. 그들은 서사시적 신화의 웅대함과 환상적 요소, 인간의 추하고 아름다운 모든 면을 갖추고 있다. 또 위고는 사람과 더불어 무생물도 사랑했으므로 성당의 종루, 단두대, 지방 소도시 풍경에 특별한 생명력을 불어넣고 있다. 그의 책은 프랑스 건축에 대한 인식에도 깊은 영향을 미쳤다. 그때까지 야만적인 것으로 여겨져 오던 르네상스 이전 시기의 건물들이 이제는 돌로 씌어진 성경이라도 되는 듯 존중되었다. 그것을 보호하기 위한 위원회가 생겨날 정도였다.

1831년 위고의 기질에 커다란 변화가 일어났다. 많은 이들로부터 칭송받는 사람이라고 해서 반드시 사랑스러운 남편은 아니다. 어머니가 아이들에 매달려 있을 때 시인은 일에 매달려 있었다. 빅또르는 차츰 권위주의적이고 엄격하고 다른 사람을 억누르는 듯한 성격으로 변모해 갔다. 약혼 뒤부터 예견한 것이지만 아델은 그의 성격 속에 전제군주적인 요소가 도사리고 있음을 발견했다. 그녀는 겁많고 온순한 남자친구 생뜨 뵈브에게 그리움을 느꼈다. 이 무렵 그녀가 남모르게 생뜨 뵈브를 만나고 있었음은 확실한 것 같다. 그녀는 생뜨 뵈브를 만날 때마다 입에서 나오는 대로 남편의 말을 옮겼다. 그리고 거인 키클로페스(그리스 신화에 나오는 거인족)의 시야를 벗어나기만 하면 무자비하게 그를 비판했다. 위고에 대한 험담이 하나의 습관처럼 되었다. 남편에 대한 성실이 완전한 배신으로 옮아가는 데 몇 달도 걸리지 않았다.

1831년 4월 아델은 위고와 생뜨 뵈브 사이의 화해를 주선했다. 아델이 이 일로 괴로워한다는 건 두 사람 모두에게 신경쓰이는 일이었다. 생뜨 뵈브는 위고에게 곧 한 번 만나 악수를 나누자는 내용의 편지를 썼고, 위고도 식사를 초대하자는 답장을 보냈다.

생뜨 뵈브는 이미 《빠리의 노트르담》을 읽고 있었다. 사방에서 칭찬의 소리가 들려왔지만 그는 신간 서평을 쓸 정도로 훌륭한 책은 아니라고 생각했다. 위고도 그것을 잘 알고 있었다.

식사초대도 흐지부지되었다. 생뜨 뵈브의 반응 또한 유쾌한 게 못되었다. 두 사람 사이에 옛날과 같은 신뢰감이 사라진 지 이미 오래였다.

빅또르 위고는 생뜨 뵈브와 자리를 함께 하게 됐을 때, 아내와 친구의 행동과 표정을 줄곧 지켜보았다. 그리고 생뜨 뵈브가 돌아간 뒤 위고는 커다란 소동을 벌였다. 아델은 처음에 좋은 말로 남편을 진정시키려 애썼다. 그러나 소란이 계속되자 그녀도 더 이상 참지 못하고 "당신이 나를 괴롭혀 온 것보다 내가 당신을 덜 사랑했다고 해서 모든 잘못이 나한테 있을까요?"라며 대들었다. 그러자 위고는 그녀의 발 아래 몸을 던지며 모든 게 내 잘못이니 용서해 달라고 말했다.

그 뒤 얼마 안 되어 생뜨 뵈브는 두 사람의 관계를 더욱 밀접하게 만드는 몇 편의 시를 아델에게 보냈다. 그는 아델에게 부친 이 사랑의 엘레지들이 자기 생애 최고의 작품이라고 생각했다. 아델도 곧 생뜨 뵈브에게 답장을 보냈다. 그녀는 여기서 생뜨 뵈브를 "사랑하는 나의 천사" "사랑하는 나의 보물"이라고 불렀다. 가련한 아델! 푸세 가문의 작은 소녀, 꼼꼼하고 조심성많던 공무원의 딸 아델은 결코 로맨틱한 연극이나 코미디에 어울리는 인물이 못 되었다. 그녀는 사랑의 감정이 풍부하고 내성적인 한 여인에 불과했던 것이다. 이 같은 소동을 한바탕 치른 뒤에도 그녀는 여전히 평온한 감수성을 유지하고 있었다. 그녀는 남편과 친구 두 사람을 똑같이 순수한 감정으로 붙잡아 두려고 했다.

위고는 자신의 모든 존재를 아델과의 사랑에 걸었다. 그는 아델을 얻기 위해 3년 동안 싸웠으며 그녀야말로 자신의 종교적 헌신의 대상이라는 믿음 속에 8년이라는 긴 세월을 함께 지냈다. 그는 아델과의 관계가 때로는 육감적이고 때로는 순수하고 때로는 낭만적인 완전한 것으로 생각해 왔다. 일과 그 자신의 전투에 깊이 빠져 있을 때도 이 점을 의심해 본 일은 단 한 번도 없었다. 그러나 그것은 한낱 꿈이었다. 꿈에서 깨어난다는 것은 전율 그 자체였다. 꿈이 깨지는 고통을 그는 노래로 달랬다.

폐허를 비추는 새벽빛

1831년 11월 시집 《가을 나뭇잎(*Les Feuilles d'Automne*)》이 간행되었다. 이 시집은 《오드와 발라드》며 《동방시집》보다 훨씬 뛰어났다. 생뜨 뵈브는 가난한 손님이자 좋은 선생이었다. 마법사의 호된 시련을 헤쳐 나감으로써 조제쁘 들로름의 시들은 그 본디의 평범함을 이룩했다.

그러나 그것들은 초가을 나뭇잎 같았다. 영혼은 살아 있으나 생활로 말미암아 변했다.

1832년 빅또르 위고는 30살에 불과했으나 그의 인생은 이미 슬픔과 투쟁의 시련에 시달렸다. 표정도 거칠어졌다. 18살 때의 순진함이며 결혼 초기의 패기는 더 이상 찾아볼 수 없었다. 그의 권위는 기사와 제왕의 권위보다 컸다. 빅또르는 언젠가 자신의 내부에는 저마다 다른 네 인물이 존재한다고 한 적이 있었다. 곧 서정시인으로서의 올랭피오와 애인으로서의 에르나니, 어릿광대인 마그리아, 전사인 이에로의 모습이다. 그는 투쟁을 즐겼지만, 다른 사람에게 의지하고 싶어하는 여린 성격을 가진 것 또한 사실이다. 그러나 그가 의지할 만한 친구는 거의 없었다.

생뜨 뵈브와는 특이한 경우였다. 문제가 전혀 없지 않았지만 문학적으로는 여전히 위고의 친구였다. 그러나 인간관계에서는 배반자처럼 행동했고 기회있을 때마다 위고를 헐뜯었다. 생뜨 뵈브는 위고를 더 이상 찾지 않았으나 가족에 대한 안부는 계속 물어왔다. 그리고 그는 여전히 비밀스럽게 아델을 만나고 있었다.

1832년 10월 빅또르 위고는 다시 집을 옮겼다. 이해 7월 그는 르와얄 6번지 케네 호텔 1층 아파트 하나를 세내었다.

이 케네 호텔은 1604년 무렵 정부가 건립한 맨션으로 녹음과 붉은 벽돌과 고상한 슬레이트 지붕의 집들이 들어서 있는 빠리에서 가장 아름다운 거리에 잇닿아 있었다.

르와얄 거리와 그곳 건물들은 모두 우아했지만, 위고 가족이 세든 아파트 언저리는 서민적인 곳이었다. 작가로서 성공에도 불구하고 그의 마음은 여전히 가난하고 고통받는 사람들에 대한 애정으로 가득차 있었다. 1828년과 1834년에 발행된 《사형수의 마지막 날》과 《클로드 괴(Claude Gueux)》의 주제도 불의와 고통에 대한 분노와 연민이었다. 그는 여기서 다시 부자와 권력자들만 살찌우는 법률 위에 서 있는 사회에 대해 맹렬한 공격을 퍼부었다.

위고가 살던 그즈음은 연극이 작가로서 성공을 거두는 지름길이었다. 이런 이유 말고도 그는 연극이야말로 도덕적·정치적 영향력을 가장 강력하게 행사할 수 있는 하나의 수단으로 여겼다. 연극은 토론의 광장이며 교단이었다. 그가 즐겨 연극에 올리는 주제도 여전히 억압자에 맞서 싸우는 버림받은 이들의 행동을 찬양하는 것이었다.

11월 22일 《왕은 즐긴다(*Le Roi s'amuse*)》가 상연되었다. 민중 선동가인 데오필르와 드베리아를 따르는 이른바 '청년 프랑스' 당원들이 자리를 가득 메웠으나, 막이 올라갈 때만 해도 바깥 날씨 때문에 장내는 좀 썰렁했다. 그러나 마지막 막이 내려지자 주연 배우 리지에가 작가의 이름을 발표할 수도 없을 만큼 흥분으로 들끓었다. 다음 날 정부는 공공질서와 도덕성에 어긋난다는 이유로 이 연극 공연을 금지시켰다.

위고는 그런 일로 위축되지 않았다. 《왕은 즐긴다》의 공연 금지에도 불구하고 그는 오히려 더 사기충천하여 곧바로 복수의 칼을 갈았다. 그는 마르샹지의 《골 포에티크》에 자극받아 3막극 《르 슈펠라 페레즈》를 이미 준비해 두고 있었다. 위고의 연극은 그의 서정시에 비해 훨씬 질이 떨어진다. 그러나 멜로드라마가 비극을 압도하던 그즈음 위고의 연극은 나름대로 심미적인 측면을 지니고 있었다. 《라 투르 드 네슬》을 공연한 바로 그 극장무대에 《뤼크레스 보르지아(*Lucrèce Borgia*)》를 올린 것은 매우 자연스러운 일이었는지도 모른다. 그즈음 최고의 명성을 날리던 여배우 조르쥬는 이 뽀르뜨 쌩 마르땡 극장 지배인 하렐의 정부였다. 빅또르 위고는 극장 온실에서 프레데릭 르메뜨르에게 《르 슈펠라 페레즈》의 대본을 읽어 주기 전에 먼저 조르쥬의 아파트를 찾아가 그녀에게 읽어 주었다. 위고가 극장 온실에서 르메토르와 만났을 때 그 자리에는 젊고 아름다운 여배우 쥘리에뜨 드루에도 있었다.

쥘리에뜨는 조연 니그로 공주 역을 기꺼이 맡겠다고 나섰다. 위고는 쥘리에뜨를 잘 알지 못했다. 위고가 쥘리에뜨를 처음 본 것은 1832년 5월 어느 날 밤 무도회에서였다. 값비싼 보석을 걸고 사람들 사이를 누비는 쥘리에뜨의 아름다운 모습에 거의 넋을 잃을 정도였다. 그녀는 빠리 최고 미인 가운데 한 사람이었다. 쥘리에뜨의 아름다움에 압도된 나머지 무도회에서는 그녀에게 말 한마디 건넬 용기조차 나지 않았다. 그런데 극장 온실에서의 《르 슈펠라 페레즈》 낭독을 통해 친밀해지기 시작하여 곧 서로에게 열중하는 사이가 되었다. 뒷날 위고는 쥘리에뜨의 노트에 다음과 같이 적고 있다.

"당신의 눈길이 처음 나에게 머물렀을 때, 새벽빛이 폐허를 비추듯 내 가슴 속까지 비치는 것 같았다오."

진실을 알지 못하면서 서로 진실을 말하는 것은 고통스러운 일임에 틀림없다.

1년이라는 모멸의 시기를 겪은 빅또르에게 이 사랑은 부활과도 같았다. 정부를 가진다는 것, 집 밖에서 잠잔다는 것은 가정을 소중히 여겨 온 시인에게 매우 충격적인 일이었다. 그러나 시간이 지남에 따라 야릇한 자부심마저 느끼기 시작했다. 그는 공공연히 자신을 조롱하는 생뜨 뵈브를 비롯한 모든 사람들에게 자신의 새로운 '정복'을 자랑하고 다녔다. 아델은 비교적 너그러운 편이었다. 아델의 관용은 어찌 보면 당연한지도 모른다. 아내로서의 책임을 다하지 못한 그녀가 관용을 베푸는 것 외에 무엇을 할 수 있으며, 남편에게 부부로서의 신의를 요구할 수 있었겠는가?

쥘리에뜨는 본디 허영심 때문에 데미도프 공작에게 매달려 있던 창녀 같은 여자였다. 남자들은 그녀를 냉소적이고 야만스럽게 다루었다. 그런 여자가 이제 매춘을 경멸하고 질투에 눈이 멀어 괴물같이 된 한 사나이와 사랑에 빠진 것이다. 위고는 어느 누구와도 그녀를 공유하려 하지 않았다. 그녀에 대한 위고의 사랑은 너무나 깊고 뜨거워 그는 쥘리에뜨가 아름다운 만큼 순수하기를 바랐다. 지칠 줄 모르는 사랑이었다.

위고는 그녀가 자신의 과거와 단절한다면 용서할 작정이었다. 쥘리에뜨 드루에는 드디어 그의 열정에 굴복했다. 그러나 그 순간부터 그녀는 경제적 곤란을 겪어야 했다.

아델을 짜증나게 했던 위고의 진지함과 엄숙함이 쥘리에뜨에게는 커다란 즐거움이 되었다. 위고는 진지하고 엄숙하면서도 때로 어린 아이같이 쾌활하여 그녀의 즐거움은 한층 더했다. 쥘리에뜨에게 유일한 희망이 있다면 명배우로 성장하는 일이었다.

여러 차례 실랑이 끝에 위고는 뽀르뜨 쌩 마르땡 극장 지배인 하렐에게 새로운 연극을 써주기로 약속했다. 이 연극이 바로 《마리 튀도르(*Marie Tudor*)》이다. 그는 여기서 조르쥬와 쥘리에뜨에게 똑같은 비중의 배역을 주려고 했다. 리허설은 엉망이었다. 개막 전날 연출자가 쥘리에뜨는 도저히 희망이 없다면서 그녀 대신 알렉상드르 뒤마의 정부 이다를 쓰는 것이 낫겠다고 말했다. 그는 또 이다야말로 쥘리에뜨의 배역을 잘 이해하고 언제든지 맡을 준비가 되어 있다고 말했다.

그러나 연출자의 제의를 받아들이기에는 쥘리에뜨에 대한 빅또르 위고의 사랑이 너무 깊었다. 폭풍우를 몰고 올지 모를 분위기 속에서 첫공연이 시작되었다. 처음 2막은 순조롭게 진행되었다. 그러나 쥘리에뜨가 등장하는 3막이 되자 사정이 달라졌다. 관중석에서 야유와 휘파람이 터져 나온 것이다. 슬픈 일이었지만 쥘리에뜨에 대한 연출자와 동료들의 비판이 옳았다는 것이 증명되었다. 그 다음날 2회 공연 때 위고는 생뜨 뵈브와 아델, 《에르나니》의 옛 배역진들의 압력에 못 이겨 쥘리에뜨의 배역을 다른 사람에게 주는 데 동의할 수밖에 없었다. 이제 쥘리에뜨가 갈 곳은 잠자리뿐이었다. 관중들의 불친절한 반응이 그녀의 마지막 자질마저 완전히 파괴해 버린 것이다.

1834년 새해로 접어들자 위고와 생뜨 뵈브의 관계는 완전히 끊어졌다. 감정상의 이유보다 문학에 대한 견해 차이 때문이었다. 이 해는 위고와 쥘리에뜨 모두에게 혼돈의 한 해였다.

슬픔의 심연과 장엄함의 절정이 엇갈렸다. 변화하는 생활환경 속에서 유일하게 안정된 것이 있다면 육체와 마음을 다한 그들의 사랑뿐이었다. 쥘리에뜨는 이를 애처로운 말로 표현하고 있다.

"세월이 행복을 가져온다 해도 나의 생활은 이미 오래 전에 끝나 버렸다."

사람은 사랑과 지성만으로 살 수 없다. 쥘리에뜨는 빚더미를 짊어진 가련한 소녀였다. 8월이 되자 빚쟁이들은 그녀에게 한푼의 돈도 남아 있지 않은 걸 알고 큰소리로 짖어대기 시작했다. 그녀는 드디어 애인에게 자신이 빚을 얼마나 지고 있는지 고백했다. 2만 프랑에 이르는 거액이었다. 그런 큰돈을 벌어 보지 못한 레오뽈 위고 장군의 아들은 미친 듯이 화를 냈다. 빅또르 위고는 건강과 명성에 오점이 남는다 하더라도 그녀의 빚을 형편되는 대로 조금씩 갚아나갈 수밖에 없다고 선언했다. 이 같은 선언은 격렬한 비난을 불러일으켰다.

이때부터 한 여자로서 견디기 어려운 후회와 수도자 같은 체념의 생활이 시작되었다. 레이스와 보석에 파묻혀 어디를 가나 남자들이 줄줄 따르던 빠리 최고의 미녀 쥘리에뜨가, 이제는 위고만을 위해 살고 위고하고만 외출하며 모든 교태와 사치를 버리게 되었다. 그녀는 사랑의 힘에 의지하여 이 생활을 받아들였다.

쥘리에뜨는 한가할 때면 위고의 원고를 베껴 쓰거나 그의 옷을 수선했다. 이런 일들이 그녀에게는 큰 기쁨이었다. 다만 혼자 마음대로 돌아다닐 수 없는 게 고통스러웠다. 쥘리에뜨는 새상 속 새와 같이 푸른 하늘을 바라보며 새장 문이 열릴 날을 기다리고 있었다. 수 없이 맛본 실망과 좌절에도 그녀는 여전히 연극에 대한 미련을 버리지 못했다. 독립된 생활을 바란 것도 여배우로서의 재기에 대한 희망 때문이었다. 빅또르 위고는 새 희곡 《앙젤로, 파두아의 폭군(*Angelo, tyran de Padoue*)》을 완성했다. 《앙젤로, 파두아의 폭군》은 《뤼크레스 보르지아》 풍의 멜로드라마였다. 그러나 구성이 훨씬 좋아 코메디 프랑세즈는 이를 열광적으로 환영했다.

쥘리에뜨는 코메디 프랑세즈 회원이었으나, 새 연극의 배역이 그녀에게 주어질지 의문스러웠다. 그녀는 위고가 연극배우로서 재능이 없고 적들에 둘러싸여 있는 자기에게 배역을 주기를 꺼려 말조차 꺼내지 않을 거라고 생각했다.

결국 그녀는 무대에는 한 번도 서보지 못한 채 떼아뜨르 프랑세를 떠났다. 《앙젤로, 파두아의 폭군》 배역은 여배우 마르스와 도르발에게 돌아갔다. 쥘리에뜨에게는 굴욕감을, 위고에게는 불안감을 안겨 줬다. 마르스와 도르발의 아찔한 교태와 매력은 익히 잘 알려진 사실이었다.

빅또르에 대한 쥘리에뜨의 무조건적인 봉사와 숭배의 감정은 이 시인으로 하여금 스스로를 신격화하게 만드는 불행한 결과를 낳았다. 낭만주의자들은 흔히 그들의 야망과 고통을 대신할 가공의 인물을 작품 속에서 만들어낸다. 그렇게 함으로써 속박받는 이 지상에서의 운명으로부터 벗어나려는 것이다. 낭만주의자들이 자신의 모습을 본따 작품 속에 등장시킨 인물들은 수없이 많다. 바이런의 차일드 해럴드, 비니의 스텔로, 뮈세의 포르투뇨와 판타시오, 조르쥬 상드의 델리아, 생뜨 뵈브의 조제쁘 들로름, 샤또브리앙의 르네, 스땅달의 쥘리앙 소렐, 괴테의 빌헬름 마이스터, 벤자민 콩스탕의 아돌프가 바로 그런 인물들이다.

위고의 작품 속 분신은 올랭피오였다. 모리스 레벨랑은 고독하게 태어나 성장한 뒤 사랑과 자존심의 회오리바람에 휘말려든 반신반인의 이 올랭피오야말로 위고의 복사판이라고 말하고 있다. 이로부터 위고는 고통의 세월을 겪게 된다. 사람들은 그를 끊임없이 헐뜯고 혐오했다. 그 자신도 이를 잘 알고 있었는데, 하이네는 이렇게 쓰고 있다.

"위고의 옛친구들은 거의 모두 그를 떠났다. 사실대로 말하면 이 모든 것은 위고 자신의 잘못 때문이었다. 그의 이기심 때문에 많은 사람이 깊은 상처를 받았다."

행동은 형이상학적인 확실성을 요구하지 않는다. "금세기는 크고 강력하다. 고상한 본능만이 나를 이끌어 나갈 수 있다"는 것이 위고의 생각이었다. 위고는 국가를 만들어 가는 인물 속에 자신이 포함되기를 원했다. 그의 선배격인 샤또브리앙도 프랑스 귀족으로서 대사와 외무대신을 지냈다. 이것이 그가 앞으로 따라가고자 하는 길이었다.

루이 필립 시대에는 작가가 귀족 작위를 받으려면 먼저 아카데미 프랑세즈 회원이 되어야 했다. 정부 쥘리에뜨와 맏딸 레오뽈딘은 모두 회원들이 입는 초록코트에 적대적이었다. 이들은 허식을 싫어했으며 자신들의 생각을 조금도 굽히지 않았다. 특히 쥘리에뜨는 위고가 아카데미 프랑세즈의 후보로 나서 당선될 경우, 그에 따르는 사회적 의무로 인해 자기 곁을 떠나게 될 것을 두려워했다.

1836년 2월 선거일이 다가왔을 때 그녀는 기쁜 마음으로 위고의 낙선을 예측했다. 그리고 쥘리에뜨의 예측대로 위고는 떨어졌다. 낙선했으나 결코 실망하지 않은 이 후보는 다시 일상 생활로 돌아갔다. 그는 자식들에게 더욱더 깊은 애착을 느꼈다. 영리하고 매혹적이며 감수성이 예민한 맏딸 레오뽈딘은 그의 애인이며 친구 같았다.

쥘리에뜨 쪽에서는 가난과 위고의 거친 생활에도 불구하고 사랑이 전부였다. 쥘리에뜨는 위고의 가족이 사는 르와얄 거리에서 얼마 안 떨어진 쌩 아나스타즈 거리 14번지에 살고 있었다. 그녀의 방 벽은 그녀가 우상처럼 받드는 위고의 초상화로 도배되어 있었다.

빅또르 위고는 남들로부터 숭배받는 데서 오는 만족감에 무감각하지 않았다. 또 그것은 맹목적인 숭배도 아니었다. 쥘리에뜨는 그를 찾는 다른 여자들에 대한 맹렬한 증오와 질투에 시달렸다. 르와얄 거리의 위고 집에는 그의 서재로 곧장 통하는 비밀 계단이 있었다. 쥘리에뜨 자신도 자주 이용했던 이 계단으로 위고가 자기 아닌 다른 여자들을 끌어들이고 있음을 알게 되었던 것이다.

쥘리에뜨는 아마 위고와 함께 하는 여행의 기쁨이 없었다면 이 고통을 건뎌내지 못했을지 모른다. 위고는 해마다 여름이 되면 쥘리에뜨를 데리고 여행길에 올랐다. 이때만은 위고는 모두 그녀의 것이었으며 그들은 정상적인 부부 같았다. 아델이 네 아이와 함께 다른 지방에 가 있는 동안 위고와 쥘리에뜨는 대개 6주일 예정으로 그녀의 고향인 푸제르나 벨기에를 여행했다. 벨기에의 종루와 차임벨 소리, 고풍스러운 집들은 위고를 열광시켰다. 특히 위고와 함께 비에브르 근처 메츠의 옛집을 둘러보는 것은 쥘리에뜨에게 더할 나위 없는 큰 즐거움이었다. 두 사람은 처음 만난 뒤로 한동안은 늘 붙어 다녔다. 그러나 1837년 10월부터 위고는 혼자 비에브르를 찾기 시작했다.

올랭피오를 덮친 비극

달콤한 모험의 땅에서 방황과 묵상을 거듭하던 이 시절의 작품이 《올랭피오의 비극》이라는 시였다. 왜 기쁨 다음에는 슬픔이 오는 것일까? 낭만주의 작가들은 마음의 고통 없이 자연의 영원한 아름다움과 하루살이 같은 인간의 행복 사이에 가로놓인 부조화를 바라볼 수 없었기 때문이다.

1837년 오를레앙 공작이 멕클렌부르크의 헬렌 왕녀와 결혼했다. 빅또르 위고와 황태자 오를레앙 공작의 관계는 루이 필립 왕과의 관계보다 훨씬 좋았다.

　루이 필립 왕이, 장남 오를레앙 공작의 결혼 뒤 베르사이유 궁에서 대대적인 결혼피로연을 열었을 때 위고도 초대되었다. 그는 오를레앙 공작과 한 테이블에 앉아 있었는데, 필립 왕은 그에게 최대의 찬사를 보냈다. 아름다운 둥근 얼굴에 지적으로 세련된 헬렌 왕녀는 위고를 만나게 되어 기쁘다면서 괴테 부인과 그에 대한 이야기를 자주 했었다고 말했다.

　그녀는 또 "그것은 아치형 천장의 초라한 교회였다"로 시작되는 위고의 시를 다른 어느 시보다 좋아하며, 그의 시들을 가슴으로 이해하고 있다고 말했다. 헬렌 왕녀의 말은 모두 사실이었다. 위고는 프랑스 왕비의 시인이 된 것이다. 파빌롱 드 마르상에서 연회가 열릴 때면 반드시 위고가 나타났다. 그가 참석하지 않는 파빌롱 드 마르상의 연회는 생각조차 할 수 없을 정도였다.

　오를레앙 공작이 위고에게 왜 최근에는 희곡을 쓰지 않느냐고 묻자, 그는 코메디 프랑세즈가 사형 선고를 받고 뽀르뜨 쌩 마르땡이 '짐승들의 손아귀로 넘어간' 뒤부터 프랑스에서는 극장이 사실 자취를 감추었다고 대답했다. 오를레앙 공작은 기조(프랑스 정치가·역사가. 1830년 7월 혁명 뒤부터 1848년 2월 혁명이 일어날 때까지 정권을 장악)를 통해 위고에게 극장을 새로 짓는다면 적극적으로 지원하겠다고 약속해 왔다. 알렉상드르 뒤마와 위고가 신문 편집인 졸리에게 털어놓았듯 새로운 문예부흥의 시기가 찾아온 것 같았다. 극장 개관과 함께 위고의 연극이 상연될 예정이었다.

　개관 작품으로 그가 집필하기 시작한 희극 《뤼 블라스(*Ruy Blas*)》의 주제는 어디서 나온 것일까? 사실 이 문제는 그리 중요하지 않다. 시와 익살, 환상과 정치의 혼합물인 이 연극이야말로 가장 그다운 것이었다.

　3달에 걸쳐 완성된 이 연극은 빅또르 위고가 그때까지 쓴 작품 가운데 가장 훌륭했다. 영웅시가 신인(神人)시대의 음악같이 울려 퍼졌다. 특히 제3막에서의 연설은 시와 역사로 엮어진 하나의 작품이었다. 프레데릭 르메뜨르가 《뤼 블라스》의 주연을 맡았다.

아카데미 프랑세즈 회원이 되고자 간절히 바라던 위고는 이미 자신이 원하는 건 모두 소유할 수 있다는 자신감에 넘쳐 있었다. 1841년 1월 7일 삼류극작가 앙켈로를 17대 15로 누르고 아카데미 프랑세즈 회원으로 선출되었다. 샤또브리앙, 라마르띤, 빌맹, 노디에, 쿠셍, 미그네와 정치인인 티에르, 몰레, 살방디, 르와이에 콜라르가 위고에게 찬성표를 던졌다. 평소 위고 편이었던 기조는 늦게 도착하여 투표할 수 없었다. 쥘리에뜨는 지난 4차례에 걸쳐 그랬던 것처럼 이번에도 적대감이라 할 정도의 거부 반응을 보였다.

아카데미 프랑세즈에 입장하는 위고의 모습은 위풍당당했다. 넓직한 앞이마를 드러내고 부드럽게 빗어넘긴 갈색 머리칼이 수놓은 초록색 칼라를 굽슬굽슬하게 덮고 있었다. 깊숙하게 자리잡은 그의 검은 두 눈은 행복감으로 빛나고 있었다. 위고는 지친 듯 창백한 얼굴로 자신을 바라보는 쥘리에뜨에게 미소지어 보였다. 장내에 들어온 뒤 처음 보인 미소였다.

위고와 쥘리에뜨의 육체적 관계는 예전보다 많이 약해져 있었다. 그러나 그녀는 여전히 위고의 모든 것이었다. 사실 쥘리에뜨는 아델이 갖지 못한 많은 장점을 지닌 여자였다. 그녀는 위고의 용감한 여행 동반자였고, 우수한 원고 정리원이었으며, 위고의 시를 아름다운 목소리로 낭랑하게 읊는 시의 화신이었다. 그가 감사의 노래를 바치는 대상도 여전히 쥘리에뜨였다.

쥘리에뜨는 1838년부터 1840년까지 세 차례에 걸쳐 위고를 따라 몽상가와 환상적인 골동품 수집가들이 몰려들던 라인 지방을 여행했다. 수많은 전설을 안고 있는 라인 강의 매력과 신비는 거의 마술이라 할 만했다. 페이앙틴에서 보낸 소년시절에 위고는 밤마다 침대 머리맡에 붙어 있는 옛 성의 그림을 바라보곤 했었다. 낮에도 눈을 감으면 황폐한 옛 성의 그림자가 망막에 떠올랐다. 위고는 친구 네

르발이나 고띠에와 마찬가지로 독일 문학에 대한 지식이 거의 없었다. 그런데도 그는 호프만의 아름다운 이야기들을 즐겨 읽었다. 특히 그는 독일과 프랑스 사이에서 한 사람의 작가로서 해야 할 일이 무엇이며, 작가가 사회·국가적으로 공헌할 수 있는 일이 무엇인지를 알았다. 이리하여 그는 과거의 온갖 전설과 그림과 노래에 정치적 의미를 부여했다. 그 구체적 표현이 《라인 강(Le Rhin)》이었다.

위고는 지난날의 예술작품 속에서 역사문제에 대한 해답을 찾아내려 했다. 그는 파라틴느의 탑들이 갖는 단순성 속에서 과거의 비밀을 찾아내고 미래에의 장막을 들추어보려 했다.

위고의 눈에는 라인 지방이 그리스의 비극시인 에스킬러스의 시에 나오는 영웅적이며 서사시적인 곳으로 비쳤다. 그는 비극적이며 초자연적이고 격렬한 악몽과 같은 빛을 내며 붉게 타오르는 시상을 안고 여행에서 돌아왔다. 그러나 사실 이런 빛들은 라인 지방 그 자체보다 그 자신의 성격에서 우러나온 것이었다. 그는 두 가지 스타일을 사용했다. 하나는 생뜨 뵈브의 말처럼 여전히 그 본디의 허식과 오만함을 떨쳐 버리지 못하고 있으나, 다른 하나는 완벽한 보고자의 스타일이었다. 위고에게 엄격했던 발자크도 《라인 강》만은 걸작이라고 평했다.

1843년 1월 쥘리에뜨는 희망이 가득찬 새해가 왔는데도 그녀의 '작은 애인'이 우울한 기분에 사로잡혀 있는 모습을 보고 마음이 어지러웠다. 이 무렵 위고는 5년 만에 처음으로 신작 희곡 《성주들(Les Burgraves)》을 집필하고 있었다. 매력적인 청년 샤를르 바크리와 약혼한 맏딸 레오뽈딘의 결혼식이 2월에 거행될 예정이었으며, 3월에는 코메디 프랑세즈 무대에 《성주들》이 올려지게 되어 있었다. 또 여름에는 쥘리에뜨와 함께 스페인을 여행할 작정이었다. 이보다 더 즐거운 일이 있을까.

레오뽈딘의 결혼식은 1843년 2월 15일 양가 친척들만 참석한 가운데 조촐하게 치러졌다. 위고는 딸의 결혼식을 친구들에게조차 알리지 않았다. 쥘리에뜨는 자신의 처지 때문에 결혼식에 참석하지 못했으나 레오뽈딘에게 자주 편지 왕래를 하자고 말했다. 그 뒤 위고를 가장 사랑했던 이 두 여자 사이를 연결해 준 것은 편지였다.

위고는 매우 조숙하여 아버지를 깊이 이해했던 맏딸이 자신 곁을 떠나게 된 것을 매우 슬퍼했다. 쥘리에뜨는 그럴 때마다 "레오뽈딘을 걱정할 건 없어요. 아마 모든 여자들 중 가장 행복한 여자가 될 거예요"라고 위로했다. 사실 모든 점에서 쥘리에뜨의 말은 헛되지 않았다. 그렇다고 위고가 불안해 할 만한 이유가 없었던 것은 아니었다. 레오뽈딘은 빠리에서 마차로 이틀, 배로 하루를 가야 하는 르아브르에서 신혼살림을 차릴 예정이었다. 레오뽈딘으로부터 편지가 자주 왔는데, 모두 신혼살림의 행복감과 즐거운 일상 생활을 전하는 내용이었다. 그러나 위고는 이상스럽고 불길한 예감을 떨쳐 버릴 수 없었다.

《성주들》의 리허설이 시작되어 빅또르 위고는 비로소 이 같은 불길한 예감에서 벗어날 수 있었다. 위고는 《성주들》에 큰 희망을 걸었다. 그는 이 작품에 서사시적인 면모를 부여하기 위해 엄청난 노력을 기울였다. 《성주들》은 황제에 대항하여 일어선 바르브루스(라인강 언저리의 성주들에게 큰 권위를 갖고 있었던 12세기의 무사)의 영웅적 투쟁을 그린 것으로, 비굴한 관리들과 독수리와 올빼미 같은 무리들과 라인 지방의 무자비한 귀족 등 많은 인물이 등장한다. 또 오랫동안 그를 괴롭혀 온 형제 사이의 갈등과 불화의 주제도 더하고 있다. 그는 이 작품을 쓰기 위해 라인 지방을 여행할 때, 밤낮으로 가시덤불 숲을 헤치며 폐허화된 옛 성터를 돌아다녔다. 코메디 프랑세즈는 《성주들》에 열광적인 반응을 보였다. 그러나 일반 관중들은 이미 로맨틱한 드라마에서 차츰 벗어나는 경향을 보이고 있었다. 지난 몇 달 동안 뛰어난 재능을 지닌 신인 여배우 라셀이 고전적 비극으로 인기를 끌고 있었던 것이다.

첫공연은 비교적 조용했다. 관중들 대부분은 위고의 성공을 바랐다. 재미있는 장면이 전혀 없지 않았지만, 대체로 지루하고 지나칠 정도로 엄숙했다. 5회 공연까지는 그럭저럭 되어 나갔으나 그 뒤부터는 엉망이 되었다. 위고는 애써 침착한 모습을 유지했지만, 수많은 성공 끝에 온 실패와 증오에 커다란 상처를 받았다. 33회 공연으로 막을 내렸으며, 코메디 프랑세즈를 위한 집필도 중단되었다. 1843년 3월 7일은 르봐이앙의 말대로 '로맨틱 드라마의 워털루 전투 패배'였다.

아델의 반대가 있었으나 쥘리에뜨 드루에는 해마다의 여름처럼 그녀의 '작고 애처로운 즐거움'을 다시 가질 수 있었다. 이번 여름의 여행지는 위고에게 어린 시절의 기억들을 되살려 줄 프랑스 남서부와 스페인이었다. 이 여행으로 위고는 2월 이후 그를 둘러싸고 있던 빠리에서의 우울한 분위기를 씻어 냈다. 임신 3개월의 레오뽈딘은 까닭없는 불안감으로 아버지의 여행을 반대했다. 7월 9일 화요일 위고는 노르망디에서 딸과 만났다. 딸과 헤어진 뒤 위고는 다음과 같이 쓰고 있다.

'내 딸아! 너는 아느냐, 너를 생각할 때마다 내 마음은 어린아이 같아진다는 것을. 내 두 눈은 눈물에 젖어 있다. 어떻게 네 곁을 떠날 수 있었는지, 르아브르에서 보낸 며칠은 내마음 속으로 빛줄기가 스며드는 것 같았단다. 죽을 때까지 결코 잊을 수 없을 것이다.'

빅또르 위고는 언제나 그런 것처럼 여행에의 유혹을 뿌리칠 수 없었다. 그는 팜팔루까지 나아가 피리네, 오슈, 아겡, 페리쥬와 앙굴렘을 거쳐 돌아왔다. 9월 8일 오레롱 섬에 이르렀을 때 쥘리에뜨는 위고가 우울증에 걸려 있음을 눈치챘다. 이 섬을 떠난 뒤 돌아오는 길에 그들은 로슈페르에 닿았다. 위고는 딸과 사위를 다시 만나 보기 위해 르아브르로 가려고 했다. 수비즈 마을에서 쥘리에뜨는 카페

에 들러 맥주를 마시며 지난 며칠 동안 읽지 못한 신문을 보자고 제
안했다. 쥘리에뜨 드루에는 1843년 9월 9일 일기에 이렇게 쓰고 있
다.

　‘우리 맞은편 테이블 아래 몇 가지 신문이 놓여 있었다. 빅또르는
되는 대로 아무 신문이나 집었고, 나는 〈르 샤리〉를 집었다. 신
문의 머릿기사를 훑어보기도 전에 그이가 갑자기 내게 몸을 기대
며 억눌린 목소리로 ‘아! 무서운 일이야’ 하고 말하면서 쥐고 있
던 신문을 건네주었다. 나는 그를 쳐다보았다. 그의 얼굴을 뒤덮
고 있던, 무어라 말할 수 없는 그때의 그 절망감을 내 생전에 어
떻게 잊을 수 있을까?’

　그가 건네준 신문에는 9월 4일 일요일 빌키에서 일어난 놀라운
사건이 실려 있었다. 딸 레오뽈딘 부부는 빌키에에서 주말을 보내기
위해 르아브르를 떠났다. 거기서 그들은 선장 출신 숙부 피에르 바
크리와 사촌 아르우스를 만났다. 아르우스는 12살 된 소년이었다.
일요일 오후, 샤를르가 르아브르에서 보낸 경주용 소형 요트가 그곳
에 도착했다. 이 요트는 그의 숙부가 해군 조선소에서 스스로 설계
하여 만든 창작품이었다. 샤를르는 이 요트로 경주대회에서 우승을
거두기도 했다. 샤를르는 다음날 아침 이 배를 타고 코드벡으로 건
너가 그의 변호사인 바지르를 만날 계획이었다. 월요일 아침 날씨는
아주 좋았다. 바람 한점 없고 파도도 일지 않았다, 수면에는 아침안
개가 조금 끼어 있을 뿐이었다. 그리고 레오뽈딘과 숙부와 사촌이
모두 동행하기로 되어 있었다.

　행복과 불행을 가릴 것 없이 일은 흔히 사람들의 생각과 반대방향
으로 나아가게 마련이다. 그들이 탄 배가 뒤집히고 만 것이다. 뛰어
난 수영 실력으로 유일하게 살아 남은 샤를르는 뒤집힌 배를 바로잡
아 아내를 구하려고 죽을 힘을 다했다. 그러나 그녀는 이미 숨진 뒤
였고 그의 모든 노력이 허사로 돌아갔다. 아내 레오뽈딘의 곁을 떠

날 수 없었던 샤를르는 스스로 물 속으로 가라앉았다. 이렇게 하여 그들 부부는 영원히 함께 있게 되었다.

딸의 죽음에 위고의 마음은 산산조각이 났다. 12월 들어 위고는 심한 우울증에 사로잡혔으며, 육욕은 격렬해졌다. 극단적인 심적 혼란에 놓인 남자들이 격렬한 관능 속에서 괴로움을 잊으려는 것은 당연한 일일는지 모른다. 1843년 슬픔이 거의 병적이게 된 위고 역시 관능 속에서 피난처를 구하려 했다.

쥘리에뜨와의 관계는 어떻게 되었을까? 육체적 관계는 이미 끝난 것이나 다름없었다. 쥘리에뜨는 위고의 욕구를 감당할 도리가 없었다. 10년 동안의 은둔 생활 끝에 이 가련한 소녀의 육체는 시들었던 것이다. 나이 서른에 그녀의 머리칼은 벌써 희끗희끗해지기 시작했지만, 여전히 맑은 눈동자와 우아하고 부드러운 몸가짐을 갖고 있었다. 그러나 화장하지 않고는 더 이상 아름답게 보일 수 없을 정도였다. 쥘리에뜨는 때로 위고를 우울하게 만들었다. 반짝이는 위트에도 불구하고 그녀가 위고에게 할 이야기는 많지 않았다. 해마다 한 번씩 하는 여행 때 말고는 그녀는 아무도 만날 수 없고, 아무것도 볼 수 없는 생활의 연속이었다. 그녀의 수많은 편지들도 자랑과 불만이 뒤섞인 긴 자기 독백에 지나지 않았다.

끝없이 괴롭히는 욕망

1844년 초 눈길을 아래로 내리까는 버릇이 있는 슬픈 눈동자의 금발 소녀가 위고의 새로운 정부가 되었다. 비둘기같이 수줍어하는 이 소녀는 그럴 때마다 재빨리 개구쟁이 같은 미소를 띠어 그 수줍음을 감추었다. 쥘리에뜨는 위고가 새로운 정부를 갖게 된 사실을 전혀 눈치채지 못했다. 이 소녀는 자신을 레오니 당뜨라고 불렀다. 그녀의 가족 배경은 알 수 없으나 순수한 귀족 출신임은 분명했다. 그녀는 사교계에서 성장한 여자였다. 일찍이 집을 나와 화가 프랑수아 테레스 오귀스뜨 비아르와 함께 뱅돔 거리의 화실에 살림을 차렸다. 1840년 임신 6개월 된 몸으로 그녀는 이 화가와 정식으로 결혼식을 올렸다. 이 부부는 세느 강변에 있는 정원과 연못이 딸린 큰 집을 사들여 수많은 미술가들을 접대했다.

1844년 '빌키에의 비극'으로 거의 정신이 나간 빅또르 위고는 끝없는 정신적 고통으로부터 헤어나기 위해 필사의 노력을 기울여야만 했다. 그는 격무와 분주한 사회생활과 새로운 정사(情事)에 자신의 모든 감정을 쏟으려 했다. 이 무렵 위고는 아카데미 프랑세즈와 재판소 일에 굉장한 열의를 보였다.

1845년 위고의 적들은 그의 창작 능력이 바닥났다고 떠들어댔다. 그러나 이것은 그들이 잘못 안 것이었다. 위고는 죽은 딸을 그리워하는 시들과 레오니에 대한 연시들을 쓰고 있었다. 소설《레 미제라블(*Les Misérables*)》을 쓰기 시작한 것도 바로 이때였다. 그러나 레오니와의 정사가 적들의 악의에 찬 희망을 부추겨 주었다. 아카데미 프랑세즈에서 그는 진지했으나 이마에 깊은 주름살이 잡혀 있었다. 가끔 반역의 모습이 되살아나기도 했지만 대체로 엄숙한 자세였다.

빅또르 위고는 아카데미 프랑세즈의 초록 코트를 입게 되자 작위 획득을 꿈꾸기 시작했다. 쥘리에뜨는 그가 정치에 뛰어드는 것을 원하지 않았다. 아카데미 프랑세즈 회원이 되고 대신이 되는 일과, 신이 빅또르에게 부여한 문인으로서의 자질을 어떻게 비교할 수 있겠느냐는 것이 쥘리에뜨의 생각이었다. 그러나 비아르 부인 곧 레오니 당뜨는 위고의 야심을 자극하고 부채질했다. 위고는 왕의 비위를 맞추는 한편 비밀스럽게 헬렌 왕녀에게 손을 썼다. 이 오를레앙 공작 부인은 시아버지인 필립 왕을 졸라댔다. 위고는 아카데미 프랑세즈에서 여러 번 훌륭한 연설을 했다. 생뜨 뵈브의 말처럼 온갖 수단을 동원했다. 그의 이 같은 전술은 성공을 거두었다. 1845년 4월 13일 이윽고 빅또르 위고는 조례에 의해 자작이 되었다.

7월 5일 동틀 무렵, 경찰들이 법의 이름 아래 쌩 로세 거리 한 으슥한 아파트에 들이닥쳤다. 오귀스뜨 비아르의 고발에 따른 것이었다. 경찰이 물러간 뒤 이 일대는 위고와 그의 정부에 관한 '범죄적 이야기'로 떠들썩했다. 간통은 그즈음 매우 엄격하게 다뤄졌으며 레오니의 남편 오귀스뜨 비아르는 무자비했다. '비아르 부인' 레오니 당뜨는 체포되어 쌩 라자르 감옥에 수감되고, 빅또르 위고는 귀족 작위를 내세워 곧 풀려나왔다. 쌩 로세 거리의 이 사건은 위고의 경력에 치명적인 상처를 입히지는 못했다.

이 스캔들 뒤 위고는 침묵했다. 일을 멈춘 것은 아니었다. 그는 오래 전부터 구상해 온 《레 미제라블》을 다시 쓰기 시작했다. 작업 중 그는 계속 렝두엘이며 고슬랭과 접촉했다. 레오니 당뜨의 강제적인 후퇴와 수감으로 가장 득을 많이 본 사람은 쥘리에뜨였다. 그녀는 여느 때보다 훨씬 많은 시간을 그녀의 애인이자 주인인 위고와 함께 보낼 수 있었다. 그러나 쥘리에뜨는 쌩 로세 거리의 사건을 전혀 모르고 있었다.

1846년 쥘리에뜨의 딸 클레르 프라디에가 죽자, 위고는 레오뽈딘의 죽음에서보다 더 큰 슬픔을 겪었다. 이 슬픔은 쥘리에뜨와 위고 사이를 더욱 가깝게 만들었다. 클레르 프라디에는 비공식적으로 빅또르 위고의 딸로 입적돼 있었으며, 양육비와 교육비를 모두 위고가 부담했다. 그는 온갖 선물을 안겨 줄 만큼 진정으로 이 소녀를 좋아했다. 그러나 이 애처로운 소녀는 나이가 들면서 스스로 죽음을 바랄 만큼 깊은 내적인 절망감에 사로잡혀 있었다. 클레르 프라디에가 생 망데 공동 묘지에 묻힐 때 위고 자작은 그녀의 생부와 함께 장례식에 참석했다.

비아르 사건 뒤 위고는 얼음같이 차가운 바람이 휘몰아쳐오는 느낌을 받았다. 따라서 그가 1845년 귀족원에서 한 연설도 미리 준비된 신중한 것이었다. 어려운 환경에 놓였을 때는 어리숙하게 보이는 것이 가장 좋다. 누가 문자의 세계에서 그를 능가할 수 있겠는가?

10년 동안 그는 《가을 나뭇잎》에서 《빛과 그림자(*Les Rayons et les Ombres*)》에 이르기까지 프랑스 시문학상 최고의 작품으로 손꼽히는 4권의 시집을 출간했고, 《레 미제라블》은 《빠리의 노트르담》 이상의 걸작이 될 것으로 이미 예상되고 있었다. 그는 또 대신 자리에 오를 가능성도 있었다. 그런데도 그는 여전히 행복하지 않았다. 그가 절망 속에서 추구한 것은 망각이었다. 그는 풋내기 여배우와 하녀와 창녀를 섭렵하는 일상생활을 되풀이하며 자신을 진흙탕 속에 내던졌다. 1847년에서 1850년까지 4년 동안 그는 우울증과 병적이라고까지 할 성욕으로 끊임없이 고통받았던 것 같다.

1848년 2월 23일 위고는 귀족원에서 집으로 돌아가는 길에 2월 혁명(부르주아에 맞서 시민이 보통 선거와 노동 조건 개선 등을 요구하며 일어선 역사적 사건, 이 결과 루이 필립은 영국 망명) 소식을 들었다. 길거리는 "혁명 만세"와 "기조 타도"의 구호를 외쳐대는 병사와 노동자들로 가득했다. 병사들은 잡담하거나 서로 농담하는 등 들뜬 표정이었다. 인류에 대한 정열적인 관찰자이자 용기있는 사나이 위고는 콩코드 광장으로 달려가 그곳에 모인 군중들과 합류했다. 군대의 발포로 부상자가 꽤 많이 나왔다. 2월 25일 라마르띤은 임시정부가 빅또르 위고를 빠리 지구 혁명위원으로 임명했다고 전해 왔다. 4월에 총선이 실시됐을 때 위고는 후보 등록은 하지 않았지만, 그의 야심과 위엄이 교묘하게 잘 배어 있는 《유권자에게 보내는 편지》라는 것을 발표했다.

그는 선출되지 않았으나, 4월 23일 그에게 던진 지지표가 6만 표나 된 사실이 알려졌다. 《유권자에게 보내는 편지》와 함께 이 같은 지지표는 위고에게 하나의 자랑거리였다. 위고가 6월 보궐선거에서 보수파들의 지지를 얻게 된 것도 이에 힘입은 바 컸다.

빅또르 위고는 의원에 당선되었다. 어느 당 소속이었을까? 그는 자신이 강자에 대해 약자를, 무정부주의에 대해 질서를 옹호하고 있다는 사실을 알았을 뿐이었다. 그는 자신의 위치가 허약함을 느끼고 1848년 7월 신문 〈레벤느망(*L'Evénement*)〉의 창간을 결심했다. 여론에 영향을 미칠 독자적인 수단의 확보가 필요하다고 본 것이다. 그는 〈레벤느망〉을 이념 중심의 신문으로 키워 나갈 생각이었다. 그러나 첫 번째 사설에서부터 그에게는 '모두'였던 이념의 문제와 '아무것도 아닌' 현실문제가 갖는 영향력의 차이가 뚜렷이 드러나기 시작했다. 그는 이 '아무것도 아닌' 것들이 가장 완고한 사상가들에게도 큰 영향력을 미치고 있음을 잊고 있었다. 〈레벤느망〉은 늘 제호 바로 아래 '무정부에 대한 격렬한 증오, 민중에 대한 변함없는 사랑'이라는 구호를 싣고 있었다.

1848년 6월 있었던 보궐선거에서 위고와 함께 루이 나뽈레옹 보나빠르뜨가 의회에 진출했다. 올탕스(나뽈레옹 1세의 아내였던 조제핀이 전남편과의 사이에서 낳은 딸)와 독일 해군 제독 사이에 태어난 이 사람의 혈관에 보나빠르뜨 가문의 피는 한 방울도 섞여 있지 않았다. 그런데도 그는 거리의 대중들에게 열렬한 환호성을 불러일으킬 이 마법의 이름을 자신의 이름으로 삼고 있었다. 위고가 보기에 루이 나뽈레옹은 우울하고 못생긴 얼굴에 몽유병 환자 같은 표정을 가진 인물이었다. 그러나 사실 그는 뛰어난 자질과 진지하고 부드러우며 신중한 성품의 소유자였다.

그해 10월 우연한 만남이 있을 때까지 위고의 신문은 이 사나이에게 냉랭한 반응을 보였다. 보나빠르뜨라는 이름에서 오는 명망이 굉장한 것을 알고 신문은 이 명망도 정확히 말하면 삼촌 보나빠르뜨의 것이지 조카의 것이 아님을 거듭 강조했다. 그러나 10월 28일부터 〈레벤느망〉의 태도가 달라졌다. 〈레벤느망〉은 긴 기사 속에서 루이 나뽈레옹을 프랑스의 운명이니 제국의 영광이니 하는 말로 부르기 시작했다.

프와티예 거리에서의 의원 선서에도 불구하고 위고는 여전히 '레 미제라블(가난한 사람들)'의 사람이었다. 자기 눈으로 보지 않은 것은 어떤 것도 믿지 않는 천성에 따라 위고는 쎙 안토니 지구와 릴 (Lille)의 빈민가를 방문하여 그곳의 빈곤을 직접 목격했다. 그는 빈 곤에 관한 이야기를 전하려 했을 뿐만 아니라 그가 들은 갖가지 잔 혹한 일들을 철저히 고발하려 했던 것이다. 하나의 큰 외침이 있었 다.

"뭐라고! 계급 정당의 구성원 가운데 빈곤을 뿌리뽑을 수 있다고 장담할 수 있는 자가 있으면 앞으로 나와 봐라."

'사령관들'과의 관계는 이미 끝장나 있었고 엘리제 궁과의 관계도 파탄 직전이었다. 루이 나뽈레옹은 본디 이중적인 성격의 인물이었 다. 그는 마지막 순간에 자신이 바라는 것은 '온건한 태도'라고 밝혔 다.

이에 격노한 빅또르 위고는 그의 모든 계획들을 뒤엎어 버렸다. 하나는 그의 야심 때문이었고, 다른 하나는 그의 확신 때문이었다. 시인과 대통령 사이에 격렬한 말들이 오갔다고 전하는 사람들도 있 다.

1850년과 1851년은 빅또르 위고에게 정치 투쟁과 감정적 격동의 시기였다. 정치적인 면에서 그는 엘리제 궁과의 관계가 끊겨 매우 불리한 입장에 놓였다. 좌파는 그의 자유 옹호 연설에 환호와 박수 갈채를 보내면서도 그를 자신들의 일원으로 받아들이지 않았으며, 또한 우파는 우파대로 위고를 배반자로 몰아 조롱하고 경멸했다. 모 욕과 비방, 중상의 진흙탕에 내던져진 기분이었다. 라마르띤이 이미 경험했듯 위고도 혹독한 대가를 치른 뒤에야 '인기란 가장 허물어지 기 쉬운 것'임을 깨닫게 되었다.

그의 사생활이 덜 문란하고 다른 사람의 비판에 개방적이었다면 사회적 입지가 조금 나아졌을 것이다. 의무와 감사의 마음, 사랑과 욕망이 그를 지난날의 간통과 새로운 모함의 노예로 만들어 버렸다. 1848년 10월 라투르도베른느 거리 37번지 몽마르뜨 언덕에 자리한 위고의 집 주위에 아델, 쥘리에뜨, 레오니 세 여인이 하나의 작은 원을 그리며 살고 있었다. 위고는 세 여인들 사이를 오가며 얼마쯤의 시간을 그들과 함께 지냈다. 언제나 그렇듯 쥘리에뜨에게 열중하면서도 어떤 의무감에서 아델과 레오니를 만났다. 이 때문에 아델과 레오니는 쥘리에뜨에 대해 공동 전선을 펴곤 했다.

쥘리에뜨는 자신의 주인이자 군주인 빅또르 위고의 움직임을 따르며, 변함없이 권태와 허탈한 마음으로 살아가는 그늘진 막다른 골목집 방 한구석에 '그녀의 가련한 모습과 위대한 사랑'을 깊이 숨겨 놓았다. 가끔 위고와 함께 의사당이며 아카데미 프랑세즈에 가서 그의 연설을 듣거나, 드물게 찾아오는 위고를 기다리며 아침마다 먼발치에서 그의 방 창문을 바라보는 게 그녀가 누릴 수 있는 즐거움의 모두였다.

1845년 위고는 드디어 쥘리에뜨에게 혼자 외출하도록 허락했지만, 걸어갈 수 있는 곳만으로 제한했다. 쥘리에뜨는 여전히 레오니 당뜨가 빅또르 위고의 인생에서 어떤 역할을 하고 있는가를 알지 못했다. 그녀는 다른 여자들을 의심했다. 그러나 그것은 잘못된 생각이었다. 위고는 몸을 바치겠다고 나서는 여자가 있으면 주저없이 받아들이는 상태에 이르러 있었다.

레오니 당뜨는 위고 때문에 자신이 인생을 망쳤다는 것, 이에 대해 위고는 그만한 대가를 치러야 하며 최소한 쥘리에뜨 정도라도 포기해야 한다는 것을 느끼기 시작했다. 그녀는 그를 만날 때마다 쥘리에뜨와 헤어지라고 졸라댔다. 그러나 한결같이 무뚝뚝한 거부의 대답뿐이었다. 1849년 비아르 부인 레오니 당뜨는 처음으로 그가 이런 식으로 계속 나온다면 지금까지의 모든 것을 쥘리에뜨에게 털어놓겠다고 위협했다. 그러나 위고는 그녀의 위협을 한 마디로 묵살했다.

레오니 당뜨는 2년 뒤 드디어 자신의 목적을 이룰 수 있었다.

1851년 6월 29일 한 묶음의 편지가 로디에르 20번지에 있는 쥘리에뜨의 집에 전해졌다. 빅또르 위고 스스로의 손으로 봉인한 편지 묶음에는 리본과 "이기주의자 위고"라는 메모가 달려 있었다. 쥘리에뜨가 그렇게도 사랑하고 존경하던 사나이가 직접 쓴 것이었다. 쥘리에뜨는 떨리는 손으로 편지 묶음을 풀고 하나하나 열심히 읽어 나갔다.

그녀는 위고가 1844년 이후 자기 외에도 다른 여자를 사랑했으며 그 여자에게 열정적인 편지를 쓰고 있었음을 알게 되었다. 더욱이 이 여자가 자기보다 더 아름답다는 것도 알았다. 지난 18년 동안의 행복과 자존심이 한순간 무너져 내렸다.

쥘리에뜨는 거의 미친 상태에서 눈물을 흘리며 하루 종일 빠리 시내를 돌아다녔다. 위고는 아무것도 부인하지 않고 그녀의 용서만 구했다. 그리고 그녀를 위해 그녀의 연적을 버리겠다고 말했다. 그러면서도 레오니의 아름다움과 학식과 그 동안의 희생에 대해 칭찬의 말을 늘어놓은 뒤, 아델이 그녀를 좋아하며 지금 헤어지면 그녀의 아이들이 불쌍하다는 뜻을 넌지시 비쳤다. 위고의 말은 쥘리에뜨의 마음에 더욱 큰 상처를 주었다. 그녀의 자존심에 이런 사랑은 도저히 받아들일 수 없었다.

그 뒤 이들은 누가 더 관대한지를 경쟁하듯 밀고 당겼다. 쥘리에뜨가 오랜 숙고 끝에 슬픔을 이겨내고 위고에게 헤어지자고 말하자, 위고는 같은 처지에 놓인 모든 남자들이 그렇듯 그녀의 동정심에 호소했다. 그와 그의 정부는 둘 다 여전히 낭만주의자였다. 위고는 자신의 기쁨을 신비한 형태로 나타내는 데 천재적인 소질을 갖고 있을 뿐 아니라, 마음만 먹으면 아무리 어려운 문제라도 얼렁뚱땅 넘기는 개구쟁이 같은 기질로 사랑스럽고 매력적인 사나이로 둔갑할 수 있었다. 쥘리에뜨는 여기에 또 한 번 넘어가, 그들 세 사람이 일정한 '시련기'를 가진 뒤 위고가 자신과 레오니 둘 가운데 한 사람을 선택하도록 하는 데 동의했다.

　두 여자에게 사랑의 흔들다리를 건너가게 하는 이 '시련기'야말로 빅또르 위고에게는 아주 즐거운 시간이었다. 아침마다 위고와 쥘리에뜨는 저마다의 집에서 자기 일을 하고, 일이 끝나면 함께 노트르담 현관에서 만나 오후 산책을 했다. 쥘리에뜨의 일이란 다름아닌 《장 발장(Jean Valjean)》 원고를 정서하는 것이었다. 저녁식사는 가족과 함께하고 밤이 되면 레오니에게로 갔다. 그리고 다음날 아침이 되면 지난 밤의 일을 정열적이고 생생하게 쥘리에뜨에게 들려주어 그녀의 마음에 상처를 입혔다.

　시련기로 잡은 4개월이라는 시간이 다 지나가고 결정을 내려야 할 때가 다가왔다. 그러나 결정은 예측지 못한 엉뚱한 곳에서 간접적인 방법으로 내려졌다. 위고는 어려운 시기를 묘하게 빠져 나왔다.

　1851년 2월 이후 위고는 정부(政府)에 대해서뿐 아니라 루이 나뽈레옹 개인에 대해서도 반대하는 태도를 취해 왔다. 대통령을 둘러싼 지도자들은 쿠데타를 강력하게 지지하고 있었다. 루이 나뽈레옹도 이를 반대하지 않았다. 단지 그는 되도록 모든 안전 조치를 취해놓기 전에는 그 같은 모험을 할 생각이 없었다. 정부는 이제 정의라고는 전혀 없게 된 법의 이름으로 〈레벤느망〉의 발행인들을 기소했다. 아들 프랑수아 빅또르 위고와 폴 뫼리스에게 징역 9개월, 오귀스뜨 바크리에게 징역 6개월이 선고되었다. 샤를르 위고는 이미 감방 안에 있었다.

　〈레벤느망〉은 발행 금지 처분을 받았으나 〈인민의 출현(L'avène-ment du peuple)〉이라는 이름으로 재발행되었다. 빅또르 위고는 빠리 재판소 부속 교도소에 갇힌 두 아들과 두 친구를 날마다 찾아가 그들과 함께 구내 매점에서 사온 값싼 포도주를 마셨다. 위고의 투옥도 시간문제임이 틀림없었다.

사생활에서도 단호한 조치가 필요했다. 사랑싸움은 쥘리에뜨에게 유리한 쪽으로 기울고 있었다.

1851년 12월 3일은 바리케이드의 날이었다. 보댕은 지금도 명언으로 남아 있는 "여러분은 25프랑 때문에 한 사나이가 죽을 수 있다는 것을 보고 있다'라는 말을 남기고 바리케이드 위에서 숨을 거두었다. 이날 하루 종일 위고 뒤를 따라다닌 쥘리에뜨가 바스티유 광장에 이르렀을 때, 위고는 한 무리의 군장교와 경찰들 앞에서 격렬한 연설을 하고 있었다. 쥘리에뜨는 위고에게로 달려가 '이러다간 저들이 당신을 쏘아 죽일 것'이라면서 그의 팔에 매달렸다.

결정적인 날은 12월 4일이었다. 대학살의 날이었다. 부르주아 자유주의자들에 대한 무자비한 탄압이 시작되었다. 빠리에서만도 최소한 400명 넘게 살해되었다. 피가 낭자한 무질서 속에서 쥘리에뜨는 내내 위고 뒤를 따랐다. 흰머리가 나기 시작했지만 여전히 아름다운 얼굴로 남편과 죽음의 위협 사이에서 필요하다면 언제라도 남편이 달아날 수 있도록 몰래 남편의 뒤를 따르고 있는 이 여인의 가슴 속에는 애처롭고 숭고한 무언가가 있었다. 총탄이 우박처럼 쏟아지는 속에서 그녀는 위고의 모습을 잃어버렸다가 다시 찾아내곤 했다. 빅또르 위고는 뒷날 이렇게 썼다.

'쥘리에뜨 드루에는 나에게 모든 것을 바쳤다. 1851년 12월의 그 악몽 같은 날들 속에서 내가 살아남을 수 있었던 것은 오로지 그녀의 헌신 덕분이었다.'

망명

위고는 국외 탈출 길에 올랐다. 1851년 12월 11일 목요일, 그는 조네르 거리 4번지에 사는 작곡가 랑방자크 퓌르맹의 이름을 빌려 북쪽 역을 거쳐 빠리를 떠났다. "나이 48살, 키 170센티미터, 회색 머리칼, 갈색 눈썹, 갈색 눈동자, 회색 수염, 둥근 얼굴, 통통한 빰"이라고 씌어진 현상수배 전단이 곳곳에 붙여졌다.

이 망명자는 노동자 모자를 쓰고 검은 코트를 입고 있었다. 그들이 위고의 변장을 벗기려 하지 않았든지, 위고가 그들의 눈길을 교묘하게 피했든지 아무튼 발각되지 않았다. 어떻게 무사히 빠리를 빠져 나갈 수 있었는지 자세한 내막은 아무도 모른다. 그들이 대소동 기간 중 그를 체포하려 했던 것은 확실하다. 딸 아델도 아버지에게 보낸 편지 속에서 '아버지를 잡으러 왔던 무서웠던 밤'에 대한 이야기를 하고 있다. 그러나 정부 쪽에서 보면 그의 망명은 그에게 어떤 조치를 취하는 것보다 덜 위험한 일이었다. 위고와 함께 브뤼셀에 머물게 된 쥘리에뜨로서는 호된 사랑의 시련 끝에 승리를 차지한 셈이었다.

지금까지 그가 살아온 생활에 비해 망명지에서의 생활은 충격적일 정도로 건전했다. 영광에 둘러싸인 프랑스 자작, 늙고 의심많던 필립 왕의 절친한 친구, 수많은 여성들로부터 경탄의 대상이 된 빅또르 위고가 이제 오갈 데 없는 외로운 신세가 되었다. 객관적인 사건들이 갑자기 그에게 새로운 기회를 부여했다.

위고로 하여금 그 자신의 역할을 완벽하게 해내도록 하기 위해서도 고상한 일상생활이 반드시 필요했다. 1851년 12월 12일 '퓌르맹'이 브뤼셀 역에 내렸을 때, 그의 브뤼셀 도착을 미리 연락받은 쥘리에뜨의 친구 로르 루테르는 처음에는 랭부르 호텔, 다음에는 라바이올렛 거리 13번지의 라포르토 베레 호텔 등 싸구려 호텔로만 안내했다. 12월 14일 마침내 쥘리에뜨가 도착했다. 빅또르 위고는 세관 차고 안에서 그녀를 만났다. 그녀는 위고의 원고들을 가져왔다. 망명지에서는 지켜야 할 에티켓이 있게 마련이다. 망명객이 버젓이 정부와 함께 지낼 수는 없는 일이었다. 쥘리에뜨는 가슴이 쓰렸지만 결국 체념하고 위고와 떨어져 살기로 했다. 그녀는 뒤 프랭스 거리에 있는 친구 루테르의 집으로 짐을 옮겼다.

망명생활 첫날부터 쥘리에뜨에게는 일거리가 쏟아졌다. 다름아닌 위고의 원고를 정리하는 일이었다. 불의에 대한 분노와 어떻게든 증언을 남겨 둬야 한다는 강렬한 욕망에 사로잡혀 있던 빅또르 위고로서는 출구가 필요했다. 프랑스의 강인한 양심이 되기 위해 '청동의 현(絃)'(위고가 "나의 리라에 청동의 현을 덧붙일 것"이라고 말한 것에서 인용)을 울리기로 결심했던 것이다. 무엇보다 먼저 그는 12월 2일 사태에 대한 이야기를 써야 했다(이 이야기에는 뒷날 《죄인의 역사(*Histoire d'uncrime*)》라는 제목이 붙여졌음). 그는 브뤼셀에 도착한 다음날 아침 이 이야기의 집필에 착수했다.

한편 빠리에 있는 아델은 명예로운 망명자의 아내처럼 행동했다. 그녀는 남편의 문학적 명성보다 정치적 역할에 더 큰 자부심을 느끼고 있었으며, 쥘리에뜨의 존재에 안달하면서도 온순한 레오니 당뜨를 보호하고 후원했다.

위고는 브뤼셀에서 열정적으로 일했다. 그는 되도록 빠른 시일 안에 《꼬마 나뽈레옹(*Napoléon-le-Petit*)》을 발행키로 결심했다. 이 작품은 루이 나뽈레옹에 대한 기소장 같은 것으로, 그의 치솟는 분노의 감정을 그대로 담고 있었다. 불연속적이고 율동적인 이 시인의 글은 시적 아름다움과 함께 억제된 광기를 드러내고 있었다. 작품 전반 어조는 예언자적인 저주와 영국의 풍자작가 스위프트의 소름끼치는 유머를 연상시켰다.

《나뽈레옹》이 출판되면 프랑스에 있는 위고의 가족과 재산에 위험이 닥칠 것은 뻔한 일이었다. 프랑스 정부는 해외에 있는 프랑스인이 정부를 비방, 중상할 경우 그들의 국내 재산을 몰수할 수 있다는 포고령을 발해 놓고 있었다. 따라서 위고는 벨기에 정부가 그에게 계속 망명처를 허용한다면 빠리의 가족들을 브뤼셀로 데려오든가, 그것이 안 되면 가족들을 도버 해협의 제르제 섬으로 보낼 작정이었다.

마침 아델이 라투르도베른느 거리의 집 세 채를 모두 팔고 장엄한 고딕풍 가구들과 골동품과 도서관은 공매 처분하는 게 어떻겠느냐고 제의해 왔다. 가족 재산을 공매 처분한다는 것은 가슴아픈 일일지 모른다. 그러나 빅또르에게는 하나의 축복 같았다. 자신을 희생하는 데서 오는 즐거움이 괴로움보다 앞섰다. 이윽고 결정이 내려졌다. 1852년 1월 25일 위고는 아내에게 곧바로 제르제의 생테리에로 떠나도록 지시했다. 《꼬마 나뽈레옹》의 위험스러운 짐을 벨기에 정부에 지우지 않으려는 마음에서 위고 자신도 이듬해 8월 1일 샤를르와 함께 브뤼셀을 떠났다. 그렇지 않아도 벨기에 정부는 망명객의 국외 추방을 요구하는 '페이더법'을 입안 중이었다.

1853년 8월. 찌는 듯한 한여름 태양 아래 빅또르 위고의 아내와 딸 아델, 오귀스뜨 바크리 등 세 사람의 여행자가 제르제에 상륙했다. 그들은 사우샘프턴을 거쳐 제르제에 닿기까지의 지루한 뱃길 여행에 몹시 지쳤다. 그들의 눈에는 거뭇거뭇 불에 탄 듯한 생테리에의 모습이 마치 공포의 세인트 헬레나처럼 비쳤다. 이틀 뒤 위고와 샤를르가 폼므도로 호텔에서 그들과 만났다. 이미 제르제에 와 있던 수많은 프랑스 망명객들과 이 지방 인사들이 부두에 나와 위고의 도착을 환영했다. 제르제의 프랑스 망명객 중에서는 그가 가장 비중 높은 인물이었다.

위고는 바닷가에서 살기를 원했다. 베란다와 정원과 부엌이 딸린 해변가 집을 한 채 세내었다. 마린떼라스라고 불리는 아담하고 작은 별장이었다. 쥘리에뜨는 그 다음 배편으로 도착했다. 쥘리에뜨가 위고와 같은 배를 타지 않았던 것은 아델의 희망에 따른 것이기도 했지만, 다른 사람의 이목을 의식했기 때문이기도 했다. 그녀는 얼마 동안 여관에 머물다가 곧 작은 아파트를 구했다. 두 집 생계가 위고의 펜 하나에 달려 있었다. 뭐든 출판해야만 했다. 그러나 무엇을 출판하느냐가 문제였다. 분노의 시대에는 대중들의 기분에 맞는 책이 가장 좋을 것이므로 《꼬마 나뽈레옹》을 출판키로 결정했다. 값싼 종이에 인쇄된 《꼬마 나뽈레옹》의 단행본이 항목별로 나뉘어 프랑스

안으로 몰래 반입되었다. 옷 속에 감추기도 하고 때로는 나뽈레옹 3세의 흉상 안에 숨겨 나르기도 했다. 《꼬마 나뽈레옹》은 프랑스 국내에서 열광적인 반응을 불러일으켰다.

게르느제로 쏟아지는 찬양

12월 2일에 있었던 '범죄'를 고발하는 시집에 어떤 제목을 붙이느냐는 문제를 두고 빅또르 위고는 한참 고심했다. '복수자의 노래' '복수자들' '복수자의 시' 등이 처음 떠오른 제목이었으나, 최종적으로 《징벌(懲罰)시집(Les Châtiments)》이라는 제목을 붙이기로 결정했다. 《징벌시집》은 놀라울 정도로 다양한 음조를 갖고 있다. 그런데도 전편에 흐르는 강력한 감동과 격분의 음조가 하나의 통일성을 이루고 있다. 《징벌시집》은 오빈느의 비극, 메니푸스의 풍자시, 타키투스와 쥬브날의 시들에 견줄 만한 것이었다. 그러나 리듬의 강력함과 신선함, 언어의 아름다움, 풍자적인 효과와 특히 서사시다운 장중함은 《징벌시집》이 훨씬 뛰어났다.

1853년에서 1856년 사이 위고는 종교적인 색채를 띤 《정관(靜觀)시집(Les Contemplations)》을 비롯하여 방대한 분량의 종교철학시 《사탄의 최후(La Fin de Satan)》와 《신(Dieu)》을 썼다. 이 무렵 위고는 그 본디의 자신감을 되찾고 있었다. 그가 지닌 종교와 국가, 우주와 시간을 바라보는 시각의 광대함은 단테나 밀턴에 버금가는 것이었다. 《사탄의 최후》에서는 암흑의 나락으로 떨어지는 대천사의 모습을 그리면서 그리스도에 대한 사랑을 열렬히 노래하고 있다. 《신》은 수백 년 동안 운명과 그리스도교 교의 사이를 떠돌아다니는 마음의 행로를 나타낸 것이다.

정치 망명객의 생활이란 어렵기 마련이다. 위고도 망명지의 생활에 적응했다기보다 참고 견디는 편이었다. 영국의 외교 정책이 프랑스와의 화해를 필요로 할 경우, 위고는 언제든지 희생당할 처지에 놓여 있었다. 제르제 당국은 말많은 프랑스 망명인 집단과 아내와 정부 사이를 오락가락하는 시인을 결코 좋아하지 않았다. 특히 로버트 필 경은 1854년 이후 위고에게 끊임없이 적대감을 드러냈다. 1855년 상황은 한층 더 어려워졌다. 프랑스 황제와 영국 여왕은 반러시아 동맹을 통해 점차 우호적이 되어가고 있었다.

위고는 다시 도버 해협 한가운데의 작은 섬 게르느제로 떠나야만 했다. 그들은 몇 개의 그룹으로 나뉘어 떠났다. 10월 31일 위고와 프랑수아 빅또르, 쥘리에뜨 드루에, 쥘리에뜨의 충실한 하녀 수잔이 맨 먼저 떠나고 그 이틀 뒤 샤를르 위고가 아버지 뒤를 따랐다. 추방령의 대상이 되지 않아 이사 준비 때문에 제르제에 남아 있던 아내와 아델 그리고 오귀스뜨 바크리는 35개나 되는 가방과 상자와 보따리를 둘러메고 이들보다 훨씬 늦게 게르느제에 도착했다. 이사 도중 《정관시집》과 《레 미제라블》《사탄의 최후》《신》《거리와 숲의 노래(*Les Chansons des rues et des bois*)》의 원고가 든 트렁크를 파도에 떠내려 보낼 뻔했다. 이 트렁크를 가까스로 배 안으로 건져 올리지 못했다면 이 불후의 명작들은 오늘날 남아 있지 못했을지도 모른다.

게르느제는 제르제보다 훨씬 작고 땅은 온통 울퉁불퉁하며 비탈져 있었다. 마치 바다 속에서 솟아난 바윗덩어리 같았다. 그즈음 빅또르 위고의 수입은 아주 적었다. 인세도 전혀 들어오지 않았다. 루이 나뽈레옹과의 투쟁을 위해 씌어진 《꼬마 나뽈레옹》과 《징벌시집》이 많이 팔렸으나 이익을 본 것은 서적상들이었다. 위고는 다시 일을 시작했다.

《정관시집》의 기적이 일어났다.

위고는 책상 서랍과 상자 속에 1만 1000행의 시를 넣어 두고 있었다. 그 가운데 일부는 행복했던 지난날에 쓴 것이고, 또 일부는 망명중에 쓴 회상과 묵상의 시들이었다. 평소 위고와 친분이 있었던 에첼이 이 시들의 출판을 맡겠다고 나섰다. 위고는 작품으로 적들을 때려눕히고 그들에게 뼈아픈 일격을 가하려 했다. 그는 자신의 시를 2권으로 묶어 낼 예정이었다.

《정관시집》의 성공은 예기치 못한 것이었기에 그 반향이 한층 더 대단했다. 어느 누구도 프랑스 제2제정의 반역자이며 망명객으로 국외를 떠돌아다니는 시인에게 이 같은 엄청난 환대가 주어질줄 몰랐던 것이다. 시를 사랑하는 사람들은 《정관시집》에 프랑스 최고의 시구들이 실려 있다는 데 의견을 같이했다.

《정관시집》은 1831~1843년까지의 전편과 1843~1856년까지의 후편으로 나뉘어 있다. 전후편의 분기점이 되는 것이 딸 레오뽈딘의 죽음이다. 전편은 밝고 즐거운 과거이고, 후편은 어둡고 우울한 현재로 대칭을 이루고 있다.

《정관시집》이 가져다 준 재정적 성공은 문학적 성공과 맞먹었다. 에첼이 건네준 인세 2만 프랑으로 위고는 5월 10일 오뜨빌하우스를 샀다. 순전히 《정관시집》의 수입으로 산 것이다.

위고는 게르느제에 부동산을 소유하고 행정 당국에 주거세를 냈다. 그리하여 이 섬에서 추방될 위험은 사라졌다. 그러나 아내와 딸 아델에게 있어 이 섬에 뿌리를 내린다는 것은 생각만 해도 슬픈 일이었다. 위고는 자신의 정치적 망명을 현실로 받아들이고 이 섬에 영구히 정착하려는 듯 보였다.

그는 새벽이면 인근 요새에서 쏘아대는 대포 소리와 함께 일어나 뙤약볕 아래에서 한낮까지 일한 뒤, 얼음같이 차가운 물을 온몸에 끼얹으며 냉수마찰을 했다. 위고의 이 별난 습관을 알고 있는 이웃 사람들은 일부러 그의 집 문 앞에 멈춰서서 그것을 구경하곤 했다. 정오에는 점심식사를 하며 식탁에서 샤를르와 이런저런 이야기를 나누었다. 아내 아델은 남편의 해박한 지식에 감탄을 금치 못했다. 식사가 끝나면 가족들은 저마다 맡은 일로 되돌아갔다.

쥘리에뜨의 생활은 여전히 고독했다. 그녀는 오뜨빌하우스 근처에 있는 라팔뤼란 이름의 작고 아담한 별장에 살고 있었다. 라팔뤼는 베란다 화장실에 앉아 있는 그녀의 '작은 신', 위고의 모습을 똑똑히 볼 수 있을 정도로 오뜨빌하우스와 가까운 거리에 있었다. 아침마다 그녀는 자신이 그토록 사랑하는 남자를 한 번이라도 더 보기 위해 창문 너머로 오뜨빌하우스의 베란다를 바라보곤 했다. 점심식사 뒤 빅또르 위고는 쥘리에뜨와 함께 산책했다. 산책할 때 이따금 그녀가 무슨 말만 하면 시끄럽다고 역정을 냈다. 그저 묵묵히 자기 곁을 따라오라는 식이었다. 이것이 그녀에게는 큰 불만이었다.

《정관시집》이 대성공을 거두자 빠리에서는 위고를 지지하는 사람들이 새로 생겨났다. 위고를 친양하는 소리가 게르느제로 쏟아져 들어왔다. 미슐레(프랑스의 역사가. 1778~1874), 뒤마, 조르쥬 상드 등이 위고에 대한 경탄의 뜻을 전해 왔다.

에첼은 《정관시집》에 이어 종교철학 시 《신》과 《사탄의 최후》도 출판하게 해달라고 위고에게 간청했다. 그는 또 13세기에서 19세기까지 영웅들의 행위를 그린 연작 역사시 《작은 서사시(*Les petites Epopées*)》에 담긴 사상들을 좋아했다. 위고의 천성 자체가 서사시적이라는 것은 이들 시의 스케일과 웅대함 그리고 불가항력적인 운동으로 보아도 명백하다.

광야에서 외치는 위대한 목소리

《세기의 전설(*La Légende des siècles*)》은 1857년과 1859년 사이에 씌어졌다. 이 작품은 대단한 통일성을 갖고 있고 곳곳에 작가의 영감이 번뜩인다. 역사의 전체적인 진행 과정을 추적하고 있을 뿐 아니라 세기마다의 장벽을 뛰어넘는 폭넓은 시야를 갖고 있다.

《세기의 전설》은 위고에게 가장 적대적인 독자들까지도 그의 독창적인 장엄함을 수긍하게 만드는 서사시로서의 아름다움으로 가득차 있다. "빅또르 위고가 입을 벌려 말한다면 다른 사람들은 입 속으로 중얼거릴 뿐이다"라고 르나르 (프랑스 소설가·극 작가, 1864~1910) 는 말하고 있다.

1859년 프랑스 황제는 대사면령을 내렸다. 대사면령을 받아들인 망명객도 일부 있었으나 위고는 이를 거부했다. 광야에서 외치는 이 위대한 목소리는 자유 프랑스의 명성과 장엄함에 대한 사랑을 되찾기 위한 것이었다. 제2제정 아래에서 문학은 통속적인 신변잡기로 변해 가고 있었다.

인류 최고의 작품 레 미제라블

1860년부터 10여 년 넘게 빅또르 위고는 수많은 시와 소설, 에세이에 열중했다. 그는 오로지 일 속에서 행복을 찾았다. 그의 생활은 힘과 고독감과 충만함으로 가득 채워져 있었다. 특히 그가 이 시기에 쓴 《레 미제라블》은 서사시와 소설 및 에세이적 요소를 모두 갖추고 있다.

그는 일과 자신의 힘을 통해 새로운 즐거움을 발견하면서도 가까운 사람들이 이같은 생활에 진저리내고 있다는 사실은 눈치채지 못했다. 위고 부인이 게르느제를 떠나는 일이 점차 잦아졌다. 그녀는 게르느제에서의 생활에서 아무 즐거움도 느끼지 못했다. 게르느제를 떠나 프랑스나 영국 어디로든 가서 남편의 명성을 자랑하며 그의 대리인 역할을 하고자 했다. 변덕스럽고 기분파인 아델도 아버지의 태도에 불만을 느끼며 끊임없는 백일몽에 빠져들었다. 1864년 말 샤를르는 빠리에서 브뤼셀로 가 거주할 집을 마련했으며, 이듬해 10월 17일 쥘 시몽의 손녀 알리스와 결혼했다.

위고 부인은 아들과 함께 브뤼셀로 갔다. 이번에는 거의 2년 가까이 위고 곁을 떠나 있었다. 1865년 1월부터 1867년 1월까지 그녀는 오뜨빌하우스로 돌아오지 않았던 것이다. 이때부터 이 늙은 언어의 마술사는 거의 혼자 게르느제에서 외로운 세월을 보내야만 했다. 며느리가 가끔 집을 돌보기 위해 게르느제에 들를 정도였다. 아델의 여동생 쥘리 푸셰는 조각가와 결혼했으나 곧 사이가 나빠졌다. 그러나 쥘리에뜨 드루에만은 여전히 자신의 자리를 굳게 지키고 있었다. 가족들이 자기 곁을 떠날수록 위고가 기댈 곳은 그의 충실한 정부 쥘리에뜨뿐이었다.

30살 이후부터 위고는 장편 사회소설을 계획하고 그 작업에 착수했다. 재판의 불공정성, 고통받는 자의 모습, 죄인의 구원, 성자의 영향 같은 주제는 《사형수의 마지막 날》《클로드 괴》《빈자를 위한 시(*Pour les Pauvres*)》와 같은 작품 속에서 이미 형상화되고 있었다. 1840년 그는 성자와 남자, 여자와 인형의 이야기인 《레 미제라블》의 기본 골격을 완성해 놓고 있었다. 이런 사회소설은 그즈음의 유행이었다. 조르쥬 상드와 으젠느 쉬, 심지어 알렉상드르 뒤마와 프레데릭 슐리까지도 대중의 빈곤에 대한 소설을 쓰고 있었다.

이 지루하고 긴 작업 중 쥘리에뜨는 확고하고 변함없이 위고를 지지했다. 그녀는 《레 미제라블》 자체를 사랑했으며, 《레 미제라블》 원고를 정리하는 일은 그녀에게 큰 기쁨을 안겨 주었다.

드디어 책이 완성되었다. 빅또르 위고는 오귀스뜨 바크리에게 보내는 글에 이렇게 쓰고 있다.

'1861년 6월 30일 아침 8시 30분 창문 너머로 비쳐드는 아침 햇살을 받으며 나는 《레 미제라블》의 집필을 끝냈다네.'

그는 이 작품이 명작임과 동시에 수많은 사람들에게 읽히게 될 것을 알았다. 그래서 그는 가까운 사람들의 장래를 영원히 보장하는 데 이 작품을 최대한 활용할 작정이었다. 출판업자를 선택하는 일이 큰 문제였다. 에첼은 절친한 친구였고 또 그를 좋아했으나 판매 능력이 의문이었다. 벨기에의 청년 출판업자 알버트 라크루아가 《레 미제라블》의 출판을 제의해 왔다. 그는 위고와 12년 동안 독점 계약을 맺는 대신 30만 프랑의 인세 등 위고가 제시한 3가지 조건을 모두 받아들였다. 30만 프랑의 인세는 위고가 지금까지 받은 최고의 금액이었다.

《레 미제라블》은 예상대로 대성공을 거두었다. 라크루아는 1862년부터 1868년까지 6년 동안 《레 미제라블》 한 작품으로 51만 7000프랑의 순이익을 올렸다.

브뤼셀에서 《레 미제라블》 출판 기념회가 성대하게 열렸다. 그러나 비평가들의 반응은 일반 독자들에 비해 그리 뜨거운 편이 못되었다. 일시적인 것이라 하더라도 이 책의 정치적 열정이 사람들의 판단에 영향을 미쳤던 것이다.

그러나 시간이 지남에 따라 그 판단도 달라졌다. 어디에서든 《레 미제라블》은 인류 최고의 작품 가운데 하나로 받아들여졌다. 장 발장과 꼬제뜨는 인류 공통의 보편성을 지닌 명작 속에 등장하는 몇 안 되는 주인공들과 자리를 같이하게 되었다.

테오필 고띠에는 《레 미제라블》에 대해 "이 작품은 좋지도 나쁘지도 않다. 그것은 한 인간의 작품이라기보다 상황과 자연이 창조해 낸 작품이다"라고 말했다. 그의 이 같은 지적은 특히 《윌리엄 셰익스피어》를 비롯하여 망명기간 중 위고가 쓴 몇몇 작품에는 더욱 정확히 들어맞는 것이다. 서사시적 비평문학의 큰 바다라 할 《윌리엄 셰익스피어》는 스러지는 불꽃과 함께 차츰 자라나 하나의 거대한 조각상이 나타나는 용암 줄기와도 같은 것이었다.

위고가 셰익스피어에 관심을 갖게 된 데에는 세 가지 이유가 있었다. 첫째는 1864년이 셰익스피어 탄생 300주년이어서 어디를 가나 셰익스피어에 대한 이야기가 한창이었고, 둘째는 프랑수아 빅또르가 자신이 번역한 셰익스피어 작품집의 서문을 위고에게 의뢰해 왔으며, 셋째는 낭만주의 운동이 시작된 19세기에 한때 문학적 규범이 됐던 일종의 균형 감각으로 40년 전에 발표했던 《크롬웰》에서의 정치 선언을 대치해야 할 필요성을 느꼈기 때문이다. 천재와 천재들에 대한 이야기가 이 책의 진정한 주제였다. 이 책에서 호머, 욥, 아이스퀼러스, 이사야, 에스겔, 루크레티우스, 쥬브날, 타키투스, 세인트 존, 단테, 라블레, 세르반테스를 셰익스피어와 같은 수준에 올려놓고 있다. 프랑스인은 한 사람뿐이었다.

1864년에는 《윌리엄 셰익스피어》, 1865년에는 시집 《거리와 숲의 노래》가 출판되었다. 《거리와 숲의 노래》는 갑자기 심미적이고 쾌활한 위고를 보여주어 묵시록적이고 프로메테우스 같은 독창적인 비평가와 비방가들을 크게 놀라게 했다. 위고는 사람을 사랑하고 사랑을 노래부르는 데서 즐거움을 느끼는 인간으로 비쳐졌다.

그것은 마치 가장 아름다운 언어들이 춤추며 노래하는 매혹적이고 질서정연한 하나의 발레와도 같았다. 거울 위에 아름다운 전원시가 씌어 있고 무대 위로 강물의 요정이 빨래하는 여인의 뒤를 따르는 와토 쉐니에 데오그리투스의 작품과도 같았다. 그러나 이 온화한 발레 선생은 징소리가 울리면 바로 그 순간 아무 어려움 없이 전원시에서 서사시로 급속히 전환할 수도 있음을 독자들에게 보여주었다. 제2제정 아래 통속적인 독자들은 이 책을 하루아침에 베스트셀러로 만들었다. 이 책의 자유로운 문체와 달콤한 느낌이 사람들의 입맛에 맞았던 것이다. 그러나 《징벌시집》을 읽어본 평범한 독자들은 이 박학다식한 시에 별다른 흥미를 느끼지 못했다.

1867년 쥘리에뜨에게 엄청난 하나의 사건이 일어났다. 위고 부인이 쥘리에뜨 드루에의 거처인 오뜨빌페리에를 방문한 것이다. 이때부터 쥘리에뜨는 위고 집안의 공식적인 일원이 되어 그 가족들과 서로 정을 나누는 즐거움을 누릴 수 있게 되었다.

빅또르 위고의 아내가 쥘리에뜨를 방문한 다음 주 쥘리에뜨는 위고와 함께 브뤼셀로 가 석 달을 보냈다. 이때 쥘리에뜨는 바리카뜨가에 있는 집에도 들렀다. 쥘리에뜨는 또 빅또르 위고의 아들 샤를르의 초대를 받아 샤를르 부부와 그들의 4살짜리 아들 조르쥬, 갓태어난 딸 잔느와 함께 쇼펭텐느의 숲 속에서 몇 주일을 보내기도 했

다. 여기서 그녀는 눈병으로 고생하는 위고 부인에게 책을 읽어 주
곤 했다.

새로운 생활 리듬이 생겨났다. 위고 부인 아델은 아들 샤를르와
며느리와 손자의 문병을 받으면서 주로 빠리에서 살았다. 브뤼셀에
서는 프랑수아 빅또르가 샤를르 부부와 함께 바리카뜨 거리의 위고
집안을 지켰다. 게르느제에서 쥘리에뜨는 다아델의 여동생 쥘리와
함께 위고를 뒷바라지했다. 이렇게 헤어져 살고 있다가 여름이면 모
두 브뤼셀로 모여 재회의 기쁨을 나누었다.

이 기간 동안 위고의 창작 활동은 계속되었다. 1866년 그는 다시
대하 소설 《바다의 노동자들(*Les Travailleurs de la mer*)》을 출판했다.
대건축물에 늘 외경심을 품고 있던 그는 이 책이 운명이라는 대건축
물을 이루는 하나의 작은 돌멩이가 되기를 바랐다. 1859년 쥘리에
뜨와 샤를르를 데리고 서크 섬을 여행했을 때, 그는 뱃사람들이 절
벽을 기어오르는 모습과 밀수꾼과 낙지가 절벽 가장자리에 파놓은
바위굴들을 구경했으며, 섬 전체를 날려보낼 듯한 태풍과 거친 파도
에 강한 인상을 받았다. 이때의 인상들이 처음에는 《뱃사람 길리아
뜨》라는 제목이 붙여졌던 이 책의 집필에 큰 영향을 미쳤다.

프랑수아 빅또르 위고는 아버지에게 보낸 편지에 이렇게 쓰고 있
다.

'아버님의 이번 성공은 대단합니다. 모든 사람이 아무 이의 없이
받아들이고 있어요. 저도 이 같은 일은 본 적이 없습니다. 《레 미
제라블》의 승리를 능가하는 것 같아요. 이번에는 모든 사람이 아
버님이야말로 참으로 존경받을 만한 인물이라는 것을 인정하고
있답니다. 작가가 대중들로부터 이해를 얻는다는 건 모든 것을 얻
는 게 아니겠어요? 아버님의 이름이 날마다 신문지상과 서점 쇼
윈도와 길거리 벽보를 메우고 사람들의 입에 오르내리고 있습니
다.'

연작소설 《태양》도 재판을 거듭하며 판매부수가 2만 8000부에서 8만 부로 늘어났다. 신문들은 열광적인 반응을 보였다. 적어도 이 책만큼은 정치적 적대감을 불러일으키지 않았기 때문이다.

쿠데타 이후 프랑스 정부의 적이 된 빅또르 위고의 연극은 빠리에서 아예 공연되지 않았다. 그런데 1867년 세계박람회가 열렸다. 문제는 프랑스가 만들어 낸 최상의 것들이 무엇이며, 그 중 어떤 것들을 세계에 보여 줄 것인가였다. 라크루아는 위고가 서문을 쓴 《빠리 안내》를 발간했다. 코메디 프랑세즈는 이런 시기에 과연 위대한 작가의 작품을 끝내 거부해야 할 것인가를 놓고 고민을 거듭했다. 결국 빅또르 위고의 《에르나니》를 무대에 올리기로 결정했으나, 공연의 성공 여부에 불안을 느꼈다.

아델은 《에르나니》의 성공을 '입으로 다 말할 수 없을 정도'였다고 표현했다. 그리고 이렇게 말을 잇고 있다.

"모든 사람이 흥분상태에 빠져 있다. 사람들은 극장 앞 광장에서 서로 껴안으며 어쩔 줄 몰라한다. 요즈음 젊은이들은 1830년대의 젊은이보다 더 열정적이다. 《에르나니》는 정말 훌륭했다. 아주 행복하다. 하늘나라에 있는 것 같다."

뒤마, 고띠에, 방빌, 지라르댕, 쥘 시몽, 폴 뫼리스, 아돌프 크레미외, 오귀스뜨 바크리도 이날 관중석에 앉아 있었다. 극장 안은 국립 중고등학교의 학생들로 발디딜 틈이 없었다.

위고는 새 소설 《왕명에 의하여》를 쓰고 있었다. 샤를르는 형 프랑수아 빅또르에게 빠리에서의 생활이 그렇게 즐거울 수 없다며 빠리로 와서 자기와 함께 지내자고 계속 설득했다. 그러나 프랑수아 빅또르는 여전히 브뤼셀에서의 망명생활을 고집했다. 브뤼셀에서 가족들이 모두 모이는 1868년의 여름이 다가오고 있었다. 위고 부인은 남편을 다시 보게 되는 것을 무슨 큰 잔치처럼 생각했다.

"당신이 나의 남편인 이상 허락하든 안 하든 당신에게 매달릴 거예요. 그동안 내가 얼마나 당신을 사랑했으며 친절을 다했는가를 생각하면 당신이 내 곁을 떠날 생각은 하지 못하겠죠. 이제 저의 마지막 소원은 당신 팔에 안겨 눈감는 거랍니다.”

이렇게 말한 아델은 점점 쇠약해지면서 한때 자신을 그토록 부담스럽게 했던 남편의 힘에 매달렸다.

아델의 죽음

그녀의 소원은 이루어졌다. 1868년 8월 29일 아델은 남편과 함께 무개차를 타고 드라이브를 나갔다. 위고는 아주 자상했으며 그녀도 하루 종일 기쁜 빛을 감추지 못했다. 다음날 새벽 3시쯤 아델은 갑자기 뇌졸중으로 쓰러졌다. 경련과 부분 마비가 오고 호흡이 곤란해지기 시작했다. 빅또르 위고는 1868년 8월 30일의 일기에 이렇게 쓰고 있다.

‘오늘 아침 6시 30분 그녀가 세상을 떠났다. 그녀의 두 눈을 감겨 주었다. 아! 하느님께서 이 아름답고 고상한 영혼을 그의 곁으로 불러 가셨다. 하느님께서 불러 가신다면 어쩔 수 없다. 신이여! 그녀를 축복해 주소서! 빌키에로 가 딸 레오뽈딘 옆에 묻히겠다던 그녀의 소망을 들어주어야겠다. 그녀의 관을 되도록 멀리까지 따라갈 작정이다.’

아델의 장례식 뒤 위고는 곧바로 오뜨빌하우스의 일상적인 집필 생활로 되돌아갔다. 아침마다 이 섬의 가난한 어린이 40명과 함께 식사를 했다. 저녁에는 또 제2의 오뜨빌하우스에서의 만찬 모임이 열렸다.

새벽부터 저녁까지 쉬지 않고 그는 집필에 열중했다. 이 무렵 위고는 이미 60대에 이르렀는데도 여전히 소설을 발표했다. 《웃는 남자(*L'Homme qui rit*)》도 그 가운데 하나다. 《웃는 남자》는 그가 오랫동안 알맞은 제목을 찾던 작품이었다. 처음 그는 출판업자인 라크루아에게 이 소설의 제목을 '왕명에 의하여'로 하는 것이 어떻겠느냐고 물었다. 그러나 결국 라크루아의 충고에 따라 《웃는 남자》로 결정했다.

《웃는 남자》는 역사소설인 동시에 한편의 드라마이며 또한 역사 그 자체이기도 했다. 1699년에서 1705년까지는 매우 특수한 시기로 이즈음 영국 역사에는 여러 가지 예상 밖의 상황들이 전개되었다. 또한 이때의 영국사는 18세기 프랑스에서 일어나게 되는 여러 가지 사건들을 준비한 시기라고도 할 수 있다.

《웃는 남자》는 이전 작품들보다 덜 성공적이었다. 이 소설이 큰 인기를 얻지 못한 데에는 라크루아의 사업성 부족에도 원인이 있었지만, 더 큰 원인은 독자들이 사실주의와 자연주의 작가들이 그려내고 있는 일상생활 위주의 드라마에 눈길을 돌리기 시작했기 때문이었다.

1869년 국내외적으로 일어난 몇 가지 대사건으로 프랑스 왕정은 마지막을 고하게 되었다. 유럽에서의 외교적 패배와 멕시코전 패전으로 프랑스 국민들은 굴욕감을 느끼고 분노했다. 지치고 병든 나뽈레옹 3세는 영토 할양의 길로 나아가고 있었다. 〈레벤느망〉의 전(前) 편집자인 위고의 두 아들과 폴 뫼리스, 오귀스뜨 바크리는 프랑스 제2제정을 공격할 시기가 다가왔다고 보고 신문발행을 결심했다. 그들은 두 명의 유명한 논객 앙리 로슈페르와 에두아르 로크로이를 채용하여 편집진을 보강했다. 새로 발행한 신문 제호를 무잇으로 하느냐를 두고 한참 동안 논란이 일었다. 위고는 '인민에의 호소'가 어떻겠느냐고 제의했다. 그러나 최종적으로 결정된 제호는 〈르 라펠(소환, *Le Rappel*)〉이었다. 〈르 라펠〉은 1869년 5월 8일 간행과 함께 발행 부수가 5만 부로 늘어났다.

생생한 보도 기사와 거침없는 논조로 〈르 라펠〉은 큰 성공을 거두었다. 빅또르 위고는 게르느제에서 빠리의 투사들을 격려했다. 이해 9월 위고는 로잔느의 평화 회담에 초청받았다. 돌아오는 길에 그는 쥘리에뜨와 함께 스위스를 방문할 작정이었다. 그는 라인강 상류를 다시 한 번 보게 된 데 큰 기쁨을 느꼈다.

그는 여전히 엄격한 계획표에 따라 작업을 계속했다. 이제 얼마 남지 않은 생애의 마지막 날들을 아껴 쓰려는 생각이 일에의 정열로 나타나는 것 같았다. 누구든 죽음을 앞에 두고는 지금까지 자신이 해오던 일을 서둘러 마감하고 이 세상을 떠날 마음의 준비를 하는 법이다. 무엇인가 일어날 것만 같은 예감이 온 빠리를 휩쓸었다. 이 예감은 적중하여 제정의 기초가 무너지는 순간 자유가 찾아왔다. 1870년 5월 헌법 개정 국민투표가 실시되었다. 750만 명이 '자유 제정' 헌법에 찬성표를 던졌다. 새 정부의 기초는 한층 더 단단해졌다.

프랑스·프로이센 전쟁

유럽에서는 비스마르크가 전쟁을 벌이려 하고 있었다. 위고에게 전쟁은 양심상의 문제를 불러일으켰다. 전쟁에서 프랑스가 이기면 12월 2일 사태의 장본인인 황제의 위치가 강화될 것이고, 패배하면 국가적 수치이기 때문이다. 루이 나뽈레옹의 제정 정부 밑에서, 그가 겪은 갖가지 사실들을 모두 잊고, 민병대에 나아가 자랑스러운 프랑스 사나이로 싸움터에서 죽어야 할 것인가.

그는 짐을 챙겼다. 쥘리에뜨가 이것저것 거들었다. 어쨌든 브뤼셀로 갈 작정이었다. 8월 9일 전쟁이 대재앙으로 끝나고 말 거라는 조짐이 뚜렷해지기 시작했다. 프랑스군은 세 차례 전투에서 모두 패배했던 것이다.

8월 15일 위고는 쥘리에뜨, 샤를르, 알리스와 손자들, 간호사, 하인 셋을 데리고 배에 올랐다. 8월 18일 그들은 바리카프에 도착했다. 바리카프에 도착한 다음날 빅또르 위고는 프랑스 대사관으로 가서 빠리로 돌아갈 비자 발급을 신청했다.

9월 3일 황제는 드디어 항복했고 4일에 새 공화국이 선포되었으며, 5일 빅또르 위고는 브뤼셀역으로 달려가 빠리행 기차에 몸을 실었다. 감동으로 그의 얼굴은 상기되었으며 목소리는 떨렸다. 그는 중절모를 쓰고 작은 가죽가방 하나를 메고 있었다. 오랜 망명생활에 마침표가 찍히는 시간을 기억해 두기 위해 역 구내에 걸린 벽시계를 올려다보았다. 그는 상기된 얼굴로 자기 곁에 서 있던 청년 작가 쉴사르티에에게 "19년 동안 이 순간을 기다려 왔다네"라고 말했다. 위고를 태운 열차가 빠리역에 도착한 것은 1870년 9월 5일 9시 35분이었다. 이미 역에는 거대한 환영 인파가 그를 기다리고 있었다. 환영은 말로 다 표현할 수 없을 정도였다.

테오필 고띠에의 딸 주디뜨도 나와 있었다. 위고는 이 아름다운 소녀의 팔에 이끌려 역 건너편에 있는 한 카페 안으로 들어갔다. 그는 카페 발코니와 빠리 시내로 들어가는 마차 위에서 4차례나 연설해야 했다. "빅또르 위고 만세!" 함성이 터지고 군중들은 《징벌시집》의 시구를 소리 높여 읊었다. 군중들은 그를 에워싸고 시청으로 행진했다. 그날 밤은 천둥이 치고 억수같은 소나기가 퍼부었다. 하늘도 프랑스의 격정에 참여하는 듯했다.

위고가 머무르던 프로소 거리 폴 뫼리스의 집으로 수많은 방문객이 몰려들었다. 그는 《독일인에게 보내는 호소문》을 발표했다. 빠리 교외에 주둔해 있는 독일(프로이센) 병사들을 보고 그는 분노했다. 수많은 극장에서 《징벌시집》 낭송회가 열리고 그 수입으로 빠리군을 위한 대포 구입을 시작했다. 이 낭송회는 성황을 이뤄 대포 3문을 구입할 정도였으며, 그 가운데 하나에는 빅또르 위고라는 이름을 붙였다.

배우들이 리허설을 위해 프로소 거리로 모여들었다. 빅또르 위고는 프레데릭 르메뜨르, 리아 펠리크스, 마리 로랑 등을 만났다. 너무나 활기차고 자극적이라 누구든 한 번 맛본 다음에는 결코 잊을 수 없는 연극계의 공기를 다시 맛보게 되어 그는 매우 행복했다.

거리에는 군인과 민병대와 저격수들의 대열이 지나가고 있었다. 이들 가운데 일부는 적의 총탄 아래서 주워 모은 채소들을 나르고 있었다. 작업복 차림의 노동자들이 "코뮌 만세!"를 외쳐댔다. 퇴각의 신호 소리가 들렸다.

빠리 시민들 대부분은 먹을 것을 구할 수 없었다. 빠리 시민들 사이에는 쥐고기로 파이를 만들고 있다느니, 쥐고기라도 있으니 다행이라는 등의 말이 떠돌았다. 위고는 동물원에서 보내 준 곰과 사슴과 양의 고기를 받기도 했다.

빠리 시내 여기저기에 포탄이 떨어졌다. 위고가 어린 시절을 보낸 페이앙면 지구가 가장 심한 피해를 입었다. 위고가 결혼식을 올렸던 마리아 성당도 포탄 세례를 받았다. 코뮌 지지자들은 정부 전복 기도에 위고를 끌어들이려 했다. 위고도 임시정부를 싫어하고 있었다. 그러나 그는 아무리 무능력한 정부라 해도 적의 면전에서 정부를 뒤엎는 일은 현정부가 그대로 존속하는 것보다 프랑스에 더 위험한 결과를 가져올 거라고 생각했다.

빠리는 처음에는 용기있고 유쾌하게 적들의 포위에 대처했다. 그러나 이 같은 영웅적인 희극은 비극으로 바뀌기 시작했다. 기근이 휩쓸고 포탄이 날아가는 음산한 소리가 그치지 않았다. 쌩 끌루가 불탔다. 빠리 시민들은 패전을 지도자들의 무능력 탓으로 돌렸다. 눈이 내리는 1월 28일 밤 휴전이 성립되었다. 비스마르크는 "짐승이 죽었다"고 선언했다. 빠리 시민들은 다시 상점에서 고기를 구할 수 있게 되었으나, 동시에 독일 병사들의 투구를 보아야만 했다.

평화 달성을 위해 우선 의회를 구성해야 했다. 새 의회는 보르도에 들어설 예정이었다. 빅또르 위고는 센느 지구 후보로 출마했다. 그는 자신의 당선을 확신하고 보르도로 떠났다. 패전을 비준하게 될 새 의회의 의원이 되는 것은 결코 즐거운 일이 아니었지만 피할 수 없는 일이었다. 전국 곳곳에서 몰려든 의원들 때문에 보르도에서 집을 구하기란 아주 어려웠다. 특히 위고는 늘 가족을 데리고 다녔기에 집 구하는데 더 큰 어려움이 있었다.

샤를르와 그의 가족은 생모르 13거리에 작은 아파트를 하나 구했다. 알리스는 13이라는 숫자가 자기들을 따라다니고 있는 데 신경이 쓰였다. 그들이 빠리를 떠난 날도 2월 13일이었고, 타고 온 특별객차의 승객 수도 13명이었다. 위고 역시 뭔가 불길한 일이 일어날 것만 같은 예감에 사로잡혔다.

강베타, 루이 블랑, 브리송, 로크로이, 클레망소 등이 위고 주위에 모여들어 그를 일종의 좌파 지도자처럼 만들었다.

3월 8일 의회는 가리발디 사건을 토의했다. 이탈리아 출신 가리발디는 프랑스가 가장 암담한 시기에 프랑스를 위해 헌신적으로 노력했다. 그래서 공화국 선포와 함께 알제리 선거구에서 프랑스 대의원으로 선출되었다. 그런데 가리발디의 당선이 무효라는 주장이 제기된 것이다. 위고는 가리발디의 당선 무효 주장에 강력하게 항의했다. 찬반 주장의 고함 소리로 의사당 안은 대혼란에 빠졌다. 그러나 결국 다수파의 주장으로 당선 무효가 되고 말았다.

빅또르 위고는 이런 말을 남기고 의사당을 떠났다.

"3주 전 당신들은 가리발디의 말을 듣기조차 거부했다. 그리고 오늘은 내 말을 거부했다. 아무래도 좋다. 사퇴서를 내면 그만일 테니까."

샤를르의 죽음

빅또르 위고는 며칠 동안 계속 잠자리가 사나웠다. 1871년 3월 13일 다시 이사해야 했는데, 이 13이라는 숫자가 자꾸만 악마의 그림자처럼 그를 따라다녔다. 13일 그는 하루 종일 보르도 시내를 돌아다니다 갈레앙 궁을 방문했다.

저녁에 그는 랑타 레스토랑에서 알리스와 샤를르를 데리고 친구들과 함께 식사할 예정이었다. 약속 시간에 며느리 알리스와 다른 손님들은 모두 레스토랑에 도착했는데 샤를르만은 오지 않았다. 모두들 식사하지 않고 샤를르를 기다렸다.

샤를르는 랑타 레스토랑으로 가기 위해 택시를 탔다. 그런데 택시가 카페 드 보르도 앞에 닿아 운전수가 뒷좌석 문을 열었을 때, 그는 이미 코와 입으로 피를 쏟은 채 죽어 있었다. 뇌일혈로 쓰러져 차 안에서 숨을 거둔 것이다. 위고는 아들을 아버지 레오뽈 위고 장군이 묻혀 있는 페르라쉐즈 공동 묘지에 매장하기로 결정했다. 그는 3월 17일 6시 30분 무거운 마음으로 보르도를 떠났다.

샤를르의 관을 실은 기차가 빠리역 구내로 들어섰을 때 빠리 시내에는 새로운 시민 폭동이 일어나고 있었다.

또다시 다가오는 슬픔

빠리 코뮌(^{1871년 3월 28일부터 5월 28일 사이에 빠리 시민과 노동자들의 봉기에 의해 세워진 혁명적 자치 정부})이 권력을 장악했다. 의회와 평화협정에 대한 분노로 애국자들과 혁명가들이 굳게 단결했다. 몽마르뜨에서 전투가 벌어져 장군 2명이 사살되었다는 식의 유언비어가 난무했다.

샤를르의 장례식에서 빅또르 위고의 오랜 친구 바크리가 영결사를 읽었으며, 관이 내려지기 전 위고는 무릎꿇고 아들의 관에 입을 맞추었다. 장례식이 끝나고 그가 장지를 벗어나자 군중들이 둘러쌌다. 낯선 사람들이 수없이 위고에게 악수를 청했다. "그들이 나를 사랑한 만큼 나도 그들을 사랑했다"고 그는 말했다.

위고는 샤를르의 장례식을 치른 뒤 곧바로 쥘리에뜨와 며느리 알리스, 손자들을 데리고 샤를르가 결혼 뒤 줄곧 살았던 브뤼셀로 떠났다.

위고는 브뤼셀에 머물면서 빠리에서 일어나고 있는 일들에 깊은 관심을 기울였다. 빠리에서의 일들은 개탄할 만한 것이었다. 적을 눈 앞에 두고 프랑스인들은 날마다 서로 싸웠다. 그가 조국에 조금이라도 도움이 될 수 있다고 생각했다면, 가족에 대한 의무감도 뿌리치고 빠리로 돌아갔을지 모른다. 그러나 프랑스 안에서 벌어지고 있는 사태는 위고의 능력 밖이었다. 모든 사람들이 증오의 감정으로 들끓고 있었다. 그는 거의 날마다 친구들이 죽고 체포되었다는 소식을 들어야 했다. 코뮌의 희생자들이 벨기에로 흘러들어왔다. 위고는 집 안에 이 새로운 망명객들을 받아들였다. 그는 가족들에게 망명객에게 늘 문을 열어두자고 말했다. 망명객들은 대부분 무고하며 증거도 없이 죄인으로 몰려 쫓겨 다니고 있을 게 틀림없다는 말도 덧붙였다.

망명의 권리를 옹호한 그의 주장은 《독립 벨기에》에 잘 나타나 있다. 그는 수많은 축하와 감사의 편지를 받았다. 그러던 어느 날 밤 위고는 "빅또르 위고를 죽여라! 도둑놈 죽여라. 교수형에 처하라!" 하는 고함소리에 잠을 깼다. 집 창문으로 돌이 날아들었다. 이날 밤의 사태는 그리 심각한 것은 아니었으나, 이 사건을 계기로 벨기에 정부는 그에게 곧 벨기에를 떠나라고 명령했다. 빅또르 위고의 나이 69살이었다.

하원과 전국 곳곳에서 위고의 국외 추방에 항의하는 소리가 맹렬하게 일어났다. 프랑스로 돌아가는 것은 무의미한 폭력 속에 자신을 내맡기는 거나 다름없는 일이었다. 그는 룩셈부르크로 가기로 결정했다. 비안덴에서 그는 두 채의 집을 세내어 한 채는 자기가 거처하고, 다른 한 채는 가족에게 내주었다. 가족이 세든 집은 위고 집 건너편에 있었다. 위고가 살기로 한 집은 여러 조각들로 꾸며진 고풍스러운 집으로 창문 너머 멀리 아르강이 보였다. 이같이 아름다운 집에서 다시 시와 소설을 쓸 수 있게 된 것은 분명 즐거운 일이었

다. 그러나 빠리에서 들려 오는 소식은 한결같이 우울한 것뿐이었
다. 뫼르스는 체포되었고 바크리도 신변의 위협을 받고 있었다. 로
슈페르는 국외 탈출 외에 선택의 여지가 없었다. '귀엽고 사나운 작
은 아가씨' 루이 미셸은 전쟁위원회에서 "당신들이 겁쟁이가 아니라
면 나를 죽여라!"고 외쳐댔다. 위고는 그녀를 찬양하는 시를 쓰고
야만적인 보복 조치에 강력히 항의했다. 너무도 분주한 두 달이었
다.

　10월 1일 위고는 빠리에 도착했다. 쓸쓸한 귀국이었다. 그는 쥘
리에뜨와 함께 빠리 시내로 가 폐허가 된 뛸르리 궁과 빠리 시청 주
변을 둘러보았다. 로슈페르의 가족들과 친구들은 위고에게 로슈페르
구명 운동에 나서 주기를 간청했다. 오랜 노력 끝에 다시 발행 허가
를 얻게 된 〈르 라펠〉의 초판에는 '편집자에게 보내는 편지'를 실었
다. 이전에 이미 확보해 둔 독자가 있었기 때문에 〈르 라펠〉 발행
은 순조로웠다. 독자들은 여전히 그의 기대를 저버리지 않았으며,
당국은 여전히 그를 미워했다.

　1872년은 완전히 우울한 한 해였다. 그는 1월 선거에서 패배했는
데, 코뮌 당원에 대한 그의 관용적인 태도가 유권자들을 놀라게 한
탓이었다.

　오로지 일과 여자만이 환상 속에서 그를 구해 낼 수 있는 힘이었
다. 나이 일흔에도 여자는 그의 인생에서 여전히 중요한 역할을 했
다. 오데옹 무대에 올려진 《뤼 블라스》의 발표로 그는 다시 여배우
들과 접촉하게 되었다. 쥘리에뜨도 대본 낭독 시간에 같이 있었다.
위고는 1월 2일 일기에 'J.J.도 그 자리에 있었다. 지난날의 일들이
되살아난다'라고 쓰고 있다. 오래 전 쥘리에뜨가 위고의 아내로부터
빼앗았던 '여왕' 자리에 이번에는 늘씬한 몸매에 큰 눈동자와 달콤
한 목소리를 가진 여배우 사라 베르나르가 들어앉았다. 그녀는 위고
를 만난 순간부터 그에게 깊이 빠져들었다.

리허설 기간 중 위고와 사라는 서로 깊은 애정을 느꼈다. 그러나 위고에게 접근해 온 수많은 사교계 귀부인, 여배우, 문단 여성들 가운데 최후의 여왕은 주디뜨 고띠에였다. 위고는 일기장에 자기와 가까웠던 여자들의 사진을 꽃과 함께 끼워 두었다. 주디뜨 고띠에는 아름답고 검은 머리칼에 분홍빛이 살짝 도는 희디흰 피부와 스핑크스의 수수께끼를 품은 듯한 짙은 음영의 큰 눈동자를 가진 여자였다. 그는 그녀가 남편 카툴르 망데와 함께 브뤼셀로 자신을 만나러 왔을 때부터 그녀를 유혹했었다. 1872년 그녀는 위고와 자주 만났다. 그리고 그는 주디뜨를 오뜨빌하우스로 데려가려 했다.

《뤼 블라스》는 대성공을 거두었다. 빠리의 모든 극장 지배인들이 서로 앞다투어 빅또르 위고의 작품을 무대 위에 올리려 했다. 그러나 위고는 "이제 창작 활동을 할 수 있는 것도 4~5년밖에 남지 않았지. 마음 속에 있는 것을 모두 작품으로 드러내고 싶어. 리허설 때문에 다른 작품 집필이 방해받아서는 곤란해"라는 말로 이들의 요청을 거부했다. 대작 《무시무시한 해(L'Année terrible)》에 대한 반응은 그리 열광적이지 않았다. 위고는 1872년 8월 7일 게르느제로 떠났으며, 가는 길에 잠시 제르제에 머물렀다.

다시 오뜨빌하우스의 생활이 시작되었다. 춤추는 파도에 둘러싸여 뜨거운 햇볕 아래 일에 열중하는 생활로 되돌아간다는 것은 즐거운 일이었다. 위고는 게르느제에서의 삶을 등대지기의 생활이라고 부르곤 했다. 게르느제에 도착한 지 몇 달도 안 되어 그는 《세기의 전설》 속편과 걸작 중 하나인 소설 《93년(Quatre-vingt-treize)》의 초고를 완성했다. 1793년은 프랑스 공포 정치가 시작된 해다.

오뜨빌하우스는 며느리 알리스와 손자들 덕분에 늘 밝고 명랑한 분위기였다. 샤를르 위고의 아내 알리스는 상냥하고 마음씨 고운 여자였다. 그러나 이 젊은 미망인은 시아버지의 나이든 정부 밑에서 외로운 섬 생활을 하는 것이 차츰 견딜 수 없어졌다.

10월 1일 결핵을 앓고 있던 프랑수아 빅또르, 알리스와 손자 조르쥬와 잔느가 프랑스로 떠났다. 위고는 이날 일기에 이렇게 썼다.

"그들은 모두 마차에 올랐다. 나는 잔느에게 키스했다. 잔느는 무엇인가에 놀란 사람처럼 '할아버지도 함께 가요'라고 말했다. 나는 말없이 마차의 문을 닫아 주었다. 마차는 떠났다. 나는 마차가 산모롱이를 지나 내 눈에서 사라질 때까지 그들을 바라보았다. 가슴이 아팠다."

폴 뫼리스와 에두아르 로크로이는 위고에게 빠리로 돌아와 정치적 영향력을 발휘해 줄 것을 거듭 부탁해 왔다. 그러나 그에게는 게르느제가 가장 좋은 곳이었다. "빠리에서 한 달 동안 해야 겨우 마칠 수 있는 일을 이곳에서는 1주일 안에 해치울 수 있소"라는 것이 그의 대답이었다. 일의 질도 양에 버금가는 것이었다.

그는 소설을 쓰면서 《93년》을 쓸 때 만큼 행복을 느낀 적이 없었다. 한 번 펜을 들면 끝까지 써 내려가는 것은 《빠리의 노트르담》 이후 지녀온 창작 습관이었다. 《빠리의 노트르담》을 쓸 때 그의 나이는 30살이었다. 그러나 일흔이 넘은 고령에도 정력이며 끊임없는 영감은 《빠리의 노트르담》을 쓰던 때 못지않았다. 《93년》은 그가 젊은 시절 겪었던 왕당파와 공화파 사이의 갈등과 투쟁의 기록이었다. 정신세계가 아니라 현실적 행동에서 일어나는 이 갈등과 투쟁은 《레미제라블》의 등장인물 마리우스 (빅또르 위고가 자신의 청년 시절 모습을 그린 인물) 의 경우에서도 잘 나타나 있다. 왕당파들이 반란을 일으키게 된 동기와 정신적 배경은 그에게 친숙한 것이었다. 쥘리에뜨는 정성을 다해 《93년》의 원고를 정리했다.

1873년 1월 1일 쥘리에뜨는 오래 전에 위고가 지어 준 기도문을 수없이 되풀이해 외웠다.

"하느님, 우리 두 사람이 늘 함께 살도록 해주십시오. 저와 그에게 은혜를 베푸소서. 그가 하루라도 제 곁을 떠나는 일이 없도록 해주소서."

그러나 위고의 쾌락은 쥘리에뜨의 기도보다 더 큰 힘을 발휘했다.

《93년》을 탈고한 뒤 프랑수아 빅또르로부터 놀라운 소식이 들려왔다. 1873년 7월 31일 위고는 쥘리에뜨와 함께 프랑스로 돌아갔다. 막 마옹이 티에르의 뒤를 잇고 있었다. 군부는 승리감에 들떠 있었으며 사람들은 또다시 쿠데타가 일어나지 않을까 술렁댔다. 탄압은 한층 더 심해졌다.

위고는 죽음을 눈 앞에 둔 아들 프랑수아 빅또르가 살고 있는 시코모르 거리의 오테유로 달려갔다. 샤를르의 미망인 알리스가 프랑수아 빅또르를 간호하고 있었다.

멈출 줄 모르는 회전목마

의자에 앉아 있는 아들 프랑수아 빅또르의 모습은 처참하기 이를 데 없었다. 밀랍같이 창백한 얼굴에 바람만 불어도 쓰러질 것 같았다. 위고는 연극에 나오는 늙은 위그노교인처럼 아들의 의자 옆에 말없이 서 있었다. 1873년 12월 26일 프랑수아 빅또르가 세상을 떠났다.

빅또르 위고는 같은 날 일기에서 '고통. 너무나 마음이 아팠다. 이제 조르쥬와 잔느만 남았을 뿐이다'라고 쓰고 있다. 샤를르의 장례식과 마찬가지로 프랑수아의 장례식도 시민장으로 치러졌다.

1874년 1월 1일 새벽 2시 위고는 자리에서 일어나 '이제 무슨 할 일이 있겠는가. 죽음뿐이다'라는 한 줄의 글을 썼다. 그러나 그것이 사실이 아님은 그 자신도 잘 알고 있었다. 쉴새없이 찍어대는 운명의 도끼날에도 이 늙은 상수리나무는 여전히 꿋꿋이 서 있었다. 위고는 아들을 잃은 슬픔 속에서도 일을 계속했다. 그는 지칠 줄 모르며 예술 속에서 자신을 완성하고 승화시키고 있었다. '그의 생애 마지막 몇 년 동안에 씌어진 시만큼 강력한 힘을 가진 것은 드물다. 내적인 조직과 울림 및 완벽함에서도 마찬가지다'라고 폴 발레리는 쓰고 있다.

1874년 4월 29일 위고는 클리시 거리 21번지로 이사했다. 위고는 그곳에서도 아파트 두 채를 얻었다. 하나는 자신과 알리스와 알리스의 아이들을 위한 것이고, 한 채는 쥘리에뜨의 거처와 응접실로 사용하기 위해서였다. 이 아파트는 3층과 4층에 있었는데 위고는 숨 한 번 헐떡이지 않고 계단을 오르내렸다. 그는 여전히 청년과 같은 눈빛을 가졌으며 태어나서 처음 치통을 앓게 되어 크게 놀란다.

쥘리에뜨는 그녀의 오랜 사랑을 지키기 위해 온갖 노력을 기울였다. 그러나 젊은 정부들을 갈아대는 위고의 회전목마 놀이는 여전히 계속되었다.

육욕의 무아경 때문에 아침 작업을 내팽개치는 일은 없었다. 이웃 사람들은 새벽부터 일어나 붉은 재킷과 회색 코트 차림으로 책상에 꼿꼿이 앉아 글쓰고 있는 그의 모습을 보곤 했다. 저녁이면 플로베르의 표현대로 마치 신처럼 친구와 추종자들에게 둘러싸여 있었다. 1875년 12월 27일 에드몽 드 공쿠르(동생 쥘과 함께 형제 소설가. 이들의 이름을 딴 유명한 문학상인 공쿠르상이 있음)가 클리시 거리를 방문했을 때도 빅또르 위고는 비로드 칼라가 달린 프록코트를 입고 목에 흰 스카프를 느슨하게 두른 채 의자에 기대앉아 문학과 정치에 관해 한창 신나게 이야기하고 있었다. 클리시 거리에는 문단 사람들 외에 루이 블랑, 강베타, 클레망소 같은 정치인들도 방문했다.

시간이 지남에 따라 사람들의 마음은 차츰 가라앉았다. 사람들은 이제 과거를 잊고 코뮌을 용서하는 방향으로 나아갔다. 이런 점에서 위고는 확실히 선각자였다. 쥘리에뜨는 위고가 다시 정계에 뛰어들기를 바랐다. 1876년 1월 클레망소의 제의에 따라 위고는 상원의원에 출마하여 차점으로 당선되었다.

1877년은 정치투쟁의 해였다. 상원의장 쥘 시몽은 막 마옹과 타협점을 찾기 위해 노력했으나 모두 헛수고로 끝나고 말았다. 막 마옹은 클리시 거리를 드나드는 강베타와 시몽 일파의 교권 반대 주장이며 불경스러운 태도에 굉장히 노여워했던 것이다. 빅또르 위고는 1877년 9월 19일 일기에 '막 마옹, 이 자는 프랑스에 도전하고 있다'라고 쓰고 있다. 그 며칠 전 아침 9시 프랑스를 방문중이던 돈 페드로 브라질 국왕이 갑자기 클리시 거리의 위고 집을 방문했다. 상식적으로 있을 수 없는 일이었다. 브라질 왕은 위고를 자신과 같은 신분으로 대한 것이다. 이 무렵 상원은 와글대고 있었다. 6월 21일 위고는 의회 해산에 반대하는 감동적인 긴 연설을 했다. 좌파는 위고에게 열광적인 박수 갈채를 보냈다.

다음날 아침 9살난 손녀 잔느가 위고 방으로 들어와 "할아버지, 상원은 잘돼 가요?" 하고 물었다. 상원은 참으로 잘돼 가고 있었다. 그러나 위고는 이제 자신과 같은 생각을 가진 사람들에게만 영향을 미칠 수 있을 뿐이었다.

결국 149대 130으로 의회 해산이 결정되었다. 그러나 다시 실시된 선거에서 공화파는 526개 의석 가운데 326석을 차지하는 압승을 거두었다. 막 마옹 원수의 위치가 흔들리기 시작했다. 강베타는 그에게 항복하든가 사임하라고 요구했다. 막 마옹은 항복하는 듯하더니 결국 사임했다. 좌파와 막 마옹과의 싸움에서, 빅또르 위고는 나이도 있고 또 그들과 좀 거리를 두고 있었으므로 그리 적극적으로 활동하지 않았다. 그러나 피에르 오디아의 말처럼 제3공화국에서 위고의 위치는 어느 누구도 넘볼 수 없는 확고한 것이었다.

1877년 위고는 시집 《할아버지 노릇하는 법(*L'Art d'être grand-père*)》을 발표했다. 그는 늘 어린이들을 사랑했다. 그는 어린이를 이해하고 그들의 순진성과 시적 자질에 큰 기쁨을 느꼈다. 두 아들과 딸을 잃고 난 뒤로 그는 손자들에게 온 마음을 기울였다. 조르쥬는 잘생기고 진지했으며, 잔느는 장난꾸러기며 명랑했다. 위고는 손자들과 함께 놀고 얼굴을 씻겨주었으며, 장 발장이 어린 꼬제뜨에게 한 것처럼 아침마다 신발을 신겨 주었다. 그는 또 손자들이 하는 이야기를 적어두었다. 《할아버지 노릇하는 법》에도 조르쥬와 잔느가 할아버지 앞에서 조잘댄 이야기가 많이 나온다. 단순하고 따뜻한 감정을 싫어하는 사람은 없으므로 《할아버지 노릇하는 법》은 처음부터 성공이 보장된 것이나 마찬가지였다. 초판은 나온 지 며칠 안 되어 매진되고 곧 재판이 나왔다. 조르쥬와 잔느는 전설 속 아이들처럼 되었다. 빠리 시민들은 런던 시민이 영국 왕실의 소공자와 소공녀를 사랑하는 것 이상으로 이들을 사랑했다.

그러나 할아버지의 자상함과 애정이 넘치는 이 같은 시 때문에 빅또르 위고의 늘그막에 대해 오해해서는 안 된다. 어린이들의 순진성에 경탄하면서도 그의 방종한 생활태도에는 변함이 없었다.

1877년 1월 11일 샤를르가 세상을 떠나고 6년 동안 홀로 지낸 알리스가 르낭(프랑스 사상가·언어학자. 1823~1892)의 비서였던 보세뒤론느 지구 출신 국회의원 에두아르 로크로이와의 결혼을 선언했다. 로크로이는 날카로운 문장으로 유명한 기자이기도 했다.

알리스의 결혼은 위고에게 보다 큰 행동의 자유를 가져다 주었다. 75살의 많은 나이에도 그는 여전히 젊은 여자들과의 정사에 깊이 빠져 있었다. 노인의 정사가 꼴사납다는 것을 그 자신도 모르지는 않았다. 그는 희극 《필레몽 벨베르티》 집필을 끝냈다. 그는 여기서 자기 자신의 성격에 혹독한 비판을 가하고 있다. 작품 속에서 필레몽은 상냥한 보시스의 슬픔에는 아랑곳없이 젊은 에글레의 매력에 무릎 꿇고 만다.

그는 《어느 범죄 이야기(*L'Histoire d'un crime*)》의 출판준비, 줄르 그레비의 선거운동, 볼떼르 서거 100주년 기념연설, 국제문학회 주재 등의 일에 쫓겨 젊은 여자와의 정사 유혹을 물리쳤다. 1878년 6

월 28일은 무더운 날이었다. 이날 저녁 위고는 루이 블랑과 볼떼르 및 루소를 위한 기념식 개최 문제로 격렬한 논쟁을 한 뒤 잠자리에 들었다가 심장마비를 일으켰다. 그러나 증세는 가벼웠다. 보시스(쥘리에뜨)는 그에게 되도록 빨리 게르느제로 떠날 것을 애원했다. 7월 4일 그는 드디어 게르느제로 가는 데 동의했다.

게르느제에 도착하자 위고의 병세는 빠르게 회복되었다. 그러나 빠리의 굶주린 요정들은 그에게 계속 편지를 보내왔다. 위고는 우편 집배원이 다녀가고 나면 쥘리에뜨가 보지 못하도록 편지를 주머니 속에 감추었다. 그러다가 때로 편지가 쥘리에뜨의 손에 먼저 들어가면 부루퉁한 얼굴로 쥘리에뜨를 기숙사 사감이라고 놀렸다. 10월 들어 쥘리에뜨는 위고를 따라 다시 빠리로 가야 할지 아니면 죽은 아델의 여동생 쥘리와 함께 외로움을 나누며 섬에 남아야 할지 결정하지 못하고 있었다. 그러나 결국 10월 9일 이 두 늙은 연인은 함께 다이애나호의 뱃전에 올랐다.

뢰리스가 이들을 위해 엘로 거리에 있는 작은 전원풍 주택을 한 채 비워 주었다. 로크로이 부부가 조르쥬와 잔느를 데리고 옆집으로 이사왔다.

제자들의 노력으로 그의 새 시집들이 해마다 출판되었다. 《지상의 연민(*La pitié suprême*)》이 1879년에, 《종교들과 종교(*Religions et Religion*)》와 《당나귀(*L'Ane*)》가 1880년에, 희곡 《토르크마다(*Torquemada*)》가 1882년에 출판되었다. 위고에게 반쯤 등돌리고 반쯤 존경의 마음을 갖고 있던 문단 인사들도 위고의 지칠 줄 모르는 창작활동에는 놀라움을 금치 못했다. 그러나 사실 이 모든 시들은 위고가 지난날 써둔 것들이었다.

빅또르 위고의 80회 생일인 1881년 2월 26일을 프랑스 정부는 국경일로 정했다. 이날 엘로 거리에는 개선 아치가 세워지고 수많은 빠리 시민들이 이 시인의 집 창문 아래 모여들었다. 지방 도시들은 축하 대표와 화환을 보냈다. 전날 밤 국회의장이 위고를 찾아와 그에게 존경의 뜻을 표했다. 전국의 초등학교와 중고등학교, 대학에서는 학생들에게 내린 모든 벌을 용서해 주었다. 빅또르 위고는 2월의 추운 날씨에도 조르쥬와 잔느의 손을 잡고 창문 앞에 서서 60만 명의 축하 행렬이 지나가는 모습을 바라보았다. 길거리에는 축하 화환이 산처럼 쌓였다. 그는 군중들의 환호에 손을 들어 감사의 뜻을 전했다.

7월 엘로 거리는 '빅또르 위고 거리'로 이름이 바뀌었다. 그의 친구들은 "빅또르 위고 거리의 빅또르 위고 씨에게"라는 축하편지를 보내왔다. 7월 14일에는 지방 밴드와 합창단이 빠리로 올라와 또 한 차례 축하 퍼레이드를 벌였다. 이들은 위고가 좋아하는 《라 마르세유》를 수없이 연주했다. 성 빅또르의 날인 7월21일에 있었던 행사는 한층 더 요란했다.

1882년 8월 21일부터 9월 15일까지 쥘리에뜨는 폴 뫼리스의 집에서 빅또르 위고와 함께 지냈다. 그녀는 게르느제에서 돌아온 뒤부터 병상에 누워 있었다. 식도에 난 악성 종양으로 고통받고 있었던 것이다. 그녀의 늙고 야윈 얼굴에서 위고와 처음 만난 1830년의 아름다움은 더 이상 찾아볼 수 없었다. 다만 부드럽고 상냥한 눈동자와 아름다운 입매만이 옛날과 다름없었다.

《왕은 즐긴다》는 1832년 11월 22일 처음 공연되어 첫회 공연과 함께 공연 금지 처분을 받았었다. 그 50주년이 되는 1882년 11월 22일 떼아뜨르 프랑세의 지배인 에밀 페링은 50년 전의 그날을 기념하여 《왕은 즐긴다》를 다시 무대 위에 올렸다.

이날 밤 쥘리에뜨는 빅또르 위고와 함께 지배인석에서 연극을 관람했다. 프랑스 공화국 대통령 쥘 그레비에게 배정된 좌석도 무대 옆 특별 관람석 정도였다. 오랜 세월 위고의 연인으로 그늘에서만 살아온 쥘리에뜨에게는 최대의 영광이었다. 그러나 쥘리에뜨에게 남겨진 것은 조용히 죽음을 기다리는 일뿐이었다. 악성 종양의 악화로 더 이상 식사조차 할 수 없게 되었다.

쥘리에뜨는 죽음이 다가오고 있음을 잘 알았지만 되도록 자신의 병에 대한 이야기를 꺼내지 않았다. 식사를 하지 못한 채 야위어 가면서도 위고가 이를 눈치채지 못하도록 애썼다.

오, 검은 빛이 보인다

1883년 5월 11일 쥘리에뜨는 77살로 숨졌다. 빅또르 위고는 쥘리에뜨의 딸 클레르 프라디에가 묻혀 있는 쌩 망데 묘지에 그녀를 묻었다. 프라디에의 무덤 옆이었다. 그는 슬픔에 잠겨 쥘리에뜨가 숨을 거둔 방을 떠나지 않았다. 묘지에서의 장례식에도 참석하지 않았다.

위고 집안의 장례식을 도맡아 온 오귀스뜨 바크리가 쥘리에뜨의 장례식에서도 영결사를 읽었다. 그는 영결사에서 "우리들이 애도해 마지않는 이 부인이야말로 참으로 훌륭하고 용기있는 여인이었다"라고 말했다.

위고는 억압받는 사람과 유대인들 그리고 반역자들을 탄압과 박해로부터 보호하기 위해 사방으로 뛰어다녔다. 로맹 롤랑은 청년 시절 억압받는 사람들을 대신하여 시를 쓰고 목소리를 높였던 이 노(老)오르페우스의 초상화를 늘 지니고 다녔다. 빅또르 위고는 프랑스의 톨스토이였다. 그는 인류의 목자가 되기를 자청했다. 영혼불멸에 대한 그의 신앙은 변함없었다. 1881년 8월 31일 그는 자신의 유언장을 썼다.

신과 영혼, 책임감, 이 세 가지 사상만 있으면 충분하다. 적어도 나에게만은 충분했다. 그것이 진정한 종교이다. 나는 그 속에서 살아왔고 그 속에서 죽을 것이다. 진리와 광명, 정의, 양심,

그것은 신이다. 가난한 사람들 앞으로 4만 프랑의 돈을 남긴다. 극빈자들의 관(棺) 값으로 사용되기 바란다. 내 유언 집행자는 MM, 쥘 그레비, 레옹 세이, 레옹 강베타이다. 그들이 찬성한다면 이 가운데 누구를 택해도 상관없다. 나의 모든 원고는 언젠가 유럽 합중국의 도서관이 될 빠리국립도서관에 기증한다. 병든 딸하나와 어린 손자 둘을 남겨두고 먼저 간다. 그들 모두에게 신의 은총이 있기를. 딸에게 돌아갈 8000프랑 외에 나의 전재산은 두 손자의 것이다. 또 이와 별도로 알리스와 쿠데타 당시 위험을 무릅쓰고 내 목숨을 구해 주었으며 그 뒤에는 내 원고가 든 트렁크를 건져 올린 용감한 여인 쥘리에뜨의 생활비로 1만 2000프랑을 남겨 둔다. 내 육신의 눈은 감길 것이나 영혼의 눈은 언제까지나 열려 있을 것이다. 교회의 기도를 거부한다. 바라는 것은 영혼으로부터 나오는 단 한 사람의 기도이다.

1883년 8월 2일 오귀스뜨 바크리에게 보낸 유언장에 덧붙이는 간단한 내용의 이 글에서 그는 같은 내용을 더욱 거친 태도로 말하고 있다.

'가난한 사람들에게 5만 프랑을 전한다. 그들의 관값으로 사용되기를 바란다. 교회의 추도식은 거부한다. 영혼으로부터의 기도를 요구한다. 신을 믿는다. 빅또르 위고.'

그는 손자들에게는 "사랑을 찾도록 하거라. 행복을 주고 행복을 가져라. 할 수 있는 만큼 많이 사랑하거라"고 말했다. 그러나 그는 자기 나이에는 쾌락도 명성도 죽음으로부터 도피시켜 줄 수 없음을 알았다. 그를 덮친 병은 폐렴이었다. 1885년 5월 18일 병석에 누웠다. 그는 이것이 마지막임을 예감하고 폴 뫼리스에게 스페인 말로 "죽음은 대환영"이라고 말했다. 그가 임종을 앞두고 '이곳은 낮과 밤의 전쟁터'라는 완벽한 문장을 다시 한 번 사람들에게 써보인 것은 참으로 놀라운 일이었다. 그것은 한 생명의 소우주인지도 모른다.

빅또르 위고는 1885년 5월 22일 조르쥬와 잔느가 지켜보는 가운데 숨을 거두었다. 그가 마지막으로 남긴 "검은 빛이 보인다"라는 말은 그의 유명한 시구 중 하나인 '어둠을 뿌리는 공포의 검은 태양'을 연상시키는 것이었다. 조르쥬 위고의 말을 빌면 그의 죽음이 몰고 온 소란은 파도에 밀리는 자갈 소리 같았다. 위고가 마지막 숨을 거두자, 빠리에는 '천둥과 우박을 동반한 태풍'이 불었다.

위고의 사망 소식이 전해지자 상·하원은 모두 애도의 표시로 회기를 중단했다. 빵떼옹은 문을 열고 본관 건물 앞에 "고마운 조국, 위대한 사람에게"라는 비명을 다시 새기기로 결정했다. 빅또르 위고의 유해를 실은 영구차는 개선문 아래 한참 머물렀다가 빵떼옹으로 옮겨져 프랑스가 낳은 위인들 옆에 묻혔다.

모든 빠리 시민이 위고의 장례식에 참석했다. 장례식의 푸른 등불이 질서 유지에 나서 횃불을 나르고 있는 기마병들의 놋쇠 가슴받이에 부딪쳐 한층 더 슬픈 빛을 발하는 가운데, 위고의 관은 밤의 어둠 속으로 하늘 높이 떠오르는 것 같았다. 거대한 인파가 영구차 뒤를 따랐다. 심지어 멀리 떨어진 콩코드로부터도 사람들이 몰려들었다. 200만 인파가 에트왈 광장에서 빵떼옹까지 관을 호송했다. 거리와 광장마다 《레 미제리블》《정관시집》《가을 나뭇잎》《93년》 등 빅또르 위고의 작품 이름을 적은 만장들이 펄럭였다.

인류 역사상 처음으로, 한 나라가 제왕과 지도자에게 보내던 경의의 뜻을 한 시인에게 보내고 있었던 것이다.

빅또르 위고의 문학

“말(mots)은 영혼을 지나가는 신비스러운 나그네”–위고
이규식 (한남대 불문학과 교수)

빅또르 위고는 자신의 출생, 부모, 태어난 무렵의 상황, 자신과 관련있는 사람들, 일에 대해 아름다운 시를 썼다.

지금의 세기가 2년 지났다. 로마가 스파르타를 대신했다.
나뽈레옹이 이미 보나빠르뜨 이름 아래 우뚝 일어섰다……
그때 브장송, 옛 스페인풍 도시에서
바람따라 날으는 씨앗처럼 던져져
로렌느와 브르따뉴 피를 더불어 받은
아이 하나가 핏기없이, 시선없이
소리없이 태어났다.
그토록 나약해서 괴물처럼 모두에게
버림받았네, 어머니만 빼고……

그는 어머니에게 감동할 만한 격렬한 찬사를 보낸다. 그리고 나뽈

레옹을 이야기하는데, 나뽈레옹의 영광은 위고의 어린시절을 지배하
였다.

　　나는 어느날 어렴풋한 밤이 이야기 좋아하는
　　나의 늙음을 저녁이면 이야기하게 할 때,
　　이 드높은 영광과 두려움의 운명이,
　　황제의 발에 세상을 움직였고,
　　폭풍우 입김 속에 대기의 모든 바람이 무방비로 나를 휩쓸었던
　　그 운명이 내 어린시절을 부추겼다고 말할 수 있으리라……

　　위고의 영혼은 그를 둘러싼 세상의 소리를 포착하고 그것을 시로
바꾸어 보물로 간직하기 위하여 만들어졌다고 말할 수 있다.

　　모든 게 숨쉬고 순조롭거나 숙명적인 모든 빛이
　　크리스탈 같은 내 영혼을 빛나고 떨리게 한다.
　　내 흠숭하는 신이, 울리는 메아리처럼
　　모든 것 한복판에 천의 목소리로 놓아둔 나의 넋!

　　서로 대립되는 영향을 감내하고 모순된 길을 따라가야 하는 운명
이었지만 "늙은 군인 아버지, 방데 출신 어머니가 내 혈관에 부어준
혈통에 마침내 충실해야만" 했다. 이와 같이 19세기 프랑스의 위대
한 작가 빅또르 위고는 자신의 숙명을 받아들이면서도 이에 항거하
는 이원성을 갖고 태어난 것이다.
　　요컨대 나뽈레옹의 영향과 고유한 분위기 아래 태어나 그의 어린
시절은 나뽈레옹이 일구어 놓은 무훈과 영광의 지배를 받게 되었다.
위고의 어머니 소피 트레뷔셰는 자신의 고유한 특질에서 좋은 부분
을 고스란히 물려받은 그를 매우 귀여워하였다. 어머니 소피 트레뷔

셰는 그즈음 반혁명 왕당파에게 열정 비슷한 지지를 보냈지만 위고
가 말한 대로 신앙과 상냥함이 부족한 사람이었다. 남편과의 관계는
늘 힘들었고 제정 전쟁 뒤 결국 이혼으로 끝맺는다. 위고는 그가 사
랑했던 부모의 불화와 알력으로 크게 고통받을 수밖에 없었다.

위고의 아버지는 운좋은 군인으로 전쟁에서 무훈을 세우고 장군
이 되었으나, 위고의 주장처럼 그리 품격있는 가문 출신은 아니다.
투박한 장색(匠色)의 아들일 따름이다.

아버지의 행로를 뒤따라 위고는 어려서부터 전쟁의 소용돌이에
휘말린 유럽 여러 곳을 여행한다. 1802년부터 1808년 사이에 코르
시카와 이탈리아를 가고, 1811년에는 스페인 땅을 밟는다.

불안한 영혼으로 나는 전쟁 꿈을 꾸었네……
아이일 때, 내 요람은 불 위에 놓이고……
먼지쌓인 수레 사이, 번쩍이는 무기 틈에서,
야영지의 뮈즈가 나를 천막 아래로 데려갔다
무시무시한 대포의 포가(砲架) 위에서 잠자고
갈기를 날리는 도도한 준마들을 좋아했지
그리고 황량한 등자며 기분상하게 하는 박차도 좋아했다네……
굴복한 유럽에서 승리자인 우리 군대와 함께
나는 떠돌고, 삶 이전에 곳곳을 두루 다니며 구경했다
그리고 아직 어릴 때, 명상에 잠긴 노인들이
넋잃은 입으로 태어난 지 얼마 안 되지만
이미 가득찬 나의 지난날 이야기를 들려주었다!……

시의 힘은 모든 것을 바꾸어 버리는가. 아버지를 따라 코르시카,
이탈리아를 여행할 때만 해도 어린 위고의 재능은 아직 드러나지 않
았다. 그러나 스페인에서 그의 재기는 크게 피어 오른다.

스페인이 나를 맞는다, 정복에 내맡긴 채로
나는 베르가르를 건넜다.
거기 폭풍우가 울부짖듯 소리내고 있었다.
　　　……
스페인이 내게 수도원과 감옥을 보여주었다.
그리고 그대 발라돌리드, 그대 가족의 궁전은
뜰 안에 사슬을 녹슬게 하여 자랑스럽구나……

이 때이른 여행과 짧은 유람에서 위고는 무엇을 얻었을까. 어떤 정확한 개념은 아닐 것이다. 다만 이미지가 잇따라 증식하며 팽창하여 무의식 속에 생생한 색채를 주면서 내면 풍경을 이루게 된다. 그는 겸손하게 표현한다.

나는 머나먼 여행에서 돌아오면서,
분명치 않은 섬광의 어렴풋한 다발인 듯 다시 본다……

이 섬광은 위고의 마음 속 빛이 된다. 이 빛은 《동방시집》에서 드러나며 작열하는 불길로 번져갈 것이다. 《에르나니》 《뤼 블라스》 《여러 세기의 전설》에서도 같은 불꽃으로 빛난다. 그리하여 독자는 흡사 그림처럼 강렬한 스페인을 볼 수 있었다.
시인 위고는 스페인 기억만큼, 아니 그 이상으로 빠리 페이앙띤 정원의 추억을 간직하였다. 아버지가 원정하는 동안 어머니는 페이앙띤의 오래된 수도원에 아이들과 함께 자리잡았다. 1808년부터 1811년까지, 1812년부터 1813년까지 페이앙띤 정원은 위고를 사로잡기에 충분했다.

정원은 크고 깊고 신비스러웠다.

호기심어린 눈길에 높은 담으로 막혀 있었고
눈꺼풀과 온통 붕붕거리며 모호한 소리에 가득차
돌 위를 달려가는 주홍빛 벌레처럼
꽃들이 여기저기 피어 있었다……

  어느 날 한 교사가 아이의 앞날을 위하여 학교에서 규칙에 따른
생활을 하게 하도록 어머니에게 충고한다. 다행스럽게도 페이앙띤
정원은 어린 위고를 좋아했고, 어머니에게 다정하게 말을 건네며 아
이 편을 들어 주는 듯하였다.

아이를 내버려 두세요, 당황하고 가련한 어머니!……
우리들은 아이에게 좋은 생각만 줄 거예요……

어머니는 설득되었고 아이는 마음대로 뛰놀 수 있었다.

황금열매, 흐르거나 고여 있는 물,
활짝 핀 별과 빛나는 꽃을 바라보면서……

  건전한 판단력과 엄격한 권위로 아버지 위고 장군은 온화하게 가
르치는 자연에서 아이를 떼어내 꼬르디에 기숙학교에 입학시킨다.
이공과대학 입학준비를 시킬 참이었다. 위고의 학문 소양은 알려진
것처럼 그리 깊지 않았지만 자신이 놓인 시대의 문제에 대한 감각과
취향을 길러 주기에는 충분하였다. 그러나 이공과대학보다 '문학 활
동 무대'가 더 마음을 끌어당겼다. 남몰래 글을 썼다. 좋아하는 시
인 버질의 작품을 옮기고 평범한 내용의 비극을 써보기도 했다. '연
구의 행복'에 관한 시를 아카데미 프랑세즈에 보내 좋은 평점을 얻
었다. 툴루즈 백일장에서는 《베르덩의 동정녀들과 앙리 4세 동상》

으로 입상하기도 했다. 사춘기 소년이 백일장의 명인(名人)에 임명된다. 영광스럽고 화려한 문단에 처음 나온 위고는 조금 들떠 자신의 비밀수첩에 써넣는다. "나는 샤또브리앙처럼 되고 싶다. 그렇지 못하면 아무것도 아니다!" 샤또브리앙도 실제로 그를 공손하게 대우했고 사람들이 이야기하듯 "숭고한 어린이"라고는 하지 않았어도 용기를 북돋우고 동료로 여겨주었다.

"숭고한 아이"는 빠리 이공과대학 진학을 포기하고 아버지의 불같은 노여움 속에서 두 형 아벨과 으젠느의 도움을 받아 17살 나이에 잡지 〈문학 수호자(*Le Conservateur littéraire*)〉를 창간한다. 2년 동안 간행된 이 잡지는 4분의 3 이상의 임무를 감당하는 편집장 주위에 엘리트 작가들을 끌어들인다. 이러한 시도는 늘어나는 어려움 속에서도 지속되었다. 부모의 별거는 급기야 법정 문제로까지 발전했고 아버지는 보조금 지급을 거부한다. 궁핍해진 어머니는 아무 도움도 줄 수 없었다. 아델 푸셰와 사랑하는 사이가 되었지만 생계가 안정되지 못한 시인의 처지 때문에 아델 집안의 반대가 심했다. 그때 위고는 난방조차 없는 지붕밑방에서 생활하여 곤궁을 체험한다. 그렇지만 그는 큰 꿈을 계속 품으며 소설 《뷔그 자르갈(*Bug-Jargal*)》, 《아이슬란드의 한(*Han d'Islande*)》을 쓰고 1822년 시집 《오드와 그밖의 시(*Odes et Poesies diverses*)》를 발간한다. 《오드와 그밖의 시》는 확실하고 급속하게 성공을 거둔다. 모든 여건이 바뀌었다. 왕이 은급을 내리고, 아델 푸셰와 결혼하게 되고, 아버지의 노여움도 누그러졌다. 얼마 전 세상떠난 어머니만이 함께 즐거워할 수 없었다.

몇 년 동안 위고는 스스로 자기 역량을 시험해 보고 자신이 나아갈 길을 추구한다. 아르스날의 살롱과 세나클에서는 젊은 시인들이 샤를르 노디에를 중심으로 모이고, 라마르띤·비니·데샹 곁에 모여들었는데, 여기서 위고가 지도자의 모습을 나타낸 것은 아니었다. 오히려 그의 명성은 문학 집단 밖에서 나날이 증가하였다.

《문학 예술 연보(*Les Annales de la Littérature et des Arts*)》며 《프랑스의 뮈즈(*La Muse française*)》 같은 잡지에 기고하면서 그는 고전주의자들의 비위를 맞추는 듯하고 대립되는 고전·낭만파 두 경향의 중재를 시도하는 듯하였다. 그러나 예민한 감수성을 타고난 위고는 젊은 세대의 동경과 욕구를 명료하게 꿰뚫어볼 수 있었다. 그는 다가오는 흐름, 모든 것을 감싸 버리게 될 경향을 느끼게 된다. 막 피어오르는 낭만주의의 힘을 꿰뚫어보았다. 잡지에 실린 다양한 기사들, 《만조니가 쇼베에게 보내는 편지(*Lettre de Manjoni à Chauvet*)》, 스탈 부인의 작품에 드러난 새 사상에 눈을 돌리며 이것들을 혼합하고 이미지를 부여하는가 하면 역설을 강조하는 사이 《크롬웰 서문(*Préface de Cromwell*)》을 쓴다. 이것은 새로운 유파의 헌장이자 선언문이었다.

1827년부터 위고는 낭만주의의 우두머리가 되었다. 나아갈 태도와 영혼을 제시하는 사이 그를 중심으로 제2의 세나클이 형성되고, 전투를 각오한 젊은 시인들이 모이면서 승리를 쟁취하려고 준비한다.

1830년 7월 혁명은 이 낭만주의의 승리를 확고하고 유리한 방향으로 이끌어 주었다. 젊은 작가들이 자유의 이름으로 일어섰다. 《에르나니》 투쟁이 승리한 1830년 2월 25일 저녁 뒤엉킨 싸움의 먼지와 소란스러운 외침 속에서 사람들은 샤를르 10세 왕정이 패자 쪽에 서게 됨을 예견할 수 있었다. 몇 달 뒤 샤를르 10세는 망명을 떠나고 그가 금지했던 연극 《마리옹 드 로름므(*Marion de Lorme*)》가 열광 속에 공연된다. 마침내 이뤄낸 성공이 위고의 창조력에 자극을 주듯 그뒤 12년 동안 놀라운 작품을 계속 써낸다. 《뤼 블라스(*Ruy Blas*)》, 《마리 뛰도르(*Marie Tudor*)》, 《왕은 즐긴다(*Le Roi s'amuse*)》, 《뤼크레스 보르지아(*Lucrèce Borgia*)》 같은 희곡 작품과 소설 《빠리의 노트르담(*Notre-Dame de Paris*)》을 이 기간에 썼다.

그러나 위고의 재능은 서정시에서 더 잘 드러난다. 《가을 나뭇잎 (Les Feuilles d'Automne)》, 《내면의 목소리(Les Voix intérieures)》, 《황혼의 노래(Les Chants du Crépuscule)》 그리고 《빛과 그림자(Les Rayons et les Ombres)》 같은 시집은 서정시를 쓰는 위고의 재능이 이미 정상에 다다르고 있음을 입증한다. 위고는 1841년 아카데미 프랑세즈에 가입하고 이와 더불어 낭만주의의 승리를 다시 한 번 굳히게 되었다.

사람들은 이 시기의 위고가 행복한 줄 여겼다. 행복해 보였다. 문학활동을 하는 가운데 사랑스러운 아이들(2남 2녀)이 태어난 까닭에 충족된 삶으로 비칠 수 있었다. 그러나 어떤 틈새가 있었다. 친구 생뜨 뵈브가 끼어든 위고 부부 사이는 서로 멀어지게 된다. 아내에게 배신당한 위고는 같은 시기에 아내를 배반한다. 이때부터 쥘리에뜨 드루에와 관계를 갖기 시작하여 그녀가 죽는 날까지 지속되었다. 위고는 아내 아델에게 이 관계를 승인하도록 한다. 이 드라마에는 고통과 파란이 뒤따랐다. 문학활동에서 오는 고초도 상당했다. 위고는 적들의 중상모략보다 생뜨 뵈브의 가시돋친 폄하를 더 견딜 수 없었다. 1843년 《성주들(Les Burgraves)》이 실패하여 그때까지 승리만 구가하던 위고는 패배의 쓰라림에 스스로 놀라게 된다. 또 같은 해 사랑하는 딸 레오뽈딘이 세느 강 하류 빌키에에서 남편 샤를르 바크리와 함께 익사하였다. 위고의 슬픔과 절망은 실로 엄청났다. 쌓여 가는 모든 고통이 시인을 동요케 했다. 어느 순간 스스로 의심품고 시를 버릴까 하는 생각도 들었다. 라마르띤처럼 정치로 길을 바꿀 마음도 가졌다.

민중을 가르쳐 일깨우려는 위고의 바람은 《빛과 그림자》의 첫시에서 시인에게 주어진 임무로 나타난다.

시인은 신앙없는 시대에
더 나은 시대를 예비하러 온다.

그는 이상향의 인간이다.
발은 이곳에, 두 눈은 다른 곳에
모든 머리 위에, 모든 시기에
예언자를 닮은 것은 바로 그이다.
　　……
흔들리는 횃불마냥
미래가 타오르게 하라 !

　위고는 또한 오를레앙 공작부인에게 관심을 두었다. 그는 오를레
앙 공작부인의 아들인 젊은 왕과 왕비의 지지를 꿰뚫어보고 이 부인
주변에서 열정을 가진 개혁자로서 일하기를 갈망하였다. 이런 상황
은 《뤼 블라스》에 묘사되었다. 궁정의 호감을 얻은 위고는 1845년
상원의원이 되었고, 1848년 2월 혁명이 일어났을 때에는 장관직을
예견하였다. 그러나 혁명은 그를 엄습하였다. 1820년 뒤로 강력하
게 진보해 온 위고의 정치사상은 순수 민주주의와 자유 왕정제 사이
에서 아직 떠돌고 있었다. 민중의 과도함이 두려워 보나빠르뜨 왕자
쪽으로 옮아 갔다. 그러나 루이 보나빠르뜨는 계몽에 의지하지 않
고, 역사의 물결을 거스를 채비를 하였다. 위고는 이에 격렬하게 투
쟁한다. 쿠데타가 일어나 루이 보나빠르뜨는 황제가 되고 위고는 요
주의 인물이 되었다.
　위고의 망설이는 태도에는 권위와 솔직함이 빠져 있었다. 그가 스
스로 망명하였을 때 또는 그를 망명시켰을 때 위고는 확고하게 반대
편에 선다. 뽈 베레(Paul Beret)의 표현처럼 "그의 실망한 야심은
격화되고, 그의 의식이 지닌 모든 정당한 분노로 고상해졌다"고 말
할 수 있다. 브뤼셀로 건너간 뒤 제르제로, 그리고 마침내 1855년
이후 게르느제에서 왕위찬탈자와 결판내는 일에 몰두하였다. 산문으
로 된 소논문집 《꼬마 나뽈레옹(Napoléon-le-Petit)》을 펴내고 운문으로

된 《징벌시집(*Les Châtiments*)》을 1853년 간행하는데, 이 책이 거대한 서사의 숨결로 버티고 있지 않았다면 욕설과 저주의 연속에 독자는 피곤했을지 모른다. 나뽈레옹 3세의 맞적수로 계속 남아 있었어도 위고의 재능은 그를 훨씬 더 보편되고 사람다운 시로 빠르게 이끌었다.

게르느제에서 위고가 살던 오트빌하우스. 프랑스가 까마득히 바라보일 듯한 바다를 마주 보며 외로운 창작을 지속한 방 룩 아웃은 이 시기 위고가 작품을 출산하는 산실이었다. 고독이 그의 구원이 된 셈이다. 고독했기 때문에 일상과 타협하지 않았고, 또 세상을 직면할 수 있었다. 자신은 우주와 이야기하고 있다는 감정을 느꼈고, 여러 세기와 대화한다고 생각하였다. 자신의 영혼을 팽창시키고 그 이전 어느 누구도 역사 안에서 채우지 못했던 독특한 사명에 적응하기 위하여 목소리를 높여 갔다. 폭군에 맞서는 정의의 말투로 앞날을 창조하는 표현을 일굴 수 있었다.

위고가 처음부터 이 역할을 생각하고 있었던 것은 아닌 듯하다. 1856년에 《정관시집(*Les Contemplations*)》을 펴내면서 그의 서정시집을 통하여 이를 실천에 옮기려 했을 따름이다. 그러나 차츰 그는 흥분되어 갔고 대양이 그에게 이야기를 나누고 그의 언어를 이해하게 되었다. 강신설(spiritisme)에 입문하여 그는 '호구리'라 부르는 테이블을 돌아가게 하였으며, 호머와 세익스피어를 떠올리고, 탁월한 에스프리를 지닌 사람들 속에서 살아가게 된다. 분노마저도 거대한 꿈을 북돋는 데 사용하여 방대한 작품을 구상하였다. 이 작품은 모든 과거, 모든 미래를 포괄하고 이해할 수 있어야 했다. 또한 폭군의 잔혹함과 억압받는 사람의 고통 그리고 빛을 바라보며 완만하지만 확실하게 내닫는 민중의 진보, 구원을 향한 인간의 상승, 악의 종말, 선의 승리를 이 책에서 증거해야 했다. 이렇게 해서 《여러 세기의 전설(*La Légende des siècles*, 1859)》이 태어났다. 그렇지만 그의 서사소설 《레 미제라블(*Les Misérables*, 1862)》《바다의 노동자들(*Les Travailleurs de la mer*, 1866)》, 그리고 비평서 《윌리엄 셰익스피어(*William Shakespeare*, 1864)》에서도 본질을 이루는 이 소재가 다시 형태를 갖추게 된다.

위고는 경박하고 속되며 장난기있는 《거리와 숲의 노래(*Les Chansons des rues et des bois*, 1865)》를 쓰면서 이 거창한 저작들의 궤도에서 벗어나게 되었다. 더불어 그는 이 작품들의 초고를 잡거나 집필하였으며, 출판은 망명 뒤에 이루어지고 위고 노년기에 늘 젊은 창작열의 후광을 부여해 준다. 1870년 나뽈레옹 3세가 몰락한 다음 프랑스로 돌아왔을 때 그는 낭만주의 시인에서 마술사가 되었다.

프로이센(⑤)에 점령된 빠리에서 위고는 조국에 봉사하기 위해 시를 사용하는 한편 빠리 시민들의 용기를 지지하고 격려하였다. 그 뒤 빠리 코뮌이 민주 진보를 향한 그의 꿈에 처절한 반동을 제기하였어도 그는 자신의 이상에 충실할 수 있었다. 대중의 인기는 하락하고 다시 시작한 정치활동을 봉쇄당하여 게르느제 섬으로 되돌아간다. 2년 머물고 프랑스로 돌아온 뒤 위고의 삶은 전설 속으로 들어갔다. 《할아버지 노릇하는 법(*L'Art d'être grand-père*)》《93년(*Quatre-vingt-treize*)》 그리고 《여러 세기의 전설》 2·3부와 《교황(*Le Pape*)》《지상의 연민(*La pitié suprême*)》《정신의 네 바람(*Les Quatre Vents de l'esprit*)》이 차례로 간행되고 결코 소멸되지 않는 시인의 경이로운 젊음을 나타내게 되었다.

1885년 위고가 세상떠났을 때 빠리 시민은 더할 나위 없는 예찬과 함께 성대한 장례의식을 치렀고, 개선문 아래 안치된 유해를 12명의 시인이 밤새워 지켰다. 팡떼옹까지 운구할 때 애도하는 수많은 인파가 이어졌다. 그가 죽은 다음날부터 몇십 년동안 작품 출간이 잇따라 이루어졌다.

《오드와 그밖의 시 (*Odes et Poésies diverses, 1822*)》

1822년 봄 위고에게 커다란 행복이 시작되었다. 지난해 여름 뒤 어린시절 친구였던 아델 푸셰와 약혼한 사이였는데, 3월 13일에 아버지가 결혼을 허락하였다. 이 청년 작가가 알맞은 생활 기반을 마련하면 곧 결혼식을 올릴 예정이었다.

위고는 이것을 시에서 얻어내기로 마음을 굳힌다. 《오드》의 여러 편은 이미 아카데미 데 죄 플로로(academie des Jeux Floraux)에서 시상하여 이를 책으로 펴내기로 결심하고 2개월간 8편을 덧붙였다.

시집은 6월 1일 출간되었다. 《오드와 그밖의 시》, 빅또르 위고 지음, 빠리 팔레 르와얄 광장, 펠리시에 출판사. 왕정복고 때였는데, 국왕 루이 18세는 "꽤나 날림으로 해냈군" 하며 시큰둥한 반응을 보였다. 그러나 곧 1,200프랑의 은급을 허락하였다.

23편의 오드와 3편의 시를 수록한 《오드》는 정치를 주제로 하고 종교며 매우 평범한 문학 주제를 다루었다. 몇몇 시편은 슬픈 노래 같으며 시인이 아델 푸셰에게 맹세한 사랑의 메아리를 담고 있어 감동을 준다. 이것은 2년 이래 그의 은밀한 힘을 형성해 오던 터였다.

이 책은 문학과 정치라는 두 의도로 출간하였다. 그러나 지은이는 정치 의도가 문학 의도의 결과라고 생각한다. 왜냐하면 인간의 역사란 군주제 사상과 신앙의 드높은 곳으로부터 판단되어 시를 만들어 내는 것일 따름이다…… 게다가 시의 영역은 무한하다.

현실세계 아래 이상세계가 있다. 시는 사상의 형식 속에 있는 것이 아니고 사상 자체 안에 있다. 시는 모든 것 속에 있는 은밀한 그 모두이다.

라마르띤이 감성 분야를 지배하는 듯하던 때에 젊은 시인 위고는 사상과 정치 영역을 주장하고 나섰다. 그는 같은 시대 사건의 한복판에서 내밀하고 이상에 가까운 측면을 비추기 위하여 자리잡는다. 1823년판 서문에서 더 명료하게 이를 드러내기도 하였다. "……미래사회에 교훈이 될 우리 시대의 중요한 기억 몇몇을 성대한 의식으로 축하하기로 하였다." 이것은 1815년 이후 프랑스 인들의 영혼에 깊은 감명을 준 카지미르 들라비뉴의 《메세니아 여인들(*Les Messéniennes*)》의 본보기를 따른 것이었다. 겉으로 보기에는 17, 18세기의 서정(말레르브·장 밥티스트·루소·르 브룅)으로 다시 돌아간 듯하였다. 그러나 이 서정을 방편으로 하여 위고는 창작의 명료함, 풍부한 리듬과 이미지, 이미 서사시에 적합한 거대한 상상력들을 드러내 보일 수 있었다. 이 모든 특질은 고전주의를 본뜨려는 문체를 통하여 그의 초기 작품 가운데서 구분된다. 젊은 시인 위고의 사상과 감성과 이미지는 샤또브리앙에게 종속돼 있었다. 위고는 샤또브리앙에게서 왕당파다운 신념의 열정과 아직 완전히 드러나지 않은 낭만주의의 솔직성의 영향을 받게 된다. 바야흐로 초기 낭만주의가 이미 형태를 드러내고 윤곽을 갖추게 된 것이다.

《오드와 발라드(*Odes et Ballades*, 1826, 1828)》

여러 가지 판본

1) 1824년 3월 무렵 젊은 낭만주의자들에게 인기있던 라드보카 출판사에서 《새 오드(*Nouvelles Odes*)》가 출간되었다. 정치적 영감에서 드러난 작품들과 회화적이고 보다 개성적인 작품들이 돋보였다. 화해조의 기나긴 서문에서 위고는 낭만주의 장르와 고전 장르의 대립을 검토하고 그것이 의미없다고 역설한다.

오늘날 시인들은 빛으로서 민중 앞에서 걸어가며 민중에게 길을 보여주어야 한다. 시인은 질서와 윤리와 명예의 크나큰 원칙 아래 백성들을 데려와야 한다. 그리고 시인의 힘이 민중들에게 부드러우려면 인간 심정의 모든 감수성이 그의 손가락 아래에서 마치 리라줄처럼 울리게 할 필요가 있다. 시인은 신의 말이 아니라면 결코 어떤 소리의 메아리도 되어서는 안 될 것이다…….

2) 1825년 7월 라드보카 출판사에서는 3권으로 된 《오드》의 3판 간행을 알렸다. 첫권은 1825년 말에 나왔으며, 1826년 11월 《오드와 발라드》가 시판되기 시작했다. 이 책이 1825년판의 3권을 이룬다. 2권은 1827년 초 《오드》라는 제목으로 발간되었다. 3권 《오드와 발라드》는 미간행된 작품들로만 구성되었다. 즉 발라드 몇몇과 《오드》 중에서도 〈두 섬(Les Deux îles)〉, 〈알퐁스 드 L.에게(A M. Alphonse de L(amartine))〉, 〈몽포르-라모리 유적에게(Aux ruines de Monfort-l'Amaury)〉, 〈네로의 축제 노래(Un Chant de fête de Néron)〉 같은 시를 수록하였다. 서문에서 위고는 장르의 혼합과 예술에 마땅히 있어야 하는 자유를 명료하게 밝혔고, 바로 이 해에 《크롬웰(Cromwell)》을 쓴다.

시인은 하나의 모델만 가져야 한다. 자연이 그것이다 : 단 하나의 길잡이는 진실이다. 시인은 이미 쓴 것을 가지고 써서는 안 되며 영혼과 심정으로 써야 힐 것이다. 시인은 모든 책 가운데에서 호머와 성서, 이 2권만 연구해야 한다……"

3) 1828년 8월에 마침내 《오드와 발라드》 결정판이 나온다. 〈원주에 바치는 오드〉와 몇 편의 새로운 시가 추가된 4판 《오드와 발라드(빠리 샤를르 고슬랭-엑또르 보상쥬 출판사, 전2권)》라는 긴 제목의 서문에서 저자는 3권짜리 책과 2권짜리 책의 혼합에서 관찰한 "질서"를 설명한다. "첫권은 동시대 사건들과 인물들에게 연관된

모든 오드를 담고 있다.” 시편들은 3권으로 나누었다가 “변덕스러운 주제의 작품들”을 2권으로 분배하여 〈발라드〉로 끝맺는다. 시각과 에스프리를 만족시키는 대칭 구조로 되었다고 볼 수 있다.

《크롬웰 서문(Préface de Cromwell, 1827)》

위고는 첫 희곡 《크롬웰》 발간을 서두르기로 결심했다. 주역을 맡기로 되었던 딸마(Talma)가 죽은 뒤 위고는 이 작품을 무대 공연으로는 알맞지 못한 드라마틱한 서사시로 끝맺었다. 1827년 9월 말 그는 짧은 머리글을 앞세운다. 10월이 되어 이 머리글은 진정한 선언문 형식을 갖게 되었다. 시인 위고는 분리된 팜플렛 형식으로 제시하려 했던, 연극의 혁신에 관한 자신의 견해에 초점을 맞추어 《크롬웰 서문》을 쓴 것이다.

낭만주의자라 일컫는 새로운 유파와 고전 전통을 수호하려는 그룹의 가장 격렬한 논쟁이 일어난 분야는 연극이었다. 이 대립은 여러 해 동안 지속되었는데 〈리세 프랑세(Lycée français)〉에 1820년 발표된 이탈리아 시인 만조니(Manzoni)의 《일치에 관한 편지(Lettre sur les unités)》, 1823년과 1825년에 새로운 판이 나온 스땅달의 《라신느와 셰익스피어(Racine et Shakespeare)》, 메리메의 《클라라 가즐의 연극(Théâtre de Clara Gazul)》, 1825년(그 이전 1820년 《마리 스튀아르(Marie Stuart)》도 저항을 불러일으킨 바 있음) 피에르 르 브륑의 《안달루시아의 시드(Le Cid d' Andalousie)》를 둘러싸고 일어난 논쟁이 중요한 대립이었다.

1827년 9월 빠리 오데옹 극장에서 영국 코미디 극단이 찰스 켐블과 미스 스미드슨을 중심으로 《오델로(Othello)》《햄릿(Hamlet)》《로미오와 줄리엣(Roméo et Juliette)》을 원어로 공연하여 갈채를 받자 이 논쟁은 한층 격렬해졌다. 고전 비극, 그 규칙과 관습이 바야흐로 단죄되는 듯했다. 이제 새 장르를 정의하고 열렬하게 그 의미를 고양

시킬 필요가 한층 더 절실해졌다.

위고는 이 절실한 필요를 '서문'이 들어 있는 작품 《크롬웰》에서 뚜렷이 드러낼 수 있었다. 그때까지 신문과 팜플렛 여기저기에 실었던 비평에 독자적인 형식을 부여하였다. 숭고함(le sublime)과 기괴함(le grotesque)의 결합을 주장하면서 새로운 드라마의 정의를 명확히 규정해 놓았다. 물론 위고 이전의 작가들로부터 많은 영향을 받은 것도 사실이다. 볼떼르 자신도 역사의 배경 속에 비극을 자리하게 하면서 그 조망을 확대하려 한 바 있고, 디드로는 눈물을 짜내는 희극과 부르주아 드라마를 만들어냈으며, 스탈 부인과 독일사람 쉴레겔의 시도 적지 않은 영향을 끼쳤다. 그러나 위고는 이 모든 것을 압축하고 요약하여 풍요로운 낭만주의 문학의 원리를 만들었다. "자연 속의 모든 것은 예술 안에 있다(Tout ce qui est dans la nature est dans l'art)"는 위고의 명제는 희곡을 해방시킨 결과가 되었다. 또 "희곡은 관습이다(Le Théâtre est unc convention)"는 표현에 따라 희곡을 예술의 한계 안에 고정시킬 수 있었다. 위고는 그의 몇몇 동시대 사람과 견주어 볼 때 혁신하는 힘이 미흡해 보일지 모른다. 특히 스땅달은 훨씬 앞서 나갔다. 위고는 자유를 선언하고 방종을 추방하면서 운문의 권리를 확립시키는가 하면, 멜로드라마가 깎아 내릴 수도 있던 극형식을 문학의 권위로 이끌어 올렸다. 이렇듯 《크롬웰 서문》은 낭만주의의 온전한 준칙으로 자리잡았다. 테오필 고띠에는 《크롬웰 서문》이 시나이 산의 모세 10계명 판(板)처럼 빛난다고 극찬하기도 했다. 이 서문은 극의 넓은 문을 대담하게 활짝 열어 놓았다. 이 문으로 새로운 작품들이 계속 들어왔으며 그 영향력은 19세기 모든 희곡 문학에 당당하게 그 힘을 미쳤다.

빅또르 위고는 먼저 포괄적인 윤곽으로 시의 역사를 개관한다. 그것은 세 시대로 구분된다. 각 시기에는 저마다 적합한 시의 형식이 부응하고 있다. 원시시대는 서정(lyriques) 시대였다고 한다. 《오드》

가 여기에 해당되고 〈창세기〉는 황홀과 찬양으로 이루어진 이 서정을 구현한다는 설명이다. 고대는 서사(épiques)로 이해된다. 역사를 엄숙하고 성대하게 장식하는 서사 장르는 호머라는 위대한 작가의 이름으로 요약된다고 한다. 근대는 그리스도교의 도래와 함께 시작되며 그리스도교는 인간에게 자신의 진정한 본성의 이원성을 드러내 보여준다. 이 이원성은 영혼과 육체로 이루어져 있다. 이 시대에 이르러 드라마가 어울린다고 위고는 주장한다. 또한 셰익스피어만이 이 진정한 본성을 이해하였고, 드라마가 인간 본성을 구성하는 두 가지 요소에 상응하는 흥미로운 두 형식을 결합하리라고 전망하였다. 그것은 비극과 희극이며 또한 숭고함과 기괴함의 연결을 뜻하는 것이다.

시는 그리스도교에서 태어났다. 그러나 오늘날의 시는 드라마이다. 드라마의 성격은 현실적인 데 있다. 현실적인 것이란 숭고함과 기괴함의 두 유형이 매우 자유롭게 결합하는 데서 성립한다. 숭고함과 기괴함은 삶과 우주 삼라만상에서 교차되듯 드라마에서도 서로 엇갈려 나타난다. 그 이유는 참된 시와 완벽한 시는 상반되는 것이 어우러지는 데 있기 때문이다. 그리고 좀 더 분명히 말하면 바로 이러한 점 때문에 여러 가지 예외들은 그것들을 통일시켜 주는 규칙을 찾을 수 있게 되고, 자연 속에 존재하는 모든 것은 예술 속에도 존재한다고 할 수 있게 된다.

《동방시집(*Les Orientales*, 1829)》
터키에 대한 그리스 인의 봉기가 시작되자(1821년) 작가, 시인, 예술가들은 여기에 뜻을 함께 했다. 특히 1822년부터 알프레드 드 비니의 〈엘레나(Héléna)〉, 알퐁스 드 라마르띤의 〈해롤드의 순례의 마지막 노래(Dernier chant du pilèrinage d'Harold)〉 같은 그리스 취

향의 시들이 잇따라 발표된다. 위고 역시 그리스의 매력에 크게 이
끌렸다. 그리스는 곧 그에게 모든 회교도 동방을 환기시키는 현장이
되었다. 위고는 여기에 아프리카를 덧붙였다. 자신의 미래 시집에
《알제리 여인들(*Les Algériennes*)》이라는 이름을 붙일 생각을 한 것도
이러한 연유에서다. 그러나 광대한 동방의 수많은 이미지, 이를테면
태양이 작열하는 색채와 열정은 폭발하는 힘과 농밀함을 주었고 이
러한 것들은 위고 주위에서 고삐 풀린 듯 격렬한 이미지를 형성하였
다. 동료 시인들이 쓴 그리스 애호풍의 수많은 시편들도 이와 유사
하였는데, 《동방시집》은 여러 해 동안 유행하던 이러한 장르의 작품
가운데 단연 영광과 예찬의 자리에 오르게 되었다.

위고의 상상력이 빛의 고장 그리스에 이끌리게 된 것은 여러 종류
의 책을 읽은 영향 때문이었다. 포리엘(Fauriel)이 1824~1825년에
발표한 《근대 그리스 민중 노래(*Chants populaires de la Grèce moderne*)》
며 관습과 풍속에 관한 풍부한 자료를 곁들인 이 책의 서문, 형 아
벨이 1822년 번역한 스페인 서적 《로만쎄로(*Romancero*)》가 여기에
들어간다. 특히 평범한 공무원이지만 박학한 동방학자였던 친구 에
르네스뜨 푸이네(Ernest Fouinet)가 권유한 아랍·페르시아 서적의 프
랑스 어 번역판은 그때까지 알려지지 않았던 내용으로 매우 신선한
호기심을 불러일으켰다. 위고는 이 책에 대하여 자신의 저서 각주를
통하여 각별한 평가와 호의를 나타내기도 하였다. 이러한 책들과 함
께 성서, 영국 시인 바이런의 시편들, 샤또브리앙의 《순교자들(*Les
Martyrs*)》 그리고 그리스·페르시아·스페인 여행기 등을 읽으면서 그
리스에 대한 호의와 동정은 깊어갔다.

위고는 치밀한 시인으로서 어떠한 정보의 원천도 소홀히 하지 않
았으므로 이러한 서적들은 위고에게 또한 몽상의 실마리가 될 수 있
었다. 상상력이 크게 비약하면서 직관에 따라 마력을 지닌 도시들의
배경을 다시 세우기도 하였는데, 다음의 2행은 뛰어난 분위기 묘사

를 보여준다.

　　테레빈 나무 사이로 앉은 언덕 위에
　　황금빛 돔이 있는 도시, 흰색의 나바랭

　또한 터키인에 맞서 구축된 산악지방의 정경을 마치 정말로 가본 듯 생생하게 3행으로 묘사하고 있다.

　　클레프트는 모두에게 하늘의 공기, 우물의 물이 있어 부자이다.
　　연기에 그을려 갈색이 된 멋진 총 그리고
　　산 위의 자유

　이렇듯 1827년과 1828년에 《동방시집》이 간행되고, 이미 《크롬웰》의 저자인 위고 주변에서 동아리를 이루고 있던 시인·예술가들 사이에서 곧 이름을 얻게 되었다. "빅또르 위고의 동방"이라는 거침없는 표현은 1820년 "라마르띤의 명상"이라는 표현이 유행하던 때를 상기시켰다. 이 시집은 세 가지 범주를 포괄하는데, 우선 그리스와 터키의 "동방"이 그러하며 여기에 가장 많은 작품이 속한다. 또한 아랍과 페르시아의 "동방"이 있고, 마지막으로 "스페인 동방"을 포함한다. 스페인과 그리스를 동방으로 규정하는 데는 사실 무리가 따른다. 시인의 에스프리에서는 지리가 그토록 불명확할 수밖에 없었는지도 모른다. 위고는 "동방"을 지중해 연안의 모든 지역, 빛과 색채가 강렬한 여러 지방까지 범위를 확대한 듯하다. 여기에 꿈의 영역을 추가한다. 이 경우 꿈, 몽상이란 현실과 역사에 바탕을 두면서 네 번째 "동방"을 형성하게 된다.

　1827년 겨울과 1828년에는 노디에의 집, 마담 앙슬로의 살롱, 자신의 집에서 시편들을 낭독하기도 하였다. 힘차고 더러는 단조로운 목소리로 위고가 낭독을 마치면 잠시 침묵한 다음 청중들은 열광의 환호를 보내곤 했다.

그 뒤부터 때로 환상과 능란한 기교에 탄성을 지르기도 했고, 그럴 때면 위고가 묘사에 혼합시켰던 진지한 부분과 구분을 못하였다. 이 묘사의 힘을 독자들에게 보이기 위하여 우선 위고 자신이 사물을 제대로 보아야만 했다. 개인 관점의 원천을 어디에서 구하였을까. 바로 빠리였다. 그즈음 빠리 시내에 가설되었던 장벽 너머에는 시골풍의 온화한 풍광을 간직한 지역이 있었다. 이 지역은 보지라르(Vaugirard) 거리와 그르넬(Grenelle)로 지금은 빠리 중심부가 되어 있다. 1827~1828년에 위고는 거의 저녁마다 작업대를 떠나 선술집이며 자그마한 집들 그리고 포도밭 사이를 산책하곤 하였다. 루이 불랑제(Louis Boulanger), 다비드 당제(David d'Angers) 같은 젊은 시인, 예술가들과 함께 "상게 아주머니의 어렴풋한 바이올린"이 울리는 허름한 카바레에 발걸음을 멈추었다. 그리고 나서 "플레장스(Plaisance)의 작은 마을" 꼭대기까지 올라가 그르넬 정원 위로 황혼의 하늘을 바라보는 버릇이 생겼다. 이 불타오르는 풍경에서 위고는 그리스며 이집트며 터키를 보았던 것이다. 상상력의 힘으로 색채를 고르고 그것을 불붙게 하고 공간을 넓혀 갔다. 뮈세(Musset)는 이 산책을 야유하며 그가 환상의 동방을 그려냈다고 비난했지만 이 견해 역시 《동방시집》에 갈채를 보내는 데 인색하지 않았다. 그즈음 젊은 세대들을 부추겼던 "색채와 빛의 꿈"이 이 시집에서 놀라우리만치 생생하게 표현되었기 때문이었다.

1829년 1월 14일 《동방시집》이 출판되자 모든 사람이 위고의 능란한 창조력을 인정하였다. 풍부한 이미지, 다양한 리듬과 빛나는 문체로 《동방시집》은 하나의 계시가 되었다.

위고가 유희며 기분전환의 의미를 부여했던 《동방시집》은 테오필 고띠에의 '예술을 위한 예술' 이론에 영향을 주었고, 훨씬 뒤 고답파 시인 테오도르 드 방빌(Théodore de Banville)에게까지 모범이 되기도 했다. 고답파 이론에 위고가 늘 동의한 것은 아니었지만 설득력 있는 시의 본보기와 그 빛나는 표현을 제공한 결과가 되었다. 고답파 시인들은 《동방시집》을 자신들의 기원으로 여겼고 르콩뜨 드 릴은 빅또르 위고가 죽은 뒤 그 자리를 승계하여 아카데미 프랑세즈에 입회할 때 연설하면서 증언하였다.

이 아름다운 시, 그토록 새롭고 그토록 빛나는 시는 다가오는 모든 세대에 참된 시의 계시가 되었습니다.

《에르나니(*Hernani, 1830*)》

어떤 경로를 통하여 1829년 8월 13일 검열당국이 《마리옹 드 로름므》에 내린 금지 조치를 알게 된 위고는 곧바로 전부터 구상해 온 《에르나니》의 주제를 결정해 버린다. 그는 이 새 작품을 1829년 8월 29일부터 9월 24일 사이에 집필하였다. 10월 5일 위고를 열렬히 맞이한 빠리 떼아뜨르 프랑세의 예술가들에게 이 작품의 독회를 열게 된다. 어려움은 연습이 시작되면서 가중되었다. 50대에 접어든 유명한 배우로 열렬하기보다 섬세한 재능이 돋보였던 마드모아젤 마르스(Mars)가 자신이 맡은 역할인 도냐 솔(doña Sol)에게 할당된 몇몇 대담한 표현을 이유로 망설였고, 남자 배우 피르맹(Firmin)은 나이가 어리고 서정성과 담대성이 좀 결여된 인물이었다. 더욱이 검열당국은 삭제와 수정을 요구했다.

드라마는 스페인에서 펼쳐진다. 이 작품에서 위고가 묘사한 것은 위대한 영혼의 혁명이었다. 이 주제를 중심으로 16세기의 온 유럽이 등장하는 역사의 거대한 장면들이 이어진다. 돈 카를로스는 오스트리아 대공이자 스페인 왕이며, 이 인물 앞에 에르나니라는 중심인물을 내세웠다. 에르나니는 임금에게 맞서는 산적으로 옛이름은 장

다라공이다. 왕과 에르나니 모두 도냐 솔을 사랑하게 되고 그들은
공동의 적인 늙은 공작 돈 뤼 고메즈에게 맞선다. 도냐 솔은 마음에
도 없는 고메즈와 약혼한 사이다. "한 여인에게 세 남자"인 셈이다.
이것은 원고에 적힌 부제(副題)였으며, 초판에서는 "또는 까스띠야
(스페인 지방 이름)의 명예"로 바뀐다. 명예에 대한 엄격한 기사도
관념이 세 남자를 지배하였다. 그러나 늙은 고메즈의 마음 속에서는
질투가 너그러움보다 더 강렬하여 에르나니와 도냐 솔이 왕의 허락
으로 결합하여 신방에 들어가려는 순간 뿔피리를 분다. 이 뿔피리는
에르나니가 목숨을 구해 준 보답으로 고메즈가 준 것이었다. 도냐
솔의 애원에도 아랑곳하지 않고 독약이 내려져 도냐 솔이 반쯤 마시
고 쓰러진다. 나머지를 에르나니가 마시고 숨을 거두고 고메즈도 절
망 끝에 스스로 목숨을 끊고 만다. 질투가 낳은 비통하고 가차없는
결말이 충격을 준다.

　이야기 구성이 감동을 주며 비장한 만큼 단순하기도 한데, 위고는
스페인의 희곡에서 영감을 얻어 오기도 했다. 실러(Schiller)의 《군
도(*Brigands*)》 같은 작품을 꿈꾸기도 하면서 특유의 상상력으로 열정
이 담긴 방대한 드라마의 줄거리를 엮어 나갔다. 번쩍이는 서정이
충만한 가운데 젊음의 정열에 가득찬 장광설이 대사에 넘친다. 상황
또한 정상을 벗어난 것일 수도 있다. 그러나 코르네유의 《르 시드
(*Le Cid*)》나 《신나(*Cinna*)》는 사실 이보다 더 과장되었고 예외적이
다.

　첫 공연은 1830년 2월 25일 이른바 '에르나니 싸움(la Bataille d'
Hernani)'과 함께 시작되었다. 거의 3주일 동안 이어진 이 해프닝은
첫 5~6일의 저녁에 더욱 격렬하였다. 위고는 세나클과 아틀리에의
동료들에게 공연을 강행할 수 있도록 모여 줄 것을 간청했다. 10개
조로 나뉘어 테오필 고띠에, 페트뤼스 보렐(Pétrus Borel)의 지휘 아
래 두 번째 관람석과 꽃밭에 진을 치고 앉았다. 고띠에는 뒷날 길고

도 소란스러운 대기 상태가 오후 2시부터 7시까지 계속된 뒤에 고전주의자들을 향하여 환호와 고함으로 극의 공연을 계속하도록 부추겼던 추억을 술회한 바 있다. 고전파들은 휘파람마저도 자제했던 것이다. 첫 공연은 대체로 성공이었다. 두 번째 공연은 훨씬 더 소란스러웠으나 결국 이 작품은 뿌리내리게 되어 45차례나 상연되었다. 1867년 고띠에는 "우리 세대에 에르나니는 코르네유 시대 인물들에게 르 시드와 같았다"고 술회하였다. 그 결과 역사에서도 《에르나니》는 낭만주의자들의 《르 시드》로 남아 있게 되었다.

《빠리의 노트르담(*Notre-Dame de Paris*, 1831)》

1828년이나 또는 그 전인 1827년 말에 위고는 역사소설을 써 보려는 생각을 처음 품었다. 이를테면 산문으로 된 서사시 같은 장르였다.

위고는 이미 상상소설 분야에서 몇 걸음 내딛고 있었다. 1823년 《아이슬란드의 한》이라는 작품에서 그는 에텔(Ethel)과 오르드네르(Ordenner)라는 한 커플의 순수한 사랑을 그렸다. 노르웨이의 시정 넘치는 풍광 속에서 갖가지 에피소드에 평범하지 않은 급박한 운명을 엮어나가면서 기이함과 색채감과 감성에 충만한 작품을 썼다. 그즈음 크게 유행했던 엽기소설(roman noir)의 영향을 찾아볼 수 있을지도 모른다. 또한 1826년의 《뷔그 자르갈》은 1818년에 써서 1820년 《문학 수호자》라는 잡지에 처음 발표한 긴 분량의 소설을 변형한 작품이다. 1791년 프랑스 인에 맞선 쨍 도맹그(Saint Domingue) 섬 흑인들의 폭동에 관련된 에피소드 안에 신선한 사랑이야기를 담고 있다. 주인공 뷔그 자르갈은 놀라운 힘에 고상하고 청결한 영혼을 소유한 흑인으로 폭동의 주역이다. 그 주위에 위고는 기괴하고 우스꽝스러운 난쟁이 아비브라(Habibrah)를 그려냈는데, 이는 콰지모도(Quasimodo)와 트리불레(Triboulet)를 동시에 묘사하는 첫번째 경우가 된다. 1832년부터 1833년에 초기 작품들을 다시 손질하면서 위고는 거기서 드러나는 '서투름'에 대하여 매우 엄격한 입장을 지녔다. 그러나 이 작품들은 미래의 위대함을 계시하는 많은 징후와 가능성을 포함하고 있었던 것이 사실이다. 그 덕택에 그는 몇 달 만에 걸작 《빠리의 노트르담》을 널리 유포시키는 글쓰기의 능란함과 기법의 탁월함을 얻어내게 되었다.

중세에 대한 위고의 호기심이 차츰 늘고 있을 때 프랑스에서는 역사소설이 큰 명성을 얻고 있었다. 영국 소설가 월터 스콧이 그 길을 보여준다. 위고는 스콧의 작품을 칭찬하면서 그의 소설에 감성과 시다운 요소를 첨가하여 완성도를 높이려는 계획을 아울러 품게 된다. 1823년 스콧에 대하여 위고는 다음과 같은 입장을 밝혔다. "회화성이 있지만 평범한 그의 소설을 보면 더 아름답고 더 완전한 소설을 창조해야 할 일이 남아 있음을 우리는 알게 된다. 나의 새로운 소설은 드라마이며 서사시이고, 회화성이 돋보이는가 하면 시적이고, 사실적이면서 이상적이고 진실되며, 호머 속에 월터 스콧을 끼워 넣을 위대한 작품이다." 친구 알프레드 드 비니는 비록 불완전하지만 1826년 《쌩 마르스(*Cinq Mars*)》에서 이 구상을 실현하려 하였다. 그러나 위고는 더 방대한 풍경을 그려 낼 생각을 키워 간다. 보다 광범위하고 역사적이라는 측면에서 《쌩 마르스》가 보여주는 '루이 13세 치하의 음모'라는 주제를 넘어서려 했다. 루이 11세라는 이름을 여러 드라마 속 무대 위에서 되살리려 했던 등장인물들 가운데 끼워 넣었다. 바야흐로 중세가 위고의 머리에서 떠나지 않게 되었다.

이 강박관념은 1828년 빠리의 성당을 자주 드나들게 되면서 비로소 떨칠 수 있게 된다. 그는 또한 성당의 특이한 구조와 조각물들을 연구하며, 종탑 꼭대기에서 노디에·다비드 당제·들라크루아(Delacroix) 등의 동료들과 함께 석양을 바라보고 비둘기떼와 작은 종루를 통하여 중세의 빠리 모습을 상상으로 그려보았다. 이 방문기간 동안 위고는 노트르담 성당 첫 보좌신부이며 왕비의 고해 담당인 어느 사제와 교류하게 되었다. 이 특이한 사제는 어떤 대담한 주장을 한 신비 사상 서적을 출간하여 교회를 떠나게 된다. 그는 철학적이며 종교적인 상징주의를 설명하였는데, 그에게 사물은 외면 모습과 다른 심오하고 명백한 의미를 지니고 있었다. 위고는 이 신부에게서 성당의 상징의미를 더 잘 이해하는 데 많은 도움을 받았고, 또 이 신부는 위고의 에스프리에 큰 영향을 끼쳤을 것으로 추정된다. 《빠리의 노트르담》에서 보여주는 강력한 상상력 언저리에서 클로드 프롤로(Claude Frollo) 부주교를 등장인물로 설정하게 된 것도 이와 관련있을 것이다.

그리고 15세기의 빠리를 좀더 잘 알기 위하여 한 손에 펜을 들고 또 다른 손에는 수많은 전문 기술서적을 들고 읽어 나갔다. 예를 들어 소발(H. Sauval)의 《빠리 시의 옛 문명에 관한 역사와 탐구(*Histoire et recherches des antiquités de la ville de Paris*, 17세기 중반 저작)》, 뒤 브뢸(du Breul)이 1612년에 펴낸 《빠리의 고대 극장(*Théâtre des antiquités de Paris*)》, 피에르 마티외(Pierre Mathieu)와 코뮌느(Communes)의 《연대기(*Chroniques*)》, 콜랭 드 플랑시(Colin de Plancy)의 《지옥 사전(*Dictionnaire infernal*)》 등으로 그의 오랜 자료 수집 작업 끝에 오늘날 원고에서 25쪽의 치밀한 주석이 전해지게 된다. 그 시대에 할 수 있었던 그 이상으로 이 역사소설 준비 작업은 정밀하고 빈틈이 없었다. 이를테면 그리 중요하지 않은 등장인물들에게 준 고유명사는 모두 그가 창작한 게 아니었다. 모두 살아 있는 사람들 이름 가운데에서 선택했다. 암시와 실감이 나는 의미를 주기 위해서였다.

1828년 중반 작품은 이제 종이 위에 줄거리를 엮어 나갈 만큼 작가의 머릿속에서 꽤 진척되었다. 11월 15일 위고는 격식을 갖춘 계약을 체결, 출판업자 고슬랭(Gosselin)에게 2권짜리 《빠리의 노트르담》 원고를 1829년 4월 15일에 넘겨 주기로 약속했다. 그러나 희곡

《에르나니》가 앞서 출판되었고, 이에 고슬랭은 계약 이행을 요구한다. 1830년 6월 5일자 새로운 계약에서는 위고가 12월 1일까지 소설을 탈고하도록 못박았다. 7월 25일 첫줄을 쓰기 시작했으나 7월 혁명으로 6쪽에서 멈추고 말았다. 소요의 위험에 너무 드러나 있는 장 구종(Jean-Goujon) 거리의 새 아파트를 떠나 셰르슈 미디(Cher-che-Midi) 거리의 장인 집으로 피신한다. 이사를 서두르는 바람에 그는 "작품을 마치기 위해 없어서는 안 될" 주석이 담긴 노트를 잃어버렸다. 그 결과 두 달쯤 뒤늦게 작품을 마치게 되었다. 9월 1일 다시 쓰기 시작하여 "그는 잉크 한 병과 목부터 발까지 몸을 감싸줄 두꺼운 회색 털옷을 한 벌 샀고, 외출하고 싶은 유혹을 느끼지 않으려고 마치 감옥 속에서처럼 옷들을 자물쇠로 채웠으며 소설에 몰입했다. 위고는 무척 쓸쓸했다. 그때부터 식사와 잠자는 시간 말고는 책상을 떠나지 않았다. 첫장부터 그의 슬픔은 이미 떠나 버렸다. 창작 열기가 위고를 사로잡았고 피로도 겨울 추위도 느끼지 않았다. 12월 한겨울에도 창문을 열어 놓고 작업하였으며, 1831년 1월 15일 드디어 집필이 끝났다"고 《생애의 한 증인이 말하는 빅또르 위고 (*Victor Hugo raconté par un témoin de sa vie*)》에서 당시의 정황을 꽤 소상히 기록하고 있다.

《빠리의 노트르담》 시중 판매는 1831년 3월 16일부터 시작되었다. 시판되자마자 모든 계층의 독자에게서 대체로 두 가지로 요약되는 찬탄과 호평을 받았다. 1833년 역사가 미슐레(Michelet)는 "빅또르 위고는 옛 성당 옆에 시(詩)의 성당을 세웠다. 본디 성당의 기초만큼 단단하고 그 종탑처럼 드높이"라고 평하였고, 테오필 고띠에는 1835년 "이 소설은 진정한 《일리아드(*Iliade*)》이다. 오늘부터 이 책은 고전이다"고 평했다.

《빠리의 노트르담》은 진정 낭만주의 시대의 역사소설 가운데 걸작으로 나타났다. 그것은 우선 15세기 밀엽의 빠리를 놀랍도록 재현해 놓았으며 몇 가지 착오가 있었지만 정확하고 생기있는 참고 자료에 바탕하여 시인이 비범한 삶의 상상력으로 다시 쓴 것이라고 할 수 있다. 성당은 한결같이 작품 한복판에 우뚝 서 있으며, 비록 돌로 만든 조형물이지만 그 신비스러운 영혼이 등장인물들의 영혼에 섞여 있다. 이 등장인물들의 극적인 모험 속에서 흥미있고 고통스러운 운명의 급변이 가지를 친다. 무대와 마찬가지로 소설 속에서도 위고는 "숭고한 것과 기괴한 것"을 즐겨 뒤섞는다. 그리고 거기에 잔인한 운명의 유희를 더하였다. 곰곰이 살펴보면 1831년부터 위고 문학 독자들은 이 작품이 어떤 우월한 힘, 가차없고 보이지 않는 권능에 서로 짓눌려 있는 어두운 소설임을 알아차릴 수 있었다. 이러한 해석에서 벗어나려 하지 않고 위고는 짧은 서문에서 이렇게 지적하며 강조하고 있다.

　　몇 해 전 노트르담 성당을 방문하면서, 더 정확히 말해 샅샅이 뒤지면서 이 책의 지은이는 어느 탑의 어두운 구석에서 벽 위에 손으로 새긴 이 말을 발견하였다.

　　'ΑΝΑΓΚΗ(숙명)

　　이 그리스어 대문자는 낡아서 어두워 보였고, 돌 속에 매우 깊게 새겨져 있었다. 중세 때 어떤 사람이 쓴 것인 듯 보이고 또 그 글씨에 어쩔 수 없는 숙명의 침통한 의미가 들어 있는 듯 새겨진 고딕체 글자가 저자에게 그토록 깊은 느낌을 주었는지도 모르겠다. 저자는 이 글씨를 쓴 사람이 오래된 성당 앞에 죄와 불행의 흔적을 남기지 않고는 이 세상을 떠날 수 없었던 고통에 찬 영혼일 것으로 예견하려 했고, 스스로 생각도 해보았다……이 단어를 써놓은 사람은 사라졌다. 여러 세기 전 세대들의 한가운데서 이 말은 이번에는 성당벽에서 제 차례가 되어 지워졌다. 성당도 이제 얼마 안 있어 이 세상에서 사라지리라. 이 책은 이 단어에 관하여 쓴 것이다.

위 서문 끝부분의 '이 단어'라는 표현은 색채감과 반짝임에 충만한 '이 책'을 신비스러운 그림자로 뒤덮고 있는 듯한 느낌을 준다. 이와 반대로 고통스러운 괴로움으로 가득찬 《레 미제라블》에는 하나의 빛이 감돌고 있다. 《레 미제라블》은 희망과 연민이라는 단어에 바탕하여 이루어진 까닭이다.

《가을 나뭇잎(*Les Feuilles d' Automne*, 1831)》
《가을 나뭇잎》은 1831년 12월 1일 간행되었다. 12월 7일에 이미 제2판이 예고된다.

11월 20일자로 되어 있는 서문에서 위고는 "정치적 여건이 심각한" 계제에 펴내는 이 새 시집의 내밀한 성격을 강조하고 있다. "시는 인간에게 호소한다. 모든 인간 존재에게 말을 거는 것이다…… 혁명은 모든 것을 변모시키지만 인간의 심정만은 예외이다." 위고는 이 대목에서 인간 내면의 영속성에 주목한다.

……떨어진 잎새, 낙엽들, 가을의 모든 나뭇잎처럼 소란과 소음의 시가 아니다. 고요하고 평화스러운 시다. 모든 사람들이 만들고 꿈꾸는 시, 가족과 집안과 사생활의 시이다. 지금 그리고 과거에 그러했던 것에 여기저기 던지는 우울하고 체념하는 눈길이다. 그것은 또한 흔히 설명될 수 없는 사상의 메아리로, 우리 정신 속에서 우리 주변에서 고통받거나 쇠약해진 수많은 창조의 대상을 모호하게 일깨우고 있다. 요컨대 계획의 허무함, 희망의 허망, 20살의 사랑, 30살의 사랑, 행복 안의 슬픔, 우리 삶이 이루어내는 고통스러운 것——이 무한함에 대한 시이다. 삶을 흔들어 놓는 모든 틈으로 끊임없이 흘러가는 시인의 심정처럼 이 시는 슬픈 노래

(élégies)이다.

  길게 덧붙인 설명을 통하여 위고는 "정치라고 부르는, 그리고 역
사적이라고 불러 주기를 바라는 이 시"의 성격에 맞게 완벽하고도
명료한 선언을 한 셈이다. 17번째 시의 앞부분에 달아 놓은 라틴어
세 단어를 제사(題辭)로 간주할 수 있는데(Flebile nescio quid), 그
것은 "이름모를 한탄조의 악센트"를 토로해 낸다. 시인은 아직 인
생의 가을에 이르지 않았다. 오히려 이제 막 빛나는 성숙기에 접어
들었다.

  그러나 한 인간의 운명을 예고하는 30대를 시작하는 즈음에 자신
의 청춘이 끝나감을 깨닫고 거기에서 자연스러운 우울을 경험하게
된다. 은밀한 몇 가지 비애 곧 1828년 1월 아버지의 죽음, 1830년
부터 가정에 드리운 불화의 그림자, 문학 투쟁에서 점점 늘어가는
어려움으로 위고는 모호한 슬픔의 비탈로 기울어진다. 한 가정의 젊
은 아버지로서 그는 아이들이 노는 모습이며 그들의 웃음을 위안으
로 삼는다. 15번째 작품 《이 모든 아이들이 거기에 있도록 내버려
두세요(Laissez, tous ces enfants sont bien là…)》와 19번째 《아이가 나
타났을 때…(Lorsque l'enfant paraît)》가 이러한 위고의 심정을 진솔
하게 보여준다. 이 비가시집을 아내, 생뜨 뵈브, 루이 불랑제, 다비
뜨 당제와 같은 친구들에게 헌정하고 과거와 자연을 명상하며 그 속
으로 몸을 숨긴다. 종교 감정을 성찰하고 맏딸 레오뽈딘을 위하여
〈모든 이를 위한 기도(Prière pour tous)〉 같은 진솔한 시에 리듬을
붙였다. 이 시에서 아이는 하늘과 땅의 중재자로 봉사하기 위하여
부름받고 있다.

  네 아버지를 위하여 기도하여라! 내가 꿈 속에서 천사가 백조
와 함께 날아 지나가는 것을 보기에 어울리도록, 내 영혼이 향로

와 함께 불탈 수 있도록!

네 순진한 입김으로 내 죄를 지워 주렴, 내 마음이 저녁마다 닦는 제단의 길처럼 죄없고 빛나게 될 수 있도록!……

우리 기도만을 청하시는 아버지, 삼촌, 조상들이 그들 무덤에서 서로 이름 부르는 것을 들으며 마음설렐 수 있도록 기도하렴.

세상에서 아직 기억하고 있음을 알도록 기도하렴. 그리고 밭고랑에 꽃피는 것을 느끼듯, 그들의 텅 빈 눈에서 눈물이 싹틈을 느끼도록 기도하렴!

《동방시집》에서 보여준 능란한 솜씨가 이번에는 비가 속에서 또 다른 재능을 드러냈다. 이러한 새로운 기법과 영감은 생뜨 뵈브에게도 낯설지 않았다. 1828년과 1829년부터 《조제프 들로름의 시와 생애(*Poésies et pensées de Joseph Delorme*)》에서 시가 어떻게 더욱 더 사상과 심정의 토로가 되는지를 지적한 뒤에 생뜨 뵈브는 차츰 변화되어 갔다. 그리고 동료 위고와 라마르띤도 여러 차례의 대담에서 더 심오한 영감, 훨씬 유연하고 단순한 기법 쪽으로 옮아가게 되었다. 생뜨 뵈브의 조언으로 위고는 16세기 시인들의 작품을 읽었고 18세기 앙드레 셰니에의 《비가(*Elégies*)》를 다시 보게 되었다. 이 작품은 이 시기의 내밀한 낭만주의 성향에 끼친 영향을 충분히 밝히지 못한 상태였다. 라마르띤이 조슬랭이라는 죽은 사제의 일기를 공표하는 형식으로 목가 같은 서사시 《조슬랭(*Jocelyn*)》을 쓰려고 한 것도 이즈음이었다.

1828년 중반부터 1831년 말까지 위고는 세월과 꿈과 감동이 더 직접 토로되는 시편들에 자신의 심정을 흘러가게 했다.

오늘날 《가을 나뭇잎》의 원고로 여겨지는 종이에 이렇게 써 놓기도 했다.

시를 창작하는 것은 기분이 풀리는 작업

　3년 동안 다른 작품을 쓰는 가운데 틈틈이 쓴 40편의 시에서 몇 작품은 《가을 나뭇잎》이 갖는 비가의 범주와 음조를 뛰어넘는다. 특히 〈산 위에서 듣는 소리(Ce qu'on entend sur la montagne)〉나 〈목신(Pan)〉 같은 시는 그 주제의 폭에서 25년 뒤에 나오게 될 《정관 시집》을 예고한다. 위고의 시가 보여주는 치밀하고 광대한 영감의 연계성이 다시금 돋보인다.

　　거룩하고 숭고하며 열광하는 시인들이여,
　　가시오, 그리고 산꼭대기 위에 그대 영혼을 퍼뜨리시오……

　〈몽상의 경사(Pente de la Rêverie)〉에서는 이미 서사시 성향을 내비치는 과거에 대한 비전을 포함한다. 1859년 《여러 세기의 전설》에서 방대하게 구성될 위고의 서사 재능이 어느새 모습을 드러낸 것이다.

　　나는 기다렸다. 굉장한 소리가 일었다. 이 도시의 죽은 종족들이 슬픔에 싸여 문을 열러 왔다. 그리고 그들이 살아 있는 듯 걸어가는 것을 보았다. 그리고 바람에 먼지를 내던지는 것도 보았다. 탑, 수로, 피라미드, 기둥들——나는 오래된 바빌론의 내부를 보았다. 카르타고, 티르, 테베, 시온——끊임없이 거기서 세대들이 이어 나오고 있었다.

　《오드》에서와 마찬가지로 마지막 작품은 1853년 간행될 《징벌시집》의 목소리를 미리 앞서 들려주고 있는 듯하다. 1831년 유럽의 정황을 추적하고 나서 시인은 외친다.

오 ! 뮈즈는 항변없이 민중에게 이바지해야 한다 !
그러면 나는 사랑, 가족, 어린시절을 잊는다.
또한 부드러운 노래, 고요한 여가도,
그리하여 나는 내 리라에 청동의 끈을 덧붙인다 !

미래의 위대한 시인 위고의 면모가 1830년대 첫시집에서 드러난다. 1830년 7월 혁명으로 왕조가 바뀌어 오를레앙가의 루이 필립이 왕이 되었다. 위고는 여기에 깊은 영향을 받은 결과 이제 직접 자신을 표현하기로 결심하였다. 이 성향은 아마도 《가을 나뭇잎》에 나타난 가장 강력한 특징의 하나로 여길 수 있을 것이다.

《황혼의 노래(*Les Chants du Crépuscule*, 1835)》

《가을 나뭇잎》의 마지막 작품은 정치시로 엮은 또 한 권의 시집을 약속하고 있는 듯한 느낌을 준다. 위고는 이러한 정치시집을 엮으려 했으나 1830년 7월 혁명 뒤의 여러 상황, 사건이 영감을 불러일으킨 《오드》 시편들을 포함시키려는 의도에서 정치시집은 뒤로 미루었다. 1834년 9월 무렵 책을 펴내려는 생각을 품고 정치 영감에 개인의 영감을 묶기로 결심한다. 이 두 가지가 같은 어조로 책 제목의 의도를 함축하고 있다. 황혼은 우선 애매함과 막연함의 때, 의심을 품는 시간이다. 그러나 어떠한 황혼일까. 혁명의 한가운데 있던 그즈음의 여건을 감안하고, 더욱이 위고 개인에게 불안과 고뇌가 엄습했던 때였음을 주목할 필요가 있다. 이 어슴푸레함 다음에 밤이 이어질 것인가, 새벽이 다가설 것인가.

이 같은 불확실함을 〈서시(Prélude)〉에서 서슴없이 털어놓고 있다.

어떤 이름으로 그대를 부를까, 우리가 이르른 혼란된 시간을.

이마는 온통 창백한 땀으로 젖어 있다.
하늘 드높이, 사람들 가슴 속에 어둠이 여기저기 빛과 함께 섞
여 있다.
믿음, 열정, 절망, 희망,
대낮 속에 아무것도 없고 밤 속에 아무것도 없다.
그리고 겉모습만 떠도는 이 세상은,
모든 것이 빛나는 그림자에 반쯤 덮혀 있다.

신이여! 꽃피는 것을 보는 건 진실로 새벽입니까?
오! 근심은 순간순간 커져갑니다.
이제 더 이상 보지 못합니까? 아직 보지 못할까요?
신이여, 이것이 종말입니까, 시작입니까?

영혼 속에, 이 지상에 무시무시한 황혼!
또 다른 우주에, 다가오고 물러서는 미지의 태양이
만들어지는 눈동자,
그 눈은 이미 닫혀졌습니까, 아직 열려 있습니까?

　이러한 정신상태는 먼저 정치상황으로 설명된다. 위고는 7월 혁
명 뒤 통치를 시작한 루이 필립이 그즈음 고상한 정신을 지닌 사람
들에게 은연중 심어 주었던 비애와 적막감을 함께 나누고 있었다. 7
월 혁명은 내부 혁명의 영향을 받게 되었다. 어디로 갈 것인가. 공
화국인가 아니면 더욱 위험한 혁명을 향해서일까. 체제 뒤쪽에서 은
밀하게 도덕의 원칙과 신앙 원리가 타격을 입은 듯 싶었다. 알프레
드 드 비니는 그즈음의 정황을 시로 쓰고 있다.

　하늘은 우리에게 검다. 그렇다면 미래를 위하여는

다른 곳에서, 다른 하늘이어야 할 터인데,
나는 모르겠다……

라마르띤은 《혁명(*Les Révolutions*)》, 라므네(Lamennais)는 《믿는 사
람의 말(*Paroles d'un croyant*)》에서 미래의 신비한 믿음을 표현하였다.
어느 편이 옳을까 하고 위고는 그 시대의 불안에 스스로 젖어들었
다.
　그즈음 위고의 영혼은 매우 불안하였다. 1833년 이래 아내 아닌
여인과 새로운 사랑으로 번민하였고, 이전의 믿음은 이미 사라져 버
렸다. 정신은 의심으로 충동질당하는 형편이었다. 사랑의 시편은 열
렬하지만 우수가 깔려 있었다. 쥘리에뜨 드루에에게 바친 사랑의 시
외에 친구 루이스 베르탱에게 바치는 좀 우울한 철학 명상도 이때
썼다.
　다음의 〈우리 안에서 의심하는 것(Que nous avons le doute en no-
us)〉을 보자.

내 안에서 나는 순간마다 갇힌 감각으로
더듬거리는 본능에 물어본다고 당신께 이야기하렵니다.
부정하고 싶은 욕망을 믿어야 하는 그 곁에
울고 있는 가슴 주변에서 비웃는 정신을!
또한 당신은 자주 나직하게 이야기하는 나를 바라봅니다.
그리고 닫힌 문 앞에 앉아
꿈꾸는 굶주린 입을 가진 거지처럼
열어 주지 않는 누군가를 내가 기다린다고 이야기하겠지요.
　위고의 영혼은 걱정으로 가득했다. 그러나 그의 예술은 더없이 견
고해졌는데 1830년부터 1832년까지 보나빠르뜨 애호 성향을 드러내
는 〈원기둥에(A la Colonne)〉, 〈나뽈레옹 2세(Napoléon Ⅱ)〉 같은

2430　레 미제라블

시는 정치와 역사에 대한 서정 표현의 전형이 된다. 사랑의 시와 명상 시편들도 먼저 나온 《가을 나뭇잎》에 이어지는 열정과 깊이의 성숙함을 보여주고 있다. 《황혼의 노래》는 1835년 10월 27일 랑뒤엘 출판사에서 출간되었다.

《내면의 목소리(*La Voix intérieure*, 1837)》
랑뒤엘 출판사에서 1837년 6월 출간된 32편의 시는 1835년 뒤에 쓴 것이다.
위고는 서문에서 독자에게 말하고 있다.

> 셰익스피어 작품에 나오는 포샤(Porcia)는 모든 사람들이 내부에 간직한 이 음악에 대하여 말한다——그녀가 이야기하기를, 그 누군가에게는 들리지 않을까, 불행은! ——여러분들이 읽을 이 책은 그 어떤 것이다, 우리 밖에서 듣게 되는 노래에 대한 우리 내면에서 응답하는 노래의 메아리가 이 시집이다. 인간에게 목소리가 있고, 자연에게도 나름의 목소리가 있다면 상황 또한 그 소리가 있다…… 세 개의 빛(Tresradios).

상황, 사건은 이전의 시집보다 울리는 강도가 덜하다. 망명중 뜻하지 않은 죽음을 맞이한 샤를르 10세에 대한 명상이나 〈에투알 광장의 개선문(A l'Arc de Triomphe de l'Etoile)〉 같은 시에서 볼 수 있는 현란하지만 우수에 찬 오드는 외부 상황을 노래한 시편들이다. 특히 개선문은 7월 혁명 뒤 루이 필립 통치 기간 동안에 완성되었다. 제1제정의 영광을 드높이는 이 기념물에 찬탄하며 위고는 외친다.

나는 그대 숭고한 벽 앞에서

지금은 사라진 피디아스와 잊혀진 내 아버지만을 그리워한다.

시인의 아버지 레오뽈 위고 장군의 이름은 개선문 안쪽 벽면에 새겨져 있지 않았다. 이를 보상하기 위해서인지 위고는 이 책 첫쪽에 아버지 이름을 적는다.

다른 시편들에서는 내면의 소리, 심정의 목소리를 자유롭게 토로한다. 가정, 자주 거닐던 빠리 교외, 노르망디, 1836년 여름 동안 여행했던 보스(Beauce)에서 시인은 자신의 의심과 몽상이 토로하는 중얼거림을 듣는다. 아이들에게서, 아내에게서, 그즈음 새로 시작된 사랑에서 그는 영감을 얻었다. 버질을 스승으로 삼았고 버질의 작품 영향으로 사상과 기법을 부드럽게 가다듬게 되었다. 차츰 사려깊고 진지한 시인으로 성숙되어 간 것도 이 무렵이다. 이를테면 정관하는 사람(contemplateur)의 면모를 차츰 드러내기 시작했다.

이러한 자세는 《내면의 목소리》에서 처음 모습을 드러낸 '올랭피오(Olympio)'라는 인물로 상징하고 있다. 분신과 같은 이 '올랭피오'는 형제처럼 닮기도 하고 때로는 보이지 않게, 때로는 드러나게 끊임없이 위로하는 사람으로 시인의 내면세계를 함께 걸어 나가게 된다. 고독 속에서, 자만—자연—사랑이 뒤섞인 숨 안에서 태어난 '올랭피오'와 더불어 주위의 폄하와 중상은 더욱 거세졌다. 비평가들도 위고의 작품을 이해하지 못하고 비웃거나 악의에 찬 험담을 퍼부었다. 《뤼크레스 보르지아(*Lucrèce Borgia*)》《앙젤로(*Angelo*)》 같은 희곡 작품들을 "삶의 부정(否定), 그 자체"라고 선언하는가 하면, 시집 《황혼의 노래》는 "아름다운 재능의 급속한 쇠퇴"를 보여준다고 단언했다. 더러는 "위고의 문학에 다가올 문학 죽음"을 선고하기도 하였다. 그러나 모략에도 위고는 크게 개의치 않고 이상(理想)이 없는 그즈음 물질사회 한복판에서 도도한 무관심과 멸시로 무장하며 대처했다. 추방당한 타이탄(Titanen exil), 이해받지 못하는 올림

포스 신(神)들의 아들이라고 자각하면서 올랭피오에게 자신의 형상을 끼워 맞추는 작업을 지속해 나갔다. 우선 다음과 같은 고통스러운 토로가 앞선다.

그대 삶을 해치러 뛰어온 심술궂은 사람들이
자기 이빨 사이로 그대 삶을 삼켰다.
그리고 시기심에 겨운 사람들은 그 안을
들여다보려 몸을 숙였다……
분신이 여기에 대답한다.
나를 결코 위로 말라, 그리고 그대 슬퍼 말라.
나는 조용하고 평화롭나니
나는 이승세계는 전혀 바라보지 않는다,
그러나 볼 수 없는 세계는……

《내면의 목소리》가 간행된 지 몇 주일 지나 위고는 친구 퀴스띤(Custine)에게 써보냈다. "……당신이 옳았습니다. 올랭피오는 하나의 상징이지요. 중상 모략당하고 오해받는 고상한 본성은 거기서 그의 어떤 모습을 알아볼 수 있겠지요……"

이러한 사고의 흐름이 위고에게는 강박관념이 되어 1836년 어느 시기에는 《올랭피오의 정관(*Les Contemplations d'Olympio*)》이라는 시집을 쓰려는 계획을 품기도 했다. 서문을 써 놓기도 했다. 그것은 지금도 보존돼 있다.

생애에서 지평선이 끊임없이 확장되는 시기가 온다. 인간은 스스로 자신의 이름으로 이야기하기에는 너무 왜소함을 느낀다. 그럴 때 그는 시인, 철학자 또는 사상가, 그 안에 의인화되고 육화되는 하나의 형상을 창조하게 된다. 그것은 인간이다. 그것은 더 이상 자아가 아니다……

이와 같이 1856년 간행되는 위고 서사시의 걸작 《정관시집》은 이미 《내면의 목소리》에서 싹트기 시작했다.

《뤼 블라스(*Ruy Blas*, 1838)》

《에르나니》를 쓴 뒤 위고는 2편의 운문극과 3편의 산문극을 공연하였다. 알렉상드르 뒤마(Alexandre Dumas)와 더불어 위고는 낭만주의 희곡 분야에서 가장 널리 알려진 거장이 되었다. 그러나 비평은 가혹하였다. 시에 대한 폄하와 마찬가지로 희곡에서도 위고 작품은 진실하지 못하다는 점(invraisemblance)을 비난받는다. 그리고 역사적 색채감을 논박하고 문체에 야유를 퍼부었다. 또한 알프레드 드 비니는 자신의 철학극이 대중의 갈채를 받자 위고 작품이 에스프리를 희생시켜 눈과 상상력의 만족에 치중하고 있다고 비난한다. 위고는 《에르나니》 서문에서 밝힌 것처럼 형식을 쇄신·확대하는 드라마를 생각하게 되었다. 이는 성찰의 대상이 되기도 했다. 《뤼 블라스》를 위고 희곡의 걸작으로 꼽는 것도 그 까닭이다. 실로 느릿하게 시인의 머릿속에서 무르익어 갔고, 여러 책을(이즈음 위고는 아르스날 도서관에서 프랑스·스페인 책 14권을 대출받고 1840년까지 그 가운데 3권을 간직하였다) 읽은 뒤 준비한 작품의 집필 기간은 매우 짧았다. 1막 초고에는 1838년 7월 5일, 다음 막들의 앞머리에 7월 16일, 7월 23일, 8월 2일, 8월 8일 그리고 마지막 막의 끝에 1838년 8월 11일 오후 11시라는 날짜를 적었다.

《뤼 블라스》는 오를레앙 공작(Duc d'Orléans)의 지원으로 낭만문학 사상 앙테노르 졸리(Anténor Joly)라는 언론인이 세운 새로운 극장에서 공연될 것으로 여러 달 전부터 약속되어 있었다. 위고 스스로 새로운 무대의 이름을 찾아냈다. 르네상스 극장(Théâtre de la

Renaissance)이 그것이다. 8월 29일 배우들이 작품을 읽었다. 멜로드라마 배우 프레데릭 르메트르(Frédéric Lemaître)는 《로베르 마케르(Robert Macaire)》라는 작품으로 대중에게 인기를 얻어 유명해졌으며 《뤼 블라스》의 주연을 맡았다. 11월 8일 첫공연이 있었고 더없는 성공을 거두었다. 4막에서는 비록 갈채가 약해졌지만 전체로 큰 호응을 얻었다. 위고는 1830년 이른바 '에르나니 싸움'을 승리로 이끌었던 열정이 가득한 젊은 지지자들의 협조를 기대했으나 뜻대로 되지 못하였다. 1838년에는 이미 '젊은' 낭만주의자들이 없었던 것이다. 1830년 투사들은 부르주아를 향해 보엠(bohéme)의 무대를 떠났고 긴 머리를 자른 뒤였다. 거기에는 광란의 고함과 갈채도 없었다. 《뤼 블라스》는 공연을 49회 계속하였다. 그러나 작품의 가치와 의미에 대한 논란 또한 격렬하였다. 낭만주의 연극 전체가 '사실 같지 않다'고 비난하는 비평가들은 이 작품을 평가절하하였다.

진실되어 보이지 않는 연극, 이것이 《뤼 블라스》의 주제일까. 얼핏 보면 그럴 수 있다. 종복, 더욱이 재능 있는 종복이 스페인 왕비를 사랑하고 궁정의 음모로 재상이 되는가 하면 죽음으로 행운의 끝을 맺는다는 내용 자체가 사실과 거리가 멀다. 그러나 역사를 통하여 많은 뜻밖의 사건과 상황이 신분 상승의 기회를 제공한 예를 볼 수 있다. 17세기 재상 마자랭(Mazarin)의 아버지는 하인이었다. 스페인을 지배했던 알베로니(Alberoni) 추기경도 정원사의 아들이었다. 페르난도 데 발렌수엘라(Fernando de Valenzuela)는 필립 4세 이후 스페인을 섭정으로 통치하였던 마리 안느 도트리슈(Marie-Anne d'Autriche)의 총애를 받아 재상과 후작이 되었다. 그뒤 불만을 품은 세력이 쫓아내어 필리핀으로 추방당한 그의 파란만장한 삶은 위고가 《뤼 블라스》 주제의 의도를 밝히는 데 도움되었을 것으로 추론할 수 있다. 위고는 처음에 《여왕은 지루하다(La Reine s'ennuie)》는 이름을 붙이려 했다.

1879년 위고는 친구에게 속마음을 털어놓았는데, 이 토로에 대해 비평가 오귀스트 비튀(Auguste Vitu)가 출간했다. 실제이면서 가공의 상황은 쟝 자크 루소(Jean Jacques Rousseau)의 젊은 시절의 정황에 암시받아 《뤼 블라스》를 썼다는 것이다. 가톨릭으로 개종하여 튀랭(Turin)의 수도원 숙박소를 나온 루소는 한동안 하인 생활을 하며 뛰어난 지성으로 주인을 자주 놀라게 했다. 위고는 루소의 《고백록(*Les Confessions*, 1부 3권)》에 각별한 감명을 받았다. 루소는 이 책에서 자신이 아름답고 고상한 마드모아젤 드 브레이유(Mlle de Breil)에게 어떻게 매혹되었는지 이야기한다. 루소는 그녀의 식탁 시중을 들고 있었다.

흥미를 더하기 위하여 뤼 블라스는 재상이 되어서도 그대로 하인으로 남아 있어야 했다. 그것은 이 잔인한 음모의 연출자인 돈 살뤼스트(Don Salluste)의 역할이 빚어낸 것으로, 그는 뤼 블라스를 진정한 신사이지만 폐인이 된 자기 조카 돈 세자르(Don César)와 바꿔치기한 것이다. 위고는 이러한 기본 주제에 희극의 요소를 더하였다. 돈 세자르의 재난은 이 드라마에서 중요한 부분이 된다. 1838년 무렵 위고는 부랑배 세계의 영웅이었던 세자르와 마글리아(Maglia) 등을 내세운 회화적인 희극을 쓸 계획을 품고 그것을 발전시켜 얼마 동안 다듬었다. 이 계획에서 《뤼 블라스》의 코믹한 요소를 만들어 내게 되었다. 바야흐로 위고는 '숭고함'과 '기괴함'을 결합한다. 나중에 많은 후계자를 낳는 '기괴함'의 비학이 4막에서는 미묘한 말솜씨로 개화된다. 테오도르 드 방빌의 작품, 에드몽 로스탕(Edmond Rostand)의 《시라노 드 베르쥐락(*Cyrano de Bergerac*)》이 그 예이다.

위고는 여러 경로에서 《뤼 블라스》 제재의 원천을 찾아낸다. 역사에서 차용한 분위기가 우선 그러하다. 그가 스스로 읽으려 했거나 적어도 훑어보려 했던 수많은 책 가운데 특별히 두 권에서 자료를

얻어낸다. 그중 하나는 베락(Vayrac) 신부가 1718년에 쓴 3권짜리
《스페인의 현 상태(*Etat présent de l'Espagne*)》로 이 책에서 위고는 스
페인 귀족과 정무 기구, 정치, 경제분야에 관련된 정보를 손에 넣었
다. 1690년 오누아(Aulnoy) 백작부인의 《스페인 궁정 회상록
(*Mémoires de la Cour d'Espagne*, 2권)》에서는 궁중 풍경, 의식, 왕비들
이 겪었던 권태 등을 얻었다. 이 회상록은 1733년에 간행되는 피에
르 드 빌라르(Pierre de Villars) 대사의 회상록에 바탕해 썼는데, 오
누아 백작부인은 자신이 참조한 기록을 꾸미고 미화하는 능력은 부
족했지만 묘사의 정확성은 대체로 탁월했다. 샤를르 2세의 첫 배우
자였던 마리-루이즈 도를레앙(Marie-Louise d'Orléans, 1682년 사망)
의 측근들에 관한 묘사가 특히 정밀했으며, 둘째 왕비인 마리 드 뇌
부르(Marie de Neubourg)의 경우 성격이 과격하였다. 그리하여 허
약한 남편을 지배하였으며 자신의 이름으로 통치했음을 기록하고
있다. 위고는 2막에서 마리-루이즈 도를레앙의 개성을 마리 드 뇌
부르에게 부여하여 무대에 등장시켰다.

《뤼 블라스》는 위고가 17세기 말 스페인 궁정에 관하여 인상깊은
묘사를 해 낸 점에 그 가치가 있다. 그 시대의 일반적인 정신에 충
실하며 그 분위기를 탁월하게 재구성해 낸 것이다. 위고는 이에 대
하여 명료한 의식과 사명감을 가지고 있었다. 서문 끝머리에서 귀족
과 왕의 투쟁이 시대의 흐름에 따라 달라졌음을 밝히고 자신의 앞선
작품 《에르나니》와 비교하고 있다. 두 작품 배경의 2세기라는 시간
간격을 통하여 저마다 새로운 왕조가 탄생된 데 눈길을 돌리며, 이
것이 자신에게는 시선이 머무는 아름답고도 우울한 광경이 되고 있
다고 피력한다. 그리하여 여명의 빛남으로 《에르나니》를 채우고, 황
혼의 어둠으로 《뤼 블라스》를 덮으려 하였음을 밝히고 있다.

대사는 유연하고 색채감에 넘친다. 다양함에서 《에르나니》를 능가
한다. 위고의 희곡 문체의 절정을 이루고 있다고 말할 수 있다. 정

결하면서도 코르네유다운 사랑으로 결합된 뤼 블라스와 왕비의 역할에서 열렬하고 감미로운 시정(詩情)이 발산된다. 앙드레 벨소르(André Bellessort)가 뤼 블라스 역(役)에 대하여 언급한 평가는 시사하는 바가 매우 크다.

위고가 자기 자신 이상의 것을, 오를레앙 공작부인에게 품는 정치적 야심과 기사의 충성심을 거기에 부여했음을 생각케 하는 감동의 절실함, 은밀한 열정.

위고 작품에 등장하는 낭만주의 영웅들은 하인이고 재상이기에 앞서 모름지기 시인의 면모를 보여주고 있다. 주인공들의 입을 빌려 위고는 자기 목소리를 불어넣었다. 궁정 복장인 긴 외투 아래 뤼 블라스는 이렇듯 올랭피오의 자취를 비치고 있다.

《빛과 그림자(*Les Rayons et les Ombres*, 1840)》
1840년 5월 16일에 펴낸 이 시집으로 위고는 서정시 연작을 끝내게 된다. 그리고 새 시리즈를 예고한다. 위고는 1830년부터 1840년 사이에 간행된 4권의 시집을 형제시집(les livers frères)으로 여기는 듯하였다. 1865년 무렵 위고는 밝혔다.

정신 속에는 계보(familles)가 있다. 사상이 그룹을 형성한다. 《가을 나뭇잎》, 《황혼의 노래》, 《내면의 목소리》 그리고 《빛과 그림자》는 서로 유착되어 있다……

《빛과 그림자》에서는 앞의 세 시집과 실제로 동일하고 보편된 영감을 찾아낼 수 있다. 가족, 정치, 사랑, 영상 그리고 철학적인 시편들로 이루어졌기 때문이다.

그러나 이러한 측면 이외에 새로운 두 가지 영감의 원천을 거기에 더한다. 〈지붕창 속에 던진 시선(Regard jeté dans une mansarde)〉과 〈만남(Rencontre)〉의 시에서 위고는 '사회시'로 접근한다. 물론《가을 나뭇잎》같은 시집의 〈가난한 이들을 위하여(Pour les Pauvres)〉에서 이러한 경향이 얼마쯤 엿보였는데 이제 사회를 향한 관심과 시선이 한층 깊고 넓어지게 되었다. 한편 〈검은 바다(Oceano nox)〉에서는 얼마 전 발견한 직접 위협하는 바다의 노호를 처음 들려준다.

이 과정을 거쳐 마침내 철학적 고뇌와 불안이 강조되고 증폭된다. 이 시기의 시에 담긴 온갖 고뇌가 은밀하게《올랭피오의 비극》에 메아리치며 깊이 울린다. 위고가 쓴 다른 시들의 서곡이 되는 〈시인의 직분(Fonction du Poète)〉 같은 시를 읊게 한 것도 철학적 고뇌에서 비롯되었다.

〈시인의 직분〉은 하나의 원칙 천명이라는 의미가 있다. 낭만주의 유파의 모든 중요한 이념에 들어맞고 또한 이 무렵 더 높은 목소리로 내뱉기 시작하는 정치적 야심과도 일치하면서 위고는 의연하게 단순히 '내밀하고(intimistes)' '화려한(pittoresqucs)' 시인들에게 맞서 확실한 태도를 취한다. 테오필 고띠에가 대표시인인 '순수예술' 또는 '예술을 위한 예술(l'art pour l'art)'을 신봉하는 그룹을 비난하며, 1835년《마드모아젤 드 모팽(*Mademoiselle de Maupin*)》의 서문에서 이른바 예술지상주의의 이론을 밝혔다. 위고는 시인이라면 정관과 명상 속에 스스로를 가두지 말아야 한다고 주장한다. 그 정관은 대부분 메마르고 관념적이므로 도시의 삶, 인간이 부대끼는 마당으로 나와 거기에 동참해야 한다는 것이다. 다음의 시는 사회, 시인, 시, 민중, 도시, 신(神)과 같이 인간의 삶과 연관된 여러 요소들의 올바른 자리를 보여준다.

신이 그것을 원한다, 이 상반되는 시대에,

누구나 일하고 누구나 봉사한다.
나는 사막으로 되돌아간다!
형제들에게 이렇게 말하는 사람은 불행하리니
증오와 추문이 동요하는 백성들을 괴롭힐 때
샌들을 신은 사람은 불행하리니.
스스로 손발 자르고, 도시의 문을 지나, 쓸모없는 가수 같다!
떠나가는 사상가는 부끄러워하라.

시인은 신앙없는 시대에
더 나은 시대를 준비하러 온다.
그는 이상향의 인간이다,
발은 이곳에, 두 눈은 다른 곳에.
모든 머리 위에, 모든 시기에
예언자를 닮은 시인 그 사람은
모두가 붙들 수 있는 그의 손 안에서
사람들이 모욕하건 칭찬하건
움직이는 횃불처럼
미래가 불타오르도록 해야 한다!
                  ……
시인은 빛을 낸다! 그는 자신의 불꽃을 내뿜는다.
영원한 진리 위에!
그는 경탄스러운 빛으로
영혼을 위하여 그 불꽃을 빛나게 한다!
그는 그의 빛으로
도시와 사막, 루브르와 초가,
평야와 고지를 가득 넘치게 한다.
높은 곳의 모든 것에 불꽃을 드러낸다.

시는 신, 왕, 목자에게 이르는 별이 되기 때문이다!

폭넓은 리듬과 사상의 활력에 충만한 이 아름다운 오드는 앞으로 나올 《정관시집》의 바탕을 위고의 시 창작이라는 지평선 위에 세워 놓는다. 《정관시집》이 드러낼 서정의 절정을 향하여 그의 모든 작품 들이 차츰 다가가듯 바야흐로 서정이 농밀하게 무르익고 있었다.

《성주들(*Les Burgraves*, 1843)》

1838년 뒤로 위고의 상상력은 마력에 이끌린 듯 라인(Rhin) 강 기슭에 집착하게 된다. 그해 8월 처음으로 라인 강을 찾아 떠났지만 겨우 샹파뉴(Champagne) 지방을 건너가는 데 그쳤다. 《뤼 블라스》 를 연극 배우들에게 읽어 주기 위하여 빠리로 급히 돌아와야 했던 것이다.

1839년에는 스트라스부르(Strasbourg)를 거쳐 샤푸즈(Schaffouse) 폭포까지 강을 거슬러 올라갔다. 중세 궁정의 장엄함에 싸인 라인 강, 포도밭과 갖가지 전설, 유적의 라인 강을 발견하는 일이 남아 있었다. 그것은 1840년 거의 두 달 동안 지속된 여행의 목적이기도 했다.

8월 29일 빠리를 떠난 위고는 피카르디(Picardie) 지방과 벨기에 를 지나 엑스-라-샤펠(Aix-la-Chapelle), 이른바 '샤를르마뉴의 도시' 에 9월 5일 도착했다. 《에르나니》에 등장시켰던 유명한 무덤에 찬탄 하기도 했는데, 거기서 보게 된 역사 유적이 위고의 정신 속에 프레 데릭 바르브루스(Frédéric Barberousse)를 떠올리게 했다. 12세기의 뛰어난 무사였던 그의 권위는 중세 독일 지방과 라인 강 연안의 "성 주(城主)들"에게 실로 엄청난 것이었다고 전해진다. 9월 한 달 동 안 줄곧 위고는 강 물줄기를 거슬러 올라가면서 한껏 환상에 젖곤 했다. 이 기슭 저 기슭에서 걸음을 멈추고 근처의 웅장한 유적들을 오랫동안 둘러보았다. 여유있게 소요하면서 쾰른(Cologne)에서 마인츠(Mayence)까지 거의 모든 지역을 자주 도보로 탐사하였다. 10월에는 네카(Neckar) 계곡을 변함없는 열정과 주의력으로 둘러보았고, 독일 서남부 삼림지대인 시바르츠발트(Forêt-Noire)를 지나 프랑크푸르트(Francfort), 하이델베르그(Heidelbe-rg)를 거쳐 빠리로 돌아오는 여정을 끝냈다.

이렇게 세 번 여행하는 동안 특히 마지막 여행에서 위고는 거의 저녁마다 여정 기록을 아내 아델과 친구인 화가 루이 불랑제에게 짧은 글로 써보내곤 했다. 연필이나 잉크로 거친 환상의 모습으로 반쯤 무너진 유적과 폐허들을 그려 함께 보냈다. 거기서 그는 수많은 유령들의 목소리를 들을 수 있었다. 이 몇몇 그림을 아버지의 정이 듬뿍 담긴 편지와 함께 아이들에게 보냈는데, 이 편지 역시 위고의 작은 걸작이 될 만하다.

라인 강 여행에서 위고는 통틀어 한 권의 책과 희곡 한 편을 수확으로 거둔다. 책은 다 썼고 희곡은 구상이 끝난 상태였다. 그 뒤 2년 동안 위고는 이 작품들에 몰두한다.

《라인 강(*Le Rhin*)》은 1842년 1월 28일 두 권으로 간행된다. 1845년 4권으로 된 제2판에는 1839년부터 1840년까지의 여행담이 더해져 위고가 쾰른을 떠나 스위스까지 라인 강을 거슬러올라갔을 것으로 여겨지는 두 편의 여행담이 하나로 묶여졌다. 이것으로 결정판이 된 셈이다.

드라마는 '라인 강 남작들의 굉장한' 이야기를 담은 서사 형태로 중세 봉건 성주들의 무훈과 모험의 삶을 그렸다. 이에 위대한 황제 프레데릭 바르브루스가 그들을 순치시키는데, 등장인물들 모두 초인의 면모를 나타낸다. 배경은 라인 강 연안 벨미히(Velmich)와 라이헨베르크(Reichenberg)이고, 프레데릭 바르브루스의 전설에서 연대와 시기를 제공받았다. 바르브루스 전설에 따르면 황제는 십자군 원정에서 죽은 게 아니고 물에 빠졌다가 기적같이 구조되어 여러 해 더 살다가 카이저슬라우테른(Kaiserslautern) 동굴에 묻혀 있다고 한다. 이 인물을 일깨워 무대 위에 재구축된 중세 봉건 영지를 배경으로 한 그의 숙적이었던 영주들 사이로 다시 불러와 성주들을 순종하게 한다는 생각이 라인 강 여행에서 위고가 얻은 것이다. 그뒤 측근 뽈 뫼리스에게 이것을 설명하였고, 드라마의 다른 요소들은 이 개념을 중심으로 형성되었다. 이것이 《라인 강》의 창작 경위와 《성주들》의 착상 과정이다.

되살아난 바르브루스를 축으로 그가 살던 시대를 떠올려야만 했다. 이리하여 내재적 논리의 창조로 욥(Job) 같은 인물이 탄생된다. 여기에 대조되는 아토(Hatto)·고를루아(Gorlois) 등이 등장하고, 연대의 사다리를 이루는 네 계단인 성주들의 네 세대가 구상되었다. 이러한 서사 요소에 어두운 줄거리를 중첩시킨다. 욥과 프레데릭 바르브루스는 형제 사이다. 그들은 코르시카 출신인 지네브라(Gine-vra)라는 한 여인을 사랑한다. 욥은 지하실에서 프레데릭을 찔러 죽이고 여인을 노예로 팔게 한다. 그러나 프레데릭은 죽지 않았다. 40년 전쟁을 이끈 황제가 바로 그였는데, 욥은 이를 알아차리지 못하였다. 지네브라도 80살이 되어 복수하러 되돌아온다. 그녀는 이 대목에서 마녀 노예의 모습으로 등장한다. 얽히고 설킨 끝에 결말에 이르러 프레데릭과 마녀로 나오는 지네브라는 욥을 용서하고 드라마는 관용과 너그러움의 승리로 막을 내린다.

《성주들》은 3부작으로 빠리 떼아뜨르—프랑세 극장에서 1843년 3월 7일 공연되었다. 그러나 여론은 이미 낭만극에 대하여 더이상 호의를 보이지 않았다.

첫 공연부터 《성주들》은 권태감을 안겨 주었고 몇몇 장면에서는 휘파람 야유를 받기도 했다. 그 뒤의 공연도 온통 소란법석이었다. 33회 공연에 이르러 공연을 중단할 수밖에 없었다. 1843년 3월 7일 저녁은 낭만주의 문학이 겪은 처절한 워털루 패전 바로 그것이었다. 테오필 고띠에만이 이 작품이 미켈란젤로와 아이스퀼로스(Eschyle)의 결작 계보에 속한다고 평가하면서 새 작품의 가치를 인정하였다. 또한 위고가 "가장 위대한 재능, 모든 예술 가운데서 가장 희귀한 능력, 힘……"을 지녔다고 치켜세우기도 하였다. 그러나 관중의 환호 갈채는 4월 22일 오데옹 극장에서 공연된, 퐁사르에 의한 《뤼크레스》로 옮겨 가고 있었다. 《성주들》은 1902년에 이르러서야 그 동안의 폄하를 설욕하게 된다. 위고 탄생 100주년을 기념하기 위하여 떼아뜨르 프랑스에서 무대를 다시 열어 주었다. 열광하는 분위기 속에 공연된 이 작품은 아름다운 광채를 되찾게 되어 다시 낭만문학에 대한 갈채를 받기에 이르렀다.

1843년에는 관객과 비평가 모두 위고의 의도를 이해하지 못하였다. 그때 이미 관객들은 낭만극에 싫증을 느꼈고, 위고는 낭만극을 서사시 차원까지 끌어올려 쇄신시키려 한 정황이 서로 갈등을 일으킨 자연스러운 결과라고 보는 게 타당할 것이다. 《성주들》의 장대함은 이렇듯 《여러 세기의 전설》을 예고하게 되었다. 아쉽게도 극장은 서사적 환상의 거대한 규모를 무대로 옮겨 놓을 능력을 갖추지 못하였다. 이로 말미암아 위고는 이른바 '자유극(théâtre en liberté)' 이외의 작품은 쓰지 않았다. 물론 《토르크마다(Torquemada)》라든가 1934년에야 진가가 드러난 산문극 《보상금 1,000프랑(Mille francs de récompense)》, 그리고 《정신의 네 바림(Les Quatre Vents de l'esprit)》에 수록된 《갈뤼스의 새로운 고안들(Les Trouvailles de Gallus)》 같은 작품은 예외에 속한다. 위고의 상상력은 1881년 《정신의 네 바람》에 이르러, 특히 1885년 그가 죽은 뒤 새롭게 조명되어 놀라운 혁신이 재발견되고 찬탄을 이끌어 냈다. 문학사에서 흔히 이야기하듯 낭만주의 쇠락의 동기가 되었던 《성주들》의 실패는 그것이 다만 대중의 기호에 맞지 않았다는 요인에 비중을 둘 뿐 작품 자체의 완성도와

미학은 하나의 모델을 이루고 있음에 유의하고 이 점을 지나친 대부분의 문학사 책을 보완해야 할 것이다.

《징벌시집(*Les Châtiments, 1853*)》

1831년 11월부터 위고는 독자들에게 "나의 리라에 청동의 현(弦)을 덧붙일 것(ajouter à ma lyre une corde d'airain)"이라고 알렸다. 그러나 그 뒤 그는 그 현을 울리는 것을 피해 왔다. 《내면의 목소리》 끝부분에서 그는 풍자하는 뮈즈에게 참을성을 권면하기도 했다.

> 오, 뮈즈여, 자제하시오! 청동 찬가의 뮈즈여!
> 공정한 율법과 최상의 권리를 지닌 뮈즈!
> 불길에 젖은 말로 충만한 입을 지닌 그대,
> 그대 영혼에서 나오는 불로 빛난다,
> 오! 아직 아무 말 말고 내버려 두오!
> 그대가 말할 시간이 오기를 기다리라……
> 기다리면서 태연하고 냉정하게 처신하라.
> 그대 옷의 그 어떤 자락도 진흙 속에 끌리지 않으리니
> 이 모든 악인들이 이제부터 별이 박힌 리라 위에
> 사자 발톱을 드리우고 놀라워하며
> 굴레 씌운 발치에 그대 드높은 분노를
> 보며 떨고 있으리니!

이 뮈즈의 노여움은 1851년 12월 2일 쿠데타와 함께 폭발한다. 이 정변은 위고의 정치 야심뿐 아니라 가정생활과 문학활동을 두루 동요시켜 결국 고통스러운 망명의 길로 오르게 하였다. 브뤼셀에 닿자 그는 《12월 2일의 역사(*Histoire du Deux Décembre*)》를 썼으며 1877년에 《죄인의 역사(*Histoire d'un crime*)》라는 제목으로 간행되었다. 그

리고 잔인한 소책자 《꼬마 나폴레옹》(*Napoléon-le-Petit*)도 집필하여 1852년 8월 5일 간행한다. 8월에 제르제(Jersey)에 자리잡고 2권짜리 운문시집을 구상하며 둘쨋권은 정치시들로 채워졌다. 이러한 계획을 9월 7일 친구인 출판업자 에첼(Hetzel)에게 알렸다.

이즈음 내게는 순수시집을 펴내는 게 불가능하다고 생각되었습니다. 그것은 무장해제의 효과를 가져올 터이므로, 나는 그 어느 때보다 더 무장하고 전투의 각오를 하고 있습니다. 《정관시집》은 두 권으로 이루어질 것입니다. 첫권은 순수시로 구성되는 〈예전(Autrefois)〉, 둘쨋권은 이 모든 우둔함과 지도자의 어리석음에 대한 태형(笞刑)이라고 할 수 있는 〈오늘(Aujourd'hui)〉랍니다…… 어떻게 생각하시는지요?

뒤이어 위고는 풍자에서 서정을 분리시키기로 결심한다. 10월에서 11월까지 "꼬마 나뽈레옹의 자연스럽고 꼭 필요한 짝을 이루게 될" 책에 수록하기 위하여 1,200여 행의 시를 썼다. 이것이 〈복수자(Les Vengeresse)〉로 약 1,600행쯤을 포괄하게 된다. 그해 말 원고를 거의 마치고 위고는 먼젓번 제목과 《복수자의 노래(*Le Chant du Vengeur*)》《복수의 시(Rimes vengeresses)》를 놓고 망설이게 된다. 1853년 1월 23일자 편지를 통하여 새로운 제목이 등장한다.

만장일치 의견에 따라 이 제목으로 정했다.
《징벌시집》…… 위협을 느끼게 하는 단순한 제목이다. 좋은 제목이다. 나는 빨리 끝내기 위하여 돛을 모조리 올린다……
이렇듯 격렬하고 위험한 책을 어느 출판사가 선뜻 펴내려 할 리 없었다. 프랑스는 물론 벨기에에서도 그러했다. 미리 대비해야 되었다. 새 법률에 따라 "민족 주권에 모욕으로 여겨지는 저작물을 징

벌"하면서 창작의 자유를 제한하도록 하는 조치가 발효된 까닭이었
다. 브뤼셀에서 인쇄업자를 찾으려고 에첼 쪽에서 백방으로 수소문
하였지만 결코 쉬운 일이 아니었다. 에첼 자신도 망명한 처지이므로
여의치 못한 여러 사정을 다시 결집해야 했고 탐색과 협의로 몇 달
이 지났다. 그 동안 업자들이 승낙하는가 하면 다시금 모습을 감추
는 일이 다반사였다. 위고가 《징벌시집》의 원고를 브뤼셀에 닿게 한
것은 6월 14일에 이르러서였다. 그 동안 위고는 작업을 계속했다.
원고량은 어느새 6천 행을 넘었다.

　이 시집은 프랑스 시 역사에 하나의 새로운 장르를 활짝 열어 놓
게 된다. 16세기 말 롱사르(Ronsard)의 《이 시대 비참에 관한 담론
(Discours sur les Misères de ce temps)》, 아그리파도비네(Agrippa d'Aubi-
gné)의 《비극시집(Les Tragiques)》, 18세기 말 앙드레 셰니에(André
Chénjer)의 《풍자시(Iambes)》, 그리고 1830년 바르비에(Barbier)의
《풍자시》에서 단편으로 풍자시라는 장르를 예고했을 따름이다. 그러
나 위고는 풍부한 웅변, 격렬한 포효, 강렬한 이미지, 리듬의 다양
성과 유연성에 힘입어 여러 선구자들을 능가하고 있다. 제2제정과
나뽈레옹 3세에 대한 사무친 증오와 저주가 충만한 가운데 모욕당
한 자유, 빼앗긴 권리의 옹호자로서 독설을 퍼붓고 있다. 욕설은 다
채롭기 그지없다. 아이러니에서 저주로, 노래에서 서사시로 종횡무
진 비약하면서 제르제 섬의 외로운 시인을 둘러싸고 스며드는 바다
의 거대한 호흡이 느껴진다. 몇몇 과제가 빈번히 엇갈린다.

　우선 대조법이 그것이다. 위대한 제정과 왜소한 제정, 두 명의 나
뽈레옹을 대비시키며 동시에 자연에 호소한다. 왕위찬탈자 나뽈레
옹 3세와 그의 죄상이 자연의 평온함에 모욕을 주었다고 고발하며
여러 인물을 직접 공격한다. 마침내 증오가 변모된다. 복수가 이루
어지는 미래의 비전 속에서 가라앉는 증오는 이제 서사시의 차원에
이른다. 역사가 가르치는 징벌을 통한 경멸 속에서 높게 승화할 수

있었던 것이다. 〈스텔라(Stella)〉의 다음 표현을 보자.

> 사색가·사상가·파수꾼들이여, 탑 위에 오르시오!
> 눈꺼풀이여 열려라! 눈동자여 빛을 내라!
> 지구여, 고랑을 움직여라. 삶이여, 외침을 깨우라.
> 일어나오, 잠자고 있는 그대! 나를 따르는 이,
> 맨 앞에 처음으로 내게 보낸 사람은,
> 자유의 천사, 빛의 거인인 까닭이다!

1870년이 지난 뒤까지 위고는 이 작품의 속편을 쓰려고 생각했다. 《새 징벌시집(*Nouveaux Châtiments*)》 또는 《징벌시집 2권(*Châtiments, tome* Ⅱ)》이라는 명칭으로 불렀을 것이다. 이 저작을 출판할 의도로 1853년부터 1870년까지 써온 모든 풍자시편들을 모으기도 했다. 이 작품들은 이른바 국립 인쇄소판(édition de l'Imprimerie nationale) 《징벌시집》에 수록되는 데 그치고 만다. 대부분은 단장(斷章) 형태로 남아 있고, 더러 매우 탁월한 작품도 눈에 띈다. 이를테면 다음 시구에서 보여주는 정의에 대한 신뢰의 확인, 내재하는 정의를 향한 새로운 긍정을 살펴볼 수 있다.

> 이 대리석 집정관을 보자. 그는 폼페이우스라 불린다.
> 밑받침 위에 꼿꼿이, 그리고 칼을 찬 채로
> 황금빛 옷의 유령, 초인적 눈길의 유령,
> 그는 로마 원로원 어두운 문턱 위에서 꿈꾼다.
> 무엇을 기다리나? 오, 브루터스여! 결코 속지 말고 넘어지라!
> 이미 오래 전 시저가 폼페이우스를 꺾었다.
> 백성들은 마차 위의 승리자에 경배했다.

그러나 영원함 속에서 폼페이우스는 시저를 기다린다.

그리고 로마를 버티어주는 어두운 원로원과 슬픔 속에서,
동상은 시신에게 만날 약속을 하였다.

1870년 9월 제2제정이 몰락하고 위고가 빠리로 귀환한 며칠 뒤 에첼 출판사에서는 시집을 보완한 결정판을 펴냈다. 《4편의 새로운 시와 서시가 증보된 징벌시집(*Les Châtiments, augmentés de quatre pièces nouvelles et d'un prélude*)》이었다.

《정관시집(*Les Contemplations, 1856*)》

1835년 무렵 반쯤 서정적이고 반쯤 서사적인 인물 올랭피오를 구상하던 즈음에 위고는 이미 《정관시집》의 초기 사상을 싹틔우고 있었다. 시집 제목은 이미 시인의 마음 속을 드나들고 있었으며 1855년 그를 부추겼던 영감들이 서서히 모습을 드러냈다. 아울러 1835년부터 1840년 사이에 그것이 더 분명해지고 커져갔다. 올랭피오에서 마법사로 바뀌는 과정들을 《빛과 그림자》에서 보여주고 있다. 1830년대에 품었던 미래의 시집은 위고를 환영가, 투시자(visionnaire)의 태도로 이끌어 주었다. 이것이 그가 시도했던 삶의 문제를 지배했으며, 그 문제를 풀고 탐색하고 살펴보는 몫을 담당하였다. 오랜 역사를 통하여 시인들이 가졌던 비슷한 자세, 버질과 단테가 생각했던 관념이 위고에 이르러 더 뚜렷한 실체를 갖추게 되었다.

더구나 1840년부터 1852년까지 위고의 삶을 채웠던 온갖 상황과 여건이 이 개념과 의도를 강화시켜 주었다. 특히 두 가지 사건이 위고의 영혼에 깊이 울려 씻기 어려운 상흔을 남긴다. 맏딸 레오뽈딘의 비극적인 죽음(1843년)과, 마침내 망명으로 마감되는 정치 야망

의 좌절이 그것이다. 몇 해 전부터 위고가 희망을 걸었던 미래에 대한 기대로부터 환멸을 맛보았고, 또한 과거로부터 고립된 상황인 제르제 섬에서 보낸 죄수 같은 생활은 그에게 '무덤' 속 삶이라는 느낌을 주었으며, 거기서 비로소 영원한 신비며 그것을 이루는 요소들과 직면할 수 있었다. 바다, 죽음, 신, 인간의 운명처럼 그 이전에는 관념과 추상의 차원에 머물렀던 것들이 친근하고 더러는 잔인했던 추억들과 더불어 절실하게 다가온 것이다. 《징벌시집》에서 위고가 자신을 괴롭힌 증오에 대하여 자유로운 토로의 기회를 제공했다면 이제 남은 것은 무엇일까. 거기서 무엇을 꿈꾸고 명상하고 관조해야 했을까. 1852년부터 위고는 서정시편과 더불어 서사시편을 출간하려고 생각하였다. 이즈음에 이르러 지난날 위고가 구상했던 《복수자》라는 책이 《정관시집》으로 모습을 드러낸다.

1853년 삶과 죽음의 신비에 동요하던 위고의 영혼에 또 하나의 새로운 영향이 더해졌다. 지라르댕(Girardin) 부인이 몇 주일 예정으로 망명자들의 거처를 찾아와 강신술에 입문하게 된 것이다. 강신술은 척박한 환경에서 고뇌하며 살아가는 망명객들에게 별 다른 해를 끼치지 않을 뿐더러 위안마저 제공해 주었다. 그것은 '움직이는 테이블(tables tournantes)'의 중재로 인간의 에스프리를 말하도록 하는 영의 기술인데, 신령의 힘으로 테이블이 움직이며 그때 정신 깊은 곳의 속내 이야기로 대화를 나누는 것이다. 오늘날에는 여러 가지 설명과 논란이 따르지만 그즈음에는 거의 초자연의 현상으로 비쳤다. 탁월한 '영매'(médium)였던 아들 샤를르 덕택에 위고는 '테이블의 언어' 속에서 자신의 고유한 무의식의 울림을 찾아내게 된다. 그는 처음에 자기가 죽은 딸과 이야기를 나누는 거라고 생각했다. 그런 다음에는 인류 역사상 수많은 위대한 시인의 이야기라고 여기게 되었다. 이 시인들이 위고에게 들려준 철학적 시구나 표현들은 1923년 귀스타브 시몽(Gustave Simon)이 《제르제의 움직이는 테이블《Les Tables tournantes de Jersey》》이라는 책으로 묶었고, 1954년 모리스 르바이앙(Maurice Levaillant)의 《빅또르 위고의 신비한 위기(La crise mystique de Victor Hugo)》에서도 이 부분을 다루고 있다. 이 시구들은 그 형식에서 위고의 것과 매우 흡사하며, 에스프리가 드러낸 사상들은 1925년 이래 위고의 명상이 이끌어 낸 생각과 더러 일치하고 있다. 위고는 차츰 신비주의 철학에 익숙해져 갔던 것이다. 피타고라스 철학, 쌩 시몽 사상, 피에르 르루(Pierre Leroux)와의 대화, 이스라엘 철학자 알렉상드르 베이유(Alexandre Weil)가 위고에게 설명해 준 유대 철학서의 영향을 찾아볼 수 있다.

이러한 것들이 자연스럽게 몸에 배고 젖어들면서 위고는 특히 1854년 3월부터 1855년 10월까지 자신의 내부에서 가장 드높은 영감의 목소리가 치솟아 옴을 들을 수 있었다. 그 소리는 그가 느꼈던 가장 절실하고 고매한 것으로 투시자, 마법사, 예언가로 이끌어 주었다. 바야흐로 위고 서정시의 절창, 위대한 시인의 분방한 토로가 거침없이 이어진다. 1855년 봄, 1840년 이래 미뤄두었던 시편들과 이렇게 쓴 작품들을 합치게 되었다. 위고는 출판업자 에첼에게 편지를 보내《정관시집》이 자신의 가장 완전한 시집이며 하나의 위대한 피라미드가 될 것이라고 단언했다. 11,000행을 헤아리는 시집은 처음 브뤼셀에서 인쇄되었고, 이 브뤼셀판에 위고가 수정을 더하여 출판업자 에첼과 성실한 친구 뽈 뫼리스가 정성을 기울인 빠리판이 빛을 보게 되었다. 첫판은 1855년 12월 초에 준비 완료되었고, 두번째판은 빠리에서 1856년 3월 23일에 모습을 드러냈다. 두 판을 동시에 발매하여 빠리판은 뽈 뫼리스의 표현처럼 "벼락치듯 무시무시한(foudroyant)" 성공을 거둔다.

곧이어 제2판이 인쇄되었으나 유포 속도가 좀 느렸다. 비평계에서는 이 시집의 '뛰어난 아름다움'에 만장일치로 동의하였고, 〈빌키에에서(A Villequier)〉 같은 시편의 '감동을 주는 아름다움'에 주목한 나머지 위고에게 특히 친숙한 철학시에 대하여는 유보하는 입장을 표명하기도 했다. 《정관시집》의 기원과 구조에 대한 완벽한 이해로 시집 전체에 대한 합당한 평가와 인정은 20세기 초반에 와서야 이루어진다. 형식의 완성도와 사상의 걸출함으로 《정관시집》은 위고 서정시의 절정을 이루었다.

《정관시집》을 올바로 이해하려면 서문에 나타난 선언의 관점을 눈여겨보아야 한다. 위고는 이 책이 "한 영혼의 회상록(Mémoires d'une âme)"이 되기를 소망한다. 1855년 11월 뒤 이 관념에 대하여 에밀 데샤넬(Emile Deschanel)에게 보내는 편지에서 위고는 거듭 강조하였다. 이 편지는 《정관시집》 서문에 관한 귀중한 주석 자료로서 편지의 여러 표현이 책의 서문에 포함된다.

《정관시집》은 그것을 이해하기 위하여 통째로 모두 읽어야 하는 책이다. 1부(〈예전〉)만 읽는 사람은 이렇게 이야기한다, 온통 장밋빛이라고. 2부(〈오늘〉)만 읽으면 이렇게 말할 것이다, 온통 검다고.

《정관시집》은 한 영혼의 회상록이다. 요람의 새벽에 시작하여 무덤의 여명에서 끝나는 삶 자체이다. 젊음, 사랑, 일, 투쟁, 고통, 꿈, 희망을 가로질러 이 빛에서 저 빛으로 나아가고 무한의 가장자리에서 미친 듯 날뛰며 멈추는 에스프리이다. 그것은 웃음으로 시작하여 흐느낌으로 이어지다가 심연의 나팔소리로 끝난다. 첫줄은 마지막 줄을 읽은 뒤에야 완전한 의미를 갖는다. 이 시는 외면으로는 피라미드이고 안으로는 궁륭이다——사원의 피라미드, 무덤의 궁륭. 그런데 궁륭과 피라미드, 이러한 종류의 구조에서는 모든 돌들이 서로 연관을 맺고 있다.

작품 내부의 이러한 하모니를 위고는 구성의 외부의 조화미로 두

드러지게 한다. 의미심장한 상징적 제목을 가진 각 3권을 포함하는 전 2부의 짜임새가 그것이다. 각 부분에는 십수년의 삶(1830~1843, 1843~1855년)이 요약되어 있다. "연대는 운명의 각 장(章)을 나타낸다"고 위고 자신은 설명하고 있다. 이 운명을 위고는 멀리 높은 곳에서 '정관(contempler)'한다. 거기에 연대의 중요성이 있다고 볼 수 있다. 거기에서 시인이 취한 명백한 자유로움이 비롯된다.

가장 중요한 것은 위고 시 창작의 놀라운 입김이 이 회상을 부추겼다는 점이다. 〈어둠의 입(Bouche d'Ombre)〉에서는 시인의 철학 사상에 활력을 주는 입김이 두드러지고, 위고 특유의 관대한 사상이 다음 몇 가지 개성으로 드러난다. 우선 물질에서 신에 이르는 항속적 진보로 우주를 보여준다. 그리고 보편적 영혼이 존재함을 확인하는가 하면 원자(原子)로부터 대천사와 중재 역할의 형태로 인간에 이르도록 뻗어 있는 거대한 사다리를 보여준다. 또한 기이한 변신 율법의 모럴이 주는 엄격한 법칙으로부터 우리에게 물질의 무거운 짐을 지우는 과오, 우리를 하늘에 가까이 해주는 미덕에서 벗어나게 한다. 이러한 철학의 맥락 덕택에 낭만주의 자연 개념은 '어둠의 입'의 등장으로 하나의 완성을 이루었다고 말할 수 있다.

모든 것은 말한다. 그리고 지금 인간이여, 그대는 아는가, 왜 모든 것이 말하는지를? 잘 들어라. 바람, 물결, 불길, 나무, 갈대, 바위, 모든 것이 살아 있다! 모든 것은 영혼으로 가득차 있다.

이 영혼이 시인의 넋에서 울린다. 《정관시집》은 그리하여 삶을 가로질러 가는 상승의 역사로 정의되고 있다.

《여러 세기의 전설(*La Légende des siècles*, 1859)》
위고는 1820~1830년대 시집에서 진정한 서사의 풍경을 묘사한

바 있다. 《동방시집》과 《황혼의 노래》 같은 작품집에서 볼 수 있는 〈하늘의 불(Feu du Ciel)〉 〈나뽈레옹 2세(Napoléon Ⅱ)〉가 특히 그러하다. 그러나 위고가 서사시의 뮈즈에 크게 이끌린 것은 1840년 이후부터였다. 나뽈레옹과 성주들——하나는 역사상의 영웅, 다른 쪽은 전설 속의 영웅들로 이들이 새로운 시 형식에 대한 열정으로 이끌어 간다. 1840년 말 위고는 자그마한 볼륨으로 10편의 시를 출간하였는데, 이 작품들은 세인트 헬레나에서 돌아온 '재의 귀환(retour des cendres)'이 그에게 강한 영감을 불어넣은 결과 〈황제의 귀환(Le retour de l'Empereur)〉과 같은 시로 나뽈레옹을 추억하고 있다. 서문은 편집자가 쓰고 서명한 것으로, 모든 작품의 결합이 "나뽈레옹 서사시의 하나로 대중에게 매우 가깝고 프랑스다운 영감으로 위대한 황제에게 바친 위대한 시인의 경의를 이루고 있음"을 확인한다. 몇 달 전 라인 강을 여행하면서 위고는 옛 성채의 폐허 사이에서 중세 독일의 환상이 솟아오르는 것을 보고 그것을 1843년 희곡 《성주들》에서 되살려 낸 일이 있었다. 그때 그는 가제본 책의 뒷장에 이미 집필했던 모든 작품들을 시대별·국가별로 분류하였다. 매우 드문 일이었다. 이렇듯 그는 일련의 역사적 벽화를 추적하는 데 여념이 없었으며, 특히 13세기부터 19세기에 관심이 집중되었다. 이것이 《여러 세기의 전설》의 첫 단계를 이루게 된다.

비슷한 시기에 대중 독자와 청소년을 위해 만든 무훈의 노래 번안이 중세 프랑스에 관련하여 위고의 관심을 끌었다. 〈에므리요(Aymerillot)〉와 〈롤랑의 결혼(Mariage de Roland)〉은 중세에 대한 위고의 흥미를 직접 드러내 주었다. 이 무렵 그리고 얼마 뒤 그는 서사이야기 시리즈를 쓸 계획을 세우고 《작은 서사시(Les petites Epopées)》라는 제목으로 작품들을 모으려 했다. 그 작품 간행 의도는 1853년 《징벌시집》 표지에서 공식 표명된다. 위고를 부추긴 에스프리는 1854년으로 추정되는 서문 초안에서 분명하게 정의되고 있다.

이 시집의 저자는 지금 세대에게 몇몇 영웅주의의 예를 제시하는 게 마땅한 일이라고 판단하였다. 현 인류의 위대함이 더 이상 과거 인류의 위대함일 수 없음을 숨기지 않고 이 책 저자는 속죄로든 미덕으로든 기억할 만한 것을 들춰내는 것은 늘 옳은 일이라고 생각하였다. 과거 질서의 말들은 전쟁, 증오, 권위 같은 것들이었고 미래는 이러할 것이다——평화, 사랑, 자유……

그러나 위고는 《정관시집》을 펴낸 뒤에야 《작은 서사시》로 되돌아간다. 이미 능란한 수완을 가진 친구이자 편집자인 에첼은 《신(Dieu)》《사탄의 최후(La Fin de Satan)》와 같이 예고된 작품에 대하여 이미 준비해 놓은 반박 기사로 기다리고 있을 적들을 실망시키는 게 어떠냐고 위고에게 충고하였다. 이를테면 《작은 서사시》류의 '예기치 못한 어떤 것(quelque chose d'imprévu)'으로 그들에게 맞서야 한다는 것이었다. 비난과 폄하 준비를 갖추고 일전불사를 노리는 논적들의 허를 찌르도록 권유했다. 위고 역시 될 대로 되라는 심정이었다. 1857년 10월부터 1859년 3월까지 그는 오로지 서사적 영감 탁마에 온 힘을 기울였다. 1859년 1월에 특히 열심히 노력한 결과로 풍요한 결실을 거둔다. 자신의 책에 철학적 의미를 뚜렷이 밝히고 여러 세기를 거쳐 온 인류 모럴의 상승 역사를 집대성해 보려고 결심한 것도 이 무렵이었다. 한순간 《어둠 속에서 상승(Ascension dans les ténèbres)》이라는 제목을 붙이려는 생각도 하였다. 그 뒤 두 가지 제목을 두고 한동안 저울질하였는데, 《인간의 전설(La Légende humaine)》과 《인류의 전설(La Légende de l'humanité)》이 그것이다. 4월 초 최종 제목을 정하고 《작은 서사시》로 부제를 달았다.

신화를 소재로 두 편의 시 〈사티로스(Le Satyre)〉와 〈가득한 바다 가득한 하늘〉을 이때 썼다. 이 시들에서는 《여러 세기의 전설》이라는 시집에 의미를 보태 주기에 충분할 시간·공간의 역동성이 두드러진다.

1859년 8월 12일자 서문에서는 이 시집이 ‘독자적으로 존재하지만 하나의 전체를 이루고 있고 또한 연대적으로 존재하며 전체의 한 부분을 이루고 있음’을 확인해 준다.

이 전체, 무엇이 될 것인가?

이들 연작 작품에서 인류를 표현하는 것. 계속적이며 동시에 그 모든 양상, 역사, 우화, 철학, 종교, 학문, 빛을 향한 상승의 거대하고도 단 하나의 움직임으로 요약되는 것 아래 인류를 묘사하는 것. 어둡고도 밝은 거울 속에 단 하나이고 여럿이며, 어둡고도 빛나며, 숙명적이면서도 성스러운 이 위대한 형상을 나타나게 하는 것. 그런데 시인이 꿈꾸는 차원에 이르기도 전에 지상 작업의 자연스러운 중단과 방해가 아마도 이 거울을 깨뜨릴 것이다. 인간. 어떤 생각으로, 어떤 야망으로 여기에 《여러 세기의 전설》이 나오게 되었다. (……)

이 시집에 수록한 시편들은 이 시대에서 저 시대로, 인류의 어머니 이브 이래 민중의 어머니 대혁명에 이르기까지 인류의 프로필을 지속해서 남긴 흔적일 뿐이다.

때로 야만에 대하여, 더러는 문명에 관하여 포착한 흔적이며 거의 늘 역사의 생명력에 연관되어 있다. 여러 세기의 생김새 위에 틀을 짜맞춘 흔적. (……)

역사가에게게처럼 시인에게, 철학가에게처럼 고고학자에게 저마다 세기는 인류 형상을 변화시킨다. 이 책에서, 거듭 말하지만 지속되고 완전해질 인류 생김새의 몇몇 변모에 대한 반영을 찾게 될 것이다. (……)

이 책의 형상은 앞에서도 말했지만 인간(Homme)이다……

《여러 세기의 전설》은 하나의 총체 가운데 첫쨋권에 지나지 않는
다. 거대한 서사시의 첫 노래처럼 다른 두 노래가 이를 보완할 것이
지만 1859년 즈음에는 아직 끝맺는 게 요원해 보였다.

   더 나중에 믿건대, 이 책의 다른 부분이 출간되었을 때 독자들
은 저자의 구상 속에서 《여러 세기의 전설》을 이 시점에서 거의
끝나가는 또 다른 두 편의 시——하나는 결말이고 하나는 시작인
《사탄의 최후》《신》——에 연결되는 고리를 알아차리게 될 것이
다.
   앞서 언급한 것을 보완하기 위하여 저자는 지금부터 유일한 문
제인 존재가 3중의 모습 아래 반사하는 어떠한 영역의 시를 외로
움 속에서 써 내려갔음을 쉽게 보여준다. 그 3중의 양상이란 인류
(Humanité), 악(Mal), 무한(Infini)이다. 진보(le progressif), 상대
성(le relatif), 절대(l'absolu)이다. 세 개의 노래라고 부를 수 있는
그 노래는 《여러 세기의 전설》《사탄의 최후》《신》이다.

   철학적이면서 역사적인 이 구상은 실로 거창하다. 이 착상으로 위
고는 낭만주의 초기 이래 공중에 떠돌고 있던 사상에 생명력을 주려
고 시도하였다. 1821년 라마르띤은 세상 창조 이후 그때까지 전개
된 방대한 서사시를 잠시 들여다본 적이 있다. 《조슬랭(*Jocelyn*)》과
《천사의 타락(*La Chute d'un Ange*)》을 펴내면서 그는 이 저자들이 다
만 부분들임을 밝혔다. 그뒤 1853년에 《환영(*Visions*)》을 펴내지만
이 작품에 그 초점은 계속 맞추어지지 않았다. 1826년 알프레드 드
비니는 《고금시집(*Poèmes antiques et modernes*)》을 시대·문명별로 분류
하였다. 1852년 르콩트 드 릴은 《고대시집(*poèmes antiques*)》에서 근대
사상으로 일부 고대 신화를 새롭게 조명하기도 했다. 머뭇거리며 초
고와 단상 등으로 그친 다른 시인과 달리 위고만이 거대한 정경을

서사시 형태로 구성할 수 있었다. 그만이 도도한 영감의 영혼을 거기에 불어넣었다.

여러 세기에 걸친 인간의 개화, 어둠에서 이상으로 올라가는 인간, 지상 지옥에서 천국 같은 변모, 자유의 완만하지만 숭고한 개화, 이 삶을 위한 권리, 타인에 대한 책임. 내부에 깊은 믿음과 꼭대기에 드높은 기도를 지닌 1,000행에 걸친 신앙 찬가. 창조자의 형상으로 밝아지는 창조의 드라마……

그리하여 인간 의식의 시는 성서의 에덴 동산에서 시작하여 위고의 직관이 그려낸 '가득한 하늘(plein ciel)' 속에서 끝나는데 이 거대하고 고상한 인간 소묘 능력은 거듭 강조해도 지나치지 않다.

《여러 세기의 전설》에서는 역사의 위대한 시기를 그림처럼 형태를 갖추어 재구축해 놓는다. 때로는 인위적인 자료를 원용하기도 하지만 시인인 까닭에 학자의 정확함과 신중함을 갖추기가 어렵기도 하였을 것이다. 위고는 특유의 상상력에 힘입어 놀랄 만한 선견지명과 통찰력으로 배경이며 분위기며 그 시대의 고유한 영혼까지 완벽하게 다시 구성해 놓을 수 있었다.

《여러 세기의 전설》 새 시리즈는 1877년 2월 26일 간행되어 몇 시기를 덧붙이면서 앞서 나온 책을 보완한다. 역사적 영감이 역사 환기를 지배하는 듯하고, 지구·행성·태양 및 몇몇 중요한 천체들이 연이어 이야기하도록 한 뒤 위고는 다음의 시행 한 글을 신에게 빌려 준다. (마지막 시 〈심연(Abîme)〉)

나는 단지 입김만 불어넣을걸, 그리고 모든 것은 어둠으로부터일 텐데……

전체를 볼 때 1877년판이 1859년 것에 비하여 더 어두운 영감을 나타내고 기법 역시 좀 덜 차분한 느낌을 준다. 1883년의 증보판에서도 이러한 인상은 강조되고 있다. 이 시기 뒤(아직 위고 생시)에 세 편의 시리즈가 하나의 연속 작품으로 합해진 결과 첫판의 조화로운 구성이 사라지게 된다. 또한 '새 시리즈'의 강인한 성격이 모습을 감춘다. 그러나 합쳐졌거나 따로 나뉘었거나 세 그룹의 《여러 세기의 전설》은 《조슬랭》《천사의 타락》과 더불어 '프랑스인은 서사적이 아니다'는 명제에 대한 명백한 반증이 되기에 충분할 것이다. 다시 말해서 서사시 장르가 대중적 성공을 거둔 희귀한 예로 여겨진다.

《레 미제라블(*Les Misérables*, 1862)》

《레 미제라블》은 사랑소설·탐정소설, 그리고 1832년 6월 빠리 봉기를 다룬 점에서 역사소설이 되기도 한다. 이러한 요소들을 동시에 갖추고 있으며 단순한 모험소설이라고도 할 수 없다. 위고의 표현대로 '사회적 서사시(*épopée sociale*)'라는 정의가 오히려 어울릴 것이다. 《빠리의 노트르담》과 함께 가장 널리 알려진 위고의 소설이며, 이 작품으로 위고의 대중성이 확고하게 오늘날까지 이어지는 생명력을 얻게 되었다. 영화, 연극, 만화, 뮤지컬 등 다양한 장르로 옮겨지고 있는 이 소설에 흐르는 일관된 성격은 무엇보다도 고상하고 숭고한 감정이다. 이것은 산문시라고도 할 수 있는 이 작품의 영혼의 몫을 감당함으로써 보다 뚜렷해진다.

그 감정은 우선 연민(pitié)이다. 궁핍하고 타락하여 고통받는 사람들에게로 향하는 이 연민의 시선은 하나의 커다란 사상, 즉 윤리적 진보에 대한 믿음에 힘입어 넓어지고 깊어지게 되었다. 《여러 세기의 전설》에서 인류 역사를 통하여 연구된 이 진보 개념을 《레 미제라블》에서는 한 개인의 삶의 연대기로 증거하고 있다. 빛을 향하여 올라오는 인류의 도정이 《여러 세기의 전설》에서 온갖 역사와 인

물과 상황의 엇갈림을 통하여 구체화되었다면, 《레 미제라블》은 그
보다 복잡성이 덜하다. 한 영혼의 속죄 그리고 희생의 정점을 향하
여 올라가는 드라마가 펼쳐지고 있다.

장 발장(Jean Valjean)이 그러한 주인공이다. 사회의 희생자인 도
형수(徒刑囚) 장 발장은 태어날 때부터 결코 악한 인물이 아니었
다. 빈곤으로 방황하던 중 조카들에게 주기 위하여 빵을 훔친 것이
삶을 바꾸어 놓은 계기가 되었다. 그는 5년 동안의 노역형, 네 번에
걸친 탈출 미수로 모두 19년의 감옥살이를 하지 않을 수 없었다. 그
로 말미암아 성격이 비뚤어지고 증오와 탐욕에 가득찬 인물이 되었
던 것이다. 어둠 속에서 썩어 가고 있는 도형수의 영혼이 어느 계기
를 통하여 밝게 비추어지고 수많은 곡절과 운명의 급변 속에서 사람
들의 경멸이며 사회의 부정과 싸워 가는 장 발장의 드라마는 우리에
게 극기주의와 신성의 정점에 오르는 한 영혼의 숭고한 승리를 보여
준다.

이 작품은 위고 문학을 통하여 가장 '대중적'이 되었고, 소설기법
에서 매우 강력한 영향력을 행사할 수 있었다. 10권 분량으로 1862
년 6월 30일 벨기에 출판사 라크루아-베르뵈코벤(Lacroix et
Verboeckhoven)에서 간행된다. 놀라움과 찬탄이 뒤섞인 반응이 이
어져 10권의 작품은 동시에 10권의 소설, 10권의 드라마, 10권의
신문소설, 10권의 시 그리고 10권의 서사시가 되기도 했다. 이 작
품으로 위고는 《방황하는 유대인(Le Juif errant)》《빠리의 신비(Les
mystères de Paris)》를 쓴 으젠느 쉬(Eugène Sue)를 비롯하여 발자크,
라마르띤, 조르쥬 상드와 겨루는 "소설가 위고"로서 재능을 과시할
수 있었다.

시인으로서 위고가 보인 힘과 정력과 야심과 무궁무진한 상상력
은 많은 이들의 찬탄을 자아낸다. 《레 미제라블》의 경우 이 작품이
단순히 망명 시기의 문학작품이 아니라 위고 전 생애에서 손꼽히는

뛰어난 소설이라는 점에 각별한 의미가 있다. 한 작가의 불안하고 고통스러운 영혼 깊숙한 곳에서 긴 세월 잉태되어 온 작품이라고 말할 수 있다. 이 소설이 나오기까지 대략 세 단계의 시기로 분류하여 그 성숙 과정을 짚어 보자.

1) 1845년 이전 : 문학 데뷔 뒤 위고는 운명의 희생자, 더욱이 신분이 미천한 희생자를 주인공으로 하는 소설을 쓰려는 생각에 몰두한다. 1823년 친구 가스파르 드 퐁스(Gaspard de Pons)가 프랑스 남부도시 툴롱(Toulon)을 지나갈 때 자신에게 '도형수'의 삶에 관한 자료를 보내 줄 것을 요청하기도 했다. 그즈음 위고는 어느 도형수가 탈출하여 육군 대령까지 되었다가 1820년 빠리 한복판에서 체포된 실제 모험담에 관심을 가지고 있었던 듯하다. 1828년 전 도지사 미욜리스(Miollis)는 위고에게 자신의 형인 디뉴(Digne) 주교 몬시뇰 드 미욜리스의 생애에 관한 여러 세부사항을 제공하였다. 몬시뇰 드 미욜리스는 1806년부터 왕정복고 사이에 주교직을 수행한 인물이다. 1806년 어느 저녁 그는 석방된 도형수 피에르 모랭(Pierre Maurin)에게 호의를 베풀어 주었고, 이에 감명받은 도형수는 군 간호사로 일하다가 워털루 전투에서 전사하였다고 전해진다. 1829년 《사형수의 마지막 날(Dernier jour d'un condamné)》에서 위고는 자유의 몸이 된 도형수에 대한 사회의 적대감과 편견이 석방된 뒤 첫걸음부터 그로 하여금 어떻게 여기에 맞서게 하는가를 이야기하게 한다. 그때 이미 장 발장이 겪을 파란만장한 모험이 윤곽을 드러낸 것이다. 1830년 초 위고는 미래의 《레 미제라블》이 된 초고 상태의 소설 개요를 정해 놓았다. 서문의 앞부분까지도 적어 놓는 의욕을 보인다.

사람들이 이야기하듯 이 이야기가 성공했느냐고 우리에게 묻는 이들에게 그것은 그리 중요하지 않다고 대답하겠다. 이 책에 어떤 교훈이나 충고가 우연히 포함되어 있다면, 사건에 있어 감정에 있

어 거기에 존재하는 사실이 들어 있다면 목표에 이르게 될 것이다
…… 중요한 것은 이야기가 사실이냐 아니냐가 아니라 그것이 진
실인지 아닌지에 있다……

1832년 3월 위고는 이 작품을 적어도 몇 장(章)쯤 쓰려고 마음먹
었다. 그때 이미 출판업자 고슬랭과 랑뒤엘에게 2권짜리 소설을 팔
아 버린 상태였기 때문이다. 이 계약에는 제목에 대한 언급이 전혀
없었지만 ‘비참한 사람들(Les Misères)’에 대한 명상에 관한 작품이라
는 것은 의심의 여지가 없었다. 그리고 뒤에 맺은 계약에 의하면 첫
부분은 ‘주교의 수사본(Le Manuscrit de l'évêque)’이라는 이름을 붙였
을 것으로 추정된다.

이 무렵 위고는 소설에서 연극으로 선회한다. 그러나 이 작품은
그 시대의 관심사와 개인의 근심 그리고 경험을 보태면서 줄곧 위고
의 머릿속에서 싹트고 발전해 나갔다. 그뒤 으젠느 쉬가《빠리의 신
비》로 크게 성공하자 여기에 자극받아 마침내 문학적 품위를 부여하
고 미학 특징을 드러내 보일 대중소설의 완성을 위해 다시 계획을
세우게 된다.

2) 1845년 11월 17일 : 빠리에서 위고는 오랫동안 꿈꾸어 온《장
트레장(Jean Tréjean)》이라고 이름붙인 소설을 쓰기 시작하였다. 2년
뒤 이 작품에 사로잡히게 되고 제목도《비참한 사람들(Les Misères)》
로 바꾸었으며 ‘두 달 동안 저녁 9시에야 식사하고 작업 시간을 늘
리려고’ 마음먹는다. 1848년 2월 혁명으로 이 맹렬한 작업은 중단되
어 1851년 8월에야 다시 손댈 수 있었다. 루이 나뽈레옹의 쿠데타
로 다시 중단되고 브뤼셀에서 마지막 부분을 쓰게 된다. 그리하여
《비참한 사람들》은 1852년 말에 출간되었다. 이 첫 형식의 작품은
1927년 귀스타브 시몽(Gustave Simon)의 노력으로 간행되었으며,
뒤에 나온《레 미제라블》보다 에피소드와 여담이 적은 4부로 구성되
었다. 짜임새는 훨씬 간결명료하여 주요 등장인물들만 부각시킨 결

과 장 트레장, 팡떤느(Fantine), 마리우스(Marius), 꼬제뜨(Cosette)
중심의 드라마를 엮고 있다. 운명 때문에 엉클어지는 모험도《레 미
제라블》보다는 덜 파란만장한 편이었다.

3)《레 미제라블》에서는 서정성이 훨씬 풍부해지고 직접 드러난
다. 1860, 1861년 사이 작품에 다시 손댔을 때 위고는 중요한 줄거
리의 흐름에 의한 전개 방식을 도입하고 있다. 브뤼셀 여행중 워털
루 전투의 서사적 묘사를 열정적으로 구상한 것은 1860년의 일이었
다. 마리우스라는 등장인물에게 자신의 청년기 모습을 부여하면서
새로움을 더한다.《적과 흑》의 쥘리앙 소렐에서 작가 스땅달 자신의
모습을 찾을 수 있듯 위고는 마리우스를 통하여 자신이 20살 때 되
고 싶었던 모습으로 다시 삶을 살고 있다. 요컨대《레 미제라블》에
서는 게르느제 섬의 격렬하고 열정적이며 관대하면서도 민주 신념
을 지닌 한 영혼의 모습을 그려내고 있다.

방대한 분량과 때로 궤도를 벗어난 장황함에도 불구하고《레 미제
라블》은 19세기 프랑스가 낳은 위대한 소설 가운데 하나임을 부인
할 수 없다. 오늘날까지도 살아 숨쉬는 생명력을 지니고 있는 점 또
한 그러하다. 이 소설에서 나타나는 리얼리즘은 힘차고 정밀하다.
장 발장, 팡떤느, 꼬제뜨, 가브로슈 그리고 경찰 자베르 같은 등장
인물은 대중의 영혼에 의하여 실물이 되고 가장 전형이 될 만한 인
간상이라는 영예에 이를 수 있었다. 위고의 꾸밈없고 자유로운 상상
력은 줄거리에서 새로운 전개를 다양하게 펼치며 유감없이 발휘되
고 있다. 도형수 장 발장과 자베르 경감의 기나긴 숙명적인 싸움,
결국 위대한 영혼을 지닌 장 발장이 자베르를 압도하는 순간까지 숨
막히는 긴장과 반전으로 독자의 주의를 이끌고 있다.

이렇듯 거대하고 다양한 소설 속에서도 곳곳에 시정(詩情)이 드
러난다. 그것은 관대함에 가득찬 숨결로 싹트고, 소박하고 간결한
문체 곳곳에 반짝이듯 스며 있다. 그리하여 그림 같은 효과가 돋보

이는 묘사 속에서 시다운 분위기로 더없이 커진다.

위고는 《레 미제라블》에 대하여 이렇게 이야기한다. "단테(Dante)가 시에서 지옥을 그려 냈다면 나는 현실로 지옥을 만들어 내려 했다." 그러나 이 지옥은 단테의 지옥과 정반대의 것이다. 지옥을 표상하는 '어두운 심연' 속에 갇히는 대신 위고는 창공을 향하여 올라간다. 거기에서 하늘의 전망, 하늘의 시선을 느끼며 보게 해준다.

《거리와 숲의 노래(*Les Chansons des rues et des bois*, 1865)》

《여러 세기의 전설》을 쓰는 동안 위고는 굉장한 노력과 정성을 쏟아 부었다. 그뒤 얼마쯤 경쾌하고 대중적인 시 창작의 필요성을 느끼게 되었다. 이미 1847년 초 《길의 시(*La Poésie de la rue*)》라고 이름 붙이려 했던 짧은 시편들을 쓰려는 생각을 품기도 했다. 1855~1856년의 노트에서 그는 자신의 계획을 구체화시키고 새로운 제목을 정한다. "《거리와 숲의 노래》로 제목을 붙인 시집 : 사회주의와 자연주의가 이 시집에 섞여 있다."

1859년 1월 다시 손대어 5월 26일부터 6월 10일까지 아들들과 친구 몇몇과 서크(Serk)라는 작은 섬에 머물며 5편의 '노래(chansons)'를 썼다. 게르느제로 되돌아와 가을에 이르는 동안 작업에 몰두한 뒤 그대로 묻어 두었다. 1865년에 이르러 출간 몇 주 전에 쓴 9편의 시를 덧붙여 완성하고 10월 25일 브뤼셀에서 책이 나왔다. 비평가들은 기다렸다는 듯 이 시집에 대하여 격렬하고 신랄한 반박을 퍼부었다. 대부분 8음절 4행시로 1852년 고띠에의 《칠보와 조가비(*Emaux et Camées*)》 같은 형식으로 위고는 윤곽의 명료성을 염두에 두고 고띠에와 겨루려 했던 것으로 보인다. 노래의 형식으로 자연, 요약된 전원시, 환상의 비전에 연관된 정경을 차례로 보여주는 이 시집에서는 에스프리기 감정괴 연결되어 있다. 때로 말장난과 횡설수설이 되기도 하는 재치가 돋보이는가 하면 일부 시편들은 대중시의 한계를 뛰어넘어 고급시의 차원으로 올라가고 있다. 서시 〈말 (Le Cheval)〉과 끝시 〈말에게(Au Cheval)〉에서는 신화 속 동물인 페가수스(Pégase)가 환기되면서 이 이미지를 빌려《여러 세기의 전 설》 뒤에 안정된 듯싶었던 폭풍우의 포효가 시집 언저리에서 울려퍼 지게 한다.

《무시무시한 해(*L'Année terrible*, 1872)》

《무시무시한 해》는 1870년 8월부터 1871년 7월까지 일어났던 정 치적·군사적 사건들에 대한 서사체의 연대기라고 할 수 있다. 위고 는 각각의 작품들을 그날그날 써내려갔다. 그리고 이 시들을 예언적 의미가 담긴 날짜 아래 묶어낸다. 《징벌시집》과《여러 세기의 전설》 에서 보여준 영감이 섞인 말솜씨와 진실성으로 프랑스·프로이센(보 불)전쟁, 빠리 코뮌 동안 프랑스가 겪었던 고통스러웠지만 완강했 던 감정을 표현하였다.

이 시집에서는 크게 두 부분을 구분해 볼 수 있다. 1870년 9월 5 일부터 1871년 3월로, 그때 위고는 빠리에 있었다. 거기서 그는 점 령하의 열정과 고뇌를 직접 체험하였고, 공격과 저항의 흥분과 함몰 을 탁월하게 그려 낸다.

1840년 프러시아(프로이센)와의 우호를 극찬하고 독일 낭만주의 를 애호했던 위고가 전투적이고 정복 야망에 불타는 독일의 '투구를 쓴' 모습 앞에 환멸을 맛보았다. 그리하여 저주를 퍼붓고 곤궁에 빠 진 조국에 대한 불타는 사랑으로 독일과 결별하게 되었다. 〈프랑스 에게(A la France)〉라는 시에서는 조국을 향한 사랑의 선언이 아름 다운 음조로 드러나고 〈탈출(La Sortie)〉에서는 빠리 시민의 영웅성 을 탁월하게 묘사한다. 〈떠오른 풍선에 띄운 편지(La Lettre par ballon monté)〉는 빠리 시민을 찬미하고 있다.

프러시아에 무력하게 패망한 정부군에 반발하여 봉기한 시민군의 항전, 이른바 빠리 코뮌 결성 초부터 그해 겨울이 시작되기까지 위고는 브뤼셀과 룩셈부르크에 머물렀다. 그곳에서 프랑스가 겪는 어려움을 직접적으로 체험하기는 어려웠다. 그는 빠리가 함락되면서 패배자가 된 코뮌 가담 시민들을 옹호하여 관대한 처리를 요구하면서 인간의 보편적인 감정을 영혼 깊숙한 곳에서부터 뒤흔드는 시를 썼다.

《무시무시한 해》는 1872년 4월 20일 출판되었다. 삽화를 곁들인 판본이 이 책을 곧 대중 속으로 파고들게 했다. 위고는 이 시집을 "민중들의 수도 빠리(A Paris, capitale des peuples)"에 바치고 있다. 《무시무시한 해》는 이 책이 다룬 시대 상황이 그러하듯 전체로 어둡고 무엇인가에 열광하는 색채가 짙다. 책이 나올 무렵 위고는 다음과 같이 짧은 서시를 덧붙였는데 이 부분이 바로 그러한 성격을 잘 나타내 준다.

나는 무서운 해에 대하여 이야기하려 한다,
그리고 책상에 팔꿈치를 괴고 이렇듯 망설인다.
더 나가야 할까? 계속해야만 하는 걸까?
프랑스여! 오, 슬픔이여! 하늘에서 작아지는 별을 보라!
나는 부끄러움에 비통해 하는 상승을 느낀다!
침울한 고뇌여! 재앙이 내려온다, 다른 재앙이 올라간다.
무슨 상관이랴! 계속하자. 역사는 그걸 필요로 한다.
이 세기는 법정에 서 있고 나는 그 증인인 것을.

《할아버지 노릇하는 법(*L'Art d'être grand-père*, 1877)》
망명의 마지막 몇 해 동안 위고는 친근했던 존재들이 차츰 자기 곁에서 하나 둘씩 멀어져 가는 것을 보았다. 딸 아델은 미쳐서 정신병 요양소에 수용되었고, 아내는 1868년 브뤼셀에서 세상을 떠났다. 아들 샤를르는 1865년 브뤼셀에서 결혼하였고, 다른 아들 프랑수아-빅또르는 그 젊은 부부와 함께 살았다. 위고는 해마다 브뤼셀에 가서 몇 주일 또는 몇 달 동안 가족과 함께 지내곤 했다. 그들은 1870년 게르느제의 위고 곁으로 왔다. 이 해 위고는 비망록에 이렇게 기록했다. "1870년 6월 7일. 샤를르가 오늘 두 아이를 데리고 왔다. 어린 조르쥬와 잔느…… 아이들은 숭배할 만하다."

조르쥬는 2살, 잔느는 9개월째였다. 위고의 집은 환하게 빛났다. 위고는 문득 할아버지임이 마냥 감미로워졌고, 자신이 젊은 아버지였을 때 이미 표현했던 느낌들이 더욱 감동을 주는 그윽함으로 다시 되살아나는 것을 느꼈다. 1870년 게르느제에서 여름을 보낸 뒤 빠리에서 가을을 맞이하는 위고는 조르쥬와 잔느에게 보내는 상당량의 작품을 쓴다. 그 뒤 1871년 3월에 샤를르, 1873년 12월에 프랑수아-빅또르가 죽어 그는 두 아들을 잃게 된다. '금발의 천사' 조르쥬와 잔느만이 유일한 가족으로 남게 되었다. 그 아이들은 빠리의 집과 게르느제의 오뜨빌하우스에 웃음이 감돌게 했다. 쓸쓸한 노년에 겪는 황홀이었다. 1877년 위고는 기쁜 마음에 그동안 어린 손자 손녀에게서 영감을 얻은 모든 작품들을 한데 묶기로 했다.

나는 웃으며 모여 있는 아이들의 무리를 좋아한다 ;
그들은 거의 금발인 것이 내 눈에 띄었다,
떠오르는 온화한 태양이 그들의 머리칼을 금빛으로 물들이는
듯하다.
           ……
애들아, 마음에 드는 찢어진 물건은 어떤 것이니 ?
피 흐르는 소의 살이요, 장 드 포가 대답했다.
책이요——레몽이 말하고, 롤랑이 말한다——깃발이에요.

《할아버지 노릇하는 법》은 5월 14일에 출간되었다. 모든 비평가들은 위고가 지닌 재능의 새로운 쇄신에 경의를 표하였다. 75살 된 시인이 보여준 뜻밖의 혁신. 그러나 그것은 《레 미제라블》에서 그린 꼬제뜨의 순수한 모습에서 이미 예감된 바 있었다. 이를테면 드높은 '떡갈나무 수풀(haute futaie de chêne)' 그림자에서 불쑥 솟아오른 '장미덤불(buisson de roses)'에 감동하지 않을 수 없었던 것이다.

아이들의 순수함을 그려내기 위하여 '어진 할아버지'의 시는 스스로 친근하고 천진난만해야 한다. 환상과 현실이 결합된 스케치를 그려내는가 하면 두 개의 서사시를 발전시키기도 한다. 그 하나는 아이들의 친구인 짐승들 앞에서 느끼는 감동을 표현하는 것이고, 다른 하나는 아이들을 위해 지어낸 아름다운 콩트인 〈사자의 서사시(L'Epopée du lion)〉이다. 왕의 아들을 데려간 사자가 떠돌이 기사와 은자(隱者)에게 차례로 맞서고, 군대를 궤멸시키고, 그런 다음 갑자기 요람 속 꼬마 여자아이의 연약함에 양보하는 이야기를 들려준다.

그러자 비단과 레이스로 수놓은 요람 곁에서
커다란 사자는 여자아이 곁에 오빠를 놓는다
어머니가 팔을 낮춰 내리는 듯 그렇게 한다,
그리고 말했다 : 자 여기 있다! 화내지 마라!

그리고 세번째 범주의 시에서는 위고의 기량이 교묘하게 음악성과 리듬을 타고 발휘된다. 정교한 이미지를 환기시키려는 목적으로 아이들보다 어른들을 더 황홀경으로 이끈다는 평가를 받는다. 이러한 힘으로 위고는 이 시집의 간행시기(1877년)가 이미 낭만주의 특성에서 대부분 등돌린 뒤였음에도 여전히 낭만시인으로 남아 있을 수 있었다. 시와 삶 속에 존재하는 긴장력을 잃지 않고 그 틈으로 유년의 맥락을 접속시키려 한 위고의 비전. 그것은 삶 그 자체를 통제하고 지배하려던 낭만주의의 원천적 시도 속에서 드물게 실천적으로 삶을 살아가는 구체적인 방법을 터득하는 길이 될 수 있었다.

만년의 위고 문학

《행동과 말(*Actes et Paroles*)》출간(1875~1876)과 상원의원으로 선출된 뒤 위고의 정치적 참여가 강화되었다. 사면(amnistie)을 위한 투쟁에 집중되는 위고의 활동은 왕정 쿠데타 기도에 맞서는 '피흘리지 않는 혁명'을 목표로 한다. 그뒤 모든 것이 이것을 축으로 조각되고 전개되어 《여러 세기의 전설》 두 번째 시리즈, 《할아버지 노릇하는 법》, 《어떤 범죄 이야기(*L'Histoire d'un crime*)》《교황(*Le Pape*)》등이 이 시기에 출간되었다.

1878년 뇌출혈로 창작 활동을 끝내고, 이 해 볼테르 서거 100주년을 기념하는 행사를 가졌다. 볼테르가 걸어온 길, 곧 상황인(homme-évènement)에서 세기의 인물(homme-siècle)로의 여정은 바로 위고 자신의 삶을 요약해 주었다.

1885년 죽기까지 정치활동과 사회활동을 계속 유지해 나간다. 아울러 이전에 쓴 작품들을 잇따라 출판하여 《지상의 연민(*La Pitié suprême*, 1879)》《종교들과 종교(*Religions et Religion*, 1880)》《당나귀(*L'Ane, 1880*)》《정신의 네 바람》《토르크마다(1882)》《여러 세기의 전설》의 보완 시리즈(1883) 등 다채로운 면모로 시대를 대표하는 거인의 영광이 구체화되었다.

위고가 죽은 뒤에도 미간행 작품의 출간이 이어진다. 《자유로운 희곡(*Théâtre en liberté*, 1886~1888)》《사탄의 최후(1886)》《보았던 일들(*Choses vues*)》《모든 리라(*Toute la lyre*, 1888~1893)》《여행(*Voyager, 1890~1892*)》《신(*Dieu, 1891*)》《불길한 해(*Les Années funestes, 1898*)》《마지막 다발(*Dernière Gerbe*)》이 그것이다. 위그와 테

스타르(Hugues et Testard) 출판사 판에 이어 기념비적인 국립인쇄소판이 1904년부터 1952년까지 방대한 작업으로 위고의 작품을 새롭게 펴냈다. 그 뒤 마생(J. Massin)의 연대기 중심 전집에서는 2,000점에 이르는 위고의 그림을 집대성하여 문인으로서뿐만 아니라 위고를 19세기 위대한 예술가 가운데 재조명하였다.

대중매체의 발달에 의한 라디오, 텔레비전, 연극, 영화의 보급에 힘입어 위고는 시간과 공간을 초월하여 끊임없는 애호의 대상이 되어 왔다. 그리고 작품의 이데올로기적 조형성, 격렬함, 아이러니와 침착성의 절묘한 혼합, 광란의 환상과 형식적인 엄격함의 도도한 균형 등에 주목하면서 한 세기를 노래한 위고의 천부 역량을 새롭게 검증하고 있다. 그러나 우선 양적으로 엄청나게 방대한 위고 문학 작품에는 아직 적지 않은 주제와 메시지가 진지한 접근과 검증을 기다리고 있다. 위고 작품에서의 풍속의 사회성, 개인의 역사성, 성서적 신앙에 대한 예외적인 지성이 드러내 보이는 모럴 이해를 위한 연구 등이 그 예가 될 수 있다. 이제 위고 탄생 200주년에 즈음하여 이러한 작업은 기 로자(Guy Rosa) 교수 등이 주도하는 빠리 7대학의 《그룹 위고(Groupe Hugo)》 중심으로 한 학제간 연구로 활발히 전개되고 있다.

위고의 소설

낭만주의 초기에 새로운 형태의 소설이 꽃피어났다. 그것은 바로 역사소설이라는 장르였다. 그 시기 작가들은 문학 신념을 실체로 하기 위하여 과거로 거슬러올라가 중세에 맥락을 이어가며 낭만 문학의 역사 근거를 찾아낸다. 이렇듯 역사 감각의 각성을 제재로 과거의 재현이라는 새로운 분야를 열어 놓았다. 거기에는 《아이반호》 같은 역사물을 쓴 영국의 소설가 월터 스콧의 영향이 크게 작용히고 있다. 이와 같은 상황 아래 빅또르 위고도 역사소설을 내놓는다. 그의 소설 작품들은 마음과 상상력을 결합하여 재미있게 이야기를 전개시켜 매우 폭넓은 독자층을 끌어당겨 감동시키고, 단순하고 관대한 인도주의 사상을 펼치면서 위고를 일약 유명 작가 대열에 올려놓았다.

널리 알려진 바와 같이 위고는 1843년 《성주들》이라는 극작품의 실패와 맏딸 레오뽈딘의 죽음으로 큰 충격을 받고 문필생활을 중단, 정치에 가담하였다. 그는 자유와 민주주의를 적극 옹호하다가 루이 나뽈레옹의 쿠데타로 영국령 섬으로 망명하게 된다. 그의 망명생활은 1870년까지 계속되었다. 이때 《레 미제라블(1862)》 같은 대작을 집필하였고, 《93년(1874)》 등의 역사소설을 구상하기도 하였다.

후기 작품인 《바다의 노동자들(1866)》에서 위고는 노동의 서사시와 대양과 싸우는 인간의 비극을 동시에 보여주고 있다. 《웃는 남자(1869)》는 바로크적인 천재의 저돌성을 드러내어 독자를 당황스럽게 만드는 작품이다. 만년의 《93년》은 방데 지방 반란의 일화에 관련하여 역사적이고 상징적인 소설 형식의 능란함을 보여준다.

위고는 역사소설 《빠리의 노트르담(1831)》과 혁명기 왕당파의 반란을 다룬 《93년》에서 특히 탁월한 역량이 드러난다. 사회소설로는 단연 《레 미제라블》을 꼽을 수 있다. 이 글에서는 위고의 여러 소설 작품 가운데 우리에게 잘 알려진 《빠리의 노트르담》과 《레 미제라블》을 몇 가지 방향으로 분석하여 위고의 소설 세계를 개관하기로 한다.

《빠리의 노트르담(*Notre-Dame de Paris*, 1831)》

위고는 자료며 문헌 조사와 특히 상상력을 자극하여 깊은 인상과 감동을 주는 역사적인 배경에 통속적인 줄거리를 적절히 사용할 줄 알았다. 그것은 불안한 분위기의 부랑자들이 모여 살던 '기적궁(Cour des Miracles)'과 신비롭고 환상적인 삶의 생기를 북돋워 주는 장중한 성당이 있고 부랑자들이 우글거리던 15세기 빠리의 모습 속에 전개된다. 어두운 숙명이 이 소설을 감싸안듯 지배한다. 이 소설은 특히 콰지모도 같은 인물에게 숭고함과 그로테스크한 면이 혼합되어 나타나기 때문에 빅또르 위고 고유의 문학관과 여러 희곡들의 밀접한 연계를 보여준다.

이 소설이 관심끄는 점은 루이 11세 치하의 15세기 빠리를 폭넓고 다채롭게 묘사하여 낭만주의 전성기 복고 취향에 힘입어 중세를 향한 동경을 한껏 끌어올린 데 있다. 이 작품에는 정통적 관점에서 볼 때 탈선과 여러 가지 이의가 제기될 담론이 많이 들어 있다. 이러한 구성법은 낭만주의 취향에서 비롯되고 있으며, 줄거리에서 보듯 주제는 진부하고 부자연스러운 면이 두드러진다. 16살의 한 집시 소녀가 미남 청년 근위 순찰대장을 사랑하면서 또한 음흉한 사제와 꼽추 남자로부터 한꺼번에 사랑받고 있다는 매우 상투적인 설정이다. 이렇듯 내용은 그리 대수롭지 않지만 작품 속의 삽화와 장면 묘사들은 퍽 흥미롭다. 이를테면 재미있고 환상적이고 무시무시한 장면들이 위고 특유의 기법인 대조의 효과를 통하여 인상깊게 전개되어 판화에 비교할 수 있다. 귀스타브 랑송의 표현처럼 등장인물들은 모두 그림자로 나타난다. 그것은 독자를 매혹시키는 회화의 정밀성으로 크게 부각된다. 이보다 더 생동감있게 나타나는 것은 군중과 거지와 부랑아들의 우글거림, 거기에서 싹트는 건강한 삶의 역동성이다. 어둠침침하고 더러 악취 풍기며 사람들이 배회하는 15세기 빠리의 정경 또한 생동감을 더해 준다. 이 도시를 노트르담 성당의 그림자가 지배하고 있다. 여기서 성당의 모습은 영혼을 지닌 개인으로 의인화되어 나타난다. 작품에 나오는 대수롭지 않은 갈등, 독자의 주목을 끄는 기묘한 장면, 특이하고 개성있는 기법, 15세기 빠리와 그 거대한 성당의 모습이 실감나게, 때로는 환상 속에서 특징적인 역사를 환기시켜 준다.

이 작품은 상징적인 구조가 돋보이는 소설이다. 멜로 드라마의 개성과 그 구조는 이 작품에서 형이상학과 서술적 기법이 되는 불가분의 관계를 나타낸다. 위고 작품 속에서는 이를테면 다른 사람들로부터 들어서 알게 되는 독서의 내용 같은, 작품의 주제를 벗어나는 부분은 하나도 없다. 그것은 극적이고 언어에 관한 상징 구조로 일관한다. 장소의 첫번째 구성은 종(鐘)들과 사람들로 이루어진다. 그리고 방황하는 시인의 대열이며 추상적이고 집단적인 인물들이 엮어진다. 파업, 죽음의 고통, 성당이 대목마다 크게 부각되며 뒤로 다시 되돌아가 이야기를 전개하고 인물들을 저마다 기능에 따라 대비시켜 소개한다. 1832년 추가판(IV 6장과 V)은 작품의 중심이 되는 상징을 제시하고 있다. 이 작품 곳곳에 픽션에 대한 아이러니를 드러내는 환각작용이 느껴진다.

소설이자 시의 일면을 보이는 《빠리의 노트르담》이 지니는 힘은 결과적으로 개인보다는 집단적이고 추상적인 인물들에게 주도권을 부여해 준다. 이를테면 일반 민중에게 관심을 기울이는 소설이 본격적으로 시도된 것이다. 여기서 도시는 《레 미제라블》에 나오는 변두리 지역이 형성하는 인격체를 아직 부여받지 못하고 있지만, 대성당은 전형적인 의미에서 하나의 집단을 이룬다. 이 소설은 상징과 색채감각이 두드러지게 구성되어 인물들 사이에 대조적인 면모를 보여준다. 대성당은 어둡지만, 성당의 종들은 하나의 기호로서 태양과 연관을 가지고 있다. 중심인물들은 저마다 하나의 색채를 띠고 있다. 에스메랄다는 밝은 빛이다. 그녀는 "그 고유의 빛을 발산"(VI 1)한다. 그녀는 시로 표현하면 "환하게 빛난다". 에스메랄다는 흰 옷을 입고 있다. 페뷔스 역시 그의 이름이 갖는 의미와 그가 나타날 때 태양과의 지속적인 관계로 보아 태양과 같은 인물이다. 그는 밝은 빛을 내는 인물이다. 서로에게 끌린 이 두 인물과, 부주교며 빛을 향해 매달려 있는 콰지모도 같은 어두운 존재들은 대조를 이룬다. 클로드 프롤로는 "어두운 영혼의 소지자"(Ⅶ 8)이고 "엽기적인 인물"(Ⅺ 1)이다. 그를 비추는 태양은 렘브란트의 판화에 나오는 신비스러운 태양이다(Ⅶ 4). 괴상한 용모의 종치기는 밖에 있을 때는 다갈색이지만, 안에서는 검다. 그는 악 때문에 고통스러워한다. 그러나 외형의 추악함에 비하여 위고는 콰지모도의 내면의 순수와 숭고함을 극적으로 돋보이게 하였다. "어둡고 불행한 얼굴 둘레에 밝은 표정이 있다"(Ⅱ 3). 또한 이 작품은 중세 이후 프랑스 문학의 한 특징을 이룬 우의(寓意) 소설의 일면을 보여준다. 여기서 불쌍한 사람들은 여섯 번이나 임명된 부주교, 콰지모도, 은둔자, 시인 그랭구아르, 부랑자들이다. 에스메랄다는 불행한 여인이다. 이러한 비극에서 원초적인 투쟁의 상징인 개인의 숙명이 '인간 의식의 시'를 구성한다. 이 작품 속에는 밝음과 어둠의 근원적인 투쟁의 사상을 바라보는 위고의 철학이 직접 드러나고 있다. 계급제도, 통일성, 교의, 신화, 신(神)과 같은 무겁고 어두운 개성에 자유, 민중, 인간 같은 낭만주의 본연의 개념을 대비시키면서 특히 이 책 5권에서 위고의 사상은 강렬하게 발산된다.

노트르담 성당을 공격하는 부랑자들의 과격하고 웅장한 장면은 비극적인 오해에서 비롯되었다. 부랑자들은 동족애로써 콰지모도가 데리고 있다고 생각하는 에스메랄다를 구하려 한다. 그때 그녀는 이미 노트르담 성당에서 추악한 클로드 프롤로의 손아귀에 들어가 있었다. 그렇지만 사건이 일어나기까지 교회 종치기는 맹목적인 열정으로 자기가 가장 사랑하는 여인과 성당을 동시에 지키면서 반신반의할 뿐이다. 성당은 부랑자들에 의하여 엄청나게 위협받고 있었던 까닭이다.

《빠리의 노트르담》에는 몇 가지 항속적 요인이 존재한다. 소리에 대한 관점에서 "공중으로 퍼지는 종소리"(Ⅲ 2), 카바레의 "시끌벅적한 창"(Ⅶ 7)이 있다. 콰지모도는 종소리를 눈으로 보는 능력을

가지고 있다. 다른 요인으로는 "반인반종(半人半鐘)인 이상한 켄타
우르스"(Ⅶ 3) 같은 괴물이 있고, 또 다른 한 가지는 심연이다. 그
것은 죽음이자 악을 형상하고 있다. "심연, 다시 말하면 교수대"
(Ⅰ 2)이다. 이 소설은 그리하여 우의와 형이상학의 면을 강하게 노
출하고 있다. 《사형수의 마지막 날》이 운율에 바탕을 둔 극의 구조
라면, 《빠리의 노트르담》은 상징적인 극의 구조를 이룬다. 위고의
후기 소설들은 저마다 이와 같이 두 가지 구조 아래 펼쳐진다.

《레 미제라블(*Les Misérables*, 1862)》

죽음의 고통에 대한 구두 변호인 《사형수의 마지막 날》, 1834년
의 《클로드 괴(*Claude Gueux*)》와 함께 위고는 인간애와 사회의 진보
를 전파하려는 의도를 분명히 하였다. 이러한 입장은 《레 미제라블》
에서 더 구체화되었다. 위고는 1845년부터 먼저 《레 미제르》라고
제목을 정하고 이 대작을 구상하여 이 작품에 많은 시간을 바쳤다.
그가 이 작품의 절반 이상을 쓴 것은 7월 왕정이 쇠퇴하기 시작한
몇 년 동안이다. 1848년 2월 혁명으로 집필을 중단하였다. 이 작품
과 더불어 그는 또 한 차례 정치적 전환을 시도하였다. 《레 미제라
블》은 부분으로 기복이 심하고 가필이 두드러지지만 소설 본디의 이
야깃거리를 갖추어 내용이 풍부하고 깊은 감동을 주는 방대한 소설
로 인도주의 견해와 서사시다운 영감이 지배한다.

《레 미제라블》은 많은 반향을 일으켰던 작품이다. 작가와 비평가
들에게 그것은 비난의 소리로 드러났다. 플로베르는 이 작품의 "의
도적으로 부정확하고 저속한 문체"를 비난하였고, 보들레르는 "추
잡하고 하찮은 책", 공쿠르 형제는 "거짓투성이"라고 이야기하였
다. 바르베 도르비이는 "그 시대의 가장 해로운 책"이라고 평가절
하하였다. 라마르띤은 이 책에 관하여 《친근한 문학강의》에서 다섯
번의 대담을 할애할 정도로 중요하다고 판단하였다. 그 결과 "두 가

지 방식으로 매우 위험한 책이다. 행복한 사람들을 너무 두렵게 하고 불행한 사람들에게 너무 희망을 품게 하기 때문이다”는 유명한 평결을 밝히기도 하였다.

이와 반대로 19세기 문학의 대중적인 성공의 대표 사례를 꼽는다면 단연 《레 미제라블》이다. 공장과 작업장의 노동자들은 돈을 갹출하여 이 책을 구입하였다고 한다. “주머니에 12프랑이 있으면 사람들은 이 책을 샀고, 제비를 뽑아 읽고 난 뒤 책 주인을 정하였다.” 이 작품은 이렇듯 그즈음 가장 대중에게 인기있는 근대소설이었다.

《레 미제라블》은 낭만주의 사회소설의 대표 걸작으로 여러 가지 양식, 소재, 기법이 혼합된 하나의 ‘세계’와 같다. 이 작품은 워털루 전투와 왕정복고라는 정치상황이 불러일으킨 구조적 혼란과 소요 장면을 그린 역사소설의 측면도 있다. 위고는 편집자 라크루아에게 이야기하였다. “이 책은 비극과 결합된 역사이다. 무한한 삶의 어느 날 현장에서 붙잡힌 인간의 유형을 비추는 거대한 거울이다.” 그리하여 워털루 전투를 통하여 역사와 개인 운명의 변증법을 보여주고 있다. 사회 침체의 문제는 1830년 혁명과 1832년 폭동이 준비되면서, 왕정복고가 봉쇄하였던 역사의 맥락과 뗄 수 없는 관계를 맺고 있다. 위고는 민중의 힘이 결집되지 않을 때 역사의 곤경에서 빠져나올 수 없다는 것을 웅변으로 보여준 셈이다. 이 작품이 갖는 시학의 탁월함은 이 텍스트를 대중소설로, 사회소설로, 자아에 대한 상징체계로, 서사소설로, 여러 차원에서 읽을 수 있는 데에 있다. 이 소설의 어떤 부분, 특히 폭동 장면은 매우 서사적이지만, 거기에 연관된 인물들의 심리묘사가 불충분하고 그리 주목을 끌지 못한다는 게 결점으로 지적된다. 전체로는 사회의 질곡을 딛고 스스로 속죄하여 다시 태어나는 주인공의 소생, 빛을 향한 진보라는 위고의 철학이 스며 있고 저마다 다채로운 상징이 돋보이는 소설이 될 수 있었다. 소설 전체에 흐르고 있는 것은 18세기 철학자들의 생각과 달리

논리와 조직만으로는 인간이 행복할 수 없고 인정과 자비와 연민이 필요하다고 주장하며, 사회는 이와 같은 요소들을 무시한 법률의 기계적인 해석과 적용으로 많은 희생자를 내고 있음을 고발한다. 또한 혁명가 마리우스를 설정하여 작가 자신의 모습을 그려 내는 자화상적 서정소설의 측면과 민중의 영광을 염원하는 인도주의의 시이기도 하며, 저열하고 비속한 그즈음의 사회풍속을 가차없이 폭로한 사실주의 소설의 측면도 함께 보여준다. 《레 미제라블》의 줄거리는 다음과 같다.

미리엘 주교는 석방된 죄수 장 발장을 신앙과 자비로써 다시 착한 인간으로 돌아오게 한다. 마들렌느로 이름바꾼 장 발장은 영불 해협 언저리 작은 도시에서 신분을 감추고 공장을 경영, 시민들의 신망을 얻어 시장이 된다. 그는 남성의 이기심에 희생된 가련한 팡띤느에게 각별한 관심을 갖는다. 자베르 형사는 집요한 의심으로 그림자처럼 그를 따라다닌다. 그러던 중 장 발장은 8년 전부터 수배중이던 전과자 장 발장이 최근에 잡혔다는 소식을 듣는다. 극심한 갈등이 그의 마음 속에 일고, 그런 끝에 그는 무고한 사람을 구하기 위하여 자수해 다시 징역형을 받는다. 시장 시절에 도와주었던, 전직 여직공으로 사생아의 양육을 위하여 창녀로 전락한 가없은 여인 팡띤느를 위하여 그는 다시 탈주한다. 워털루 전쟁의 패잔병인 떼나르디에의 여관에서 노예처럼 혹사당하는 팡띤느의 딸 꼬제뜨를 구해 낸 장 발장은 빠리로 돌아온다. 곧바로 자베르가 나타난다. 그들은 가까스로 그의 눈을 피하여 어느 수도원에서 은신처를 찾아낸다. 정원사로 일하면서 꼬제뜨의 성장에 보람을 느끼는 동안 꼬제뜨는 아름답게 자라 훌륭한 신분임에도 민중 속에서 신념을 불태우는 마리우스의 사랑을 받는다. 그는 장 발장 몰래 꼬제뜨를 만난다. 빠리 시내가 온통 바리케이드로 뒤덮여 있

던 어느 날 장 발장은 우연히 두 젊은이가 서로 사랑하고 있음을
알게 된다. 처음에는 괴로웠지만 꼬제뜨의 행복을 위하여 자기 사
랑을 희생하기로 마음먹는다. 1832년 왕정에 항거하는 공화파의
대폭동에 가담한 마리우스가 비밀결사 동지들과 함께 싸우고 있
는 바리케이드로 간 장 발장은 그 청년이 부상당하여 정신잃고 있
는 것을 보고 어깨에 둘러메고 하수도를 통하여 구해낸다. 그때
폭도들에게 붙잡혀 처형을 기다리던 자베르를 보고 장 발장은 집
행을 자원한다. 결국 장 발장은 그를 풀어 주고 공포 한 발을 쏜
다. 자베르의 신념이 흔들렸다. 그는 가치관의 전도와 내부의 모
순을 감당할 길 없어 세느 강에 투신자살한다. 마리우스는 쾌유되
고, 결혼식이 거행된다. 장 발장은 숨겨 두었던 60만 프랑을 꼬제
뜨에게 준다. 그뒤 그는 마리우스에게 자기의 정체와 꼬제뜨가 친
딸이 아님을 밝히고, 이제 따로 떨어져 살겠다고 결심한다. 그런
다음 유유히 성자의 모습으로 죽어 간다.

위고는 이 작품을 내놓은 뒤 1862년 6월 라마르띤에게 보낸 편지
에서 이렇게 이야기했다.

　비참함을 인정하는 사회, 지옥을 인정하는 종교, 전쟁을 인정하
는 휴머니티는 나에게 내면의 사회, 내면의 종교, 내면의 휴머니
티로 보이고, 그것은 장차 펼치려는 상위의 사회, 상위의 휴머니
티, 상위의 종교, 곧 왕이 없는 사회, 국경이 없는 휴머니티, 책
이 없는 종교를 지향하는 것이다.

위고 자신은 인간의 숙명을 파괴하고, 노예제도를 비난하고, 비참
함을 추방하고, 무지를 일깨우고, 질병을 치료해 주고, 어둠을 밝히
고, 증오를 미워한다. 이것이 자신이 존재하는 것이며, 그래서 이

작품을 쓴 것이다.

이 작품은 동시대의 어둠을 비추는 거대한 탐조등 같다. 위고는 라마르띤에게 "나는 어둠을 밝힌다"고 쓴 적이 있는데 어둠이 의미하는 비참은 결국 인간들과 연관되어 있는 것이다. 이 소설의 제목도 《비참》에서 《레 미제라블(불쌍한 사람들)》로 바뀌었다. 그것은 가장 연약한 사람들의 비참함, 선한 사람 마들렌느 씨의 모범 작업장에서조차도 착취당하는 노동자들의 열악함, 노인들의 궁핍, 굶주린 아이들의 달랠 수 없는 참상이다. 19세기 도시의 주거 환경이 여기에 더해지면서 비참의 문제는 시간과 공간을 떠나 인간이 늘 당면하는 근본문제로 제기된다. 《레 미제라블》의 특성은 단순히 불쌍한 사람들이 소설 속에 등장하는 것이 아니라 그들이 소설을 이야기하고 있는 것이다. 그들은 떼나르디에 같이 실패하여 낙오한 하급 프롤레타리아의 입을 통하여 이야기한다. 그들은 그들 고유의 은어를 사용한다. 그들은 연민의 대상이라기보다 제외의 대상으로 여겨졌던 것이다.

장 발장, 꼬제뜨, 자베르 세 인물은 모두 연민을 모르는 기계화된 사회가 낳은 희생자들이다. 장 발장은 주교와 만난 때부터 무고한 한 인간이 희생되는 것을 막기 위하여 스스로 죽는 순간까지, 언제까지나 생생하고 진실함을 잃지 않는 아름다운 인물이다. 하지만 그는 지나치게 가혹한 처벌을 받고도 사회에서 끝까지 무시당해야 하는 인간을 표상하는 희생자의 전형이다. 꼬제뜨는 어머니가 사회의 희생자였다는 이유 때문에 박해를 받는 인물로 등장한다. 경찰 자베르는 떼나르디에와 장 발장을 계속 추적하다가 마침내 장 발장의 도움으로 생명을 건져 마지막 순간에 자신을 돌이켜 봐야 하는 심각한 고민에 빠진다. 그는 자신이 법의 집행자라는 사실과 동시에 자신도 사회 속의 일원으로서 인간애를 거부할 수 없는 존재라는 사실 때문에 격렬한 갈등을 느꼈다. 이것은 그의 독백에서 여실히 드러난다.

범죄자에게 목숨을 구제받고 그 부채를 인정하고 그 보답으로 본의 아니게 죄인과 똑같은 처지가 되어 은혜를 은혜로 보답하는 것, 자기에게 "가라"고 한 자에 대해 이쪽에서도 "자유의 몸이 되라"고 대답하는 것, 개인적인 동기에서 공적인 임무를 희생하고, 더욱이 그 개인적 동기 속에 동시에 무언가 공적인 것, 아마도 좀더 높은 것을 느끼고, 자신의 양심을 배반하지 않기 위해 사회를 배신하는 그러한 부조리가 모두 현실이 되어서 그에게 덮쳐왔다. (……)

이제부터 어떻게 해야 할 것인가? 장 발장을 넘겨줄 것인가? 그것은 나쁜 일이었다. 그러면 장 발장을 자유롭게 놓아 둘 것인가? 그것도 나쁜 일이었다. 첫번째 경우는 관리가 유형수 이하로 떨어지는 것이고, 두 번째 경우는 유형수가 법률보다 높이 올라가서 법률을 밟는 결과였다. 어느 쪽도 자베르에게는 불명예였다.

(……) 대체 무엇이? 법정과 집행 명령과 경찰과 권력 외에 세상에 또 무엇이 있단 말인가? (……)

장 발장, 오직 그만이 그의 정신을 압박하는 무거운 짐이었다. (……) 그 죄수는 친절했다. 또한 그 자신도 예전엔 없었던 일이지만 얼마 전부터 친절한 행위를 해왔다. 그는 변한 것이다. 그는 자신이 비겁하다는 것을 인정했다. 그는 스스로 두려움을 느꼈다.

자베르는 지켜야 할 법과 자신이 받은 인간애 때문에 장 발장과 마주해 고민하다가 결국 자살을 결심한다. 그는 맹목적으로 법과 책임감에 봉사하다가 마침내 양심의 가책으로 스스로 목숨을 끊은 것이다.

이렇듯 작품 속에 인물의 변신이 엿보인다. 두 인물 장 발장과 떼나르디에는 끊임없이 가명을 사용하면서 변신한다. 장 발장은 범죄자에서 새로운 인간으로 태어나기 위하여, 다시 말해 '살기 위하여',

선의를 베풀기 위하여 공간의 이동이 있을 때마다 이름을 바꾸었다. 그는 마들렌느(시장, 구슬 제조업), 위르뱅 파브르(자수─탈출 뒤 꼬제뜨 동반), 르블랑(뤽상브르 공원), 포슐르방(수도원)이라는 가명을 사용한다.

장 발장은 마리우스에게 자신이 전과자임을 고백하러 왔을 때 이렇게 말한다.

어떤 동기로 이 죄수가 '나는 죄수요' 하고 말하러 왔는가, 그거로군. 그렇소! 좀 색다른 동기요. 정직한 마음에서요. (……)

뽕메르씨 씨, 이렇게 말하면 상식에 어긋나는 것 같지만 나는 정직한 사람이오. (……)

나는 자신의 양심에 복종하는 죄수요. 이런 사람은 다시 또 없으리라는 것을 잘 알고 있소. 그러나 어떻게 하겠소? (……)

살기 위해서 옛날에 나는 빵 한 조각을 훔쳤소. 그러나 오늘은 살기 위해서 당신에게 그 이름을 훔치고 싶지 않소.

한편 떼나르디에는 악인으로 행동을 계속하려고 이름을 바꾸었다. 그는 종드레뜨, 파방투(배우), 장폴로(시인), 돈 알바레스(스페인 계), 떼나르(마리우스에게 돈 요구), 거짓말쟁이, 중상자, 극악무도한 자, 돈을 구하는 데 수단과 방법을 가리지 않는 인물로 거듭 바뀐다. 그는 마리우스에게 장 발장을 비난하면서 돈을 요구한다. 그러나 그것은 오히려 장 발장의 무죄와, 마리우스에게 그를 구해 준 생명의 은인이 장 발장임을 확실하게 밝혀주게 되었다.

당신은 파렴치한이야! 거짓말쟁이고, 중상자고, 악당이야. 당신은 그분을 고소하려다가 거꾸로 그분의 무죄를 증명했어. 그분을 파멸시키려 했지만 그분에게 명예를 줄 수밖에 없게 되었어.

당신이야말로 진짜 도둑이야! 살인범은 바로 당신이야!

마리우스는 떼나르디에를 불쌍히 여겨 돈을 주어 몰아내고 꼬제
뜨와 함께 장 발장을 찾아간다.
　이 소설 속에는 두 가지 형태의 사랑이 존재한다. 그것은 바로 조
건 없는 사랑과 이성끼리 하는 사랑이다. 조건 없는 사랑은 장 발장
이 꼬제뜨, 부랑자들, 떼나르디에, 마리우스, 팡띤느에게 베풀었던
사랑이다. 그는 작품의 마지막 부분에서 꼬제뜨와 마리우스에게 말
한다.

　언제까지나 서로 깊이 사랑해라. 서로 사랑한다는 것, 이 세상
에 그 외의 것은 별로 중요하지 않단다. 너희들은 여기서 죽은 불
쌍한 노인도 가끔은 생각해 다오. (……)
　(……) 아아, 나는 어떻게 될까, 나도 모르겠다. 다만 빛이 보
이는구나. 좀더 가까이 오너라. 나는 행복하게 죽어 간다. 너희들
의 사랑스러운 머리를 이리로 내밀어 주렴, 내 손을 그 위에 얹게
해 다오.

　이 부분은 그가 미리엘 주교에게서 받은 사랑을 온갖 역경을 통하
여 그대로 베풀며 행복하게 맞이하는 죽음을 감동할 만하게 보여주
고 있다.
　이성끼리 하는 사랑은 꼬제뜨와 마리우스의 사랑이 그 본보기가
된다. 위고는 마리우스가 꼬제뜨에게 보낸 편지를 통하여 사랑의 본
질을 이렇게 정의하였다.

　사랑은 영원의 일부분이다. 사랑은 영혼과 같은 성질을 가지고
있다. 사랑은 영혼처럼 신성한 불꽃이고 영혼처럼 불변이며 불가

분하고 불멸이다. 그건 우리 안에 타는 한 점의 불꽃이라 죽지 않고 무한하며, 어떤 것도 막을 수 없고 무엇으로도 끌 수 없는 것이다. 사람들은 그 불꽃이 골수에까지 타드는 것을 느끼고 그 불꽃이 하늘 끝까지 빛나는 것을 본다.

사물과 인간의 역동 그 큰물결

빅또르 위고의 삶은 19세기 프랑스 역사를 그대로 반영하고 있다. 그의 생애 고비마다 의미가 깊었던 1827, 1843, 1852, 1870년과 같은 해는 바로 프랑스의 정치와 문학계에서 일어난 큰 사건과 연결되기 때문이다.

위고는 그 어떤 예술가보다 독특하게 '느낄 수 있었기' 때문에 그 시대 삶을 깊이 있게 체험하여 문학으로 구현하였다. 라마르띤의 귀족 특성을 드러내는 우울이나 뮈쎄 같은 세기인의 정열이 위고에게는 없다. 위고의 내면에는 민중과 세상 사물들의 영혼과 자신을 같은 것으로 여기는 놀라운 재능이 있었다. 그의 목소리는 시대를 울렸고 상상과 직관의 힘으로 우주 삼라만상 모든 것과 교류하여 참으로 다양한 감정을 드러냈다.

위고의 영혼이 군중과 섞여 있었다고 하지만 그는 재능의 도도함으로 인류에게 군림하려는 의식을 한순간도 소홀히 하지 않았다. 안내자, 지도자, 예언자 입장에서 평생 추구해 온 '인류의 진보, 상승' 이념을 실제로 제시하는 데 골몰했던 것이다. 남들이 자신을 '바라보고 있음'을 예민하게 느끼며 이에 만족하였고. 어느 기간에는 추방자·망명자로서 당당한 태도에 자부심을 지닐 수 있었다. 사실 이런 용기에는 허세가 들어 있었다.

순박한 자부심도 위고에게 큰 힘이 되어 주었다. 그것은 정치와 문학에서 적대관계에 있는 사람들을 향한 경멸이나 자신의 격렬한 분노를 설명해줄 수도 있었을 것이다. 그러나 이렇게 의연한 위고는

‘상아탑’ 속에 자신을 고립시키며 운둔했던 비니와 달랐다. 그와 반대로 자신에게 스스로 의무와 책임을 부여하면서 행동가, 사상가로서 다른 사람의 삶에 빛을 비추고 힘 있는 인간으로서 힘없는 사람들을 옹호하려는 신념을 가졌다.

이 과정을 통하여 위고의 인도주의 사상이 확립되고 가난한 사람들, 박해받는 사람들의 비참을 절실하고 깊게 공감하게 되었다. 위고가 문단에 진출할 무렵에는 라마르띤의 《명상시집》이 대단한 호응을 얻고 있었다. 이에 대하여 위고는 시가 개인에게 위안이나 심심풀이가 될 수 없다며 작가에게 두 가지 사명을 부여하는 문학관을 정립했다.

무엇보다도 살고 있는 시대에 목소리를 빌려 주는 ‘메아리’가 되어야 한다는 것이다. 감정은 인간성의 상당 부분을 포괄한다는 논리에서 개인의 감정을 시에 마땅히 포함해야 한다고 했다. 더 중요한 것은 위고의 노래 속에는 사람의 소리, 자연의 소리 그리고 시대 상황의 소리가 함께 들려온다는 사실이다. 이와 같은 세 목소리는 산문에서도 자유롭게 표현된다. 《레 미제라블》은 이런 면에서 사회소설이며 역사소설, 서정소설, 서사소설의 요소를 모두 갖추고 있다.

소외받는 사람들에 대한 연민의 눈길, 등장인물들이 역사의 사건에 깊게 섞여 있다는 점에서 시대 상황이라는 거대한 자연, 커다란 벽화 속에 새겨진 인간의 드라마가 된 것이다.

이러한 의도가 잘 드러나서 독자에게 깊은 인상을 주고 공감하게 할 수 있었던 것은 그의 독특한 문체에 힘입은 바 크다. 인간의 보편된 감정과 현실에서 얻은 인상, 철학사상과 사회사상을 적절하고 다양한 어조로 변용시켰다. 위고는 프랑스문학의 오랜 전통을 이루었던 고상하고 귀족같은 문체, 우언법 따위를 배제하고 생생하고 실감나는 표현과 어휘를 썼다.

위고의 문학예술은 아주 개성이 있으면서도 매우 보편적이라 할

수 있다. 위고 특유한 재능인 상상력은 더없이 자유롭고 거침이 없
었다. 사물의 무한함과 삶의 역동성, 인간의 지식과 감성의 움직임
이 그의 방대한 작품에서 때로는 암시하고 때로는 큰 목소리로 물결
치고 있다.

빅또르 위고의 연보
이희영 (빠리사회과학고등연구원박사과정)

1797	11월 15일 빠리에서 대위 조제쁘 레오뽈 시기베르 위고(1773년 11월 15일 낭시 출생), 소피 트레뷔셰(1772년 6월 19일 낭트 출생)와 결혼하다.
1798	11월 15일 두 사람 사이에서 빅또르 위고의 맏형 아벨 위고 빠리에서 태어나다.
1800	9월 16일 둘째 형 으젠느 위고 낭시에서 태어나다.
1802	2월 26일 빅또르 마리 위고 브장송에서 셋째 아들로 태어나다. 나뽈레옹군의 장교인 아버지가 집을 떠나 임지에서 근무하게 되자 어머니는 빅또르 라오리와 애인 관계가 되다.
1803(1세)	아버지 위고 소령, 가족과 함께 코르시카 섬의 바스티아, 이어서 엘바 섬의 뽈르뜨 펠라조에 머무르다.
1804(2세)	아이들과 어머니 소피, 빠리의 클리시 거리에서 살다.
1807(5세)	12월 말 소피와 아들들, 이탈리아 나폴리로 옮겨와 몇 달 동안 아버지와 살다.
1808(6세)	7월 아버지 레오뽈 대령, 조제쁘 보나빠르뜨를 따라 스페인으로 가다. 12월 남아 있던 가족 빠리로 출발하다.

1809(7세)   이 해 봄 위고 부인 세 아들과 함께 라오리 장군이 몸을 피하
러 오게 될 빠리의 페이앙띤 거리에 살다. 아버지 레오뽈, 스
페인에서 장군과 총독에 임명되다.
1810(8세)   12월 라오리, 페이앙띤 거리에서 체포되다.
1811(9세)   3월 15일 어머니, 세 아들을 데리고 남편 부임지 마드리드로
출발, 일 년 동안 머무르다.
아버지 레오뽈 이혼 요구, 형 으젠느와 빅또르를 마드리드의
귀족학교에 입학시키다.
1812(10세)   3월 3일 어머니와 아이들만 빠리로 돌아와서 다시 페이앙띤에
서 살다.
말레·기달·라오리의 음모가 실패, 12월 라오리 총살당하다.
1813(11세)   아버지, 귀국 뒤에도 어머니와 별거하다. 12월 31일 살던 곳을
떠나 현(現) 르 셰르쉬미디 거리 40번지로 옮기다.
1814(12세)   1월 아버지 티옹빌 지구 사령관이 되다. 위고 집안의 아들들,
루이 18세로부터 ‘백합의 기사’ 칭호 받다.
아버지 레오뽈, 소피와 이혼 소송을 시작, 아들 으젠느와 빅또
르를 꼬르디에 기숙학교에 넣다. 빅또르는 이곳에 4년 머무르
며 마지막 2년은 루이르그랑 고등중학에 다니다.
1816(14세)   이공과 대학 수험 준비하다. 아버지 레오뽈, 블루와에서 반급
(半級)을 받는 장교로 머무르다.
7월 10일 위고, 시첩(詩帖)에 쓰다 ―‘샤또브리앙이 되는 게
아니라면 아무것도 되고 싶지 않다.’ 첫 작품 비극 《이르타멘
느》 쓰다.
1817(15세)   빅또르 위고, 아카데미 프랑세즈 문학경시대회에서 수상하다.
1818(16세)   부모의 별거가 시작되다. 으젠느와 빅또르, 꼬르디에 기숙학교
에서 나와 어머니와 살다.
1819(17세)   2월 툴루즈 문학경시대회에서 시 두 편이 입상, 5월 시 한 편
아카데미 프랑세즈 상 수상하다.
이 해 봄 어린 시절 친구 아델 푸셰에게 사랑을 고백하다.
12월 위고, 형제들과 함께 〈문학수호자(Conservateurlittéraire)〉
지를 창간하다(1821년 3월까지 월 2회 발행).

1820(18세)   3월 9일 〈베리 공작의 죽음에 대한 오드〉로 루이 18세로부터
            하사금을 받다. 중편소설 《뷔그 자르갈》을 〈문학 수호자〉지에
            게재하다.
            어머니의 반대로 빅또르 위고, 푸셰 집안과 관계를 끊다. 위고
            와 아델 비밀리에 편지를 주고 받다.
            위고, 지식인 사회에 들어가다(라마르띤·샤또브리앙 등과 교
            유).

1821(19세)   6월 27일 어머니를 잃다. 7월 20일 아버지는 애인 카뜨린느 또
            마와 재혼하다. 7월 위고와 아델 푸셰 약혼하다. 10월 사촌 트
            레뷔셰와 함께 드라공 거리 30번지 다락방으로 옮기다.

1822(20세)   6월 8일 첫 시집 《오드와 기타 시》 간행하다. 7월, 국왕 루이
            18세로부터 연금을 받다. 10월 12일 쌩 쒤삐스 성당에서 아델
            푸셰(1803년 출생)와 결혼식 후 르 셰르쉬미디 거리에서 살다.
            아델을 짝사랑하던 형 으젠느, 두 사람의 결혼에 충격받고 정
            신착란을 일으키다.

1823(21세)   2월 8일 소설 《아이슬란드의 한》 간행하다. 7월 〈라 뮤즈 프랑
            세즈〉지 창간(1년간)하다. 7월 16일 첫아들 레오뿔 태어나 10
            월 9일 죽다. 샤를르 노디에의 인정을 받아 대우를 받는다.

1824(22세)   3월 시집 《새 오드》 출판으로 생활에 여유가 생겨 6월 보지라
            르 거리 90번지로 옮기다. 8월 28일 맏딸 레오뿔딘 태어나다.
            노디에의 집에서 '아르스날' 모임이 형성되다.

1825(23세)   4월 29일 라마르띤과 함께 레지옹 도뇌르 5등 훈장을 받다.
            5월 29일 샤를르 노디에와 함께 랭스 대성당에서 있었던 샤를
            르 10세의 대관식에 초대받아 한 편의 송시를 짓다. 아버지 레
            오뿔 육군 중장이 되다. 여름, 노디에 가족과 빅또르 가족이
            샤모니, 제네바로 여행하다.

1826(24세)   1월 말 《뷔그 자르갈(증보 제2판)》 간행하다. 11월 2일 아들
            샤를르 태어나고, 같은 달 시집 《오드와 발라드》 간행하다.

1827(25세)   1월 12일 빅또르 부부, 비평가 생뜨 뵈브의 방문을 받고 그와
            친구가 되다. 4월 노트르담 데샹 거리 11번지로 옮기다.
            10월 자택에서 〈세나끌 로망띠끄〉의 회합을 가지다.

친구들에게 《크롬웰 서문》을 낭독하다. 12월 5일 희곡 《크롬웰》 간행 후 낭만주의 투쟁 시대에 들어가다(1831년까지).

1828(26세) 1월 28일 빠리에서 아버지 레오뽈 죽다. 10월 21일 아들 프랑수아 빅또르 태어나다.

1829(27세) 1월 《동방시집》 간행하다. 코메디 프랑세즈 극장 상연 예정인 《마리옹 드 로름므》 검열로 인해 8월 13일 금지령 내리다. 빅또르 위고, 보상으로 제공된 은급을 거절하다.
8월 29일부터 9월 24일까지 《에르나니》 쓰다. 10월 코메디 프랑세즈 극장 상연 예정되다.
아내 아델과 생뜨 뵈브, 사랑에 빠지다.
소설 《사형수의 마지막 날》 출간하다.

1830(28세) 2월 25일 《에르나니》 첫 상연되자 고전·낭만파 사이에 이른바 '에르나니 싸움'이 일어나다. 3월 13일 《에르나니》 간행하다. 4월 장 구종 거리의 새 아파트로 옮기다. 7월 28일 7월 혁명의 혼란 중 둘째 딸 아델 태어나고 생뜨 뵈브가 대부되다.

1831(29세) 3월 16일 소설 《빠리의 노트르담》 간행(작자명 없음. 2권)하다. 8월 11일 《마리옹 드 로름므》 뽀르뜨 쌩 마르땡 극장 첫 상연되다. 11월 30일 시집 《가을 나뭇잎》 간행하다. 아내 아델, 생뜨 뵈브와 헤어지다. 샤를르 콜레라에 걸리다.

1832(30세) 10월 르와얄 광장(현(現) 레 보쥬 광장) 6번지로 이사하다. 11월 22일 코메디 프랑세즈 극장에서 《왕은 즐긴다》 첫 상연되었으나 이튿날 상연 중지되다. 빅또르 위고 소송을 제기, 검열 폐지를 주장하다.

1833(31세) 2월 2일 뽀르뜨 쌩 마르땡 극장에서 《뤼크레스 보르지아》 첫 상연되다. 같은 달 19일 밤(루이 바르쯔 《시인의 사랑》에 의함) 위고와 여배우 쥘리에뜨 드루에, 애인 관계가 되다. 11월 6일 같은 극장에서 《마리 뛰도르》 첫 상연되다.

1834(32세) 1월 15일 《미라보 연구》, 3월 19일 《문학 철학논집》 간행하다. 8월 애인 쥘리에뜨와 브르따뉴 여행. 9월 6일 《끌로드 괴》 간행하다. 9월 초부터 10월 말까지 비에브르의 골짜기에 있는 레 로슈의 별장(〈데바〉지 주간 베르땡 소유)과 쥐이 안 죠자스의

시골집(쥘리에뜨가 빌린 집) 사이를 걸어서 왕복하다.

1835(33세) 4월 28일 《앙젤로, 파두아의 폭군》 코메디 프랑세즈에서 상연되다. 쥘리에뜨와 노르망디 여행하다. 9월부터 10월 비에브르의 골짜기로 여행하다. 10월 27일 시집 《황혼의 노래》 간행하다. 위고와 생뜨 뵈브, 결별하다.

1836(34세) 1월 31일 니자르의 혹평을 받다. 2월 18일 아카데미 프랑세즈 첫 번째 낙선하다. 6, 7월 쥘리에뜨와 노르망디·브르따뉴 여행하다. 11월 14일 위고의 대본에 의한 오페라 《라 에스메랄다》 상연되다. 12월 29일 아카데미 프랑세즈 두 번째 낙선하다.

1837(35세) 3월 5일 샤랑통 요양소에서 형 으젠느 죽다. 6월 26일 시집 《내면의 목소리》 간행하다. 7월 3일 레지옹 도뇌르 4등 훈장 받다. 오를레앙 공작의 친구가 되다. 8, 9월 쥘리에뜨와 함께 벨기에·네덜란드 여행하다(부인과 아이들은 오또이유로 피서 감). 10월 15일 비에브르의 골짜기를 방황하고, 며칠 사이에 《올랭피오의 비극》을 쓰다.

1838(36세) 8월 샹빠뉴로 여행하다. 11월 8일 자신의 극장 '라 르네상스'에서 《뤼 블라스》 첫 상연되다. 자신의 집으로 오를레앙 공작 부부를 초대하다.

1839(37세) 8월 25일 극 《쌍둥이》를 중지하고 라인 지방으로 가다. 10월 말까지 알자스·스위스·알프스·프로방스·부르고뉴로 여행을 계속하다.
딸 레오뽈딘, 샤를르 바크리를 만나다. 아카데미 프랑세즈 입회에 다시 실패하다. 위고, 루이 필립으로부터 A. 바르베스의 사면을 받아내다.

1840(38세) 1월 문예가협회 회장 되다. 2월 20일 아카데미 프랑세즈 네 번째 낙선하다.
5월 16일 시집 《빛과 그림자》 간행하다. 여름부터 가을까지 쥘리에뜨와 함께 라인 지방을 여행하다. 시집 《황제의 귀환》 간행하다.

1841(39세) 1월 7일 라마르띤·샤또브리앙·노디에 등의 찬성에 힘입어 아카데미 프랑세즈 회원에 당선, 6월 3일 아카데미 입회식에서 연

설하다.

아들 프랑수아 빅또르, 중병에 걸리다.

1842(40세) 1월 28일 전설과 그림, 노래 등에 정치적 의미를 부여한 《라인 강, 어느 친구에게 보내는 편지(2권)》 간행하다.

1843(41세) 2월 15일 딸 레오뽈딘과 샤를르 바크리 결혼식을 올리다. 3월 7일 바르브루스라는 무사의 영웅적 투쟁을 그린 《성주들》 코메디 프랑세즈 극장에서 첫 상연되나 관객의 호응을 얻지 못하다. 7월 15일 쥘리에뜨와 함께 스페인 피레네 지방으로 여행하다. 9월 4일 딸 레오뽈딘과 그 남편 세느 강 빌키에에서 익사하다.

1844(42세) 9월 4일 빌키에 사건 1주년에 걸작 시집 《빌키에에서》의 제1고 완성하다.

위고, 루이 필립의 측근이 되다. 레오니 비아르(화가 오귀스트 비아르의 아내)를 연인으로 삼다.

1845(43세) 4월 13일 루이 필립 왕으로부터 자작 작위를 받고 프랑스 귀족이 되다. 7월 5일 레오니 비아르 부인과의 간통 현장 들키다.

11월 17일 《레 미제르》(뒤에 《레 미제라블》) 집필 시작하다.

1846(44세) 3월 19일 귀족원에서 위고의 정치 연설 〈폴란드를 위해서〉 발표하다. 쥘리에뜨의 딸 클레르 프라디에 죽다.

처음으로 빌키에 여행하다.

1847(45세) 일 년 내내 《레 미제르》 집필 계속하다.

1848(46세) 2월 혁명 일어나다. 2월 라마르띤, 임시정부 주석이 되다. 같은 달 25일 라마르띤이 위고를 빠리 지구 혁명위원으로 임명하다. 4월 23일 헌법의회 의원 총선거에 낙선 6월 5일 보궐 선거에서 빠리 선출 의원 당선, 6월 20일 의회에서 첫 연설하다. 6월 24일~26일 바리케이드의 폭도들 빠리 제8지구(지구장 위고) 청사를 습격, 르와얄 광장의 위고 숙소도 침입하다. 7월 리슐리 거리로 옮기다. 같은 달 샤를르·프랑수아 두 아들과 함께 〈레벤느망〉지를 창간하다. 8월 1일 〈레벤느망〉지 제1호 루이 나뽈레옹 보나빠르뜨를 공화국 대통령 후보로 추천하다.

1849(47세) 5월 라투르도베른느 거리 37번지로 이사, 같은 달 13일 입법
           의회의 빠리 선출 의원이 되다. 7월 9일 위고의 〈빈곤에 대한
           연설〉이 의회에서 물의를 일으키다. 10월 19일 온건파와 결별
           하다.
1850(48세) 1월 15일 교육의 자유에 대해 팔루법 반대의 의회 연설 발표하
           다. 〈레벤느망〉이 발행금지되자, 〈인민의 출현〉이란 이름으로
           재발행하다.
           6월 28일 쥘리에뜨, 위고와 비아르 부인과의 관계를 알다.
1851(49세) 위고, 노동자들이 어렵게 생활하는 릴(Lille) 빈민가를 방문하다.
           7월 17일 루이 나뽈레옹의 야심을 공격하는 의회 연설 발표하
           다. 7월 30일 아들 샤를르, 콘셸쥴리 감옥에 수감되다.
           11월 18일 아들 프랑수아 빅또르도 출판물 위반죄로 수감되다.
           12월 2일~4일 루이 나뽈레옹의 쿠데타에 대한 민중저항운동
           벌이다. 12월 9일 위고와 71명의 민중 대표에게 국외 추방령
           내리다. 12월 11일 밤 노동자로 변장하고 쥘리에뜨와 함께 브
           뤼셀로 탈출하다.
1852(50세) 8월 1일 벨기에에서 영국령으로, 5일 제르제 섬 도착하다. 8월
           5일 《꼬마 나뽈레옹》을 브뤼셀에서 몰래 출판하다. 8월 12일
           가족과 함께 마린떼라스 별장에 숙소를 정하다.
1853(51세) 9월 지라르댕 부인이 제르제 섬을 방문, 회전탁자의 모임 가지
           다. 11월 21일 브뤼셀에서 나뽈레옹 3세를 공격하는 《징벌시
           집》을 은밀히 발행하다. 9월부터 약 2년 동안 강신술(spiritisme)
           에 열중하다.
1854(52세) 일년 내내 시작(詩作)에 열중하다.
1855(53세) 1월 7일 빠리에서 큰형 아벨 죽다. 10월 27일 제르제 섬에서
           떠날 것을 명령받고 31일 게르느제 섬 도착하다.
1856(54세) 4월 23일 《정관시집(2권)》 간행하다. 5월 10일 오뜨빌하우스를
           사들여 10월 5일 그곳에 정착하다.
1857(55세) 거의 완성된 시집 《신(神)》 《사탄의 종말》을 출판사 에첼은 달
           갑게 생각지 않고 《레 미제라블》을 독촉하다. 《신》은 1891년,
           《사탄의 종말》은 1886년 모두 지은이가 죽은 뒤 간행하다.

1858(56세) 1월 《지상(至上)의 자애》, 5월 《당나귀》를 완성하다. 6월 30일 악성 종기를 앓아 이때부터 3개월간 집필을 못하다. 아내와 딸 아델 빠리에 머무르고, 위고의 고독이 시작되다.

1859(57세) 8월 16일 나뽈레옹 3세가 내린 공화주의자 추방 해제령에 대하여 위고 귀국하기를 거부——'자유가 되돌아올 때 나는 돌아갈 것이다(8월 18일).'
9월 28일 빠리에서 시집 《여러 세기의 전설(제1부 2권)》 간행하다.
샤를르·쥘리에뜨와 함께 서크 섬을 여행, 이때 받은 강한 인상이 뒤에 소설 《바다의 노동자들》을 쓰는데 영향을 미치다.

1860(58세) 4월 《레 미제라블》 다시 착수하다.

1861(59세) 3월 17일 벨기에 여행하다. '6월 30일 워털루의 전쟁터였던 곳에서 워털루의 달에 《레 미제라블》을 완성했다(수첩의 메모).'
9월 3일 게르느제 섬으로 돌아오다. 10월 4일 라크루아 출판사와 《레 미제라블》 계약하다(약 30만 프랑). 12월 25일 핀슨 중위(딸 아델의 애인) 오뜨빌하우스를 방문하다.

1862(60세) 4월 3일~6월 30일 빠리와 브뤼셀에서 《레 미제라블(10권)》 간행하다. 7월 말부터 9월 말까지 쥘리에뜨와 함께 벨기에, 룩셈부르크, 라인 강 기슭으로 여행하다.

1863(61세) 6월 18일 위고의 아내와 오귀스트 바크리가 쓴 《생애의 한 증인이 말하는 빅또르 위고(2권)》 간행하다. 이날 딸 아델은 애인 핀슨을 만나기 위해 캐나다로 떠나다.

1864(62세) 4월 14일 셰익스피어 탄생 300주년 기념 에세이 《윌리엄 셰익스피어》 간행하다. 이해 아들 프랑수아 빅또르 《셰익스피어 전집(15권)》 번역 완성하다. 위고, 쥘리에뜨·샤를르·프랑수아와 함께 벨기에·라인 강 기슭을 여행하다.

1865(63세) 1월 14일 프랑수아 빅또르의 약혼녀 에밀리 드 뷔뜨롱 죽다. 18일부터 위고 부인과 자식들은 오뜨빌하우스를 떠나 브뤼셀에 살다. 위고는 그곳에 정착할 것을 결정하지 못하다.
10월 17일 아들 샤를르, 알리스 르아느와 결혼하다. 같은 달 25일 시집 《거리와 숲의 노래》 간행하다.

1866(64세) 3월 12일 소설 《바다의 노동자들》 간행, 크게 성공하다. 《보상
금 1,000프랑》과 희극 《조정》을 쓰다.
벨기에와 게르느제 섬 사이를 왕복하다. 이후 해마다 이를 계
속하다.

1867(65세) 3월 31일 첫 손자 조르쥬가 브뤼셀에서 태어나다. 《에르나니》
빠리에서 재공연, 호평 받다.
딸 아델, 미쳐서 바르바도스에 도착하고, 아내 아델은 병세가
악화되어 시력을 잃다.
시집 《게르느제의 목소리》를 출간하다.

1868(66세) 4월 14일 손자 조르쥬 죽다. 8월 16일 둘째 손자(역시 조르쥬
라 이름지음) 태어나다. 8월 27일 아내 아델 브뤼셀에서 죽다.

1869(67세) 5월 소설 《웃는 남자》 완성하다. 5월 8일 샤를르와 프랑수아
빅또르, 〈르 라펠〉 창간하다. 9월 14일~18일 로잔느에서 평화
회의 총재가 되다. 9월 29일 손녀 잔느(샤를르의 딸) 태어나다.

1870(68세) 8월 15일 프랑스·프로이센 전쟁의 형세로 제국이 몰락할 것을
짐작하고 브뤼셀로 가서 프랑스로 돌아갈 시기를 기다리다.
공화국 선언 이튿날 9월 5일 위고, 19년 간의 망명생활을 끝내
고 대대적인 환영을 받으며 빠리로 돌아오다. 9일 《독일인에게
고한다》, 17일 《프랑스인에게 고한다》, 10월 2일 《빠리 시민에
게 고한다》, 10월 20일 《징벌시집》 완본 나오다.

1871(69세) 2월 8일 국민의회 빠리 선출 의원에 당선(3월 8일 보르도의 의회
에서 사직). 3월 13일 아들 샤를르, 보르도에서 갑자기 죽다.
3월 21일 빠리 꼬뮌의 난을 브뤼셀로 피하다. 6월 1일 꼬뮌 추
방자를 숨겨주었다는 이유로 벨기에에서 추방되어 룩셈부르크
등지를 옮겨다니다가 9월 25일 빠리로 돌아오다.

1872(70세) 2월 딸 아델, 미친 상태로 캐나다에서 돌려보내져 정신병원에
수용되다(1915년 죽음). 4월 20일 시집 《무시무시한 해》 간행
하다. 8월 7일 쥘리에뜨와 함께 게르느제 섬으로 떠나다. 12월
16일 소설 《93년》을 쓰기 시작하다. 여배우 사라 베르나르와
떼오필 고띠에의 딸 주디뜨와 가깝게 지내다.

1873(71세) 이 해 초 만년의 최대 걸작시 《떼오필 고띠에에게 바치는 조시
(弔詩)》 발표하다. 4월 쥘리에뜨의 하녀 블랑슈, 위고의 정부
가 되다. 7월 31일 빠리로 돌아오다. 12월 26일 아들 프랑수아
빅또르 죽다.
1874(72세) 2월 19일 소설 《93년(3권)》 간행하다.
4월 29일 위고 가족, 클리시 거리 21번지로 옮기다. 자택에서
살롱을 열다.
《내 아들들》 출간하다.
1875(73세) 6월 《행동과 말(제1권)》, 11월 《행동과 말(제2권)》 간행하다.
1876(74세) 1월 30일 상원 의원에 선출되다. 7월 《행동과 말(제3권)》 간행
하다.
1877(75세) 대통령 막 마옹이 하원을 해산하자 그를 비난하다. 아들 샤를
르의 미망인 알리스, 재혼하다.
2월 26일 시집 《여러 세기의 전설(제2부)》, 5월 12일 시집 《할
아버지 노릇하는 법》, 10월 10일 풍자물 《어느 범죄 이야기(제
1부)》 간행하다.
1878(76세) 3월 15일 《어느 범죄 이야기(제2부)》, 4월 29일 시 《교황》 간
행하다. 6월 17일 국제문학회의 개회 인사 작성하다. 6월 28일
가벼운 심장마비를 일으키다. 7월 4일 게르느제 섬으로 떠나
그곳에서 쥘리에뜨와 함께 머물다가, 11월 10일 다시 빠리로
돌아와 엘로 큰거리 124번지에 마지막 주거지를 마련하다.
볼테르 서거 100주년 기념 연설하다. 《레 미제라블》을 극으로
각색, 초연하다.
1879(77세) 2월 시집 《지상의 연민》 간행하다.
연인 레오니 비아르 죽다. 처음으로 빌키에에 있는 아내 아델
의 묘지에 가다.
1880(78세) 10월 24일 시 《당나귀》 간행하다. 이해부터 에첼판(결정판) 전
집 나오기 시작하다(48권은 1885년까지. 미발표 작품 16권은
1886~1902까지).
《종교들과 종교》 간행하다.

1881(79세)   2월 26일 시민들이 위고 80회 생일을 축하하여 그의 집 앞에서
              행렬을 벌이다. 5월 31일 시집《정신의 네 바람(2권)》간행하
              다. 7월 엘로 거리가 빅또르 위고 거리가 되다. 8월 31일 위고
              의 모든 원고를 빠리국립도서관에 기증한다는 유언장을 쓰다.

1882(80세)   5월 말 희곡《토르크마다(1869년 집필)》간행하다.
              상원의원에 재선출되다.
              11월 22일《왕은 즐긴다》공연 50주년을 맞아 재상연되다.

1883(81세)   5월 11일 식도 종양으로 고생하던 쥘리에뜨 드루에 죽다.
              6월 9일 시집《여러 세기의 전설(제3부)》간행.
              8월 12일 레만 호반인 빌르뇌브로 가다.

1884(82세)   여름 손녀들과 스위스로 여행하다.

1885(83세)   5월 18일 폐렴으로 병석에 누워 22일 오후 1시 27분에 숨을 거
              두다.
              5월 31일 국장으로 장례식을 치러 영구가 빠리 개선문 아래 놓
              이다. 200만 인파가 애도하는 가운데 가난한 시민들이 이끄는
              영구차에 실려 빵떼옹에 묻히다.

2002   빅또르 위고 탄생 200주년(2월 26일)을 맞아 프랑스 교육부가
              새해 첫 수업을 교과목 관계없이 위고의 작품을 읽는 것으로
              시작해줄 것을 당부하자 전국 초·중·고교가 일제히 그의 작품
              으로 시작하다. 자크 랑 교육부 장관도 이날 빠리의 달랑베르
              초등학교를 방문, 서사시《징벌시집》의 한 구절을 낭송하다.
              한국 최초 동서문화시 유그판 에밀 비야르 등의 그림 300장을
              수록한 레 미제라블 완역 전6권(송면 옮김) 발간하다.